陳國球編

香港地區中國文學批評研究

臺灣學生書局印行

香港地區中國文學批評研究

目次

導言

五十年代以來香港地區古典文學批評研究概況

陳國球

要檢閱香港的學術活動，第一個碰到的問題就是如何界定「香港」一詞的範疇。本來最便捷的解決方法是只以香港土生土長的學人在香港發表的著述爲據。但只要少加思索，就會發覺這種界定方法無論從學術人口或出版品的角度看都難愜人意。自清末開始，香港與中國之間存在着一種似斷似連的關係；有不少時候香港的學術文化對中國本土起着呼應的作用，更重要的是長久以來不少中國內陸的學人因爲種種原因要避地南來，在香港作或長或短的居停；他們對香港的學術研究往往有很直接的影響，有段時期甚至是香港學術界的主要力量。但若果我們將所有曾在港居停的學者都一一總攬，則「香港」的涵義又膨脹過甚；尤其近年來學術交流頻仍，年中大陸、台灣，以至國外學者來港訪問或客座講學的不在少數，把他們的學術成果都算到香港名下，就大有叨光之嫌了。再以學術著作的刊行而言，抗戰以前香港報刊已登載了不少國內學者的文章，近期如《大公報》〈藝林〉等副刊的採稿方向，可說是這種風氣的延續。五、六十年代又有部分刊物在香港、台灣甚至南洋同時出版或發行，因此，以香港爲基地的刊物所載就不盡是港人的著述。另一方面，因爲嚴肅的學術刊物有限，不少香港學者的文稿都在港外（如台灣、大陸、日本等）刊登，單看香港的出版品是絕對不足夠的。（所以我們要覆查過往的學術成果，就要付出相當大的氣力。）由是觀之，上面舉出的「捷徑」並不可行，但要另尋一條大家都認可的「公式」卻也不容易。這裏只能暫時擬列下面兩點，作爲討論的根據：

一、長期在香港居住的學者，其著述無論在香港或者其他地方發表的，都包括在討論的範圍之內；

二、曾在香港居停相當時間，後來移居其他地方，而著作在香港出版刊行的，亦在論述之列。

當然，這樣的界限還未夠明確——例如多長的時日才算「長期」？「相當時間」實指幾多年？——但太機械的切割似乎也不必要；執着這兩個指標，再透過下文的具體論述，大約就可以顯出一個明晰的範疇。

一九四九年以前，香港雖然不無學術活動❶，但具體成型，還是自五十年代開始。由於政治環境的變遷，不少學人相繼由大陸南下。他們移居香港後，部分繼續從事學術活動，創立刊物雜誌、加入本地專上學術機構，或甚而開辦書院❷。而早在一九二七年成立的香港大學中文系，於一九五二年開設「文學批評」一科，由饒宗頤先生任教，這是香港專上學院設立此科的開始❸。到了六十年代，隨着中文大學正式成立❹，中國文學研究的質量都有所提升；普遍來說，高等學術機構的教與學的條件都有所改善，因此更易見出成績。香港大學中文系的研究課程，雖然可追溯到戰前的四十年代，但在六十年代期間制度更加完備，包括有文學碩士、哲學博士等不同課程❺。中文大學也在六十年代中期開辦文學碩士課程；由一九六七年起，每年都有一定數量的畢業生。兩所大學加上其他專上院校的研究課程，在培育第二代以文學批評爲專業的學者方面，貢獻不少；再者，這些課程都需要學生完成結業論文，其中以古典文學批評爲課題的，亦不在少數，裏面更不乏水準之作。這是我們回顧當日成績時所不能忽略的環節。

至於學術成果的刊佈方面，在五十年代期間，由於物質條件所限，純粹的學術刊物並不多見，有機會發表的文學批評的專論文章更寥若晨星。不過從現在能夠搜集得到的資料看來，也有幾個方向特別值得留意，這些方向一直到現在都還繼續發展，而六十年代的承傳之跡更加明顯，所以不妨合併討論。

首先是《文心雕龍》研究。一九五四年《民主評論》刊載了饒宗頤先生的〈《文心雕龍》與佛教〉一文；這篇文章揭示了饒先生的《文心雕龍》研究的一個方向。他後來也就此作過學術演講，再紀錄成文❻。一九六二年，在饒宗頤先生指導下，香港大學中文學會出版了《文心雕龍專號》，裏面收集的論文和資料在以後的二十多年一直受到《文心雕龍》研究者的重視❼。除此以外，六十年代發表的《文心雕龍》著述也很多，專著如程兆熊先生的《文心雕龍講義》（一九六三），論文如李直方先生的〈《文心雕龍》隨筆〉（一九六一—六七），謝正光先生的〈《文心雕龍》「詭體」釋義〉（一九六三）、黃孟駒先生的〈王充《論衡》與劉勰《文心雕龍》〉（一九六六—六七）、江汝洛先生的〈《文心》《詩品》對建安詩人批評之比較〉（一九六七）、石壘先生的〈《文心雕龍》〈原道〉辨原〉（一九六七）、鄧仕樑先生的〈《易》與《文心雕龍》〉（一九六九）等❽，中文大學碩士論文以《文心雕龍》爲題的有兩篇，分別是石壘先生的《文心雕龍的本體論》（一九六七）、古兆中先生的《劉勰的文學觀》（一九六九）❾。

這個時期文學批評研究的重點可說是六朝文論。除了《文心雕龍》研究之外，更有鄧中龍先生的〈從陶潛、鮑照說到鍾嶸《詩品》〉（一九六二）、黃兆顯先生的〈《詩品》左思其源出於公幹考釋〉(一九六六)、陳炳良先生的〈鍾嶸《詩品》指要〉(一九六九)❿,以及何士澤先生的碩士論文《詩品論疏》(一九六九,中文大學)都是同一專題的研究;陸機《文賦》的討論亦有饒宗頤〈陸機《文賦》理論與音樂關係〉(一九六一)⓫、林炳昌先生的《文賦研究》(一九六八,中文大學碩士論文)、陳恩良先生的《陸機文學之研究》(一九六八,香港大學碩士論文)等。研究《昭明文選》的則如黃兆傑先生的《從道德觀點論昭明文選》(一九六五,香港大學碩士論文)⓬。

另一個五、六十年代的研究重點是清代的文學理論。一九五五年饒宗頤先生發表〈《人間詞話》平議〉,對《人間詞話》的幾個觀念,如「隔」與「不隔」、「境界」、「造境」與「寫境」、「有我」與「無我」、「伸北宋黜南宋」等作出辨源和批駁。一九五八年王韶生先生又發表〈彊村論詞〉,對朱孝臧的論詞見解作出歸納整理。這些討論都屬於晚清詞學的探索⓭。此外,黃肖玉先生有〈顧亭林的文學理論〉(一九五八)、何世權先生有〈清代桐城文派之文學理論〉(一九五八);而黃華表先生除了寫成〈清代詞學〉(一九五三)之外,也發表了有關桐城派理論的兩篇文章:〈桐城詩派〉(一九五八)、〈桐城詩派道咸詩派詩案〉(一九五九),又在新亞書院指導周啟賡先生完成《桐城派文論》的畢業論文⓮。

在往後的十年間,清代文學批評研究仍然少不了王國維的《人間詞話》,例如陳勝長先生的短論〈讀《人間詞話》及《詞學通論》作詞法〉(一九六七)、王韶生先生較完備的介紹〈王國維文學批評著述疏論〉(一九六八)都是明證。鄺士元先生的〈常州派家法考〉(一九六八)則是清代一個重要詞學派別的討論⓯。詩論方面,除了徐亮之先生的〈漁洋詩與神韻說〉(一九六一)之外,更重要的是劉若愚先生的〈清代詩說論要〉(一九六四);劉先生先在一九五六年寫成〈中國詩歌的三種境界〉，套用王國維「境界」的概念，以探討傳統的中國詩學。到了一九六二年，他又有《中國詩學》出版。〈清代詩說論要〉一文則是劉先生對中國詩學理論研究的延續，也是後來另一本力作《中國文學理論》（一九七五）的先聲[16]。

元好問的論詩絕句也是當時學者注目的另一個專題。一九五六年先有吳天任先生的〈元遺山論詩的特識〉；六十年代又有王韶生先生的〈元遺山論詩三十首箋釋〉（一九六六）和陳湛銓先生的〈元遺山論詩絕句講疏〉（一九六八）[17]。後兩篇都是以傳統的箋疏方式對各首論詩詩逐一解說闡釋。

在此期間，還有一些論著對中國文學批評的各個重點作出整理和介紹，如程兆熊先生的兩本專著《中國詩學》（一九六三）和《中國文論》（一九六四），以及何朋先生的長文〈中國文學理論〉（一九六〇、一九六三）都是[18]。縱論詞論發展的則有香港大學江潤勳先生的碩士論文《詞學評論史》（一九六三）[19]。劉百閔先生又就一個貫穿中國文學批評傳統的觀念作出分析，寫成〈中國文學上所謂「氣」的問題〉（一九六三），而黃兆傑先生在赴笈英倫時又深入探討了另一個重要的批評術語──「情」，完成博士論文《中國文學批評中的「情」》（一九六九）。黃繼持先生則從觀念理論的角度勾畫出宋明理學與文藝思想的關係脈絡，寫成〈「文與道」「情與性」──理學家之文藝思想試論〉（一九六八）[20]。至於香港大學梁君儀先生的碩士論文《中晚唐詩論管窺》（一九六七）也是詩論史上一個段落的扼要述論。

從以上粗略的介紹看來，五、六十年代中香港地區的文學批評研究，視野並不寬潤。其中對《文心雕龍》以至六朝文學理論的重視，大概是民初學風的延續；劉師培、黃節、黃侃等國學大師對六朝文學的發揚，流風遠及，影響更不止於這時期的香港。至於清代尤其是晚清理論研究興趣的萌生，或因時代相近，即使桐城派理論也與民初不少學人有血脈相連的關係，故此一如六朝文論的情況，成爲論者的主要研究對象。當然，這些推斷還有待進一步的研究探討。

到了七十年代，由於歲月推移，學術人口劇增，六十年代受高等教育的學者漸漸成熟，研究空間亦隨着學術發展不斷擴潤。然而《文心雕龍》研究仍然佔有一定的比例。例如潘重規先生在一九七〇年編校完成的《唐寫文心雕龍殘本會校》一書，成爲後人研究《文心雕龍》唐寫本的重要根據。石壘先生除了將自己的碩士論文易名爲《文心雕龍原道與佛道義疏證》（一九七一）出版外，又陸續寫成〈劉勰論文學創作的心理活動過程〉（一九七七）、〈劉勰論作家的性情與才能〉（一九七七）等長文，合成《文心雕龍與佛儒義理論集》（一九七七）一書；石先生以佛教名相、佛性理論爲基礎來研究《文心雕龍》，雖然不一定得到所有人的贊同，但也自成一說，其鍥而不舍的精神，又值得敬佩。王韶生先生又有〈《文心雕龍》對於中國文論的影響〉（一九七〇）一文，簡介《文心雕龍》的內容，並與後世批評家對相關的文學問題的看法作出比較。劉之仁先生有〈《文心》與《文賦》之關係〉（一九七一）一文，黎活仁先生有〈《文心雕龍》〈事類〉第三十八「魏武稱張子之文爲拙」句析義〉、〈《文心雕龍》〈原道〉第一「無識之物」句析義〉、〈《文心雕龍》的質文說與應璩文質論的關係〉（一九七七）等文，都是就《文心雕龍》本身或與其他六朝文論關係的論析。至於綜論六朝文學意識的一個重要環節的有梁後養先生的〈六朝文論中「新」之觀念〉（一九七一）[21]；學位論文則有珠海書院韓堯森先生的碩士論文《劉勰修辭論研究》（一九七六）。

七十年代中有關文學批評的博碩士論文似乎出現了一種「重清」的傾向，而討論的範圍也不再局限於晚清詞學或者淵源於桐城的人物；例如一九七〇年香港大學碩士論文有楊松年先生的《王夫之詩論系統探索》，一九七一年香港大學的博士論文有陳煒良先生的《王士禎於清代文學之地位及其詩論之探討》和江潤勳先生的《朱彝尊及其詞學》，一九七二年香港大學碩士論文有文世昌先生的《李漁戲劇理論的研究》，一九七三年香港大學碩士論文有車潔玲先生的《錢謙益的詩論》㉒，中文大學碩士論文有蔣英豪先生的《論王國維文學》，一九七四年香港大學博士論文有楊松年先生的《詩論史辨惑——整理明末清初詩論史之我見》，中文大學碩士論文有李銳清先生的《王漁洋神韻說之探討》，一九七七年中文大學碩士論文有湯友誠先生的《章太炎的文學思想》，一九七八年香港大學碩士論文有彭國強先生的《袁枚的詩論》。

在學位論文以外，有關清代的著述亦不少；例如一九七二年有周啓賡先生的〈桐城派文論〉、王韶生先生的〈姚鼐文學批評論述評〉，一九七五年車潔玲先生與楊松年先生也分別發表了〈錢謙益論詩〉和〈論船山詩論〉㉓，有關《人間詞話》的研究，則有黃維樑先生在一九七五年發表的〈王國維境界說有沒有開創新境界？——《人間詞話》新論〉，徐復觀先生在一九七七年發表的〈王國維《人間詞話》境界說試評〉；蔣英豪先生亦在一九七四年出版了由其碩士論文整理而成的專書《王國維文學及文學批評》㉔。另外蘇文擢先生在一九七八年出版了沈德潛所著詩話的箋釋研究《說詩晬語詮評》，黃兆傑先生的〈王夫之文學理論中的情與景〉也在同年刊佈㉕。總之，無論由明末清初的錢謙益、王夫之到清末民初的章太炎，由桐城文論到神韻、性靈、格調諸種詩說，都有研究討論。

再依研究內容的時序作勘查，七十年代論著的探討主題還有屬於先秦時期者，如馬幼垣先生的〈文學批評家的孔子——與古希臘學者的比較〉（一九七〇）、胡應湖先生的《周孔詩教及其對後世之影響》（一九七一，中文大學碩士論文），屬於唐代者如黃振鋒先生的《初唐經學家及史學家之文論》(一九七七，中文大學碩士論文)、鄺佩芳先生的《唐代詩人評唐詩之研究》(一九七三，中文大學碩士論文)、王晉江先生的《文鏡秘府論探源》(一九七八，中文大學碩士論文)，以及何沛雄先生的〈柳宗元的爲文理論〉(一九七五)，宋代如張秉權先生的《從黃山谷的交游看其文學觀的形成》(一九七五，中文大學碩士論文)、程兆熊先生的〈論邵康節的首尾吟及其詩學〉(一九七〇)胡國賢先生的《朱熹詩集傳詩論初析》(一九七二，香港大學碩士論文)、張志誠先生的《朱熹的文學論》(一九七六，珠海書院碩士論文)、鄧仕樑先生的〈《滄浪詩話》試論〉(一九七一)，明代如黃兆傑先生的〈《四溟詩話》新論〉(一九七一—七二)、顏婉雲先生的《王世貞藝苑巵言詩論析論》(一九七六，香港大學碩士論文)、黃繼持先生的〈泰州學派對文學思想之影響〉(一九七三)、林章新先生的〈袁中郎及其文學〉(一九七一，中文大學碩士論文)、許芷亮先生的《袁宏道和他的文學理論》(一九七七，香港大學碩士論文)㉖。

至於對中國文學批評作出綜合性討論而能特豎一幟的是黃維樑先生，一九七六年他在美國完成了《中國印象式批評——詩話傳統的探究》，對中國文學批評尤其實際批評部分作出系統的辨析，同年又寫成其論文的副產品〈中國歷代詩話詞話和印象式批評〉，以及〈論情景交融〉、〈中國詩學上的言外之意說〉等文，一九七八至七九年又以中英文正式發表其博士論文的其中一章〈詩話詞話中摘句爲評的手法——兼論對偶句和安諾德的「試金石」〉㉗。這一系列的論文都有其特色，不容後來者忽視。

八十年代的情況可說是七十年代的進一步發展。以研究專題而言，仍然以《文心雕龍》佔量最多。其中又以陳耀南先生成績最豐，例如一九八〇年有〈原「原道」〉，一九八三年有

〈《文心雕龍》〈原道〉衆說平議〉，一九八五年有〈《周易》〈繫辭〉與《文心》〈原道〉〉、〈《文心》〈神思〉衆譯商榷〉、〈《文鏡》與《文心》——劉勰與空海文學理論之若干比較〉，一九八六年有〈《文心》〈神思〉篇新譯〉，一九八七年有〈《史通》與《文心》之文論比較〉、〈《文心雕龍》的邏輯運用〉，一九八八年有〈《文心》〈風骨〉群說辨疑〉等[28]。另外饒宗頤先生在一九八五年除發表〈元至正本《文心雕龍》跋〉之外，還撰有〈《文心雕龍》〈聲律〉篇與鳩摩羅什《通韻》——論「四聲說」與悉曇之關係兼談王斌、劉善經、沈約有關諸問題〉，一九八八年又撰成〈《文心》與《阿毗曇心》〉一文；可見由五十年代到八十年代，饒先生對《文心雕龍》的研究興趣不減[29]。黃維樑在一九八三年淡江大學舉行的國際比較文學會議上，提交了一篇論文〈雕龍與美甕——劉勰與「新批評」的結構觀札記〉，比較劉勰和英美新批評學派的理論異同，文章後來在一九八四年刊出；兩年後，中文大學又有一篇從比較文學的角度來研究劉勰的碩士論文，作者是梁明珠先生，題目是《劉勰與柯立律治的「有機美學」》（一九八六）。對《文心雕龍》與前代社會思潮的關係作出探討的有古兆申先生的〈才性之學對劉勰及其前代文論家的影響〉（一九八五），就個別篇章作剖析的有羅思美先生的〈論《文心雕龍》〈原道〉之「道」〉（一九八四），和鄺健行先生的〈《文心雕龍》〈明詩〉偶拾〉（一九八四）[30]。這些文章部分從比較或溯源的角度討論《文心雕龍》與其他文學批評論著和理論思潮的關係或異同，部分就全書的理論體系作全面的分析，部分着眼於其重要的篇章，提出細緻的討論；各篇論著所展示出來的研究方法和態度，可說是八十年代古典文學批評研究多元化發展的反映。

至於其他有關六朝文學理論的研究文章，如鄧仕樑先生的〈釋「放蕩」——兼論六朝文風〉

（一九八三）、〈蕭子顯的文論〉（一九八七），徐復觀先生的〈陸機《文賦》疏釋初稿〉（一九八〇）、黃兆傑先生的〈〈文選序〉與蕭統的文學觀念〉（一九八五）等，都有其獨特的新見。何廣棪先生又為《詩品》編成〈鍾嶸《詩品》研究論文目錄〉（一九八〇）、〈中日歷代書目有鍾嶸《詩品》之著錄〉（一九八五）兩篇目錄[31]。學位論文方面則有中文大學的碩士論文兩篇，分別是劉慶華的《沈約研究》（一九八一）和何成邦的《陸機文學論稿》（一九八四）。

於唐代方面，頗受近人注視的兩個詩論家皎然和司空圖都有文章討論。一九八〇年徐復觀先生發表了〈皎然《詩式》「明作用」試釋〉一文，對《詩式》的一個論點提出新的見解；一九八七年羅思美先生發表了〈司空圖詩論發微〉，綜合討論司空圖的詩學理論及其義蘊；一九八七年陳國球在為《經典》叢書版《二十四詩品》所撰寫的導言中，從「後設詩歌」的角度提出一種詮釋《詩品》的方法，另外他還編寫了一篇〈司空圖詩論研究論著目錄〉[32]。

這時期探討宋金元文學批評的論述，在數量上比其他專題範圍稍有不及，可以見到的有王晉光先生的〈王安石詩學觀評議〉（一九八三），陳德錦先生的《南宋詩學創作論研究》（一九八五，新亞研究所碩士論文），鄧昭祺先生的《元好問論詩絕句研究》（一九八四，香港大學博士論文）[33]。

相對來說，明代文學批評的討論比前有較大的增益。學位論文方面有四篇，分別是：顏婉雲先生的《明前後七子詩論析評》（一九八二，香港大學碩士論文），陳國球的《胡應麟詩論研究》（一九八三，香港大學博士論文）、《唐詩的傳承——明代復古詩論研究》（一九八八，香港大學博士論文），彭健威先生的《明代竟陵派研究》（一九八四，香港大學碩士論文）。

正式發表的文章則有顏婉雲先生的〈王世貞悔作《卮言》說辨〉(一九八一)、〈明清兩朝有關前七子生平文獻目錄〉(一九八四)、〈明清兩朝有關後七子生平文獻目錄〉(一九八五);林章新先生的〈論袁中郎文學〉(一九八四);陳國球有討論胡應麟的幾篇文章:〈悟與法——胡應麟的詩學實踐論〉(一九八三)、〈變中求不變——論胡應麟對詩史的詮釋〉(一九八四)、〈《詩藪》與胡應麟詩論〉(一九八四)、〈「興象風神」析義〉(一九八四)、〈胡應麟的詩體論〉(一九八五)、〈胡應麟的辨體批評〉(一九八六)等,又有〈《懷麓堂詩話》論杜甫〉(一九八六)、〈試論唐代七律於明復古詩論的「正典化過程」〉(一九八七)、〈「宋人主理」——明復古派反宋詩的原因〉等篇㉞。

有關清代批評的研究仍然保持一定的數量。黃兆傑先生在香港大學講授葉燮和王夫之的詩論多年,近年除了指導潘漢光先生完成碩士論文《葉燮詩論鈎沈》(一九八八)之外,還撰寫了〈葉燮《汪文摘謬》平議〉(一九八七),並將《薑齋詩話》的重要部分英譯(一九八七)。與王夫之同屬明朝遺逸的屈大均,向來不是文學批評研究的熱門話題,但最近有黃文寬先生寫了〈屈翁山的文學思想〉(一九八六)一文。至於葉燮弟子沈德潛的詩學理論則有李銳清先生的研究〈沈德潛「格調說」的來源及理論〉(一九八五)。於趙執信的詩話,就有饒宗頤先生的〈《談龍錄》跋〉(一九八五)一篇。晚清的王國維詞論有周天平先生從比較文學的角度寫成的碩士論文《異宇與境界——文學藝術的內在世界觀念初探》(一九八三)。此外,陳耀南先生又有〈憑詩傳國恨、因話戡時風——《射鷹樓詩話》的別開生面〉(一九八五),分別從文化脈絡與時代意識的層面揭示有關論說的意義。小說理論的研究向不多見,這時期也有程張迎先生的〈論金聖歎評點《水滸傳》的小說理論〉(一九八三)一文,介紹金聖歎的評點式批評方法㉟。

在八十年代中另一項值得重視的學術工作是黃兆傑在一九八三年完成的《中國古代文學批評（英譯）》一書；這本書把〈毛詩序〉到〈文選序〉十三篇古代文學批評的文獻譯成英文，相信有助於西方學者對中國文學理論的認識。至如陳國球的〈論「鏡花水月」——一個詩論象喻的考析〉（一九八四），專論一個詩論中常見的象喻，余汝豐的〈《世說》《詩評》《詩品》——中國傳統文藝鑒評修辭舉隅〉（一九八七），類分傳統實際批評的用語等，都可供學者作進一步討論的參考㊱。

比起五、六十年代，七、八十年代的文學批評研究的涵蓋面廣泛得多。這當然與學術文章產量培增，而學者又注意開闢研究範圍有關。不過，我們也會發覺到部分重要的課題還未得到適當的照應，例如先秦諸子的文藝思想，漢代班馬、王充以至辭賦家的文學批評，都沒有充分的討論；即如影響深遠的江西派詩論、《滄浪詩話》都只有極少數學者以之爲討論對象；元代文學批評更問津乏人，小說戲曲理論的研究亦非常寂寞。再者，近四十年來未曾有人嘗試寫過一部文學批評史；唯一稱史的《詞學評論史稿》，實在不過是個詞論家的短論，依時序彙成一編，談不上通盤的策略或者史識。這些缺口的形成，當然也有其客觀的因素。在香港，基本上所有文學批評都是個別學者的自發行動，少有集團的整體推動，大規模的研究計劃自難進行，而且出版界的支援也小，學術書籍在本地印行的機會不多；更甚的是，香港公私圖書館藏有的文獻原典可說極度貧乏，選題研究難以從心所欲；學者除了依仗易見的新印古籍之外，就只能自行設法在外地借閱或影印。諸如此類的制約因素，都對香港的文學批評研究造成不同程度的限制。當然在資訊流通方面，香港在近十多年來可說佔了地利，大陸和台灣學者以至西方漢學家公開發表的研究成果，都不難搜羅，但二手資料的充裕也會有一個反效果，就是惰性容易養成，部分研究者的作業或有承襲依賴，欠缺獨創精神，尤其某些論文不講規格，引書不提版本，不問卷頁，更有利於輾轉借用，有時更會衍生不必要的謬誤。不過這些陋習也不能說是香港獨有，而且以往的學術論著也不乏嚴謹之作，故此在回顧這些年來的概況時，既要看到以往的缺失，也要欣幸其中的成績。

另一方面，正如上述，香港的文學批評研究基本上是自發的，個別的學院式活動，其溝通網絡只懸置於純學術的層面，少受社會思潮的正面衝擊。與同期中國大陸學者所面對的干擾和控制相較，香港的學者可算處於免疫區，即或有言論寄望於「批林批孔」的政治運動對學術研究新向起催化之力[37]，但這一類想法是香港的學術文章所難多見的。不過這一種迴避現實，自甘於象牙塔內的學術活動，又因為沒有扣緊時代脈膊，與其他文化活動脫離交涉，又變成一個重要的缺憾。

如果我們轉換一下觀察的角度，單就學術活動本身來做考查，又會發覺以上概略介紹過的專籍和篇章實在展示了各種樣式的寫作形態。我們既可以見到《唐寫文心雕龍殘本會校》、〈元遺山論詩絕句講疏〉等以湛深舊學為根柢的傳統學術工作，又會遇上如〈姚鼐文學批評論述評〉一類撮述精義為主的介紹文字；既有寓詮釋於語譯者如〈《文心》〈神思〉篇新譯〉，也有寓剖析於英譯者如《薑齋詩話（英譯）》；又有在綜述各家之餘更有建構一套完整理論的雄心的如〈清代詩說論要〉；對前人業績作彙集品析的有〈《文心》〈風骨〉群說辨疑〉，就一般的成說作翻案的有〈王世貞悔作《卮言》說辨〉，要求為某些批評家重新定位的有〈《人間詞話》新論〉；又有討論一家的專書如《胡應麟詩論研究》，細析句義的短章如〈《文心雕龍》〈原道〉第一「無識之物」句析義〉；有以思想史的訓練來審思文論的如〈「文與道」「情與性」〉，有從語意學的角度來辨明詩學觀念的如《王夫之詩論系統探索》，有從比較文學的角度來詮釋古典的如〈雕龍與美甕〉。各式各樣的論述模式所載乘的，既有精金美玉，也夾雜大量泥灰沙石；水準參差，隊伍不齊，本來就是香港學術的特色，如何汰沙見金，則有待歷史帶動的意識洪川去作浪淘的工夫了。

上面試圖就過去四十年的學術活動作平面的勾畫，但囿於個人見聞和學識，所述難免有遺漏和誤斷；只望可以起到引玉的作用，並請識者多多匡正。

本編所選基本上以上文概述的範圍爲限，而偏重較近期的論著。編選時由於考慮到入選論文主題的涵蓋面，專著抽選成篇的可能性，各種文章的代表性，以至出版地域種種因素，因而在編選策略上作出不同程度的修正；部分編者認爲極有卓見或者有重要歷史意義的論文，亦不一定能編入集中。具體地說，本編因爲在台灣出版，爲免重覆，曾在台灣正式刊行，或者早經編入台灣出版的論文選集內者，都不再收載[38]。所選論文二十篇，半數選自香港出版的大學學報，另選自綜合性文藝雜誌的一篇，自專書節錄的三篇，提交本港學術會議的論文一篇，在港外發表的四篇[39]；其中又有不少原屬學位論文，經作者潤飾後再作刊佈的[40]。至於編內論文的作者，有屬於中國大陸成長，在五十年代前後南下香港的學者，如饒宗頤先生、黃孟駒先生、石壘先生等；有在香港完成大學教育，於六、七十年代開始在香港專上學府任教的，如黃繼持先生、黃兆傑先生、鄧仕樑先生等；也有在八十年代完成高等學位，並開始發表學術著作的年輕一代，如顏婉雲先生、陳國球等。編選時的諸種考慮，目的是希望從多個角度選樣，以呈現香港地區學術研究的部分樣貌，但這些考慮也可能對其他透視的角度造成障礙，請讀者諸君留意。

一九八八年十月

附註

❶ 參考羅香林〈中國文學在香港之演進及其影響〉，載羅香林《香港與中西文化之交流》（香港：中國學社，一九六一），頁一七九—二二一。

❷ 例如一九四九年開始在香港出版的《民主評論》就與原來南京的《學原》有密切關係，《學原》的第三卷也在香港出版；又如中文大學新亞書院前身正是南下學人錢穆、唐君毅等先生所創立。

❸ 當日情況曾蒙饒宗頤先生賜告，謹誌於此。又可參羅香林〈香港大學中文系之發展〉，載羅香林《香港與中西文化之交流》，頁二二三—二五六。

❹ 香港中文大學於一九六三年正式成立，由原屬私人創辦的幾間書院組成。

❺ 據載一九四一年香港大學中文系有碩士畢業生一人，參羅香林《香港大學中文系之發展》，頁二三九。但碩士課程成為定制還是從五十年代末期開始；至於中文系第一位博士課程畢業生則於一九六四年取得學位。

❻ 饒宗頤〈《文心雕龍》與佛教〉，《民主評論》，五：五（一九五四年三月），頁一〇—一三。他在香港大學和新亞書院都作過同一主題的演講，講詞收錄在《香港大學中文學會會刊》，一九五六，及孫鼎編《新亞書院文化講座錄》（香港：新亞書院，一九六二），頁一三五—一四六，分別題作：〈劉勰文藝思想與佛教之關係〉、〈《文心雕龍》與佛教〉。

❼ 《文心雕龍專號》所收論文及資料包括：
饒宗頤〈《文心雕龍》探原〉，頁一—一二；
饒宗頤〈劉勰以前及其同時之文論佚書考〉，頁一三—一六；
饒宗頤〈劉勰文藝思想與佛教〉，頁十七—十九；
黃繼持〈《文心雕龍》與儒家思想〉，頁二〇—二七；
黃繼持〈劉勰的《滅惑論》〉，頁二八—三四；

饒宗頤等〈《文心雕龍》集釋〉頁三六一—八〇；

附錄：李直方〈《騷經》「哀志」《九歌》「傷情」說〉頁八一—八八；

李直方〈近五十年《文心雕龍》書錄〉頁八九—九四；

饒宗頤〈唐寫本《文心雕龍》景本說明〉頁九五；

〈唐寫本《文心雕龍》景本〉。

❽ 正文所及著述資料如下（下同此例）：

程兆熊《文心雕龍講義——劉勰文學批評之疏說與申論》（香港：鵝湖出版社，一九六三）；

李直方〈《文心雕龍》隨筆〉共三篇：〈騷經「哀志」九歌「傷情」說〉，原刊香港大學中文學會會刊《東方》，一三（一九六二年十月）；〈「慷慨以任氣」說〉，原刊《東方》，一二（一九六一年九月）；〈「莊老告退而山水方滋」辨〉，原刊《東方》，一七（一九六七年三月）；收入李直方《漢魏六朝詩論稿》（香港：龍門書店，一九六七年），頁一—二九；三一—四七；四九—六八；

謝正光〈《文心雕龍》「訛體」釋義〉，《新亞生活》，六：一一（一九六三年十一月），頁四五—六五；

黃孟駒〈王充《論衡》與劉勰《文心雕龍》〉，《聯合書院學報》，五（一九六六—六七），頁四五—五一；

江汝洛〈《文心》《詩品》對建安詩人批評之比較〉，《新亞書院中國文學系年刊》，五（一九六七年六月），頁七四—八七；

石壘〈《文心雕龍》〈原道〉辨原〉，《人生雜誌》，三二：三（一九六七年七月），頁二七—二八；

鄧仕樑〈《易》與《文心雕龍》〉，《崇基學報》，九：一（一九六九年十一月），頁七二—八三。

❾ 徐復觀在五六十年代間也發表了相當多文學批評的論文，其中有關《文心雕龍》的如〈《文心雕龍》的文體論〉（載《東海學報》，一：一（一九五九年六月），頁四五—一〇〇）等，亦有重大影響；然而徐先生在這段期間主要居住在台灣，故此雖或文章在港台同時出版的《民主評論》等刊物上登載，亦不包括在本文討論範圍之內；一九七〇年以後徐先生移居香港，以後發表的文章方屬本文所定範圍。其他學者之歸屬亦仿此例。

⑩ 鄧中龍〈從陶潛、鮑照說到鍾嶸《詩品》〉，《民主評論》，一三：一〇（一九六二年五月），頁一〇－一四；黃兆顯〈《詩品》左思其源出於公幹考釋〉，《香港大學中文學會年刊一九六五－六六》，頁四八－六一；陳炳良〈鍾嶸《詩品》論詩指要〉，《大陸雜誌》，二五：三（一九六九年九月），頁二三－二八。

⑪ 饒宗頤〈陸機《文賦》理論與音樂關係〉，《中國文學報（京都）》，十四（一九六一年四月），頁二一－三七。

⑫ 陳恩良論文後來正式出版，題爲《陸機文學研究》，香港：廣華書局，一九六九。黃兆傑論文原用英文撰寫，題爲"A Moral Approach to Chao Ming Wen Hsuen--A Study in Poetry and Morality".

⑬ 饒宗頤〈《人間詞話》平議〉，《人生雜誌》，一〇：七（一九五五年八月），頁一二－一四；一〇：八（一九五五年九月），頁一一－一二；王韶生《彊村論詞》，孟氏教育基金會演講稿，一九五八年六月十四日，收入王韶生《懷冰室文學論集》，香港：志文出版社，一九八一，頁二八一－二八七。

⑭ 黃肖玉〈顧亭林的文學理論〉，《華國》，二（一九五八年九月），頁二〇三－二一二；何世權〈清代桐城文派之文學理論〉，《華國》，二（一九五八年九月），頁九八－一〇七；黃華表〈清代詞學〉，《人生雜誌》，五：七（一九五三年七月），頁一〇－一一；黃華表〈桐城詩派〉，《新亞生活》，一：一三（一九五八年十一月），頁一〇；黃華表〈桐城詩派道咸詩派詩案〉（上編），《新亞學術年刊》，一（一九五九），頁一－八二。

⑮ 陳勝長〈讀《人間詞話》及《詞學通論》作詞法〉，《新亞生活》，九：十四（一九六七年一月），頁七－八；王韶生〈王國維文學批評著述疏論〉，《崇基學報》，八：一（一九六八年十一月），頁五三－六一；鄺士元〈常州派家法考〉，《人生雜誌》，三三：三（一九六八年七月），頁二四－三〇。

⑯ 劉若愚"Three Worlds in Chinese Poetry"（中國詩歌的三種境界），《東方文化》，三：二（一

九五六年七月），頁二七八—二九○；

劉若愚〈清代詩說論要〉，收入香港大學中文學會編《香港大學五十週年紀念文集》，香港：香港大學中文系，一九六四，頁三二一—三四二；

James Liu, *The Art of Chinese Poetry* （中國詩學），Chicago: Chicago University Press, 1962;

James Liu, *Theories of Chinese Literature* （中國文學理論）， Chicago: Chicago University Press, 1975;

劉先生撰寫〈清代詩說論要〉時，雖已移居美國，但文章在香港發表，與他在香港時的研究又一脈相承，故亦屬討論範圍之內。

⑰ 吳天任〈元遺山論詩的特識〉，《民主評論》，七：十七（一九五六年九月），頁二一—二四；

王韶生〈元遺山論詩三十首箋釋〉，《崇基學報》，五：二（一九六六年五月），頁一九五—二○五；

陳湛銓〈元遺山論詩絕句講疏（上）〉《浸會學院學報》，三：一（一九六八年）頁一—四七。

⑱ 程兆熊《中國詩學》，香港：鵝湖書局，一九六三；

程兆熊《中國文論》，香港：鵝湖書局，一九六四；

何朋〈中國文學理論〉（上）、（下），《華國》，三（一九六○），頁一五八—二一八；四（一九六三），頁七五—一三四。

⑲ 江潤勳的論文後來正式出版，題爲《詞學評論史稿》，香港：龍門書店，一九六六。

⑳ 劉百閔〈中國文學上所謂「氣」的問題〉，《民主評論》，一四：二四（一九六三年十二月）頁二一—五；

黃兆傑 "'Ch'ing' in Chinese Literary Criticism" （中國文學批評中的「情」）， Ph.D. Thesis, Oxford University, 1969.

黃繼持〈「文與道」「情與性」——理學家之文藝思想試論〉，《崇基學報》，八：一（一九六八年五月），頁一八七—一九六。

㉑ 潘重規《唐寫文心雕龍殘本合校》，香港：新亞研究所，一九七〇；
石壘《文心雕龍原道與佛義疏證》，香港：雲在書屋，一九七一；
石壘《文心雕龍與佛儒義理論集》，香港：雲在書屋，一九七七；
王韶生〈《文心雕龍》對於中國文論的影響〉，《崇基校刊》，四九（一九七〇年十二月），頁一一—一五；
劉之仁〈《文心》與《文賦》之關係〉，《新亞生活》，一三：二〇（一九七一年五月），頁六—八；
黎活仁《鄧林見聞錄》，香港：華實出版社，一九七七；
梁後養〈六朝文論中「新」之觀念〉，《華國》，六（一九七一年七月），頁二九八—三一二。

㉒ 車潔玲論文原以英文撰寫，題爲"Ch'ien Ch'ien-i on Poetry"。

㉓ 周啓賡〈桐城派文論〉，《新亞學術年刊》，十四（一九七二年九月），頁二〇七—二三八；
車潔玲 "Not Words but Feelings: Ch'ien Ch'ien-i on Poetry"（論情而非論句——錢謙益論詩），*Tamkang Review*, 6 (1975), pp. 55-75；
楊松年〈論船山詩論〉，《東方文化》，一三：一（一九七五年），頁七三—八三。

㉔ 黃維樑〈王國維「境界說」有沒有開創新境界——《人間詞話》新論〉，原載《幼獅月刊》，二七四—二七六，（一九七五年一〇—一二月），收入黃維樑《中國詩學縱橫論》，台北：洪範書店，一九七七，頁二七—一一八；
徐復觀〈王國維《人間詞話》境界說試評——中國詩詞中的寫景問題〉，《明報月刊》，一二：一一（一九七七年十一月），頁二—七；
蔣英豪《王國維文學及文學批評》，香港：中文大學崇基書院華國學會，一九七四。

㉕ 蘇文擢《說詩晬語詮評》，香港：自印本，一九七八；
黃兆傑"Ch'ing and Ching in the Critical Writings of Wang Fu-chih"（王夫之文學理論中的情

與景)，in Adele A. Rickett ed., *Chinese Approaches to Literature from Confucius to Liang Ch'i-chao*, Princeton: Princeton University Press, 1978, pp. 121-150.

㉖ 馬幼垣 "Confucius as a Literary Critic: A Comparison with the Early Greeks" (文學批評家的孔子——與古希臘學者的比較) in *Essays in Chinese Studies Dedicated to Jao Tsung-i* (饒宗頤教授南遊贈別論文集)，Hong Kong 1970, pp. 13-45；
何沛雄〈柳宗元的爲文理論〉，《思與言》，一三：三（一九七五年一一月），頁一三五—一三九；
程兆熊〈論邵康節的首尾吟及其詩學〉，《新亞書院學術年刊》，一二（一九七〇年九月），頁七五—九一；
鄧仕樑〈《滄浪詩話》試論〉，《崇基學報》，一〇：一、二（一九七一年一〇月），頁一一〇—一一三；
黃兆傑 "A Reading of *Ssu-ming shih-hua*" (《四溟詩話》新論)，*Tamkang Review*, 2:2/3:1 (1971-72), pp. 237-249；
黃繼持〈泰州學派對文學思想之影響〉，《東方文化》，一三：一（一九七三年一月），頁一四三—一五九；
又張秉權及張志誠的論文後來正式出版，分別是：《黃山谷的交游及作品》，香港：中文大學出版社，一九七八；《朱熹的文學觀》，香港：聖類斯中學，一九七九。

㉗ 黃維樑 "Chinese Impressionistic Criticism: A Study of the Poetry-talk Tradition" (中國印象式批評——詩話傳統的探究) Ph. D. Dissertation Ohio State University, 1976;
黃維樑〈論情景交融〉，《幼獅文藝》，二六九（一九七六年五月），頁一〇九—一二八；
黃維樑〈中國歷代詩話詞話和印象式批評〉，《中國時報》，一九七六年六月六—八日；
黃維樑〈中國詩學史上的言外之意說〉，《詩學》，二（一九七六年一〇月），頁七三—一二九；（後兩篇又收入《中國詩學縱橫論》，頁一—二六、一一九—一八五。）

黃維樑 "Selection of Lines in Chinese Poetry-talk Criticism: With a Comparison between the Selected Couplets and Matthew Arnold's "Touchstones'", *New Asia Academic Bulletin*, 1 (1978), pp. 33-44;
黃維樑〈詩話詞話中摘句爲評的手法——兼論對偶句和安德諾的「試金石」〉，《香港中文大學學報》，五：一（一九七九年），頁一一三—一二三；又收入鄭樹森等編《中西比較文學論集》，台北：時報文化公司，一九八〇，頁六一—七八。

㉘ 陳耀南〈原「原道」〉，《社會科學戰線》，一九八〇：二（四月），頁二七三—二七五；
陳耀南〈《文心雕龍》〈原道〉衆說平議〉，《明報月刊》，一八：一二（一九八三年十一月）頁六七—七二；
陳耀南〈《周易》〈繫辭〉與《文心》〈原道〉〉，《古典文學》，七（一九八五年八月），頁一—二一；
陳耀南〈《文心》〈神思〉衆譯商榷〉，《書目季刊》，一九：三（一九八五年一二月）頁一一—一九；
陳耀南〈《文鏡》與《文心》——劉勰與空海文學理論之若干比較〉，中國中古史國際研討會論文（香港大學亞洲研究中心），一九八五；
陳耀南〈《史通》與《文心》之文論比較〉，收入《唐代文學研討會論文集》，台北：文史哲出版社，一九八七，頁二三七—二六四；
陳耀南〈《文心》〈風骨〉群說辨疑〉，收入中國古典文學研究會編《文心雕龍綜論》，台北：學生書局，一九八八，頁三七—七二。

㉙ 饒宗頤〈元至正本《文心雕龍》跋〉，《中華文史論叢》，一九八五：二（六月），頁一三一—一三三；
饒宗頤〈《文心雕龍》〈聲律〉篇與鳩摩羅什《通韻》——論「四聲說」與悉曇之關係兼談王斌、劉善經、沈約有關諸問題〉，《中華文史論叢》，一九八五：三（九月），頁二一六—二三六；
饒宗頤〈《文心》與《阿毗曇心》〉，《中國文藝思想史論叢》，三（一九八八），頁一〇一—一〇六。

㉚ 黃維樑 "The Carved Dragon and the Well Wrought Urn: Notes on the Concepts of

Structure in Liu Hsieh and the New Critics"（雕龍與美甕——劉勰與「新批評」結構觀札記），*Tamkang Review*, 16:1-4 (1984), pp. 555-568；

梁明珠 "The Organic Aesthetics of Liu Hsieh and Samuel Taylor Coleridge"（劉勰與柯立律治的「有機美學」），中文大學碩士論文，一九八六；

古兆申〈「才性之學」對劉勰及其前文論家的影響〉，《文藝雜誌季刊》，一四（一九八五年六月），頁三六—三九；

羅思美〈論《文心雕龍》〈原道〉之道〉，《浸會學院學報》，一一（一九八四）頁一—一七；

鄺健行〈《文心雕龍》〈明詩〉偶拾〉，收入鄺健行《中國詩歌論稿》，香港：新亞研究所，一九八四，頁一一三—一二五。

㉛ 鄧仕樑〈釋「放蕩」——兼論六朝文風〉，《中國文學報（京都）》，三五（一九八三年一〇月），頁三七—五三；

鄧仕樑〈蕭子顯的文論〉，《中文大學中國文化研究所學報》，十八（一九八七），頁一九三—二一二；

徐復觀〈陸機《文賦》疏釋初稿〉，《中外文學》，九：一（一九八〇年六月），頁六—四一。

黃兆傑〈〈文選序〉與蕭統的文學觀念〉，《香港大學中文系集刊》，一：一（一九八五），頁一一一—一二〇；

何廣棪〈鍾嶸《詩品》研究論目錄〉，《書目季刊》，一四：三（一九八〇年十二月），頁四一—五三；

何廣棪〈中日歷代書目有關鍾嶸《詩品》之著錄〉，《書目季刊》，十九：二（一九八五年九月），頁一六一—二六。

㉜ 徐復觀〈皎然《詩式》「明作用」試釋〉，《中外文學》，九：七（一九八〇年十二月）頁二八—三三；

羅思美〈司空圖詩論發微〉，收入浸會學院中文系編《唐代文學研討會論文集》，台北：文史哲出版社，一九八七，頁二〇五—二三五；

陳國球〈《二十四詩品》導言〉，《二十四詩品》，台北：金楓出版社，一九八七，頁一—四二；

陳國球〈司空圖研究論著目錄〉，《書目季刊》，二一：三（一九八七年十二月），頁九三—一一〇。

㉝ 王晉江〈王安石詩學觀評議〉，收入王晉江《王安石書目與瑣探》，香港：華風書局，一九八三，頁一三五—一四四；

陳德錦的論文後來改訂出版，題爲《南宋詩學論稿》，香港：新穗出版社，一九八七；

鄧昭祺論文亦部分發表：〈試論元遺山《論詩絕句》第十五首〉，《文學遺產》，一九八六：二，頁八四—八九。

㉞ 顏婉雲〈王世貞悔作《卮言》說辨〉，《中國文學報（京都）》，三三（一九八一年一〇月），頁八三—九〇；

顏婉雲〈明清兩朝有關前七子生平文獻目錄〉，《書目季刊》，一八：三（一九八四年一二月），頁四九—五九；

顏婉雲〈明清兩朝有關後七子生平文獻目錄〉，《書目季刊》，十九：一（一九八五年六月），頁三六—四五；

林章新〈論袁中郎文學〉，《能仁學報》，二（一九八四年十二月），頁一六九—二九三；

陳國球〈悟與法——胡應麟的詩學實踐論〉，《故宮學術季刊》，一：二（一九八三年冬），頁四一—七〇；

陳國球〈變中求不變——論胡應麟對詩史的詮釋〉，《中外文學》，一二：八（一九八四年一月），頁一四六—一七五；

陳國球〈《詩藪》與胡應麟詩論〉，《中外文學》，一二：八（一九八四年一月），頁一七六—一八〇；

陳國球〈「興象風神」析義〉，《幼獅學誌》，一八：一（一九八四年五月），頁一〇一—一二九；

陳國球〈胡應麟的詩體論〉，《東方文化》，二三：二（一九八五），頁一五六—一六八；

陳國球〈胡應麟的辨體批評〉，《古代文學理論研究叢刊》，一一（一九八六年八月），頁二四〇—二五一；

陳國球〈《懷麓堂詩話》論杜甫〉，收入《唐代文學研討會論文集》，頁二八三—三〇一；

陳國球〈試論唐七律於明復古詩論中的「正典化過程」〉，《中外文學》，一六：六（一九八七年十一月），頁六四—一一七；又收入《第五屆國際比較文學會議論文集》，台北：中華民國比較文學學會，一九八七，頁六三—一一六；

陳國球〈「宋人主理」——復古詩論反宋詩的原因〉，儒學國際會議論文（香港大學中文系），一九八七年十二月。

㉟ 黃兆傑〈葉燮《汪文摘謬》平議〉，《香港大學中文系集刊》，二（香港大學中文系六十周年紀念專號），（一九八七），頁五一—六三；

黃兆傑 *Notes on Poetry from the Ginger Studio*（薑齋詩話（英譯）），Hong Kong: The Chinese University Press, 1987;

黃文寬〈屈翁山文學思想初探〉，《中國語文集刊（中文大學中文學會）》，四（一九八六），頁二九—三二；

李銳清〈沈德潛「格調說」的來源及理論〉，《中文大學中國文化研究所學報》一六（一九八五），頁一六一—一七七；

饒宗頤〈《談龍錄》跋〉，《文藝理論研究》，一九八五：三，頁九六—九七；

周天平 "Heterocosm and Ching-chieh: Towards a Concept of Interiority for the Literary Work of Art"（異宇與境界：文學藝術的內在世界觀念初探），中文大學碩士論文，一九八三；

陳耀南〈憑詩傳國恨，因話戢時風——《射鷹樓詩話》的別開生面〉，香港大學近代學術研討會論文，一九八五，收入陳耀南《文鏡與文心》，台北：黎明文化公司，一九八七，頁一九八—二三五；

程張迎〈論金聖歎評點《水滸傳》的小說理論〉，《中國語文集刊（中文大學中文學會）》，一（一九八三），頁九一—一一一。

㊱ 黃兆傑 *Early Chinese Literary Criticism*（中國古代文學批評（英譯）），Hong Kong: Joint Publishing Company, 1983;

陳國球〈論鏡花水月——一個詩論象喻的考析〉，《中華文化復興月刊》，一七：五（一九八四年五月），頁二八—三二；

佘汝豐〈《世說》《詩評》《詩品》——中國傳統文藝鑒評修辭舉隅〉,《中文大學中國文化研究所學報》,十八(一九八七),頁二一五—二三〇。

㊲ 見黎活仁《鄧林見聞錄》,頁一四九—一五〇。

㊳ 例如張健、簡錦松編《中國古典文學論文精選叢刊:文學批評、散文與賦類》,台北:幼獅文化公司,一九七九,就收入劉百閔〈中國文學上所謂「氣」的問題〉、吳天任〈元遺山論詩的特識〉、梅應運〈李笠翁戲劇論概述〉、徐亮之〈論神韻說與境界說〉四篇論文;羅聯添編《中國文學史論文選集》,台北:學生書局,一九七八—七九,就收入饒宗頤〈劉勰文藝思想與佛教〉、〈《文心雕龍》與儒家思想〉兩文;何志韶編《人間詞話研究彙編》,台北:巨浪出版社,一九七五,就收入饒宗頤〈《人間詞話》平議〉一文;幼獅月刊編《中國古典文學批評論集》,台北:幼獅文化公司,一九七五,就收入黃維樑〈王國維「境界」說有沒有開創新境界?——《人間詞話》新論〉一文;中國古典文學研究會編《文心雕龍綜論》就收入陳耀南〈《文心》〈風骨〉群說辨疑〉一文。

㊴ 請參閱各篇文末編者附識。

㊵ 例如張秉權、顏婉雲、陳國球、林章新、蔣英豪諸人的文章都是。

中國古代文學之比較研究

饒宗頤

一　詩詞與禪悟

時賢論詩與禪之關係，輒溯源於達摩。然慧皎創立高僧傳，凡分十科，其四曰習禪，爲之論曰：「禪也者，妙萬物而爲言。……以禪定力，服智慧藥……先是世高、法護譯出禪經，僧光、曇猷并依教修心，終成勝業。」禪經雖短篇，（宇井伯壽「譯經史之研究」）傳入已自漢末。禪定爲實踐之本，東來諸僧「或傳度經法，或教授禪道」，其由來遠矣。（法京伯希和目藏文一二二八「為南天竺國菩提達磨禪師觀門」云：「何名禪定？答：禪為亂心不起，無動無念為禪定。何名為禪觀？答：心神澄淨名之為禪定，照理分明，名之為觀。因有七種觀門」。玄奘於顯慶二年請入少林寺習禪，奏稱：「定慧相資，如車二輪，缺一不可」。「少得專精教義，惟于四禪九定，未暇安心」。奘師於定學，自覺仍有慊然。禪道重理入行入。尤貴實踐。贊寧宋僧傳習禪論，述其流變，言最扼要，玆不多贅。）

謝靈運已用「禪」字入詩，言：「禪室栖空觀，講宇析妙理。」（石壁立招提精舍詩）晉簡文前後，有若耶山帛道猷者，與僧竺道壹書云：「始得優遊山林之下〈縱心孔釋之書〉觸興爲詩，陵峯采藥，服餌蠲痾，樂有餘也。」因有詩曰：

連峰數千里，修林帶平津，雲過遠山翳，風至梗荒榛。
茅茨隱不見，雞鳴知有人。閑步踐其逕，處處見遺薪，
始知百代下，故有上皇民。《高僧傳卷五竺道壹傳》

此更在大謝之前。杜甫秦州積草嶺詩起句「連峰積長陰」，結云「茅茨眼中見」句，實暗用此篇「茅茨隱不見」，仇註不知也。書札云「觸興爲詩」，直是唐人興象之說。此詩乃王孟之前導，可入唐賢三昧集。

僧徒能文事者甚夥，隋時釋眞觀（俗姓范氏），八歲通詩禮，和庾尚書林檎之作。時人語曰：「錢唐有眞觀，當天下一半」。開皇十一年，江南叛反，王師臨弔，江南儒士多被繫，眞觀以名聲滿江表，謂其造檄，爲元師揚素拘問。素曰：「道人不愁自死，乃更愁他。」令作愁賦，其辭略云：

……愁之為狀也，言非物而是物，謂無象而有象，雖則小而為大，亦自狹而成廣。……
霧結銅柱之南，雲起燕山之北，箭既盡于晉陽，水復乾于疏勒。（《續高僧傳三十》）

惜道宣不全錄其文。姜夔稱「庾郎先自吟愁賦」（齊天樂）。不知同時尚有因事命題而非無病呻吟之愁賦，出於高僧之手也。南朝僧人之能詩者稱惠林，經沈約品藻，鍾嶸入於詩品，謂其「淫靡，情過其才」。宋武帝命還俗。唐僧人詩篇，大致見于宋寶祐間荷澤李龔編之「唐僧弘秀集」十卷，起皎然訖智暹。余曾見南宋書棚本。其自序云：「詩教湮微，取以爲緇流砥柱。」後之步武者有毛晉輯「明僧弘秀集十三卷」。（崇禎十六年刊、藏北京圖書館）宋陳狀元應行

輯吟窗雜錄，卷三十二爲古今詩僧，摘取佳句，如「一劍霜寒十四州」（貫休句、檢元祿八年本禪月集，未見。）「大海從魚躍，長空任鳥飛。」（元覽句）爲後人傳誦者，皆與禪理無關。今觀晚唐僧人所著詩議、詩格一類著作，皆從詩之體製、技巧、修辭著眼，未嘗摭禪理以入詩也。

惟自六祖開宗以後，詩偈流行。諸大師於示法、開悟、頌古，動喜吟哦，爲付法之用。禪宗本破除文字，至是乃反立文字，詩遂爲禪客添花錦之翰藻矣。孟郊詩有教坊歌兒云：「十歲小小兒，能歌得聞（一作朝）天。六十孤老人，能詩獨臨川。去年西京寺，衆伶集講筵。能嘶竹枝詞，供養繩床禪。能詩不如歌，悵望三百篇。」（東野集三）似即對文溆「和尚教坊」一流之諷刺。（北宋遵式撰「往生西方略傳」、記「唐德宗迎法照入內、用劉球繩牀、教宮人五會念佛。」塚本教授引此為說。然續高僧傳二十五道仙傳、稱其「雜草止容繩床」。蓋僧人坐禪之具。）若夫棒喝之篇，去竹枝不遠，以「嘶」字貶之，已近戲謔。祖師之禪詩，具見祖堂、傳燈、會元、尊宿語錄等書，今不具論。曹山本寂，文辭遒麗，嘗注「對寒山子詩，流行宇內。」（宋高僧傳十三）宗門尊宿好爲偈詩，久成風氣。至於「繞路說禪」之作，其言往往如咬鐵鋑蹈，其義如重溟浩漾，（碧巖種電鈔中語）不無佳製。（五山詩僧、詩學詩功皆極深，所輯選之禪詩總集，如義堂周信之祖苑聯芳集，蔚為巨觀。又室町流行之（宋）松坡「《江湖風雲全集》」可以見其別裁所在。至如崇禎時刋永覺和尚禪餘內外集，檇李曹谷序稱其機辯自在，或痛快、或綿密、或高古、或平實、如摩尼圓映，五色不定、如巨海波瀾，涌沒何常。」兹揭其示圓常上人四首之一云：「岁崱山高鳥絶蹤，石門天險孰能通。若非鐵額銅睛漢，秪在青烟翠靄中。」鐵額四字可見禪家口吻。）大家隨緣而發，深入理窟，偶有意外之意，思外之思，去昭悵述情甚遠，以之警世牖俗則可，謂爲眞詩，則恐非詩人之所許也。（王漁洋嘗舉白楊順禪師偈，「落林黃葉水流去、出谷白雲風捲回」，則不易覯。）

詩僧之眞能詩者，若唐之皎然，其句云：

白雲供詩用，清吹生座右。（《答裴集陽》）

花滿不汚地，雲多從觸衣。（《酬秦山人》）

永夜出禪吟，清猿自相應。（《送清涼上人》）

時諺謂「雷之晝，能清秀」。不愧謝康樂之後也。（皎然名晝，湖州人，謝康樂十世孫。）貫休句云：

荷緣冥目盡，一句不言深。野火燒禪石，殘霞照栗林。（《寄山中伉禪師》）

真風含素髮，秋色入靈臺。（詩）

唯宜高處著，將寄謝宣城。（《上王使君》）

落想至高，故徐琰云「味其語，正宜高處著眼，不當以詩僧看也。」（孫光憲亦云：「唐末詩僧，惟貫休骨氣混成，境意倬異，殆難儔敵。」見天福三年白蓮集序。）宋江西洪覺範、與東坡山谷遊，著石門文字禪，其句云：

詩如畫好馬，落筆得神駿。（同慶長游草堂）

眞所謂「律儀通外學，詩思入禪關。」外學之詩，與內學之禪，殊途而漸趨合一，故釋達觀（萬曆間人）爲石門文字禪撰序云：

禪如春也，文字則花也，春在于花，全花是春，花在于春，全春是花，而曰禪與文字有二乎哉？故德山臨濟，棒喝交馳，未嘗非文字也，清涼天台，疏經造論，未嘗非禪也而曰禪與文字有二乎哉？名其所著曰文字禪。

言謫而理圓，禪棄文字，而復合于文字，僧人以禪定力服智慧藥，定能生慧，詩即慧之表現，詩爲定後所生，則定與慧，根本已是一而非二矣。（贊寧于習禪篇論曰：「經云不著文字，不離文字，非無文字。云不立文字，乃反權合道。」可明禪家不著文字之義。）

至若詩家之得力於禪者，非僅以禪爲其切玉刀而已，蓋以妙悟孕育其詩心，以活句培養其詩法，以最上乘致其詩品之高，以透澈玲瓏構其詩境之夐。自司空圖至于王漁洋，皆善用禪而不泥于禪，得活用之效，若嚴滄浪則依禪造論，得其契機，沾溉他人，而未能自食其果者也。

司空表聖之贊香嚴長老，曰：「大師之旨，吾久得之。」又曰：「一塵不飄，見大師力。」香嚴即鄧州香嚴山智閑禪師，嘗禮大潙山靈祐，祐召對茫然，乃將諸方語要，盡焚之，曰畫餅弗可充飢也。泣辭潙山去。於南陽忠國師遺跡，（五燈會元二：南陽慧忠國師，姓冉氏，居南陽白崖山党子谷。肅宗問：師在曹溪得何法？師曰：陛下還見空中一片雲麼？其瀟灑如此。）

芟草木擊瓦礫自立，遂冥有所證。（此事見宋高僧傳四十三、景德傳燈錄十一、五燈會元卷九、極著名。後代藝人每引用此典故，如董其昌是。）禪宗貴自闢戶牖，潙山亦於敻無人烟比爲獸窟處開創山門，求道之精神亦是如此。潙山論「道人之心……譬如秋水澄渟，澹泞無礙，喚他作道人，亦名無事人。」（潙山靈祐禪師語錄）仰山慧寂禪師于潙山處，因作○此相而頓悟。圓相之作，相傳起於南陽忠國師，（道泰及智境編禪林類聚七云：「南陽忠國師見僧來，以手作圓相。」）即香嚴住處，故「圓相」代表潙、仰之禪學；又有所謂三照者：謂本來照、寂照、常照。香嚴爲潙山法嗣，著有三照頌，其頌寂照之境界云：「不動如山萬事休，澄潭澈底未曾流，箇中正念常相續，月皎天心雲霧收。」形容已破初關證入空寂之心境。以上即香嚴之宗旨及功力，表聖自言得之，則其參禪必有所得。觀其二十四詩品，以雄渾居首，曰「超以象外，得其環中。」雖用莊子之言，而環中即圓相之○也。又其句云：「不似香山白居士，晚將心境著禪魔。」其不縛於禪，信能深知禪者。故以之論詩，則曰「辨於味而後可以言詩」，「王右丞、韋蘇州澄澹精緻，格在其中。」又云：「近而不浮，遠而不盡，然後可以言韻外之致。」（與李生論詩書）此與潙山論道心之必如秋水澄渟、澹泞無礙，境界原自相應。謂其以參得之禪境，比擬詩境，無不可也。王昌齡詩格有象外語體及象外比體，表聖云「超以象外」，又進一步；昌齡論詩有五趣向：曰高格、曰古雅、曰閑逸、曰幽深、曰神仙，而僧齊己風騷旨格論詩有十體：一曰高古、二曰清奇，即合昌齡之高格與古雅爲一。表聖二十四詩品中高古與清奇并同于齊己，似亦有取于同時緇流之論。（考齊己白蓮集三有寄華山司空圖詩「天門艱難際，全家入華山」「瀑布寒吹夢，蓮峯翠濕閒」。可見原爲交好。齊己入梁尚存。）故知表聖論詩，字面不及禪，而實有得于禪。

若嚴羽則不然，熟讀禪燈之文，撏撦其語彙，正面借禪以喻詩，詩辨部分，其語最精，大都出自禪語，舉似如次：

入門須正，若自退屈。

即有下劣詩魔入其腑

見與師齊，減師半德。

自然悟入。

此乃是從頂顬上做來

謂之直截根源

謂之單刀直入

羚羊挂角無跡可尋

五燈會元十五：善暹禪師云：「良由諸人不肯承，自生退屈。」

傳燈錄十五：全豁禪師云：「智與師齊、減師半德。」五燈會元三：智字作見，引作懷海禪師語。

「悟入」語習見。宋高僧傳八玄覺傳：「覺唱道著明，修證悟入，……號永嘉集是也。」

五燈會元十八：「介諶禪師踏著釋迦頂顬。」

禪林類聚：「圓悟勤拈云：至簡至易，最尊最貴。往還千聖頂顬頭，世出世間不思議。彈指圓成八萬門，一超直入如來地。」

傳燈錄永嘉證道歌：「直截根源佛所印，摘葉尋枝我不能。」

五燈會元九：「（大潙山）靈祐禪師云：單刀直入，則凡聖情盡體露眞常。」

傳燈錄十六：「（雪峯）義存禪師：我若東道西道，汝則尋言逐句；我若羚羊挂角，你向什麼處捫摸。」（又見《大涅槃經如來性品》十二）

禪林類聚：「東林總云：怪哉弘覺，二十年羚羊挂角，絕跡亡蹤。……」

句句借禪爲喻，嚴氏主旨在揭櫫當以盛唐爲法，不可步武江西，持論頗近包恢敝帚稾，借其本人非名詩家，不足以服人。自明訖今，非議者衆。惟王漁洋則篤信之，謂「滄浪借禪喻詩，歸於妙悟。如謂盛唐家詩如鏡中之花，水中之月，如羚羊挂角無迹可尋，乃不易之論。而錢牧齋駁之，馮班鈍吟雜錄因極排詆，皆非也。」（池北偶談十七、分甘餘話二續責馮班之詆諆爲風雅中羅織經、又香祖筆記屢及之、不具引）紀昀云：

滄浪標妙悟，無迹可尋，有明惟徐昌穀高叔嗣傳其衣鉢。虞山二馮詆滄浪爲囈語，不免挑之太過，叩寂寞以求音。陸平原之思君如流水，劉舍人之「情往似贈，興來如答」，則此論不倡自儀卿也。飴山（趙執信）堅執馮說，漁洋獨篤信不移，亦有由歟。 紀文達集田侯松岩詩序

可謂平情之論。紀氏深疾山谷詩，謂其五古有腐·率·雜·澀四病。《書山谷集後》故以漁洋之說爲正。漁洋論詩宗旨，見於唐賢三昧集，實祖滄浪之說，揭神韻二字，其內涵即承滄浪一脈。宜興謝芳連著詩庸，漁洋序云：「王、裴輞川絕句，字字入禪。如雨中山果落，以及太白卻下水精簾，常建松際露微月，劉昚虛時有落花至，遠隨流水香，妙諦微言，與世尊拈花，迦葉微笑無別。通其解者，可語上乘。」如此類語，漁洋著述中層見疊出，蓋其晚年之定論。

伊應鼎編述之漁洋精華錄，即師說之結晶，有云：「五言絕以古澹閑遠爲上乘，言景當如溫伯雪子之目擊而道存，信手拈來，不假思議也；言情則當如嵇叔夜之手揮目送，意在個中，神遊象外也。故禪宗以可說爲粗，以不可說爲妙，是不可說亦不可說爲妙中之妙」。詩家以詩通禪之說，至是得到一個歸宿。漁洋有黃龍晦堂禪師一詩云：「山谷大辯才，妙義皆糠粃，滿院木犀香，吾無隱乎爾。」黃龍晦堂爲山谷所從遊，語次，問山谷，「吾無隱乎爾」作何解？山谷詮釋極精，晦堂皆不謂然，山谷不服。時秋香滿院，晦堂乃曰：聞木犀香否？山谷曰聞。晦堂乃曰：吾無隱乎爾。山谷乃服。曾見五山詩僧漆桶萬里畢生抄集山谷詩注，共二十一册，書名「帳中香」（天理圖書館藏善本），其題句云：「香爲江西詩祖焚，黃龍涎上起清芬」，即用此典故。古今箋黃之作，此最爲繁富矣。精華錄注云：「妙道只在當下，當面錯過，但從故紙尋求，都無是處。當前花香，是現現成成活活潑潑的一箇。」禪只宜默照，而不宜辨析，近賢說詩禪者，至欲以曹洞正偏五位以說成詩之歷程，不知作詩只是要觸興。「興會神到，不可刻舟緣木求之。」（池北偶談十八）「詩而待于做，必無好詩。」況析之以五位，必無如此齊整。如是，復爲詩披上一副禪學桎梏，何異以禪縛之？

吳興董說，明亡爲僧，著有禪樂府。以禪林故事製爲樂府，大率三字爲題，如「風旛動」云：

不是旛，不是風，蟭螟眼裏擊金鐘。不是風，不是旛，一片征帆兩岸猿。非旛動，非風動，梅花墮井泥牛痛。風動非，旛動非，柳絮悠揚信口吹。

紙上機鋒，充滿禪趣。饒州薦福退庵休禪師上堂：「風動耶？旛動耶？風鳴耶？鈴鳴耶？非風鈴鳴，非風旛動，此天與西天，一隊黑漆桶。」（五燈會元）理亦如是。清初聶先與曾王孫合編百名家詞，先自署那羅延窟學人，爲之序曰：

> 余不知詞而知禪，請以禪喻：五祖舉示佛果云：頻呼小玉元無事，祇要檀郎認得聲。果入室云：少年一段風流事，祇許佳人獨自知。此絕妙好詞也，近于麗纖；政黃牛云：解空不解離聲色，似聽孤猿月下啼。此絕妙好詞也，近于清寒；端師子云：我本瀟湘一釣客，自東自西自南北。此絕妙好詞也，近于豪宕；洪覺範云：秋陰未破雪滿山，笑指千峯欲歸去。此絕妙好詞也，近于淡冶。首楞嚴曰：佛謂阿難、辟如琴瑟箜篌琵琶，雖有妙音，若非妙手、亦不能發。今諸公之詞，各以妙指而發妙音。……盡使摸象之盲人，扣鐘之聾者，忽如天眼頓開，疾雷破柱，直得香象渡河，華鯨夜吼，豈不快哉！（百家詞題長水曾王孫道扶、廬陵樂讀居士聶先晉人纂定。康熙綠蔭堂本收百名家詞共一百卷、京大藏本只三十卷八冊、有曾王孫序而無聶先此序。）

摘禪家妙句以證詞境，妙用直喻暗喻，亦是一篇絕妙好文。宋人詞集已以禪命名、陳與義集曰無住詞，楊旡咎集曰逃禪詞。清初納蘭成德名其集曰飲水，取道明禪師語「實未省自己面目，今蒙指探入處，如人飲水，冷暖自知。」曹貞吉名集曰珂雪，王僧孺佛事文謂天尊「煥發青蓮，容與珂雪。」敦煌呪生偈：「目淨修廣若青蓮，齒白齊密由珂雪」（英倫史斯坦恩目五六四五）亦取釋典。

厲樊榭齊天樂秋聲警句：「獨自開門，滿庭都是月」，如指月錄中語，故譚復堂評曰：「詞禪」。董潮東風齊著力一詞，有句云：「石壇風靜，旛影晝沈。闌角嫣然一笑，凝眸處，黛淺紅深。君知否，桃花燕子，都是禪心。」淒馨秀逸，說者謂為「眞詞禪」也。（兩浙詞人小傳）俞樾釆桑子雋句：「死是禪心，活是仙心，一樣工夫兩樣心」。不死不能活，頗能道破妙處。（黃龍有四句云「死中有活，活中有死，死中常死，活中常活。」圜悟云：「死水裏浸殺」）詞心之通禪，與詩心之通禪，固無二致也。

二　文評與釋典

劉彥和撰文心雕龍在南齊之世，審文體，辨聲律。其人雖浸淫于內典，而書中只舉「般若」一詞，間用圓字論詩，未嘗以禪理比附文事也。梁武天監六年，敕僧旻於慧輪殿講勝鬘經，仍選才學道俗釋僧智、僧晃、臨川王記室東莞劉勰等三十人同集上定林寺抄一切經論，以類相從，凡八十卷。（續高僧傳五僧旻）神清北山錄二「梁太子綱撰法寶聯璧二百卷，沙門僧祐、僧旻、寶唱、智藏咸皆纘述，頗多條目。」劉勰參加者，必此一工作。臨川王即梁武第六弟蕭弘。勰時為其記室。仍以精通釋典著聞。文心之作，初似未為人所重。然若干詩文評常用詞彙，劉氏已開其先，舉例言之：

興

王漁洋帶經堂詩話十八：「右丞詩『山中一夜雨，樹杪百重泉。』興來、神來，天然入妙。」此雖同于唐殷璠河嶽英靈集序「文有神來、氣來、情來」之語；然文心神思贊已云：「情往似贈，興來如答」。「興來」二字出此。

味

鍾嶸詩品：「五言是衆作之有滋味者。」又評永嘉時篇什，「理過其辭，淡乎寡味。」以後司空圖亦言「辨于味而後可以言詩。」詩味之論，發軔于此。然文心屢提及「味」字，如云：「繁采寡情，味之必厭。」（情采篇）此謂味出于情。又云「機入其巧，則義味自生。」（總術篇）又云：「道味相附，懸緒自接，如樂之和，心聲在協。」（附會篇）舉出道味・義味兩詞，皆與佛理無涉。印度詩學，向來有 rasa 與 alaṁkāra 二派，前者主情，後者重采。rasa 漢譯為味，被目為詩魂（soul of poetry）此派詩說，從未介紹入華，鍾劉輩之言味，了不相關。

唐貞元初，僧皎然居東溪草堂，「欲屏息詩道非禪者之意，因著詩式，既又寢而不紀。」（宋高僧傳二十九）其書今存者恐非完篇。然自彼以後，僧齊己（著「風騷旨格」。天理大學藏永樂大典卷九百九「詩」字號作「風騷詩格」，已有印本；宋人之「吟窗雜錄」作「旨格」，宜參校。）文彧（詩格）虛中（流類手鑑。齊己白蓮集與虛中上人來往詩、不一而足。）桂林僧□淳大師（詩評）保暹（處囊訣）相繼有所造述。其時緇流喜著詩格一類之書、中唐以來，成爲風尚，似皎然有以啓其先。

宋人喜以禪喻詩，詩論每借用內典詞語（loan terms）。此種「擬配外書爲生解之例」，向謂之格義（梁高僧傳竺法雅傳），以釋典事類比附詩說，蓋亦格義之流亞。

(一) 借用南北宗以喻詩文派別

六朝以來，南北對峙，風氣既殊，互爲軒輊。北史儒林傳已論南北學風之異。清許宗彥

「記南北學」謂經學自東晉以後，分爲南北；自唐以後，則有南學而無北學。（鑑止水齋集卷十四）唐神清北山錄第四論文學分南北，謂「宋風尚華，魏風尚淳，淳則寡不據道，華則多遊于藝。觀乎北則枝葉生於德教，南則枝葉生于辭行。」同書第三論佛學分南北宗云：「後諸學者以文殊爲法性，以慈氏爲法相……自伐其美，致使西極東華，人到於今，有南北兩宗之異也。故南宗焉以空、假、中爲三觀。北宗焉遍計、依他、圓成爲三性也。而華嚴以體性・德相業用範圍法界。得其門統於南北，其猶指諸掌矣。」此中唐佛教折衷之論也。（神清于元和中終於梓州慧義寺。見宋高僧傳六）然自禪宗崛起，能、秀分途，能不度（大庾）嶺，「天下散傳其道。謂秀宗爲北，能宗爲南，南北二宗，名從此起。」（語見贊寧撰神秀傳）薦福弘辯禪師答唐宣宗禪宗何有南北之名，云：「開導發悟有頓漸之異，故云南頓北漸，非禪師本有南北之稱也。」（禪林類聚一）此乃與神清所揭西極（印度）東華（中國）共同之南北宗，大異其趣。然禪門南北宗之影響獨鉅，人多接受此說，而寖忘舊義矣。

空海大師於貞元二十年十二月至長安，留唐三載。歸國著文鏡秘府論。自云「閱諸家格式，勘彼同異。」故王昌齡詩格、杼山詩議，皆在甄采之列。其書南卷「文意」篇，曾借南北宗一詞以論文云：

> 荀孟傳于司馬遷，遷傳于賈誼。誼謫居長沙，遂不得志，風土旣殊，遷逐怨上，屬物比興，少於風雅，復有騷人之作，皆有怨刺，失于本宗。乃知司馬遷為北宗，賈生為南宗，從此分焉。

以司馬遷屬之北宗，賈誼屬之南土，漢土舊無此說，誼原籍洛陽，以南謫楚土，遂以隸南宗。篇中「遷傳於賈誼」一語，年代明有舛錯，各本似皆如此，（參小西甚一考文篇、又參三七頁附註。〔編案：卽本書頁二三〕）未喻其故。「文意」上半取自王昌齡，下半取自皎然，衆所共悉。若其眼心抄起自「凡作詩之體，意是格，聲是律」句，共四十四凡，比文鏡條理更爲清晰。昌齡詩格存於吟窗雜錄者已非完帙，又有「詩中密旨」，俱無此段文字。故知以司馬遷爲北宗，賈誼爲南宗，必非出自轉引，諒爲空師自撰，揣其意，似以騷人怨刺者爲南宗，風雅不失其本者爲北宗。

詩論之區分南北宋，見於題賈島作之「二南密旨」，撮錄如次：

論南北二宗：宗者，揔也，言宗則始南北二宗也。

南宗一句含理，北宗二句顯意。

南宗例　如毛詩云：林有樸樕，野有死鹿。

如錢起詩：竹怜新雨後，山愛夕陽時。

北宗例　如毛詩：我心匪石，不可轉也。

如左太冲詩：吾希段干木，偃息藩魏君。

觀其例句，似以虛而尚比興者爲南宗，實而用賦體者爲北宗。

又釋虛中著流類手鑑云：

——詩有二宗，第四句見題是南宗，第八句見題是北宗。（吟窗雜錄卷十三）

似以見題先者爲南宗，見題後者爲北宗，前者頓而後者漸，意頗曖昧，未知然否？

詞家亦有借南北宗立論者，清張其錦爲梅邊吹笛譜序云：

> 南宋詞有兩派：一為白石以清空為主，高、史輔之，前則有夢窗、竹山、西麓、虛齋、蒲江，後則有玉田、聖與、公謹、商隱，掃除野狐，獨標正諦，猶禪之南宗也。一派為稼軒，以豪邁為主，繼之者，龍洲、放翁、後村，猶禪之北宗也。

所見頗新，以清空屬南宗，豪放爲北宗，惟合白石與夢窗爲一派，似有可商，未爲確論。

董其昌論畫揭南北宗，亦假禪立說，最爲膾炙人口。他若張作楠之梅簃隨筆，辨道家有南北二宗，（見越縵堂讀書記）剽襲陳說，不免於牽強。論文說詩，假南北宗以立義者，代有其人，其實與釋氏原旨無關，祇是借喻而已。唐人假南北宗以擬頓漸，記有僧問越州石佛曉通禪師，如何是頓教？師曰：月落寒潭。曰：如何是漸教？曰：雲生碧漢。（五燈卷十六）以景色比方，亦饒詩意。取南北宗以喻詩，陳義不過如是已耳。

(二) 借禪宗三句語說詩

葉夢得石林詩話：「禪宗論雲間有三種語：其一爲隨波逐流句，謂隨物應機，不主故常。其二爲截斷衆流句，謂超出言外，非情識所到。其三爲函蓋乾坤句，謂泯然皆契，無間可伺。其淺深以是爲序。予嘗戲爲學子言，老杜詩亦有此三種語，但先後不同。如波漂菰米沉雲黑，露冷蓮房墜粉紅，當爲函蓋乾坤句。落花游絲白日靜，鳴鳩乳燕青春深，當爲隨波逐浪句。百年地僻柴門遠，五月江深草閣寒，當爲截斷衆流句。若有解此，當與同參。」按雲門乃雲門之誤。仇注杜詩卷六，錄此段於題省中壁詩後，乃作雲間，未之是正。（新印中華本）五燈會元十五：鼎州德山緣密禪師，爲雲門文偃禪師法嗣，「上堂我有三句語，示汝諸人，一句函蓋乾坤，一句截斷衆流，一句隨波逐浪，作麼生辨？若辨不出，長安路上輥輥地。」文偃師嘗說過「河裏失錢河裏摝，上堂函蓋乾坤目。」函蓋乾坤原文師語，未嘗舉示例句。以後雲門各禪師多祖述之。

信州西禪欽禪師　僧問：如何是函蓋乾坤句？師曰：天上有星皆拱北。曰：如何是截斷衆流句？師曰：大地坦然平。曰：如何是隨波逐浪句？師曰：春生夏長。鼎州普安道禪師　三句頌：函蓋乾坤曰：乾坤幷萬象，地獄及天堂。物物皆真見，頭頭用不傷。截斷衆流曰：堆山積嶽來，一一盡塵埃。更擬論玄妙，冰消瓦解摧。隨波逐浪曰：辯口利舌問，高低總不虧，還知應病藥，診候在臨時。

日芳上座（開福賢禪師法嗣）　僧問：如何是函蓋乾坤句？師豎起拄杖。　僧問：如何是截斷衆流句？師橫按拄杖。僧曰：如何是隨波逐浪句？師擲下拄杖。……

南康軍雲居大慶海印禪師（雲蓋顒禪師法嗣）　僧問：如何是函蓋乾坤句？師曰：合。曰：如何是隨波逐浪句？師曰：闊。曰：如何是截斷衆流句？師曰：窄。……

廬山歸宗慧通禪師（大溈宥禪師法嗣）　僧問：如何是函蓋乾坤句？師曰：日出東方夜落西。曰：如何是截斷衆流句？師曰：鐵山橫在路。曰：如何是隨波逐浪句？師曰：船子下揚州。

雲門說偈最饒詩意。此三句語例子甚多，不能備錄。上舉諸師答案各異，或舉現成句，或別出心裁，或示以拄杖，或喻以空間。（說隨波逐浪是闊，乃從廣度看，說截斷衆流是窄，乃從長度看。故是空間義。）開悟處不同，得力句亦隨之。黃檗志因禪師說：得力句在脚，一步進一步。（五燈十六）爲學經歷亦是如此。三句語原是空間不同，未必有何先後可說。隨波逐浪句即景而生，所謂「有時入荒草，有時上孤峯。」（臨安玄妙禪師語）杜詩如「林花著雨，水荇牽風」，「侵陵雪色，漏洩春光」等名句，觸處皆是。此三句語不限於杜少陵，其他大家莫不有之，在讀者善自體會耳。

(三) 向上說及正眼說

王灼碧雞漫志論：「東坡先生非心醉於音律者，偶爾作歌指出『向上』一路，新天下耳目，弄筆者始知自振。」東坡有極高明之襟抱，抒寫爲詞，不同凡近，如宗門之極詣，故以「向上」比況之。其實不獨倚聲爲然，其詩亦能指「向上」一路。嚴滄浪詩辨亦點出詩宜「向上」。向上一詞本爲禪宗常用語。傳燈錄七：「寶積禪師上堂示衆曰：向上一路，千聖不傳，學者勞形，如猿掛影。」五燈會元十二：「東京淨因禪師謂善華嚴有千聖不傳底向上一路在。善問曰：如何是向上一路？師曰：汝且向下會取。」又同書十三：「越州乾峰和尙上堂：法身有三種病，二種光，須是一一透得，始解歸家穩坐，須知更有向上一竅。」又十五：「明州育王常坦禪師：僧問如何是有中有？師曰：金河峰上。曰：如何是無中無？師曰：般若堂前。上堂：千花競發，百鳥啼春，是向上句；諸佛出世，知識興慈，是向下句……」向上一竅不易做到。潞府妙勝臻禪師：問如何是向上一路？師曰：一條濟水貫新羅。元楚石法師題畫句云：「若論向上宗門事，盡在山光水色中。」（「向上」資料，見禪林類聚三「橋路」一項，今不備錄。）禪家句子有向上與向下二種。王灼用向上一詞以形容東坡之造詣，蓋以其湛於禪理也。東坡題李之儀詩後云：「每逢佳處輒參禪。」正是夫子自道。而李之儀句云：「悟筆如悟禪」（姑溪居士後集一）又云：「說禪作詩本無差別，但打得過者絕少。」（與李之言書）其時學人已深知詩禪合一之理，然能打得過者莫如東坡，故山谷稱「東坡於般若，橫說豎說，了無賸語。」蓋其作品，處處充滿智慧，清劉熙載亦謂「東坡詩善於空諸所有，又善于無中生有，機括實自禪悟中來。」語最中肯。其在廬山贈東林總長老（卽照覺大師。警句「溪聲便是廣長舌」，盡人皆知。大鑑禪師禪居集有「一溪說」，謂溪為衆水所歸，宣演妙音，全文卽申東坡「溪聲便是廣長舌」之義。）題西林壁（卽「不識廬山眞面目」一詩），已與偈語無別。南遷而後，與緇流往返最密，凡有所作，活潑禪機，躍然紙上，且每自言能下轉語，如詠馬祖「豈墮山鬼計」「戲留一轉語」（虔州塵外亭），下語已高馬駒一著。又如「一言破千偈，況爾初不語，可憐一轉語，他日如何學。」（和江行見桃花）傳燈錄：「省念禪師傳到處學似人。」坡詩「他日如何學似人。」彼深懂破偈，學似種種禪家活法，妙處尤在命意，漫舉貪泉一詩示例：

水性故自清，不清或撓之。君看此廉泉，五色爛摩尼。廉者為我廉，何以此名為？有廉則有貪，有慧則有癡。誰為柳宗元？孰是吳隱之？漁父足豈潔？許由耳何淄？後然立名字，此水了不知！毀譽有時盡，不知無盡時。朅來廉泉上，捋鬚看鬢眉。好在水中人，到處相娛嬉。

直是說偈，明白曉暢，語語如摩尼珠，橫說豎說，無所不宜，豈止下一轉語，眞是無中生有，孰謂詩不可說理耶？

山谷之於禪，參證特多。范溫記其言曰：「學者先以識爲主，禪家所謂正法眼藏，直須具此眼目，方可入道。」（後此嚴羽稱「學詩者以識為主」、全襲是說。）又云：「句中有眼，學者不知此妙，『韻』終不勝。」溫用其說作「潛溪詩眼」一卷（永樂大典卷八〇七詩字引之、又見苕溪叢話。）法眼爲禪家常談。文益示寂後諡曰法眼，被稱爲法眼宗。麻谷問臨濟：「大悲千手眼，那箇是正眼？」（五燈十一）汝州風穴禪師上座，「哮吼一聲，壁立千仞，誰敢正眼覷著，覷著即瞎却渠眼。時有僧問：如何是正法眼？師曰：即便戳瞎。曰：戳瞎後如何？師曰：撈天摸地。」（五燈十一）宗慧初參雲門，問：「如何是正法眼？師曰：紙撚無油。」（五燈十五）僧問江陵重善禪師，「如何是正法眼？師曰：夜觀乾象。曰：學人不會意旨如何？師曰：日裏看山」。此類不回答之回答，不勝僂指。（法眼資料、參禪林類聚十「心眼」項）究竟什麼是正法眼，不須說破。如范溫說山谷直以「韻」爲詩之正法眼，已病在說破了。山谷言能用飜著襪法，似太注重技巧，（五山詩僧虎關師鍊論詩，眼力甚高。山谷飜著襪法取之王梵志。虎關詩話論諸家擬王梵志云：「蓋梵志者，意到句不到；東坡放而不警矣，圓悟警而不精矣。只涪翁之論亦佳矣，然無句。」其說可供參考。）不如東坡有得于大全，任其自然。山谷悟入在詩中之韻，以此爲句中之眼，不知司空圖已論韻外之致，味在鹹酸之外，韻外之韻，比韻又進一境。百喻經諷有人因主人益鹽，而「便空食鹽」，正因黏著于味，而不能外却鹹酸之味，尚韻而不能外韻，病亦如是！山谷譽東坡學高而韻勝，正以其有韻而不黏于韻，此其所以高絕。山谷所以嘆爲不可及。坡、谷優劣，亦可於此見之。

㈣ 境界說

拈出境界二字以論文學，近人每誤認為倡始於王靜安之人間詞話，余廿年前嘗撰平議。嗣見觀堂已自悔其少作。（見黃濬花隨人聖盦摭憶頁一九）其實境界說，唐宋人言之甚多，且與釋氏有密切關係，玆略論之：

宋李耆卿文章精義云：作世外文字，須換過境界。因之有空境界、鬼境界、仙境界諸名目。唐僧皎然詩議則標出「境象」一義云：

> 夫境象非一，虛實難明，
> 有可覩而不可取，景也；
> 有聞而不可見，風也；
> 雖繫乎我形，而妙用無體，心也；
> 義貫衆象而無定質，色也；
> 凡此等可以偶虛，亦可以偶實。

判境有虛實，而區為景、風、心、色四者，統稱曰境象。又論對法有「含境」一項，例句是：「悠遠長懷，寂寥無聲。」又詩評有「取境」之說云：

> 取境之時，須至難至險，始見奇句。成篇之後，觀其風貌，有似等閑，不思而得，此高

手也。

禪家造偈，原即取境借境，宜杼山之有深契也。（吟窗雜錄中王昌齡詩格論詩有三境：物境、情境、意境。題白樂天之文苑詩格，亦論依帶境及抒析入境等法門，知唐代詩論已喜言境，淵源甚早。）

禪家喜用境界一詞，例如：

金陵天寶和尚：「僧問：白雲抱幽石時如何？　師曰：非公境界。」（五燈十五）

韶州東平山洪教禪師：「僧問：如何是向上關？　師豎起拂子。僧曰：學人未曉，乞師再指。師：非公境界。曰：和尚豈無方便？師曰：再犯不容」。（同上）

淨因禪師答善華嚴問向上一路曰：「汝且向下會取。善曰：如何是寶所？　師曰：非汝境界。善曰：望禪師慈悲。師曰：任從滄海變，終不為君通」。（五燈十二）

似禪家對境界用法，有界限意味，不可踰越。白雲抱幽石原爲大謝詩句，此境非僧所宜，向上一關非俗大可到，故師不指引，則境界與境象義略有別。

五山詩僧別源禪師南游集，其前有玲瓏岩主跋云：

「詩勝境則境歸于詩，境勝詩則詩不入境。詩與境合，見詩卽見境，境與詩合、見境卽見詩；苟不然，則詩、境兩失。」（五山文學全集頁七三三）

已暢論詩與境之分合。

涿州紙衣和尚（卽克符道者）問臨濟和尚：如何是奪人不奪境、奪境不奪人、人境兩俱奪人境俱不奪四境界。復爲之頌。茲舉四境中兩禪師于前二境之雋句如下：

奪人不奪境　煦日發生鋪地錦，嬰兒垂髮白如絲。（濟答）　驪珠光燦爛，蟾桂影婆娑。（紙衣頌）

奪境不奪人　王令已行天下徧，將軍塞外絕烟塵。（濟答）　日照寒光澹，山搖翠色新。（紙衣頌）

完全用比興方法，作偈正如作詩。王靜安言境界有有我之境與無我之境，奪人不奪境即是無我，奪境不奪人豈非有我？如此比擬，未必完全相符。然人我之分及境之予奪，釋氏已盡分析之能事，理復圓融，後之說者，難免拾其牙慧矣。

人間詞話喜舉警句以顯境，明胡應麟論杜詩之變化云：「變主格，化主境，格易見而境難窺」。因舉錦江天地、玉壘浮雲等爲字中化境，絕壁過雲．疏松隔水爲句中化境，昆明池水、風急天高爲篇中化境。余謂字、句、篇之勉強劃分，殊屬難言。然化境則神動天隨，從心所欲，因外境之物色不同，所構成之境界亦異，誠如黃龍慧南禪師云：「摩尼在掌，隨衆色以分輝，寶月當空，逐千江而現影。」豈主變化之故常？何有人我之區別？以之論詩、論詞、論禪偈，其理固如一也。

前人假釋典以論文，其說如五色繽紛，茲以篇幅所限，不能多述。若錢謙益之立齅詩香觀之說，（香觀說書徐元歎詩後及後香觀說。）而東坡已屢言鼻觀；（東坡和黃魯直燒香云：「且令鼻觀先參。」又題楊次公蕙：「云何起微馥，鼻觀已先通。」觀鼻端白謂之鼻觀，出楞嚴經。錢說似受東坡影響。）方以智論詞意必中邊皆到（龍眠風雅引述）而東坡亦先有中邊皆甜之論，（東坡題跋）意看似創而實因。難怪明人爲東坡編禪喜集（徐長孺纂在禪林叢書）信乎其有得于禪！王安石亦湛于禪學，文集七十八與蔣穎叔論禪書可以見之。山谷跋王荊公禪簡云：「荊公學佛，所謂吾以爲龍又無角，吾以爲蛇又有足者。」甚至傾佩，今觀其和俞秀老禪思詞（見詞品二），仍是沾著于禪，不若東坡之翛然不爲禪縛。然北宋以來，諸巨公皆躭禪悟，以詩通禪，開出無數法門。爲文評者，遂有嶄新之說，其源出于釋典，有待于抉發者尚多，正如坡公云「八萬四千偈，如何舉似人。」茲但示其一隅而已。

附註　文鏡祕府論南卷此條，林宏作君曾請高野山大德靜慈圓氏代爲遍查各本，據稱皆作「遷傳於賈誼。」高野山三寶院傳下之古寫本亦然；正智院與栂尾高山寺二本原皆不全，合之乃成完帙，亦作「遷傳於賈誼。」此語殆一時偶爾筆誤。

（原刊京都《中國文學報》，第三十二冊（一九八〇年十月），頁二二—三七　全文共五節，選錄其中三節。）

王充論衡與劉勰文心雕龍

黃孟駒

中國文學批評論著，魏晉以後始燦然大備。文心雕龍序志篇稱：

> 詳觀近代之論文者多矣：至於魏文述典，陳思序書，應瑒文論，陸機文賦，仲洽流別，宏範翰林，各照隅隙，鮮觀衢路。

又謂：

> 君山公幹之徒，吉甫士龍之輩，汎議文意，往往間出❶。

劉勰於此視桓譚（君山）爲文學批評家，文心雕龍提及桓譚之處凡八見❷。最值得注意者爲正緯篇「桓譚疾其虛僞」所揭櫫之批判精神。惟與桓譚思想一脈相承之王充，序志篇未見提及，不無令人引起「未能振葉以尋根，觀瀾而索源❸」之憾。所以講述劉勰文學思想，補上王充，始可窺見其淵源所自❹。

文心雕龍提及王充及其論衡凡四處：

一、論說篇：李康運命，同論衡而過之。

二、神思篇：桓譚疾感於苦思，王充氣竭於思慮。

三、養氣篇：昔王充著述，制養氣之篇。

四、時序篇：自安和已下，迄至順桓，則有班傅三崔，王馬張蔡，磊落鴻儒，才不時乏[5]。

神思篇王充與桓譚並提，養氣篇開宗明義即道王充，論說篇以李康運命論與王充論衡第一卷逢遇、累害、以下十餘篇作出比較評價[6]，是知劉勰之於論衡嘗深入鑽研，而所受影響實大。

本文所論，側重王充與劉勰在文學思想上之繼承與發展關係。換言之，即爲王充對劉勰之影响，特別在王充之批判精神方面[7]。

王充時代，讖緯流行。讖緯內容牽附神學迷信，宣傳「天人感應」。此種妖妄圖讖，西漢末葉已在流行，迨至東漢，由於帝王之提倡，讖緯之學一度成爲兩漢政治思想工具。王充一生致力批判此種迷信思想，企圖從理論上徹底加以摧毀，故撰論衡。王充自評其所著書，謂可以一言蔽之，曰：「疾虛妄[8]。」疾虛妄者，猶桓譚之「辯照然否[9]」也。（文心雕龍論說篇亦云：「原夫論之為體，所以辨正然否[10]。」）王充又言：

> 論衡之造也，起衆書並失實，虛妄之言勝真美也。故虛妄之語不黜，則華文不見息；華文放流，則實事不見用。故論衡者，所以銓輕重之言，立真偽之平；非苟調文飾辭，為奇偉之觀也。………冀悟迷惑之心，使知虛實之分；實虛之分定，而華偽之文滅；華偽之文滅，則純誠之化日以孳矣[11]。

總之，書名論衡者，取義「論之平也[12]。」

王充思想之特徵，在於反抗時代潮流之批判精神。西漢學術主於解經，惟王充不囿於經生之見，不囿於陰陽五行之說。西漢文學重在辭賦，而王充不染賦家習氣，不玩雕篆小技。王充之在東漢，誠爲一卓然特立之思想家。論衡所載，有九虛、三增[13]、問孔、刺孟等篇。書虛、儒增指出經、傳、緯書、古籍記載，常多不符事實。問孔、刺孟認爲孔孟之言亦時見前後矛盾。其於聖賢經傳作出大膽懷疑與毫不留情之批判，在一千八百多年之前，誠屬難能可貴而勇敢過人。

論衡雖無專論文學之篇，然王充之文學見解散見於藝增、超奇、須頌、佚文、案書、對作、自紀等篇。王充認爲文章當有用於世，「載人之行，傳人之名」，具有「勸善懲惡[14]」之教育作用。由於從文章之實用價值出發，要求文章內容與形式之統一。佚文篇：「賢聖定意於筆，筆集成文，文具情顯[15]。」「文」是形式，「意」、「情」爲內容，二者當統一，「外內表裏，自相副稱[16]。」但二者之關係，應視爲「人之有文也，猶禽之有毛也。毛有五色，皆生於體。苟有文無實，則是五色之禽毛妄生也[17]。」內容雖屬主要，能起決定作用，而形式亦不應以可有可無視之。蓋「聖人之情見於辭。文辭美惡，足以觀才[18]。」文章既有充實之內容，又具絢爛之文采，始能使讀者「誠見其美，懽氣發於內[19]」，從而獲致潛移默化之感染作用。同時，王充批判傳統貴古賤今之論調，認爲後世文物確比前代燦爛，不能妄說今不如古。因此提出「善（蓋）才有淺深，無有古今；文有僞眞，無有故新[20]。」凡此論點，對於劉勰文心雕龍俱具影響。

魏晉六朝，形式主義文風盛行，劉勰接受王充以來文學批評之成果，撰述文心雕龍，高學反形式主義文風之大纛，引導文學研究踏上新階段。文心雕龍體大思精，在文體、創作、批評各方面，俱有系統之論述，對於後代文學批評產生深遠之影響。劉勰嘗言：

> 去聖久遠，文體解散，辭人愛奇，言貴浮詭，飾羽尚畫，文繡鞶帨，離本彌甚，將遂訛濫。……於是搦筆和墨，乃始論文㉑。

說明撰述文心雕龍之動機，在於糾正「浮詭」、「訛濫」文風㉒，劉勰自負有挽救當日文壇上此一根本性缺陷之責。而此反「浮詭」、「訛濫」文風，正與王充反讖緯迷信之精神相通。文心雕龍卷一凡五篇，視爲「文之樞紐」㉓，其中正緯一篇，指出「按經驗緯，其僞有四。」又謂：「光武之世，篤信斯術，風化所靡，學者比肩。……是以桓譚疾其虛僞，尹敏戲其深瑕，張衡發其僻謬，荀悅明其詭誕，四賢博練，論之精矣㉔。」范文瀾以爲「彥和生於齊世，其時讖緯雖遭宋武之禁，尚未盡衰，士大夫必猶有講習者，故列舉四僞，以藥迷罔㉕。」此意尤可窺見劉勰與王充批判精神之一脈相承。所謂「疾其虛僞」、「明其詭誕」，與反形式主義「浮詭」、「訛濫」文風，其精神正相類似。

劉勰認爲魏晉以來，曹丕、陸機、摯虞、李充等人之文學批評論著，俱屬「各照隅隙，鮮觀衢路」，然並不一筆抹煞前人著作，自謂：「品列成文，有同乎舊談者，非雷同也，勢自不可異也。有異乎前論者，非苟異也，理自不可同也㉖。」正可說明劉勰對於前人言論之批判吸收態度。

今舉一例，以作比觀：

論衡超奇篇：有根株於下，有榮葉於上，有實核於內，有皮殼於外；文墨辭説，士之榮葉皮殼也。實誠在胸臆，文墨著竹帛，外內表裏，自相副稱，意奮而筆縱，故文見而實露也㉗。

文心雕龍體性篇：總其歸塗，則數窮八體：一曰典雅，二曰遠奧，三曰精約，四曰顯附，五曰繁縟，六曰壯麗，七曰新奇，八曰輕靡。……故雅與奇反，奧與顯殊，繁與約舛，壯與輕乖，文辭根葉，苑囿其中矣㉘。

體性篇相反之四組，以王充之語言釋之，即以「根株」爲主，抑以「榮葉」爲主。此二者不同之方向，一爲「調文飾辭」者，如「遠奧」、「繁縟」、「輕靡」；另一爲「意奮筆縱，文見實露」者，如「顯附」、「精約」、「壯麗」。劉勰之態度顯然屬於主張「葉」。王充反對「深覆典雅，指意難覩㉙」，反對「文不足奇㉚」，反對「述事者好高古而下今㉛」，正爲針對西漢積習而言。細察王充之意見，應是反對「典雅」，而贊成「新奇」。但此「典雅」不同於文心雕龍所指之「典雅」，而相當於「遠奧」。（文心雕龍：典雅者，鎔式經誥，方軌儒門者也；遠奧者，復采曲文，經理玄宗者也㉜。」）王充所強調之「今」與「奇」，亦非劉勰所指之「新奇」，而相當於「壯麗」。（文心雕龍：壯麗者，高論宏裁，卓爍異采者也；新奇者，擯古競今，危側趣詭者也㉝。」）至於劉勰所謂「新奇」，乃針對當時「危側趣詭」之文風而發，實際相當於王充之「疾虛妄」。劉勰所謂「典雅」，正如「徵聖」、「宗經㉞」之「方軌儒門」。可知劉勰與王充在此相反之四組，觀點正趨於一致，即彼此俱強調「根」，而非強調「葉」。劉勰釋遠奧曰複采曲文；繁縟曰博喻釀采，煒燁枝派；輕靡曰浮文弱植，縹緲附俗；新奇曰危側趣詭[35]。所有複采、醲采、枝派、浮文、縹緲、趣詭等，俱屬於文辭、枝葉。釋壯麗曰高論宏裁；顯附曰辭直義暢；精約曰剖析毫釐[35]。此皆涉及內容方面。劉勰此一總結性之概括，正可說明漢魏六朝文壇上實有兩大相反之傾向存在。而王充之文學批評觀，貫串在此一時期之文論中。由此一例觀之，可覘劉勰著作時所表現之批判吸收精神。

從王充論衡中之片言隻語，到劉勰文心雕龍之宏文鉅製，中國古代文學批評在此一階段已具有鉅大之進展，而其精神則先後貫通，可見一斑。

附註

❶ 范文瀾文心雕龍注卷十，七二六頁。商務印書館版，一九六〇。下稱范注本。

❷ (1)正緯：桓譚疾其虛僞。范注本卷一，三一頁。(2)哀弔：桓譚以爲其言惻愴。卷三，二四一頁。(3)神思：桓譚疾感於苦思。卷六，四九四頁。(4)通變：桓君山云：予見新進麗文，美而無採。卷六，五二〇頁。(5)定勢：桓譚稱文家各有所慕。卷六，五三一頁。(6)才略：桓譚著論，富號猗頓。卷十，六九九頁。(7)知音：至如君卿脣舌，而謬欲論文，乃稱史遷著書，諮東方朔，於是桓譚之徒，相顧嗤笑。卷十，七一四頁。連序志所引，共八條。

❸ 同❶。

❹ 關於劉勰文學思想之淵源，時賢有就佛教方面討論者，如饒宗頤教授所著文心雕龍與佛教（新亞文化講座錄一三五至一四六頁，新亞書院印行，一九六二），劉勰文藝思想與佛教（文心雕龍研究專號一七至一九頁，香港大學中文學會印行，一九六五）及王利器所著文心雕龍新書（巴黎大學北京漢學研究所，一九五一）序錄，均有所論列。本文從另一角度探討。

❺ (1)范注本卷四，三二七頁。(2)卷六，四九四頁。(3)卷九，六四六頁。(4)卷九、六七三頁。「王馬張蔡」，范文瀾謂：此王疑指王充。見卷九，六八一頁注。

❻ 范注本卷四，三四〇頁注二三。

❼ 蔣祖怡著王充的文學理論（中華書局，一九六二）及論衡選（中華書局，一九六二）前言，均有討論王充之文學思想，然關於王充對劉勰之影響，未有觸及其批判精神。

❽ 黃暉論衡校釋卷二十，八六八頁。商務印書館版，一九三八。下稱校釋本。

❾ 論衡超奇篇，校釋本卷十三，六〇八頁。

❿ 范注本卷四，三二八頁。

⑪ 論衡對作篇，校釋本卷二九，一一七〇至一一七二頁。

⑫ 論衡自紀篇，校釋本卷三十，一一八七頁。

⑬ 論衡對作篇：九虛三增，所以使俗務實誠也。校釋本卷二九，一一七五頁。九虛：書虛、變虛、異虛、感虛、福虛、禍虛、龍虛、雷虛、道虛。三增：語增、儒增、藝增。

⑭ 論衡佚文篇，校釋本卷二十，八六七頁。

⑮ 校釋本卷二十，八六八頁。

⑯ 論衡超奇篇，校釋本卷十三，六〇九頁。

⑰ 同⑯。

⑱ 論衡佚文篇，校釋本卷二十，八六一及八六三頁。

⑲ 同⑱。

⑳ 論衡案書篇，校釋本卷二九，一一六七頁。註引孫蜀丞曰：「善」疑「蓋」字之誤。

㉑ 文心雕龍序志篇，范注本卷十，七二六頁。

㉒ 文心雕龍宗經：楚豔漢侈，流弊不還。正末歸本，不其懿歟！范注本卷一，二三頁。通變：楚漢侈而豔，魏晉淺而綺，宋初訛而新。卷六，五二〇頁。定勢：自近代辭人，率好詭巧，原其爲體，訛勢所變。卷六，五三一頁。情采：後之作者，採濫忽眞。卷七，五三八頁。上四條所引，具見當日文風之浮詭。

㉓ 文心雕龍序志篇，范注本卷十，七二七頁。

㉔ 范注本卷一，三〇至三一頁及四一頁注二七。

㉕ 同㉔。

㉖ 文心雕龍序志篇，范注本卷十，七二七頁。

㉗ 校釋本卷十三，六〇九頁。

㉘ 范注本卷六，五〇五頁。

㉙ 論衡自紀篇，校釋本卷三十，一一八八頁。

㉚ 論衡書解篇，校釋本卷二八，一一四四頁。

㉛ 論衡齊世篇，校釋本卷十八，八一〇頁。

㉜ 文心雕龍體性篇，范注本卷六，五〇五頁。複采曲文，原作馥采典文，據劉永濟說改。見文心雕龍校釋一〇二頁。中華書局版，一九六二。卓躒，原作卓爍，據黃侃文心雕龍札記改，見札記九六頁，中華書局版，一九六二。

㉝ 同㉜。

㉞ 俱屬文心雕龍篇名。

㉟ 同㉘。博喻釀采，原作博喻釀采，據劉永濟說改。見文心雕龍校釋一〇三頁。

㊱ 同㉟。

（原刊《聯合書院學報》第五期（一九六六—六七），頁四五—五一。）

「才性之學」對劉勰及其前代文論家的影響

古兆申

郭紹虞「中國文學批評史」第三章(中古期)第十三節(典論論文及其他)說:「由於漢末的清議,重在人物的品藻,於是從人的言論風采方面轉移到文學作品方面,也就產生了自覺的文學批評。」這一段話指出了漢末人物品藻的風氣,影響了以後的文學批評。但人物品藻的理論及哲學的根據,本是來自東漢以至魏晉的「才性之學」❶。事實上是「才性之學」啓發了人物品藻的理論,而人物品藻又啓發了文學批評❷,換言之,二者都受「才性之學」的影響。現在我們要討論的,就是「才性之學」對於劉勰及其前代文論家的影響。

首先讓我們來了解一下什麼叫做「才性之學」。所謂「才性」,晉代袁準在其「才性論」一文中說:

> 凡萬物生於天地之間,有美有惡。物何故美?清氣之所生也;物何故惡?濁氣之所施也。……賢不肖者,人之性也。賢者為師,不肖為資,師資之才也。然質性言其資,才言其用,明矣。

照袁準的解釋:「性」就是自然所稟賦的資質,「才」就是資質的表現。這種研究「才性」的學問便是我們所說的「才性之學」。

關於「性」的研究，先秦諸子及兩漢儒生，亦多有論及，不過對於這種「受氣」於自然的「才性」或「氣性」的研究，則到東漢才發展的，東漢的大思想家王充，可以說是「才性之學」的大師，在其「論衡」一書中，「才性」的討論佔了極重要的篇幅。王充的「才性」論，是試圖從一種物質的基礎—「氣」來解釋人底心理和生理的構成，從而推論人底才智的表現及命運的發展。他在「論衡」•「無形」篇說：

人稟氣於天，氣成而形立。

在「訂鬼」篇說：

夫人所以生者，陰陽氣也。陰氣主為骨肉，陽氣主為精神。人之生也，陰陽氣具，故骨肉堅，精氣盛。精氣為知，骨肉為強。故精神言談，形體固守。骨肉精神，合錯相持，故能常見而不滅也。

王充以爲「氣」是構成宇宙萬物的基本元素，人亦是由「氣」構成，人從自然稟受「氣」而形成自己的「形」，稟受「陽氣」而構成「精神」——即心理的結構，稟受「陰氣」而構成「骨肉」——即生理的結構。他意圖爲人底生命，尋求以物質爲根據的解釋。他以爲人底生命的發展，和他所稟受的「氣」有極大的關係。他在「無形」篇又說：

人稟元氣於天，各受壽夭之命，以立長短之形。……器形已成，不可大小；人體已定，不可增減。用氣為性，性成名定，體氣與形骸相抱，生死與期節相須。

在「率性」篇說：

人之善惡，共一元氣，氣有所少，故性有賢愚。

在「初稟」篇又說：

人生性命，當富貴者，初稟自然之氣。

王充以爲人底生命力（生理健康的情況，壽命的長短）的強弱；人格發展的善或惡的傾向，才智的賢或愚；命運的富或貴，都可以從初稟之氣來決定。而「氣成而形立」，王充除了從「氣」來鑑定人的壽夭、善惡、賢愚、貴賤之外，還主張從人的形體來加以鑑定。事實上「氣」只是理論上假定是構成人底生命的基因，可徵驗可觀察的還只有人體，所以王充在「論衡」中，特立「骨相」一篇，說明這個問題：

故知命之工，察骨體之證，睹富貴貧賤。猶人見盤盂之器，知所設用也……論命者，如比之於器，以察骨體之法，則命在於身形定矣。……非徒富貴貧賤有骨體也，而操行清濁亦有法理。貴賤貧富，命也……操行清濁，性也。非徒命有骨法，性亦有骨法……由此言之，性命繫於形體明矣。

王充受荀子的影響，以爲知識必須有徵驗，即有能訴諸官感的事實根據，方可致信。他這種憑人底「骨相」推論人底生命發展的意圖，自然是想切合他底「徵驗」的「實知」的認識論。不過這種從形體來鑑定人物生命發展的方法，基本是一種美學式的直覺的洞覽，而非科學的對物理事實的分析剖視。

總括來說，以王充爲代表的「才性之學」有三大特色：第一是以「氣」這種物質的基本元素來說明宇宙萬物及人的構成。第二是以爲人底生命的材質，有了先天性的決定，後天頗難改移。但王充仍以爲可以從教育來轉變，如「率性」篇說：

論人之性，定有善有惡，其善者，固自善矣；惡者，故可教告率勉，使之為善。

又說：

孔門弟子七十徒，皆任卿相之用，被服聖教，文才雕琢，知能十倍，教訓之功而漸漬之力也。

他還承認人的「才性」可以由「教訓之功」來轉化。但劉劭「人物志」則完全是先天取決的命定論：

夫學所以成材，恕所以推情也。偏材之性，不可移轉矣，雖教之以學，材成而隨之以失；雖訓之以恕，推情而各從其心。信者逆信，詐者逆詐，故學不入道，恕不周物，此偏材益失也。（人物志、體別篇）

劉劭以爲一般人都是「偏材」，「通材」只是少數的聖賢纔具備，「偏材」是不能由教育來加以改變的了。「才性之學」的第三個特色，即是從人物的形體及經由形體表現出來的氣質，風姿、行品來品評來推論人物生命的發展。王充的骨相法，劉劭「人物志」的「九徵」、「八觀」，以及「世說新語」常用的品鑒項目如「姿容」、「容止」、「風神」、「風姿」、「神采」、「器宇」等等，都是從人物的形體及其表現而直覺到人物的性情，才能各方面發展的方法。「才性之學」的這三種理論的特色，影響了六朝的文學批評，下面我們就加以論述。

首先討論的問題是「氣」這個概念在文學批評上的影響。講到「氣」和語言文學的關係，我們會很容易聯想到孟子的「知言養氣」。但孟子所養的氣、是「配道與義」，是「集義所生」的道德理性的「浩然之氣」，和王充所指的物質的、生理的「氣」、「元氣」、或「精氣」不同，漢魏六朝文學批評中所論及的文章之氣，是指後者而言。首先將王充底「氣」的理論運用到文學批評上的，應該是曹丕。他在「典論論文」中說：

文以氣為主，氣之清濁有體；不可力強而致。

又說：

徐幹時有齊氣……孔融體氣高妙。

「與吳質書」也說：

公幹有逸氣。

這是把「氣」和文學的創作聯結起來討論。「文以氣爲主」，就是以作者所稟賦的「氣」視爲文學創作的一種基本動力。「氣」是作者從自然所稟受的資質，這種資質表現在文學上，當然就是文體的「體性」或風格。所謂「齊氣」、「逸氣」、或「高妙」的「體氣」，都是指和作者的「氣質」有關的文章的「體性」。不過曹丕對「才性之學」的理論應用到文學批評上，還是片面的，到了劉勰，則把「才性之學」的理論特點，都應用到文學批評中。

王充曾作「養性」之書（見「論衡」・「自紀」篇，現已佚），論及「養氣」的問題，劉勰在「文心雕龍」中，亦特立「養氣」一篇來說明文學創造上的「氣」的問題。曹丕指出了「文以氣爲主」，發現了文學創作和作者所稟的「氣」有莫大的關係，但他的「典論論文」主要還是從「氣」的觀點說明文章的風格，而劉勰却就創作的過程中，分析「氣」和文學創作的關係。我們前面說過，曹丕認爲「氣」是文學創作的基本動力或主導力量，「氣」是指作者從自然所稟受的資質，括示了心理和生理的因素，劉勰更進一步剖析「氣」與文學創作的關係：「養氣」篇說：

夫耳目鼻口，生之役也；心慮言辭，神之用也。率志委和，則理融情暢，鑽礪過份，

> 則神疲而氣衰；此性情之數也。

這裏說肉體的勞動固然要花費氣力，而精神的動用也要消耗元氣，因爲根據「才性之學」的理論，人的精神和肉體都是由「氣」構成的，文學創作，乃是一種精神的勞動，所以自然也有「氣」的消耗。劉勰以爲，古人的作品，雖然也「沿世彌縟」，卻能「適分胸臆」，卓有餘裕，完全是由於用「氣」有度，而不「牽課才外」，即按自己所稟賦的「氣」而加以適當的運用。至於自「漢世迄今，辭務日新，爭光鬻采，慮亦竭矣。」自然是由於用「氣」不當和不懂「養氣」之故。依「才性之學」的理論，人稟自然之「氣」的多寡是先天決定了的，所以劉勰以爲作家應該了解自己所稟之氣的情況。劉勰更發現：「凡童少鑒淺而志盛，長艾識堅而氣衰，志盛者思銳以勝勞，氣衰者密慮以傷神，斯實中人之常資，歲時之大較也。」即一股中等資質的人，「氣」在心理上的發展情況和年齡是成反比例的，所以作家應該依照他底稟氣的器分來從事文學的創作活動，才不會損傷元氣。因爲：

> 器分有限，智用無涯，或慚鳧企鶴，瀝辭鐫思，於是精氣內銷，有似尾閭之波；神志外傷，同乎牛山之木；怛惕之盛疾，亦可推矣。

用「氣」超過了自己的「器分」，便會使「精氣」內銷，「元氣」大傷。關，於創作傷「氣」的事，王充在劉勰之前已發現：

> 王莽之時，省五經章句皆為二十萬，博士弟子郭路夜定舊說，死於燭下；精思不任，

絕脈氣滅也。（論衡・效力篇）

但劉勰則從這些作文傷「氣」或甚至「氣滅」的事實，提醒作家對於「養氣」的注意，而建立其在文學創作上的「養氣」理論。

劉勰既以爲「氣」的盛衰和年齡成反比例，所以所謂「養氣」實則是「衞氣」，即是對於「氣」的保養，不使其輕易浪費，不使其超出所稟之氣的限度，同時加以適當的調和和疏通：

夫學業在勤，功庸弗怠，故有錐股自厲，和熊以苦之人。志於文也，則申寫鬱滯，故宜從容率情，優柔適會。若銷鑠精膽，蹙迫和氣，秉牘以驅齡，灑翰以伐性，豈聖賢之素心，會文之直理哉！且夫思有利鈍，時有通塞，沐則心覆，且或反常，神之方昏，再三愈黷。是以吐納文藝，務在節宣，清和其心，調暢其氣，煩而卽捨，勿使壅滯，意得則舒懷以命筆，理伏則投筆以卷懷，逍遙而針勞，談笑以藥勌（與倦通・〔原〕編者），常弄閑於才鋒，賈餘於文勇，使刃發如新，湊理無滯，雖非胎息之舊術，斯亦衞氣之一方也。（養氣編）

這裏指出，作文和學業不同，不可以勤勉的功夫來強迫自己，必須要從容從事。對於「氣」的運用，務必有適度的節制，煩悶時便要停止用「氣」，以免滯塞，如果文思不來時，也只好擱下筆來轉向其他活動，以遊玩、談笑來消除疲倦。這樣便能把「氣」保養清暢充足，寫起文章來便能「刃發如新，湊理無滯。」劉勰這種創作的「養氣」論，可說是文學創作的衞生學，是受「才性之學」的影響啓發而建立的。

現在我們再來談「才性之學」對漢魏六朝文論的第二個影響。在資質先天決定的「才性」論影響下，很自然形成文學上的天才說。首先提出文學上的天才說的，也是曹丕。他在「典論論文」中說：

文以氣為主，氣之清濁有體，不可力強而致，譬諸音樂，曲度雖均，節奏同檢，至於引氣不齊，巧拙有素，雖在父兄，不能以移子弟。

因稟氣的清濁不同，所以在文學的表現上，便正如音樂一樣，「巧拙有素」了。曹丕這種文學的天才論，自然是依據「才性之學」的理論建立的。從天才論出發，曹丕還談及作者創作各體文章的偏能：

夫文本同而末異，蓋奏議宜雅，書論宜理，銘誄尚實，詩賦欲麗。此四科不同，故能之者偏也；唯通才能備其體。

這顯然是受了「人物志」「體別」篇中所謂「偏材」、「通材」的觀念所影響。曹丕以後，葛洪亦極力強調這種文學的天才論。他在「抱朴子」•「辭義」篇說：

夫才有清濁，思有修短，雖並屬文，參差萬品，或浩養而不淵潭，或得事情而辭鈍，違物理而文功，蓋偏長之一致，非兼通之才也。

這可說是曹丕「典論論文」中天才說的引申。更有甚者，葛洪還將英才與庸才比較，以強調這種文學的天才說：

其英異宏逸者，則羅網於玄黃之表；其拘束齷齪者，則羈紲於籠罩之內。振翅有利鈍，則翔集有高卑；騁迹有遲迅，則進趨有遠近。

不過在「辭義」篇中，葛洪也承認方法的重要。但「才性」的稟賦，依然有決定性的作用，這在六朝文論中，幾乎成了定論。非常強調方法論的劉勰，也不能否認這種天才說。他在「文心雕龍」·「事類」篇說：

夫薑桂同地，辛在本性，文章由學，能在天資。才自內發，學以外成，有學飽而才餒，有才富而學貧。學貧者，迍邅於事義；才餒者劬勞於辭情；此內外之殊分也。是以屬意立文，心與筆謀，才為盟主，學為輔佐，主佐合德，文采必霸，才學褊狹，雖美少功。

這裏雖於「才」之外提出了「學」，但基本上還是以「才爲盟主」，而「學」不過處於「輔佐」的地位罷了。不過劉勰也強調「學」的重要，因爲他覺得對於一個作家來說，單有「才」是不夠的，所以他在「事類」篇說：

> 夫以子雲之才，而自奏不學，及觀書石室，乃成鴻采，表裏相資，古今一也。

「學」雖然不一定能改變「才」或加添「才」，但却能使「才」表現得更好。而「學」却是人力可致的，所以劉勰也強調「學」的重要。「體性」篇說：

> 夫才有天資，學慎始習……故宜摹體以定習，因性以練才，文之司南，用此道也。

又說：

> 習亦疑（一作凝）真，功沿漸靡。

這也是繼承王充的理論，希望可以藉「學」來補救，改善，甚至改變「才氣」了。

最後我們談到「才性之學」的第三個特點。即從人物的形體及其表現來推論人物的性情，才能各方面發展的方法對六朝文學批評的影響。

王充的骨相法，首先影響到繪畫和書法的批評。南齊謝赫在他所著的「古畫品錄」中標舉繪畫「六法」作爲品評作品的標準。「六法」中的一法即爲「骨法用筆」。不過謝赫對於「骨法用筆」這個概念，沒有作詳細的解釋。虞君質在其「六法新論」一文說：「骨法用筆，就是畫法上的鈎勒用筆法，這一法爲古今中外一切繪畫的骨幹，日本的批評家說六法的骨法用筆，就是「結構點拂之法」。相當於西洋的筆觸（Touch）或筆技（Brush Work）。」❸那麼「骨」主要就是指線條，是構成所繪之「形」的骨幹部份。謝赫之前，晉王羲之論書法，亦重骨法，如其「用筆賦」云：

正其真體正作……藏骨抱筋，含文包質。

其「書論」又云：

書多肉微骨者，謂之墨豬，多豐筋者勝，無力無筋者病。

這裏王羲之非常注重書法上筋骨的部份，因爲筋骨是書法形體的主幹。在文學批評上，鍾嶸的「詩品」也提到「骨」的問題，如其論曹植詩云：「骨氣奇高」，論劉楨詩云：「眞骨凌霜」。後者的「骨」即指作品底堅實挺拔的結構。在鍾嶸稍前的劉勰，則已將「骨」的概念，擴展成文學批評上的一種理論。他在「文心雕龍」立「風骨」一篇，說明「風」和「骨」的問題。

「風」自然和我們前面所說的「氣」有關；至於「骨」，學者有許多爭論。黃季剛認爲「骨即文辭」❹，但有不少學者反對這種解釋。不過我以爲，「骨」雖然不是「文辭」的等義辭，「骨」和「文」在劉勰的理論中却有密切關係。因爲「風骨」篇說：「沈吟鋪辭，莫先於骨。故辭之待骨，如體之樹骸。」又說：「結言端直，則文骨成焉。」「練於骨者，析辭必精。」

可見「骨」和「辭」是有着密切的關係的。那麼「骨」在文學創作上來講，究竟指的是什麼呢？「文心雕龍」‧「附會」篇說：

> 夫才量學文，直正體製，必以情志為神明，事義為骨髓，辭采為肌膚，宮商為聲氣。

這裏所說的「骨」是由「事義」所構成的。「事義」是什麼呢？「事類」篇說：「事類者，蓋文章之外，據事以類義，援古以證今者也。」那麼「事義」所指的，就是作者藉以表現意念（「義」）的事件或典故❺。配合起上引「附會」篇的話來看，「骨」就是以事件或典故建立起來的文章內部結構，正如繪畫中線條所鈎勒的形。不過，這些事件或典故，仍然需要通過文辭來表現，因而和文辭有着表裏相連的關係。所以說：「辭之待骨，如體之樹骸。」因爲「辭」是「肌膚」，而「事義」則是「骨髓」，一個人的形象是由「骨」和「肌膚」構成的，正如文學作品的形式是由「事義」和「辭采」構成一樣。「骨——事義」是形式的內在結構，有決定性的作用，所以劉勰強調「練骨」的重要，因爲「辭」是必須根據「事義」的需要來鋪排的，正如肌膚附着於骨格之「形」。王羲之論書法所以特別強調「筋骨」的重要，也是這個道理。

當然無論「肌膚」或「骨髓」歸根到底是爲了表現「神明——情志」，即作者較抽象層面的個性、意念。這是一個作品由外到內（對欣賞者而言），或由內到外（對創作者而言）；由抽象到具體（對創作者而言），或由具體到抽象（對欣賞者而言）的三個不同却互相關連的層次。其中「骨髓——事義」和「肌膚——辭采」，是形式部分，也就相當於王充論人物的「骨相」部份了。

我們且先回顧一下骨相之學對人物品藻的影響。「人物志」繼承了王充的理論而立「九徵」之說：

> 凡有血氣者，莫不含元一以為質，稟陰陽以立性，體五行而著形，苟有形質，猶卽可求之。（人物志・九徵篇）

劉劭以爲人既有「質」，即可據其「形」加以品鑒。「九徵」篇以「金、木、水、火、土」五質來像徵人體的「筋、骨、血、氣、肌」等生理結構，再由此而推論到「五常」（仁、義、禮、智、信）的表現。這種提法今日看來，雖然不甚科學，但在那個時候，却是一種尋求物質根據的科學態度。「人物志」還有「八觀」一篇，觀點也是從人物外在的表現來品鑒人物。這一篇極可能影響了劉勰在「文心雕龍」・「知音」篇所提出的「六觀」法：

> 夫綴文者情動而辭發，觀文者披文以入情，沿波討源，雖幽必顯……豈成篇之足深，患識照之自淺耳……故心之照理，譬之目之照形，目瞭則形無不分，心敏則理無不達。

這裏指出文學鑑賞的過程，是由形式追溯到內容的，深信如果鑑賞者能有充份的「識照」，一定可以從作品的外形（文），進而探溯到它的內涵（情）。所以劉勰在「知音」篇所標的「六觀」法：「位體」、「置辭」、「通變」、「奇正」、「事義」、「宮商」，大抵都是通過作品外形的表現來鑑賞品評其內容的❻。

「才性之學」對於漢魏六朝文學批評的影響是重要的。它使這時期的文學批評在創作論、作家論、鑑賞論三方面都取得了理論的哲學根據，建立了新的體系。「才性之學」的中心思想，基本是對一個人從生理到心理的品鑒，影響到文學批評上，就是把文章和人連在一起討論。這就使文學鑑賞的角度和價值取向，從外在的、社羣的道德教化及倫理價值的觀念，傾向於內在的，個人的「才性」價值的品評。換言之，即從功利的、實用的文學價值取向，轉入心理的、形式的純文學價值觀了。這種傾向自然也有其偏頗之處，即太注重文學形式和作家之天才。劉勰在「文心雕龍」中卻極力避免這種偏差。

附註

❶參閱牟宗三先生「才性與玄理」一書（本港「人生」版。）

❷參閱王瑤著「中古文學思想」·「文論的發展」一章（頁八〇）（本港「中流」版）。

❸見廣氏所著「藝術論叢」（頁一二〇）（本港「亞洲」版）。

❹見黃侃《文心雕龍札記》。

❺「事類」篇又說：「昔文王繇易，剖判爻位：旣濟九三，遠引高宗之伐；明夷六五，近書箕子之貞。斯擧人以徵義者也。」以「事」爲「人事」，即指具體的事件或史實。當然下文所謂「成辭」亦可概括於「事義」之內。

❻「六觀」中「位體」指的是體裁和表現方式的選擇，「置辭」指語言文字的運用與安排；「通變」與「奇正」均是指藝術形式上的繼承與創新；「事義」指作家對事件、典故的運用；「宮商」指聲律效果的表現。綜合言之，都是「披文以入情」——通過形式追溯內容、品鑑內容的方法。

〔原刊《文藝雜誌季刊》，第十四期（一九八五年六月），頁三六—三九。〕

劉勰論文學創作的心理活動過程

石壘

一　創作的動機

跟南朝文學偏重抒情的傾向相異地，文心雕龍把情、理並列，作爲文學作品中內涵的二種要素。體性篇說：「夫情動而言形，理發而文見，並沿隱以至顯，因內而符外者也。」情采篇說：「故情者文之經，辭者理之緯。」鎔裁篇說：「情理設位，文采行乎其中。」著重作品中情的要素，是古代儒家「詩言志」[1]和晉陸機「詩緣情而綺靡」[2]理論的繼承與發揚；著重作品中理的要素，除了代表文心雕龍文原於道、文以明道的根本立場外，跟儒家載道或實用主義的文學觀，也是一脈相承的。人們的所以創製文學作品，就是因爲「情動」或「理發」的原故。

現在我們要問：心情爲什麼會動？它是自動，還是被動的？對於這個問題，劉勰在詮賦篇中，曾經作過明白的表述：「原夫登高之旨，蓋覩物興情。情以物興，故義必明雅；物以情觀，故詞必巧麗。」在物色篇中，他也有同樣的敘述：「春秋代序，陰陽慘舒，物色之動，心亦搖焉……情以物遷，辭以情發……山沓水匝，樹雜雲合，目既往還，心亦吐納……情往似贈，興來如答。」值得注意的是，在這二段話中，劉勰雖然一方面說明了：人們心靈的動搖或者說情感的遷變，是由於物色的感召，但另一方面，他却認爲：當人們觀照物象時，他的心靈或情感，也可移贈於物，使它現出人的主觀情緒色采來的。

(一) 情動——情以物興和物以情觀

我們先就情動這個問題來討論。由「情以物興」或「情以物遷」「興來如答」這幾句話，很容易使我們想起了禮記樂記中相類的論述：「凡音之起，由人心生也。人心之動，物使之然也……情動於中，故形於聲；聲成文，謂之音……人生而靜，天之性也；感於物而動，性之欲也。」詩大序的作者承襲了這個觀點，用它來論述人們創作詩歌的動機：「詩者，志之所之也；在心爲志，發言爲詩。情動於中，而形於言。」[3]這是秦漢時儒家學者對於心物關係的一種素樸實在論的看法，跟文心雕龍以俗諦論文、宗崇五經的主張相符合。

跟這個情形相反地，「物以情觀」或「情往似贈」的涵義，却很顯然充滿了主觀的唯心色彩。這便跟先秦儒家經典中的認識論大多屬於素樸實在論的說法不合，而跟大乘佛教中以心識爲萬法之源的理論倒可以相通。按照佛教的義理，宇宙間一切現象，不但須藉心去觀察和認識，而且還是因衆生心動而造作出來的。但衆生的心爲什麼會動呢？這是由於從無始以來受到無明或愛欲所驅使的原故。大般涅槃經說：「觀此集諦，是陰因緣。所謂集者，還愛於有。愛有二種：一愛己身，二愛所須。復有二種：未得五欲，繫心專求；既求得已，堪忍專著。」[4]又說：「生於貪故，則名爲愛。狂故生貪，是名無明。貪愛、無明二因緣故，所見境界皆悉顚倒。」[5]從十二因緣說，無明是生命現象的根源。從四諦說，貪愛是生命現象的根源。無明爲衆生的盲目生存意志。形成它的要素，是情意而不是理智，跟貪愛基本相等[6]。大智度論說：「衆生以何因緣故，貪著此身？樂受故……誰受是樂？思惟已，知從心受。衆生心狂顚倒故，而受是樂。」[7]這裏所說的受，拿現代心理學的術語來說，就是感受或感情。樂受即樂的感情或情緒。既然衆生的心，因爲樂受或貪愛、無明因緣，所見境界皆悉顛倒，那末，他們的心，就顯然是以感情爲內容的心，而不是以理智爲內容的心。他們的意動或以心觀物的心理活動，就顯然是一種情見即「物以情觀」或「情往似贈」的心理活動，而不是智見或般若的觀照了[8]。

從佛教的這個認識論出發，我們不妨再回頭對前述的「情以物興」或「情以物遷」「興來如答」的理論，作另一角度的考察。在早期的小乘佛教經論中，經常將心物二者對擧，作爲互不相隸的二種元素[9]。宇宙間一切事象的產生，都建立在二者的和合關係上，也即是六根或六情對六境而生六識等的關係上[10]。心識是觀照的主體，境物是觀照的對象。「然彼名色緣識生：：彼識緣名色生。」離開了主觀的心識，沒有客觀的境物；離開了客觀的境物，也就沒有主觀的心識[11]。在佛陀和他的信徒們的世界觀中，雖然認爲：一切客觀的境物，畢竟必須依於主觀的心識才能成立，六境畢竟由六情所造[12]；但對於不能如實知法的衆生來說，他們的心識却是隨着境物的變異而變異的。雜阿含經說：「佛告比丘：云何取故生著？愚癡無聞凡夫於色見是我、異我相在，見色是我、我所而取。取已，彼色若變若異，心亦隨轉。心隨轉已，亦生取著，攝受心住。」[13]甚至法身菩薩和諸佛的心，仍然可因衆生的感慕，而生起反應，示現六道，以教化衆生[14]。不過，他們只是以「無心心之」，「不應應之」[15]，「於世間涅槃無所分別」[16]，所以儘管因爲隨順世緣，示現有憎愛瞋喜憂悲苦惱等情緒，但却不是眞實的[17]。

(二) 理發

其次，我們再就理發這個問題來討論。像我在文心雕龍原道與佛道義疏證一文中所指出的，南朝的佛教徒，大多以理代道，作爲萬有的本體，劉勰也沒有例外。不過，由於文心雕龍所論的對象爲文事，所以，書中有關理字的應用，以衆理即事物的各別道理的地方爲多，而一理即理體的地方少。書記篇說：「並述理於心，著言於翰。」神思篇說：「或理在方寸，而求之域表。」又說：「心以理應。」滅惑論說：「理由乎心。」從這幾段話可知：在劉勰的基本認識中，理是內在於心，並由心生的。所由能立，窮理至極，般若心體才是最終的實在。理必待心而後顯，人們求知事物的各別道理和眞理，便只可能是以心去「循理」⑱「照理」⑲和「窮理」⑳。而文心雕龍的所謂理發，也就只能是以心發理或心爲理所動而已。

二　構　思

由情動或理發，引起了作者創作的意圖，而把它表現爲辭章，中間是須經歷一段構思的過程的。對于這個問題，劉勰在文心雕龍中曾經寫了一篇神思來表達他的意見。由于書中所論文章的範圍，及於「寫物」㉑「綴事」㉒和「敍理」等三個方面，因此，我們可以肯定，他的所謂「神思」，包括了意象活動和抽象思考或形象思維和邏輯思維二者。用他自己的話來說，前者屬於「神與物遊」的一種心理活動，後者屬于「窮于有數，追于無窮」㉓的一種心理活動。作者運用這二種思維從事創作所須遵行的要點，劉勰在這篇文章裏，有着很具體的闡述，其中最値得注意的是「陶鈞文思，貴在虛靜」這個理論的提出。因爲一般注者對於它的出處和內涵所作的解釋，還有可以商榷的地方，因此，我打算在下面討論它。

(一)神思篇虛靜理論出處的各種解釋及對它們所作的批判

一、以神思中的虛靜理論出于道家的老子和莊子的，有黃侃和劉永濟二人。前者所擧證的原文是莊子書中的「惟道集虛」和老子中的「三十輻，共一轂，當其無，有車之用。」這二段話[24]。後者所擧證的原文是老子的「致虛極，守靜篤」這二句話[25]。引文雖然略有不同，但它們的義理相同。

二、以神思中的虛靜理論出于儒家的易經或荀子。提出前一種意見的是范文瀾。他引用了易下繫辭「精義入神，以致用也」這一句話的韓康伯注和孔穎達正義來作注釋，說：「彥和『陶鈞文思，貴在虛靜』之說本此。」[26]他的所以這樣做，無疑地，是因爲易經屬於儒家，能夠跟他以原道的道爲儒道的主張相符合[27]；但他似乎感到無法從上述這些引文中，找到虛靜二字的全部出處，於是，他再引用了莊子庚桑楚篇中的「靜則明，明則虛」和前述黃侃所引莊子的話，勉強作爲補充[28]。提出後一種意見的是王元化。他從范氏的觀點出發，提出了荀子的心「虛一而靜」的主張，和范氏所引證的易下繫辭正義相配合[29]，替虛靜二字在儒家典籍中找到根據，以便跟文心雕龍崇奉儒家的立場相應。

1. 虛靜理論源于老莊說的批判

第一類注釋家採用老莊義的理由，很顯然，由于老子和莊子最先創建了虛靜這個理論的原故，而把虛靜二字連用成一個專門的術語，也見于莊子的天道篇。但問題的關鍵是，神思篇中所說的虛靜，指神或心的虛靜，我們不能離開文心雕龍中的心神觀念，而單獨地對虛靜這個語詞和它內涵的義理作出了解。從道家的老子和莊子二書來說，它們認爲：道是無[30]，或無有[31]，或無無[32]。心是人形體中的認知思慮器官。神在老子書中，多爲古代宗教思想性的神，只有「谷神不死」的神，或許仍屬宗教性的神，或則已轉指精氣[33]。在莊子書中，有關神字的應用，分別約有三種不同的涵義：一、古代宗教思想性的神[34]。二、人由「用志不分」「齋以靜心」所修養或凝聚而成的神。它具有像神一般的不假官知的直觀能力[35]。我頗懷疑，這個意義的神，是由左傳中所說的：「心有精爽」「至於神明」的神義發展而來[36]。三、精神，即精氣[37]。莊子認爲：萬物都由一氣所化成。人除了生而稟有天的精氣外，還可以藉「心齋」、攝知的工夫，吸收天的精氣即鬼神到心中，以成德出智[38]。如果他能夠令精神守形而不外淫，那就不但會具有超越的直觀和預知能力，還可以長生[39]。但精神並不等於道。大宗師篇說：「夫道……神鬼神帝，生天生地。」知北遊篇說：「精神生於道，形本生於精，而萬物以形相生。」天下篇說：「神何由降？明何由出？聖有所生，王有所成，皆原於一。」可見只有道是萬有的本體，而心神都不是。這就跟劉勰在文心雕龍中，按當時佛性論師通用義，以神理或神及心作爲衆生以至萬有本體的觀點不同[40]，連帶着二者的虛靜理論，也就應該有着根本的差異[41]。

或許有人會說：文心雕龍論文，本屬世俗法，因而隨俗採用部份的道家理論，也自有可能。那末，我們就不妨從另一角度來對二者作出分辨。按照老子和莊子的理論，聖人或至人所具的虛靜的心，都是從「絕學」[42]、「棄智」[43]、「無知無欲」[44]、「損之又損」[45]、「知止其所不知」[46]、「心齋」、「坐忘」[47]、「萬物無足以撓心」[48]等消極內省的修養方法以達到的。這樣，精神才不致外淫，才會有更多的精氣進入和留居心中，不假感覺思慮地「以無知知」[49]。這種理論，不但和文心神思強調神思的義理不合，而且也和篇中所說的：爲了達到心神的虛靜，除了必需採取「疏瀹五藏，澡雪精神」等消極內省的修養方法外，還必需「積學以儲寶，酌理以富才，研閱以窮照，馴致以繹辭」積極地爭取知識，有着基本的差別。由此也足以證明，神思篇中的虛靜理論，不出於道家的老子和莊子了。

2. 虛靜理論源于荀子說的批判

第二類注釋家採用荀子的「虛一而靜」這個理論的正確程度，我們仍然可以根據荀子的心神觀念來作考察和予以審定。荀子雖然受了前期道家自然觀的影響，成爲儒家中的唯物論者，摒棄了宗教的鬼神觀念，但在他的學說中，我們還看不到有採用戰國晚期道家以神爲精氣這個理論的具體跡象。他從儒家積學重思的傳統出發，特別強調了心在認知作用中的主宰地位。天論篇說：「形具而神生，好惡喜怒哀樂臧焉，夫是之謂天情……心居中虛，以治五官，夫是之謂天君。」解蔽篇說：「心者，形之君也，而神明之主也。」成相篇說：「思乃精，志之榮，好而壹之神以成。精神相反[50]，一而不貳爲聖人。」所有這些話都說明了：在荀子的世界觀中，物質爲第一性；神爲心所生出的作用，屬第二性。人的「神以成」或「通於神明」即具有如神般明察、變化不測和化育萬物的能力，不是由於精氣或神的進入心中，而是由於心的精思熟察、專一不貳、「積善不息」所致[51]。如上所述，在文心雕龍中，心神被看作萬有的本體，爲第一性；物質爲第二性；與荀子的主張剛好相反。

不過，話又得說回來，荀子是先秦晚期儒家中一個學問最爲淵博的大師。他遵循着儒家的傳統，主張博學和精思，廣泛地爭取知識，這和文心神思篇中的主張，有相近似的地方。他對心「虛一而靜」這個理論的解釋是：「心未嘗不臧也，然而有所謂虛；心未嘗不滿也，然而有所謂一；心未嘗不動也，然而有所謂靜……不以所已臧害所將受，謂之虛……不以夫一害此一，謂之壹……不以夢劇亂知，謂之靜。」[52]由此可知，荀子心目中的所謂虛，不是空無所有的虛；所謂一，不是不可兼知的一；所謂靜，不是無思無慮的靜；虛和藏，一和兩，靜和動，都並不完全對立。心時常都會有所藏的，只要不以積習和成見妨害新的知識的接受，就叫做虛；心時常都是可以兼知的，只要不因另一事物妨害了對這一事物的知和專精，就叫做壹；心時常都在動着的，只要不像發大夢般擾亂正常清明的思慮，就叫做靜。但文心神思中却以「疏瀹五藏，澡雪精神」作爲達到心神虛靜的必需工夫和必經步驟，顯示出它與荀子的虛一而靜的理論，畢竟有所不同。

(二) 神思篇虛靜理論採自佛教

根據以上的批判，我們得以知道，單從虛靜這個語詞的應用，替神思篇的虛靜理論找尋根源，將會引人走上歧路，招致錯誤。在齊梁前所出的書籍中，應用了虛靜這個語詞的，至少還有法家中的韓非子[53]，雜家中的淮南子[54]，神仙家中的抱朴子[55]，我們能夠把它們一一引證過來作爲神思篇虛靜說的出處嗎？即使我們採取一種調和折衷的觀點，認爲神思篇的虛靜理論，是按世俗法綜合各家思想而成的，以作者對佛教經論的博覽和精通，與他作爲佛教徒的思想背景，也應該以佛教的思想作爲主導的因素。而從文心雕龍以佛道即心神爲衆生以至萬有本體的立場來看，它的與心神直接相關的虛靜理論，更沒有摒棄佛教的學說不用，而轉採他家學說的道理。基於這個理由，我準備在下文單從佛教的義理出發，對神思的虛靜理論提出解釋。

按照佛教的教義，習虛靜是修行階次中的重要項目之一。魏書釋老志說：「其間階次心行，等級非一，皆緣淺以至深，藉微而為著。率在於積仁順，蠲嗜欲，習虛靜，而成通照也。」「習虛靜」的目的在斷除煩惱，達「成通照」，以得到解脫。但怎樣「習虛靜」呢？首先我們可以徵引支遁所著的釋迦文佛像讚序來作參考：「爾乃抗志匪石，安仁以山，斑卉匡居，摧心立盟。釐安般之氣緒，運十算以質心。併四籌之八記，從二隨而簡巡。絕送迎之兩際，緣妙一于鼻端。發三止之矇秀，洞四觀而合泯。五陰遷於還府，六情虛於靜林。涼五內之欲火，廓太素之浩心。濯般若以進德，潛七住而挹玄。」[56]序文中所說的「六情虛於靜林」，與首楞嚴經中所說的「銷磨六門……互用清淨」階段稍前「六根虛靜」[57]義約略相近但不全等。在法華經法師功德品及其他佛教典籍中則多只說「六根清淨」。這一段話是說：當修行者念安那般那，習行六法，由數、隨、止、觀、還、進到淨的階段的時候，他的眼耳鼻舌身意六情對六塵不起妄想分別。這是大乘行者得第六現前地般若波羅蜜前的境界。有關這個狀態，我們可再引支遁所著的不眴菩薩讚作為比較和說明：「有愛生四淵，淵況世路永。未若觀無得，德物物自靜。何以虛靜間，恬智翳神穎。絕迹登靈梯，有無無所騁。不眴冥玄和，棲神不二境。」[58]讚詩中的「虛靜」，似乎即是上引序文中「六情虛於靜林」的簡說，或則指心神的虛靜。「觀無得」，似同安般守意經中所說的「觀空無所有」。「恬智翳神穎」，「有無無所騁」，和安般守意經中的「無所有當為淨」，經序中的「其心無想謂之淨」，意義約略相近[59]。維摩詰經鳩摩羅什註說：「除却形色，廓然無像，令其空心虛靜，累想自滅。」[60]或許也是指的這個情形，而非僅指想陰的除滅。當行者進入淨的階段的時候，世第一法業已成就，五陰漸次除滅，心如虛空，無所依倚。淨禪愈益深寂，心神就會豁然明朗，直發苦法忍等八忍八智乃至盡智、無生智，斷三界結使，成阿羅漢、辟支佛[61]，或得大菩提果[62]。維摩詰經僧肇註說：「三乘既見無為，安住正位，虛心靜漠，宴寂恬怡，旣無生死之畏，而有無爲之樂。」63肇論般若無知論說：「聖心虛靜，無知可無；可曰無知，非謂知無。」可見僧肇是以證淨後的二乘和「得無生忍三界結盡」法身菩薩64至佛的心，爲經常虛靜、無爲和無所得的。不過，由於二乘與七住以上菩薩煩惱障盡，所知障或習氣未盡，因此，嚴格地說來，只有佛的心才是眞實究竟虛靜的。

由此我們可以了解到，文心雕龍神思篇中所說的：「神居胸臆，而志氣統其關鍵。」「關鍵將塞，則神有遯心。」這二句話的涵義是在說明：當作者構思時，心神的馳遯與否，以志氣爲關鍵。但志氣須在什麼情形下，心神才不致馳遯呢？按照佛教的教義，最好是習行安那般那、不淨觀諸世間出世間禪定65，攝志專注一境，調息緩細虛微，心神便不會馳遯，漸次進入虛靜的境地66，並由修觀，而獲得通照的智慧。智顗摩訶止觀說：「若身端心攝，氣息調和，覺此心路泯然澄靜，怗怗安穩，躡躡而入，其心在緣而不馳散者，此名麤住。從此心後，怗怗勝前，名爲細住……或一兩時，或一兩日，或一兩月，稍覺深細，豁爾心地作一分開明，身如雲如影，[illegible]然明淨，與定法相應。持心不動，懷抱淨除，爽爽清冷。隨後空淨，而猶見身心之相，未有支林功德，是名欲界定……住欲界定或經年月……從是心後，泯然一轉虛豁，不見欲界定中身首衣服床鋪，猶如虛空，冏冏安穩。身是事障，事障未來，障去身空，未來得發，是名未到地相。無所知人得此定，謂是無生忍。性障猶在，未入初禪，豈得謬稱無生定耶？……從未到定，漸覺身心虛寂，內不見身，外不見物。或經一日乃至月歲，定心不壞，於此定中，即覺身心微微然運運而動，或發動痒輕重冷煖澁滑……動觸有支林功德；功德略言十種：空、明、定、智、善心、柔軟、喜、樂、解脫、境界相應……智者，不復迷昏疑網，心解靜利……解脫者，無復五蓋……此中之空，祇豁爾無礙，是爲正空。若永寂絕都無覺知者，太過；若鏗然塊礙，是不及。明者，如鏡月了亮。若如白日，或見種種光色，是太過；若都無所見，是不及。定者，祇一心澄靜。若縛著不動，是太過；若馳散萬境，此不及。乃至相應亦如是。」[67]因智顗所說的禪法承自南北朝以上的經論與傳習，而較具集中性，所以這裏引用了它。文中的「猶如虛空」、「身心虛寂」，都是方便的說法。凡善修三止的都會有這種相狀相應[68]，但只屬相似，而非眞實。在這個境界中，行者由修行止觀，五欲五蓋除滅，定心安穩，因而獲得了「如鏡月了亮」、「心解靜利」的明智。慧遠著念佛三昧詩集序說：「夫稱三昧者何？專思寂想之謂也。思專則志一不分，想寂則氣虛神朗。氣虛則智恬其照，神朗則無幽不徹。斯二者是自然之玄符，會一而致用也。是故靖恭閒宇，而感物通靈，御心惟正，動必入微。此假修以凝神，積習以移性，猶或若茲，況夫尸居坐忘，冥懷至極，智落宇宙，而闇蹈大方者哉！」序文中雖然說行人因入念佛三昧而成就了「無幽不徹」的恬照的神智，但這個境界似乎仍在欲界、未到地定中，與「冥懷至極，智落宇宙，而闇蹈大方」的法身大士至佛的境界，相去很遠。「此假修以凝神，積習以移性」二語，和出三藏記集智嚴傳中所說的「嚴性虛靜」，正可相應[69]。從欲界、未到地定，依次入初、二、三、四禪，覺觀憂喜苦樂依次除去，定心不再被它們所嬈亂，捨念清淨，出入息斷。這時，行者的心，如明鏡不動，靜水無波，空明靜妙，更勝前各地[70]。依此可以很輕易地修得五神通，具有照知三千大千世界一切衆生事物的不可思議自在無礙力，并能飛行變化[71]。四禪以後，離一切色想，便入四無色定。但假使行者在四禪中行見諦道，善巧照了分明，五陰除盡，眞無漏慧開發[72]，六神通成就，他就得以一切智或般若或一切種智等照或圓照一切法。康僧會安般守意經序說：「得安般行者，厥心即明。舉眼所觀，無幽不覩。往無數劫方來之事，人物所更，現在諸刹，其中所有世尊法化，弟子誦習，無遐不見，無聲不聞。怳惚髣髴，存亡自由，大彌八極，細貫毛釐。制天地，住壽命。猛神德，壞天兵。動三千，移諸剎。八不思議，非梵所測。神德無限，六行之由也。」安世高和康僧會所修持傳習的爲小乘禪。在這篇序文和原經中，都以六法中的數、隨、止、觀和初、二、三、四禪相配，與後出譯經所說不同。實際上，行者在欲界、未到地定或初禪中，只要能夠巧行六法，第六淨心成就，就可以直發無漏慧，不必到上地諸禪[73]。序文說阿羅漢「住壽命」，與四十二章經所說同。這是漢代佛教徒的通常觀念[74]。肇論般若無知論說：「故經云：聖心無所知，無所不知。信矣。是以聖人虛其心而實其照，終日知而未嘗知也。故能默耀韜光，虛心玄鑒，閉智塞聰，而獨覺冥冥者矣。然則智有窮幽之鑒，而無知焉；神有應會之用，而無慮焉。神無慮，故能獨王于世表；智無知，故能玄照於事外。智雖事外，未始無用；神雖世表，終日域中。所以俯仰順化，應接無窮，無幽不察，而無照功。斯則無知之所知，聖神之所會也。」僧肇以七住所得無生慧爲佛慧[75]，因此，他在這篇論文中所說的般若，應該是通七住以上菩薩至佛的智慧而說的。這是大乘行者「習虛靜」所能成就的最高智慧。拿文心雕龍神思篇中所說的「研閱以窮照」、「玄解之宰」、「獨照之匠」、「至精而後闡其妙，至變而後通其數。」等話，跟這篇論文中的話、以及蕭子良淨住子淨行法門中的「般若窮其照」[76]、僧叡中論序中的「朗然懸解」[77]、僧肇百論序中的「玄心獨悟」、鳩摩羅什法師誄序中的「俗不自覺，覺必待匠」[78]、道安十二門經序中的「自非至精，孰達其微？」陰持入經序中的「微顯闡幽」、慧觀法華宗要序中的「又釋言表之隱，以應探頤之求」、支愍度合維摩詰經序中的「極數通變」[79]等話相比較，它們所表現的境界應該相近。從這裏也可以看出神思的立論旨趣和目標所在。

根據佛教義理，修行者爲了求得般若或一切種智或一切智，除了習行禪定外，還須遍學其他一切出世間法、世間法[80]，思惟、籌量、通達諸法的義理，並觀照、如實知一切法[81]，也即是須通過神思篇中所說的「疏瀹五藏，澡雪精神[82]；積學以儲寶，酌理以富才[83]，研閱以窮照，馴致以繹辭」等工夫，才可能成功的。這時，聖人爲着誘引教化衆生，使他們迴向佛道，以不著心或方便慧[84]澄神精思[85]創述出世間或世間經典，自然便能夠玄智默運，像「鑒懸日月」或「水鏡萬法」般[86]，獨照到一切事物的跡象和它們內涵的意義與眞理，而用文辭把它們表達得毫「無隱貌」了。

與莊子天道篇中所說的「聖人之心」「虛靜恬淡」的情形約略相似地，佛教中所說的虛靜的心，如上所述，也只有善修止觀、得欲界定以上或悟理的聖人才能夠習成和具有[87]，而非不修禪定的常人所能達致的。因此，劉勰在文心雕龍養氣篇中特別論述了常人從事文學創作時所應保持的心神狀態：「清和其心，調暢其氣。」所謂清，即清明或清澈。和是平和或平靜的意思。把這二句話和篇末贊語中的「玄神宜寶，素氣資養。水停以鑒，火靜而朗，無擾文慮，鬱此精爽」等話合起來看，這個清和的心，似乎跟達到身心虛靜前的麤住，頗爲相似；但因爲篇中已顯明地指出，它是由世俗的「衛氣」、「養氣」方法而「非胎（疑原作數）息[88]之邁術」所達致而成的，且「時有通塞」「煩」「勞」「壅滯」，所以，與禪定中的麤住究竟不可能完全相等。劉勰在篇中並且還融滙了陸機文賦中論述常人創作的一些觀點，反覆不斷地指出：人們當著述時，應當採取一種「率志委和」、「適分胸臆」、「從容率情，優柔適會」[89]的態度，按照自己的才性，自然地構思，而不要「竭情」「慮密」，「瀝辭」「鐫思」，以「銷鑠精膽」，「蹙迫和氣」。如果他們在平時還能夠像佛教修行者一樣，不斷地累積學識，明辨義理，窮研洞察事物的迹象，熟諳語言文字的運用技巧，並做到「博而能一」的地步，那末，他們所著出的文章，水平就會很高。至於某些超出思想言辭之外的「纖旨」「曲致」，只有聖人才能夠通曉闡明，不是常人所能理解的，那就應該擱筆不去追窮了。

附註

❶ 尚書堯典。左傳襄公二十七年：「詩以言志。」孟子萬章上：「故說詩者不以文害辭，不以辭害志，以意逆志，是爲得之。」荀子儒效篇：「詩言是其志也。」

❷ 文賦。關于情志二詞涵義的同異，可參閱朱自清詩言志辨（中國大陸古籍出版社出版，一九五六年。）詩言志辨三教詩明志、四作詩言志，郭紹虞中國古典文學理論批評史第四章四對形式主義的鬭爭情和志的統一。

❸ 陸德明經典釋文（商務四部叢刊初編）卷五關雎：「沈重云：案鄭（玄）詩譜意，大序是子夏作，小序是子夏毛公合作，卜商意有不足，毛更足成之。或云：小序是東海衛敬仲作。」范曄後漢書卷一百九下儒林衛宏傳：「宏從（謝）曼卿受學，因作毛詩序。」朱熹從後漢書，見朱子大全（中華書局四部備要）卷八十二詩。

❹ 卷十二聖行品之二。

❺ 卷二十七師子吼菩薩品之三。

❻ 參考木村泰賢原始佛教思想論二篇二章三有情成立之動力因、三章四內心作用之概觀。

❼ 卷十九釋三十七品義。

❽ 嘉祥中論六情品疏：「問：意可是情，餘五云何是情？答：意當體名情。餘五生情識之果，從果得稱也。六情亦名六根。」丁福保編佛教大辭典情有理無條：「我法二者僅存迷情之見，於理爲無體也，即遍計所執性。」文心雕龍論文，從世俗法，故無咎。

⑨宋求那跋陀羅譯雜阿含經卷二（五八）：「世尊：何因何緣，名爲色陰？何因何緣，名受想行識陰？佛告比丘：四大因四大緣是名色陰，所以者何？諸所有色陰，彼一切悉皆四大緣四大造故。觸因觸緣，生受想行，是故名受想行陰，所以者何？若所有受想行，彼一切觸緣故。名色因名色緣，是故名爲識陰，所以者何？若所有識，彼一切名色緣故。」參閱下註十。

⑩前書卷三（六八）：「云何色集，受想行識集？緣眼及色，眼識生；三事和合生觸；緣觸生受；緣受生愛；乃至純大苦聚生，是名色集。如是緣耳鼻舌身意。緣意及法生意識；三事和合生觸；緣觸生受；緣受生愛；如是乃至純大苦聚生，是名色集，受想行識集。云何色滅，受想行識滅？緣眼乃至色，眼識生；三事和合生觸。觸滅則受滅，乃至純大苦聚滅，如是耳鼻舌身意。緣意及法，意識生；三事和合生觸。觸滅則受滅，愛滅，乃至純大苦聚滅。是名色滅，受想行識滅。」大智度論卷二十八欲住六神通釋論：「諸法無有定相，以是故，但以內六情、外六塵和合，生六識，及生六受，六想，六思。」

⑪雜阿含經卷十二（二八八）：「尊者舍利弗問尊者摩訶拘絺羅……如是生、有、取、愛、受、觸、六入處、名色，爲自作，爲他作，爲自他作，爲非自他、無因作？答言：尊者舍利弗，名色非自作，非他作，非自他作，非非自他、無因作；然彼名色緣識生。復問：彼識，爲自作，爲他作，爲自他作，爲非自非他、無因作？答言：尊者舍利弗，彼識非自作，非他作，非自他作，非非自他作、無因作；然彼識增（＝緣）名色生。尊者舍利弗復問：尊者摩訶拘絺羅先言名色非自作，非他作，非自他作，非非自他作、無因作；然彼名色緣識生。而今復言名色緣識（案：此處誤抄。據上文，應爲「識緣名色。」）此義云何？尊者摩訶拘絺羅答言：今當說譬，如智者因譬得解。譬如三蘆立于空地，展轉相依而得豎立。若去其一，二亦不立；若去其二，一亦不立；展轉相依而得豎立。識緣名色，亦復如是，展轉相依而得生長。尊者舍利弗言：善哉！善哉！」這裏所說的名色，雖然包括有情體的整個組織，即：色受想行識，但當把它們跟主觀的心識相對的時候，主要是作爲客觀對象的意義而說的。參閱原始佛教思想論二篇一章三因緣之類別；惟木村泰賢所引雜十二閣本作：「吾友，恰如二束蘆，得互相倚立，如是以名色爲緣而有識，以識爲緣而有名色……依於名色滅則識滅，依

於識滅則名色滅。」成唯識論卷二：「攝大乘說：阿賴耶識與雜染法，互爲因緣，如炷與燄，展轉生燒，又如束蘆，互相依住。」

⑫ 姚秦竺佛念譯菩薩瓔珞經卷三識界品：「無垢菩薩曰：不見內六情造六外塵，不見六塵與六情相對，是謂空慧無著行也。」大智度論卷六十五釋諸波羅蜜品：「一切法名六情，內外皆是作法。」

⑬ 卷二（四三）。

⑭ 華嚴經卷三十一佛不思議法品之二：「諸佛即以此等衆生憂苦悲惱感慕諸佛而作佛事。隨應化彼一切天、人、龍、神、夜叉、乾闥婆、阿修羅、迦樓羅、緊那羅、摩睺羅伽等故，碎末全身，示現舍利，欲令衆生歡喜供養，淨正直心，調伏敎化，清淨衆生。」

⑮ 肇論般若無知論。

⑯ 大智度論卷三十二釋四緣義：「諸佛及大菩薩智慧，無量無邊，常處禪定，於世間涅槃，無所分別。」

⑰ 大智度論卷三十八釋往生品：「法身菩薩種種變化身以度衆生，或時行人法，有飢渴寒熱老病憎愛瞋喜讚歎呵罵等，除諸重罪，餘者皆行。是釋迦文菩薩爾時爲迦葉佛弟，名鬱多羅……以是方便故，現出惡言，非是實也。」大般涅槃經卷八鳥喻品：「善男子，佛法亦爾，甚深難解，如來實無憂悲苦惱，而於衆生起大慈悲，現有憂恐。視諸衆生，如羅睺羅……迦葉，如來之性清淨無染，猶如化身，云何當有憂悲苦惱？……如來亦爾，隨順世間，示現憂悲，無有眞實。」

⑱ 文心雕龍才略。

⑲ 前書知音。

⑳ 前書奏啓。

㉑ 文心雕龍明詩、詮賦。

㉒ 前書史傳。

㉓ 前書論說。

㉔ 黃侃文心雕龍札記神思。

㉕ 劉永濟文心雕龍校釋神思。

㉖ 范文瀾文心雕龍注神思注（二）

㉗ 前人前書原道注（二）

㉘ 前人前書神思注（九）

㉙ 王元化神思篇虛靜說簡釋。藝林叢錄第五編，香港商務印書館出版，一九六四年十二月。

㉚ 老子（王弼注本）一章、四十章。莊子大宗師、天地。

㉛ 莊子天地、庚桑楚、天下。

㉜ 莊子知北遊。

㉝ 老子六章：「谷神不死。」二十九章：「天下神器。」三十九章：「神得一以靈。」六十章：「以道莅天下，其鬼不神；非其鬼不神，其神不傷人。」以上各條，只有「谷神不死」一語，有歧解。谷，河上公本作浴。可參閱清魏源老子本義，（香港太平書局出版，一九六四年。）馬敍倫老子校詁。（香港太平書局出版，一九六五年。）後書徵引更多，然亦無的解。從老子全部內容來看，其中所用的「神」字，多指鬼神，沒有一個跟道字的涵義完全相等（見本文下註）。谷神的神，或許也不例外，它可以指鬼神，也可以指精氣。至于「神器」的神字，爲鬼神的引申義。

㉞ 莊子大宗師：「神鬼神帝。」應帝王：「鄭有神巫曰季咸，知人之死生存亡……若神。」達生：「桓公田于澤，管仲御，見鬼焉。」又：「梓慶削木爲鐻，見者驚猶鬼神。」天地：「無心得而鬼神服。」繕性：「鬼神不擾。」

㉟ 莊子養生主：「臣以神遇而不以目視，官知止而神欲行。」達生：「用志不分，乃凝于神。」王夫之莊子解：「凝，蘇本作疑。」郭慶藩莊子集釋引俞樾曰：「凝當作疑……列子黃帝篇正作疑。張湛注曰：意專則與神相似者也。可據以訂正。」案：逍遙遊中有「其神凝」的說法，不一定要作疑。又：「必齋以靜心……其于人乎？」王夫之莊子解：「氣者生氣也，即皞天之和氣也。參之以心知而氣爲之使，心入氣以礙其和，于

巧專而外滑消……見鐻然後加手焉。（照莊子解斷句）不然，則已。則以天合天，器之所以疑神者，其是與！」

㊱左傳昭公元年：「玆心不爽，而昏亂百度。」昭公七年：「人生始化曰魄，旣生魄，陽曰魂。用物精多，則魂魄強，是以有精爽，至于神明。」昭公二五年：「吾聞之，哀樂而樂哀，皆喪心也。心之精爽，是謂魂魄，魂魄去之，何以能久？」

㊲莊子德充符：「今子外乎子之神，勞乎子之精。」神精對文。天道：「水靜猶明，而況精神！」精神連用。田子方：「夫至人者，上闚青天，下潛黃泉，揮斥八極，神氣不變。」神氣連用。知北遊：「今彼神明至精，與彼百化。」天下：「不離于精，謂之神人。」王夫之莊子解：「神者天之精。」綜合上列各條來看，可知神就是精即精氣。禮記郊特牲：「魂氣歸于天。」祭義：「其氣發揚于上。」又：「此百物之精也，神之著也。」淮南子精神訓：「是故精神天之有也。」爲莊子解所本。以鬼神爲精氣，大概起于戰國晚期道家，管子中也有這一類的理論，我們不妨引來作爲參考及旁證。管子（戴望校正本，商務印書館出版，中華民國五十七年台一版。）卷十六內業：「凡物之精，此則爲生。下生五谷，上爲列星；流于天地之間，謂之鬼神；藏于胸中，謂之聖人……敬守勿失，是謂成德；德成而智出，萬物果得……人之生也，天出其精，地出其形，合此以爲人，和乃生，不和不生。」又呂氏春秋（中華書局四部備要）卷三盡數：「精氣之集也，必有入也：集於羽鳥，與爲飛揚；集於走獸，與爲流行；集於珠玉，與爲精朗；集於樹木，與爲茂長；集於聖人，與爲夐明。精氣之來也，因輕而揚之，因走而行之，因美而良之，因長而養之，因智而明之。流水不腐，戶樞不螻，動也，形氣亦然：形不動則精不流，精不流則氣鬱。」由這一段話可知，管子內業所說的「地出其形」，是指的形氣，而精氣則由天出。這種理論，和上述禮記郊特牲、祭義、淮南子精神訓中的說法，大致相合。

㊳莊子人間世：「易之者皞天不宜……若一志，無聽之以耳，而聽之以心；無聽之以心，而聽之以氣。聽止于耳，心止于符。氣也者，虛而待物者也。唯道集虛，虛者心齊也……聞以有知知者矣，未聞以無知知者也。瞻彼闋者，虛室生白，吉祥止止。夫且不止，是之謂坐馳。夫徇耳目內通，而外于心知，鬼神將來舍，而況

是乎不虛。」知北遊：「若正女形，一女視，天和將至；攝女知，一女度，神將來舍。」寓言：「六年而鬼入。」莊子解：「神來舍。」上引人間世中的「氣」，王夫之解為「皥天之和氣」，殆由老子四十二章「沖氣以為和」句取義。知北遊中以「天和」與「神」相對，二者涵義略相當，可知天的和氣，即天的精氣。「鬼神將來舍」，「神將來舍」，「鬼入」，都指和氣或精氣進入心中。德充符：「不可入于靈府。」郭象注：「靈府者，精神之宅也。」成玄英疏：「所謂心也。」庚桑楚：「不可內于靈臺。」注：「靈臺者，心也。」陸德明釋文：「案：謂心有靈智能住持也。許慎云：『人心以上，氣所往來也。』」靈神義通，都是指的精氣或精神。我們也可以舉管子作為旁證，管子卷十三心術上：「虛其欲，神將入舍。掃除不潔，神乃留處……虛無無形謂之道，化育萬物謂之德……天曰虛，地曰靜，乃不伐。潔其宮，開（戴望校正：疑闕字之誤。此言收視返聽也。）其門，去私毋言，神明若存……宮者，謂心也。心也者，智之舍也，故曰宮。潔之者，去好過也。門者，謂耳目也。耳目者，所以聞見也。」心術下：「專於意，一於心，耳目端，知遠之證。能專乎？能一乎？能毋卜筮而知吉凶乎？能止乎？能已乎？能毋問于人，而得之于己乎？故曰：思之思之，不得，鬼神教之；非鬼神之力也，其精氣之極也。」同書卷十六內業：「神明之極，昭知萬物，中守不忒……神自在身，一往一來，莫之能思，失之必亂，得之必治。敬除其舍，精將自來。」又：「摶氣如神，萬物備存……思之思之，又重思之；思之而不通，鬼神將通之。非鬼神之力也，精氣之極也。」又：「靈氣在心，一來一逝。其細無內，其大無外，所以失之，以躁為害。心能執靜，道將自定。」以上可參閱錢穆莊老通辨釋道家精神義、馮友蘭中國哲學史論文二集先秦道家哲學主要名詞通釋。惟本文此處所論，尚融滙有郭象陸德明成玄英王夫之之說，而斷以己意，故與諸家均有出入。羅根澤管子探源（香港太平書局出版，一九六六年。）四章：「心術上第三十六，心術下第三十七，白心第三十八——並戰國中世以後道家作。」「故以思想系統而論，必在老莊之後。」同書五章：「內業第四十九——疑戰國中世以後混合儒道者作。」「篇中又有心術下與莊子庚桑楚篇相同之一段，亦似襲莊子。」其實，心術篇雖然主要闡述道家的理論，但其中也夾雜得有儒家的話。它說：「義者，謂各從其宜也。禮者，因人之情，緣義之理，而為之節文者也。

故禮者謂有理也。理也者，明分以諭義之意也。故禮出乎義，義出乎理，理因乎宜者也。法者所以同出不得不然者也。故殺僇禁誅以一之也。故事督乎法，法出乎權，權出乎道。」這一段話，襲自禮記，而以法家和道家爲依歸，和韓非子解老的旨趣相彷彿。禮記卷七禮器說：「義理，禮之文也。」卷十四祭義說：「禮者，履此者也。義者，宜此者也。」卷十五坊記說：「禮者，因人之情，而爲之節文，以爲民坊者也。」可見它是坊記以後的作品。隋書音樂志引沈約答梁武帝詔，說：「中庸、表記、坊記、緇衣，皆取子思子。」這說法頗難考定。不過，坊記似乎受了荀子情惡說的影響，不可能全出子思子之手。又心術下說：「凡民之生也，必以正平；所以失之者，必以喜怒哀樂。節怒莫若樂，節樂莫若禮，守禮莫若敬；外敬而內靜者，必反其性。」內業說：「凡人之生也，必以平正；所以失之，必以喜怒憂患。是故止怒莫若詩，去憂莫若樂，節樂莫若禮，守禮莫若敬，守敬莫若靜。內靜外敬，能反其性，性將大定。」這二段話，雖然繁簡不同，但大意無異，顯然是受了儒家禮樂理論影響後的作品，內靜、反性的說法，則仍是道家面目。莊子繕性：「無以反其性情而復其初。」「危然處其所而反其性。」庚桑楚：「汝欲反汝情性而無由入。」盜跖：「皆以利惑其眞，而強反其情性。」均可證。禮記樂記說：「人生而靜，天之性也……不能反躬，天理滅矣。」淮南子原道訓中也有同樣說法，後書中尤多言反性，顯然都是儒道思想混合後的作品。從以上情形看來，這二篇文章寫定的時間，應在戰國末期荀子之後，文中有關精氣神的理論，和韓非子解老喻老很相近。解老篇說：「德者，內也。得者，外也。『上德不德』，言其神不淫於外也……凡德者，以無爲集，以無欲成，以不思安，以不用固。爲之欲之，則德無舍。」又：「思慮靜，則故德不去；孔竅虛，則和氣日入。故曰：『重積德。』……積德而後神靜，神靜而後和多，和多而後計得。」又：「凡所謂崇者，魂魄去而精神亂，精神亂則無德。鬼不崇人，則魂魄不去；魂魄不去，則精神不亂；精神不亂之謂有德。」又：「聖人愛精神而貴處靜。」又：「身以積精爲德。」喻老篇說：「空竅者，神明之戶牖也。耳目竭于聲色，精神竭于外貌，故中無主；中無主，則禍福雖如丘山，無從識之。故曰：『不出于戶，可以知天下；不闚于牖，可以知天道。』此言神明之不離其實也。」（陳啓天增訂韓非子校釋引翼毳云：「言形骸也。實室音通。心者，神之室也；身者，心之實也；故形骸曰實。言精神之不淫于外也。」（台灣商務印書館出版，中華民國五十八年。）以上這些話，跟老子原義距離較遠，跟上引莊子管子中的話，反而涵義相近，可知它們的寫作時代，大致互相啣接。郭沫若著青銅時代中的宋鈃尹文遺著考和十批判書中的稷下黃老學派的批判二文，都說：心術上下、白心、內業四篇，爲宋鈃尹文的作品。全屬望文生義的臆說。精氣神的意義既然相通，所以，莊子書中常將精神二字連用，或將神氣二字連用。天地：「汝方將忘汝神氣。」不過，「忘汝神氣」這種說辭，與莊子原來有關神、氣的理論相違背，顯然是一種數典忘祖的說法。它的寫作時代，在莊子全書中，似乎較晚。羅根澤諸子考索（香港學林書局影印本，一九六七年。）莊子外雜篇探源三論天地、天道、天運爲漢初右派道家所作：「則其著作必在司馬遷以前可知，所以這幾篇的時代當在西漢初年。」關鋒莊子內篇的譯解和批判（中國大陸中華書局出版，一九六一年。）莊子外雜篇初探：「我認爲此三篇是漢初的作品，最早也在統一的秦帝國建立之後。」

㊴ 莊子在宥：「目無所見，耳無所聞，心無所知，女神將守形，形乃長生。」

㊵ 參閱拙著文心雕龍原道與佛道義疏證二章。

㊶ 見下註(67)。

㊷ 老子二十章。

㊸ 老子十九章。

㊹ 老子三章。

㊺ 老子四十八章。

㊻ 莊子齊物論。以下參閱唐君毅先生著中國哲學原論上册四章四莊子之對人心之反省，與虛靈明覺心或靈臺心，同書原性篇二章二復性命之情之生活意義。

㊼ 莊子大宗師。

㊽ 莊子天道。

㊾ 見上註⑱。

⑩ 楊倞注:「相反,謂反覆不離散也。」王先謙集解引王引之曰:「反當爲及,字之誤也。精神相及,故一而不貳。楊說失之。」案:精神相及,謂精思而及于神以成也。

⑪ 荀子性惡篇:「今使塗之人者,以其可以知之質,可以能之具,本夫仁義之可知之理,可能之具,然則其可以爲禹,明矣。今使塗之人伏術爲學,專心一志,思索孰察,加日縣久,積善而不息,則通于神明,參于天地矣。故聖人者,人之所積而致也。」這裏所說的由專心一志,思索熟察,以通于神明,正與上引成相篇所說的,「思乃精」「好而壹之神以成」,同義。勸學篇說:「積善成德,而神明自得,聖心備焉。」儒效篇說:「盡善挾治之謂神。萬物莫足以傾之之謂固。神固之謂聖人……并一而不二,所以成積也。習俗移志,安久移質。并一而不二,則通于神明,參于天地矣。」義並同。荀子是一個唯物論者。他完全摒棄了宗教殘餘的鬼神觀念。禮論篇說:「祭祀,敬事其神也。」拿他的話來說,這只是以禮文之而已,並不是眞的肯定有鬼神。天論篇說:「日月食而救之,天旱而雩,卜筮然後決大事,非以爲得求也,以文之也。故君子以爲文,而百姓以爲神。」解蔽篇說:「夏首之南有人焉,曰涓蜀梁。其爲人也,愚而善畏,明月而宵行,俯見其影,以爲伏鬼也;卬視其髮,以爲立魅也;背而走,比至其家,失氣而死。豈不哀哉!凡人之有鬼也,必以其感忽之間、疑玄之時正之。此人之所以無有而有無之時也。」可證。所以,書中的神、神明等詞,都是指心的精思專一,積善不息,日久就能通于神明,從而具有明察、變化不測和化育萬物的能力而言。勸學篇說:「神莫大于化道。」不苟篇說:「誠心守仁則形,形則神,神則能化矣。」王制篇說:「故天之所覆,地之所載,莫不盡其美,致其用,上以飾賢良,下以養百姓,而安樂之。夫是之謂大神。」議兵篇說:「故仁人之兵,所存者神,所過者化,若時雨之降,莫不說喜……夫是之謂大化至一。」彊國篇說:「如是,百姓貴之如帝,高之如天,親之如父母,畏之如神明。」天論篇說:「不見其事,而見其功,夫是之謂神。」正論篇說:「天子者……居如大神,動如天帝。」解蔽篇說:「故其民之化道也如神。」很顯然,以上這些說法,都是承孟子的「夫君子所過者化,所存者神。」「大而化之之謂聖,聖而不可知之之謂神」義而來,看不到戰國晚期道家以精氣爲神這一意義的滲入。因此,如果不是這個理論在當時還沒有流行或出現,便是荀子有

意摒棄這個理論不用。雲賦：「精微乎毫毛，而大盈乎大寓……往來惛憊，通于大神……廣大精神，請歸之雲。」楊倞注：「通于大神，言變化不測也。」又注：「至精至神，通于變化。」都是從荀子全書有關神的觀念着眼，所以，注釋得很正確。正名篇：「生之所以然者，謂之性。性之和所生，精合感應，不事而自然，謂之性。」楊倞注：「和，陰陽沖和氣也……精合，謂若耳目之精靈與見聞之物合也。感應，謂外物感心而來應也。」這裏楊注精爲耳目之精靈，是有所本的。解蔽篇說：「瞽者仰視而不見星，人不以定有無，用精惑也。」楊倞注「精，目之明也。」許愼說文解字：「精，擇米也。」段玉裁注：『米字各本奪，今補。擇米，謂導擇之米也。莊子人間世曰：「鼓筴播精。」司馬云：「簡米曰精。」簡即柬，俗作揀者是也。引伸爲凡最好之偁。』楊注精爲精靈或精明，並引伸義。知賦：「大參乎天，精微而無形……血氣之精也，志意之榮也，百姓待之而後寧也，天下待之而後平也，夫是之謂君子之知。」楊倞注：「精靈。榮華。」梁啓雄柬釋：「國語楚語注：『明潔爲精。』呂覽振亂注：『榮，光明也。』」都注得很對。「志意之榮」，即成相篇中所說的「志之榮」。「血氣之精」，也跟成相篇中所說的「思乃精……好而壹之神以成。精神相反」等語的含義約略相仿，言思精而達于神明，是謂君子之知，乃血氣中的精靈或精粹。修身篇說：「凡用血氣志意知慮，由禮則治通……血氣剛強，則柔之以調和……安燕而血氣不惰。」君道篇說：「血氣和平，志意廣大。」樂論篇說：「耳目聰明，血氣和平。」以上所說的血氣，都是用的春秋時原義。左傳襄公二一年：「瘠則甚矣，而血氣未動。」又昭公十年：「凡有血氣，皆有爭心。」論語卷十六季氏：「孔子曰：君子有三戒：少之時，血氣未定，戒之在色；及其壯也，血氣方剛，戒之在鬬；及其老也，血氣既衰，戒之在得。」這些句子中所說的血氣的氣，都是指的氣息，顯然不能用戰國時老莊中所說的精氣義去解釋。錢穆敎授說：「荀子賦篇有云：『血氣之精也，志意之榮也。』所謂血氣之精，即承老子書中精字義。」（莊老通辨釋道家精神義。）頗有商榷餘地。我的意見是，荀子所主張的，由心的精思以神明自得或通于神明，或許也是承左傳言心之精爽、至于神明義變化而來。參看上注十六。不過，荀子重思，而且不主張有鬼神，所以，他的所謂神、神明或精神，都只就人心所生的作用和所達到的認知、德能境界而言。儒家典籍中受到戰國晚期道家學說的影響，而以神魂爲氣或精氣的，最先見于禮記卷三檀弓下、卷七禮運、卷八郊特牲、卷十四祭義、卷十五孔子閒居、卷十六中庸、卷二十聘義。祭義中並以魄爲鬼之盛，眾生死必歸土謂之鬼。檀弓下、禮運、郊特牲說魄義略同。大戴禮記卷五曾子天圓謂天陽地陰，「陽之精氣曰神，陰之精氣曰靈。」易繫辭上謂「精氣爲物，遊魂爲變，是故知鬼神之情狀。」則似以鬼神均爲精氣。參考上註⑰⑱。上引各文，只有祭義明爲秦朝的作品，因爲它載有「以爲黔首則」這一句話的原故。（史記秦始皇本紀「更名民曰黔首。」）其餘各篇，雖然可能含有戰國中期以前的材料在內，但它們寫定的時間，似乎是在荀子以後，由戰國晚期下至西漢初葉不等。在這些篇章中，並且多把鬼神、魂魄和天地、陰陽明顯地兩兩相配，對西漢淮南子以下儒家和道家這一方面的理論，給予了肯定而長遠的影響。

(52) 荀子解蔽。

(53) 韓非子揚搉：「虛靜無爲，道之情也。」主道：「虛靜無事。」解老：「是以聖人愛精神而貴虛靜。」

(54) 淮南子卷七精神訓：「氣志虛靜恬愉，而省嗜慾。」

(55) 葛洪抱朴子（商務印書館圖書集成初編）外篇卷四一循本：「玄寂虛靜者，神明之本也。」以上三者，實襲道家老莊義。楚辭遠遊：「漠虛靜以恬愉兮。」同。

(56) 廣弘明集（商務四部叢刊）卷十五。

(57) 唐般剌密帝譯首楞嚴經卷十：「修三摩地行陰盡者……六根虛靜，無復馳逸，內外湛明，入無所入……此則名爲識陰區宇。若於羣召，已獲同中銷磨六門，合開成就，見聞通鄰，互用清淨。十方世界及與身心，如吠瑠璃，內外明徹，名識陰盡。」長水子璿說：「由定所攝，無行陰使，雖存六根，識不馳散，故云虛靜。」（首楞嚴義疏注經）憨山說：「行陰既盡，意根已消，則六識無體，故六根虛靜不馳。內照識體，通一湛明。」（香港中華佛教圖書館影印慧因編楞嚴經易讀簡註）六根功德共六千，見同經卷四、鳩摩羅什譯法華經卷六法師功德品。首楞嚴經，近人多疑其出僞造或經改竄。此不辨。

(58) 廣弘明集卷十五。

59 安世高譯大安般守意經卷上：「安般守意有十黠，謂數息、相隨、止觀、還淨四諦……意亂當數息，意定當相隨，意斷當行止，得道意當觀，不向五陰當還，無所有當爲淨也……數息爲單，相隨爲複，止爲一意，觀爲知意，還爲行道，淨爲入道也。數時爲念，至十息爲持，是爲外禪；念身不淨，隨空，是爲內禪也……守意者念出入息，已念息，不生惡，故爲守意……數息以爲隨，第二禪，何以故？用不待念故爲隨，第二禪也……數息爲欲斷內外因緣，何等爲內外？謂眼、耳、鼻、口、身、意爲內，色、聲、香、味、細滑、念爲外也……已得四禪，但念空，爲種道栽。行息已得定，不復覺氣出入，便可觀。一當觀五十五事，二當觀身中十二因緣也……六情爲六事，痛痒、思想、生死、識，合爲十事，應內十息；殺、盜、淫、兩舌、惡口、妄言、綺語、嫉妬、瞋恚、癡，應外十息；謂止不行也……息有三輩：一爲雜息，二爲淨息，三爲道息。不行道，是爲雜息；數至十息不亂，是爲淨息；已得道，是爲道息也。息有三輩：有大息，有中息，有微息。口有所語，謂大息止。念道，中息止。得四禪，微息止也……問：第三止，何以故止在鼻頭？報：用數息相隨止觀還淨，皆從鼻出入，意習故處，亦爲易識，以是故著鼻頭也……第四觀者，觀息敗時，與觀身體異息，見因緣生，無因緣滅也……第五還棄結者，謂棄身七惡。第六淨棄結者，爲棄意三惡，是名爲還。還者爲意不復起惡，惡者是爲不還也……何等爲便見滅盡處？謂無所有是爲滅處。」同書卷下：「問：何等爲無爲？報：無爲有二輩：有外無爲，有內無爲。眼不觀色，耳不聽聲，鼻不受香，口不味味，身不貪細滑，意不志（＝妄）念，是爲外無爲；數息、相隨、止、觀、還、淨，是爲內無爲也……觀有二事：一者觀外諸所有色，二者觀內謂無所有。觀空已得四禪，觀空無所有，有意無意無所有，是爲空，亦謂四棄得四禪也……問：數息爲泥洹非？報：數息，相隨，鼻頭止意，有所著，不爲泥洹。泥洹爲有不？報：泥洹爲無有，但爲苦滅，一名意盡。」康僧會大安般守意經序：「心之溢盪，無微不浹……是以行寂，繫意著息，數一至十。十數不誤，意定在之。小定三日，大定七日，寂無他念，怕然若死，謂之一禪。禪，棄也；棄十三億穢念之意。已獲數定，持念著隨，蠲除其八，正有二意。意定在隨，由在數矣。垢濁消滅，心稍清淨，謂之二禪也。又除其一，注意鼻頭，謂之止也。得止之行，三毒四走五陰六冥諸穢滅矣。煚然心明，踰明月珠……行寂止意，懸之鼻頭，謂之三禪也。還觀其身，自頭至足，反覆微察，內體污露，森楚毛豎，猶覩濃涕。于斯具照天地人物，其盛若衰，無存不亡。信佛三寶，眾冥皆明，謂之四禪也。攝心還念，諸陰皆滅，謂之還也。穢欲寂盡，其心無想，謂之淨也。」安世高所傳的禪學，爲小乘禪。這裏所說的數息、相隨、止觀、還淨四諦，竺法護譯修行道地經卷五數息品中譯爲四事，後代則通稱六法或六妙門。

60 注維摩詰經卷九菩薩行品。這裏的「累想」，概指心的一切活動。支婁迦讖譯般舟三昧經行品：「心有想爲癡，心無想是涅槃。」注維摩詰經卷六觀眾生品：「如入滅盡定出入息。」僧肇註：「心馳動於內，息出入於外，心想旣滅，故息無出入也。」可證。狹義則指想陰，首楞嚴經卷十：「修三摩地想陰盡者，是人平常夢想銷滅，寤寐恒一。覺明虛靜，猶如晴空。」

61 鳩摩羅什譯坐禪三昧經卷上：「如是等散心，當念阿那般那，學六種法，斷諸思覺。以是故念數息……數息心數，不得少時他念；少時他念則失數。以是故初斷思覺應數息。已得數法，當行隨法，斷諸思覺。入息至竟當隨，莫數一；出息至竟當隨，莫數二……逐息入息出是以名隨。已得隨法，當行止法……止則心閑少事故，心住一處故，念息出入……知息出時，從臍心胸咽至口鼻；息入時，從口鼻咽胸心至臍，如是繫心一處，是名爲止。復次，心止法中住，觀入息時五陰生滅異，出息時五陰生滅異，如是心亂便除却，一心思維，令觀增長，是名爲觀法。捨風門住，離麤觀法。離麤觀法，知息無常，此名轉觀。觀五陰無常，亦念入息出息生滅無常，見初頭息無所從來，次觀後息亦無跡處，因緣合故有，因緣散故無，是名轉觀法。除滅五蓋及諸煩惱。雖先得止觀，煩惱不淨，心雜；今此淨法，心獨得清淨。復次，前觀異學相似行道，念息入出，今無漏道相似行善有漏道，是謂清淨。復次，初觀身念止分，漸漸一切身念止，次行痛心念止，是中非清淨，無漏道遠故；今法念止中，觀十六行，念入出息，得煖法、頂法、忍法、世間第一法、苦法忍，乃至無學盡智，是名清淨。」鳩摩羅什譯華手經卷八逆順品：「舍利弗，若阿羅漢起罪福業，無有是處。何以故？捨三求故，轉九結故，於一切法心無所著，出過欲界、色、無色界，無有渴愛，無熱無惱，心淨如空（＝虛空），名阿羅漢。」迦旃延子造北涼浮陀跋摩共道泰譯阿毗曇毗婆沙論卷十四雜犍度人品中：「阿那般那念說有六事。

云何為六？一數，二隨，三止，四觀，五轉，六淨……轉者，轉此入息觀，起身念處，次起受心法念處，次起煖、頂、忍、世第一法。淨者，謂苦法忍是也……復有說者，轉有二事：一能知陰，二能入聖道。淨有二種：一能斷結，二能淨見……問曰：如世尊悉入諸禪定解脫三昧，何以但說入阿那般那定耶？答曰：以阿那般那定在諸禪定初故。」法救造僧伽跋摩等譯雜阿毘曇心論卷八修多羅品：「六因緣得六種安般念，所謂數隨止觀還淨……淨者，淨諸蓋……依彼軟三三昧中依中增，如是次第暖法乃至盡智、無生智。」參閱唐玄奘譯瑜伽師地論卷五十本地分中有餘依地第十六。

(62) 竺法護譯度世品經卷六：「普智菩薩復白佛言：道從有言，無言致乎？佛言：亦從有言，亦從無言……因緣所縛不解道者，故佛為暢曉喻文說聚沫水泡，芭蕉野馬，影響幻化，夢月荒忽，以解其意，此事皆虛，因或（＝惑）而生。不貪世俗，習道法藥，六度四恩眾事，奉行此業，得至于道。解諸言教，本皆無言。或有佛土，無有五陰六衰三毒因緣之縛，故無文說，無身無言，虛靜寂寞，解無三界，不住有為，不處無為，不處中間，是為名曰從無言致。」智顗說六妙門釋第一歷別對諸禪定明六妙門：「六者，淨為妙門者，行者若能體識一切諸法本性清淨，即便獲得自性禪也。得此禪故，二乘之人，定證涅槃。若是菩薩，入鐵輪位，具十信心，修行不止，即便出生九種大禪，所謂自性禪，一切禪，難禪，一切門禪，善人禪，一切行禪，除惱禪，此世他世樂禪，清淨禪。菩薩依是禪故，得大菩提果。」次釋第二次第相生六妙門者：「次第相生，入道之階梯也。若於欲界中巧行六法，第六淨心成就，即發三乘無漏，況復具足諸禪三昧，此即與前有異。所以者何？如數有二種：一者修數，二者證數。修數者調和氣息，不澁不滑，安詳徐數，從一至十，攝心在數，不令馳散，是名修數。證數者，覺心任運，從一至十，不加功力，心住息緣，覺息虛微，心相漸細，患數為麤，意不欲數，爾時行者應當放數修隨……淨亦有二：一者修淨，二者證淨。修淨者，知色淨故，不起妄想分別，受想行識亦復如是。息妄想垢，是名修淨；息分別垢，是名修淨；息取我垢，是名修淨。舉要言之，若能心如本淨，是名修淨。亦不得能修所修及淨不淨，是名修淨。證淨者，如是修時，豁然心惠（慧）相應，無礙方便，任運開發，三昧正受，心無依恃。證淨有二：一者相似證，五方便相似無漏道惠（慧）發。二者眞實證，苦法忍乃至第九無礙道等眞無漏惠發也。三界垢淨，故名證淨。」次釋第三隨便宜六妙門：「還禪旣進，進已若謝，便發淨禪。此禪念相觀已除，言語法皆滅，無量衆罪除，淸淨心常一，是名淨禪。淨若不進，當善却垢心，體眞寂虛，心如虛空，無所依倚。爾時淨禪漸深寂，豁然明朗，發眞無漏，證三乘道。」智顗釋禪波羅蜜次第法門卷七釋禪波羅蜜修證第七之三說六妙門同。智顗撰法界次第初門卷上之下六妙門初門第十八：「六淨門心無所依，妄波不起，名之爲淨。行者修還之時，雖能破觀之倒，若眞明未發，而住無能所，即是受念，故令心智穢濁。覺知此已，不住不著，泯然淸淨，因此眞明開發，即斷三界結使，證三乘道。故云，其淸淨得一心者，則萬邪滅矣。」可參閱唐玄奘譯大乘阿毗達磨雜集論決擇分中法品第二，成唯識論卷九次通達位次修習位。

(63) 注維摩詰經卷七佛道品。

(64) 注維摩詰經卷一佛國品僧肇註：「旣得法身，入無爲境，心不可以智求，形不可以像取，故曰無量；六住已下，名有量也。」同書卷二方便品僧肇註：「菩薩得五通，又云具六通。以得無生忍，三界結盡，方於二乘故言六；方於如來，結習未盡，故言五也。」又註：「七住以上，則具六通。自非六通運其無方之化，無以成無極之體也。」同書卷六不思議品僧肇註：「七住法身已上，乃得此解脫也。」參閱下註五五。

(65) 大智度論卷二十一釋九相義：「是故經言：二爲甘露門：一者不淨門，二者安那般那門。是九相除人七種染著……是爲菩薩行九相觀。」鳩摩羅什譯思惟略要法：「凡求初禪，先習諸觀，或行四無量，或觀不淨，或觀因緣，或念佛三昧，或安那般那，然後得入初禪則易。若利根之人直求禪者，觀于五欲種種過患，猶如火坑，亦如廁舍；念初禪地，如淸涼地，如高台觀；五蓋則除，便得初禪。」智顗法界次第初門卷下之上六波羅蜜初門五禪波羅蜜：「禪，秦言思惟修。一切攝心繫念，學諸三昧，皆名思惟修也。禪有二種：一者世間禪，二者出世間禪。世間禪者，謂根本四禪，四無量心，四無色定，即是凡夫所行禪。出世間禪復有二種：一出世間禪，二出世間上上禪。出世間禪者，謂六妙門，十六特勝，通明，九想，八念，十想，八背捨，八勝處，十一切處練禪，十四變化，願智頂禪，無諍三昧，三三昧，師子奮迅超越三昧，乃至三明，六通，如是等禪，皆是出世間禪，亦名二乘共禪。二出世間上上禪者，諸自性等九種大禪，首楞嚴等百八三昧，諸佛不動等百二十三昧，皆出世間上上禪，亦名不共禪，不與凡夫二乘共也。」

⑯ 戴震孟子字義疏證（中國大陸中華書局出版，一九六一年）附彭紹升與戴東原書：「『清明在躬，氣志如神。』虛寂之謂也。」劉勰言志氣爲神居胸臆之關鍵，范文瀾神思註（六）引禮記孔子閒居中這二句話來解釋，顯然並不適當；但在作爲佛敎徒的彭紹升的意識中，却認爲這二句話和佛敎的虛寂義相通，雖然劉勰原來未必從這裏取義。

⑰ 卷九上。智顗說釋禪波羅蜜次第法門卷三之上分別禪波羅蜜前方便第六之二、卷七釋禪波羅蜜修證第七之一，同人述修習止觀禪要善根發第七，並略同，可參閱。

⑱ 智顗說釋禪波羅蜜次第法門卷三分別禪波羅蜜前方便第六之二：「一數息善根者，行人如上善修三止，身心調和，發于欲界及未到地等諸禪，身心湛然空寂。」同書卷七釋禪波羅蜜修證第七之三：「止有二種：一者修止，二者與止相應。修止者，三止之中，但用制心止也。制心息諸緣慮，不念數隨，凝靜其心，是名修止。二與止相應者，自覺身心泯然入定，不見內外相貌，如欲界、未到地等定法，持心任運不動。行者爾時即作是念：今此三昧雖復寂靜，而無慧方便，不能破壞生死。」智顗說六妙法門次釋第二次第相生六妙門，略同。同人撰法界次第初門卷上之下六妙門初門第十八：「三、止門。息心靜慮，名之爲止。行者雖因隨息，心安明淨，而定猶未發。若心依隨，則微有起想之亂。澄渟安隱，莫若于止，故捨隨修止。是中多用凝心止也。凝心寂慮，心無波動，則禪定自然開發。」三止：一、繫緣守境止。二、制心止。三體眞止。見智顗說修習止觀坐禪法要正修行第六。

⑲ 廣弘明集卷三十上。僧祐撰出三藏記集卷十三安玄傳：「性虛靜溫恭，常以法事爲己務。」同書卷十五智嚴法師傳：「遂周流西域，進到罽賓，遇禪師佛馱跋陀……坐禪誦經，力精修學。晉義熙十二年，宋武帝西伐長安，剋捷旋旆，塗出山東。時始與公王恢從駕，遊觀山川，至嚴精舍，見其同志三僧，各坐繩床，禪思湛然。恢至良久，不覺，于是彈指，三人開眼，俄而還閉，不與交言……嚴性虛靜，志避囂塵。」可與念佛三

昧詩集序中的「此假修以凝神，積習以移性」等語相參照。序文中說「氣虛」「神朗」，似仍在下地定中，因爲到了四禪，便會無出入息。鳩摩羅什譯禪法要解卷上：「復次，下地雖有定心，出入息故，令心難攝；是中無出入息故，心則易攝，易攝故念清淨。復次，第四禪名爲眞禪，餘三禪者方便階梯。」智顗說釋禪波羅蜜次第法門卷七釋禪波羅蜜修證第七之三：「二、與數相應者，覺心任運，從一至十，不加功力，心息自住。息既虛凝，心相漸細。」可參閱慧遠著達摩多羅禪經序。

⑳ 迦旃延子造浮陀跋摩共道泰等譯阿毘曇毘婆沙論卷四十二使犍度十門品之六：「何故說第四禪念是淨耶？答曰：第四禪念以無八事故名淨，謂無苦，無樂、憂、喜、覺、觀、出入息……復次，以依所依清淨故。第四禪所依身明淨，猶如燈光，如所依明淨故，彼念亦明淨。」智顗說釋禪波羅蜜次第法門卷七釋禪波羅蜜修證第七之一：「第一明四禪發相。行者因中間禪修行不止，得入未到地，心無動散，即四禪方便定。於後其心豁然開發，定心安隱，出入息斷。定發之時，與捨俱生，無苦無樂，空明寂靜，善法眷屬，類如前說；但無事用喜樂動轉之異。爾時心如明鏡不動，亦如淨水無波，絕諸亂想，正念堅固，猶如虛空。是名世間眞實禪定。」參閱大智度論卷十七禪波羅蜜。

㉑ 鳩摩羅什譯禪法要解卷下：「行者得四禪、四無色定，心已柔軟，若求五神通，依第四禪則易得；若依初禪、二禪、三禪，雖復可得，求之甚難，得亦不固。所以者何？初禪覺觀亂定故，二禪喜多故，三禪樂多故，與定相違。四如意分皆是定相，唯第四禪無苦無樂，無出入息，諸聖所住，快樂安隱，是故行者當依第四禪修四如意分……依四如意分，能具足一切功德，何況五通。」

㉒ 大智度論卷七初品中放光釋論：「有人言：三昧王三昧名爲自在相，善五眾攝，在第四禪中。何以故？一切諸佛于第四禪中行見諦道，得阿那含，即時十八心中得佛道。在第四禪中捨壽，於第四禪中起入無餘涅槃。」智顗撰法界次第初門卷上之下四禪初門第十五：「行者既得四禪捨俱之定，捨念將息，則心無所依，泯然凝寂。一心在定，猶如明鏡不動，靜水無波，湛然而照，萬像皆現。何故此四禪中獨名不動定也？初禪覺觀動；二禪喜所動；三禪樂所動；是四禪中，先離憂喜，今復除苦樂，故名眞定也。三界勝定，無復過此。若三乘

行人善巧照了分明，則因此定發眞無漏。」

⑬ 智顗說釋禪波羅蜜次第法門卷七釋禪波羅蜜修證第七之三：「一者，自有衆生慧性多而定性少，爲說六妙門。六妙門中慧性多故，於欲界、初禪中即能發無漏，此未必至上地諸禪也。二者，自有衆生定根多而慧性少，爲說十六特勝。慧根性少，故下地不即發無漏；定性多，故以具上地諸禪方得修道。三者，自有衆生定慧根性等，爲說通明。通明者，亦具根本禪，而觀慧巧細，從于下地乃至上地，皆能發無漏也……此六妙門，三是定法，三是慧法。定愛慧策，亦有漏，亦無漏，義在于此。二、辨次位者，此六妙門位即無定。所以者何？若於欲界、未到地中巧行六法，第六淨心成就，即發三乘無漏，況復進得上地諸禪而不疾證道！」

⑭ 參閱湯用彤漢魏兩晉南北朝佛教史第五章佛陀祭祀節、第十章羅什之學節。

⑮ 注維摩詰經卷一僧肇註：「上爲入佛慧。佛慧，七住所得無生慧也。」肇論般若無知論：「是以智彌昧，照逾明；神彌靜，應逾動；豈曰明昧動靜之異哉！」注維摩詰經卷五鳩摩羅什註：「七住已上，其心常定，動靜不異，故言有方便慧也。」

⑯ 出三藏記集卷十阿毘曇序（案：即道安撰阿毘曇八犍度序）：「研機者尚其密。」同卷慧遠阿毘曇心序：「有出家開士，字曰法勝，淵識遠覽，極深研機，龍潛赤澤，獨有其明。」同書卷一僧祐出三藏記集序：「並鑽析內典，研鏡外籍。」肇論般若無知論：「般若無不窮之鑒。」廣弘明集卷十八謝靈運與諸道人辨宗論：「夫明非漸至，信由敎發。何以言之？由敎而信，則有日進之功；非漸所明，則無入照之分……顏子體二，未及于照，則向善已上，莫非闇信；但敎有可由之理，我有求理之志，故曰關心。賜以之二，回以之十，豈直免尤而已，實有日進之功。」同書卷十八竺道生答王衞軍書：「苟若不知，焉能有信？然則由敎而信，非不知也；但資彼之知，理在我表。資彼可以至我，庸得無功于日進？未是我知，何由有分于入照？豈不以見理于外，非復全昧；知不自中，未爲能照耶？」竺道生主大頓悟，十地以後始證無生，得般若，與僧肇主七地得無生慧者異。般若有多解，可參考吉藏大乘玄論卷四、二智義，珍海三乘名敎抄卷十二般若義。廣弘明集卷二十七上蕭子良淨住子淨行法門皇覺辨德門：「般若窮其照。」同書卷二十八上王筠與雲僧正書：

「仰惟大正法師，道心純淑，至德凝深；智包空有，照通眞俗。多聞不窮，機辯無礙。一代師匠，四海推崇。」涅槃集解經題序：「案：法安曰……夫照法未窮，新知移其神……所照靡遺，謂之般若。」

⑰ 出三藏記集卷六道安大十二門經序：「前世又爲懸解，一家之傳，故全（＝筌）而次之。」同書卷十一僧叡中論序：「于菩薩之行，道場之照，朗然懸解矣。」「懸解」一詞，出莊子養生主和大宗師，佛教經籍中多借作「玄解」義。「玄解之宰」，指心言。

⑱ 出三藏記集卷五長安叡法師喻疑：「叡才常人鄙，而得厠對宗匠，陶譯玄典。」同書卷十一僧肇百論序：「有出家大士，厥名提婆，玄心獨悟，俊氣高朗。」同書卷十五道生法師傳：「乃喟然而歎曰：夫象以盡意，得意則象忘；言以寄理，入理則言息……乃說阿闡提人皆得成佛。于時大涅槃經未至此土，孤明先發，獨見迕衆。」廣弘明集卷二十三僧肇鳩摩羅什法師誄幷序：「俗不自覺，覺必待匠……公以宗匠不重，則其道不尊，故蘊懷神寶，感而後動……道匠韜斤，梵輪摧軸。」同書卷二十三宋張暢若耶山敬法師誄幷序：「羅什就古，慧遠去今，匠石何運？伯牙罷音。」同書卷二十三慧琳龍光寺竺道生法師誄幷序：「旣而悟曰：象者理之所假，執象則迷理……乃收迷獨運，存履遺跡。」「獨照之匠」的原來出處，見莊子天道輪扁論斲輪一段。莊子喜言獨見。大宗師：「朝徹而後能見獨」。天地：「冥冥之中，獨見曉焉」。獨見猶獨照。文心雕龍神思：「獨照之匠，闚意象而運斤。」意象義見王弼易略例明象。莊子徐无鬼：「匠石運斤成風。」在上述佛教典籍中，都是用的格義。

⑲ 出三藏記集卷六道安陰持入經序：「有捨家開士，出自安息，字世高，大慈流洽，播化斯土，譯梵爲晉，微顯闡幽。其所敷宣，專務禪觀，醇玄道數，深矣遠矣。」出三藏記集卷六道安十二門經序：「然則經無巨細，出自佛口，神心所制，言爲世寶。慧日旣沒，三界喪目，經藏雖存，淵言（＝玄）難測，自非至精，孰達其微？於是諸開士應眞，各爲訓解，釋其幽賾，辯其差貫，則爛然易見矣。」同書卷八慧觀法華宗要序：「什猶謂語現而理沈，事近而旨遠。又釋言表之隱，以應探賾之求。」卷八支愍度合維摩詰經序：「若能參考校異，極數通變，則萬流同歸，百慮一至（＝致）。」同卷僧叡自在王經後序：「標準宏廓，固非思之所及；

幽旨玄凝，尋者莫之髣髴。」卷九僧衛十住經含注序：「夫弘致不可以言象窮，道玄不可以名數極，故文約而義豐，詞婉而旨弘。」肇論般若無知論：「有天竺沙門鳩摩羅什者，少踐大方，研機斯趣，獨拔于言象之表，妙契于希夷之境。」

80 龍樹造鳩摩羅什譯十住毗婆沙論卷九四法品：「是菩薩具足捨法，欲行法施，行財施，利益眾生故，若求世間出世間諸利，未得時，心無疲懈。世間利者，善解世間經書技藝方術巧便等。出世間利者，諸無漏根力覺道法。如說：如是求二利，心無有疲懈。以無疲懈故，能得諸深法。因從求經書，而能得智慧，具足知世間，最上第一法……菩薩若知世間法者，則于眾生易相悅入，化導其心，令住大乘。若不知世法，乃至不能敎化一人。是故世間法者，則是敎化眾生方便之道。」

81 支謙譯菩薩本業經十地品：「所以學者，欲一切知。已一切敏，無所復學。」大智度論卷九十二釋淨佛國土品：「此中佛自說因緣，菩薩應學一切法；若一法不學，則不能得一切種智。學一切法者，用一切種門思惟、籌量、修觀、通達。」阿毘曇毘婆沙論卷四十使犍度十門品之四：「三法：學法，無學法，非學非無學法。云何學法？答曰：學五陰。云何無學法？答曰：無學五陰。云何非學非無學法？答曰：有漏五陰及無爲。何故名學、無學、非學非無學？答曰：以無貪道學斷貪故名學。以無貪道不學斷貪名無學，所以者何？先已學故。與此相違，名非學非無學。無恚，無癡，說亦如是。復次，以無愛道學斷愛，彼非愛體，是學。以無愛道學斷愛，則遮無學道；體非愛者，則遮世俗道。以無愛道不學斷愛，先已學故；體非是愛，是無學。以無愛道不學斷愛，則遮（十學）道；體非是愛，則遮世俗道。與此相違，是非學非無學。復次，學斷煩惱，學見眞諦，是學。不學斷煩惱，先已斷故；不學見眞諦，先已見故；是無學。與此相違，是非學非無學。復次，學斷二求，謂欲求有求。學斷二求，欲滿一求，謂梵行，是學。不學斷二求，先已斷故；不學滿一求，先已滿故；是無學。與此相違，是非學非無學。」同書卷四十六智犍度八道品：「佛說學人成就八種學道迹。漏盡阿羅漢，梵行已立，成就十種無學道。」小乘中以前三果即須陀洹、斯陀含、阿那含爲學，阿羅漢果爲無學。大乘中以菩薩因立爲學，佛果爲無學。學者，學戒定慧等出世間法及世間法。

82 莊子知北遊：「女齊戒疏瀹而心，澡雪而精神，掊擊而知。」淮南子精神訓：「使耳目精明玄達而無誘慕，氣志虛靜恬愉而省嗜慾，五藏定寧充盈而不泄，精神內守形骸而不外越，則望于往世之前，而視于來事之後，猶未足爲也，豈直禍福之間哉！」劉勰在這裏是用的格義，含義跟支遁序文中的「涼五內之欲火，廓太素之浩心。」相當。五藏即五內。莊子原文中的「掊擊而知」，與佛敎義不合，故劉勰不取。淮南子言「五藏定寧充盈而不泄」與「疏瀹五藏」義，亦不相侔。范文瀾註引白虎通性情篇謂：「『疏瀹五臟』，謂情性不可妄動，使人煩懣也。』」誤。鳩摩羅什等譯禪秘要法經卷上：「佛告阿難：此想成已，復當更敎繫念諦觀身內地大。身內地大者，骨爪髮腸胃腹肝心肺，諸堅實物，悉是地大，精氣所成。外地無常，所以知之……況身內地，當復堅牢？爾時行者應自思惟，今我此身，髮是我耶？爪是我耶？骨是我耶？身諸五藏，爲是我耶？如是諦觀身諸支節，都無有我……觀身靜寂，不識身相。身心安隱，恬怕悅樂。」劉宋沮渠京聲譯治禪病秘要法卷上：「汝當敎洗（＝洒）心觀。洗心觀者，先自觀心，令漸漸明……還得本心，無有錯亂。佛說此語時，五百釋子比丘，隨順佛語，一一行之，心即清涼，觀色受想行識，無常苦空無我，不貪世間，達解空法，豁然還得本心，破八十億烔然之結，成須陀洹，漸漸修學，得阿羅漢，三明六通，具八解脫。復次，舍利弗，若有行者四大麤澀，或瞋或喜，或悲或笑，或復腹行，或放下風，如是諸病，當敎急治。治之法者，先觀薄皮……次觀厚皮……次復觀膜……次復觀肉……次當觀骨……次當觀髓……觀諸節已，次觀頭骨……腦爲四分，九十八重，四百四脈，流注于心。大腸，小腸，脾，腎，肝，肺，心，膽，喉嚨，肺腴（＝腧），生熟二藏，八萬戶蟲，一一諦觀，皆使空虛，皎然白淨，皮皮相裹，中間明淨，如白琉璃。如是一一半節諦觀，使三百三十六節皆悉明了，令心停住，復更反覆一千九百九十九遍，然後當聚氣一處，數息令調。」

83 大智度論卷十一初品中舍利弗因緣：「菩薩亦如是，欲度一切衆生故，欲知一切種、一切法……復次，若不以理求一切法，則不可得；若以理求之，則無不得。」大般涅槃經集解卷七哀歎品：「案：僧亮曰：依經求理，始用聞思。既入理不深，若船之浮水上也。」同書卷六四迦葉品二：「案：僧宗曰：無漏之性，照理而生，一得不喪。」弘明集卷八僧順釋三破論：「夫道之名，以理爲用；得其理也，則於道爲備。」參閱拙著

84 文心雕龍原道與佛道義疏證二章。大智度論卷一如是我聞一時釋論：「爾時大迦葉告諸會者：佛法欲滅。佛從三阿僧祇劫，種種勤苦，慈愍眾生，學（＝覺）得是法。佛般涅槃已，諸弟子知法持法誦法者，皆亦隨佛滅度。法今欲滅。未來眾生甚可憐愍，失智慧眼，愚癡盲冥。佛大慈悲愍傷眾生，我曹應當承用佛教，須待結集經藏竟，隨意滅度。諸來眾會皆受教住。爾時大迦葉得千人，除善（＝去）阿難，盡皆阿羅漢，得六神通，得共解脫無礙解脫。悉得三明，禪定自在，能逆順行諸三昧，皆悉無礙。誦讀三藏，知內外經書，諸外道家十八種大經，盡亦讀知，皆能論議，降伏異學……是中夏安居，三月初十五日說戒時，集和合僧。大迦葉入禪定，以天眼觀，今是眾中，誰有煩惱未盡，應逐出者？唯有阿難一人不盡，餘九百九十九人諸漏已盡，清淨無垢。大迦葉從禪定起，眾中手牽阿難，出言：今清淨眾中結集經藏，汝結未盡，不應住此……是時中間，阿難思惟諸法，求盡殘漏。其夜坐禪經行慇勤求道。是阿難智慧多，定力少，是故不即得道。定智等者，乃可速得。後夜欲過，疲極偃息，却臥就枕，頭未至枕，廓然得悟，如電光出，闇者見道。阿難如是入金剛定，破一切諸煩惱山，得三明六神通共解脫，作大力阿羅漢。……大迦葉手摩阿難頭言：我故為汝，使汝得道。汝無嫌恨，我亦如是。以汝自證，譬如手畫虛空，無所染著，阿羅漢心亦如是，一切法中得無所著。復汝本坐……是時長老大迦葉摩阿難頭言；佛囑累汝，令持法藏，汝應報佛恩。佛在何處最初說法？佛諸大弟子能守護法藏者，皆以滅度，唯汝一人在。汝今應隨佛心，憐愍眾生故，集佛法藏……大迦葉語阿難：從轉法輪經至大般涅槃，集作四阿含：增一阿含，中阿含，長阿含，相應阿含，是名修妬路法藏。諸羅漢更問：誰能明了集毘尼法藏？皆言：長老憂婆離于五百阿羅漢中，持律第一，我等今請……諸阿羅漢復更思維：誰能明了集阿毘曇藏？念言：長老阿難于五百阿羅漢中，解修妬路義第一，我等今請……三法藏集竟。」同書卷十十方菩薩來釋論之餘：「佛雖入深禪定，不為世事所動……有大慈悲風來，憐愍心動，散身無數，入五道教化眾生，或作天身乃至畜生。復次，佛實不動，常入禪定，先世福德因緣故，身邊出聲應物如響……從其身邊諸毛孔中，自然有聲隨心說法。是中佛無憶想，亦無分別。」同書卷十七釋禪波羅蜜：「爾時菩薩常入禪定，攝心不動，不生覺觀，亦能爲十万一切眾生，以無量音聲說法而度脫之。是名禪波羅蜜。問曰：如經中說：先有覺觀思惟，然後能說法。入禪定中，無語覺觀，不應得說法。汝今云何言常在禪定中不生覺觀，而爲眾生說法？答曰：生死人法，入禪定，先以語覺觀，然後說法。法身菩薩離生死身，知一切諸法，常住如禪定相，不見有亂。法身菩薩變化無量身爲眾生說法，而菩薩心無所分別……亦無散心，亦無說法相。是無量福德禪定智慧因緣故，是法身菩薩種種法音隨應而出。」同書卷四十一釋三假品：「有二種說：一者著心說，二者不著心說。今須菩提以不著心說空，佛不訶之。」同書卷七十釋問相品：「佛憐憫眾生，以世諦故說空等諸相，非以第一義諦。若以第一義故應難，以世諦故說則不應難。復次，雖說空，不以著心取相，不示法若是若非，一切法同一相無分別，是故復了了說，所謂無所有如虛空相。」同書卷八十四釋三慧品之餘：「須菩提問：雖以名相爲眾生說，無有實事，將無虛妄耶？佛答：聖人隨世俗言說，于中無有名相著處。佛此中自說因緣：如凡夫說苦，著名取相。諸佛及弟子，口說苦而心不著；若著，不名苦聖諦。苦諦即是名相等，無有定實；凡夫著者，亦是名相，無有定實。」注維摩詰經卷三弟子品：「時維摩詰來謂我言：唯，富樓那，先當入定觀此人心，然後說法……我觀小乘智慧微淺，猶如盲人，不能分別一切眾生根之利鈍。」僧肇曰：「大乘自法身以上，得無礙眞心，心智寂然，未嘗不定。以心常定，故能萬事並照，不假推求然後知也。小乘心有限礙，又不能常定，凡所觀察，在定則見，出定不見，且聲聞定力深者，見眾生根極八萬刧耳；定力淺者，身數而已。大士所見，見及無窮。」這裏維摩詰經和僧肇註文，很顯然，都是從大乘立場貶抑小乘的一種說法。注維摩詰經卷五文殊師利問疾品：「鳩摩羅什曰：觀空不取，涉有不著，是名巧方便也。今明六住已還，未能無礙，當其觀空，則無所取著，及其出觀淨國化人，則生見取相，心愛著。拙于涉動，妙于淨觀。觀空慧不取相，雖是方便，而從慧受名。此中但取涉有不著爲方便，故言無方便而有慧也。七住已上，其心常定，動靜不異，故言有方便慧也。」肇曰：「六住已下，心未純一，在有則捨空，在空則捨有，未能以平等眞心，有無俱涉。所以嚴土化人，則雜以愛見，此非巧便修德之謂，故無方便；而以三空自調，故有慧也。」

(85) 出三藏記集卷十道梴毘婆沙經序：「時北天竺有五百應眞……故乃澄神玄觀，搜簡法相，造毘婆沙，抑正眾說。」分別功德論（失譯人名，附後漢錄。）卷四：「迦旃延所以稱善分別義者，將欲撰法，心中惟曰：人間憒鬧，精思不專。故隱地中七日，撰集大法，已訖呈佛。稱曰：善哉！聖所印可，以爲一藏。此義微妙，降伏外道，故稱第一。」

⑯ 文心雕龍徵聖。出三藏記集卷十慧遠大智論抄序：「其中可以開蒙朗照，水鏡萬法，固非常智之所辨。」

⑰ 分別功德論（失譯人名，附後漢錄。）卷三：「身子昔曾供養十四億佛，從佛聞法，未曾綜習安般。至釋迦文世，從馬師比丘，始達空法，即見道迹，佛具演慧，漏盡結解，今爲智慧第一。不由安般得至涅槃也。目犍連……遭遇世尊，退取盡漏，自昔暨今，未曾習安般。迦葉比丘……亦未曾習安般，應得辟支佛，今退爲羅漢。馬師比丘……亦不習安般，今亦盡漏。阿難……亦不習安般。唯有羅雲摩呵刧四羅，曩昔以來，常習安般，今亦至道。以是言之，趣道之徑，非唯一塗。」出三藏記集卷六謝敷安般守意經序：「苟厝心領要，觸有悟理者，則不假外以靜內，不因禪而成慧。故曰阿惟越致不隨四禪也。」佛教中漏盡聖人的虛靜的心，與老莊中所說的聖人的虛靜的心，主要不同的地方在於：前者「即萬物之自虛」，（肇論不眞空論）「入一切法如虛空性。」（鳩摩羅什譯十住經卷三不動地）後者則有如周顒所說的：「然則老氏之神地悠悠，自悠悠于有外。」「此所謂『得在于神靜，失在于物虛。』」（弘明集卷六周顒重答張長史書，後二語引自肇論不眞空論評心無宗語。）

⑱ 「胎息」疑原作「數息」，爲不學人所改。胎息的說法，最先見于漢武內傳和抱朴子，所以，黃叔琳引二書來作注釋。漢武內傳，舊本題漢班固撰。四庫全書總目提要說：「其殆魏晉間文士所爲乎？」近人余嘉錫著四庫提要辨證據錢熙祚校勘記、孫詒讓札迻，認爲：「當從東之，定爲葛洪所依託。」神仙傳，則原題晉葛洪撰，四庫全書總目提要及余氏辨證均無異詞。可見胎息之說，由葛洪所創。劉勰著辨惑論（弘明集卷八）說：「葛玄野豎，著傳仙公。」葛玄，據抱朴子，爲葛洪叔祖。玄字或爲洪字之誤。（廣弘明集卷八道安二敎論：「上清肇自葛玄，宋齊之間乃行。」）劉勰站在佛敎徒的立場，在論中痛斥道敎和葛玄，斷沒有在文心雕龍養氣篇中，反而推崇道敎徒葛洪所創的胎息說，把它說爲邁術的道理。而且，葛洪所創的胎息說，實

襲佛教的數息說而成。湯用彤漢魏兩晉南北朝佛教史五章禪法之流行說：「抱朴子釋滯篇，詳述胎息，但亦不能確定是否爲漢世道家所行。」又說：「按抱朴子謂吐納時數息，並注意鼻端，此與安般所言相符，或實得之佛法。」這是很有理由的。照我的看法，葛洪所創的胎息這個名詞和所謂的胎息理論：「得胎息者，能不以鼻口噓吸，如在胞胎之中，則道成矣。」也是參照安般守意經中所說：「已得四禪……行息已得定，不復覺氣出入。」「得四禪，微息止也。」（見本章注三九）稍予變化而成的。又抱朴子內篇卷十二辨問說：「數息思神。」將數息二字連用爲一詞，爲安般守意經、修行道地經中之常，此則更明襲之。以博通佛教經論著稱的劉勰，豈有數典忘祖捨棄佛教的數息說不用，反而採用敵對教派的胎息說的道理？范文瀾文心雕龍養氣注八說：「盧文弨抱經堂文集十四文心雕龍輯注書後：『養氣篇故有「錐股自厲，和熊以苦之人。」案下六字吳本無，當本脫四字，不學者妄增成之，而忘其年代之不合也。』」王利器文心雕龍新書養氣注八，歷舉兩京本，日本活字本等十二種，說：「『故有錐股自厲』句上，有『功庸弗怠』一句四字，句下有『和熊以苦之人』一句六字。盧云……案盧說是，傳校元本、汪本、佘本、張之象本、梅本、馮校本等，正無此二句，今據刪。」又注十說：「又兩京本，『則有申寫鬱滯』句下有『玄解頓釋之輩』一句六字。」可見本篇頗多脫簡及經後人增補或改竄，因此，我很懷疑，胎息原作數息，由不學淺人改竄而成。

89 「率志委和」，「從容率情」，「率志以方竭情」，均承陸機文賦：「或竭情而多悔，或率意而寡尤。」語而來。言「率志」，則與數息攝志不分者異；言「積和」，則與調息漸次虛微者異。此爲常人立論，與神思之言虛靜者自有別。

一九七三年九月完稿

〔原刊《香港浸會學院學報》，第四卷，第一期（一九七七年七月），頁一三五—一四一，收入石壘《文心雕龍與佛儒二教義理論集》（香港：雲在書屋，一九七七年），頁一〇七—一五三。本選以後者為據。〕

〈文選序〉與蕭統的文學觀念

黃兆傑

中國人以往不大重視文學理論：從舊籍中「詩文評類」存在着的混亂情況，可以看出這一點。中國人現在也不十分重視傳統的文學理論：從文學批評史專門研究的短缺，以及其中長期存在着的一些問題，也可以見到這一點。

大的問題我們暫且不談，這裏要討論是蕭統〈文選序〉結尾的一段話。

《文選》是歷代讀書人都用的一個文學選本，它的實際影響力可能比《文心雕龍》更爲重大。關於這個問題，王瑤在〈中國文學批評與總集〉一文中解釋得十分詳盡了（文見一九五六年版《關於中國古典文學問題》）。

大家爲了半個秀才而要把《文選》讀「爛」，反映出一般讀書人受《文選》潛移默化。《文選》左右了一般讀書人的文學觀念，成爲中國文學理論中極重要的基礎。既然如此，蕭統選文的去取標準是值得重視的。

一般文學批評史對〈文選序〉的交代都有不足之處，郭紹虞、羅根澤都不夠深入（見郭紹虞《中國文學批評史》頁166、羅《史》頁134；二書分別為一九三四年與一九五七年版）。朱東潤一九五七年版的《中國文學批評史大綱》有些地方寫得精，也見到《文選》「影響之鉅」（頁62），但是談到蕭統的文學觀念，却以「文質彬彬」一說爲主，而沒有詳論〈文選序〉。「文質彬彬」一說見昭明太子〈答湘東王求文集及詩苑英華書〉，與《文選》沒有直接關係；

朱東潤的取捨是有問題的，下文再論。

較近出版的文評史，對〈文選序〉的解釋和評價，仍不見有所改善。我們不妨檢出詳、約各一的兩本新書爲例，說明這種情形。簡約的是八一年出版周勛初著的《中國文學批評小史》（長江文藝出版社）。此書有關的一節，標題是〈蕭統主張文質並重〉把蕭統論文的重點集中在「文質彬彬」這句話，看法與朱東潤相同（見頁49）。談到〈文選序〉，周勛初仍然以爲最重要的意見是在「事出於沈思，義歸乎翰藻」十字，還頗爲簡化問題地解釋說：「蕭統較明確地把文學作品和學術論文作了區分，比之前代更能認清文學的特點……」（頁51）。這種解釋，較諸前人所見，非但沒有改進，甚至由於提出了在蕭統思想中絕不可能存在的「文學作品」和「學術論文」兩個對立觀念，更進一步歪曲了蕭統的意見。

也是八一年出版的敏澤著的《中國文學理論批評史》，（人民文學出版社）是千多頁的鉅製。這是更具野心的一本著作，似乎力求將中國文學思想與馬列文學理論結合溝通，其中所達到的一些結論，恐怕不會是後世可以接納的。關於蕭統文學思想的介紹，敏澤說蕭統「積極宣揚封建的『教化』和『風化』說，……宣揚封建的儒家理論觀念」，「……提倡文藝，多半也是出於一種消遣」，「有明顯的形式主義的傾向」（都見頁251）。如此立論，實在是把一己主觀的信念加諸蕭統身上。敏澤後半的討論似乎比較踏實，他重申了前人已有論述的「文質彬彬」說，同時認爲《文選》「仍然是偏重形式上的辭藻之美的」（頁252）。把「文質彬彬」和「辭藻之美」相提并論，表面上是沒有問題的；可是假如敏澤眞的以爲蕭統〈答湘東王書〉和〈文選序〉裏反映的見解可以視作相同、或統一，那敏澤犯的毛病比朱東潤論〈書〉不論〈序〉就更爲嚴重。其中原因這裏不談，下文再作討論。

文學批評史以外有兩篇頗為重要的文章，一篇是繆鉞的〈文選與玉台新詠〉（見一九六二年版《詩詞散論》），另一篇是朱自清的〈〈文選序〉「事出於沈思，義歸乎翰藻」說〉（見《國學季刊》卷六第四期，一九四六）。兩篇都是學問淵博的文章，可是兩篇都忽略了〈文選序〉的主要論點。

朱自清徵引極廣，他指出蕭統所用「事」、「義」二字不一定是及義詞，「事」、「義」都與譬喻的運用有關，文章最後一段說：「……昭明在兩句裏又以『事』『義』對舉，在麗辭中，一聯二句，意思不妨相掩；若說『義歸於翰藻』一語專指『比類』，也許過分明盡，未必是昭明原意。可是如說這一語偏重『比類』，而合上下兩句渾言，不外『善於用事，善於用比』之意：那就是與當時風氣及《文選》所收篇什都合，昭明原意也不外乎此了。」朱氏對「事」、「義」的解釋做得精細，我們沒有異議；出現問題的地方，是認為〈文選序〉的基本論點見於「事出於沈思，義歸乎翰藻」一句說話。

繆鉞犯的錯誤與朱自清的相同，他說：「其撰《文選》，明樹選擇準的曰：『事出於沈思，義歸乎翰藻』。事出於沈思者，有其實也。義歸乎翰藻者，有其文也。」從〈文選序〉中標出「事出於沈思，義歸乎翰藻」兩句，認定這就是《文選》的「選擇準的」，這是斷章取義，也是一般人對《文選》及〈文選序〉的誤解。

一九七九年版郭紹虞的《中國歷代文論選》選了〈文選序〉，註中解釋了「事」、「義」「二字互文見義」，大概採取了朱自清的見解，又在〈說明〉中指出：「……在他（蕭統）看來，後代文人製作，其性質之所以不同於經籍子史，在於『以能文為本』，而『能文』的特徵，則是『事出於沈思，義歸乎翰藻』。」這樣解釋，依然是以為「事、義」二句代表了《文選》

所選全部作品的特色。

以上所述各家對〈文選序〉的看法，是頗爲統一的，也是其來有自的。認爲「事出於沈思，義歸乎翰藻」足以概括蕭統的文學理論，代表了《文選》和〈文選序〉的基本精神，可以說是向來大家都接受，毫不懷疑的定論。這見解的流傳的歷史眞相，本文不另作分析。爲了要作一個簡單的總結，我想最方便的辦法是參考在《文選》研究範圍中，頗具權威性的一本書，就是駱鴻凱的《文選學》（中華書局，一九三七）。該書第二章論〈義例〉，討論的問題正包括了蕭統的文學主張。

雖然駱鴻凱確有提及〈序〉中所說的「經史子」和「史之讚論序述」，可是他總的說明是頗爲簡化而又非常肯定的。他說：「而總其大旨曰：『事出於沈思，義歸乎翰藻。』此昭明自明入選之準的，亦即其自定文辭之封域也。」（頁16）。

駱鴻凱當然不會就此安於自己定的結論，他自然還引用前賢的論說。其中最重要的是精於六朝文學，深入分辨過「文」「筆」說的阮元。阮元也重複地說：「昭明所選，名之曰文，蓋必文而後選也，非文不選也。經也，子也，史也，皆不可專名之爲文也。故昭明〈文選序〉後三段，特明其不選之故，必沈思翰藻，始名之爲文，始入選也。」（駱書頁16引阮氏〈文選序後〉）阮元的主要目的是爲蕭統辯護，說明昭明的見解是「於古有徵」的。《文選》是否「於古有徵」是個有意義的問題，值得研究。但是我們要注意的，不是上述阮氏的目的，而是阮元及其他持有相類見解的人所產生的後果。類似上面所引述的阮氏的說話，正是我們對〈文選序〉的誤解的源頭，使我們以爲蕭統提出的文學主張，就在「事出於沈思，義歸乎翰藻」十字。

這裏要提出的意見有三點。第一，「事、義」二句指的不是《文選》全部作品。第二，「事、義」二句不是《文選》去取的準的或蕭統的文學標準。第三，蕭統在〈文選序〉另外說明了他對「文」的觀念。這三點都是細讀〈文選序〉，注意到句與句的關係，以及六朝行文習慣，並且分析了極重要的「篇」字的詞義，方纔能夠體會到的。

〈文選序〉說：「至於記事之史、繫年之書，所以褒貶是非，紀別異同；方之篇翰，亦已不同。若其讚論之綜緝辭采，序述之錯比文華，事出於沈思，義歸乎翰藻，故與夫篇什，雜而集之……」（這裏標點與郭書的稍異，「史」字後的頓號郭作逗號；「藻」字後之逗號郭作句號。）這段說話講得明白，談的不是《文選》全部作品，而是「史」、「書」中的「讚論」和「序述」（二詞作名詞解；但亦可能有動詞意味），指出這些「讚論」和「序述」中有部分既然「綜緝辭采」、「錯比文華」，又加上「事出於沈思，義歸乎翰藻，因此（「故」）就把它們放進選文中（「故與夫篇什」）。把「事、義」二句視作全《文選》的準則實在是以偏蓋全了。

其實〈文選序〉提出的最重要思想，並非在「事、義」二句，而是在文章乃完整之單篇一個觀念。

蕭統解釋一般不錄「賢人之美辭」等的原因說：「……概見墳籍，旁出子史，若斯之流，又亦繁博；雖傳之簡牘，而事異篇章；今之所集，亦所不取。」反對的理由是這種「美辭」的「繁博」，不夠約束，不夠謹嚴。相反，《文選》錄的是「篇章」：〈文選序〉提出的最重要文學觀念正在這「篇」字，是完整的個別作品的觀念，有點像把文學作品視作有機整體（an organic whole），其精神與西方古典傳統有不謀而合處。

一般不錄「史」、「書」的理由也是一樣的：「……方之篇翰，亦已不同。」因為「史」、「書」跟「篇翰」（文章）比起來（「方之」）是不相同的。

相反，有部分「讚論」和「序述」却可以視作完整的單篇，因此可以置之於完整的單篇中（「故與夫篇什，雜而集之」）。

「篇章」、「篇翰」、「篇什」都包括了「篇」字；「篇」是蕭統要提倡的觀念，而「章」、「翰」、「什」都是為了文辭的需要而加上的。六朝行文，最忌重複，蕭統於不足六十字內連用「篇章」、「篇翰」、「篇什」，頗為破壞文章之優美，但為了要清楚提出新的意思，文章之美是可以犧牲的。

回過頭來，蕭統不選「姬父」、「孔子」的「書」、「籍」，也不見得全是為了這種文字的思想性（關於這點，敏澤委實是冤枉了蕭統）；更重要的原因，是為了經典到底不能改編成完整的單篇——一個整體不可能分割成若干個較小的整體；所以蕭統說：「豈可重以芟夷，加以剪截。」我們可以不必深究不願「芟夷」、「剪截」的原因，「芟夷」、「剪截」等步驟本身就違反了蕭統的文學觀念，違反了他對文學作品（「文」）的要求。

以上的討論，集中在〈文選序〉中的「篇」字；以下要談談〈文選序〉以外可見的有關「篇」字（及包含了「篇」字的詞語）的一般情形。

首先，我想指出，〈文選序〉中的「篇」字，是有其歷史上的重要性的。它所指向的完整，有機體的抽象觀念，是在蕭統以前的文學理論中見不到的。既如是，我們就要提出兩個問題——兩個在目下的條件下還不可能有確實的答案的問題。第一個問題是：這觀念是怎樣發展出來的？

第二個問題是：這觀念在蕭統的意識中，是否常常存在？

要求解答第一個問題，我們起碼要看看在蕭統以前，「篇」字的字義是怎樣的。許慎（30-124 A.D.）《說文》說：「篇，書也。」這解釋的性質值得注意的有兩點：一，簡單的；二，具體的。清人段玉裁（1735-1815）說：「書，箸也，箸於簡牘者也；亦謂之篇；古曰篇，漢人曰卷。」相較之下，許慎解釋的簡單，具體程度，顯而易見。與許慎年代相近的班固（32-112 A.D.），對「篇」字的了解，也是具體的；《漢書》〈武帝紀〉說：「咸以書對，著之于篇。」顏師古（581-645）解釋說：「篇，謂竹帛也。」《漢書》〈藝文志〉說的「篇籍」，也很相同；它說：「大收篇籍，廣開獻書之路。」晚於許慎不多的趙岐（？-201），用「篇籍」一詞，也頗覺簡單、具體。他在《孟子題辭解》說：「其書號爲諸子，故篇籍得不泯絕。」與趙岐年代相近的曹丕（187-226），也有提到「篇籍」，意思却稍稍覺得沒有那麼具體。《典論》〈論文〉說：「寄身於翰墨，見意於篇籍。」同一時期的吳質（177-230）用過「篇章」一詞，因爲有比譬的作用，不易判定具體的程度；〈答魏太子牋〉說：「優游典籍之場，休息篇章之囿。」《典論》〈論文〉見於《文選》卷五十二，〈答魏太子牋〉見於卷四十；《文選》中還有數處見到有「篇」字的詞語，按時代先後簡述如下。晉左思（250(？)-305(？)）在《文選》卷六的《魏都賦》說：「讎校篆籀，篇章畢覿。」這是具體、抽象兼半的。跟着孫綽（320-377）在《文選》卷十一的《遊天台山賦》說：「故事絕於常篇，名標於奇紀。」這「常篇」的「篇」與「奇紀」的「紀」對擧，就頗爲抽象了。最後是鮑照（414-466）的用例；《文選》卷三十一的《擬古詩》說：「十五諷詩書，篇翰靡不通。」鮑照所「諷」的「詩書」不是紙張或竹簡所造的「物」，而是其中的抽象的文學作品；而他所「通」的「篇翰」，儘管李善引韋昭的《漢書註》把「翰」字釋作「筆」，指的不是紙上、簡上的（可算具體的）文字，而是抽象的各類體裁的文學作品；鮑照所「通」的，是抽象的各類文體寫作的能力。

雖然可以找到的例子還不多，簡單的結論還是可以作出的。由漢代到六朝，「篇」的意思，漸漸離開具體的「書」，趨向於抽象的「作品」或「文學作品」。六朝人用「篇」與「篇章」、「篇什」等詞的情形，當然仍有待深入研究。這裏暫且多舉兩個例子，以求反映出後代對此期的印象，作爲這話題的了結。《晉書》和《南史》都是唐人撰寫的；可是，大概由於史家多用原始資料，有時確實可以多少反映出所記述的歷史時代的一些觀念，而這些觀念是與撰史的時代有所不同的。唐人一般不多談「篇什」，可是《晉書》〈樂志〉說：「三祖紛綸，咸工篇什，聲歌雖有損益，愛翫在乎雕章。」同樣，《南史》〈柳惲傳〉說：「惲早有令名，少工篇什，爲詩云，亭皐木樹下，隴首秋雲飛。琅琊王融見而嗟賞。」二處所言「篇什」，都反映出六朝人的觀念。

觀念的形成，當然是漸進的；一個時代有了某一觀念，却不是人人共享的；沒有人自覺地提出來討論的觀念，尤其見得每人察覺的程度有異。我們翻翻嚴可均的《全梁文》，就見到蕭統時代的「篇」字，字義是因人而殊的。蕭統父親梁武帝（蕭衍）用「篇簡」一詞，表達的是較古舊，較具體的意思。《全梁文》卷三頁12a〈詔答周公正〉說：「篇簡湮沒，歲月遼遠。」（此〈詔〉又見《陳書》〈周弘正傳〉。）這「篇簡」不外就是文獻，可以「湮沒」的當然是具體的了。蕭綱（503-551），蕭統的第三弟，亦即史上的簡文帝，就與前人不同了；他提及「篇章」、「篇什」的地方，就很明朗地反映出當時較新的觀念。《全梁文》卷九頁9a〈請尚書左丞賀琛奉述制旨毛詩義表〉說：「以爲陳徐雅頌，膏肓匪一，燕韓篇什，痼病多端。」

這裏「篇什」與「雅頌」對擧，指的是一篇篇的詩作。《全梁文》卷十一頁3a〈與湘東王書〉說：「謝客吐言天拔，出於自然；時有不拘，是共糟粕。裴氏乃是良史之才；了無篇什之美。」這是很重要的線索。蕭綱用「篇什」一詞，很是自然隨便，似乎覺得大家都會明白的；既然「良史之才」也寫不出「篇什」，那「篇什」當然是指與別的文字不同性質的「文學作品」了，而這「文學作品」的觀念，應是當時一般人都了解的。除了「篇什」外，蕭綱也用過「篇章」一詞，詞意大致上亦無分別。《全梁文》卷十一頁1a簡文帝〈與劉孝綽書〉說：「頗得暇逸於篇章，從容於文諷。」

蕭統時代，談文學作品而以篇爲重的，還可以多擧沈約爲例。沈約（441-513）的《宋書謝靈運傳論》見《文選》卷五十，〈論〉中有兩次用「篇」字，指的都是個別完整的文學作品，與蕭統之意甚同：「王褒、劉向、揚、班、崔、蔡之徒，異軌同奔，遞相師祖；雖清詞麗曲，時發乎篇，而蕪音累氣，固亦多矣。……子建函京之作，仲宣灞岸之篇，子荊零雨之章，正長朔風之句。」梁人「篇」的觀念，於此可見一斑。又，沈約所言之「蕪音累氣」，與蕭綱之所謂「時有不拘」，都與〈文選序〉的精神有其相通處：三者都要求文風約束、謹嚴。

蕭統（501-531）自己對「篇」的觀念，與蕭綱和沈約有一定的共通處，這可以說是屬於那時代的觀念；但是蕭統似比別人更重視這觀念。

要絕對清楚準確地認識蕭統的文學見解，恐怕是不大可能的事。主要原因是他留下來的作品太少。《梁書》卷八〈列傳〉第二（中華標點本頁171）說：「所著文集二十卷；又撰古今典誥文言，爲《正序》十卷；五言詩之善者，爲《文章英華》二十卷；《文選》三十卷。」這些作品很多失佚了。《四部備要》的《昭明太子集》（即明楊愼等校勘的）勉強分作五卷。《全梁文》所錄，蕭綱的文有七卷，沈約的更有八卷；蕭統的却僅有三卷，而其中還包括了極大比率的有關佛教的文字，與我們討論的問題無直接關係。話雖如此，我們仍然可以作出一些觀察。

「篇」與「篇什」等詞，蕭統是常用的；甚至他也與時人一樣，稱文學作品的撰寫爲「連篇」；此外，在沒有直接提及「篇」或「篇什」時，蕭統也似乎對作品的完整性頗爲重視，除非以後還有新資料的發見，否則，〈文選序〉以及《文選》本身的重點應放置在「篇」的觀念上，這一點，應當是可以接受的。

《全梁文》卷二十頁2a蕭統〈答湘東王求文集及詩苑英華書〉說：「曜靈既隱，繼之以朗月；高春既多，中之以清夜；並命連篇，在茲彌博。」此中所謂「連篇」，是齊梁人對寫作常用的代名詞。《全梁文》卷二十頁1a蕭統〈答晉安王書〉說：「炎涼始貿，觸興自高；覩物興情，更向篇什。」說的「篇什」就是文學作品的單位。同一封信裏又有幾句話，與「篇」字無關，却清楚地顯示出蕭統對「整體」的觀念，是重視的；蕭統說：「汝本有天才，加以愛好，無忘所能，日見其善；首尾裁淨，可爲佳作。」這「裁」的觀念，《文心雕龍》亦見，但與〈文選序〉並論，却可以說是蕭統特別重視的。《全梁文》卷十九頁4a有一篇與文學沒有直接關係的書信，竟也提到「首尾」問題；〈答玄圃園講頌啓令〉說：「得書，並所製頌。首尾可觀，殊成佳作。」二處言及首尾，都似西方古典傳統中之「統一體」（Unity）觀念，亦都與〈文選序〉呼應，更足見〈序〉中「篇」之爲要。此外，在蕭統本身的少量創作中，有兩篇的結構是值得注意的。《全梁文》卷十九頁7a有〈錦帶書十二月啓〉，卷二十頁3a有〈七契〉；此兩篇作品分別由十二個段落組合而成，都是在整體的組織上頗見謹嚴的，亦符合

「篇」的精神。

蕭統對「篇」的意見，不是他詩文論的全盤，而是其中的一半。其他的一半包括的內容，却是傳統的。《全梁文》卷二十頁6a〈陶淵明集序〉，從「德」的價值論詩，這是舊的。上述的〈答晉安王書〉，有物我相觸而產生文學的觀念，與陸機、劉勰、鍾嶸相同，也是舊的。上述〈答湘東王書〉的「文質彬彬」一說，是舊的，也是當時所尚的。關於這點，這裏要多引數語來說明。〈答湘東王書〉說：「夫文典則累野，麗乎傷浮，典而不野，文質彬彬，有君子之致。吾嘗欲爲之，但恨未逮耳。」朱東潤、敏澤等人引這段話，視作蕭統的文學見解，這是絕對不可以接受的。多讀六朝文，就知道這段話是當時一般人在綺靡風氣下，希望以「質」補救「文」的常見，不是任何一人的獨特見解。其中有關的情形頗複雜，應屬另一篇報告，這裏不談。當然，這裏還要略有交代。爲了省時，最好的辦法我想是單舉一個明顯有力的實例。這例子見於《全梁文》卷六十頁15a，是劉孝綽的〈昭明太子集序〉。蕭統自謂達不到文學理想，這裏他的「劉僕」說他全做到了：「深乎文者，兼而善之，能使典而不野，遠而不放，麗而不淫，約而不儉，獨擅衆美。斯文在斯。」劉孝綽這段話，與蕭統寫給湘東王的，同樣可能有應酬成分。這倒無傷大雅；重要的是，我們引用這類說話，一定要注意上文下理，不可斷章取義。昭明太子的「文質彬彬」與其「劉僕」的「典而不野」，意思是絕對等同的，都代表了一時風氣，都不是甚麼一家之言。若謂蕭統主張「文質彬彬」，則只見他與當代相同的一半信念，也就是較次要的一半。因此，朱東潤等人的意見，我們應重新評價。

「文質彬彬」不是蕭統的創見；同樣，「事出於沈思，義歸乎翰藻」也不外乎比較直接、準確地反映出六朝文學的一種需要。朱自清認爲「事、義」二句與時風及《文選》內容都相合，這見解只宜採納前半。較正確的看法，應把「事、義」二句視作時代風氣支配下，蕭統也接受的文學的次要或附帶條件。蕭統寫〈文選序〉就不同於寫信給湘東王了；既然不是與同時代的人應酬，他當然可以採取，當時已在醞釀中的一個較精深的文學觀念，以較謹嚴的「篇」的觀念作爲「文」的主要條件。

認爲〈文選序〉的要義是在「事、義」二句，正等於說蕭統與他的時代的一般見識無異，說《文選》的編撰是被動的。相反，若能明察蕭統樹幟「篇」的觀念的意義，《文選》的歷史價值就較容易正確地審訂和肯定了。也許，謹嚴的「篇」的觀念，原來是用來對付文朝文章的濫風的；很可能蕭統比與他同時的文人進步，要向他們提出一個有約制作用的「篇」的觀念。假如這看法沒有錯誤，我們對《文選》的評價，應更往上提高。

〔原刊《香港大學中文系集刊》，第一卷，第一期（一九八五年），頁一一二—一二〇。〕

釋「放蕩」——兼論六朝文風

鄧仕樑

一

梁簡文帝蕭綱（五〇三—五五一）說過一句話：「文章且須放蕩。」這句話頗引起了後世文論家的興趣，以爲由此可以論定宮體詩的始祖梁簡文帝，對文學竟是毫不諱言的主張「放蕩」，則其所作之狂悖無狀，可以想見。郭紹虞『中國古典文學理論批評史』在「魏晉南北朝」的一章裏有一節「形式主義的文論」，其中一個標題名爲「黃色文學的理論」，即以簡文帝此語爲中心，他說：

> 南朝文學的傾向訛濫，已成為不可遏止的事實，不過明顯地為訛濫文學提出理論的，還並不多。比較突出的，要算梁簡文帝蕭綱了。蕭綱「誡當陽公大心書」云：「立身先須謹慎，文章且須放蕩。」他把文和行分開來講，可說是訛濫文學的理論。❶

這裏所謂「訛濫文學」似偏重內容言，與『文心雕龍』說的「訛濫」有點不同，暫不詳論。表面看來，郭氏把「文章且須放蕩」一語說成了「黃色文學」的理論之本原，倒是直截了當。但我以為許多文學批評上的紛爭和誤會，都是由於對某些術語理解不同，或因世俗之見造成偏差，或以今義附會於古語。要了解梁簡文帝的用心，有幾個問題不得不先加以澄清：

一、梁簡文帝在甚麼場合提出「放蕩」這句話？

二、「放蕩」一詞在當時有甚麼含義？就是說，在六朝文人的行為和文章方面、「放蕩」到底是怎麼一回事？

三、按當時的理解，歷來作者，有哪些是稱得上「放蕩」的？他們在當時和後世有怎樣的評價？

澄清了這些問題，相信有助於我們對「放蕩」這個詞語的了解，並進窺這個概念與六朝文風的關係。

二

案梁簡文帝「誡當陽公大心書」，見於嚴可均『全上古三代秦漢三國六朝文』，原文如下：

> 汝年時尚幼，所闕者學。可久可大，其唯學歟？所以孔丘言：「吾嘗終日不食，終夜不寢，以思，無益，不如學也。」若使牆面而立，沐猴而冠，吾所不取。立身之道，與文章異。立身先須謹重，文章且須放蕩。❷

嚴氏注明此文出於『藝文類聚』二十五、然檢之今本『藝文類聚』❸，則見於卷二十三人部七鑒誡類下，文字與『全梁文』全同，唯所引『論語』標點與嚴書中華書局刊本斷句少異。又最後第二句兩本皆作「謹重」，郭氏引文作「謹愼」，不知何所據。

細察『藝文類聚』鑒戒類「書」目下共收書札十二篇，其中大部分是誡子書，梁簡文帝此書、亦屬此類，列在陶淵明著名的「誡子書」之後。

當陽公名蕭大心，字仁恕，是梁簡文帝次子。案『梁書』資料推之，當生於梁武帝普通四年（五二三）。中大通四年（五三二），以皇孫封當陽公。（簡文長子大器字仁宗，追謚哀太子。）大同元年（五三五），出爲使持節都督郢、南、北司、定、新五州諸軍事、輕車將軍，郢州刺史。『梁書』本傳稱他「時年十三，太宗以其幼，恐未達民情，戒之曰：事無大小，悉委行事，纖毫不須措懷❹。」簡文帝誡大心書，不可確考作於何時，但當在此時至大心廿餘歲之間，蓋大心於大寶元年（五五〇）封尋陽王，時年二十八歲，此後標題即不當復稱當陽公。又書中首標其「年時尚幼，所闕者學」，則此書作於大心十餘歲初習文翰之時，是很有可能的。

至於蕭大心性情，我們所知不多。但以十三之年起，屢當大任，自是非「謹重」不可。觀『藝文類聚』鑒誡類所錄各書，莫不懇切周至，尤其注重勉以學問操行❺。簡文帝的弟弟元帝蕭繹「與學生書」，也有「可久可大，莫過乎學，求之於己，於道則尊」等語❻。

簡文帝爲詩「傷於輕艷」，固是事實❼。但他自己倒是一直以節操自勵，「本紀」載他幽縶時題壁自序云：「有梁正士蘭陵蕭世纘，立身行道，始終如一，風雨如晦，鷄鳴不已，弗欺暗室，豈況三光，數至於此，命也如何！」❽可以爲證。庾信在「哀江南賦」裏殊推重簡文，至稱其「立德立言，謨明寅亮，聲超於繫表，道高於河上❾」，可見當時關心朝政者對簡文的評價。又簡文爲兒子取字「仁恕」，也略可看出其用心。要是說他在誡子書中，提倡「黃色文學」，如郭紹虞所云，簡直是匪夷所思了！

今存「誡當陽公大心書」，恐非全文。細析之，宗旨不外是勉之以學，並教以立身之道，與其他誡子之書，初無二致。當時風尚，教子弟以勉學愼行爲要，所以『顏氏家訓』也有「勸學篇」，而且佔一卷篇幅。簡文書中提到立身之道時，以文章爲喻，大抵由於當時世人盛爲文章。（本傳稱大心「幼而聰朗，善屬文」，本來不見得有甚麼特異之處，六朝貴遊子弟，類皆如此。）而以兒子素所嫻習的文章之道作爲「立身之道」的對比，未嘗不爲善喩。那末，書中的主旨顯然是教兒子「立身」要「謹重」，重點並不在於提倡文章要「放蕩」。這裏可以看出「謹重」與「放蕩」兩個概念的對比。就「立身之道與文章異」的前提說，「謹重」與「放蕩」是互相排斥的，立身須謹重，則文章不當謹重；文章宜放蕩，則立身不得放蕩。我以爲把這個對比的主從關係弄清楚了，方不至於對簡文帝的意思有所誤解。從語氣看，當時對於文章宜於「放蕩」的說法，似乎是普遍接受的，實在無庸提倡。接着，我們得進一步澄清「放蕩」一詞的含義。

三

「放蕩」一詞，今可考見的最早見於漢代。東漢以後的魏晉時代，書面上這個詞頗爲常見。此外，與這個詞同義或近義，以「放」字或「蕩」字爲詞素組成的雙音節詞有：放盪、放逸、放浪、放曠、放誕、放達、放意、蕩佚、逸蕩等等。至於意義相近而不以「放」或「蕩」爲詞素的詞，則有：傲誕、縱逸、縱達、通侻、簡易等等。這些詞在六朝既然常用，則澄清這些詞的詞義，對了解六朝文人的風氣，應該有一定的幫助。

案『漢書』「東方朔傳」：「朔上書陳農戰強國之計，……指意放蕩，頗復詼諧。」[10]顏師古無註。大概在唐代這個詞還很通行，不需加註。又『三國志』『魏書』「武帝紀」：「太祖少機警，有權數，而任俠放蕩，不治行業。」[11]裴松之亦無注。而後世王先謙『漢書補注』，盧文弨『三國志集解』，皆不注此詞，可見「放蕩」的解釋，向來是不成問題的。而『三國志』裴注引「曹瞞傳」謂太祖「少好飛鷹走狗，遊蕩無度」，其叔父數言之於太祖父嵩，太祖患之。其後太祖使詐，使嵩不復信其叔父，接着的一句說：「太祖於是益得肆意矣。」[12]由此觀之，「肆意」倒是「放蕩」的好註脚。新版『辭源』「放蕩」條下釋義云：「恣意放任，沒有檢束。」[13]自然說得不錯的，雖然用部分詞素相同的詞「放任」去注「放蕩」，還不算太理想。

「放蕩」之爲詞，分析起來，很可能是由兩個同義詞作爲詞素結合而成的一個複音詞，就是古漢語的所謂合成複音詞[14]。又由於「放」、「蕩」二字同韻，因此「放蕩」也可能是疊韻聯綿詞。不過既然「放逸」、「放誕」、「逸蕩」等詞，在當時也用得很普遍，而這些詞都不是雙聲疊韻詞，並非單純複音詞，因此「放蕩」最初可能是個疊韻聯綿詞，後來則被人看成同義複音詞了[15]。

『漢書』「藝文志」：「道家者流，……及放者爲之，則欲絕去禮學，兼棄仁義。」顏師古注：「放，蕩也。」[16]「放」之與「蕩」爲同義詞，於焉可見。如果要再向「蕩」字追尋，可以看『論語』「陽貨」：「好智不好學，其蔽也蕩。」何晏注引孔安國曰：「蕩，無所適守也。」[17]則「蕩」字還是任縱，放逸，無所拘守之意。王力嘗說：「漢語大部分的雙音節詞都是經過同義詞臨時組合的階段的。」[19]我們看「放」、「蕩」、「逸」、「縱」、「任」等字可以組合成好幾個詞，可以爲證。到今天，「放蕩」、「放任」、「放縱」等詞還是頗通行的，至於「任縱」，「蕩逸」，就比較少用，或竟不見於口語化的現代白話文了。

四

討論到這裏，我們分析了「放蕩」一詞的性質，也指出「肆意」可以作「放蕩」的解釋。不過這還是相當抽象的，到底怎樣的行爲方算是「放蕩」呢？布龍菲爾德（L. Bloomfield）把促使說話者的刺激和聽說者的反應作爲一詞的意義，認爲在語言研究中對意義的說明可以用一種「指示法」[20]。這方法其實頗爲簡單，只要把六朝時代這個詞所指涉的情況，亦即「放蕩」所指的具體行爲，歸納起來加以分析，當可知其大概。

『漢書』稱東方朔上書「指意放蕩」，參以本傳所載朔平素言行，不難理解。『魏書』「武帝紀」稱太祖任俠放蕩，不治行業；曹瞞傳稱他「好飛鷹走狗，遊蕩無度」[21]；又『世說新語』「假譎篇」劉孝標注引孫盛『雜語』：「武王少好任俠，放蕩不修行業。」[22]則其放蕩竟似成爲定論。曹操少年的行徑，已見上文。下面再舉數例，以見當時名爲「放蕩」的行爲，指的到底是甚麼。

『三國志』『吳書』「張嶷傳」稱嶷「慷慨壯烈，士人咸多之，然放蕩少禮，人亦以此譏焉」[23]。

「王粲傳」附載阮籍謂籍「才藻橫逸，而倜儻放蕩，行己寡欲，以莊周爲模則」[24]。又『魏氏春秋』亦稱「籍曠達不羈，不拘禮俗」[25]。

再看幾個與「放蕩」同義或近義的詞。譬如「蕩佚」，『後漢書』「馮衍傳」云：「略杪小之禮，蕩佚人間之事。」李賢注：「放蕩縱逸，不拘恒俗也。」㉖後漢書注者是唐朝人，他用「放蕩縱逸」注「蕩佚」，可見「放蕩」一詞在唐朝比較通行，也說明了「東方朔傳」裏的「放蕩」顏師古何以不注。

又『後漢書』「班超傳」：「超謂任尚曰：『宜蕩佚簡易，寬大過，總大綱而已。』」㉗觀「蕩佚」與「簡易」的用法，可知兩詞詞義略近。

再看「簡易」。『三國志』『魏志』「陳思王傳」稱曹植：「性簡易，不治威儀。」又云：「植任性而行，不自彫勵，飲酒不節。」㉘

由「簡易」我們聯想到「通侻」（同「通脫」）。「王粲傳」：「表以粲貌寢而體弱通侻，不甚重也。」裴松之注云：「通侻者，簡易也。」㉙可見二詞同義。又『南史』「任昉傳」：「性通脫，不事儀形。」㉚

再舉一個近義詞「任縱」爲例。『顏氏家訓』「勉學篇」譏老莊「藏名柱史，終蹈流沙；匿跡漆園，卒辭楚相，此任縱之徒耳」㉛。「任縱」的具體行爲是什麼呢？王利器注引『晉書』「胡毋輔之傳」：「嗜酒任縱，不拘小節。」㉜則嗜酒，不拘小節之爲「任縱」，也是當時普遍接受的了。

更具體的，可以參考『世說新語』「任誕」篇。篇中所載魏晉人言行，可謂集放蕩任誕之大成。其首數則多記竹林七賢，尤多載阮籍縱酒不拘禮俗的行爲。阮生以莊周爲模則，在當時直是放蕩、任縱、任誕的典型。可以說，在傳統儒生看來，道家的反禮教，其實都是「放蕩」。

綜合上文所引，可見「放蕩」云者，指的是超乎當時規範的行爲。當時一般儒生拘文守禮，放蕩者則越禮自放，飲酒不節。這些行爲，也許有故意違反禮教的意味，如阮籍就是最佳例子。從東漢到六朝，「放蕩」固然不是儒者推崇的品質，卻也不一定大受時流貶斥。稱得上「放蕩」的人，不乏知名之士，如上文所舉曹植，簡易任性，正可入「放蕩」之列，但六朝人未嘗以此輕之，鍾嶸論其詩，至譬以人倫之有周孔㉝，可見一班。又嵇康「琴賦」有言：「非夫曠遠者，不能與之嬉遊。」「非夫放達者，不能與之無悉。」㉞「曠遠」，「放達」，並與「放蕩」義近，由此可見在當時是頗高的品質。又如向秀「思舊賦」云：「嵇志遠而疏，呂心曠而放。」㉟嵇康呂安，在六朝深受尊重，是毫無疑問的。

到了今天，我們得承認「放蕩」一詞誠然含有貶義。明顯的轉爲貶義，很難確定從甚麼時代開始。大概到了宋朝，「蕩」字的貶義已經嚴重得多，朱熹『論語集注』在「今之狂也蕩」後注云：「蕩則踰大閑矣。」㊱這顯然比孔安國所謂「無所據」嚴重了不少，六朝人對蕩字似乎尚未有如此看的。五四以來，蔑視傳統禮法的文人，不在少數。但翻檢現代文學家傳記或辭典，倒不見得有用「放蕩」一詞形容他們的。相信許多人甘受「浪漫文人」之號而不願接受「放蕩」之評。這自然是由於辭義的轉變使然。譬如「蕩婦」一詞，按之舊名，「蕩婦」是「蕩子之婦」，是相對於「蕩子」說的，古詩所謂「今爲蕩子婦」是也㊲。梁元帝「蕩婦秋思賦」，寫蕩婦懷念蕩子，本是正常的感情，可是「蕩婦」在今天恐怕是極壞的聲名了。可見研究古代文化，對於傳統的名詞術語，誠不可輕易用今義去理解。

五

澄清了「放蕩」的詞義，應該進而討論文學與「放蕩」的關係。

上文指出「放蕩」往往就是不拘禮俗，任性而行，不治威儀，飮酒不節。含義相近的詞，還有行己、俶儻、任縱、縱逸、簡易、通侻等。其實，魏晉文人，自建安七子而下，大都有此傾向。時人用這些字眼加諸他們身上，一般也看不出有太大的貶斥之意。當然，也有禮俗之士如何曾之流，仇視嵇阮一班人㊳但在當時並不是主流。我們且根據唐以前的文學觀念，看看備受推崇的文人，有多少是人與文並爲「放蕩」的。

首先要看屈原。屈原備受今古推崇，是毫無疑問的。對屈原的評價，司馬遷「屈賈列傳」以爲他志潔行廉，可與日月爭光㊴；班固『離騷序』以爲他露才揚己，忿懟沈江，其言多違法度之政㊵。二家之論，似乎各執極端。劉勰則頗折衷之，「辨騷篇」以爲有同於風雅者四事，亦有異乎經典者四事，要之其文不乏夸誕之處。劉氏又謂屈原衆作：「氣往轢古，辭來切今，驚采絕豔，難與並能。」㊶這可說是歷來文學家的最高評價了。也許我們仍不宜遽以「放蕩」加諸屈原，但觀「辨騷篇」指出他有詭異之辭，譎怪之談，狷狹之志，荒淫之意，則離放蕩恐已不遠，至少不是班固所要求的淳謹守禮的儒生吧。

漢代文人，以司馬相如居首，唐以前殆無異議。從其生平行事看，司馬相如顯然並非守禮之士。魏晉人怎樣看他呢？可以參考嵇康「高士傳贊」：「長卿慢世，越禮自放。犢鼻居市，不恥其狀。託疾避患，蔑此卿相。乃至仕人，超然莫尙」㊷從所評述分析，顯然有「放蕩」的意味。劉勰在『文心雕龍』「體性篇」說：「長卿傲誕，故理侈而辭逸。」[43]用「傲誕」一詞，更接近「放蕩」了。

又「體性篇」指出「吐納英華，莫非情性」，繼而標出十二人，闡明體與性（即文章風格與人品性情）的關係。這十二人毫無疑問是一代作手，但細加考察，不難發覺十二人中，性情合於「放蕩」一詞的含義者，倒是佔了一半，即計共六人：「長卿傲誕」，「仲宣躁銳」，「公幹氣褊」，「嗣宗俶儻」，「叔夜儁俠」，「安仁輕敏」[44]。這六人中，魏晉文人佔其五，自不足異。復可注意的，是這十二人中，性情明顯不屬於「放蕩」類型的，只有班固與陸機，即「體性篇」所謂「孟堅雅懿」與「士衡矜重」是也。班固方軌儒門，故以屈原爲荒誕不經，多違法度，上文已經指出了。至於陸機，大概是魏晉六朝文人中，儒家氣味最重的，『晉書』本傳稱他「服膺儒術，非禮不動」[45]，良有以也。

下及南朝，放誕之論，盈於朝野，自然更不乏放誕的文士。這大概和學術思想，社會風氣都有關係。早期如劉琨身爲大將，而自稱少時「遠慕老莊之齊物，近嘉阮生之放曠」[46]；後期如顏之推之風教整密，也自言少時「頗爲凡人之所陶染，輕欲肆言，不脩邊幅」[47]。我們可以說，整個六朝，是文人放蕩的時代。

然則放蕩的行爲和放蕩的文風，有甚麼關係呢？

曹魏之世，是王綱解組的時代。論者以爲文學也從而得到解放，造成通侻的文風，這是一般學者同意的。把曹氏父子和魏晉著名文人的行爲配合當代文風來看，不難窺見其間的關係。所謂通侻（也可說放蕩）的文風，正有『文心』「體性篇」論上文所擧六人時提出的「理侈而辭逸」，「穎出而才果」，「言壯而情駭」，「響逸而調遠」，「興高而采烈」，「鋒發而韻流」種種特點。細察這些作風，我以爲恰好概括了六朝文學的特質。也許中國人早就有「文如其人」，「人格即風格」的觀念，這些觀念根深蒂固，所以論文鮮有不及於其人的，慨歎「心畫心聲總失眞」的人[48]，正因爲先接受了「言爲心聲」，「表裏必符」等等概念，到發覺文情難鑒的時候，就不免大吃一驚。「人」與「文」到底是否一定能配合，不擬在這裏討論。但行文之「放蕩」具體指甚麼，卻還得進一步研究。

這裏且嘗試分析中國人習慣以「行」與「文」並觀的心理。行爲既然要有規矩（或可稱為「禮法」），則文章相應的也該有規矩（或可名為「文律」）。不過儒家向來論行爲的地方多，論行文的地方少。大抵儒家以爲作者以六經爲依歸，自然知所取舍。而事實上，到了規矩廢弛的時候，劉勰提出的辦法還是「宗經」。『論語』有云：「夫子溫良恭儉讓以得之。」[49]據『說文』：「儉，約也。」段注：「儉者，不敢放侈之意。」[50]朱熹集註：「儉即容貌收斂而不放肆。」[51]這樣看來，司馬相如的「傲誕」，劉楨的「氣褊」，以至謝靈運的「逸蕩」，自然都不合於朱子所說的「收斂而不敢放肆」。他們這些作風不爲傳統儒者所推許，是可以理解的。如果放蕩的行爲指肆意不遵禮法，則放蕩的行文自然指縱筆不守文律。阮籍說：「禮豈爲我輩設也！」[52]則「放蕩」的文人也會說：「文律豈爲我輩設也！」前面說陸機是「服膺儒術」的人，因此他顯得特別關心文律，他自己強調：「普辭條與文律，良余膺之所服。」[52]這很有趣，可以看出「服膺儒術」與「服膺文律」是一致的。也就是說，崇尚儒家禮法的人，行文也非常注重規矩。『詩品』說陸機「尚規矩」[54]，可爲旁證。當然陸機並非迂腐不知變通的儒生，他知道文章可以「課虛無以責有，叩寂寞而求音」，並不要求有一定的內容；也明白「體有萬殊，物無一量」[55]，頗能兼容各種風格，因此後世俗儒，引他爲同調的並不多。

經過上面的引證和討論，我想可以作簡單的總結說，放蕩的行文就是指不守文律。六朝為大變之世，文化的各方面如政治，思想，宗教，藝術，風俗都有新發展，而在文學，那正是極端不守文律的時代。後世詬病六朝者多，分析起來，到底詬病的主因是由於六朝人不守儒家法度，還是由於他們不遵傳統文律呢？這倒值得仔細研究。其實整部『文心雕龍』最關心的問題，還是處於文律廢弛之際，怎樣能夠參古而不泥於古，求新而不至於失體成怪。就是說，文章貴乎體要，但也要創新，於是，文學怎樣在大體不違背文律的原則下有所發展和創新，是有識之士所宜共同努力的。劉勰在「通變篇」篇末的贊語概括表達了這個意思：「文律運周，日新其業。變則其久，通則不乏。趨時必果，乘機無怯。望今制奇，參古定法[56]。」

所謂文律，可以包括文學的各方面說。以下且就三個重點，即文章體裁，文學語言，作品內容三者，略談放蕩者所採取的態度。

(一) 文章體裁

大抵尚規矩的人，在文章體裁或類型方面，都是古典主義者。他們認為文各有體，既成體之後，自有其傳統習慣，不容逾越。「文賦」於標舉各體之後，立即說：「雖區分之在茲，亦禁邪而制放。」[57]事實上，六朝文人於體裁方面，往往縱筆所之，不甚檢束，所以賦由兩漢古賦變而為駢賦，由京苑羽獵變而為詠物抒情。到了南北朝後期，長的如「哀江南賦」，「觀我生賦」，備陳身世；短的如「蕩婦秋思賦」，「鏡賦」，純任巧思，都是文體解放之徵。詩則由十九首變而為「儷采百字之偶，爭價一句之奇」[58]，再變而為專守聲病，動輒用事，雖同為五言，而面目已大異。詩賦的變化，說明了文人不願意拘守某一文類的既定成規，那正是在文章體裁「放蕩」的一種表現。

(二)文學語言

在遣辭用字，句子結構方面，南朝文學無論在練字、造句、對偶、聲律、用典都有迥異於傳統的傾向，譬如喜歡「上字而抑下，中辭而出外」[59]，不惜用盡心力，「競一韻之奇，爭一字之巧」[60]。從好的方面看，這未嘗不是創新的嘗試。從壞的方面說，這就是嚴謹的批評家所謂「訛濫」。儘管有人大聲疾呼，要改變這種風氣，但「辭人愛奇，言貴浮詭」的脾氣不容易改[61]。也許文人相信「反正爲奇」，爲了「逐奇」，不惜「失正」。這種在語言上但求出奇制勝，不守常規的態度，可以說是文學語言「放蕩」的一種表現。

(三)作品內容

中國文人，多有相信文學與教化相依附的。這固然也有程度上的分別，嘗試大略分爲兩類：第一，以爲非闡道翼教不宜苟作，但只要不違背道德教化，也容許其他作品；第二，以爲非闡道翼教者，便不應作，甚至認爲作了便是大逆不道。六朝文人，眞的存心與道德教化作對的，其實並不多見。不過當時是思想解放的時代，一般人在儒家典籍之外，多讀老莊之書，後期更有不少人大讀佛經。本來，吟風月，弄花草，未必就是違背道德。六朝人似乎喜歡用孔子風乎舞雩的典故，看來頗能欣賞孔子生活閑逸的一面。六朝文學的內容，自然也是多樣化的，但歷來飽受衞道之士指斥，其實好沒來由，因爲眞正反禮教的內容，本來並不多見。然而自上面所說的第二類人觀之，恐怕已經不能接受了。也許一由於儒學崩瀆，二由於華夷雜處，這時期有些觀念比較隨便，但即使是宮體詩，也不見得有很多淫褻的成分。從正統的觀點看，其言不雅醇容或有之，然而後世戲曲小說的不雅醇，顯然又大大過於六朝了。要而論之，從作品內容看六朝文學，也可說是「放蕩」的，不過這放蕩應該是指文章不再規限於闡道翼教、舉凡山川、田園、風月、花草、歌舞、友情、愛情、皆在陶寫之列。這樣看來，謂之「解放」，也未嘗不可的。

六

經過上文的分析，我們說六朝文學的精神在於「放蕩」，也不爲過。當然，「放蕩」並不像郭紹虞先生所說的「黃色」。按當時人的理解，文章確乎是不妨「放蕩」，甚至文學上的「放蕩」是理所當然的。雖然另一方面，也不斷有人攻擊這種「放蕩」的文風，著名的如裴子野『雕蟲論』：

> 自是（指大明以還）閭閻年少，貴遊總角，罔不擯落六藝，吟詠情性。……淫文破典，斐爾為功。無被於管弦，非止乎禮義，深心主卉木，遠致極風雲，其興浮，其志弱，切而不要，隱而不深。(62)

値得注意的是，「吟詠情性」四字，在當時爲常語，簡文帝「與湘東王書」說：

未聞吟詠情性，反擬內則之篇。63

『詩品』序說：

至乎吟詠情性，亦何貴於用事。64

則當時以爲文學的作用之一，在於吟詠情性，是可以肯定的。而這也並不違背儒家的教條，儒家本以爲詩可以言志道性情的。但裴子野直以「吟詠情性」爲文學的罪狀，卻是因爲時人「擯落六藝」，也就是李諤請革文華書所謂：

文筆日繁，其政日亂，良由棄大聖之軌模，構無用以為用也。65

本來「吟詠情性」並不等於「放蕩」，但「唯務吟詠」66，以至「擯落六藝」，「棄大聖之軌模」，就難免「放蕩」之名了。

概觀當時文壇，齊梁新派作者，比比皆是。以徐庾父子爲例，『周書』「庾信傳」：

庾肩吾，徐摛，摛子陵及信，並為（梁東宮）抄撰學士，既有盛才，文並綺麗，世號徐庾體。當時後進，競相模範，每有一文，京都莫不傳誦。67

徐庾的文章，無論在體裁，語言，內容都有新變。再看徐氏父子的傳記，『梁書』「徐摛傳」：

屬文好為新變、不拘舊體。[68]

『陳書』「徐陵傳」：

其文頗變舊體、緝裁巧密、多有新意。[69]

這是就文體與語言說的。而所謂「宮體」，實與徐庾有關，則是兼內容說了。故劉師培以爲徐摛屬文好爲新變，春坊盡學之，宮體之號，自斯而始，「尤以豔麗者，實推摛及庾肩吾，嗣則庾信徐陵承其遺緒，而文體特爲南北所宗」[70]。

當時趨新派正是以梁簡文帝蕭綱爲首，一時文士多附之。又簡文命諸子撰『法寶聯璧』，蕭子顯居首。蕭子顯在『南齊書』「文學傳論」云：

習翫為理，事久則瀆，在乎文章，彌患凡舊，若無新變，不能代雄。[71]

極力要求新變，在文學上就是「放蕩」的態度。尤其可以注意的是，守舊派攻擊當時「放蕩」文風，以裴子野爲首，餘如劉之遴，劉顯，謝徵等，在當時未嘗沒有文名，如梁書裴子野傳：

> 子野為文典而速，不尚靡麗之詞，其制作多法古，與今文體異。[72]

「劉之遴傳」：

> 八歲能屬文，沈約任昉異之。[73]

可是，我們今天看文學史，儘管不少人垢病齊梁，但倘若那個時代還有一些價值，則應該重視的，絕對不在守舊派，而在那批趨新，或者可說「放蕩」的文人。

回過來再談梁簡文帝的「誡當陽公大心書」。明白了當時的文學背景，我們就可以作出結論。書中先引孔子的話，接着說：「立身之道，與文章異，立身先謹重，文章且須放蕩。」前文已經反覆引證，當時的趨新派，以爲「文章放蕩」是理所當然的事，所以說「且須」。至於立身，當時雖也流行「放達」一派，但身爲父親，卻不願意兒子如此，其用心與嵇康作『家誡』[74]，阮籍命兒子不得「放達」[75]，看來非常相似。這種心理不難體會，在儒學的傳統下，「放達」必然受到種種社會壓力。因此儘管自己放意縱達、卻總希望兒子循規蹈矩，庶可以「無災無難」。尤其簡文的兒子身份是「皇孫」，豈可不勉其立身謹重！郭氏以爲簡文帝「把文和行分開來講」[76]，倒是對的。說得明白點，簡文帝領導當時的文學潮流，銳意變新，可是他雅不欲兒子的行爲任誕放達。

既然簡文帝「與當陽公大心書」是家誡之類，我們不妨再參考南北朝最有分量的家誡——『顏氏家訓』。『顏氏家訓』有「文章篇」，正因爲在當時士大夫階層，文學佔了極重要的地位。家訓而及於文章，是自然不過的事。「文章篇」說：

每嘗思之，原其所積，文章之體，標舉興會，引發性靈，使人矜伐，故忽於持操，果於進取。今世文士，此患彌切，一事愜當，一句清巧，神厲九霄，志凌千載，自吟自賞，不覺更有旁人。加以沙礫所傷，慘於矛戟，諷刺之禍，速乎風塵，深宜防慮，以保元吉。[77]

大抵亦謂文章易使人矜伐傲誕。此段之末兩句「宜深防慮，以保元吉」，與簡文書之「立身先須謹重」，何其相似！「文章篇」又云：

今世相承，趨本棄末，率多浮艷。……放逸者流宕而忘歸，時俗如此，安能獨違？但務去泰去甚耳。[78]

王利器集解即引簡文帝「立身」二句為注，並謂：「與之推之說相合，足覘當時風尚。」[79]顏氏論文，頗重典正，但最有趣的，是訓子「宜深防慮」的同時，並不太反對當時文學潮流、甚至說：「時俗如此，安能獨違。」明乎此，我們愈能了解簡文所謂「文章且須放蕩」的背景了。

至於文章放蕩，到底對不對，本來不在本文範圍，不過每個時代的文人，都有創新的野心，並且野心愈大，愈勇於創新，劉勰不是說過「乘機無怯」麼？當然，得其中和，是最不容易的，『文心』屢次強調此點，後世仍然或過或不及。

在結束本文之前，我想在這裏略作引申。我以爲，如果上面的推論還有點道理，則後世成名的詩人，在文學創作甚至行爲方面，總是多多少少有點「放蕩」的特性。就拿李杜爲例說吧。李白的爲人和詩風，不必在此列舉，要是讓劉勰用體性篇裏的辭法概括起來，也許會這樣說：「太白才狂，故興酣而調放。」杜甫呢，先不說杜甫崇拜的祖父是有名狂傲誇誕的文人[80]，他自己在「但覺高歌有鬼神」之際[81]，何嘗不是表現了狂放逸蕩的一面？至於後人熟知的兩句杜詩：「爲人性僻耽佳句，語不驚人死不休」[82]，正好見出他對語言效果的追求。後世菲薄六朝的批評家，對杜甫大都會作毫無保留的頌讚，其實杜甫對文學的態度，從某些方面說，跟六朝人倒是很相似的。再說，詩人在使用語言上既然享有一定的「特權」（所謂Poet's license），則每有所得，神厲九霄，旁若無人，世人說他們「放蕩」，我想他們只會相顧大笑，從來不以介懷的。

附註

❶ 見郭紹虞『中國古典文學理論批評史』八十一頁。人民文學出版社　北京　一九五九。

❷ 見嚴可均『全上古三代秦漢三國六朝文』之『全梁文』卷十一　中華書局　北京　一九五八。

❸ 汪紹楹校『藝文類聚』　中華書局　上海　一九六五。

❹ 見『梁書』卷四十四　中華書局標點本　一九七三。

❺ 『藝文類聚』卷二十三所錄諸書如漢劉向「誡子書」、後漢張奐「誡兄子書」、後漢馬援「誡兄子書」、魏王脩「誡子書」、晉羊祜「戒子書」、宋陶潛「誡子書」、梁簡文帝「誡當陽公書」、梁孝元帝「與學生書」、都是對子弟輩的敎訓，可以並觀。

❻ 見『藝文類聚』卷二十三。

❼ 『梁書』卷四「簡文帝本紀」載簡文「雅好題詩，……然傷於輕豔，當時號曰宮體。」

❽ 「本紀」又載簡文「博綜儒書，善言玄理，……在穆貴妃憂，哀毀骨立。」可以略見其志行。

❾ 見『庾子山集註』（許逸民點校）卷二「哀江南賦」一四六頁。中華書局　北京　一九八〇。

❿ 見『漢書』卷六十五「東方朔傳」　中華書局標點本　一九六二。

⓫ 見『三國志』『魏書』卷一「武帝紀」　中華書局標點本　一九五九。

⓬ 同註⓫。

⓭ 見『辭源』第二册一三三八頁。商務印書館　北京　一九八〇。

⓮ 參考王力『古代漢語』七十七頁。中華書局　一九六二　北京。又何九盈、蔣紹愚『古漢語詞滙講話』二十七頁。北京出版社　北京　一九八〇。

⓯ 古漢語的複音詞可分爲合成的複音詞和單純的複音詞兩類，參考上註『古漢語詞滙講話』。又承京大文學部

清水茂敎授指出、「放蕩」一詞或是『莊子』書中「荒唐」二字之音轉。案『莊子』「天下篇」：「莊周聞其風而悅之，以謬悠之說，荒唐之言，無端崖之辭，時恣縱而不儻，不以觭見之也。」成玄英疏：「荒唐，廣大也。」陸德明『經典釋文』：「謂廣大無域畔者也。」案『漢書』「東方朔傳」所謂「放蕩」，誠如『莊子』所謂「荒唐」，再推而證諸六朝人的言行文風，亦深合於「荒唐」，「恣縱」之義。莊子所謂「荒唐」，本是自道，沒有壞的貶義。從這個方向探索，也許更能澄清「放蕩」的含義。清水敎授的意見很有啓發性，謹在此致謝。

⑯ 原文及注見『漢書』卷二十「藝文志」。

⑰ 見『論語註疏』卷十七　藝文印書館影印『十三經註疏』版。

⑱ 同上註。

⑲ 見王著『古代漢語』七十七頁。

⑳ 見布龍菲爾德（L. Bloomfield）著　袁家驊等譯：『語言論』一六六至一六七頁。商務印書館　北京　一九八〇。

㉑ 同註⑪。

㉒ 見『世說新語』下卷「假譎篇」劉孝標註所引。四部叢刊初編本。

㉓ 見『三國志』卷四十三『蜀書』「張嶷傳」。

㉔ 見『三國志』卷二十一『魏書』「王粲傳」。

㉕ 『魏氏春秋』爲「王粲傳」裴注所引。

㉖ 『後漢書』卷二十八「馮衍傳」　中華書局標點本、一九六五。

㉗ 見『後漢書』卷四十七「班超傳」。

㉘ 見『三國志』『魏書』卷十九「陳思王傳」。

㉙ 同註㉔。

㉚ 見『南史』卷五十九「任昉傳」 中華書局標點本 一九七五。

㉛ 見王利器『顏氏家訓集解』卷三「勉學第八」一七八頁。上海古籍出版社 上海 一九八〇。

㉜ 同上書一八〇頁。

㉝ 見陳延傑『詩品注』曹植評語 商務印書館 香港 一九五九。

㉞ 見『文選』卷十八。見戴明揚『嵇康集校注』 人民文學出版社 北京 一九六二。

㉟ 見『文選』卷十六。

㊱ 朱熹『論語集註』「陽貨篇」「今之狂也蕩」下註。『四書集註』本 中華書局 北京 一九五七。

㊲ 見古詩十九首之「青青河畔草」『文選』卷二十九。李善注引『列子』曰：「有人去鄉土遊於四方而不歸者，世謂之狂蕩之人也。」當時「蕩婦」的詞義是「去鄉土遊於四方而不歸」的人的妻子。舊版『辭海』「蕩婦」條釋義云：「謂倡婦也。」並引梁元帝『蕩婦秋思賦』：「秋何月而不清，月何秋而不明，況乃倡樓蕩婦，對此傷情。」梁元帝此賦的立意，顯然根據古詩「昔爲倡家女，今爲蕩子婦」二句去推衍蕩婦傷懷的景況，但梁元帝對「蕩婦」一句的理解，也有可斟酌處。古詩所云「昔爲倡家女」者，是還沒有嫁給蕩子之前是「倡家女」，自從嫁給蕩子，就不再是倡家了，所謂「今爲蕩子婦」，與「昔爲」顯然是不同的身份。比方幼兒園的教員嫁給王子，嫁了之後，就不再是教員，而是王妃了。是以按之原義，「倡樓蕩婦」這個詞是根本不能成立的，因爲既爲蕩子之婦，就不再在倡樓了。不過由此可見詞義轉變的痕迹，倒是很有趣的。

㊳ 見『世說新語』下卷「任誕篇」第二條。又劉孝標注引干寶『晉紀』亦載：「何曾嘗謂阮籍曰：『卿恣情任性，敗俗之人也。』」

㊴ 見『史記』卷八十四「屈原賈生列傳」。

㊵ 班固『離騷序』見王逸『楚辭章句』卷一所引。

㊶ 見范文瀾注『文心雕龍』「辨騷篇」 人民文學出版社 北京 一九五八。

㊷ 見『文選』卷二十三謝惠連「秋懷詩」註。『世說』「品藻篇」注引文小異，然「慢世」、「越禮自放」諸

語則同。

43 見『文心雕龍』「體性篇」。

44 六句爲「體性篇」原文。又「體性篇」所標十二人中、包括了漢代的劉向，其案語云：「子政簡易、故趣昭而事博。」本來據上文，「簡易」一詞非常接近「放蕩」，但證之劉向行事，漢書載他「旣冠、以行修飭擢爲諫大夫。」（『漢書』卷三十六「楚元王傳」）看來不能把他放在「放蕩」之列，大抵劉勰所用「簡易」一詞本之『漢書』原文：「向爲人簡易無威儀，廉靖樂道，不交接世俗。」文中「簡易」顏師古及王先謙皆無注，大概「無威儀」就是簡易的表現。

45 見『晉書』卷五十四「陸機傳」。中華書局標點本　一九七四。

46 見「劉琨答盧諶書」　見『文選』卷二十五。

47 見『顏氏家訓』「序致第一」。

48 語出元好問「論詩絕句三十首」之六　見施國祁注『元遺山詩集箋註』　人民文學出版社　北京　一九五八。

49 見『論語』「學而篇」。

50 見『說文解字』段注卷八篇上　藝文印書館影印『說文段注』。段注全文作：「約者，纏束也。儉者，不敢放侈之意。」

51 見朱熹『論語集註』「學而篇」註。

52 見『世說新語』卷下「任誕篇」。

53 見『文選』卷十七陸機「文賦」。

54 見『詩品』陸機評語。

55 「課虛」二句，「體有」二句並「文賦」語。

56 『文心雕龍』「通變篇」贊語。

57 見陸機「文賦」，同註53。

㊽ 見『文心雕龍』「明詩篇」。
㊾ 見『文心雕龍』「定勢篇」。
㊿ 見『隋書』卷六十六「李諤傳」所載諤上書請革文華　中華書局標點本　一九七三。
61 「辭人」二語見『文心雕龍』「序志篇」。
62 見『全上古三代秦漢三國六朝文』『全梁文』卷五十三。
63 見『全梁文』卷十一。
64 見『詩品序』。
65 同註60。李諤本傳云：「諤又以屬文之家，體皆輕薄，遞相師效，流宕忘反，於是上書曰……。」
66 李諤上書語　見前註。
67 見『周書』卷四十一「庾信傳」。中華書局標點本　一九七一。
68 見『梁書』卷三十。
69 見『陳書』卷二十。中華書局標點本　一九七二。
70 見劉師培『中國中古文學史講義』九十一頁。人民文學出版社　北京　一九五七。
71 見『南齊書』卷五十二「文學傳」　中華書局標點本　一九七二。
72 同註68。
73 見『梁書』卷四十。
74 嵇康「家誡」見『嵇康集』卷十。魯迅『魏晉風度及文章與藥及酒的關係』也提到嵇康的「家誡」：「我看他（嵇康）做給兒子看的『家誡』，就覺得宛然是兩個人。他在『家誡』中教他的兒子做人要小心，還有一條一條的教訓。」（見『而已集』三七九頁　『魯迅全集』本　人民文學出版社　北京　一九五六。）
75 『晉書』「阮籍傳」：「（籍）子渾，字長成，有父風。少慕通達，不飾小節，籍謂曰：仲容已豫吾此流，汝不得復爾。」（『世說新語』「任誕篇」亦載其事）何曾當衆斥阮籍為敗俗之人，勸晉帝殺他，籍雖獲免，但不願意讓兒子步其後塵，到底是人之常情。

76 見註❶。

77 見『顏氏家訓』「文章第九」　二二二頁。

78 同前書　二四九頁。

79 同前書　二五〇頁。

80 杜審言的行徑見『舊唐書』卷一百九十「文苑傳」，（中華書局標點本　一九七五。）及『新唐書』卷二百上「文藝傳」。（中華書局標點本　一九七五。）

81 見杜甫「醉時歌」，『九家集注杜詩』卷一，杜詩引得本。

82 見杜甫「江上值水如海勢聊短述」，『九家集注杜詩』卷二十六，杜詩引得本。

〔原刊京都《中國文學報》第三十五册（一九八三年十月），頁三七—五三〕

山谷文學觀的三個方面

張秉權

一　山谷的儒家思想與詩之學杜

中國的舊知識分子，從來就深受儒道兩家的薰陶。得意之時，儒家的修齊治平可以一路發展，推諸四海；失意之時，則修身自好，甚至高蹈山林，而莊子的忘機安命，就成爲生活的主導了。孔子的「道不行，乘桴浮於海」和莊周的甘於「曳尾塗中」，本來就有可以相通的地方。北宋的新儒學，受到莊佛的摻雜程度相當深，復性安命的傾向更是明顯。山谷的親長師友，自然在思想上有這個共同的歸趨。

就因爲這個原因，山谷在年紀輕輕的時候，已經蒙受了莊與禪的一些影響，創作了像〈溪上吟〉、〈清明〉這樣的詩歌：

短生無長期，聊假日婆娑。出門望高丘，拱木漫春蘿。
試為省鬼錄，不飲死者多。安能如南山，千歲保不磨？
在世崇名節，飄如赴燭蛾。及汝知悔時，萬事蓬一窠。
青青陵陂麥，妍暖亦已花。長煙淡平川，輕風不為波。

無人按律呂，好鳥自和歌。杖藜山中歸，牛羊在坡陀。
本自無廊廟，政爾樂澗阿。……（《外》一）

佳節清明桃李笑，野田荒壠只生愁。
雷驚天地龍蛇蟄，雨足郊原草木柔。
人乞祭餘驕妾婦，士甘焚死不公侯。
賢愚千載知誰是？滿眼蓬蒿共一丘！（同上）

據史注，前者作於山谷十七歲，後者作於二十四歲，思想傾向都是悲觀虛無的。而實際上，除了於嘉祐三年以十四歲之齡喪父外，山谷並沒有受過怎樣大的打擊。

可是，儘管山谷幼年時已有莊佛的薰染，也儘管這種薰染在日後隨着人生的體驗而愈有發展，就主流來說，山谷到底還是以受儒家的影響比較大。儒學的根柢，也爲他的詩歌風格奠定了學杜的內在要求。以下，即就這兩方面，作一些概括的分析：

(一) 儒家思想

山谷崇儒，他以爲一個人生在世上，「行要爭光日月」（《內》十六），便要靠孔孟之道。所以他說：

要須心地收汗馬，孔孟行世日杲杲。（《內》一）

「孔孟行世」，首先的是反求諸己：

> 由學者之門地至聖人之奧室，其塗雖甚長，然亦不過事事反求諸己，忠信篤實，不敢自欺，所行不敢後其所聞，所言不敢過其所行。每鞭其後，積自得之功也。（《文集》二十）

「反求諸己」、「不敢自欺」，因此富貴、貧賤，都以道爲準，不奢求富貴，也不強去貧賤：

> 仕宦初不因人，富貴方來逼身。
> 要是出羣拔萃，乃成威鳳祥麟。（《內》十六）

> 衡門低首過，環堵容膝坐。四旁無給侍，百衲自纏裹。
> 論事直如絃，觀書曲肱臥。飢來或乞食，有道無不可。（《內》十八）

這就是以道律身之故。東漢末歌謠云：「直如絃，死道邊；曲如鉤，反封侯。」山谷對此是安之若素的。

不過，在條件許可的情況下，山谷也主張出仕從政，以報君國：

> 去國雖千里，分憂卽近君。（《內》八）

> 願以多聞力，論思補帝裾。（《內》十）

而治國的標準，就是在用儒，所謂「用儒吾道盛」（《內》二）。即到了徽宗即位的元符三年，山谷以五十六歲之身，在黔戎之地，仍說：

> 收此文章戲，往作活國謀。
> 開納傾萬方，皇極運九疇。（《外》十七）

到了崇寧三年，即山谷逝世之前一年，山谷自問已難再幹甚麼大事了，加以遠貶宜州，生活極不堪問，但走到永州浯溪，觀元結〈中興頌〉，卻也欷歔感喟地寫了一首〈書磨崖碑後〉，詩的結語說：

> 斷崖蒼蘚對立久，涷雨為洗前朝悲！（《內》二十）

明顯地看到一個憂懷國事的心靈。所以他勸導秦湛、范溫等：

> 願茲秉經術，出仕榮家邦！（《內》十九）

山谷的期望在政治上有所建樹，是十分明白的。

假如進而未能從政，則應退而修德養身，發揚儒學。在儒學的道統方面，山谷排荀子而學揚雄，以為荀子「智不足以知孟子，安能知孔子。」又說：「由孔子以來，力學者多矣，而才

有孟子；由孟子以來，力學者多矣，而才有揚雄。」（《文集》二十）

所謂修德養身，發揚儒學，即是說，以文章經世，因爲「文章者，道之器也；言者，行之枝葉也。」（《次韻楊明叔》序，《內》十二） 所以對孔毅父說：「文章功用不經世，何異絲窠綴露珠！」（《內》六） 一個眞正有所樹立的作者，絕不應作一些無補世用的、祇求形式美麗的文字：

炒沙作糜終不飽，鏤冰文章費工巧。（《內》一）

男兒生世間，筆端吐白虹；
何事與秋螢，爭光蒲葦叢。（《內》十四）

而他所敬仰的杜甫，正能夠達到這樣的標準，卓然有所成就。可惜的是，杜甫的這個用心，卻未能爲人所賞識！他在《書磨崖碑後》中，不禁感歎道：

臣結春陵二三策，臣甫杜鵑再拜詩。
安知忠臣痛至骨，世上但賞瓊琚詞！（《內》二十）

由此可見，由修身以至於從政，由爲國退至乎爲文，山谷都主張以儒爲主導。山谷和佛禪有相當關係，但在元祐八年於家鄉居母喪時所寫的〈洪州分寧縣藏書閣銘〉，卻說：「今夫浮屠之舍，非傳先王之道也。」（《文集》十三）可見對佛家是有保留的。

不但在理論上揚儒，在實踐上，山谷也是躬行儒道的。蘇軾在〈舉黃庭堅自代狀〉中說他「孝友之行追配古人，瑰瑋之文妙絕當世。」（《東坡續集》九）可說是最概括的評價。事實上，山谷無論對國對人，都有一副很好的心腸。

山谷十四歲喪父，當時情況怎樣，限於材料，所知不多。《宋史》卷四四四〈文苑傳〉說他：「性篤孝，母病彌年，晝夜視顏色，衣不解帶。及亡，廬墓下，哀毀得疾幾殆。」可見山谷的篤孝。

下面試比較集中地就山谷對兄弟和對人民的態度，看他的心腸：

1. 對兄弟的感情

山谷兄弟五人（大臨、庭堅、叔獻、叔達、仲熊），和山谷關係最好的是兄大臨（字元明）和弟叔達（字知命）。山谷集中和大臨相酬答的詩有十多首，其中用觴字韻的五首七律，感情的流露，尤見眞摯。它們都是作於紹聖至崇寧之間，山谷已經歷了不少波折的時候。這裏僅舉出第一首和第五首，已可窺其大略了。

萬里相看忘逆旅，三聲清淚落離觴。
朝雲往日攀天夢，夜雨何時對榻涼。
急雪脊令相並影，驚風鴻雁不成行。
歸舟天際常回首，從此頻書慰斷腸。（《內》十二）
霜須八十期同老，酌我仙人九醞觴。

明月灣頭松老大，永思堂下草荒涼。
千林風雨鶯求友，萬里雲天雁斷行。
別夜不眠聽鼠嚙，非關春茗攪枯腸。（《內》二十）

這兩詩感情極濃，尤其是後者，作於崇寧四年（山谷卒於此年九月），兄弟二人，耆老相對，追念平生仕途起伏，親故多喪（時叔達、仲熊等已卒），不禁思潮奔湧。首二句還是比較舒坦的，但跟着便按捺不住，縈繞雙井（山谷故居）的明月灣、永思堂，那該是怎樣的一片淒清！而千林鶯鳥，尙得因風雨而求友，我則即將與兄萬里相違！在離別之夜，總不成眠，唯有鼠嚙聲聲，更加倍了內心的憂煎，它，就像咬着自己的肝肺枯腸！在造句遣詞方面，這首詩是情景交融、已臻化境的。但到底還是以兄弟的深情爲經，仔細念來，眞令人不忍卒讀！

對於弟弟知命（叔達），山谷也是極待以情的。可能更因爲他有足疾❶，所以山谷對他十分照顧；這個照顧，不單在他的起居生活，更在他的進德修業方面。《山谷內集》卷十二，有十九首注明「知命」的詩，據任淵說，是紹聖二年，山谷遠謫，知命來黔州時所作。任淵並且說：「數詩附見集中，殊有家法，當由山谷潤色，因以成其弟之名。」

又《內集》十三有〈贈知命弟離戎州〉：

道人終歲學陶朱，西子同舟泛五湖。
船窗卧讀書萬卷，還有新詩來起予。

任注：「知命頗落魄不羈，此詩蓋鐫誨之也。山谷嘗有書與人云：知命不樂靜居，數出。」這首詩用筆頗為含蓄，因為那時的知命，確實已經年逾「知命」了。但對於知命的兒子，山谷便教誨得遠為明白，〈姪粈隨知命舟行〉：

> 莫去沙邊學釣魚，莫將百丈作轆轤。
> 清江濯足窗下坐，燕子日長宜讀書。（《內》十三）

可見山谷對知命一家，都是悉心撫牧的。知命卒於元符三年，山谷為文祭之，十分悲慟，竟說：「自我哭君，頭髮盡白。英風豪氣，窨此一棺。拊棺長號，殆無生意。」（《文集》廿一）在知命死後，山谷盡心照料他的家人，這在上面講及李常時（頁十三）已經提過了。

對於兄弟，山谷不但盡心相待，更能持之以理。〈寫眞自贊〉的第三首：

> 吏能精密里行媚卹，則不如其兄元明，而無元明憂疑萬事之敝；斟酌世故銓品人物，則不如其弟知命，而無知命強項好勝之累。蓋元明以寡過而知命以傲世。如魯直者，欲寡過而未能，以傲世則不敢。（《文集》十四）

此中未免有自嘲侃的意味，但於兄弟的長短分析得如此細緻，又豈是一般任情阿好的所能啊！

2. 對人民的態度

上面提過，黃庶、李常、孫覺和謝景初在地方任職時，都爲當地人民做了不少有益的事。山谷在這一點上面，是深承遺風的：他「知太和縣，以平易爲治」，民以爲安（《宋史》四四四）。所謂「平易」，即是以安民爲上，以愛民爲宗。這是山谷的爲政原則：

> 青神縣中得兩張，愛民財力惟恐傷。（《內》十三）
> 窮儒憂樂與民同，何況朱輪職勸農。（同上）
> 公其勤勞來，嘉政民父母。（《外》十二）
> 孝慈民父母，虎去蝗退飛。（《外》十一）
> 頗似元魯山，用心撫疲弱，不以民為梯，俯仰無所怍。（《外》十）

這種愛民的感情，一方面來於自己的鄉居生活，早年曾經親近過普通人民；一方面也來於上面提過的「反求諸己」的思想方法。《豫章黃先生文集》有〈解疑〉一篇，論此甚明：

> 或議涪翁御奴婢不用鞭撻，能慈而不能威。涪翁笑曰：奴婢賤人，不過為惡而詐善，慢令而詐恭。當其見效在前，雖我亦不能不怒。退自省不肖之狀，在予躬者甚多；方且自鞭其後，又何暇捨己之沐猴，而治人之沐猴哉！或曰：孔子曰：小懲而大戒，小人之福。然則非歟？涪翁曰：然。有是言也，不曰：不教而誅謂之虐，不戒視成謂之

暴，慢令致期謂之賊乎？今之用鞭撻者，有能離此三過者乎！昔陶淵明為彭澤令，遣一力助其子之耕耘，告之曰：此亦人子也，善遇之。此所謂臨人而有父母之心者也。夫臨人而無父母之心，是豈人也哉，是豈人也哉！（卷二十）

因此，山谷每送人赴地方任職，都苦口婆心地勸他們務以愛惜人民為事。

這樣的為政態度，山谷是能夠躬行的。元豐五年，山谷知太和縣，曾經親自走到老百姓中間去觀察民生，聽取他們的心聲。《山谷外集》卷十至十一的〈上大蒙籠〉、〈勞坑入前城〉、〈乙卯宿清泉寺〉、〈丙辰仍宿清泉寺〉等好幾首詩，都是寫他訪探民隱後的感受，其中如：

按省其家貲，可忍鞭扶之？……
滕口終自愧，吾敢乏王師。（《外》十）
向來豪傑吏，治之以牛羊；
我不忍敵民，教養如兒甥。……
苦辭王賦遲，戶戶無積藏。
民病我亦病，呻吟達五更。（《外》十一）

這不是一幅幅令人感動的場面嗎？山谷確是肯親近百姓，不辭勞苦的，他說：

定知與民樂，吏瘦吾民肥！（同上）

不過，如果從北宋的社會狀況看來，當時的民艱民瘼，主要的是在於制度上出了問題，單單憑愛民如子的良好動機，恐怕還是解決不了的。當時需要的，是一套高瞻遠矚的、有氣魄的改革計劃，山谷（包括他的親族前輩）正是缺乏了這方面的見解。可以看到，王安石的變法，在總的方面而言，就是爲針對北宋的積弊而發，但終於也在反對者的力量太大，與及執行者的不純潔中失敗了。

山谷在這件變法的大事上，是站在反對的一方的，尤其反對農業生產的改進和整理河道等方面，對市易法和賦鹽，也很不滿。山谷在《按田》詩序中，譏諷新政「欲化西北之麥隴，皆爲東南之稻田」爲可笑，說「夫土性者，自先王所不能齊。」而且，「奪民之故習而強以所未嘗，其利安在？」（《山谷詩外集補》一，《山谷詩注》商務印書館）熙寧間，疏濬黃河，他也像文彥博等，大加反對，以爲：「有器可深川，吾未之學也！」（《外》六）所以，元祐初，山谷除神宗實錄檢討官，在《實錄》中便寫道：「用鐵龍爪治河，有同兒戲。」卒在紹聖初以誣失事實受問，而貶至涪州別駕黔州安置（《宋史》九二、三一三、四四四）。

可以這樣說：山谷是從愛民的立場上，直覺地看到新法的一些粗糙處，看到土性難齊和治河不成的一面，因而便反對改革；他未能站在積極的一方，爲新政的有效推行提供意見、改善補闕。正如蘇軾〈與滕達道書〉所說：

> 吾儕新法之初，輒守偏見，至有異同之論。雖此心耿耿，歸於憂國，而所言差謬，少有中理者。（《東坡續集》四）

山谷在這方面的表現，是比較保守和短視了。看來，他和李常、孫覺以至於蘇門諸子等，都有一個未能從大處遠處看問題的毛病。

(二) 詩之學杜

山谷的儒家思想與詩之學杜，應該是同一個問題的兩面。杜甫本來就是一個典型的以儒家思想爲主導的詩人。他的「自謂頗挺出，立登要路津。致君堯舜上，再使風俗淳」（〈奉贈韋左丞丈二十二韻〉），與及「許身一何愚，竊比稷與契。……窮年憂黎元，歎息腸內熱。取笑同學翁，浩歌彌激烈。非無江海志，瀟洒送日月；生逢堯舜君，不忍便永訣。當今廊廟具，構厦豈云缺？葵藿傾太陽，物性固難奪」（〈自京赴奉先縣詠懷五百字〉），和山谷的「願以多聞力，論思補帝裾」（《內》十），可以互相發明；他的〈三吏〉、〈三別〉，和山谷的〈上大蒙籠〉、〈勞坑入前城〉等，在感情上也若合符節。所以，元豐二年，山谷在〈次韻伯氏寄贈蓋郎中喜學老杜詩〉中曾經這樣評價杜甫：

> 老杜文章擅一家，國風純正不欹斜。
> 帝閽悠邈開關鍵，虎穴深沈樣爪牙。
> 千古是非存史筆，百年忠義寄江花。
> 潛知有意升堂室，獨抱遺編校舛差。（《山谷詩外集補》四）

其中所強調的，正是思想內容方面。又如〈老杜浣花谿圖引〉的：「平生忠義今寂寞」（《外》

十六），也是這樣。

然而，這祇能說是山谷「近杜」的一個方面，或者是山谷「學杜」的基礎，而決不是他「學杜」的重點。就全面來看，山谷是在另一條道路上向老杜規摹的。

下面將從三個方面來加以分析：

1. 深學問

山谷以爲杜詩的長處，在以學問爲根柢。〈答洪駒父書〉：

> 自作語最難，老杜作詩，退之作文，無一字無來處。蓋後人讀書少，故謂韓杜自作此語耳。古之能為文章者，真能陶冶萬物，雖取古人之陳言入於翰墨，如靈丹一粒，點鐵成金也。（《文集》十九）

所謂「陶冶萬物」、「點鐵成金」，就是指能消化了極豐厚的學問，再自鑄偉詞，像蜜蜂遍採百花，然後釀成精粹的蜂蜜一樣。如果追源溯流，每個字，都是有它的來歷的。

其實，老杜學問好，是大家都承認的。他自己也有「讀書破萬卷，下筆如有神」（〈奉贈韋左丞丈二十二韻〉）的說法。宋人爲着矯正五代宋初崑體一類詩的薄弱纖弊，所以特別強調了這一點，即是要在積學資深方面，達成詩歌風格的深厚紮實。葛立方說：「杜子美詩喜用《文選》語，故宗武亦習之不置。所謂熟精《文選》理，休覓綵衣輕。又云：呼婢取酒壺，續兒誦《文選》。是也。」（《韻語陽秋》三）這樣的說法，正是宋人基於當代需要，對杜甫詩的一個了解。

在這樣的風氣下，連不喜杜甫的歐陽修❷，也勸孫覺勤讀書，以爲是文字自工的不二法門。❸則山谷進而以學問爲詩，也是一個很自然的趨勢——就正如後來嚴羽《滄浪詩話》反對江西派過於重學問，轉而提出「詩有別材，非關書也」一樣。山谷說：

> 詩詞高勝，要從學問中來。後來學詩者，雖時有妙句，譬如合眼模象，隨所觸體得一處，非不卽似，要且不是。若開眼全體見之，合古人處，不待取證也。（《苕溪漁隱叢話》四七）

即是說要多讀書，學問多了，自然眼界大開，有益創作。意思說得很明白。又如元符元年〈與徐師川書〉：

> 詩政欲如此作。其未至者，探經術未深，讀老杜李白韓退之詩不熟耳。（《文集》十九）

熟讀古人書，爲的是甚麼呢？上面提過「高勝」；〈書王觀復樂府〉說的雖是詞，但和詩也有共通之處，其中所提的是「渾厚」：

> 觀復樂府長短句，清麗不凡，今時士大夫及之者鮮矣。然須熟讀元獻景文筆墨，使語

意渾厚，乃盡之。（《題跋》七）

無論「高勝」或「渾厚」，都適足以濟五代宋初柔弱鄙陋之窮，祇是「高勝」偏重在放曠，而「渾厚」則偏重在沈潛而已，兩者是相反相成的。所以說，山谷的以學問爲詩，是在北宋仁宗後，以復古矯時弊爲務的潮流中出現的自然。其《謝王仲至惠洮州礪石黃玉印材》，說得尤爲形象化：

> 佳人鬟彫文字工，藏書萬卷胸次同。
> 日臨天閑豢真龍，新詩得意挾雷風！（《內》六）

有了胸中萬卷書，既提高了一個人的修養，也使他學問積蓄深厚，發而爲文，就自有「挾雷風」之美——既「渾厚」有力，亦「高勝」不俗了。

這是山谷學杜的一個方面。

2. 苦鍛煉

杜甫作詩的態度是非常認眞的，他說過：「爲人性僻耽佳句，語不驚人死不休」；所以，一些不可靠的傳聞，便說李白也曾調笑他：「借問因何太瘦生？總爲從前作詩苦。」❹

山谷學杜，在這方面，也是亦步亦趨的。〈呂氏童蒙訓〉：

作文必要悟入處，悟入自工夫中來，非僥倖可得也。如老蘇之於文，魯直之於詩，蓋盡此理也。（《苕溪漁隱叢話後集》三一）

呂居仁論詩，多得於山谷。此條所謂「工夫」，便是鍛煉的意思。

山谷〈次韻高子勉十首〉之八：

伐山成大厦，鼓橐鑄祥金。
三尺無絃木，期君發至音。（《內》十六）

「伐山」二句，任淵注：「上句欲其積學以成廣大之規模，下句欲其鍛煉以盡精微之極致。」深得山谷精義。

《苕溪漁隱叢話後集》三十一引《東皋雜錄》：

魯直〈嘲小德〉，有學語春鶯轉，書窗秋雁斜。後改曰：學語囀春鳥，塗窗行暮鴉。以是知詩文不厭改也。

更是一個實踐方面的好例子。翻讀山谷的詩集，可見有不少異字異句，細心咀嚼，也都可以看到他鍛煉經營的苦心。所謂「寒爐餘幾火，灰裏撥陰何」❺，就是山谷的創作態度。其實，這也是杜甫的創作態度：

陶冶性靈存底物，新詩改罷自長吟。
孰知二謝將能事，頗學陰何苦用心。（〈解悶十二首〉之七）

這是山谷學杜的第二個方面。

3. 重句法

山谷十分注重詩歌的遣詞造語，他屢屢提出所謂「句法」的問題：

無人知句法，秋月自澄江。（《內》四）
句法提一律，堅城受我降。（《內》五）
句法俊逸清新，詞源廣大精神。（《內》十六）
傳得黃州新句法，老夫端欲把降幡。（《內》十七）
寄我五字詩，句法窺鮑謝。（《外》十）

「句法」二字，杜甫在《寄高三十五書記》中提出：

歎惜高生老，新詩日又多。
美名人不及，佳句法如何？

是重視句子構造的證明。但原詩「句法」二字，實未成詞，正如上句，該作二、三句式，不作三、二。上句讚高適美名，下句讚高適佳句。可見山谷將「句法」二字固定下來，並且三番四次地鼓吹，是將老杜的意思發展了。前文提過山谷從謝師厚、王荊公得句法，而謝與王又都是學杜的，淵源本來如此。

重視句法，即是要用一番琢磨工夫，別出心裁地組織文句，目的在求詩句堅挺有力。山谷評蘇軾畫：「胸中元自有丘壑，故作老木蟠風霜」（《內》九），亦可以移之於詩。所謂「故作」，就是將主觀感受化為客觀存在的藝術作品時，在組織、安排上所下的工夫。山谷論詩論文論書論畫，均不主緜弱，故推崇「蟠風霜」的勁挺。同樣的主張有：

令我詩句挾風霜。（《內》八）

筆墨皆挾風霜。（《題子瞻墨竹》史注引山谷語，《別》上）

怨句挾風霜。（《別》下）

為了使句子有力，山谷在句法問題上是用盡了心機的。首先是在「出語總不猶人」（見本書頁十）處動腦筋，也即是所謂「我不為牛後人」（《內》十六）！

山谷既然提倡多讀古書，以學問為詩，那麼，怎樣才可以「不為牛後人」呢？關鍵處，乃在於「點鐵成金」，也即是山谷在另一處所說的「奪胎換骨」：

《冷齋夜話》云：山谷言：意無窮而人才有限，以有限之才追無窮之意，雖淵明杜陵

> 不得工也。不易其心而造其語，謂之換骨法；規摹其意而形容之，謂之奪胎法。（《東坡詩話錄》下）

其實即在前人作品的基礎上加工或翻新。「換骨法」，語出於道教，所謂換去凡骨爲仙骨，主要是在加工：

> 詩家有換骨法，謂用古人意而點化之，使加工也。李白詩云：白髮三千丈，緣愁似箇長；荊公點化之則云：繰成白髮三千丈。劉禹錫云：遙望洞庭湖水面，白銀盤裏一青螺；山谷點化之，則云：可惜不當湖水面，銀山堆裏看青山。孔稚圭白苧歌云：山虛鐘磬徹；山谷點化之，則云：山空響管絃。盧仝詩云：草石是親情；山谷點化之，則云：小山作朋友，香草當姬妾。學詩者不可不知此。（《韻語陽秋》二）

這樣加工以後的詩句，應在藝術上有進一步的美化、圓熟。但山谷使詩句堅挺有力的辦法，主要的還是在「奪胎法」。

所謂「奪胎」，固然出自道教所主的：脫換凡人軀殼而成仙，但跟宋瓷發達的物質基礎，或者也有關係[6]。《冷齋夜話》舉了一個這樣的例子：「白樂天詩云：隔風杪秋樹，對酒長年身；醉貌如霜葉，雖紅不是春。至東坡詩云：兒童悞喜朱顏在，一笑那知是酒紅。此皆奪胎法也。」（《東坡詩話錄》下）東坡將樂天的原詩確實改造得頓挫有力得多，而山谷在「奪胎」之後，尤長於將原意重新解釋，以取得新鮮效果。

這種做「翻案文章」的手法，宋人是優爲之的。王安石的《明妃曲》，歷來就以翻案而著名，甚至因此招來不少攻擊。不甘居於人後的山谷，除了在《書梵志翻著襪詩》文中，稱學這種「衆生顚倒」的方法❼外，也有不少具體作品，大翻前人成案。如「老馬甘伏櫪，坐看天驥馳」（《內》十四），即翻用曹操「老驥伏櫪，志在千里」；上面引用過的「鼓橐鑄祥金」（《內》十六），即翻用莊子大冶鑄金，金踴躍曰：我且必爲鏌鋣，大冶必以爲不祥之金這個寓言。又如李白說：「天生我才必有用」，山谷則說：「天生大才竟何用，只與千古拜圖像」（《內》十七）；《論語》說：「才難不其然乎！」山谷從反面補其意：「才難不其然？有亦未易識！」（《內》十一）《論語》又說：「德不孤，必有鄰」，山谷又反其意爲：「德雖不孤世無鄰」（《別》上）。這樣的例子，不勝枚擧，都能在原來文句的基礎上，變出新意，使人讀來有別開生面，提高一層含義的感受。如以今日名詞來說，就是能增加詩的「密度」，做成較大的「張力」。前人叫這做「死中求活」，是山谷鍛煉句法的第一個方面。

第二個方面，是「句眼」的講求。

山谷說「拾遺句中有眼」（《內》十六），強調杜詩在一句中的緊要處致力，務求用字響切。這用字響切的地方，潘邠老（大臨）解釋爲七言詩的第五字、五言詩的第三字。而呂居仁（本中）則以爲不必如此拘限，「字字當活，活則字字自響」❽。潘、呂二人皆出於山谷之門，亦可見山谷所謂句眼的大概。

杜甫精於鍛煉，使一字生神，是早有定評的。《詩話總龜》卷二十四：

作詩在於練字，如老杜飛星過水白，落月動沙虛，是練中間一字；地折江帆隱，天清木葉聞，是練末後一字；〈酬李都督早春詩〉云：紅入桃花嫩，青歸柳葉新，若非入與歸二字，則與兒童之詩何異！

他如「映階碧草自春色，隔葉黃鸝空好音」（〈蜀相〉）的「自」與「空」；「地卑荒野大，天遠暮江遲」（《遣興》）的「大」與「遲」；「細雨魚兒出，微風燕子斜」（〈水檻遣心〉）的「出」與「斜」；「遠鷗浮水靜，輕燕受風斜」（〈春歸〉）的「浮」與「受」；「吳楚東南坼，乾坤日夜浮」（《登岳陽樓》）的「坼」與「浮」；……眞是不勝細擧。

熟讀老杜詩的山谷，在這方面不能沒有體會，他講求句眼，又說：「覆卻萬方無準，安排一字有神」（《內》十六），而在實踐上，也確實有所表現。《王立之詩話》：「方時敏言：荊公云鷗鳥不驚之類，如何作語則好？故山谷有云：入鷗同一波。」（《外》十三，史注）這句「入鷗同一波」，便是句法鍛煉得好的例子。五字渾成，但其中「入」字尤爲用力，字雖常見，但用在「鷗」之前，便有一種清新而妥貼的效果，和原詩〈題海首座壁〉的第一句「騎虎度諸嶺」，在氣格上相對比。而且一則暗指海首座之修行工夫，二則摹寫其和同之境界。此「入」字，是甚費工夫的「句眼」。

他如「心猶未死杯中物，春不能朱鏡裏顏」（《內》八）的「死」、「朱」；「至今風低草，皦見白石」（《內》十）的「低」；「蔞蒿穿雪動，楊柳索春饒」（《內》十六）的「穿」與「索」、「動」與「饒」等字，都有喚起全句精神的力量。這些句中活眼，是山谷重視句法的一個重要組成部分（關於「句眼」問題，下面論受禪家影響處尚有述及）。

鍛煉句法的第三個方面，是對偶的使用。

杜甫各體均精，尤以律詩爲著，其七律一體，更承有先啓後，凌轢造化之工⑨。杜甫七律（實則五律亦然）的傑出因素之一，是對偶或一氣直下，或互相輝映，而無粘滯或合掌之病。如「羞將短髮還吹帽，笑倩旁人爲正冠」（〈九日藍田崔氏莊〉）之相貫串（按：此句亦為前云翻案之例，見《誠齋詩話》，以其翻用孟嘉落帽事）；「一去紫臺連朔漠，獨留青塚向黃昏」（〈詠懷古跡〉）之情事承洽；「悵望千秋一灑淚，蕭條異代不同時」（同上）之感慨相連，都是恍如流水直下，極其暢順的。又如「五更鼓角聲悲壯，三峽星河影動搖」（〈閣夜〉）之一聲一影，分別訴諸聽覺視覺；「江間波浪兼天湧，塞上風雲接地陰」（〈秋興〉）之分別自下而上與自上而下，具體形狀「巫山巫峽」之「氣蕭森」，又是怎樣的渾成圓融！無論在內容抑或藝術技巧上，都有令人仔細咀嚼的效果。

山谷律對，甚能把握此中消息。如：

人乞祭餘驕妾婦，士甘焚死不公侯。（《外》一）
當時手栽數寸碧，聲挾風雨今連雲。（《內》十三）
江山千里俱頭白，骨肉十年終眼青。（《內》一）
桃李春風一杯酒，江湖夜雨十年燈。（《內》二）
故人相見自青眼，新貴卽今多黑頭。（《外》六）

就是或安排了兩種人生態度，或兩個時間的竹樹形狀作對比；或者一寫地理分隔，一寫時間如馳，而頭髮早衰，但感情猶在。如此之類，都取得互相映照之效，也同時豐富了詩句的內容。

又如：

誰謂石渠劉校尉，來依絳帳馬荊州！（《內》十五）
已回青眼追鴻翼，肯使黃塵沒馬頭！（同上）
未應白髮如霜草，不見丹砂似箭頭。（《內》十九）
世上豈無千里馬？人中難得九方皐。（《外》二）
莫因酒病疎桃李，且把春愁付管絃。（同上）
朱絃已為佳人絕，青眼聊因美酒橫。（《外》十一）

都是一氣直下的例子，其中「世上」一聯，山谷曾舉以教人，以爲是得意之句。又「朱絃」一聯，方東樹（植之）亦推擧爲：「此所謂寓單行之氣於排偶之中者。」（《昭昧詹言》二十）着眼的，都是這一點。《韻語陽秋》卷一云：

律詩中間對聯兩句意甚遠而中實潛貫者，最為高作。……魯直〈答彥和〉詩云：天於萬物定貧我，智效一官全為親；〈上叔父夷仲〉詩云：萬里書來兒女瘦，十月山行冰雪深。……如此之類，與規規然在於媲青對白者，相去萬里矣。魯直如此句甚多，不能概擧也。

可見山谷律詩之以氣勝，在南宋之初，已早有定評了。

《苕溪漁隱叢話》三十引《王直方詩話》：

荊公云：凡人作詩，不可泥於對屬。如歐陽公作〈泥滑滑〉云：畫簾陰陰隔官燭，禁漏杳杳深千門。千字不可以對官字，若當時作朱門，雖可以對，而句力便弱耳。

既然講求句法是爲了求詩句的矯健有力，如果因「泥於對屬」而使句弱，便得不償失了。杜甫晚年的七律，就已經有故意使句不諧不偶的例子，如〈愁〉：

江草日日喚愁生，巫峽泠泠非世情。
盤渦鷺浴底心性，獨樹花發自分明。
十年戎馬暗萬國，異域賓客老孤城。
渭水秦山得見否？人今罷病虎縱橫。

又如〈白帝城最高樓〉：

城尖徑仄旌旆愁，獨立縹緲之飛樓。
峽坼雲霾龍虎臥，江清日抱黿鼉遊。
扶桑西枝對斷石，弱水東影隨長流。
杖藜歎世者誰子？泣血迸空迴白頭！

都在對偶、平仄以及句子的散化等方面，擺脫律詩的限制，做成一種拗澀的格調。這種格調，正是在消極方面反對偶律之流於甜滑，積極方面別創新奇雄健之體的要求下產生的。宋人學杜，十分重視這種變體的拗律，王安石的分析歐公詩，便是一個例證，而安石是學杜的。山谷在這方面，更足以自成一家。《韻語陽秋》云：「近時論詩者，皆謂偶對不切則失之麄，太切則失之俗。如江西詩社所作，慮失之俗也，則往往不甚對。是亦一偏之見爾。」（卷一）對此風不滿，是針對江西諸家的過份拗澀而言的。而江西派的強調拗體，實正欲救正許渾丁卯句法之弊[10]，追溯其源，山谷確實在這方面開了風氣。

「翁伯入關傾意氣，林宗異世想風流」（《外》二），潘伯鷹以為是山谷「寧律不諧，而不可使句弱」的例子，因為「入關」不能對「異世」，但由於筆勢如風，遂能使人不覺（《黃庭堅詩選》頁七七）。其實，這還未算是典型，他的〈題落星寺〉和晚年的一些七律，才是學老杜拗律的力作。試以幾首為例：

星宮游空何時落？着地亦化為寶坊。
詩人畫吟山入座，醉客夜愕江撼床。
蜜房各自開牖戶，蟻穴或夢封侯王。
不知青雲梯幾級？更借瘦藤尋上方。
（《題落星寺》，《外》八）

王公權家荔支綠，廖致平家綠荔支。

試傾一杯重碧色，快剝千顆輕紅肌。
撥醅蒲萄未足數，堆盤馬乳不同時。
誰能同此勝絕味？唯有老杜東樓詩！
（《廖致平送綠荔支王公權送荔支綠酒》，《內》十三）
天教兄弟各異方，不使新年對舉觴。
作雲作雨手翻覆，得馬失馬心清涼。
何處胡椒八百斛？誰家金釵十二行？
一丘一壑可曳尾，三沐三釁取刳腸。
（〈夢中和觴字韻〉，《內》十八）

其中平仄均不合律，可說將句律都破壞了。其次，像老杜「暗萬國」、「得見否」、「之飛樓」、「黿鼉遊」、「對斷石」、「隨長流」等一樣，山谷也有連用三平三仄的地方，如「封侯王」、「輕紅肌」、「未足數」、「心清涼」、「八百斛」等，都有拗澀奇險的效果。再看老杜「獨立縹緲之飛樓」與「杖藜歎世者誰子」，爲散文句，山谷「着地亦化爲寶坊」、「誰能同此勝絕味」等，亦絕不似律詩之起結。這些地方，都是山谷深得杜律拗句三昧之處。

所以說，山谷重句法的第三個方面是精研對律，以求句子挺拔；但正是爲了句子挺拔，山谷又像老杜一般，故意走到險拗一路上去。或正或變，不過是一體的兩面。明乎此，則山谷的以「蜜房各自開牖戶，蟻穴或夢封侯王」爲得意之句，「以爲絕類工部」（《苕溪漁隱叢話》四七引《王直方詩話》），就實在毫不奇怪了。⑪

總括來說，山谷以深學問爲基礎，以苦鍛煉爲態度，以重句法爲面目。這三位一體，可以說是山谷學杜的所在。

4. 餘論——「無意於文」

關於山谷之學杜，還有一點是應該補充的。從以上的分析，可見山谷在形式上的規模，下了很深的工夫。但其實他並不以此爲滿足，他對老杜詩，尙有另一層看法。他在〈與王觀復書書〉說：

> 好作奇語，自是文章病，但當以理為主，理得而辭順，文章自然出羣拔萃。觀杜子美到夔州後詩，韓退之自潮州還朝後文章，皆不煩繩削而自合矣。……文章蓋自建安以來，好作奇語，故其氣象衰苶。其病至今猶在。唯陳伯玉、韓退之、李習之，近世歐陽永叔、王介甫、蘇子瞻、秦少游乃無此病耳。……所寄詩多佳句，猶恨雕琢功多耳。但熟觀杜子美到夔州後古律詩，便得句法簡易而大巧出焉，平淡而山高水深，似欲不可企及。文章成就，更無斧鑿痕，乃為佳作耳。
>
> （《文集》十九）

這都以爲杜甫晚年在夔州諸作爲詩之極致，因爲它們「不煩繩削而自合」、「更無斧鑿痕」；所以能到此境地的原因，是在於擺脫「好作奇語」之病，而「以理爲主」耳。

但這是甚麼樣的「理」呢？杜甫入夔之後諸詩，一方面是在拗律上用功（如前節所述）；

一方面是在意象之超越、聲律之圓融上着力（《秋興八首》為最足代表的）。其中當然也有對時政的感慨，對家國的關懷，「每依北斗望京華」，「百年世事不勝悲」，以至於「白頭吟望苦低垂」，是《秋興》的思想主線。但就杜詩整個的發展而言，卻已經從早期的「浩歌彌激烈」如〈兵車行〉以至於〈三吏〉、〈三別〉，轉而爲深沈的慨歎；發而爲文的，亦已從率直的呼號內歛爲精巧的意象的經營。這既是一個詩人的技巧愈趨成熟的結果，也是時代的無望使他不得不潛心於文字使然。晚唐的李商隱，身居牛李兩黨之間，很不得意；山谷身居新舊兩黨紛爭之中，遠貶黔戎。他們在政治生活上都與杜甫的入蘷相似。他們又都是學杜的，商隱的七律，精於意象經營（如〈錦瑟〉及〈無題〉諸詩），而山谷又推擧老杜蘷州後詩，這些恐怕都不是偶然的。無怪乎南宋許顗即以李商隱與山谷並擧。《彥周詩話》說：

> 作詩淺易鄙陋之氣不除，大可惡。客問何從去之？僕曰：熟讀唐李義山詩與本朝黃魯直詩而深思焉，則去也。

熟讀李、黃之詩以去淺易鄙陋，可見所重的是在深刻圓融——而他們都是吸收自杜甫入蘷後諸詩的。

所以說，這個「理」，主要的是在文章的佈置條理，並不在政理方面。山谷〈大雅堂記〉一文，對這點講得十分詳細：

> 余欲盡書杜子美兩川蘷峽諸詩刻石藏蜀中好文喜事之家。……由杜子美以來，四百餘

年，斯文委地。文章之士，隨世所能。傑出時輩，未有升子美之堂者，況室家之好耶？……雖然，子美詩妙處乃在無意於文。夫無意而意已至，非廣之以《國風》《雅》《頌》，深之以《離騷》《九歌》，安能咀嚼其意味，闖然入其門耶？……彼喜穿鑿者，棄其大旨，取其發興。於所遇林泉人物草木魚蟲，以為物物皆有所託，如世間商度隱語者，則子美之詩委地矣。（《文集》十七）。

這篇〈大雅堂記〉作於元符三年九月，即徽宗即位的時候。朱東潤以為山谷「呵斥穿鑿，認為杜甫發興之詩，不必有所寄託，實際上正是要烘託自己在黔州戎州的作品，雖有感興，並無寄託。這時新舊並進的局面雖已打開，形勢還沒有穩定，不得不留此一句，以免日後的誅求。這正是一種恐懼心理的表現。」（〈黃庭堅的政治態度及其論詩主張〉，《中華文史論叢》第三輯）對背景的交代很有道理。

不過，即在藝術技巧上，山谷（尤其是晚年的山谷）主張擺脫奇語，確是一個事實。上面提過的〈與王觀復書〉，主張文章無斧鑿痕，也是元符三年所寫的。他如〈題李漢學墨竹〉所說：

如蟲蝕木，偶爾成文。吾觀古人繪事妙處，類多如此，所以輪扁斲車，不能以教其子。近世崔白筆墨，幾到古人不用心處。世人雷同賞之，但恐白未肯耳。比來作文章無出無咎之右者，便是窺見古人妙斲，試以此示無咎。（《題跋》三）

雖說的是畫，但他自己也和詩文相發明。所主張的，也便是與「不煩繩削而自合」相表裏的「偶爾成文」，與乎「到古人不用心處」。山谷在另一處又說：「詩文不可鑿空彊作，待境而生，便自工耳。」（《苕溪漁隱叢話》四七）可見這確是山谷的一種相當主要的文藝觀點。

其實就任何藝術而言，都會經過入門、摹倣、發展而至於成熟的幾個階段。通常的人，終其生也未至成熟。而少數的大家，到了成熟的地步，自然就會向神而化之的一路進軍，不甘再受規律的制約。他們或則另有開拓，或則反樸歸眞。此所以繪畫有稚拙一路，而詩文亦有倡言拙句者：

> 作詩必以巧進、以拙成。故作字惟拙筆最難。至於拙，則渾然天全，工巧不足言矣。
> （《鶴林玉露》三）

山谷學問高、閱歷廣，對古人詩文——尤其是杜與陶——浸淫既久，自不能不有所貫通。加以爲人好別開生面，不甘爲牛後，有了這擺落工巧的想法，是很自然的。

總而言之，在現實政事方面的失意，使他從「無意於文」方面理解杜詩；在詩文修養方面的發展，又使他主張「偶爾成文」——其中有着道家思想的影響，這在下文會有分析——兩者互相揉合，便成爲他「無斧鑿痕」的最高要求了。這「無斧鑿痕」，既指內容上的，也指技巧上的。

山谷的理論主張，卻在創作上有了差距。《後山詩話》即從這一點來批評黃詩：

黃詩韓文有意故有工，老杜則無工矣。詩欲其好，則不能好矣。王介甫以工，蘇子瞻以新，黃魯直以奇。而子美之詩，奇、常、工、易、新、陳，莫不好也。

這一方面是眼和手的必然距離，而另一方面，山谷到底是過份泥於形式了。我們看老杜詩，如果單看他的「形式」上的圓熟或者「無意於文」，而不看他的思想根源、社會關係，恐怕就會落於一邊。或者，也不能深怪山谷，這是古今中外的一個大問題。怎樣處理好內容和形式的關係呢？這決不是件簡單的事情，創作之士，大部分都各有所偏，又何況山谷生長在求新的氣氛甚濃的北宋，而政治紛爭又迫得他心膽俱寒呢！

二　山谷的道家思想與相應的詩風

(一) 道家思想

山谷的一生，雖說以儒家思想爲主導，但道與佛的因素也很有影響。除了因爲宋朝的學術思想本來如此之外，還可以從山谷的個人遭際與交游關係來分析。他的家庭儘管儒學薰染較濃，但叔父黃襄，就已是一個隱退自守的人[12]。其後，在政治變化很大的熙豐十八年間，山谷都在外面做官。四年的葉縣尉、八年的北京國子監教授、三年的太和知縣、一年的監德州德平，使得他一方面脫離了新舊派直接交鋒的中央，另一方面也使他能比較深入地接近百姓。這對山谷的影響，就好處來說，是能夠比較客觀地看問題；但就壞處來說，就是缺乏了嚴格的磨練。山谷處理政事，所抱的觀點是溫情主義的，所依據的主要是儒家古典或個人經驗，未能有高瞻遠矚的懷抱與深刻的法制精神，這跟他的生活圈子不無關係。

不過，新舊黨爭的客觀存在，卻不以個人的脫離而不起作用。山谷在熙寧四年葉縣尉任內作的〈按田〉（《山谷詩外集補》一），已對新政的農業改革表示明顯的譏刺。作爲一個地方上的執事人員，怎能夠不對此表示態度？這與他於元祐時爲史官，在編修《神宗實錄》時，不得不流露自己對治河事的意見一樣，都是無可逃避的。至於元豐二年，山谷因東坡烏台詩獄所牽連，遭罰金之禍，更是一個政治紛擾下的產物。在山谷本身來說，這或者是偶然的飛來橫禍；但就政潮的全局而言，卻也是不得不爾的必然。

所以，到了紹聖元年（一〇九四），哲宗親政，舊黨下台，山谷以史事待罪陳留，編定〈退聽堂詩〉（即今《山谷內集》之上限）的時候，將早年在地方任內作的好些與政事關係比較深的詩歌都刪去。這種做法，也是基於對黨禍的畏懼（見頁一三五）。其後，山谷遠謫黔戎（今四川東南）；徽宗即位，一度起用，旋又貶到宜州（今廣西宜山），就更加深了他對政治失望的心理。

在山谷身邊的，從前輩到師友，大多數都是舊派人物，這一方面，鞏固了他的反對新政的思想；另一方面，更因他們的貶謫，使他對政壇的動盪不常，產生了感同身受的懼厭。

山谷很喜歡引用「三折肱」這個故事⑬，它出於《左傳》所謂「三折肱知爲良醫」和屈原《九章・惜誦》所謂「九折臂而成醫兮」，是歷鍊久而有悟的意思。山谷的莊老思想，也不是突然從天上掉下來的，「百遇毒而成醫，九折臂而信道」（《文集》十四），這是山谷自己的說法。

下面即分析山谷在倫理觀與思想方法兩方面的道家傾向。

1. 厭棄躁進、安時自適

山谷在熙寧元年（一〇六八）以二十四歲的年紀，已有：「賢愚千載知誰是？滿眼蓬蒿共一丘！」（《外》一）這樣悲涼的思想。但在同一卷裏，卻又有：「小臣才力堪爲掾，敢學前人便掛冠？」態度顯然十分積極。可以說，厭世與入世這兩種思想，在山谷腦海中是不斷消長着的。

山谷對仕宦不很熱心，最要緊的因素，固然是黨爭的打擊，但首先的，還是對士風的不滿。原來王安石行新政時，由於不少大臣反對，缺少助手，故不得已要汲用新進，而不少僥倖之士，便乘機混入政壇，翻雲覆雨。況且，宋代以重文輕武爲持國原則，實在早已形成一羣才德平庸的冗官。山谷筆下，對他們常流露出強烈的厭惡。「士風之零替，未有如今日之甚也。」（《別》下）所以，山谷明確地說：

> 紛紛不可耐，君子有憂之！（《內》十八）

憂之不已，自然地便有一種貴古賤今的想法。山谷經常標舉古人之風，以與當代的相對：

> 末俗相看終眼白，古人不見想山高。（《別》上）

慨然古人風，乃作逐客篇。（《別》下）

愛君古人風，古壺投贈君。（《內》十四）

我觀李校書，超邁有古風。（《外》五）

這裏，山谷的讚賞古風，實在是和時代分不開的。

可是，好古也到底只能是「好」，或者將古風作爲一種生活態度，「行要爭光日月」（《內》十六）而已，對別人的俗不可耐，可是無可奈何的。對於此，山谷便隱隱然有退避之想：

一點無俗氣，相期林下同。（《內》十六）

一屛一榻無俗塵，左置枯桐右開《易》。（《別》下）

去城二十五里近，天與隔盡俗子塵。（《內》二十）

范侯來尋八桂路，走避俗人如脫兎。（同上）

這種退避俗人的心理，在遭遇別人攻擊時，表現得尤爲強烈。元祐四年（一〇八九），山谷有〈寺齋睡起〉兩首，其二云：

桃李無言一再風，黃鸝惟見綠葱葱。

人言九事八為律，倘有江船吾欲東。（《內》十一）

任淵在目錄上的注解是這樣的：「是時東坡爲臺諫所攻，求出補外。而山谷亦不容於時，故云。」

山谷在元豐二年所寫的〈衞南〉，可以看作他的自處之道：

今年畚鍤棄春耕，折葦枯荷繞壞城。
白鳥自多人自少，汙泥終濁水終清。
沙場旗鼓千人集，漁戶風煙一笛橫。
唯有鳴鴟古祠柏，對人猶是向時晴。（《外》七）

「白鳥」是蚊蚋，以況贓吏。天地之間，君子少而小人多，山谷覺得是無可如何的事實，既難改變，祇得涇渭分清，明劃界限罷了。俗人有他們的「沙場旗鼓千人集」，我則有我的「漁戶風煙一笛橫」。俗世是鄙陋無可戀的，但山林之中，鳴鴟古柏，風致依然，卻是無限的美好！在山谷詩文中，這條厭塵俗而慕林泉的思想脈絡，佈露得相當分明。

對士風的不滿，是山谷對仕途索然的一個原因，另外的一個原因，是政治上的動盪無常，使他驚心怵目。

熙、豐之間，他在地方任官。元豐八年（一〇八五）三月，神宗崩，哲宗即位，高太后臨朝，司馬光執政，盡用舊人。山谷同年四月以秘書省校書郎見召，六七月間到京師。次年，改元元祐。四月，王安石卒；九月，司馬光卒，呂公著當國，仍屬舊黨天下，但洛、蜀、朔三派已互相攻訐。

元豐末至元祐初，北宋政治路線作了一百八十度的轉變，朝廷不但用舊人，而且舉凡保甲、保馬、方田均稅、市易、青苗、免役等新法，一律先後罷絕。山谷適於此時入京，目睹這種不問可否、不辨曲直、非舊者去、爲法者逐的局面，再對照於熙、豐間新法的雷厲風行，不禁有一股深深的悵惘。山谷不擁護新法，但也不主張全盤否定。所以，元豐八年被召進京時，便有「人才包新舊，王度濟寬猛」（《內》二）的希望。次年，他說得更明顯了：

王度無畦畛，包荒用馮河。秦收鄭渠成，晉得楚材多。用人當其物，不但軸與薖。六通而四闢，玉燭四時和。（《內》四）

他援引秦用鄭國以成渠，晉因楚材而致用的典故，表示了舊派執政之下，新法人物亦當有晉用的機會，不容一筆抹殺。到了舊黨內部紛爭愈趨厲害時，他又說：

股肱共一體，間不容戈矛。人材如金玉，同美異剛柔。政須衆賢和，乃可疎共吺。（《內》六）

不過，山谷這和衷共濟，兼容並包的希望，在現實的激烈政治矛盾中，卻不能實現。新政與新政人物，固然被斥逐；舊黨的分歧，也使東坡於元祐四年不得不自請出知杭州。在這樣紛爭不已、政潮洶湧的形勢下，初到京師的山谷，不禁感到眞理是不穩定的、漫無標準的，他歎息道：「名下難爲久，醜好隨手翻！」（《內》三）他懷念王安石的四首六言詩（已見前文頁三三〔編按：原書頁碼〕），表露得尤爲深刻。所謂：

> 真是真非安在？人間北看成南！（同上）

就是山谷在那個「短世風驚雨過」（同上）的政局裏產生的感慨。這正同於莊子的「彼亦一是非，此亦一是非」，是懷疑客觀眞理的有無。其中的一份悲涼，是顯然可見的。

經過了紹聖初的修史之禍，遠謫黔戎，對山谷的直接打擊更大。到了元符三年（一一〇〇），哲宗崩，徽宗立；次年，改元建中靖國，政治上又有開新面的希望，所以山谷又熱情地說：

> 開納傾萬方，皇極運九疇。
> 閑姦有要道，新舊隨才收。（《外》十七）

> 成王小心似文武，周召何妨略不同。
> 不須要出我門下，實用人才卽至公。（《內》十四）

可見他始終關心國事，希望朝廷新舊兼容，不要鬧甚麼紛爭。他到底是個隨和的人。但政治不是如此隨和可辦，或者根本就是不能夠隨和的。所以，元符三年，山谷《和蒲泰亨》，寫得很有感受：

> 東坡海上無消息，想見驚帆出浪花。

三十年來世三變，幾人能不變鶉蛙！（《別》下）

王荆公於熙寧二年（一〇六九）拜參知政事，開始行新法，由熙寧、元豐到元祐到紹聖，至元符三年（一一〇〇），正好三十年。這是同韻四首中的第二首，跟第四首的：

昨來一夜驚風雨，滿地殘紅噪暮蛙。

同樣都有歷盡艱險，餘悸猶在之感。

但山谷的驚悸未定，第四次的「變」又來了，他被貶到宜州。崇寧二年（一一〇三）寫的：

誰能知許事，痛飲且一快！（《內》十九）

豈是沒有來由的消極與頹唐？

就是這樣，首先是不滿士風的澆薄，然後，更深刻的，是政治紛爭帶給他直接或間接的打擊，結合了自前輩及書本上得來的如「世事邯鄲夢」⓮的一類觀點，使山谷對仕宦有一種消極的想法。他說：

功名可致猶回首，何況功名不可求！（《外》七）

胸中元有不病者，記得陶潛歸去來。（《外》十一）

作箇生涯終未是，故山松長到天藤。（《內》八）
酒船漁網歸來是，花落故溪深一篙。（《外》二）
不是朱門爭底事，清溪白石可忘年。（《外》十六）
萬里歸船弄長笛，此心吾與白鷗盟。（《外》十一）
衝風衝雨走七縣，唯有白鷗盟未寒。（《內》十六）
安得此身脫拘攣，舟載諸友長周旋。（《內》十七）

對官場紛爭感慨繫之，慕悅山林以求心靈的閒適，是很自然的事。

不過，山谷到底也隱逸不成，一方面是官場起伏，不放過他，另一方面，山谷的儒家思想始終還是較強的。所以，他只好以入世之身，懷超俗之想，「且作人間鵬鷃遊」（《內》十三）吧。

換言之，山谷仍然在自己的位置上做好本份，不虧厥職，但也不強求甚麼，順其自然好了。這是儒道的合流。山谷說：

事隨世滔滔，心欲自得得。（《內》十四）

又說：

看着莊周枯槁，化為蝴蝶翾輕。

人見穿花入柳，誰知有體無情。（同上）

即明確地表示了他那種表面上和光同塵、「穿花入柳」，內裏自標砥柱，不隨世情的生活態度。這是莊子「安時而處順，哀樂不能入也」（〈大宗師〉）的變奏。就是這種態度，使他從容於紹聖後十多年的波折。

2. 虛心觀物、不著是非

山谷在倫理觀上不求躁進、安於已然事實的思想，如果提升到思想方法的層次上來了解，相信會更為全面。

熙、豐年間，新舊派之爭白熱化，山谷不在京師，使他有冷眼旁觀的機會，他又不是全盤否定或肯定某一方面的人，所以亦使他在看事物時傾向於和同，即希望把握事情的全體，不肯落在變化的某一方面。這當然很不容易，山谷提出「虛心」這兩個字：

虛心觀萬物，險易極變態。

皮毛剝落盡，惟有真實在。（《內》十四）

人有歲寒心，乃有歲寒節。

何能貌不枯，虛心聽霜雪。（《文集》十四）

惟有像老子說的「虛其心」，才能在紛紜萬象中把握本質，不為世事所惑；也自能經霜雪而不枉其節，有正確而堅定的人生目標。這是源於老與佛的觀點⓯，也是山谷歷鍊既久後的覺悟。虛心觀物，因此能看到「險易極變態」是必然的，任何事物都是變動的、不穩定的、相對的。唯一眞實的，只是「心」，山谷說：

鑿開混沌竅，窺見伏羲心。
有物先天地，含生盡陸沉。（《內》十六）

這已是屬於理學的範疇了。這亦是山谷凡事主張觀心的思想根源。

事物「險易極變態」既屬無可奈何，也在意料之中，山谷於是能夠以一種超然不惑的態度來衡量人生：

事常超然觀，樂與賢者共。（《內》二）
能從物外賞，真是區中賢。（《內》三）

於是，一切得失變化，都不足介懷：

作雲作雨手翻覆，得馬失馬心清涼。（《內》十八）

因爲，不單祇得失本自無常，就是生死，也不是人所能把握的，任何人也逃不了。山谷說：

賢愚千載知誰是?滿眼蓬蒿共一丘!(《外》一)

愚智相懸三十里,榮枯同有百餘年。(《外》二)

白蟻戰酣千里血,黃粱炊熟百年休。(《外》九)

功名富貴兩蝸角,險阻艱難一酒杯。(《外》十一)

無論在世時或賢或不肖、或愚或智、或功名富貴、或險阻艱難,放到全面來看,放到人生的歸宿來看,都不過是黃粱一夢。生前的種種差異,到這裏都拉平了!這就是「得馬失馬心清涼」的眞正意義。悟到凡事都不能介懷,更不値得介懷,自然心胸一片澄澈,全無牽掛了。山谷很喜歡用「南柯夢」、「黃粱夢」的故事[16],其思想基礎就在於此。

這個看問題的方法,不但使山谷的思想更加深刻,常能從現象界提升到更高的理性的層次,更能直接指導山谷的待人接物,使他能把握到事物的某些規律:

萬籟寂中生,乃知風雨至。(《內》十三)

宴安衽席閒,蛟鱷垂涎地。

君子履微霜,卽知堅冰至。(同上)

這使山谷不會耽於安樂。又如:

羈旅苦地偏,江湖見天大。

萬里一帆檣，長風可倚賴。（《外》七）

身在羈旅，是苦的；但從另一個角度來看，卻適足見天地之大，長風萬里，可以快樂無窮。又如：

難以口舌爭，水清石自見。（《內》四）

水清石見君所知，此是吾家秘密藏。（《內》十七）

這又是把握事情變化發展的規律後的一種坦然態度。

總而言之，以虛心觀物，了悟到現象界一切都是相對的、變化的，於是在認識上比較深刻了。在行事上，一方面不易於因眼前的得失而煩惱；另一方面，也因得失的無常而索然無味，有無所作爲的傾向。其間利害短長，至爲微妙。不過，山谷卻因此而使心靈得到安頓，極引以爲快。從以下的兩段贊文，足見他的逍遙與從容：

岌岌堂堂，如山如河，其愛之也，引之上西掖鑾坡，是亦一東坡，非亦一東坡。槁項黃馘，觸時干戈，其惡之也，投之於鯤鯨之波，是亦一東坡，非亦一東坡。計東坡之在天下，如太倉之一稊米，至於臨大節而不可奪，則與天地相終始。（〈東坡先生眞贊〉，《文集》十四）

一以我為牛，予因以渡河而徹源底；一以我為馬，予因以日千里。計會直之在萬化，何翅太倉之一稊米！吏能不如趙張三王，文章不如司馬班揚。頎頎以富貴酖毒，而酖毒不能入其城府；投之以世故豺虎，而豺虎無所措其爪角。則於數子有一日之長。

（〈寫眞自贊〉，同上）

這兩段都是以莊子思想作爲骨幹的，山谷說東坡「與天地相終始」，說自己「於數子有一日之長」，只不過是客氣話，從語意看來，他也是隱隱然以「與天地相終始」自居的。山谷在倫理觀與思想方法上受道家影響之深、受用之大，從這裏亦見到了。

(二) 道家思想影響下的詩風

山谷詩歌，以學杜爲主，但在道家思想的影響之下，不能不有若干的改造。而這正是山谷詩作，所以在宋人紛紛學杜的潮流中，能夠獨具面目的一個很重要的原因。以下分三方面言之：

1. 得陶之風味

關於陶潛，山谷有一段很重要的看法：

血氣方剛時，讀此詩如嚼枯木。及綿歷世事，如決定無所用智。每觀此篇，如渴飲水，如欲寐得啜茗，如飢啖湯餅。今人亦有能同味者乎？但恐嚼不破耳。（《題跋》七）

的確，山谷對淵明的了解，是前後不同的。就是到了元豐三年（一〇八〇），山谷三十六歲，有〈宿舊彭澤懷陶令〉：

潛魚願深眇，淵明無由逃。彭澤當此時，沈冥一世豪。
司馬寒如灰，禮樂卯金刀。歲晚以字行，更始號元亮。
淒其望諸葛，骯髒猶漢相。時無益州牧，指揮用諸將。
平生本朝心，歲月閱江浪。空餘詩語工，落筆九天上。
向來非無人，此友獨可尚。屬予剛制酒，無用酌杯盎。
欲招千歲魂，斯文或宜當。（《內》一）

這裏山谷所以以淵明為「獨可尚」之友，原因主要在「平生本朝心」；對他生不逢辰，「時無益州牧」，更有一份惋惜。

但到了崇寧元年（一一〇二），山谷五十八歲，有〈跋子瞻和陶詩〉，說：

彭澤千載人，東坡百世士。
出處雖不同，風味乃相似。（《內》十七）

便提出「風味」的問題。同詩說東坡「飽喫惠州飯，細和淵明詩。」山谷學陶，間接也是受東坡的影響，這在上一章已說過了。

崇寧三年的〈明遠庵〉寫得流暢瀟洒：

> 遠公引得陶潛住，美酒沽來飲無數。我醉欲眠卿且去，只有空瓶同此趣。誰知明遠似遠公，亦欲我行庵上路。多方挈取甕頭春，大白梨花十分注。與君深入逍遙遊，了無一物當情素。道卿道卿歸去來，明遠主人今進步。（《內》二十）

簡直是自己比作淵明，而直探莊周深處。足見在山谷晚年，淵明所代表的，主要來說，已不是家國之思，而是物外之遊了。都是這位陶淵明，而所理解的有這樣的差異，自然反映了山谷思想的轉變——即道家（尤其是莊周）觀點的發展。

姜白石以為詩有理高妙、意高妙、想高妙及自然高妙，「非奇非怪，剝落文采，知其妙而不知其所以妙，曰自然高妙。」（《白石道人詩說》）山谷服膺淵明的人生風味，也欣賞淵明詩，原因也在這「自然高妙」。他曾說淵明根本不「作」詩：

> 謝康樂庾義城之於詩，鑪錘之功不遺力也。然陶彭澤之牆數仞，謝庾未能窺者何哉？蓋二子有意於俗人贊毀其工拙，淵明直寄焉耳。（《題跋》七）

詩語從胸中自然流出，「不煩繩削而自合」，「拙而放」，這是詩的極致。所以山谷說：「淵明之詩，要當與一丘一壑者共之耳。」（《題跋》二）即以為曲高和寡，俗人抑未登堂，遑論入室，更不必說造微入妙，直摩淵明懷抱了。

山谷晚年不少擺落聲律，直抒胸臆的詩句，在精神上可以說是通於陶詩的。〈次韻楊明叔見餞十首〉、〈病起荊江亭即事十首〉等，就是著名的例子。今各舉一首爲證：

松柏生澗壑，坐閱草木秋。金石在波中，仰看萬物流。
抗髒自抗髒，伊優自伊優。但觀百歲後，傳者非公侯。（《內》十四）

維摩老子五十七，大聖天子初元年。
傳聞有意用幽仄，病着不能朝日邊。（同上）

都是有意打破句法和聲律限制，務求別有風味的作品。當然，時代不同了，而且山谷亦說過「我不爲牛後人」（《內》十六），風格上的勁挺，跟淵明的自然如話很有距離。但從實踐到理論，山谷詩都受陶詩影響，卻總不能抹煞。上節提及的〈大雅堂記〉，主張「無意於文」、「無意而意已工」（《文集》十七），其得諸淵明，就更爲明顯了。

2. 善得其全

道家主張虛心觀物，不著個人的機心，這樣，既能把握物象變化的規律，更能得天地之全，與萬化「冥合」，得到最後的逍遙。他們不注意個別物象的特殊性，因爲強調了特殊，便有了比較，便有不足之感，便有相羨，便不可以自得。所以，道家既承認物之不齊這無可奈何，如鶴脛長、鳧脛短的不可改作，但又以爲這特殊性都可以歸攝於天地之大、統率於性命之中。在這樣的情形下，重要的不是各各的特殊，而是他們的渾然並存；整體的諧和並生，才是最有意義的。

既然重視了宇宙之全、人生之全，如果在言談上將事物散殊地指謂，各別地分析，就必將有了不足之感，有了說理上的困難。因爲，要描寫事物的個別性，首先就必須將自己抽離出來，將自己跟整體的「全」相對立，這是破壞「全」的做法；其次，「全」是至極之道，本來就是不可分析的，以具體的語言文字來形容它，必定有時而窮。以佛家的話來說，「全」、「道」是「第一義」，語言文字是「第二義」，其間有不可逾越的距離。這裏，禪與道很可以相通，此所以禪家主張不立文字、以心傳心；而陶淵明亦說「此中有眞意，欲辨已忘言」了。

但莊子以至於陶淵明，終於也留下了文字。爲了補救文字的缺陷，莊子書中使用了大量的寓言。用寓言譬喻，這說理的方法便不是分析的，而是印證的；不是間接的，而是直入的。惟有透過寓言譬喻的了悟、自然契合，才能夠比較全面地把握至道的整體，這是莊子好用寓言在哲學上的理由。至於陶淵明，根本不「作詩」，「直寄焉耳」，所以也能逃避了這個指謂上的困難。

後世善學道家的，都能把握這「全」的概念；無論在做人處世以至於爲文爲詩，都重視這一個原則。蘇東坡〈文與可畫篔簹谷偃竹記〉中所講的，正是「全」的問題：

> 竹之始生，一寸之萌耳，而節葉具焉。自蜩腹蛇蚹，以至于劍拔十尋者，生而有之也。今畫者乃節節而為之，葉葉而累之，豈復有竹乎！故畫竹必先得成竹於胸中，執筆熟視，乃見其所欲畫者，急起從之，振筆直遂，以追其所見，如兔起鶻落，少縱則逝矣。
> （《東坡前集》三十二）

東坡說得很生動。其實就是說：着眼於瑣屑的，自以爲具體，實在最不具體；着眼於全，好像不具體，但卻是眞正的具體。如果一節一葉都酷肖而欠缺了整體的秀拔渾然，那就只是一節一葉，根本不是竹了。這是很深刻的藝術批評，和莊子的想法有共同的根源。

山谷的文學觀，也是如此。他教人摹寫〈蘭亭〉，應「反覆觀之」，「然不必一筆一畫以爲準」（《題跋》四），即要把握其全。教人作詩文，亦不應眼界低下，只看到一字一句的限制：

文章最為儒者末事，然索學之，又不可不知其曲折，幸熟思之！至於推之使高如泰山之崇崛、如垂天之雲，作之使雄壯如滄江八月之濤、海運吞舟之魚，又不可守繩墨令儉陋也。（《文集》十九）

命意立格，不容儉陋，這是人品與文品的關係，也是眼界的關係。至於描寫方法，山谷也同樣多譬喻。這在上章談及蘇東坡時已有說明。今再舉數例：

君詩清壯悲節物，政與秋蟲同一律。
爾來更覺苦語工，思婦霜碪擣寒月。（《外》七）
贈我新詩甚高妙，淚斑枯笛月邊橫。（《外》九）
陳侯學詩如學道，又似秋蟲噫寒草。（《外》十五）
袖中出新詩，山水含碧鮮。（《外》）十三）

句如秋雨晴，遠峰抹修眉。（《內》十四）

這裏都是以具體的事物或風景來比擬別人的詩歌特色。我們捕捉了個別的形象，喚起了具體的經驗，對詩語所謂「苦語工」、「清壯」、「高妙」，就能有全面的了解。這是直接的體會，不是間接的分析。

山谷〈聽宋宗儒摘阮歌〉，是用形象的譬喻極爲精采的例子：

翰林尚書宋公子，文采風流今尚爾。自疑耆域是前身，
囊中探丸起人死。貌如千歲枯松枝，落魄酒中無定止。
得錢百萬送酒家，一笑不問今餘幾！手揮琵琶送飛鴻，
促弦聒醉驚客起。寒蟲催織月籠秋，獨雁叫羣天拍水。
楚國羈臣放十年，漢宮佳人嫁千里。深閨洞房語恩怨，
紫燕黃鸝韻桃李。楚狂行歌驚市人，漁父拏舟在葭葦。
問君枯木著朱繩，何能道人意中事？君言此物傳數姓，
玄璧庚庚有橫理。閉門三月傳國工，身今親見阮仲容。
我有江南一丘壑，安得與君醉其中，曲肱聽君寫松風！（《內》九）

它的長處，除了章法的井然而有變化之外，就是在於譬喻得很好，將最抽象的音樂，化爲極富形象的「寒蟲」等八句，沒有這八句，這首詩就整個地乾癟下來，還成甚麼好詩！

求具體全面的悟入，所以多用寓言譬喻，這是有深刻的哲理根據的。把握了「全」，則表面的語言已屬外道，山谷很喜歡用「彭澤意在無絃」[17]這個典故，用意也在這裏。

3. 理趣超拔

山谷作詩，正如乃父黃庶，「落想總不猶人」，因此，無論在巧鑄偉詞、謀篇造句，以至於說理命意，常能自出機杼，迥異流俗。山谷有處處規模前人的一面，但也有不甘爲人牛後的一面。正如他主張師古，而就針對北宋的士風文風而言，師古其實是爲了求新，這是個該得到統一的矛盾。山谷的襲用與創新，也是一個該得到統一的矛盾——雖然在實踐上常會統一不來。

山谷詩理趣超拔，不但是個文風上的問題，也建築於他的人生觀方面。正如上面說，他鄙薄塵俗的追逐仕宦，這自然使他從俗人中拉出來，從一個較高度的層面理解人生、剖析人生；他像老莊般虛心觀物，所以又能超然於得失，在平凡的價值觀念中跳出來，再投入宇宙的全體中去，把握更深刻的價值，作爲個人安身立命的支柱。這就使他在以詩人之筆，呈現自己對宇宙人生的觀感的時候，有比較清新不凡的處理。

上一節在討論山谷學杜時，已經提過他好翻案，這是使詩意超拔的一個主要方法。所謂翻案，是在現成的經驗上提出新的見解，以收到警策動人的效果。但翻案也可以是翻自己的案，即自己先在詩的前半苦心經營，提出一種境界、一層高度、一個意見，然後，再在另一個境界、高度上加以翻疊，或者在原來的基礎上，建立一個更有力的意見。這是濃化詩歌的密度、使造語凝鍊渾圓的一個方法。山谷以較廣的心胸、較高的眼界，在這裏是優爲之的。

上面剛剛提過的〈聽宋宗儒摘阮歌〉中間八句連用形象譬喻音樂，是一個特點；其後的一問一答，也活潑有致；末了，用五句話提鍊出一個新的境界，使能夠在更熱烈的感情籠罩下結束全篇。這是一份高尚的感情，但它原來根植於高尚的人格、超凡的意想。

他如〈題竹石牧牛〉：

> 野次小峥嶸，幽篁相倚綠。阿童三尺箠，御此老觳觫。
> 石吾甚愛之，勿遣牛礪角。牛礪角尚可，牛鬭殘我竹。（《內》九）

先說愛石，故「勿遣牛礪角」；後來才說更愛竹，「牛鬭殘我竹」，才更教人擔憂。這裏，末句明顯地翻疊了上文。

又如〈蟻蝶圖〉：

> 蝴蝶雙飛得意，偶然畢命網羅。
> 羣蟻爭收墜翼，策勳歸去南柯。（《內》十六）

蝴蝶雙飛，是很得意的，但畢命網羅的偶然，使得意盡成空幻——自己反成了羣蟻爭食的對象。羣蟻高高興興地抬着收穫回穴了——在最後的一句，山谷使「策勳」與「南柯」並列，做成了極尖銳的對照：策勳得意，到底也是南柯一夢，決不得恒常！整首詩只有二十四字，但有極悲涼的感情、極深沉的理意。

〈蟻蝶圖〉跟〈題竹石牧牛〉一樣，不會是無緣無故的抒情，恐與時政有關。《宋人軼事彙編》記：崇寧間，蔡京因見此詩，大怒，指山谷有怨望意（卷十二）。大概是有根據的。由此更足以證明：這是山谷在理意方面別有會心，不但是單純的題畫而已。

這都是山谷倫理感情、思想方法以至於藝術造詣等化合而生的過人處。類似的例子很多，一兩句句子本身的翻疊，就更多了，像上面提過的「功名可致猶回首，何況功名不可求」，又如「從師學道魚千里，蓋世成功黍一炊」（《內》一），我們都不能單純從藝術技巧方面去理解。

至於山谷的一些小詩，也常能別有新意，寥寥幾筆，呈露了深沉的理趣。且看看他兩首講夢的七絕：

紅塵席帽烏鞾裏，想見滄洲白鳥雙。
馬齕枯萁諠午枕，夢成風雨浪翻江。（《內》十一）

柿葉鋪庭紅顆秋，薰爐沈水度衣篝。
松風夢與故人遇，同駕飛鴻跨九州。（《外》九）

看來是漫不經意的作品，但正如潘伯鷹所說：「山谷善於從實際生活中推究原因來描寫夢境。……這是他所用的一種新手法。」（《黃庭堅詩選》頁九九）聞馬齕草聲，遂成風雨翻江之夢；爐香飄裊，乃夢駕鴻高飛之勢。寫得趣致，但也是合乎生活經驗的。而這種內容的夢境，對照於「紅塵」一句，原是山谷的江湖之念，不過是借發夢來寄託罷。生活、夢境——現實、理想，互相連結，使四句小詩頗堪咀嚼。所謂「深人無淺語」，山谷的理趣超拔，原在對現實生活的別有懷抱，不隨流俗。

道家的思想，就是在這方面，給山谷的健筆注入了重要的元素——這積極的元素，是和他人生觀方面的消極影響同時存在、發展的。

三、山谷的禪家思想與禪詩

(一) 禪家思想

禪宗在五代至宋，一枝獨秀，成爲中國佛學的主流。禪家並且成立了一套叢林制度，事事有規矩，自食其力，處處平等，自有一種風範，甚得士大夫的嚮往。（參南懷瑾《禪宗叢林制度與中國社會》）

但山谷卻對禪家抱保留態度：

> 今夫浮屠之舍，非傳先王之道也。（《文集》十三）

這是元祐八年夏天，山谷在家鄉分寧居母喪期中的說話，可見仍是以儒學爲主的。這是理解山谷思想的一個重點：他儘管吸收了道禪的一些因素，但骨幹仍是儒家。以後，謫到黔戎、宜州，挫折多了，對道、禪的感受也深刻了，但儒家思想始終是他精神的主體。

究竟山谷得於禪的，是什麼呢？下面是主要的兩方面：

1. 在俗超然

畢竟禪與道有很多可以相通的地方，而宋代正是儒、道與禪三者相雜揉的時代，山谷個人的挫折、朋友的影響，亦使他在禪學上有相當的認識。

元祐元年，東坡甥柳展如（閎）問道於山谷，山谷贈詩，說：

> 八方去求道，渺渺困多蹊。歸來坐虛室，夕陽在吾西。
> 君今秣高馬，夙駕先鳴鷄。慎勿取我語，親行乃不迷。（《內》五）

任淵注第三、四句說：「法眼禪師《金剛經・四時般若頌》曰：理極忘情謂，如何有喻齊。到頭霜夜月，任運落前溪。果熟兼猿重，山長似路迷。舉頭殘照在，元是住居西。此用其意，謂道在邇而求之遠也。」禪家的修養方法，與其他宗派不同的地方，在於將坐禪修行化而爲認識論方面的頓悟。所以，「八方去求道」，只落得「渺渺困多蹊」，道根本就不假外求。慧能說過：

> 菩提只向心覓，何勞向外求玄？
> 聽說依此修行，西方只在目前。（《壇經》，《大正藏》四八）

山谷說：「歸來坐虛室，夕陽在吾西」，所描述得禪悟的境界，正是如此。宋人描述這境界的詩語很不少。《鶴林玉露》

載一尼的悟道詩：「盡日尋春不見春，芒鞵踏遍隴頭雲；歸來笑撚梅花嗅，春在枝頭已十分」（卷六），與山谷詩可互相印證。

我們看山谷詩，即有很多叫人收拾外求之念，但重內省，識自心源。禪家叫人回頭是岸，「面南看北斗」便是佛法大意。山谷說：

冥此芸芸境，回向自心觀。（《內》十一）

要當觀此心，日照雲霧散。（《內》六）

徒囂終無贏，歸矣求己事。（《外》十一）

當時有憂樂，回首亦成無。（《外》十一）

百體觀來身是幻，萬夫爭處首先回。（同上）

山谷常常叫人「回首」，譬如說：「功名可致猶回首，何況功名不可求」，思想的根苗，大概亦和禪宗有關係。

禪宗拋棄了佛教的經典，不坐禪，不念經，而重在對客觀世界的了悟（當然也有坐禪念經的，但重點已不在此）。山谷受這影響，亦主張以認識上的悟道為鵠的，並不一定要遁入空門：

煩惱林中卽是禪，更向何門覓重悟？（《外》十五）

平生三業淨，在俗亦超然。
佛事一盂飯，橫眠不學禪。（《內》十八）

佛家以貪欲瞋恚愚痴等諸惑，煩心惱身，故以衆生爲煩惱海、煩惱林，但要從煩惱中超拔出來，主要的還是個人的思想是否悟得通。上面引過「事常超然觀，樂與賢者共」（《內》二），是山谷受老莊影響的例子，更足以看出道與禪的類似，及山谷接受禪學的順理成章。王康琚〈反招隱詩〉說：「小隱隱陵藪，大隱隱朝市」（《文選》二十二），禪宗的主張比較適合中國習慣，這又是一點。山谷曾在〈贈劉靜翁頌〉中，對朋友出家與否的問題，作一些補充。其序說：「鄭明擧贈劉靜翁四頌，勸之捨俗出家，詞旨高邁，玩之不能釋手。然靜翁在家出家，無俗可捨，因戲作四頌以贈行。」現在看看其中兩首：

念念皆空更莫疑，心王本自絕多知。
艱勤長向途中覓，掉卻甜桃摘醋梨。（《文集》十五）

淨名龐老揔垂須，君幸元無免破除。
心若出家身若住，何須更覓剃頭書？（同上）

照禪家的主張，人人皆有佛性，俗人惑於塵染，未能認取無限，致妄生差別。能收拾這外騖的心，「念念皆空」，自可在現實人生中得到涅槃境界。例如不明白這點，單求外表上的出家，就只得艱難自苦，掉卻我們本來自有的「甜桃」了。所謂「心若出家身若住」，有似王康琚的「大隱隱朝市」，也略同上一節所說的「有體無情」，有了這種合於道與禪的生活境界，雖「九關多虎豹」，也可以「聊作地行仙」⑱，又何須捨俗出家呢？

山谷心目中的最逍遙的人生，就是這種道、禪的共同境界：

無山而隱，不禍而禪。聽松風以度曲，按舞鶴而忘年。（《文集》十四）

上面說的這種境界，山谷常常講，也舉以教人，但他以爲，最要緊的，還是自己的實踐工夫。「慎勿取我語，親行乃不迷」，就是這個意思，這是合乎禪家躬行的主張的。

2. 不憂貧賤

在山谷個人來說，也果然能夠實踐佛法。元豐七年（一〇八四），山谷赴德州德平，三月過泗州僧伽塔，作〈發願文〉，願從此不復淫欲、飲酒、食肉（《文集》二十一）。此後二十年，除晚年曾復飲酒食肉之外[19]，大致能守此戒。居世英云：

此蓋先生普照塔前所擔之願也，誦之使人心目震駭，神觀肅然。誠其信受其言，堅固其行。不二之門，當直指矣。（《鐵網珊瑚・書品》四）

明洪武年間，淨慈懷渭云：

今觀親書〈發願文〉，精誠真切，誓為衆生代受諸報，深入普賢悲智願海，非宿具大乘根器，孰能爾耶！（同上）

山谷的持法謹嚴，「亦如閱世老禪師」（《內》七，原指李伯時言），是使人動容的。怪不得如龐道者這個人，雖家富於財，「聞山谷食素，遂盡散其貲與族人作頭陀。從山谷不衣帛、不

臥榻，一齋之外，水亦不飲。」（《文集》十四）

這正是看輕外物，識自家心源的結果，有得於道家的「事常超然觀」，也有得於儒家的：

曲肱一飽南風薰，萬事於我如浮雲。（《文集》十五）

而山谷確實能這樣地過活！我們看山谷紹聖後的屢貶，與這種生活作風如出一轍。從〈宜州乙西家乘〉，可以看到山谷崇寧四年（一一〇五）在宜州的生活狀態，他和范寥（信中）「同徙居於南樓，圍棋誦書，對榻夜語，舉酒浩歌」，「忘其道途之勞，亦不知瘴癘之可畏耳」（原書范寥序）。其間，交游的寄書贈物，是使山谷懷抱稍寬的原因之一，但更主要的，還在他的豁達。《宋人軼事彙編》卷十二：

范寥言：魯直在宜州，無亭驛，又無民居可僦止。一僧舍可寓，而適為崇寧萬壽寺法所不許。乃居一城樓上，而極湫隘。秋暑方熾，幾不可過。一日忽小雨，魯直飲薄醉，坐胡床，自欄楯間伸足出外以受雨，顧謂寥曰：信中，吾平生無此快也！未幾而卒。

這種處貧賤而不憂的生活態度，雖然儒家亦有他的主張，但躬行實踐，到底以禪家為長。德洪〈悼黃山谷〉云：

鬢鬢滄浪夢幻，江湖厭飫平生。

一旦便成千古，壞桐絃索縱橫！（《古今禪藻集》十）

不因江湖久遠而形神騷動，端的使人懷想不已！

似僧有髮，似俗無塵。作夢中夢，見身外身。（《文集》十四）

山谷正是這樣地自贊，這也是禪宗給他的影響所在。

(二) 禪詩

山谷不但在人生觀上受禪宗影響，言為心聲，發而為文為詩，這方面的作用也是重要的。下面分從文藝理論與創作兩方面，看山谷得於禪宗之處：

1. 理論

禪宗不立文字，不主張從經典中分析禪理。見性成佛的絕對境界，不是第二義的文字摹寫所能盡之的——這跟道家的看法相同。所以，禪師們多以不說為說，用行動、用棒喝來警醒人心，使能頓悟；到非說不可時，也得有意地破壞言語和習慣，以求聽者直參禪機，不落言筌。所以，禪宗的語言，含攝萬端，圓轉自如，尤其是他們的偈語，更言約意廣，意在言外，有很大的張力。

這些有張力的句子，叫做活句。洞山守初禪師說：「語中有語，名為死句；語中無語，名爲活句。」(《五燈會元》) 能參活句，講者與聽者便共同地把握着佛性的內在經驗。韓駒〈贈趙伯魚〉詩：

> 學詩當如初學禪，未悟且徧參諸方。
> 一朝悟罷正法眼，信手拈出皆成章。(《陵陽詩鈔》，《宋詩鈔》上)

正描寫了以法眼觀詩、爲詩的過程。宋代禪宗極盛，以禪論詩的風氣，使嚴羽《滄浪詩話》和范溫《潛溪詩眼》，都有這樣的說法：

> 禪家者流，乘有小大，宗有南北，道有邪正。學者須從最上乘，具正法眼，悟第一義。(《滄浪詩話・詩辨》)
>
> 山谷言：故學者先以識為主，如禪家所謂正法眼，直須具此眼目，方可入道。(《潛溪詩眼》，《宋詩話輯佚》)

以上的說法，大致都指出由遍參而入於頓悟，妙解自得，事理無礙。這是讀詩學詩者本身的識見問題。但在詩本身而言，既能引起妙悟，必有其不落文字窠臼、活潑有力的地方。這當然首先依靠它整體的高妙，但造語的清新有神，也很重要。這就是所謂「句眼」了。

山谷說：「拾遺句中有眼，彭澤意在無絃」(《內》十六)，正是指這使句子挺拔清切、別有神韻的關鍵。《冷齋夜話》有這麼一段：

造語之工，至于荊公、山谷、東坡，盡古今之變。荊公：江月轉空為白晝，雲嶺分暝作黃昏；又曰：一水護田將綠遶，兩山排闥送青來；東坡〈海棠詩〉曰：只恐夜深花睡去，故燒銀燭照紅妝；又曰：吾攜此石歸，袖中有東海。山谷曰：此詩謂之句中眼，學者不知此妙，韻終不勝。（《東坡詩話錄》下）

山谷對「句眼」很講求（已見頁一二八〔編按：即本書頁一四六〕），原來和禪宗是有連帶關係的。不但在詩句上講「句眼」，在書、畫上，山谷也有同樣的主張。這固然說明了詩書畫三者的同工異曲，也反映了山谷這個看法是根深蒂固的。他說：

余嘗評書云：字中有筆，如禪家句中有眼，直須具此眼者乃能知之。（《題跋》四）

余嘗評書，字中有筆，如禪家句中有眼。至於右軍書，如涅槃經說，伊字具三眼也。此事要須人自體會得，不可得立論便興諍也。（同上）

余未嘗識畫，然參禪而知無功之功，學道而知至道不煩。於是觀圖畫悉知其巧拙工俗，造微入妙，然此可為單見寡聞者道哉？（《題跋》三）

山谷以爲：「凡書畫當觀韻」（同上）。而不爲字之一筆一畫所限，不拘守於畫之形似，使人於眼前尺寸之間，聯想到宇宙之大、變化之奇，就是韻之極致。這跟禪家從句中眼直參至道，不落支離破碎的第二義，是可以互相發明的，山谷已經說得很清楚了。

2. 詩歌創作

禪家往往用偈語談禪，這些偈語，簡短有力而含意深遠，常常就是意境高超的詩。宋代文藝發達，禪師如祖心、契嵩、道潛（參寥）以至惠洪等都能詩，他們跟周敦頤、邵雍等理學家一樣，常用詩歌來表達所追求的境界。這些禪家之詩及理學家之詩，豐富了宋詩的領域，也助長了「宋詩言理」的特色。同時，在相互的影響之下，士大夫也以禪入詩，使詩歌充滿了妙悟。這是一個風靡一時的趨勢，所以，北宋的大詩人像王安石、蘇軾，都寫了不少有禪味的作品。荊公的禪詩，前面已經討論過；東坡的禪詩，集中亦有不少，像很著名的〈題西林壁〉，即有高妙的禪趣：

橫看成嶺側成峯，遠近高低無一同。
不識廬山真面目，只緣身在此山中。（《東坡前集》十三）

至於山谷，既生長在禪宗大盛的時代，復結識了不少高雅的禪師，生活的波折使他對禪學有更大的容量，又受到荊公、東坡的薰染，因此，也創作了不少禪詩，例如《題學海寺》：

爐香滔滔水沈肥，水遠禪床竹遠溪。
一段秋禪思高柳，夕陽元在竹陰西。（《別》上）

境界流動高遠，令人遐想。其末句即上文「夕陽在吾西」之義，是禪宗得道之境。又如〈次韻楊明叔〉（之二）：

道常無一物，學要反三隅。喜與嗔同本，嗔時喜自俱。
心隨物作宰，人謂我非夫。利用兼精義，還成到岸桴。（《內》十二）

雜用了老子、《論語》、《易傳》的見解，但嗔喜同本和自作主宰的主張，還是佛家的一貫講法。至於〈又和次韻答斌老病起獨游東園〉（之一）：

西風鏖殘暑，如用霍去病。疏溝滿蓮塘，掃葉明竹逕。
中有寂寞人，自知圓覺性。心猿方睡起，一笑六窗靜。（《內》十三）

寫風景寫得細緻，寫心境又空靈妙悟，到底是深於禪的作品。至於像：

皮毛剝落盡，惟有真實在。（《內》十四）
萬事同一機，多慮乃禪病。（《內》十三）
當處出生隨意，急流水上不流。（《內》十一）
若問深明宗旨，風花時度窗櫺。（同上）
瞑倚團蒲挂鉢囊，半窗疎箔度微涼。（同上）

觀山觀水皆得妙，更將何物污靈臺。（《內》十六）
天女來修散花供，道人自有本來香。（《內》十九）

或直接明言禪理，或間接透現禪機，都是山谷禪詩的代表作。第一例直用寒山子〈有樹先林生〉一詩的：「皮膚脫落盡，惟有眞實在。」更足見他的淵源所自。其實，祇要打開山谷詩集看看，他取用禪家宗旨及語言的作品，眞的比比皆是！東坡以爲：「故應文字不離禪」（《東坡續集》二），這句話也可以移來講山谷的一些詩作。山谷又以平生師法的陶淵明是「遺民文字禪」（《內》九）。實則回過頭來看他自己，有理論、有作品，被目爲「晚年詩皆是悟門」（《玫瑰集》七十），也是順理成章的啊！

宋人既大量地以禪入詩，使作品透露出一股妙悟，意境也變得空靈了、超拔了；禪偈的曲折含蓄，又使詩歌得到啓發而更形精鍊、頓挫。禪宗對宋詩的影響是極其深遠的，這裏祇是以山谷爲中心作一個簡單的論述罷。可惜的是，禪家的超然與內省，對北宋的國計民生，卻起不了什麼正面的影響了。

附註

〔編按：文中《內》卽《山谷內集》；《外》卽《山谷外集》；《別》卽《山谷別集》；《文集》卽《豫章先生文集》；《題跋》卽《山谷題跋》。〕

❶《代書》（《外》九）云：「知命叔山徒」；《喜知命弟自青原歸》（《外》十三）云：「歸喜叔山禪。」均以《莊子・德充符》「兀者叔山無趾」爲喻。

❷《後山詩話》：「歐陽永叔不好杜詩，蘇子瞻不好司馬《史記》，余每與黃魯直怪嘆，以爲異事。」又見《苕溪漁隱叢話》二十九。

❸《東坡題跋》一：「頃歲孫莘老識歐陽文忠公，嘗乘間以文字問之。云：無它術，唯勤讀書而多爲之，自工。」

❹杜甫詩見〈江上值水如海勢聊短述〉；李白詩出於孟棨《本事詩》，然實爲僞托，可參考孫次舟〈關於杜甫〉（學生書局印行「近代文史論文類輯」：《杜甫和他的詩》下册）。

❺〈次韻高子勉十首〉之四（《內》十六）。任淵注：「言作詩當深思苦求，方與古人相見也。」

❻由宋至明，是我國瓷器發展的一個大進展時期。而在宋代以前，裝飾瓷器的方法已經十分豐富，如刻花、劃花、印花等，是在胎坯未乾以前，用工具在胎上刻、劃或用模子印出花紋，然後上釉入窰燒製。而且，這些方法往往一器並用，多采多姿。在這樣的社會物質基礎上，「奪胎」也者，就是以原有胎坯爲根據，靈活刻模的意思。

❼《文集》三十：「梵志翻著韈，人皆道是錯，乍可刺你眼，不可隱我脚。一切衆生顚倒類皆如此，乃知梵志是大修行人也。」

❽《苕溪漁隱叢話》十三：「〈呂氏童蒙訓〉云：潘邠老言七言詩第五字要響，如返照入江翻石壁，歸雲擁樹失山村，翻字失字是響字也；五言詩第三字要響，如圓荷浮小葉，細麥落輕花，浮字落字是響字也。所謂響者，致力處也。予竊以爲字字當活，活則字字自響。」（又見《詩話總龜》二十四）

❾關於杜甫七律的成就，可參考葉嘉瑩〈論杜甫七律之演進及其承先啓後之成就〉（《大陸雜誌》卷三十第一至四期；或《杜甫秋興八首集說》代序）。

❿江西派之攻許渾，以方回《瀛奎律髓》爲代表，以其「體格太卑，對偶太切」，故詆評隨手可見。又此書甚重拗體，故卷二十五即曰「拗字類」。

⓫關於山谷學老杜拗句，甚或不拘聲律，尚可參《苕溪漁隱叢話》四十七、《瀛奎律髓》二十五。

⓬《山谷外集》一，有〈叔父釣亭〉、〈次韻叔父聖謨詠鷽遷谷〉、〈次韻十九叔父臺源〉諸詩，有這樣的詩

句：「不如聽黃鳥，永晝客爭棋」，「麒麟臥笑功名骨，不道山林日月長」。據史容注：「《黃氏年譜》：山谷叔父諱褱，字聖謨，自號臺源先生，此數詩皆是聚族居鄉日所作。」

⑬「持家但有四立壁，治病不蘄三折肱。」（《內》二）
「我肱三折得此醫，自覺兩踵生光輝。」（《內》四）
「醫是肱三折，官當歲九遷。」（《內》十八）
「良醫曾折足，說病洒眞意。」（《外》三）
「三折肱知爲良醫，誠然哉！」（《題跋》四）

⑭《薛樂道自南陽來入都留宿會飲作詩餞行》（《外》二）。史容編於熙寧四年（一○七一），時山谷僅二十七歲。

⑮參《次韻楊明叔見餞》十首之八（《內》十四）任淵注。又寒山子詩《有樹先林生》之末二句云：「皮膚脫落盡，唯有眞實在。」

⑯「從師學道魚千里，蓋世成功黍一炊。」（《內》一）
「昨夢黃粱半熟，立談白璧一雙。」（同上）
「百年才一炊，六籍經幾秦。」（同上）
「百年炊未熟，一垤蟻追奔。」（《內》三）
「感君詩句喚夢覺，邯鄲初未熟黃粱。」（《內》八）
「羣蟻爭收墜翼，策勳歸去南柯。」（《內》十六）
「爲公喚覺荆州夢，可待南柯一夢成。」（同上）
「能回趙璧人安在？已入南柯夢不通。」（《內》十七）
「眞人夢出大槐宮，萬里蒼梧一洗空。」（《內》二十）
「生涯谷口耕，世事邯鄲夢。」（《外》二）

「白髮生來驚客鬢，黃粱炊熟又春華。」（《外》七）
「蜜房各自開牖戶，蟻穴或夢封侯王。」（《外》八）
「白蟻戰酣千里血，黃粱炊熟百年休。」（《外》九）
「將雨蟻爭丘，鏖兵復追奔。」（《外》十一）
「遊子官蟻穴，謫仙居瓠壺。」（同上）
「千里追奔兩蝸角，百年得意大槐宮。」（《外》十三）
「功名黃粱炊，成敗白蟻陣。」（《外》十四）
「麒麟圖畫偶然耳，半枕百年夢邯鄲。」（《外》十六）
「驚破南柯少時夢，新晴鼓角報斜陽。」（《外》十七）
「萬事盡還杯酒裏，百年俱在大槐中。」（《別》上）

⑰ 《贈高子勉四首》之四（《內》十六）。又如：「松風自度曲，我琴不須彈」（《內》九）；「君豈有意師無絃」（《別》下）。

⑱ 〈贈嗣直弟頌十首〉之十（《文集》十五）：「往日非今日，今年似去年。九關多虎豹，聊作地行仙。」山谷好用此語，如：「麒麟墮地思千里，虎豹憎人上九天。」（《外》九）語原出〈招魂〉：「魂兮歸來，君無上天些；虎豹九關，啄害下人些。」

⑲ 〈謝何十三送蟹〉（《內》十七）題下注：「山谷出峽後，以病故，頗開葷酒之戒。」是爲崇寧元年。又《內》十九有《謝榮緒割甕見貽二首》，亦云：「二十餘年枯淡過，病來筋下割甘肥。」

〔原文見張秉權《黃山谷的交游及作品》（香港：中文大學出版社，一九七八），頁一一五—一六三。〕

朱熹的文論和詩論

張志誠

一　朱熹的文論

北宋自歐陽修、王安石、司馬光、曾鞏，以及蘇氏父子兄弟等，一時並峙，其文章之學，震鑠千古。自諸氏相繼沒世後，獨洛陽程顥，程頤以性理之學，傳授門徒，四方嚮附，奉爲宗主。而文章之學，便稍告沉寂。南宋以來，直至朱子崛起，即上溯自徽宗欽宗，下逮高宗中葉，其間相距踰五十年，才復有文章之學的重興，更與二程性理之學融會。原來朱子不僅集有宋代性理學的大成，即使宋代經史文章之學，亦有深入，獨到和廣泛的研究，且集其大成。因此他可說是致廣大，盡精微，綜羅百代，滙納羣流的學者，茲從朱熹文論分析其對文學之觀點如右。

㈠ 文章與時代

凡一代有一代的文學特色；古代的詩，楚國騷，漢朝的賦，六朝的駢體文，唐代的律詩，宋代的詞，元代的曲，明代的傳奇，清代的小說和考據。到民國八年，隨著五四運動，中國文學出現了一個嶄新的局面。這一次的文學革命運動，就是提倡白話文。

朱熹是南宋初年的理學家，也是北宋以來理學諸輩的集大成者，對中國理學的基礎與發展，貢獻至大。同時朱熹對於文學，也甚有功力；詩、詞、琴操、賦，皆有深刻研究，甚至辨僞，考據、注釋古書等學問，在在都有獨到的創見，其作品多至難以衡量，堪成一大家之言。

但朱熹不像一般文人，斤斤於文詞的琢磨；他更有針對整個文化現象的遼濶視野，例如由下面他對於文章的見解，可清楚證明。

論文上（語類一三九）卷首便有一段討論文章與時代關係的文字：

有治世之文，有衰世之文，有亂世之文。六經，治世之文也。如國語，委靡繁絮，真衰世之文耳。至於亂世之文，則戰國是也。然有英偉氣，非衰世國語之文可比也。楚漢間文字，真是奇偉，豈易及也。

在語類八四，他提及國語是「衰世之文」的原因：

國語辭多理寡，乃衰世之書，支離曼衍，大不及左傳。看此時文章若此，如何會興起國家。

在語類一三七他指出國語「支離曼衍」的本質。

國語文字多有重疊無義理處。蓋當時只要作文章，說得來多爾。

朱子重視亂世之文尤過於衰世之文，謂亂世之文有英偉氣，非國語衰世之文可比。他又指出由國語書成而戰國之亂開始，再下爲秦漢之盛。這是以文氣窺世變，觀國運，尤足爲文道合一論供一佳例，堪稱爲一項高明特達之創見，若非深於道深於文的學者，又怎能有此觀察？詩序云：

治世之音安以樂，其政和；亂世之音怨以怒，其政乖；亡國之音哀以思，其民困。

朱子的「文章與時代」觀點，恐不免受此詩序所啓發。文心雕龍時序篇云：

時運交移，質文代變，古今情理，可得言乎？……故知歌謠文理，與世推移，風動於上而波震於下。

又云：

文變染乎世情，興廢繫乎時序。原始以要終，雖百世可知也。

這是說時代的轉移影響文章的變遷。語類一三九另幾段說古今文章之變，證明朱子也重視時代對文章的影響。

問離騷卜居篇內字，曰：字義從來曉不得，但以意看可見。如突梯滑稽，只是軟熟迎逢，隨人倒，隨人起底意思。這般文字，更無些小窒礙。想只是信口恁地說，皆自成文。……班固、揚雄以下皆是做文字，以前如司馬遷、司馬相如等，只是恁地說出。……漢末以後，只做屬對文字，直至後來，只管弱，如蘇頲着力要變變不得，直至韓文公出來，盡掃去了，方做成古文，然亦止做得未屬對合偶以前體格。然當時亦無人信他，故其文亦變不盡。……到得陸宣公奏議，只是雙關做云。文氣衰弱，直至五代，竟無人能變。到尹師魯，歐公幾個人出來，一向變了。其間亦有欲變而不能者，然大概都關之交。……是晚年文字，蓋是他效世間模樣做則劇耳。又如子厚，亦自有雙變。所以做古文自是古文，四六自是四六，却不衰雜。

這一段簡直是自先秦至宋代文章的演變史。有說出之文，有做作之文。先秦以至西漢初，皆可說是說出之文。班固、揚雄以下，便是做作之文。做作益進，便成爲駢儷對偶。韓公盡意要復古，也只做到駢儷以前體格，即是說還未能像古人「只是信口恁地說」的地步。朱子又繼續評論西漢以後的文章趨勢：

漢初賈誼之文質實，晁錯說利害處好，答制策便亂道，董仲舒之文緩弱……東漢文章尤更不如，漸漸趨於對偶，如楊震輩皆尚讖緯……三國兩晉，則文氣日卑矣。

又說：

大抵武帝以前文雄健，武帝以後便實到，杜欽、谷永書又太弱無歸宿了。呂舍人（呂本中）言古文衰自谷永。何止谷永，鄒陽獄中書已作對子了。……司馬相如賦似作之其易。問：高適焚舟決勝賦甚淺陋，曰：文選齊梁間江總之徒賦皆不好了。

朱子以上的話大致都是說時代愈古，文章愈純正，自然，雄健，愈到後代，愈是衰弱。其理由之一是對偶頻作。在他的心目中，「古人自是古人，四六自是四六」，二者高下判然，簡直毋須費辭的。但朱子在這裡却不能肯定地指出，時代的環境究竟對文章有什麼直接的影響。他只能指出文體代變是一種歷史現象而已。下面的一句話，姑且可以解釋這種歷史現象。文集卷八一說：「近世之爲詞章字畫者，爭出新奇，以投世俗之耳目，求其蕭散澹然絕塵如張公者，殆絕無而僅有也。」（跋張巨山帖）「投世俗之耳目」倒也可以說是後世文章衰落的一個關鍵。

語類一三九另一段談到宋代文風：

國初文章，皆嚴重老成，嘗觀嘉祐以前誥詞等言語，有甚拙者。……蓋其文雖拙而其辭謹重，有欲王而不能之意，所以風俗渾厚。至歐公底文字便十分好，然猶有甚拙底，未散得他和氣。到東坡文字便已馳騁忒巧了。及宣政間，窮極華麗，都散了和氣，所以聖人取先進於禮樂，意思自是如此。

這裡就北宋一代舉出文章之通於國家盛衰。因爲言爲心聲，文章風氣，即是時代大風氣的表現。由宋初到朱子的時代（南宋初），不過百餘年光景，文字却已由盛而衰，由拙而巧，由質而文了。至於說因文拙辭重「所以風俗渾厚」，這種倒因爲果的說法，雖然與邏輯學有抵觸，可是在這裡朱子着重指出文章盛衰與時代環境的關係。此外朱子的文章與時代觀也切中當代內外的氣魄精神。語類一〇九提及：

因說科舉所取文字，多是輕浮，不明白着實。因歎息云：最可憂者，不是說秀才做文字不好。這事大關世變。東晉之末，其文一切含胡，是非都沒理會。因論黃幾先言，曾於周文處見虜中賦氣脈厚。先生曰：那處是氣象大了，說得出來自是如此。不是那邊人會。

此處朱子從當代科舉文字推論及於文風與宋代前途的關係。此間秀才文字輕薄，可見風氣已壞；不是說秀才做文章不好，乃是秀才做人先不好。這現象實令他憂心。至於那邊人作賦氣脈厚，乃是因爲北方金人地理背景使然，加上當時金人奮發圖強，亟願揮軍南下，統治漢人。因此宋金雙方國運消長，亦可由朱子的文章與時代觀中推斷出來。

(二) 文自道出說

在中國文學史上，「文」與「道」的關係長久以來便受人注意和討論，毀譽參半。早在先秦文學詩經中的雅和頌，文人就設盡心思採取豔麗雕鏤的形式技巧，例如詩經的本身，繼起的楚辭，先秦各家的散文名著，以及漢賦和樂府，雖然都是力求雕章刻句，比聲協律，但其內容大多眞情實意，流露聖賢典訓，或詳述民族的歷史，或描繪人民的風俗，或歌頌朝廷的政績；

更有棄婦鰥夫的幽怨以及遊子浪客的心聲。

可是自兩晉以來，文人開始一味着重駢文和律詩，巧飾雕琢，喜用古典，文體對仗工整，聲調和叶。南北朝時代，顏延之、謝靈運、鮑照、范曄、謝眺、沈約等，先後繼起，於是文章矯柔造作之風大盛，一點沒有顧到文學的內容。他們作品的產生，是由於「更迭唱和」，只是一種應酬的動機，誇奇鬬豔的遊戲，沒有藝術感情的要求和表現。其間隨着興起的是山水文學，在晉代左思、王羲之，尤其是陶淵明等的作品裡，已顯露出山水文學的傾向。但是陶淵明對於自然不只是描寫風景，且有反抗現實的深厚的思想內容，也表現他高尙人格的寄托，所以其作品高人一等。他對於山水風景，從沒有深刻細緻的描寫，只有意象的反映。在山水風景方面，用力加以客觀描寫的，是始於南北朝宋代的謝靈連。

文心雕龍明詩篇云：

宋初文詠，體有因革，莊老告退，而山水方滋。儷采百字之偶，爭價一句之奇。情必極貌以寫物，辭必窮力而追新。

在當代伴着山水文學而發展起來另一支流，是稱爲宮體詩的色情文學。這種文學的內容，是在專心描寫女人的衣服顏色，心靈舞態，以及睡時酒後的種種情景，而至於肉感的大膽表現。這種文字慣用最豔麗的辭句，和諧的音律，以增加光燄虛華，再進一步而至於描寫男色，實在是盡其放蕩，淫靡和墮落的能事。

這種文學的產生，主要是因當代的文學，掌握在荒淫的君主貴族手裡。這些作品的內容，正是他們那種荒淫生活的反映。自宋至隋的二百年間，君主臣僚，都是躭於酒色，流連聲伎。風俗的敗壞，生活的奢淫，是歷史上有名的。

自從山水文學，特別色情文學盛行以來，先秦聖賢之道，便被排擠於文學範疇之外。從南北朝與隋代的民歌中，找不到一點孔孟的倫理思想。這段時期的文學形式風氣盛行，而思想內容萎靡不振。

最初文心雕龍提出「文心之作也本乎道」（序志篇）的準則，那主要是指的「自然之道」，但劉勰既主宗經、徵聖，則所謂「恆久之至道」（宗經篇）及「聖因文而明道」（原道）等，與後世的載道說，與朱子文道合一論有一貫相連的關係。

到了唐代，文與道的關係，開始普徧受人注意，尤其是「文起八代之衰」的韓愈。他自命是道統與文統的繼承人。在道統上，極力排斥與儒道不相容的釋道思想；在文統上，他尊崇經典，着重散文。他在題歐陽生哀辭後中說：

> 愈之為古文，豈獨取其句讀，不類於今者耶？思古人而不得見，學古道則欲兼通其辭。通其辭者，本志乎古道者也。

宋代的文學思想路線，完全是繼承韓愈的古文運動，到後來更是變本加厲，走到了道統的極端，幾乎把文學的價值否定了。宋代的理學家們一味主道，甚至就連對韓愈都加以評擊。周敦頤通書文辭第二十八：「文所以載道也。」二程更是三致其感慨說：「退之晚年為文所得處甚多。學本是修德，有德然後有言，退之却倒學了。」（二程遺書十八）同書之六又云：「韓子之學華，華則涉道淺。」簡直否定文學的價値。「問作文害道否？曰害也……」（二程遺書十八）以爲作文便足以害道，不如不作了。

朱子對文學的根本觀念，不外由於因襲理學前輩的「文以載道」之說，進而持較深徹的「文自道出」論。他對文與道的關係如此說：

> 文皆是從道流出，豈有文反能貫道之理！文是文，道是道，文只如吃飯時下飯耳。若以文貫道，却是把本為末，以末為本，可乎……道者文之根本，文者道之枝葉。惟其根本乎道，所以發之於文皆道也。（語類一三九）

他把文章比喻作下飯的菜肴，而「道」才是果腹的米飯。又把文比喻作附生於道的枝葉。因此他主張「文皆是從道流出」。他甚至批評蘇東坡的文章爲害正道：

> 今東坡之言曰：吾所謂文，必與道俱。則是文自文，而道自道，待作文時，旋去討箇道來放裡面。此是他大病處。只是他每常文字華妙，包籠將去，到此不覺漏逗。說出他根本病痛所以然處，緣他都是因作文卻漸漸說上道理來，不是先理會得道理了方作文，所以大本都差。

不但蘇東坡，就是唐宋兩代古文運動的領袖—韓愈和歐陽修，他也深爲不滿。文集卷七十讀唐志中說：

（韓愈、歐陽修等）必曰吾所謂文，必與道俱……以張其說，由前之說，則道之與文，吾不知其果為一耶？為二耶？由後之說，則文王、孔子之文，吾又不知其與韓歐之文果若是其班乎，否也？嗚呼，學之不講久矣，習俗之謬，其可勝言也哉！

朱子雖是宋代的道學大家，對於文學，當然以聖賢之道爲中心，但仍不抹殺文詞修飾的價值，他曾說：

文所以載道，猶車所以載物，故為車者必飾其輪轅，為文者必善其詞說，皆欲人之愛而用之。然我飾之而人不用，則猶為虛飾，而無益於實，故不載物之車，不載道之文，雖美其飾，亦何為乎？

顯而易見的，他並不是完全反對文詞的修飾，但要求文章有它的根本，即是聖賢所說所修的道；否則，文章雖美飾亦是徒然枉費的。同樣的意思，語類中屢屢可見：

大意主乎學問以明理，則自然發為好文章，詩亦然。有一等人專於為文，不去讀聖賢書。

……文字依傍道理，故不為空言。（俱見語類一三九）

貫穿百氏及經史，乃所以辨驗是非，明此義理，豈特欲使文詞不陋而已！

朱子在下面特別強調，若「道」充實了，文章自會像行雲流水那樣流暢，剛勁，和有意義了。

文集卷七十讀唐志云：

> 夫古之聖賢，其文可謂盛矣，然初豈有意學為如是之文哉？有是實於中，則必有是文於外。如天有是氣，則必有日月星辰之光耀，地有是形，則必有山川草木之行列；聖賢之心旣有是精明純粹之實，以旁薄充塞乎其內，則其著見於外者，亦必自然條理分明，光輝發越而不可揜蓋……。

這段的旨意正如中庸所說的「誠於中，形於外。」而所說的「中」便是「道」，所說的「外」便是「文」了。在讀唐志，他又說：

> 不必託於言語，著於簡册，而後謂之文；但自一身接於萬事，其語默動靜，人所可得而見者，無所適而非文也。

然後列述後世文章，時代愈晚，去道愈遠，因而感慨不已。可見他在文論方面最重要的觀點，在於充實和尋求聖賢之道，只是假借文字詞華者只能算是俳優之文而不可稱爲正大之文，因爲他始終認爲，「文」應是從「道」中流出來的。

(三) 文以明理說

在宇宙之間，充滿着數不盡的事物，其中物有物之理，事有事之理，而探究這些形形式式的事物之理，使它們窮形盡相，昭明於世，便是文學的功能了。孔叢子說：

宰我問君子尚辭乎？孔子曰：君子以理為尚，平原君謂公孫龍曰：無復與孔子高辯事也，其人理勝於辭，公辭勝於理。

陸機說：

理扶質以立幹。

文中子說：

言文而不及理，是天下無文也。

皇甫湜曰：

夫文者，非言之華者也，其用在通理而已，固不務奇，然亦無傷於奇也。使文奇而理正，是尤難也。以非常之文，通至正之理，是所以不朽也。

張耒曰：

自六經以下，至於諸子百氏，騷人辯士論述，大抵皆將以為寓理之具也。是故理勝者，文不期工而工，理愧者，巧為粉澤，而隙間百出，此猶兩人持牒而訟，直者操筆，不待累累，讀之如破竹，橫斜反覆，自中節目；曲者雖使假詞於子貢，問字於揚雄，如列五味而不能調和，食之於口，無一可愜，何況使人玩味之乎？故學文之端，急於明理……。

劉融齊曰：

文無論奇正，皆取明理，試觀之熟奇於莊子。而陳君擧謂其憑虛而有理致，況正於莊子者乎？

劉大櫆曰：

作文本以明義理，而明義理必有待於文人之能事。

由以上各位名家的言論來看，可知理是文學的內容；缺乏內容，而只充滿堆砌詞華的文字，便不成文學了。

朱子的文以明理說，正是與他自己的文自道出說一脈相連的。他本人是宋代知名的理學家，自始推崇周濂溪，奉爲理學創始者，並給他的太極圖說與通書等重要理學書籍，一一加以整理和詳解。此外朱子推崇橫渠、二程，並使他們的學說會歸合一，又擴大其範圍，及於邵雍和司馬光兩人。實不愧稱爲集北宋理學之大成者。

因此朱子的文學觀點，極爲注重明理，以推廣他的理學思想，並爲承繼與發揚理學前輩的主張。

他認爲若要文章文辭能傳誦於世，須先致力於充實義理，他說：

> 貫穿百氏及經史，乃所以辨驗是非，明此義理，豈特欲使文詞不陋而已。義理旣明，又能力行不倦，則其存諸中者，必也光明四達，何施不可。發而為言，以宣其心志，當自發越不凡，可愛可傳矣。今執筆以習研鑽華采之文，務悅人者，外而已，可恥也矣。（語類一三九）

緊接着以上申述義理對文學的重要性，他認爲不研究義理，而專治文詞，便是枉費工夫，他說：

> 諸詩亦佳，但此等亦是枉費工夫，不切自己底事，若論為學，治己治人，有多少事。至如天文地理，禮樂制度，軍旅刑法，皆是著實有用之事業，無非自己本分內事。古人六藝之教，所以游其心者，正在於此。其與玩意於空言，以較工拙於篇牘之間者，其損益相萬萬矣。（語類一三九）

他這裡指出文學中義理的絕對重要角色；若文人捨本逐末，疏忽義理，而只一味追逐文詞，便會徒勞無功。他又指出義理包羅萬有，舉凡人際關係，如「治己治人」，宇宙環境，如「天文地理」，對國家社會，如「禮樂制度，軍旅刑法」等，以及射、御、書、數、琴操等個人體智修養方面，無不屬於義理的範圍。

朱子極欣賞含有義理議論的文章。語類第八卷一三九說：

> 李泰伯文實得之經，中雖淺，然皆自大處起議論。文字氣象大段好，甚使人愛之。亦可見其時節方興。

又說：

> 先生方修韓文考異而學至，因曰：韓退之議論正，規模闊大，然不如柳子厚較精密，如辨鶡冠子及說列子在莊子前，及非國語之類，辨得皆是。黃達才言。柳文較古，曰：柳文是較古，但却易學，學便似他，不似韓文規模闊。學柳文也得，但會衰了人文字。

朱子認為韓愈文議論正，規模宏大，而柳子厚文論評事却較為精細。但他更欣賞前者之文；晚年著成韓文考異，功力深邃，指導後進者學文的途徑。

至論當代的文章風氣，語類一三九說：

今人作文，皆不足為文，大抵專務節字，更易新好生面辭語。至說義理處，又不肯分曉。

又於語類一四〇說：

今人不去講義理，只去學詩文，已落第二義。況又不去學好底，卻去學那不好底。作詩不學六朝，又不學李、杜，只學那崎嶢的。今使覺得十分好；後把得什麼用？近時人學山谷詩，然又不學山谷好處，又只學山谷不好處。

朱子以上評論當代文章風氣，目的在於針對西崑派。原來西崑派的領袖楊億、劉筠與錢惟演，俱有文名，後同入館閣，遂主盟文壇，所作詩文，一以晚唐的李商隱爲宗，取其豔麗雕鏤駢儷的形式技巧，而忽略其思想內容。大家唱和，一時從風，這樣互相推演下去，於是那風氣愈演愈烈。四庫總目提要云：

西崑酬唱集，宗法唐李商隱。詞取研華，效之者漸失本真，惟工組織，於是有優伶撏撦之譏。

這批評是確當的。這一種文學風氣，在當日昇平的時代，在文壇上盛行三四十年。由歐陽修的說話「楊、劉風采，聳動天下」，就可知當日西崑勢力的盛行了。

西崑風氣當日雖然風行天下，然而一般有文學思想的作者，先後起來唱反調。首先是理學家石介，古文家王禹偁、范仲淹、柳開等，詩人寇準、林逋、魏野等都對西崑派加以嚴厲的攻擊。朱熹後起於南宋初年，對於西崑派文風，也不遺餘力地批判，不但以道學家的立場，也以理學家和文學家的立場來討伐。

清代學者，每於門戶之見，譏笑宋代理學家言論玄虛空泛，實是妄加之罪。例如朱子的理氣論和心性論，條陳分明，思想內容，與今日西歐哲學上的宇宙論及形上學，先後輝映。

朱子不但在理學上講義理，在文學上也注重義理，而且指出考究文學上的義理，不是兒戲的事，學者務必循序漸進，升高自下地努力爭取，方可獲得。他說：

講究義理，須要看得如饑食渴飲，只是平常事。若談高說妙，便是懸空揣度，去道遠矣。近日學者論仁，多只是要見得仁字意思，縱使逼真亦終非實得，看論語中聖人所言，只欲人下工夫，升高自下，陟遐自邇，循序積習，自有所至，存養有察，固當並進，存養是本，工夫固不越于敬，故固主一，此事惟用力者，方知其難。（語類輯略，卷之八）

像我們一樣，朱子也領略到義理論據，不是人的直覺可以揣摩得到的，甚至經過一番循序漸進，升高自下的工夫，往往仍然獲得不到一點頭緒，因此他勸人努力以赴，玩味深思，終於總可以明白的。語類輯略卷之八繼續說：

> 聖人之言，坦易明白，因言以明道，正欲使天下後世，由此求之，使聖人立言要教人難曉，聖人經定不作矣。若其義理精奧處，人所未曉，自是其所見未到矣。學者須玩味深思，久之，自可見。

此外朱熹語錄四十三卷，正是他「文以明理說」的實際行動。原來語錄是以白話文爲主體的文學，那些提倡語錄體的人是宋代的理學家。他們爲着便於闡明哲理，又受了佛教翻譯文學的影響，就提倡用語體文。朱子將周敦頤、邵雍、程顥、程頤、張載等的理學思想發揚光大，而且集其大成，也仿照他們的語錄體傳道和教學，因此他以白話語體文宣道論文。雖然他做的詩力追漢魏，至於字字句句，平仄高下，也緊隨依仿，可是他亦把他的哲學主張，融入詩裡，而文字力避艱深，開「舊瓶裝新酒」的先河。現代新文學的主幹之一，胡適之先生，在他的文學改良芻議中，第一項便是須言之有物；而朱子早已有清楚指陳。這兩位中國偉大的文學哲學家，雖然相距八百多年，而「文以明理」的主張先後呼應，可謂異曲同工了。

(四) 文約意達說

由歷史的演進看來，實用之文總先於華美之文，例如書經在詩經之前，先秦散文在楚辭漢賦及六朝駢儷文之前。然而時代不斷變遷，人們對文章的觀點便不同了。在史記中已有「文辭爛然，甚可觀也」（三王世家）的評讚。大概漢代的文學家們在社會上已確立了一種地位，不管是否受到帝王的優待或器重，至少他們本身已有一種作者的尊嚴，因而「辭達而已矣」的聖訓，已經不能完全限囿他們。因此由兩漢到魏晉南北朝的華美之文便逐漸發展起來，達至四六文的黃金時代，實在是一種極其自然的現象。

到了唐代，雖有「文起八代之衰」的韓愈和響應他的柳宗元，起來發起古文運動，始終因當日駢儷文的根深蒂固，而未能像韓愈弟子李漢所侈論的「完成摧陷廓清之功」。到了晚唐，由於李商隱、段成式諸人駢儷文風的興起，古文運動的發展，遭受到了阻礙，而促進宋初盛行一時的西崑體，稍後，歐陽修起來重振古文運動，並積極獎掖後進，頗有盡掃四六文的氣勢。

當代初期的理學家，如周敦頤，也還有「美則愛，愛則傳。」「故曰言之無文，傳之不遠。」的論調。（通書文辭二十八）。至二程，才徹底反對詞章：

> 今之學者有三弊：一溺於文章……。（二程遺書卷十八）
>
> 揚子之學實，韓子之學華，華則涉道淺。（同書卷六）
>
> 不求諸己而求諸邦，以博聞強記，巧文麗辭為工，榮華其言，鮮有至於道者。（伊川文集四）

於是斥文章為「無用之贅言」（同書卷五），或者說它「玩物喪志」（二程遺書十八）。

朱熹在這方面的主張，正介於二程及唐宋的古文家們之間。他並不一味排斥文詞，但在評斷高下時，文飾的多寡往往成為一種衡量的標準：

> 韓退之及歐、蘇諸公議論，不過是主於文詞，少間却是邊頭帶說得些道理。（語類一三七）

他對古文家的不滿，這是一個關鍵，也足見他要求道勝於文的嚴格態度。相對的，他很欣賞西漢時的文章：

仲舒文實，劉向文又較實，亦好，無些虛氣象。（語類一三九）

所謂「虛氣象」便是在文詞上做功夫。此外，只管模仿，依樣畫葫蘆式的作品，也是文勝質的：

司馬相如，賦之聖者，楊子雲、班孟堅只填得他腔子，如何得似他自在流出？左太冲、張平子竭盡氣力，更不及。（同上）

在唐宋八大家中，他對曾鞏頗爲稱許：

南豐文字確實。

南豐文字却近質……文字依傍道理，故不為空言。……比之東坡則較直而近理，東坡則華艷處多……此好奇之過。（俱同上）

朱熹從「質而不華」的觀點，認爲曾文勝於蘇文。語類一三九又說：

前輩文字有氣骨，故其文壯浪。……今人只於枝葉上粉澤爾，如舞訝鼓然。

今人做文字却是燕脂膩粉粧成。

如今時文一兩行便敘萬千屈曲，若一句題也要立兩脚，三句題也要立兩脚，這是多少衰氣。

華詞固無益。（文集續集卷二：答蔡季通）

一言以蔽之，文詞敷飾是枝葉，道理、學問才是根本；奢遣文字，故弄曲折，實是文章大忌。但朱熹並非完全駁斥文詞之用，他的標準是：七分實，三分文：

作文大率要七分實，只二三分文。如歐公文字好者，是靠實而有條理。（語類一三九）

文字上用力太多，亦是一病。（別集卷二）

因此他痛斥對偶駢儷之文：

所謂對偶駢儷，諛佞無實以求悅乎世俗之文，又文字之末流。（文集卷三七：與陳丞相）

而對唐宋之文，他的總評是：

文章正統在唐及本朝各不過兩三人，其餘大率多不滿人意，止可為知者道耳。（文集

卷六四：答鞏仲至）

理由何在，不問便知。同卷中又說「劉侍讀書……亦覺詞多理寡，苦無甚發明。」也不妨移作上段評論唐宋文章的註脚，同時也可綜合朱熹對文詞與文質的明確見解。這個明確見解的涵意目的，在於文章的達意，因爲文詞簡約，文質自顯。爲此在語類一三九，他盛讚先秦至西晉以前的文章，但對兩漢的文章，仍有毀譽參半的地方：

離騷卜居篇內……文字……想只是信口恁地說，皆自成文。林艾軒嘗云：班固、揚雄以下，皆是做文字，已前如同司馬遷、司馬相如等只是恁地說出。今看來是如此。古人有取於登高能賦，這也須是敏，須是會說得通暢。如古者或以言揚，說得也是一件事，後世只就紙上做……則班揚便不如以前文字。……史說所載，想皆是當時說出。……

由此可以看出的：他文約意達觀是水到渠成地「信口恁地說」，不但要「敏」，而且要「通暢」，他不喜歡「就紙上做」文章，而要像黃山谷所說「文章無他，但要直下道。」（與元勳不伐）也大有近人「我手寫我口」的意思。這一點朱熹本人可以說是一個典型的實踐者。他所留傳文字的繁富，文體的語錄化，都是敏於達意的證據。除了幾篇奏章外，可謂極少「做」出的文字。

同卷中又說：「古人文章大率只是平說而意自長。」「楚詞平易，後人學做者反艱深了，都不可曉。」卷一四〇中亦說：「當其不應事時，平淡自攝，豈不勝如思量詩句？」足見他認爲的平易自然（卽本節所說的「文約」）。正是文辭達意的一個必要條件。

達意的工具是文字，朱熹雖反對一味的「做」文字，却不曾忽視度字練句的重要：

> 做文字實是難，不知聖人說出來底也只是這幾，如何鋪排得恁地安穩。（語類一三九）

這「不知」二字，說得詭秘了些，其實「文自道出」，卽道充理沛而文章自然妥貼，該是朱子的本意吧！所以他教人「只是依正底路脈做將去，少間文字自會高人。」（同卷）而文約意達便是「正底路脈」了。

他對三蘇的文章不滿，以爲「大抵以前文字都平正，人亦不會大段巧說，自三蘇出，學者始日趨於巧。」（同卷）而文集卷八二跋溪上翁集，稱許其文「究極事情，而無艱難辛苦之態。」卷八稱許侍郎「爲文章蓋吐出胸中之蘊」，都可以作爲「文約意達」說的註脚。卷四三答林擇之：「大抵立言欲寬舒平易」，答趙佐卿：「論孟文詞平易而切於日用，也都在在不離此旨。

(五) 文博精研說

朱子精神充滿，氣魄宏大，尊德性而道問學，致廣大而盡精微，極高明而取中庸之道，上下四通八達。理學方面，集北宋理學諸家的大成，繼而發揚光大，使孔子傳下的儒學，得以盛行於世。至於學術方面，不論經學，史學，文學，以及校勘，辨僞，考據等學，甚至游藝之學，與及自然科學之探究，都有獨特和卓越的成就。可知他博學多才，思想廣潤遠大。宋元晦翁學案有說：

學之大本，中庸大學已說盡了。大學首說格物致知。為甚要格物致知，便是要無所不格，無所不知，物格知至，方能意誠心正身修，推而至于家齊國治天下平，自然滔滔去，都無障礙。

朱子嘗著大學章句，於序言中說：

大學之書，古之大學所以教人之法也……三代之隆，其法寖備，然後王宮國都以及閭巷，莫不有學。人生八歲，則自王，公以下至於庶人之子弟，皆入小學，而教之以灑掃應對，進退之節，禮，樂，射，御，書，數之文。及其十有五年，則自天子之元子，衆子，以至公，卿大夫，元士之適子，與凡民之俊秀，皆入大學，而教之以窮理，正心，修己，治人之道。

由這段大學章句序言，便可以明白晦翁學案所說「無所不格，無所不知」的意義了。朱子研究學問廣博遠大，也許就是「大學」的啓發。他又說：

博我以文，約我以禮，聖門教人，只此兩事，須是互相發明，約禮工夫深，則博文底

工愈明，博文工夫至，則約禮底工夫愈密。」（晦翁學案）

在「無所不格，無所不知」的研究中，朱子注意德學並重，無所偏廢；而且認爲德學相輔相成，使人達至聖賢的地步。在他的心目中，聖賢該是博學多才，無所不通，無所不能的。在晦翁學案中有一段說：

自古無不曉事情底聖賢，亦無不通變底聖賢，亦無關門獨坐底聖賢。聖賢無所不通，無所不能，那箇事理會不得，如中庸天下國家有九經，便要理會許多事物，如武王訪箕子，陳洪範自身之貌言視聽思，極至于天人之際，以人事則有八政，以天時則有五紀，稽之于卜筮，驗之于庶徵，無所不備。如周禮一部書，載周公許多經國制度，便有國家當自家做。只是古聖賢許多規模，大體也要識，蓋這道理無所不該，無所不在，且如禮樂射御書數，許多周旋升降文章品節之繁，豈有妙道精義在，只是也要理會，理會得熟時，道理便在上面，又如律歷刑法，天文地理，軍旅官職之類，都要理會。雖未能洞究其精微，然也要識箇規模大概，道理方浹洽通透。若只守箇些子，捉定在這裡，把許多都做開事，便都無事了。如此只理會得門內事，門外事便了不得。所以聖賢敎人要博約，須是博學之，審問之，愼思之，明辨之，篤行之。

原來文學的範圍，包羅萬有，舉凡宇宙間萬事萬物之理，都是文學研究討論的對象。所以日月星辰，山嶽溪川，鳥獸蟲魚，花草樹木，以及禮樂刑政，無一不可經人的條理表達而成文學。易經稱：

> 剛柔交錯，天文也；文明以上，人文也。觀乎天文，以察時變，觀乎人文，以化成天下。

英國文學家紐曼（John Henry Newman）說：

> 文學為思想的表現。所謂思想，乃包括人心的觀念，意見及情理等等而言。

就是說，凡是一切思想表現的文字都是文學。

法國作者戴昆西（De Luincey）謂：

> 文學之別有二：一屬於知，一屬於情。屬於知者，其職在教；屬於情者，其職在感。譬則舟焉，知如其柁，情為帆棹，知標其理悟，情通於和樂，斯其義矣。

朱子的文學觀，全是繼承唐宋文學復古運動的精神，重新搬出孔門的文學觀來做經典，即是致知、誠意、正心、修身、齊家、治國、平天下，因而提倡「文以載道」、「文以貫道」，以及他本人獨特創見的「文自道出」說。在他看來，道德是樹幹，文章是枝葉，因此道德高超的聖賢，「無所不通，無所不能，那箇事理會不得。」而且「約禮工夫深，則博文底工愈明」

（晦翁學案）總之，他認爲聖賢不但道行超卓，而且學識也是隨着博大的。

可是朱子以上的理想，與實際的生活條件有一段長長的距離。所以，他漸漸領悟到智識的無窮而人力的弱小，於是感慨地說：

熹舊時亦要無所不學，禪、道、文章、楚辭、詩、兵法，事事要學。一日，忽思之曰：且慢，我只一箇渾身，如何兼得許多。自此逐時去了。學者須是主一上做工夫。若無主一工夫，則所講底義理無安著處，都不是自家物事，工夫到時，纔主一，便覺得意思好，卓然精神，不然，便散漫消索了，沒意思做功夫。（晦翁學案）

以上是朱子沉思研究學問的摸索過程大概。開始時，懷着一般青少年的一股活力和無比的勇氣，立志做一位偉大聖賢，成爲一名博學通才。後來才知學海無涯，和登高自卑的體驗，於是毅然從博而返之約，專做主一工夫。而且他也領略到光陰過去得快速，使人變得衰老；人到年老時，氣力衰退，於是影響研究學問的積極性。語類一三九有說：

人老氣衰文亦衰。歐陽公作古文力變舊習，老來照管不到，爲某詩序，又四六對偶，依舊是五代文習。東坡晚年文雖健不衰，然亦疏魯，如南安軍學記，海外歸作而有弟子楊觶序，點者三之語序，點是人姓名，其疏如此。

同卷又說：

……人到五十歲不是理會文章時節，前面事多，日子少了，若後生時，每日便偷一兩時閑做這般工夫，若晚年如何有工夫及此……有人後生氣盛時說盡萬千道理，晚年只恁地闒靸底。……人晚年做文章，如禿筆寫字，全無鋒鋭可觀。

以上兩節大概指出，文氣與人的體氣有關，年老力衰，文章亦難於振奮有力了。這裡朱子將五十歲看作「人老氣衰」的階段，有意反映他自己的情況。按現代學者費海璣的朱子行誼考，可知朱子患了脚疾前後共有三十年之久，在庚戌與留丞相劄子中，他自述：「……舊疾發動，遍傳兩足，痛楚呻吟，不可堪忍……」他曾多次呈辭免召命狀，正是因爲足疾嚴重，屢屢復發癱腫，筋力亦難勉強所致。而且，脚和眼睛有連帶關係。朱子因患嚴重足疾，視力也大受影響，丁酉答張敬夫書有云：

通鑒綱目，近再修到漢晉間，條例稍舉，今亦謾錄數項上呈，但近年衰悴目昏，燈下全看小字不得，甚欲及早信纂成書而多事分奪，無力謄寫，未知何時可脫藁求教耳。

最後，朱子足疾增劇，延醫診治，服藥後泄瀉不止，卒至與世長辭，享年七十有一。可知他的後半生，絕大部分受著病痛的纏擾。現在，我們便會瞭解爲何朱子早年雄心勃勃，爲學廣博遠大，而晚年從博而返之約，專做主一工夫，其間實有迫不得已的苦衷。

二 朱熹的詩論

在宋代的理學家中，橫渠論詩長於「知詩」，二程論詩主於「用詩」，康節論詩又頗及「作詩」的態度，而朱子則以理學家兼詩人立場，既論作詩，也論用詩，同時更長於知詩。我們可以說，朱子論詩不惟集理學家之大成，而且兼有詩人的見地。因此，他對於用詩，不僅限於功利的教化主義，而在得古人的高風遠韻；對於作詩，也不僅屬於言志載道，而貴乎蕭散冲遠之趣。對於知詩，也不會膠執着內容而更能體會其風格。此外，朱子對歷代詩史的流變，以及歷代時勢對詩的影響，都有明確的觀念。朱子在白鹿洞書院講學時，指示學子讀詩的方法，正是他經驗之談。朱子對樂律與游覽，也是興緻勃勃，因而也促進他作詩的趣味。今試從朱子論詩的文字之中，探討其知詩、用詩、作詩的觀點如下述。

(一) 論詩與時代

中國文學，早在文心雕龍的時序篇，就注意到時代與文體演變的關係。劉勰在短短一文內，將陶唐虞夏以至六朝時代，上下二千八百多年的「時運交移，質文代變」大概述說。朱熹是一個文化意識特別濃厚的人，當然更關注這方面的流變。文集卷六四致鞏仲至書，有一段論及古今詩的三變：

亦嘗閑考詩之原委，因知古今之詩凡有三變。蓋自書傳所記，虞夏以來，下及魏晉，自為一等。自晉宋間顏謝以後下及唐初，自為一等。自沈宋以後，定著律詩，下及今日，又為一等。唐初以前，其為詩者固有高下，而法猶未變。至律詩出而後詩之與法始皆大變。以至今日，益巧益密，而無復古之風矣。故嘗妄欲抄取經史諸書所載韻語，下及文選漢魏古詞，以盡乎郭景純，陶淵明之所作，自為一編，而附於三百篇楚辭之後，以為詩之根本準則。又於其下二等之中，擇其近於古者各為一篇，以為之羽翼輿衞。其不合者，則悉去之，不使其接於吾之耳目而入於吾之胸次。……要使方寸之中無一字世俗言語意思，則其為詩，不期於高遠而自高遠。

同書以下又推崇太白古風及子美秦蜀紀行詩等，指出他們二人正是古人典範規模。此書分古今詩爲三變，可說是概括了一部詩史。朱子就文論文，就詩論詩，各有不同。這裡，他指出先秦的詩是自然流暢的，其後的律詩，限於格律，便不免矯揉做作，唐代以後，詩作益巧益密，而無復古人渾厚之風。這樣的分期，可說是朱子的創見。

按朱子論詩完全服膺于詩三百篇，而詩三百篇的風格是溫柔的，其詩氣是敦厚的。在語類中他說：

古人胸中發出意思自好，看着三百篇詩，則後世之詩多不足觀矣。（八〇）

因此可知他對于歷代的詩，有崇古卑今的觀點。他又說：

古詩須看西晉以前，如樂府諸作皆佳。杜甫夔州以前詩佳，夔州以後自出規模，不可學。蘇黃只是今人詩。蘇才豪，一滾說盡，無餘意。黃費安排。（一四〇）選中劉琨詩高，東晉詩已不逮前人，齊梁益薄。鮑明遠才健，其詩乃選之變體，李太白專學之……齊梁間人詩，讀之使人四肢皆懶，慢不收拾。（一四〇）

朱子認爲古詩須看西晉以前的，即是除了詩經以外，他看重兩漢的樂府詩與五七言古詩，魏晉時代的建安體詩以及郭景純、陶淵明超凡脫俗的自然派詩。他也推崇唐代的詩仙李白和詩聖杜甫，認爲他們還具有詩三百篇的遺範，規模和風氣。總之，朱子就時代而論詩，帶有每況愈下的意思。

宋代江西詩派影響力最大，朱熹對此派人物，批評如下：

今江西學者有兩種：有臨川來者，則漸染得陸子靜之學，又一種自楊、謝來者，又不好。子靜門猶有所謂學不知窮年窮月，做得那詩要作何用？江西之詩自山谷一變，至楊庭季（按卽楊萬里）又再變，遂至於此。（語類一四〇）

朱子對江西派兩個詩宗有如下的批評：

1. 黃庭堅：

山谷詩忒好了。（語類一四〇）

山谷詩……精絕，知他是用多少工夫，今人卒乍如何及得，可謂巧好無餘，自成一家矣。但只是古詩較自在。（語類一四〇）

黃魯直一向求巧，反累正氣。（語類一四〇）

黃（詩）費安排（語類一四〇）

後山詩……無山谷尖（語類一四〇）

此卷詞筆精麗，而指意所屬，未免如李太白所以見譏於王荊公者，覽此可以深省矣。（文集卷八二：跋黃山谷詩）

歸結來說，朱子認爲黃庭堅詩一、工力精深，二、氣勢旺盛，三、但過於求巧，反累正氣。

2. 陳師道：

陳後山初見東坡時詩不甚好。到得為正字時，筆力高妙。如題趙大年所畫高軒過圖云：晚知書疏真有益，却悔歲月來無多。——極其筆力。（林）擇之曰：後山詩恁地深，他質資儘高，不知如何肯去學山谷。曰：後山雅健強似山谷，然氣力……敍事又却不及山谷……。

閉門覓句陳無已……或累日而成（詩）。（語類一四〇）

他對陳師道詩的觀點可綜合爲以下四點：一、早期詩不好，晚年詩才好。二、雅健高妙。三、深思苦吟。四、精深而力弱於山谷。按時代愈後，則詩的格律體制亦愈密愈緊，作者便必須以爭奇競巧以求新，但眞淳敦厚之氣，便漸被斲喪以盡。朱子以時代論詩，指示學者必須取法上乘作品，即以詩經、楚辭下至李、杜詩爲準則，其他不合于古格以及力弱而累于正氣的詩，就完全拋棄，不使接于耳目，他認爲只有這樣，詩才會「不期高遠而自高遠」，這正與韓愈論學文「游之乎詩書之源」以及「不讀兩漢以後書」的見解正同。

(二) 論詩的風骨

劉勰文心雕龍有「風骨」篇，給「風」和「骨」作了一些分析：

> 怊悵述情必始乎風，沉吟鋪辭莫先于骨。故辭之待骨，如體之樹骸；情之含風，猶形之包氣。結言端直則文骨成焉，意氣駿爽則文風清焉。……故練于骨者析辭必精，深乎風者述情必顯。捶字堅而難移，結響凝而不滯，此風骨之力也。

這裡所謂風，和文情文義相同；所謂骨，和文辭相同。在文辭上著實下一番深刻的工夫；才說得上「練于骨」；在文意上着實有了一番不可缺少的發揮，而且發揮得恰到好處，才說得上「深乎風」。一首詩達到了「風」和「骨」的境界，才算得是好作品。

朱熹論誦詩要有所領悟和感動，即從察看詩風着手，語類一四〇說：

> 公不會看詩須是看他詩人意思好處是如何，不好處是如何。看他風土，看他風俗，又看他人情意態。看伐檀詩便見得他一箇清高底意思；看碩鼠詩便見他一恁暴斂底意思

好底意思如此，不好底意思如彼，好底意思令自家善意油然感動而興起，看他不好底，自家心下如着槍相似。如此看方得詩意。

哲學家有精深的思想，宗教家有爲信仰而獻身的熱情。而詩人不但要有深思和熱情，還要將它們鎔鑄成精美的意象，貫注在他的詩裡。可是，詩人的深思和熱情有優劣之別。朱熹身爲理學家與道學家，對於詩的欣賞，首先當然「看詩人意思好處是如何，不好處是如何，看他風土……風俗……人情意態如何」。換句話說，他要在詩骨裡面，察看詩風的表現。接著讀者自然有所感動和興起之念。

詩風之外，朱熹也注意詩骨的條理。在語類中他又說：

看詩義理外，更好看他文章，且如谷風，他只是如此說出來，然而敍得事曲折先後皆有次序，而今人費盡氣力去做後，尚做得不好。（一四〇）

寫詩的人因爲要注意詩中的意境、義理、和格律音韻等項，往往有顧此失彼之弊，所以他說「今人費盡氣力去做後，尚做得不好」。又說：

詩有說得曲折後好底，有只恁平直說後自好底，如燕燕末後一章，這不要看上文考下章，便知得是恁地意思，自是高遠，自是說得那人着。（一四〇）

朱熹論詩骨的準則，博大而不拘泥，認爲好詩有曲折而含蓄的，亦有平淡而渾成的。

爲要探討朱子論詩的風骨，我們不妨看看朱子的詩。他雖是宋代一位偉大的理學家，思想淵博，天才橫溢，然而對於詩句，亦有很高的造詣。朱文公文集收有詞、賦、琴操、詩十卷，而其中詩佔九卷有餘，此外明代程璩所編朱子詩集，共十二卷，作品超過千首，就量來說，自足成一家之言。

朱子的詩作，大概可分爲四類：

一爲寫景的：如晚霞：

日落西南第幾峰，斷霞千里抹殘紅，上方傑閣憑欄處，欲盡餘暉怯晚風。（南嶽倡酬集）

此詩如「西南第幾峰」，「斷霞千里」，「怯晚風」，顯出大家手筆。

又如將遊雲谷約同行者：

躋險擇幽棲，離羣結茅屋。疏泉下石濞，種樹滿烟谷。時登北原上，一騁千里目。雲物下逶迤，岡巒遠重複。暫辭忽曠歲，再往恨牽俗。因悲昨游侶，或已在鬼錄。暄風悟新陽，一雨欣衆綠。明發君莫遲，幽期我當卜。（文集卷六）

以上一首古詩的風骨，氣勢亦自不凡，詩辭優雅，而詩義摻入悟道語，觸景生情，表出道學家的本色。朱子的寫景詩還有很多，如文集第一卷有夏日二首，冬日二者，曉步，喜晴，八月十夜月，秋夕，穿林徑等，其餘多不勝數。

二爲題詠的（含詠物）：如題畫卷（吳畫）：

妙絕吳生筆，飛揚信有神；羣仙不愁思，步步出風塵。（文集卷三）

詠豆腐：（世傳豆腐本乃淮南王術）

種豆豆苗稀，力竭心已腐，早知淮王術，安坐獲泉布。（文集卷三）

其他的題詠詩如卷三次秀野閒居十五詠、百丈山六詠、雲谷二十六詠、題祝生畫，以及許多的雜詠等。朱子這類的詩，雖然辭義無甚高遠，但着重辭語的運用，情感的抒發，其風骨則還是雅馴的。

第三類的詩屬於懷念或記事的：懷念的詩包括懷古、懷鄉、懷人等，如秋懷、懷友、古意、述懷、秋夕懷子厚懷山田等，他的感事有嘆說：

榮華難久恃，代謝安可量，宿昔堂上飲，今歸荒草鄉，高臺一以傾，繐帳施空房，繁絃既闋奏，緩舞亦輟行，桃李自妍華，春風自飄揚，戀幄靡遺思，更衣有餘芳，身徂名亦滅，事往恨空長，寄語繁華子，古今同一傷。（以上皆見文集卷一）

他記事詩的範圍較廣，包括起居飲食，遊山玩水，和酬酢等，如濯足澗水，晨登雲際閣、齋居聞磬、病中呈諸友、晚步、山館觀海棠、釋奠齋居、西郊縱步、酬丘子野等，如他的病告齋居作：

> 層陰靄已布，小雨時漂洒，獨臥一窓間，有懷無與寫，高居生遠興，春物彌平野，慮曠景方融，事遠情無捨，聊寄茲日閑，塵勞等虛假。（以上皆文集卷一）

朱子的這類詩，雖欠濃郁的風華，而感慨多，寄托正，仍可見其風骨的遒上。

朱子的第四類詩爲次韻詩等，即是或仿制或韻和其他的好詩。此類作品數量頗爲可觀。次韻的對象以林用中等爲主，（按林用中為朱子得意門生，其字「擇之」即朱子取用之名。朱子對他的詩有「迫切輕淺」之評，然而與他情誼特厚）如次韻擇之梧竹二首並呈季通：

> 竹塢深深處，壇欒遶舍青。暑風成慘淡，寒月助清冷。客去空塵榻，詩來拓采櫺。此君同一笑，午夢頓能醒。（文集卷六）

其他贈答詩亦可附列入此類。如次知郡章丈遊山之韻、送林熙之詩五首、次韻謁忠顯劉公墓下、公濟惠山蔬四種幷以佳篇來貺因次其韻、送許順之南歸二首，今錄送林擇之還鄉赴選三首：

青驪去路欲駸駸，回首猶須話此心，一別便成三數月，有疑誰講過誰箴。
門外槐花似欲黃，高堂應望促歸裝，箇中自有超然處，肯學兒曹一例忙。
今朝握手送君歸，馬上薰風拂面吹，不用丁寧防曲學，寒窗久矣共心期。（以上皆見文集卷六）

如右數詩，雖平易淺近，而有共學適道語，有即景生情語，已可見其風華骨氣之所在了。

(三) 論詩的俊逸

朱熹論詩的其他兩個觀點，是俊與逸，俊即俊健，逸即平淡。詩俊健便顯得風骨遒上；詩平淡便顯得風神雋永。這兩種特點當然使一首詩成爲高格了。他在清邃閣論詩和語類一四〇中，稱鮑明遠才健，語又俊健：

選中劉琨詩高，東晉詩已不逮前人，齊梁益浮薄。鮑明遠才健，其詩乃選之變體，李太白專學之。如腰鐮刈葵藿，荷杖牧鷄豚，分明說出箇倔強不肯甘心之意。如疾風衝塞起，砂礫自飄揚，馬尾縮如蝟，角弓不可張，分明說出邊塞之狀，語又俊健。

他又稱陶淵明詩平淡而出於自然，如上同卷又說：

淵明詩平淡出於自然，後人學他平淡，便相去遠矣。

以詩言之，則淵明之所以高，正在其超然自得，不費安排處。（文集卷五八，答謝成之）

在文集卷五六答徐載叔他指出詩有平淡之風，便容易使人領悟和欣賞：

放翁之詩讀之爽然，近代唯見此人，為有詩人風致，如此篇者，初不見其著意用力處，而語意超然，自是不凡，令人三嘆不能自已。

朱熹論詩既主張俊健與平淡，所以反過來說，詩不俊健，便流於散漫，如語類一四〇說：

齊梁間人詩，讀之使人四肢懶慢不收拾。

又說詩不平淡，便流於雕刻造作。如說：

秦少游（秦觀）龍井記之類，全是架空說去，殊不起發人意思。（一三九）

黃魯直（山谷）一向求巧，反累正氣。（一三九）

他也認爲作詩必須不論工拙，而隨其個性，眞味發溢，豪放者成爲俊健，和緩者趨於平淡。這樣的詩纔有高格的氣派。他在文集卷六十四與鞏仲至書提及：

夫古人之詩，本豈有意於平淡哉？但對今之狂怪雕鎪，神頭鬼面，則見其平。對今之肥膩腥臊，酸鹹苦澀，則見其淡耳。

這話說得恰到好處，因爲俊健與平淡，原都是眞味之發溢，何嘗從造得來！其實，俊健與平淡，一則鋒稜畢露，一則矜躁悉蠲，正代表兩種不同的風格，朱熹却能溝通此二者之關係，使歸於調和。他說：

李太白詩不專是豪放，亦有雍容和緩底，如首篇大雅久不作，多少和緩。（語類一四〇）

這話可顯示他於豪放中看出和緩來。他又說：

陶淵明詩，人益說是平淡，據某看他自豪放，但豪放來得不覺耳。其露出本相者，是詠荊軻一篇，平淡底人如何說得這樣言語出來。（語類一四〇）

因此俊健與平淡，便不必強作分別，因爲這正是「眞味發溢」，正是志之流露。而且，還可以看出，詩的風格與志的高下不能說沒有關係。由志以論俊健的詩，於是可得古人之高風遠韻；由志論平淡的詩，又可以發其蕭散沖澹之趣。本章第四節論詩以言志，更可看出朱熹在這方面的觀點。

四 論詩以言志

朱子論詩以言志，大抵出於書經與詩大序論詩的餘緒，固然不是他自己的創見；然而他亦能加以發揮和補充前人之說，作爲他論詩的基本信念。

尚書舜典曰：

詩言志，歌永言。

王肅的毛詩注曰：

謂詩言志以導之，歌詠其義，以長其言。

鄭玄的毛詩箋注曰：

詩所以言人之志意也。永，長也。歌又所以長言詩之意。

詩大序曰：

詩者，志之所之也，。在心為志，發言為詩。

鄭玄詩譜序正義解曰：

詩者，人志意之所之適也。雖有所適，猶未發口，蘊藏在心，謂之為志，發見於言，乃名為詩。言作詩者，所以舒心志憤懣，而卒成於歌詠，故虞書謂之詩言志也。包管萬慮，其名曰心，感物而動，乃呼為志。志之所適，外物感焉。言悅豫之志，則和樂興而頌聲作，憂愁之志，則哀傷起而怨刺生。

朱子對書經與詩經學，素來精湛研究，也有關於這兩門學問的著作與權威性的創見，例如疑書序、辨尚書今古文、疑尚書之今文；又有辨詩序，辨刪詩之說，著述除了詩集傳外，亦著有詩序辨說（目見錢穆朱子新學案五）。因此對於書經與詩經中「詩以言志」的道理，他當然曾經默會貫通，並將它引爲論詩之本。文集卷七七：南嶽遊山後記有云：

詩本言志，則宜其宣暢湮鬱，優柔乎中，而其流乃幾至於喪志！羣居有輔仁之益，則宜其義精理得，動中倫慮，而猶或不免於流，況乎離羣索居之後，事物之變無窮，幾微之間，毫忽之際，其可以營惑耳目，感移心意者，又將何以禦之哉！

這是指明詩本言志的道理，而且朱熹以道學家的眼光認爲，羣居與離羣會導至志趣的流別。事實上，志趣各人不能盡同，感受也各人殊異，因此詩家各有一種習氣。楊萬里的「誠齋詩話」舉出李、杜、蘇、黃四家的個別面目，雖帶滑稽意味，却也是實情。他說：

「問余何事棲碧山，笑而不答心自閒，桃花流水杳然去，別有天地非人間。」又：「相隨迢迢訪赤城，三十六曲水迴縈，一溪初入千花明，萬壑度盡松風聲。」此李太白詩體也。「麒麟圖畫鴻雁行，紫極出入黃金印。」又：「白摧朽骨龍虎死，黑入太陰雷雨垂。」又：「指揮能事迴天地，訓練强兵動鬼神。」此杜子美詩體也。「明月易低人易散，歸來呼酒更重看。」又：「當其下筆風雨快，筆所未到氣已吞。」又：「醉中不覺度千山，夜聞梅香失醉眠。」此東坡詩體也。「風光錯綜天經緯，草木文章帝杼機。」又：「澗松無心古鬚鬣，天球不琢中粹溫。」又：「兒呼不蘇驢失脚，猶恐醒來有新作。」此山谷詩體也。

細看一遍，就知道李的句子決不會在杜集中發現，黃的句子也會在蘇集中發現，而蘇黃的句法志趣迥然與李杜不同，也從此可見一班。即是說，李白主自由飄逸，杜甫主眞情實感，東坡主豪情奔放，山谷主詞句尖新。

朱熹既是一位理學大家，對文學又力主道學觀念，因此他作詩論詩的志趣，當然別有風格了。周密癸辛雜識續集下云：「劉后村嘗爲吳恕齋作文集敍曰：『近日貴理學，而賤詩賦。間有篇詠，率是語錄講義之押韻者耳。』」這裡我們要澄清一下，朱熹雖貴理學，但沒有賤詩賦，本篇論文大可證明。但由此評語，我們可以窺見他作「詩以言志」的動向，即是首先注重通情達理，而務去華美典故的牽制。事實上，朱熹論詩作詩的基本觀念，不在於修鍊花言巧語的辭藻上，而在於詩以言志的工夫上，因爲「詩以道情性之正。」（文集卷七七，克齋記），詩能使人止乎禮義，可以喜怒哀樂發而皆中節（語類八〇），這就是他身爲道學家對詩的觀點。

在秦漢以前，詩和政治是息息相關的，所以能驗風俗，察治亂，有裨于世教。秦漢以後，在專制政治嚴刑峻法桎梏之下，詩已失了它移風易俗，諷諫帝王的作用，漸漸轉爲個人抒情的工具，是以由陵夷下至梁陳間，率不過「嘲風雪弄花草而已。」朱熹既是一位多才多藝的學者，對於詩的時代演變，瞭如指掌，尤其對於歷代學者的詩風與詩骨，都在語類中有所批評，而他批評的標準，多以「詩本言志」來衡量的。語類說：

> 曹（氏父子）、劉（楨）、沈（約）、謝（靈運）之詩，又那得一篇如鹿鳴、四牡、大雅、文王、關雎、鳩巢……（一三〇）。

他對詩三百篇的推許，使他對曹、劉等的詩作了較嚴格的批評，認爲他們的詩未能像詩經有「詩以言志」的充分表現。但對陶淵明詩，甚爲欣賞，文集卷七六向薌林文集後序中，說淵明退隱不仕，「其高情逸想，播於聲詩者，後世能言之士皆自以爲莫能及也。」又於語類一四〇說他：「大者既立，而節槩之高，語言之妙，乃有可得而言者。」

在朱熹的心目中，陶淵明詩平淡而豪放，因爲他節槩高，語言妙，有可得而言之實，在在符合「詩以言志」的標準。至於陶淵明稍後時代的詩，他便貶抑了。語類一四〇又說：

> 齊梁間人詩，讀之使人四肢皆懶，慢不收拾。

因爲從魏晉到南北朝的文學趨勢，是形式主義文學的興盛。詩歌、駢文和辭賦，都朝着這一方向發展。作品最大的缺點，是內容詩虛貧弱，缺少現實生活的反映，促成了這段時期華艷淫靡的文風。朱熹厭惡這種形式主義文學，因爲與他「詩以言志」的準則背道而馳。

對於唐代的詩人，他在語類一四〇叫人法李、杜，讀韓、柳。他尤其推崇韓愈，說他「欲追詩書六藝之作」又「幸其略知木根無實之不足恃，因是頗沂其源而適有會焉。」繼又間接稱讚他「知道養德以充其內」（文集卷七十讀唐志）因此稱譽他「詩文冠當時，後世未易及到」（語類一三九）這裡朱熹又以道學家的眼光，來衡量「詩以言志」的準則。至論他當代的詩風，語類有曰：

> 近世諸公作詩，費工夫，要何用。元祐時，有無限事合理會，諸公却盡日唱和而已。（一四〇）

他認爲作詩該以言志爲準則，若費盡心思，矯柔造作，追求辭巧或只爲了酬世唱和而作詩，便是枉費工夫。宋代的詩人，正如本論文第一章第四節所述，蒙受蘇軾和黃庭堅的影響最大，如同唐代詩人中的李白和杜甫。元祐以後，詩人迭起，大都不出蘇、黃二家範圍。可是朱熹主張：

> 作詩先用看李杜……次第方可看蘇黃，以次諸家詩。（語類一四〇）

言外是說蘇、黃詩犯上「費工夫……盡日唱和」之忌，着意雕琢求巧，欠缺眞情溢發之趣，即是剝奪「詩以言志」的氣慨。

朱熹以道學家的見地，論詩以道學家的所謂高格爲準。此高格之形成不在於詩的字句，而在於詩中所涵蓋的心志。所以他於答楊宋卿書中說：

熹聞詩者志之所之，在心為志，發言為詩，然則詩者豈復有工拙哉！亦視其志之所向者高下何如耳。（朱子文集大全類編問答十）

只看志的高下，不論詩句的工拙，即是他論詩的根本信條。所以他作詩的態度與北宋的邵雍一樣，主張「亦不多吟，亦不少吟，亦不不吟，亦不必吟」（見清邃閣論詩），即是說，詩句該是人心志自然的流露，接著，他又認爲：

作詩以數句適懷亦不妨，但不用多作，蓋便是陷溺爾。當其不應事，平淡自攝，豈不勝認如思量詩句！至其真味發溢，又却與尋常好吟者不同。（清邃閣論詩）

所以他雖不廢作詩以遣興自娛，但不肯陷溺其中，只是適可而止吧了，作詩時他雖認爲不妨思量詩句，但仍須眞味發溢，趨於自然的音響節奏，因爲發自眞味洋溢的詩，才自有高格，因此不必再在工拙上費工夫。總之，朱子「論詩以言志」的文學觀點，是以書經和詩經的傳統教條作爲基礎的。

(五) 論讀詩方法

這裡朱熹所論的讀詩自然是讀三百篇詩經的詩，但這一觀點也可以通於讀後代古近體的詩，在他的詩集傳序開始，他便說明詩作的動機：

或有問於予曰，詩何為而作也。予應之曰，人生而靜，天之性也。感於物而動，性之欲也。夫既有欲矣，則不能無思。既有思矣，則不能無言，既有言矣，則言之所不能盡，而發於咨嗟咏歎之餘者，必有自然之音響節族（音奏）而不能已焉。此詩之所以作也。

又於序末簡論研究詩篇進行方法：

於是乎章句以綱之，訓詁以紀之，諷詠以昌之，涵濡以體之，察於此矣。

由此我們可以引申朱熹認爲的讀詩方法，應由作詩的動機下工夫，即是首先要了解詩的「感」、「思」、「言」和「音響節族」，然後分析詩篇的章句，解釋詩篇的內容，諷詠詩篇的文字，並體察其中的意境。

他教人讀詩的方法，首要在於諷誦吟咏，語類有曰：

詩如今恁地注解了，自是分曉易理會，但須是沈潛諷誦，玩味義理，咀嚼滋味，方有所益，若只草草看過一部詩，只三兩日可了，但不得滋味也。（一四〇）

諷誦吟咏詩書，是中國人傳統的讀書方法，不像歐、美教育以理解和分析爲主。中國學者自古以來，從小便囫圇吞棗地將課本再三朗誦，直至能夠背出來，這樣課本裡面的義理和滋味，便會慢慢嘗到了。朱熹也有這種傳統的觀念，他又說：

> 讀詩之法，只是熟讀涵味，自然和氣從胃中流出，其妙處不可得而言，不待安排措置，務自立說，只恁平讀着，意思自足……只管虛心讀他，少間推來推去，自然推出那箇道理……。（一四〇）

至論怎樣才算是「熟讀涵味」，以及讀詩到何地步才會「自然和氣從胃中流出」。語類說：

> 須是讀熟了，文義都曉得了，涵泳讀取百來遍，方見得那好處。那好處方出，方見得精怪。（一八〇）

這正如現代俗語所說的「滾瓜爛熟」和杜甫所說的「讀書破萬卷，下筆有如神」的「破」字。朱熹認爲這樣讀詩，才能熟能生巧，領略其中的蘊義。但他一面主張「熟讀涵味」，一面又主張熟讀之後，翻看詩的注解。語類說：「某舊時讀詩，也只先去看許多注脚，少間便被惑亂。後來却只將詩來諷誦，至四五十遍，已漸漸得詩之意。却去看注解，便覺減了五分以上工夫。更從而諷誦四五十遍，則胸中判然矣。」（一四〇）「熟讀涵味」好比自己努力探求，而「參看注解」好比老師指導。雙管齊下，讀詩自然收事半功倍之效。朱熹更認為「參看注解」前後，都要「熟讀涵味」，這樣才可達致融會貫通的地步。但他反對讀詩前先看注解，語類說：「看來書只是要讀，讀得熟時，道理自見，切忌先自布置立說。」（一四〇）

這些說話，是針對小序而說。朱熹曾著有詩集傳和詩序辨說（參閱本論文第四、五章），極力糾正前人對詩經肆為妄說之弊，提醒學者閱讀時，務要除去小序先入為主的成見，而直接追求詩經本文的連貫義理。對於這點，語類又說：

學者當興於詩，須先去了小序，只將本文熟讀玩味，仍不可先看諸注解，看得久之，自然認得此詩是說箇甚事。（一四〇）

總之，他秉持一貫格物致知的精神，努力不懈地在詩經中尋求作者的原意，而解脫前人注經牽強附會的束縛。注解只可作為輔導作用，主要工夫是不厭其煩地熟讀涵味。此外，他教人讀詩不要貪多，而要有耐性。語類說：

看詩不要死殺看了，見得無所不包，今人看詩無興底意思。（一四〇）

他所指出的今人看詩的態度，正像俗語所說的「貪多嚼不爛」，不但吃下無益，而且有害於腸胃。語類說：

這箇偷多不得。讀得這一篇，恨不得常熟讀此篇，如無那第二篇方好。而今只是貪多。讀第一篇了，便要讀第二篇，讀第二篇了，便要讀第三篇。恁地不成讀書，此便是大不敬。須是殺了那走作底心，方可讀書。

讀了一首詩，便急要讀第二首，顯示心志游移不定。這是心不敬之一。讀了他人之說，便急要自已說。這是心不敬之二。他人之說未熟看，便敢判其是非，這是心不敬之三。所謂不敬，就是不認眞，不仔細，如此怎能看清詩中的道理呢？這又顯示朱熹格物窮理的精神。

讀詩時，他十分着力與詩的內容旨意共鳴，從而有所觸感興念。孔子曰：「詩可以興，可以觀，可以羣，可以怨。邇之事父，遠之事君。」（論語、陽貨篇）這是說讀詩可以令人興起，繼而有所作爲。朱熹認爲讀詩時有所興起，才算得眞正讀詩，語類說：

古人說詩可以興，須是讀了有興起處，方是讀詩，若不能興起，便不是讀詩。（一四○）

他所指示的興起，不但如論語說的在身體力行方面，而且也在於尋求義理方面。語類又說：

興只是興起，謂下句直說不起，故將上句帶起來說，如何去上討義理。（一四○）

詩有詩中之理，易有易中之理，諸書中之理，當分門別類去尋求。朱熹研究詩學，主要在求能興，因而能尋求義理，能感發人心。這就是文學的功能了。至於詩學中的音韻、訓詁、與文體，他引爲次要的研究對象。語類說：

詩中頭項多，一項是音韻，一項是訓詁名件，一項是文體。若逐一根究然後討得些道理，則殊不濟事，須是通悟者才看得。（一四〇）

研究詩中的音韻、訓詁與文體，是一般讀詩的途徑，但不是朱熹研究詩學的目的。語類又說：

聖人有法度之言，如春秋、書、禮是也，一字皆有理，如詩亦要逐字將理去讀，便都礙了。（一四〇）

所謂法度，即每門學問各自的術語，語法和體裁。朱熹認爲研究古書古籍，只停滯在法度方面，便阻礙尋求義理的工夫。因此他主張看詩且看大意便可，但對歷史詩便當細考。語類說：

看詩且看他大意，如衞諸詩其中有說時事者，固當細考，如鄭之淫亂底詩，苦苦搜求他有甚意思，一日看五六篇可也。（一四〇）

朱熹認爲對於一般舒情達志的詩，祇取其中心大意便可，而不必拘泥於音韻，訓詁或文體，可是對於歷史詩，他却謹愼考據，不惜繁瑣研究，苦苦搜求字義，務求與歷史事實相吻合。由此又可見他格物窮理的認眞。而且在格物窮理之餘，他也考究詩中的音韻和訓詁。語類說：

> 先生因言看詩須并叶韻讀，便見得他語自整齊，又更略知叶韻所由來，甚善。

又說：

> 讀詩且只將做今人做底詩看，或每日令人誦讀，却從旁聽之，其詁有未通者，略檢注解看，却時時誦其本文，便見其語脉所在。（一四〇）

音韻在古詩和律詩中，皆是不可缺少的。令人讀起詩來，增加回味和興發。而參看注釋也是讀詩不可缺少的工夫，因爲詩句爲了形式字限，或爲了意境高妙，或爲了詩意含蓄，往往令人再三細考仍摸不着頭緒。朱熹經年研究詩學，自然體驗音韻與參看注解的需要。

綜觀以上朱熹論詩的方法，就是由諷誦吟咏而至熟讀涵味，然後才參看注解，但要避免覽閱小序，也要避免急速貪多濫讀，而着意細心體味詩中的蘊義，引起自己的興發。此外，他也不疏忽研究詩中的音韻訓詁名物和文體。這些讀詩的方法，是他多年研究詩學的心得。這些心得雖然是對研讀六經中的詩經而言，亦可通於研讀後世文藝詩的觀點與方法。

臺灣現代詩壇顯赫者覃子豪先生，在他的遺著詩的表現方法中說：

如果一首詩，你十分喜歡它，就需先下一番研究的工夫，對於內容的攝取，詩形的結構，表現的技巧，字彙的應用，詩句的構成，音節的諧和，形象和意義的創造，都要作一種深切的體會。然後一遍兩遍的讀它，直到能夠背誦的時候，你就可以獲得這作品中的神韻。

他的這些觀念，正是朱熹論讀詩方法的回響。

三 朱熹詩文理論的影響

(一) 文論方面

朱子是一位學識淵博，判斷力超卓的學者。他在文學上的造詣和成就，本論文各章均有提及和介紹。他對文學的基本觀念，便是「文自道出」說。這與周敦頤的載道說，二程的道本文末說，是一脈相承的。在道學家的心目中，只有周公，孔子，只有聖賢，口裡只談道學王道。可以說，宋代道統文學的建立，到了朱子，達到了最成熟和最有權威的地步。在語類卷一三九中，他發表了一篇道統文學的宣言。他的議論，處處有他自己的思想根據，有條理，有系統；把中國過去的學術界文學界，作了一個總評。他不僅攻擊那些東漢以後俳優式的作家和描繪風花雪月的作品，就連道學家的前輩韓愈和歐陽修，也一概批評了。他這種思想，因道學勢力的風靡天下，漸次浸潤人們的頭腦，由凝固成熟，而成爲權威。宋末周密癸辛雜識有曰：

淳祐甲辰，徐霖以書學魁南省，全尚性理，時競趨之，卽可以釣致科第功名。自此非四書，東西銘，太極圖，通書，語錄不復道矣。

西崑體盛行時，非華文不能干祿；現在非尙性理，非四書、五經、通書、語錄不行了。加上這種文學可以釣致科第功名，於是道學觀念思想更普遍於社會深入於民間了。師友間以此規勸，父子間以此教育。作詩作詞，是玩物喪志；閱讀小說戲曲，都是輕薄惡劣的行爲，而成爲學校家庭所不容許了。這就是道學對當代文學和社會的重大影響。

在朝廷方面，皇上聖旨開明，敎品勵行，宋淳祐元年春正月甲辰，詔曰：

朕惟孔子之道，自孔軻後不得其傳，至我朝周敦頤、張載、程顥、程頤，眞見實踐、深探聖域、千載絕學，始有指歸，中興以來，又得朱熹精思明辨，折衷融會，使大學論孟中庸之旨，本末洞徹，孔子之道，益以大明於世，朕每觀五臣論著，啓沃良多，今視學有曰，其令學官列諸從祀，以副朕崇獎先儒之意。

以上只是南宋皇詔嘉獎朱子，鼓勵道學區區的一個例子。宋史紀事本末卷八十詳載宋代許多大臣奏議朝廷，顯揚道學。可惜「樹大招風」，有些卑鄙庸俗的奸臣，勾心鬥角，諂上取寵；爲了遮掩他們的醜行，於是竭力誣妄道學，「上言近世行險，儌幸之徒，倡爲道學之名，聾瞽愚俗，權臣力主其說，結爲死黨……」又「宋孝宗十年六月，吏部尙書鄭丙上疏，言近臣士大夫有所謂道學者，欺世盜名，不宜信用。」而朝廷往往不加考察，隨便聽信這班嘮嘮叨叨的讒言，勒令禁止道學。但時過境遷之後，道學又復被抬舉起來。

自南宋以後，道統文學觀變成了評定文學和文人的權威標準。於是文人無行的觀念深入民心。猶有甚者，不問文人的人格品性如何，只要是寫過詩詞的人，就會被認爲不是君子，不是正經人。羅大經的「鶴林玉露」中有一段故事說，眞德秀訪問他的朋友楊東山，看見案上有時人詩文一篇，就說：「此人大非端士，筆頭雖寫得數行，所謂本心不正，脈理皆邪。讀之將恐染神亂志，非徒無益。」簡直把詩文看成不但不道德，而且是有害的邪物了。

到了元代，由於科擧制度的廢止，一般讀書人被迫與政治無緣而落魄潦倒，不得不終生成爲處士，只有專心於無關經國濟民的詩文創作，尤其以娛樂性爲主的戲曲。戲曲只是民間的俗文學，當時是不登大雅之堂的，何況元曲作家難免要與倡優妓女爲伍，接近酒色，喜歡取材於過去文人學士的風流韻事，才子佳人的戀愛傳說，神仙道士的隱逸故事，例如王實甫的西廂記；關漢卿的救風塵和竇娥冤；白樸的牆頭馬上；馬致遠的漢宮秋和梧桐雨等雜劇，雖然都是當代文學名著，但其中男女私情，反對傳統禮教的主題，與宋代朱子的道學觀比較，顯然背道而馳，但又與他的「文章反映時代」觀點，不謀而合。

在散曲、雜劇盛行的元代，繼承宋代道統文學的知名大儒，實在寥寥無幾，其中有郝經（字伯常），著有陵川集，自述「不學無用學，不讀非聖書，不爲憂患移，不爲利欲拘，不務邊幅事，不作章句儒。」（陵川集二十一）他從文說到本理，於文法問題以說明「有德者必有言」之意，因爲他在答友人論文法書有說：「夫理、文之本也；法、文之末也。有理則有法矣。」他又從理說到文，本於養氣問題，以說明「氣盛言宜」的方法，在於修養，即孟子所說的「吾善養吾浩然之氣」，這樣下筆爲文，才能有理有實，正大光明。這恰好是朱子的文學觀。

至於其他頗爲著名的古文家如戴表元（字帥初），袁桷（字伯長）、歐陽守道（字公權）、劉辰翁（字會孟）、劉將孫（字尚友）等，論文都與宋代道學家無甚異處。此外，宋元學案記載：

北山（何基）一派，魯齋（王柏）、仁山（金履祥）白雲（許謙）旣純然得朱子之學髓，而柳道傳、吳正傳以逮戴叔能、宋潛溪輩，又得朱子之文瀾，蔚乎盛哉。（卷八十二論何北山學）

明初的文人大儒，首推宋濂。他可說是明代正統復古派的代表。他的文學理論，不論載道或自然流露，都不出朱子文論的範圍。在贈梁建中序說：

其文之明由其德之立：其德之立宏深而正大，則其見於言自然光明而俊偉，此上焉者之事也。優柔於藝文之場，饜飫於今古之家，搴英而咀華，溯本而探源，其近者則而效之，其害敎者闢而絕之，……然後筆之於書，無非以明道為務，此中焉者之事也。

……

由此可見他心目中的第一等文，正切合朱子的道學觀；第二等文的準則，又有如朱子對韓、柳、歐、蘇文論的觀點，即是非無可取，惜未盡善，所以說「饜飫於今古之家，搴英而咀華，溯本而探源……」而且他在遜志齋集十一，與舒君書解釋「本」與「源」說：

道明而後氣充，氣充而後文雄。

又說：

道者氣之君，氣者文之帥，道明則氣昌，氣昌則辭達。

這種文學論調正好與朱子的道統文學觀，同出一轍。對於這點，宋濂的弟子方孝孺，一脈相承，表現同一的見解。

其後有茶陵詩派的邵寶與何孟春，七子派的王世貞與屠隆等，主張詩文逆推而復古，提倡「文必秦漢，詩必盛唐」，其中論文以秦漢爲標準的見解，也與朱子崇古卑今的理論與文學的歷史觀大致相同。

但由秦漢文之氣象以學秦漢文，僅成貌似；而由唐宋文之門逕以學秦漢文，轉可得其神解。王愼中（遵巖）與道原弟書有曰：「學馬遷莫如歐，學班固莫如曾。」（遵巖集二十）而朱子之文學，與歐、曾一脈相承，因此對王愼中也有一定的影響。論及唐順之文編，四庫總目提要云：

自正、嘉之後，北地信陽聲價奔走一世，太倉，歷下流派彌長；而日久論定，言古文者終以順之，及歸有光王慎中三家為歸。

這三位當代古文家，皆宗尙曾南豐，也主張文道合一之說，在在可以看出朱子文學觀的投影。

又明末清初的大儒顧炎武，在他的日知錄卷十九說：

文之不可絕於天地間者，曰明道也，紀政事也，察民隱也，樂道人之善也。若此者有益於天下，有益於將來，多一篇多一篇之益矣。若夫怪力亂神之事，無稽之言，勦襲之說，諛佞之文，若此者有損於己，無益於人，多一篇多一篇之損矣。

這話正顯示他以倫理經世爲文學的準則。他又屢屢說明此旨，例如說：

君子之為學以明道也，以救世也，徒以詩文而已，所謂雕蟲篆刻，亦何益哉！（與人書二十五）

因此，他可說是道統文學的嫡傳。與他同時的黃宗羲，也是主張文與道合的。（文約一，李果堂墓誌銘）

清代文論以古文家爲中堅，而古文家之文論又以方苞、劉大櫆、姚鼐所領導的「桐城派」爲中堅，侯方域、魏禧、魏際瑞、汪琬等，被文史學家認爲「桐城派」的前驅；而袁枚、朱仕琇、尙鎔、張士元、吳敏樹等可說是「桐城派」的羽翼；陽湖派的學者如惲敬，湘鄉派的學者如曾國藩被認爲是「桐城派」的旁支。總之，有清一代的古文，前前後後無不與「桐城派」有關係。

胡適之先生五十年來中國之文學謂「唐宋八家之古文和「桐城派」古文的長處，只是他們甘心做通順清淡的文章，不妄想做假古董。」這眞是一針見血之談。事實上，他們所標擧的雖是古文，但鑒於明代文人強學秦漢文之失，因此不欲襲其面貌，剽其句字，而欲宗主唐宋文的雅潔明暢，故能言之有物。同時又能不爲清代學風所範圍，即是在考據學風盛行之際，也不染其繁徵博引，擁腫累墜之習，而以深入淺出的古文矯正之，故又能言之有序。文章有物有序，正是「桐城文派」的特徵，也是朱子「文以明理」和「文約意達」的觀點。

爲了將文章寫成有物有序，桐城派三祖皆主張古文義法；這是就文的整體而言，義指內容、法指形式；義求有物，法求有序，然後成體成文。義法互相調劑，融合以前道學家與古文家之文論，所謂「學行繼程朱之後，文章介韓歐之間。」（見王兆符方望溪文集序）由此可見桐城派的文論與朱子的道統文學觀，是一脈相承的。

清代的經學家，如戴震、段玉裁等，也有道統文學的傾向。戴震主張以義理、考據、詞章合一爲旨，因爲「由文字以通乎語言，由語言以通乎古聖賢之心志。」（見其古經解鉤沈序）段玉裁潛研堂文集序云：

> 古之神聖賢人作為六經之文，垂萬世之教，非有意於為文也……自詞章之學盛，士乃有志于文章，顧不知文所以明道而徒求工於文；工之甚，適所以為拙也。

這即是說文人之文不尙明道，便不得其本，所以愈求其工而愈形其拙。這見解恰好是朱子

「文自道出說」的指模。

綜合本節所述，可見朱子的道統文學理論，在歷代的文學界中，都有直接或間接的共鳴，因此使儒家禮教的觀念，能夠貫注於廣大的漢人心中。

㈡ 詩論方面

南宋道學派詩人，以張栻和朱熹為代表。他們都主張「詩以言志」，而且都認為同一言志，有流俗之志，也有高人幾等之志。志高則詩格高，志卑則詩格卑，朱熹所謂「亦視其志之所向者高下何如耳」，便是此意。因此他們否定了有表無裏的詩，也否定了只發洩個人牢騷的詩。再者，朱熹對他以前各時代詩的特點氣象，默會貫通，所以論詩尤其中肯獨到。

屬象山學派的包恢，論詩也像朱熹，主張論詩言志而須本於自得，歸於自然。他在敝帚稿略二，答曾子華論詩中說：

> 古人於詩不苟作，不多作；而或一詩之出，必極天下之至精，狀理則理趣渾然，狀事則事情昭然，狀物則物態宛然，有窮智極力之所不能者，猶造化自然之聲也。蓋天機自動，天籟自鳴，鼓以雷霆豫順以動，發自中節，聲自成文，此詩之至也。

他認為詩作是為了一方面寫物理，寫天機，通造化，代天工；而另一方面又調性情，寫心境和述意志，因為詩是心與外界之交感而成，偶然湊拍，天籟自鳴。這正是朱子論詩「俊健與平淡」的觀點。

詩人張戒論詩也偏重情志方面，他分詩之要素然二：（一）言志，（二）詠物。言志重在主觀的抒寫，詠物重在客觀的論述，二者原不可偏廢，然而他似乎更着重在言志方面。他說：

> 建安陶阮以前詩，專以言志，潘陸以後詩專以詠物，兼而有之者李杜也。言志乃詩人之本意，詠物特詩人之餘事。（歲寒堂詩話）

他認為言志詠物雖都是詩之要素，而有本末之分；即是言志是詩之本，而詠物則所以求詩之工。至於宋詩如蘇黃之流，則是「不知詠物之為工，言志之為本」，所以說「風雅自此掃地矣。」（歲寒堂詩話）

與此同時的姜夔，也很受道學的影響。道學家用興的方法以觀詩，所以要體會到詩人之志，所以要優游玩味。他也有這些意思，如論三百篇云：

> 三百篇美刺箴怨皆無迹，當以心會心。

又如論陶淵明詩云：

> 陶淵明天資既高，趣詣又遠，故其詩散而莊，澹而腴，斷不容作邯鄲步也。（詩說）

他要以心會心，體驗到詩人之趣詣，並優游玩味於其中。這些也正是朱子論讀詩的方法。

南宋論詩之著，其比較重要的，應推嚴羽的滄浪詩話。他評詩的兩個標準有二，一是詩與時代的關係，如說：

唐人與本朝人詩未論工拙，直是氣象不同。

又說：

詩有詞理意興，南朝人尚詞而病於理，本朝人尚理而病於意興，唐人尚意者興而理在其中，漢魏之詩詞理意興無迹可求。

他另外的一個評詩標準，便是詩人的個性分別。如說：

子美不能為太白之飄逸，太白不能為子美之沈鬱。太白夢遊天姥吟，遠離別等，子美不能道；子美北征，兵車行，垂老別等，太白不能作。

玉川之怪，長吉之瑰詭，天地間自欠此體不得。

高岑之詩悲壯，讀之使人感概；孟郊之詩刻苦，讀之使人不歡。（皆見滄浪詩話）

嚴羽評詩的本領，即在能指出一時代詩的大概風氣，以及詩人們的個別風格。然而這些本領，朱子在論詩與評詩時，早有淋漓盡緻的發揮。

此外，南宋末年的著名詩人中，劉克莊的論詩標準也與朱子相近。他認爲「詩必天地畸人山林退士，然後有標致，必空乏拂亂，流離顚沛，然後有感觸。（後村集一百九，跋章仲山詩）他要求詩人堅貞的品德和剛毅的自信力。他很不贊成詩人奔走公卿之門，以得達官顯人之品評爲榮幸。在跋方蒙仲詩中，稱他的詩：

趣味清深，態度高雅，以聖賢自準的，不諂媚於世俗也；以名教自熏沐，不流連於光景也。事有可疑，雖斷編闕簡，千歲之遠必欲研尋也。理有未然，雖浮名虛譽，一世所宗，不肯隨和也。經訓之獲富於菑畬，簞瓢之奉貴於冕輅，可謂有為士之樂，知讀書之味者矣。（後村題跋二）

寧靜淡泊，這纔合詩人的高格；以聖賢自準，以名教自薰沐，卻又合道學家之論調。這兩點可算是他對理想詩人的標準，與朱子論詩以言志言道的見解，完全符合。

元朝的詩人方回，認爲詩句僅取工麗者爲卑格，越過此境，進而超於工麗者，乃爲高格。他所以反對四靈派，而推崇江西派，即以此爲標準。其過李景安論詩作爲長句云：「姚合許渾精儷偶，青必對紅花對柳，兒童傚之易不難，形則肖矣神何有！」（桐江續集十四）流俗之詩縱使工麗，有何可取。故其秋晚雜書三十首中有云：「永嘉有四靈，詞工格乃平，上饒有二泉，旨淡骨獨清。」所謂二泉，即趙章泉與韓澗泉，都是做江西詩的。江西詩派的特點在於借用前人詩意以創作新篇，避免搬弄典故妄用古語，以及去陳反俗，好奇尚硬。而四靈派不能爲五七言古詩，不能讀破萬卷書，而僅僅堆砌一些風雲月露，冰雪烟霞，花柳松竹，鶯燕鷗鷺等詩料字句，當然不能為高格了。

在這裡，我們可以看到方回的評詩準則，與朱子的「論詩以言志」，「論詩的俊逸」，反對陳腔，無格和低調的主張，如出一轍。

元末明初的楊維楨，是一位已負重名的詩人，著有鐵崖古樂府、東維子集等。清四庫提要稱其擬白頭吟一篇：「買妾千黃金，許身不許心，使君自有婦，夜夜白頭吟。」之類，有三百篇風人之旨，自是元季大詩人。

對於詩的性質，他說：

> 詩得於言，言得於志。人各有志有言以為詩，非迹人以得之者也。（東維子文集七、張北山和陶集序）

他的見解，跟朱子的「詩以言志」，實相契合。

明初大儒宋濂在他的林伯恭詩集序中說：

> 詩、心之聲也。聲因於氣，皆隨其人而著形焉。是故凝重之人，其詩典以則；俊逸之人，其詩藻而麗；躁易之人，其詩浮以靡；苛刻之人，其詩峭厲而不平；嚴莊溫雅之人，其詩自然從容而超乎事物之表。（宋學士全集六）

這些話顯明指出各人心志不同，因此所寫出來的詩句詩體也各異，且是他稍後說的「漸於心志，而見於四體」（宋學士全集六）的見解。

明代七子先聲的茶陵派，以李東陽爲領袖。他長於論詩，也有「詩以言志言道」的主張。例如說：

夫詩者，人之志興存焉。故觀俗之美者與人之賢者，必於詩。今之爲詩者亦或牽綴刻削，反有失其志之正，信乎有德必有言，有言者不必有德也。（懷麓堂集文稿二，王城山人詩集序）

又說：

詩貴意。意貴遠不貴近，貴淡不貴濃。（詩話）

以上兩段話，與朱子「論詩的風骨」和「論詩的俊逸」意義大致相同。

明代前七子中，以李夢陽爲首，明史論其詩謂：「華州王維楨以爲七言律自杜甫以後，善用頓挫倒插之法，惟夢陽一人。」由此可見他在當代詩壇上的顯赫地位。他在與徐氏論文書說：

夫詩，宣志而道和者也，故貴宛不貴嶮，貴質不貴靡，貴情不貴繁，貴融洽不貴工巧。（空同集六一）

這句話顯然有道學家的口吻。此後前後七子的詩論，大抵屬於格調派的。繼之而起的公安派反對「文必秦漢，詩必盛唐」的口號，主張以「童心」的精神作詩爲文。焦竑在他的竹浪齋詩集序云：

> 詩也者率自道其所欲言而已。以彼體物指事，發乎自然，悼遊傷離，本之襟度，蓋悲喜在內，嘯歌以宣，非強而自鳴也。（澹園續集二）

竟陵派的譚元春在汪子戊己詩序中，也有相同的口吻，他說：

> 詩隨人皆現，才觸情自生。

又說：

> 夫作詩者一情獨往，萬象俱開，口忽然吟，手忽然書。卽手口原聽我胸中之所流，手口不能測；卽胸中原聽我手口之所止，胸中不可強。（譚友夏合集九）

竟陵派本以矯正公安派自任，但兩派也有雷同的觀點。例如這裡所提及的「詩自胸中自然流出」便是了。而這個觀點與朱子「詩以言志，不論工拙」的旨意相同。

清初虞山詩派的錢謙益認爲只有眞情，纔有眞詩。他說：「詩者情之發於聲音者也。」（有學集十九，陸敕先詩稿序）這裡他給詩制定了一個先決條件，即是以眞情發於聲音才是詩。

所以他在李滄葦詩序說：「有眞好色有眞怨誹，而天下始有眞詩。」又說：「詩言志，志足而情生焉，情萌而氣動焉。如土膏之發，如候蟲之鳴，歡欣噍殺，紆緩促數，窮於時，迫於境，旁薄曲折而不知其使然者，古今之眞詩也。」（有學集四十七，題燕市酒人篇）反過來說，他指出凡不知言志永言眞正血脈，而如嬰人學步，如傖父學語者，謂之僞詩。他的這個眞詩與僞詩的觀點，正是朱子「論詩以言志」中之「自胸中自然流出」相同。

在清代許多著名的詩人當中，較有道學家風氣的，要算潘德輿，他在養一齋詩話說：

> 末世詩人求悅人而不恥，每欺人而不顧，若事事以質實為的，則人事治矣。若人人之詩以質實為的，則人心治而人事亦漸可治矣。詩所以厚風俗者此也。……文筆日煩，其政日亂，此皆不質實之過。質則不悅人，實則不欺人，以此二字衡之，而天下詩集之可焚者亦衆矣。（卷三）

他的見解，正好與朱子的「論詩與時代」和「詩道合一」的理論一致。在這項詩論的道學觀點上，他可說是承受了朱子的衣砵。

本節以上所列舉的，只是南宋至清代間與朱子詩論見解雷同或相類的一些例子，目的在顯示在後世許多重要詩人中，他的觀點都有持續的響應。

綜觀本章所論，可見朱子的文學觀，固然集合了宋代道學家的大成，却並不固步自封；相反，他秉持「格物致知」的精神，在各方面力求研究進取，以發揚道統文學。論其成績，定必超出一般理學家之上，且也決不在韓、柳、歐氏之下。他的文學觀，無論在註釋、辨僞、校勘學或文論詩論各方面，對長遠的後代，都有一定的影響。

（編按：文中《語類》指正中書局版黎清德編《朱子語類》，《文集》指《四部叢刊》本《朱文公文集》。）

〔原文為張志誠《朱熹的文學觀》（香港：聖類斯中學，一九七九）第二章《朱熹的文論》，第三章《朱熹的詩論》，第六章《朱熹文學觀對後世的影響》，分見頁二二—三九、四二—五九、一〇二—一一二。〕

滄浪詩話試論

鄧仕樑

一　前　言

南宋嚴羽的滄浪詩話，在中國詩論上，是起過極重要影響的一本書。嚴羽自己的詩作，有滄浪吟卷，但最推許滄浪詩話的王士禎，也認爲「儀卿詩實有刻舟之誚，大抵知及之而才不逮云。」❶可見知之未必能之。他的詩，在中國詩壇上，不佔甚麼地位❷。然而他的詩論，到了明清，可謂大盛。下面舉錢謙益攻擊他的兩段文字，足以說明一時風氣：

> 蓋三百年來，詩之受病深矣！館閣之教習，家塾之程課，咸稟承嚴氏之詩法，高氏之品彙，耳濡目染，鐫心刻骨。❸後世擧目皆嚴氏之眚也，發言皆嚴氏之譫也，而互相標表，期以槩天下之詩病，豈不慎哉！❹

兼之此時漁洋以一代文宗，大暢其旨，影響遂及整個清初詩壇。聲勢旣大，招致痛詆之多，是可理解的。除錢謙益外，隨便能舉出的，尚有馮班、錢振鍠、陳繼儒、趙執信諸家❺，但除牧齋外，反對的人，在清代詩壇的地位，都遠不及漁洋。

不過，我以爲無論宗奉或攻擊滄浪之輩，對他都有頗深的誤解。本篇提出滄浪的重要論點，並對後人誤解之處，試加辨正。此於既有的詩論，不能有所裨益，但總希望可以還滄浪的一個本來面目。

二　滄浪論詩的時代背景

滄浪詩話，並不是很有系統的著作。歸納起來，他論詩有幾個特點。不過，在討論之先，我們先得了解一下他所處的時代。

南北宋間，是江西派的時代。進入南宋，更是禪學與理學大盛之世。江西派注重技巧學問，多務使事，主張無一字無來歷，甚至要用古人之陳言，點鐵成金❻。其末流更形卑靡淺狹，於是有所謂永嘉四靈興起。四靈師法晚唐姚合賈島清苦之風，刻意矯江西之失，影響所及，更有所謂江湖派，其下者亦流於庸滑。可以說，滄浪對這些風氣都不滿意，詩話之所以作，正是針對時弊，而提出「詩之宗旨」，詩辨第五條云：

近代諸公乃作奇特解會，遂以文字為詩，以才學為詩，以議論為詩。夫豈不工，終非古人之詩也。蓋於一唱三歎之音，有所歉焉。且其作多務使事，不問興致；用字必有來歷，押韻必有出處，讀之反覆終篇，不知着到何在。其末流甚者，叫噪怒張，殊乖忠厚之風，殆以罵詈為詩，詩而至此，可謂一厄也。……山谷用工尤為深刻，其後法席盛行，海內稱為江西宗派。近世趙紫芝翁靈舒輩，獨喜賈島姚合之詩，稍稍復就清苦之風，江湖詩人多效其體，一時自謂之唐宗，不知止入聲聞辟支之果，豈盛唐諸公大乘正法眼者哉！嗟乎！正法眼之無傳久矣。唐詩之說未唱，唐詩之道或有時而明也。今既唱其體曰唐詩矣，則學者謂唐詩誠止於是耳，得非詩道之重不幸耶！故予不自量度，輒定詩之宗旨，且借禪以為喻，推原漢魏以來，而截然謂當以盛唐為法，（自注：後捨漢魏而獨言盛唐者，謂古律之體備也。）雖獲罪於世之君子，不辭也。

這段話，說明作書大意，其實就是詩話的序。他不滿意當時詩風，慨正法眼之無傳，而對江西、四靈、江湖派都有所針貶。至於他論詩的特點，下面試分別言之。

三　以禪喻詩辨

觀上文所引，滄浪蓋已明言：「輒定詩之宗旨，且借禪以爲喻。」首先要弄清楚的是：滄浪借禪以喻詩，却並不是以禪說詩，以爲詩境當如禪境，因此李之儀所謂「說禪說詩本無差別」❼，實與滄浪不同。

宋代禪學大盛，許多大名家，却兼喜說禪，如蘇黃好與名僧交往。東坡論詩，頗重禪悟❽，山谷更有以詩證禪之作❾。此外若李之儀、葛天民、曾幾等，論詩都愛以參禪爲喻，可見滄浪以禪喻詩，並非創始，他只是就一時風氣，用上時人易於理解的話去喻詩。雖然他自己對禪的認識，據錢振鍠、錢謙益、馮班、陳繼儒等人的批評⑩，也還不很正確，但關係却並不大，他只想借禪說明：我們參禪，必求最高境界，學詩，也應知道最高境界，所以在全書第一條即開宗明義說：

夫學詩以識為主：入門須正，立志須高。行有未至，可加工力，路頭一差，愈騖愈遠，由入門之不正也。故曰：學其上，僅得其中；學其中，斯為下矣。

既然參禪要講第一義諦，不悟此義，終入野狐外道，則學詩又何獨不然？他借禪學裏的大乘、小乘、聲聞、辟支等名詞去喻詩，是希望人明白學禪既知從最上乘，學詩却走入魔道，豈不可笑！詩辨第四條說得最清楚：

禪家者流，乘有小大，宗有南北，道有邪正，學者須從最上乘，具正法眼，悟第一義。若小乘禪，聲聞辟支果，皆非正也。論詩如論禪：漢魏晉與盛唐之詩，則第一義也。大歷以還之詩，則小乘禪也，已落第二義矣。晚唐之詩，則聲聞辟支果也。學漢魏晉與盛唐詩者，臨濟下也。學大歷以還詩者，曹洞下也。

可知他只是借「第一義」去喻「漢魏晉與盛唐之詩」，而並沒有說此等詩所表現的境界，合於禪的最高境界。劉後村嘗云：「禪家以達摩爲祖，其說曰：不立文字。詩之不可爲禪，猶禪之不可爲詩。」[11]詩不可爲禪是對的，滄浪本沒有「以詩爲禪」，不然，禪家既不立文字，何嘗就有漢魏晉以至盛唐之詩呢？馮班引後村語以爲足使滄浪結舌，明是誤解了他。其實，依我看，歷來誤解滄浪此義的也太多了，反對者除馮班外，如徐增而庵詩話：

> 滄浪病在不知禪，不在以禪論詩也。

潘德輿養一齋詩話：

> 以禪言詩則不可，詩乃人生日用中事，禪何為者。

都不詳論了。就是極口讚賞滄浪的，也同樣誤解他，王士禎帶經堂詩話云：

> 嚴滄浪以禪喻詩，余深契其說，而五言尤為近之，如王、裴輞川絕句，字字入禪。妙諦微言，與世尊拈花，迦葉微笑，等無差別，通其解者，可語上乘。[12]

又師友詩傳續錄有謂：

> 嚴儀卿所謂如鏡中花，如水中月，如水中鹽味，如羚羊挂角，無跡可求，皆以禪理喻詩。內典所云不即不離，不黏不脫，曹洞宗所謂參活句是也。熟看拙選唐賢三昧集，

自知之矣。⑬

我們再看他的唐賢三昧集序云：

> 嚴滄浪論詩云：「盛唐諸人，唯在興趣，羚羊挂角，無迹可求，透徹玲瓏，不可湊泊，如空中之音，相中之色，水中之月，鏡中之象，言有盡而意無窮。」司空表聖論詩亦云：「味在酸鹹之外。」康熙戊辰春杪，歸自宸翰堂，日取元天寶諸公篇什讀之，于二家之言，別有會心，錄其尤雋永超詣者，自王右丞以下四十二人，為唐賢三昧集。

這裏可以發現一個問題，他提出滄浪的「以禪喻詩」，却理解作「以禪理喻詩」，以為就是內典所云不即不離之境，所以「王裴輞川絕句，字字入禪」，是為最高境界，唐賢三昧集選王維以下四十二人，是他「別有會心」之見，以下分作兩點討論。

第一，「以禪喻詩」並不等於以「禪理喻詩」，「以禪喻詩」是說明乘有小大，道有邪正，有正法眼，有最上乘，有第一義，故於詩亦當知從其最上者入門，上文已解釋過了。其實歷來論文者，多有借喻於別的事物，譬如陸機文賦，提出應、和、悲、雅、艷，正是取喻於琴道⑭；司空圖論詩亦以為「辨於味，而後可以言詩」⑮。但我們不能說作文吟詩，等於鼓琴燒菜。甚至漁洋亦喜以畫喻詩，蠶尾續文引荊浩王楙論畫語然後云：「詩文之道，大抵皆然。」且禪之為道，切忌執着，硬說滄浪所標舉之詩必合於禪境，亦可謂不解禪意了。滄浪論詩法中尚有一喻：「詩難處在結裹。譬如番刀，須用北人結裹，若南人便非本色。」這本用以喻作詩須調和配合，如說今人結領帶，須穿西服，穿長袍便非本色，然則我們可以說滄浪謂詩是北人結裹之番刀，詩便一例要作邊城俠客，慷慨激昂之態了麼？故「以禪喻詩」，並非說要用詩去體現「禪理」，要「字字入禪」，雖然我國論詩者，也儘有此一派，但我以為並非滄浪的意思。

第二，漁洋自言深契滄浪，而獨標舉王韋空靈一派，但縱觀滄浪全書，却並不如此，他認為：「詩而入神，惟李杜得之，他人得之蓋寡也。」已經說得很明白，王維韋應物，應該是列入「他人」之中的，考證中有一條批評王荊公唐百家詩選，以為「況唐人如沈、宋、王、楊、盧、駱、陳拾遺，張燕公、張曲江、賈至、王維、獨孤及，韋應物、遜逖、祖詠、劉眘虛、綦毋潛、劉長卿、李長吉諸公，皆大名家，——李、杜、韓、柳以家有其集，故不載——而此集無之。」故知在滄浪眼中，王韋輩只不過與其他「大名家」並列，全不是漁洋「尤雋永超詣」的意思。大抵這點也先有人看出來了，許印芳滄浪詩話跋云：

> 嚴氏雖知以識為主，猶病識量不足，僻見未化，名為學盛唐，準李杜，實則偏嗜王孟冲淡空靈一派。

黃宗羲張心友詩序云：

> 滄浪論唐雖歸宗李杜，乃其禪喻，謂詩有別才，非關書也，詩有別趣，非關理也，亦是王孟家數，與李杜之海涵地負無與。

都指出他表面宗李杜，實則主王孟，郭紹虞却企圖解釋此現象，他說：

何以滄浪標擧李杜，而不宗主王孟呢？此點似乎有矛盾，實則也是滄浪論詩宗旨……當時學古之風，本較流行，滄浪受其影響，遂創為第一義之說，以為詩標準。同時禪宗又盛極一時，詩禪之說亦成為詩人口頭淡資，於是以禪論詩復創為透徹之悟，而有所謂興趣之說，此所以合格調於神韻，混李杜為王孟，而成為矛盾抵牾的現象。⑰

因之他以爲滄浪有「以禪論詩」與「以禪喻詩」二義，這些話分別見於他的中國文學批評史及滄浪詩話校釋二書，不煩徵引，我只想申明一點：滄浪並不標擧王孟。而且，我以爲這個問題解決了，「以禪喻詩」的用意，就不會叫人誤會。

滄浪在甚麼地方宗主王孟呢？奇怪，他並沒有說，後人却以爲他旣提到禪字悟字，便非宗王孟不可，漁洋就利用這點，硬把他拉來，作自己的口實，我們倒要評評理。大抵引起誤會的是詩辨這段話：

夫詩有別才，非關書也；詩有別趣，非關理也。然非多讀書，多窮理，則不能極其至。所謂不涉理路，不落言筌者，上也。詩者，吟詠性情也。盛唐諸人唯在興趣，羚羊掛角，無跡可求。故其妙處透徹玲瓏，不可湊泊，如空中之音，相中之色，水中之月，鏡中之象，言有盡而意無窮。

談到這裏，我不得不用簡單的話，綜合一下滄浪論詩的宗旨：

滄浪生當南宋後期，於宋人之以文字議論爲詩既表不滿，尤患江西四靈以至江湖派之失，於是提倡以復古作改革，主張從漢魏盛唐入手。但漢魏無跡可求，盛唐則衆體皆備，故尤尊李杜。更由於時人都好說禪，於是借以爲喻，以爲學詩不從正途，等於學禪走入邪魔外道。他對學詩的途徑，其實說得很切實：

> 先須熟讀楚詞，朝夕諷詠以為本，及讀古詩十九首，樂府四篇，李陵蘇武漢魏五言皆須熟讀。卽以李杜二集枕藉觀之，如今人之治經，然後博取盛唐名家，醞釀胸中，久之自然悟入，雖學之不至，亦不失正路。

以下即接着用禪宗裏的話頭說：

> 此乃是從頂額上做來，謂之向上一路，謂之直截根源，謂之頓門，謂之單刀直入。

此四用「謂之」，只是用禪家語作比喻，說這個學詩途徑，好比你們學禪的人所謂「頓門」，「單刀直入」等等，不循此徑，終落下乘[18]。當然，滄浪之「悟入」絕不同於禪家的「頓悟」，不然那裏有要朝夕諷詠楚辭以爲本的道理？大抵熟讀楚辭，先要詞藻豐富，並且楚辭是我國文學的根本，即文心物色篇所謂「詩騷所標，並據要害」是也。再熟讀漢魏衆作，李杜二集，對於詩的語言運用，以及表情，達意，造境的方法，大概都能掌握了，至於興感有會，自能作出好詩。這是滄浪詩話第一條提出來的主張，我們看不出有甚麼玄妙難測的地方，比之杜甫說的「熟精文選理」，倒是同樣的切實。

然則他爲什麼有「詩有別才，非關書也，詩有別趣，非關理也」的話呢？我以爲這完全是針對宋人「以才學爲詩，以議論爲詩」的風氣，他固已說明非多讀書多窮理不能極其至，這點不必替他作辯。至於「不涉理路，不落言筌」，也不過說明詩以吟詠性情爲主，不宜說理，不宜學江西派之「以文字爲詩」。但接着的幾句話，就極可能引起爭辯，非仔細討論不可。

所謂「盛唐諸人，唯在興趣，羚羊掛角，無跡可求」，這個「興趣」最難理會，因爲這種抽象名稱，往往任憑論者引伸，結果愈走愈遠。不過在滄浪言，「興趣」也不是絕不可理解的事，詩辨第二條即謂：

詩之法有五：曰體製、曰格力、曰氣象、曰興趣、曰音節。⑲

可見興趣是詩法之一，與他並列的體製，格力、音節，都是具體而有迹可尋的，怎麼盛唐興趣，偏就變得「無跡可求」呢？以下有兩層討論：一、要弄清楚「興趣」是什麼；二、要說明「無迹可求」是什麼意思。

中國文學批評者，有時有極高的見解，但毛病在於系統不明確，更大的毛病却在於斷章取義，把一個名詞任意引伸，不肯從各方面去看一個問題。譬如王漁洋引「盛唐興趣，無迹可求」這兩句，分明把興趣看做神韻，無跡可求看做超於象外的禪家境界。如果他沒有忽略興趣是詩法之一，也許要好一點，因爲照滄浪這樣講，興趣便不能離體製諸法而獨存，盛唐妙處所以

「唯在興趣」，只是在各方面都恰到好處，所以能夠造成很好的韻味吧了。詩評有一條：

> 詩有詞理意興。南朝人尚辭而病於理；本朝人尚理而病於意興；唐人尚意興而理在其中；漢魏之詩，詞理意興，無跡可求。

照漁洋的推理，則漢魏之詩，還要比唐人強呢。所以我們也不必把「全在」兩字看得太拘，他另有一條說：

> 建安之作，全在氣象。

既然漢魏是詞理意興皆備，而此云「全在氣象」，是否有氣象，就不用別的呢？是否漢魏氣象，又比盛唐興趣高明呢？這都要想一想。滄浪用字和系統都不見得很嚴密，因此我們得仔細尋求出一個比較合理的概念。

大抵氣象接近我們說的格調，格調有高下之分，所以說：「唐人與本朝人詩，未論工拙，直是氣象不同。」而且氣象也是宋人習用語，理學家不是常常提到「聖人氣象」麼？興趣或者意興，接近我們說的韻味，（固不必如王漁洋之所謂神韻）韻味有深淺之分，說得透徹則深，隔靴搔癢則淺。當然韻味要用詩的語言表達出來，靠體製、格力、音節的幫助，所以滄浪說：「下字貴響，造語貴圓。意貴透徹，不可隔靴搔癢；語貴脫灑；不可拖泥帶水。」語言運用得恰到好處，當然有利於文意之表達，王國維所謂不隔，亦實同於此。至於江西派「用字必有來歷，押韻必有出處，讀之反覆終篇，不知着到何在」者，韻味自然表達不出來，是爲不透徹。明乎此，益見滄浪下文云：「故其妙處透徹玲瓏，不可湊泊。」並不是把盛唐詩看作無字天書，我們可以具體的說，盛唐詩下字響，造語圓，所以韻味很好，熟參唐詩必可掌握這種詩話。

其次，再談「無跡可求」。上文已引滄浪語以見漢魏之詩，亦「無跡可求」，要是「無跡可求」直指禪境，則漢魏之詩亦無不入禪，漁洋何以獨標盛唐？且滄浪詩評另有一條：

> 集句唯荊公最長，胡笳十八拍混然天成，絕無痕跡，如蔡文姬肺肝間流出。

滄浪以爲「和韻最害人詩」，對集句當亦不會認爲是怎樣高明的玩意，此云「絕無痕跡」不過說他比較自然，不做作。集句本是做作，但配合起來，不見做作之跡，就算得上混然天成，然而論者可得謂荊公集句，亦合禪境否？大抵盛唐諸人之無跡可求，亦是其韻味流露自然而已。詩至盛唐，窮極變化，不限於一種風調，但論者憑己意附會滄浪，以爲盛唐只是清虛空靈一派，豈不大謬！即使標擧盛唐吧，提起盛唐，我們立刻會想到李（白）、杜（甫）、王（昌齡）、李（頎）、高（適）、岑（參）、王（維）、孟（浩然）、儲（光羲），絕對不會只拿王孟作代表，所以盛唐妙處，是格調高，韻味自然流露，而其滋味各家不同，不宜曲解「無跡可求」、「透徹玲瓏」，只爲禪家一境。並且滄浪指出近代詩的毛病說：「蓋於一唱三歎之音，有所歉焉。」可見一唱三歎，正是盛唐妙處，雖然怎樣才算得上「一唱三歎」，到底也還抽象，但總是餘韻不盡的意思，近於詩品序所謂「使味之者無極」，古詩「一彈再三歎，慷慨有餘哀」，正是此意，恐怕也不能把這種境界強比於禪寂之境的。

至於「如空中之音，相中之色，水中之月，鏡中之象」幾句話，用了一個「如」字，其實也是借以比喻「言有盡而意無窮」。本來，「言有盡而意無窮」的觀念，源起甚早，也是中國文學批評裡的一個重要意念。推其原始，則易繫辭上引孔子曰：「言不盡意。」是這個觀念的開端。按孔子自己的解釋，是：「聖人立象以盡意。」⑳象可以表示意，但這個意却在象外，不能執着「象」，因此王弼明象中說：

> 夫象者，出意者也。言者，明象者也。盡意莫若象，盡象莫若言。言生於象，故可尋言以觀象；象生於意，故可尋象以觀意。意以象盡，象以言著。故言者所以明象，得象而忘言；象者所以存意，得意而忘象。猶蹄者所以在兎，得兎而忘蹄；筌者所以在魚，得魚而忘筌也。然則言者象之蹄也，象者意之筌也。是故存言者，非得象者也，存象者，非得意者也。……然則忘象者乃得意者也，忘言者乃得象者也。得意在忘象，得象在忘言。㉑

這樣解易，雖入於老莊，却是文學批評裡象外之說的一個極重要啓示，滄浪「不落言筌」之說，豈不可謂從此化出！固然，晉以後王弼之言大行，甚至與佛理合，形成沈曾植之所謂「禪玄互證」㉒，引用此觀念論文學的，已難分是玄是禪了。不過此後論文者，每認爲最高境界，乃在言象之外，說得比較清楚的如文心神思篇：

至於思表纖旨，文外曲致，言所不追，筆固知止。至精而後闡其妙，至變而後通其數，伊摯不能言鼎，輪扁不能語斤，其微矣乎！

彥和的話，也並不是把文學歸入禪寂之境，他不外提出文外的餘味。梅聖俞論詩認爲「寫難狀之景，如在目前，含不盡之意，見於言外，然後爲至也」，亦即此意。宛陵詩風，與王孟殊不相涉，我們當然不能把他的話引到禪宗裏去的。就是司空圖與李生論詩書中所謂味在酸鹹之外，也不過是「文外曲致」的意思，師友詩傳錄嘗謂：

唐司空圖教人學詩，須識味外味，坡公嘗以為名言，若學陶、王、韋、柳等詩，則當於平淡上求其真味。㉓

倒說得比較切實，東坡稱陶詩質而實綺，臞而實腴，即是此意，如字句平淡，而韻味深摯，即是「文外曲致」，這很難用語言去分析的。我的意見，「空中之音，相中之色，水中之月，鏡中之像」諸喻，有兩層意思，一是說文外之餘味，一是說天然混成，不做作。因爲必先有月然後有水中之影，必先有物然後有鏡中之象。換句話說：必先有眞性情，然後可以爲詩。宋人以文字議論爲詩，失却混成的氣象，（滄浪言「漢魏古詩，氣象混沌」。）即是所謂「湊泊」，何能有無窮之意？錢鍾書談藝錄有一段話：

滄浪繼言，詩之有神韻者，如水中之月，鏡中之象，透徹玲瓏，不可湊泊，不涉理路，不落言詮云云，幾同無字天書。以詩擬禪，意過於通，宜招鈍吟糾繆，起漁洋之誤解。禪宗於文字，以膠盆黏着為大忌，若詩自是文字之妙，非言無以喻言外之意。水月鏡花，固可見而不可捉，然必有此水而後月可印潭，有此鏡而後花可映面。……滄浪又曰：言有盡而意無窮。夫神韻不盡理路言詮，與神韻無須理路言詮，二語迥殊，不可混為一談。㉔

案錢氏之言，有體會有得處，亦有誤解滄浪處，譬如說「不盡理路言詮」與「無須理路言筌」迥殊，是為知言。蓋前者即「言不盡意」，後者却是不立文字了。人譏滄浪既不尚文字，談什麼詩，明是曲解，滄浪是要文字的，只是不以詩為組織文字的玩意。至錢氏之誤解，則在「滄浪繼言，詩之有神韻者」一語，滄浪提出「興趣」，前面談過了，這何嘗是後人「神韻」的觀念？後人往往直覺地把這些話當做「言詩之有神韻者」，滄浪正是苦在不能自辯。而且錢氏把「言筌」引做「言詮」，顯然有誤㉕，而這裏面頗有問題，蓋「筌」是捕魚之器，「言筌」的來源，由王弼明象中語：「言者象之蹄也，象者意之筌也。……忘象者乃得意者也，忘言者乃得象者也。」推滄浪之意，「不落言筌」是不徒在文字詞句上用功，更要求意興，並非不立文字的意思。王漁洋論詩絕句有云：「五字清晨登隴首，羌無故實使人思。定知妙不關文字，已是千秋幼婦詞。」由此可見漁洋於「妙不關文字」的理解，本來很對，這只是「羌無故實」，亦即是不務多使事，不以文字為詩而已，大抵此即滄浪「不落言筌」之意。如果作「言詮」，就純作「文字」解，體會不到王弼明象中意了。且如「空中之音，相中之色」二句，據賓退錄卷二載張芸叟評本朝名公詩云：「王介甫如空中之音，相中之色，欲有尋繹，不可得矣。」這裏也用了「如」字，但論者怎不說王荊公詩也是禪境呢？

再進一步說，嚴滄浪不獨沒有取禪宗不立文字的意思，反之一點沒有忽略文字，他舉出詩有九品之後即云：「其用功有三：曰起結，曰句法，曰字眼。」可見如果不從起結，句法，字眼上用功，則不獨極致不可得，詩之九品中任何一品皆不可至，簡直不成體了。滄浪詩話討論字句的地方尚多，只要不執着於鏡花水月，以爲是不可捉摸之境，他的平易切實處，仍然可以看出來的。

我們更平心思考這個問題。倘若滄浪眞要推宗王孟空靈一派，便不必吞吞吐吐，明標李杜，他大可直申其意的，因爲他在南宋的地位，比不得漁洋。王漁洋主持風雅，以一代宗師自居，聲名尚過於錢吳，海內能詩者，幾無不出其門下，所以他不敢說大話，得罪人，古詩選裏還要選李杜，只在唐賢三昧集中假借滄浪爲庇護，實踐以「神韻」的理論取詩，師友詩傳續錄有一條：

問：唐賢三昧集所以不登李杜，原序中亦有說，究未了然。（漁洋）答：王介甫昔選唐百家詩，不入杜、李、韓三家。以篇目繁多，集又單行故耳。㉖

這個回答很有趣：一、他避開正面作答；二、他的理由，也不大成理由，因爲三昧集明標「錄其尤雋永超詣者」，不宜與唐百家詩選並論，而時至清初，恐怕大部分唐人集皆有單行，且論篇目繁簡，不見得王維就比李白少。所以，他答了等於沒有答。以清初杜甫韓愈信徒之衆，他自然不敢開罪的。滄浪可不同了，他敢痛詆江西，貶斥四靈江湖，自言「雖獲罪於世之君子，不辭也」，爲什麼不敢提出自己的意見呢！可見後人說他名爲準李杜，實則偏嗜王孟，完全是無中生有。我們應該察覺滄浪詩話的風格，說話很大膽直截，沒有絲毫忌諱，而且非常自負，答吳景仙書云：

> 僕之詩辨，乃斷千百年公案，誠驚世絕俗之談，至一當歸之論。其間說江西詩病，眞取心肝劊子手。以禪喻詩，莫比親切，是自家實證實悟者，是自家閉門鑿破此片田地，卽非傍人籬壁，拾人涕唾得來者，李杜復生，不易吾言矣。

這些話，都可證明，滄浪絕對沒有心中宗主王孟，却佯作標榜李杜之理，後人曲解，豈不是太費了麼？

綜觀滄浪全書，也頗有切實的示人門逕之處，只怪在後人推崇或者駁斥他，都把他說成飄忽虛無。不錯，滄浪動輒用禪家語，致招人之誤解，但深於禪者，正不當作如此黏着的。譬如文心雕龍也說過一句：「動極神源，其般若之絕境乎！」[27]如果說彥和標擧的是佛家境界，恐怕我們不能同意吧。何況宋人喜用佛家語，劉後村在江西詩派小序中說黃山谷詩「自成一家，遂爲本朝詩家宗祖，在禪學中得比達摩」，又任淵后山詩註云：「讀后山詩，大似參曹洞禪，不犯正位，切忌死語。」[28]可見以禪家的話去比附詩，是南宋的常談，讀者不宜以詞害意。

這裏用了一大堆話，不外說明滄浪以禪喻詩，只是利用禪家的名詞，申明學詩當知門徑，並非主張詩境爲如禪境。所以，嚴格來說，「以禪喻詩」並非一種文學理論，而是他個人提出文學理論的一個方法。這一點，我以爲前人都不大注意到。當然，還有好些觀念要辨明，譬如

「妙悟」是什麼，「入神」究何所指，何以獨尊李杜等等，都留待下面再說。

四 妙悟與眞識

滄浪說詩，尙有所謂「妙悟」，最易引人悟會。他說：

> 大抵禪道惟在妙悟，詩道亦在妙悟。

這兩句本由上文「論詩如論禪」推演出來。我覺得，如果不從整體去看滄浪，極容易斷章取義。「論詩」怎麼如「論禪」呢？因爲學禪要「悟第一義」，而學詩亦要「悟第一義」。然則學詩的「第一義」是什麼？只有滄浪自己的話才可靠：

> 論詩如論禪：漢魏晉與盛唐之詩，則第一義也。大歷以還之詩，則小乘禪也，已落第二義矣。

由此可知，學詩之「悟第一義」，自不同於學禪。學詩之不能用禪宗，亦猶學禪之不以「漢魏晉與盛唐之詩」爲第一義耳。這個道理本來不難體會。因之詩道之「妙悟」，固亦與禪道不同。然而解人一般都執着此句，以爲滄浪主妙悟，完全是禪家的法門了。兼之漁洋主神韻，亦提出「妙悟」，於是益發叫人覺得，滄浪漁洋，是一個鼻孔出氣，而漁洋之神韻，亦無異於滄浪之「入神」了。「入神」之義，暫且不論。大抵漁洋的妙悟，是其論詩前提。本來，一切文學藝術，皆須悟入，但漁洋所謂「妙悟」，說得比較玄虛，甚至與「禪悟」混爲一體，於是妙悟有得的境界，就近於禪家空靈之境。他說：

> 嚴滄浪論詩，特拈妙悟二字，及所謂不涉理路，不落言詮。……皆前人未發之秘。㉙

其實此說與滄浪原意有出入，因爲依他之見，好像「妙悟」二字，本身含有很深的道理。實則照滄浪說，「悟」可有兩層意思，一是天分，二是識見。而二者亦可相通，因爲有此天分，然後能達斯識見，天分高，識見深，是謂「妙悟」。故妙悟並不如一般人理解的，達於縹緲空靈之境。錢牧齋痛詆滄浪，但他對妙悟的理解，似乎倒沒有錯，他論唐詩說：

> 嗟夫！唐人一代之詩，各有神髓，各有氣候，今以初盛中晚，釐為界分，又從而判斷之，曰：此為妙悟，彼為二乘；此為正宗，彼為羽翼。支離割剝，俾唐人之面目，蒙冪於千載之上，而後人心眼，沈錮於千載之下，甚矣詩道之窮也。㉚

意謂滄浪標舉盛唐爲正宗，妄言此即妙悟，用蔽後人心眼，故「妙悟」云者，悟盛唐之爲正宗也，非悟而至於妙，遂入於禪家空寂之境也。牧齋不同意的，是分唐詩爲初盛中晚，然後指出甚麼是正宗，甚麼是羽翼。換句話說，他只是反對滄浪所悟得的入門途徑。漁洋嘗謂：「虞山先生不喜妙悟之論，公一生病痛正在此。」㉛似乎還弄錯了牧齋的意思。

然則怎樣才可以有滄浪的悟呢？這絕對不是禪家的關捩子，快人一言，快馬一鞭，一經點破，終身受用不盡。即使有天分，還得講修養，這種修養，當然不能如電光石火，頃刻可致。初學詩的人，不知好惡，而各家各派，紛然在目，故必當熟參之，然後能定出好壞。滄浪最惡「本朝諸公」之詩，但亦以爲不可不熟參之，我們且看這個修養多麼不容易得到：

試取漢魏之詩而熟參之，次取晉宋之詩而熟參之，次取南北朝之詩而熟參之，次取開元天寶諸家之詩而熟參之，次獨取李杜二公之詩而熟參之，又取大曆十才子之詩而熟參之，又取元和之詩而熟參之，又盡取晚唐諸家之詩而熟參之，又取本朝蘇黃以下諸家之詩而熟參之，其真是非自有不能隱者。儻猶於此而無見焉，則是野狐外道，蒙蔽其真識，不可救藥，終不悟也。

可見滄浪於以前之詩，無有不熟參者，這正是培養識力的功夫。「參」字雖取自禪學，但與參禪初不相涉，答吳景仙書云：「妙喜自謂參禪精子，僕亦自謂參詩精子。」他這是「參詩」，並非「參禪」，很顯然的。而熟參之後，知道門徑，就是「眞識」，也就是「妙悟」。其實，沒有一個詩派不重視識見的，蓋有識見，才可以成立理論，有理論，才可以成家㉜。滄浪所以特別強調此點，正是覺得別的所謂識見，都不是「眞識」。譬如江西派論詩，亦往往提出「悟」字，也有人說過「山谷晚年詩皆是悟門」㉝。但滄浪之所謂「妙悟」，却是他自己「定詩之宗旨」的一個前提，提出這個前提的方法，則是利用禪家術語，以便他人容易接受。在此以前，韓駒有贈趙伯魚詩云：「學詩當如初學禪，未悟且遍參諸方。一朝悟罷正法眼，信手拈出皆成章。」㉞然而這是極其空洞的，因爲能夠「悟罷正法眼」當然好，但正法眼是什麼，却沒有說。

我們可以看出，滄浪正是利用這個空殼子，去提出他的門徑，他截然謂正法眼是漢魏至盛唐之詩，尤以李杜為至要，實在具體得多，其理論亦由禪寂之玄虛，歸於入門之正道。詩話的第一句，不是劈頭說「學詩以識為主，入門須正」麼？所以他的途徑：

㈠熟參各時代各派別之詩。

㈡知道眞是非後，決定取舍。

㈢自楚辭以至盛唐名家，皆下苦功[35]。

由此可見他的悟入功夫，不獨並非玄虛，甚至有近於荀子勸學篇所說的「眞積力久則入。」當然，滄浪的理論未嘗沒有漏洞。比方熟參各家詩後，却不知道向楚辭以至盛唐用功，偏喜歡晚唐甚至「本朝諸公」詩，又怎樣呢？他只有解釋道：這是「野狐外道，蒙蔽其眞識，終不悟也」。這麼說，倒又有點像理學家的口吻了。用理學家的話：有良知的人，都會悟，不悟，是良知被蒙蔽。大抵講文學，到了最基本的問題，不能不涉及人的天才性分。然而這個天才性分，固不必與禪悟混為一談。滄浪所謂別材非書，別趣非理，其實頗為圓通，因為他補充道：「非多讀書，多窮理，則不能極其至。」但是，即使多讀書，多窮理，亦未必能極其至的。文心體性篇云：「才有天資，學愼始習，斲梓染絲，功在初化。」又云：「童子雕琢，必先雅製，沿根討葉，思轉自圓。……故宜摹體以定習，因性以練才，文之司南，用此道也。」可謂是滄浪的先河。天資不能沒有，後天的學習，却極其重要 走錯了門徑，就是悟性不夠，門徑對了，功夫愈深，就愈能「悟入」。或者可以說，開始時，要有相當的悟性，知道在何處用功，用功日久，則悟性愈深，謂之向上一路[36]，文心言：「摹體以定習，因性以練才。」同其理也。不過滄浪固執於漢魏盛唐，「練才」並不能「因性」，是他的缺點。牧齋所指出的，亦正是此點。

又滄浪在「詩道亦在妙悟」以後，有一段話，我們應該注意：

且孟襄陽學力下韓退之遠甚，而其詩獨出退之之上者，一味妙悟而已。惟悟乃為當行，乃為本色。然悟有淺深，有分限，有透徹之悟，有但得一知半解之悟。漢魏尚矣，不假悟也。謝靈運至盛唐諸公，透徹之悟也；他雖有悟者，皆非第一義也。

這裏分爲三個問題討論：

第一、爲甚麼韓愈學問好，詩却不如孟浩然呢？道理很簡單：詩有別材，非關書也。「一味妙悟」的「悟」字，這裏接近「天分」的意思。固然，亦由於孟浩然知道門徑。按嚴羽說，孟詩好處在音節，滄浪在詩評說：「孟浩然之詩，諷詠之久，有金石宮商之聲。」音節運用之妙，全憑會心。滄浪極推楚辭，却全不論及楚辭的所謂忠愛怨悱，他說：「讀騷之久，方識眞味，須歌之抑揚，涕洟滿襟，然後爲識離騷，否則如戛釜撞甕耳。」讀騷而不悟其道，直似戛釜撞甕，自然不能領會其妙處，自己的作品，亦難得「金石宮商之聲」了。至於「歌之抑揚，涕洟滿襟」，全是性情中事，非關學問，我們看滄浪詩話考證一門，全憑意興，一點沒有據理推論的痕跡，如第十五條謂李白某某詩，「皆晚唐之語」，又某詩「亦不類太白，皆是後人假名」，又第十六條文苑英華有送史司馬赴崔相公幕一首：「此或太白之逸詩也，不然，亦是盛唐人之作。」且不論其當否，已可見他的態度，你要說他強詞奪理也不妨，因爲他說過：「詩之是非不必爭，試以已詩置之古人詩中，與識者觀之而不能辨則眞古人矣。」答吳景仙書又謂：「不遇盤根，安別利器，吾叔試以數十篇詩，隱其姓名，舉以相試，爲能別得體製否？」

所以，我以爲「一味妙悟」這句話，大可不必理解爲孟襄陽懂得禪悟，難道屈原也要懂得禪悟麼？至「惟悟乃爲當行，乃爲本色」，仍是說沒有天分識見，不可與言詩，「當行」，「本色」原是宋人習用語，如后山詩話謂「子瞻以詩爲詞，雖極天下之工，要非本色」，故詞有詞的本色，詩也有詩的本色，而且題材不同，本色亦異，如滄浪云：「韓退之琴操極高古，正是本色，非唐賢所及。」他又說過番刀須用北人結裹，用南人便非本色，可見韓雖不及孟，却能在某一類詩見其本色。

第二、所謂「深淺」、「分限」、「透徹之悟」、「一知半解之悟」，亦不外言天分與識見有高下之分，天分高，能悟漢魏盛唐之爲第一義，是「透徹」，落於第二義之「大歷以還詩」，與聲聞辟支果之晚唐詩，就是「一知半解之悟」。郭紹虞強分悟爲二義：一是透徹之悟，一是第一義之悟，恐怕愈說愈糊塗了㊲。

第三、嚴羽認爲漢魏、謝靈運、以至盛唐諸公，皆透徹之悟，亦第一義之悟。後人知道取法他們，是一種識見。至於他們自己，自然也有值得效法之處，是一種天資。故我在此節提出，悟字包括天分與識見兩層意思。至謂「漢魏尚矣，不假悟也」，也是我們的傳統觀念，認爲最高品質，莫能名狀，滄浪在詩評有兩條：「漢魏之詩，詞理意興，無迹可求。」「漢魏古詩，氣象混沌，難以句摘。」並可作「不假悟也」的註脚，亦即論語孔子稱堯之德爲「蕩蕩乎民無能名焉」㊳。這原沒有神秘處，也不能說成禪道的。至如許學夷的解釋云：「漢魏天成，本不假悟，六朝刻雕綺靡，又不可以言悟。」㊴此等論調，卑陋齷齪，何足以言詩！又此處加上謝靈運，似欲補充詩辨第一條的學詩途徑，他固以爲「謝靈運詩，無一篇不佳」的。我覺得滄浪詩論，有受時代影響處，亦有圖矯時病處，南宋受道學影響，大都不甚喜六朝，滄浪提出大謝，是鮮見之論。至若以爲大謝通於內典，合於滄浪論詩宗旨，故得尊崇，亦屬不然，他說過：「謝所以不及陶者，康樂之詩精工，淵明之詩質而自然耳。」可見他純站在藝術的立場。至其尊陶是否受了時論影響，就很難說，不過這兒稱陶所以貴，在於自然，亦可窺見「無跡可求」是什麼意思。宋人尙理，而陶詩有理趣，故於時極爲尊顯，但滄浪痛詆「以議論爲詩」者，爲什麼却也尊陶呢？我們細讀陶詩，以與宋人某些枯澀無味的說理詩比較，應當可以體味陶公風華，並且可以了解滄浪所謂興趣指的是什麼。研究文學批評，如果憑空拿一兩個名詞臆說，實在沒有意義，須知批評理論，離開了作品，斷不能獨存，此滄浪所以要「熟參」各家詩也。空論滄浪提出的諸名詞，如郭紹虞輩，恐怕不會弄出一個頭緒。滄浪固未必對，但要了解他，只有細讀他所標舉第一義的詩，以與他所不喜歡的宋詩比較，然則宋詩所缺少的，正是他所謂「興趣」、「妙處透徹玲瓏，不可湊泊」諸義，我們只要看，「盛唐諸人」是不是都近禪境？「漢魏古詩」又是不是含有禪味？則諸家紛議，未嘗不可以平息的。

五　入神與李杜

此外，後人對滄浪誤解最深的，就是所謂「入神」。

詩辨云：「詩之極致有一，曰：入神。」

「入神」之論，很不好解。依嚴羽說，是詩之極致，然則怎樣才算得上極致呢？且看詩辨第三條整段話：

詩之品有九：曰高、曰古、曰深、曰遠、曰長、曰雄渾、曰飄逸、曰悲壯、曰淒婉。其用工有三：曰起結，曰句法，曰字眼。其大概有二：曰優遊不迫，曰沈着痛快。詩之極致有一，曰入神。詩而入神，至矣盡矣，蔑以加矣！惟李杜得之。他人得之蓋寡也。

首先要注意，他既言詩品有九，又謂大概有二，極致有一，則可見「入神」並非詩中之一品，不得謂高、古、深、遠諸品之外，別有一品曰「入神」，亦自不同於司空圖詩品之所謂「精神」，[40]袁枚續詩品之所謂「神」悟[41]。總之，入神指詩的最高境界，卻不是風格的一種。

但歷來對滄浪「入神」二字的誤解，就是把它與「神韻」混為一談。我們可以從兩方面說：第一、何以有此誤解？第二、怎見得這是誤解？

關於第一點，我們知道，自從王漁洋提出神韻之後，其說風靡一時，前面已經提到過不只一次。漁洋每喜附會滄浪，去宣傳他的宗旨，因之後人容易發生錯覺，以為滄浪漁洋，其致一也。加以所謂妙悟、不落言筌、鏡花水月諸語，都容易說成玄虛的，何況「入神」的「神」字，同於「神韻」裏的「神」字，論者以二說相混，似乎就是順理成章了。我這兒只舉集誤會之大成的，如郭紹虞有「中國文學批評史上之神氣說」一文[42]，把神與韻兩字分說，以為滄浪論詩拈出神字，而漁洋更拈出韻字，又說：「滄浪只論個神字，所以是空廓的境界，漁洋連帶說個韻字，則超塵絕俗之致，雖猶是虛無飄渺的境界，而其中有個性寓焉。」完全是一種臆說，我們只要把它駁倒，就可見這是誤解了。

其實，要駁倒它也很容易。首先，滄浪並沒有「拈出神字」，他說：「詩之極致有一、曰入神。」何嘗就是拈出「神」字了呢？「入神」二字之不宜如此分割，顯而易見。而且，滄浪何嘗暗示過入神是「空廓的境界」？又縱觀滄浪全書，除此條提出「入神」外，他處全不見「神」字，而「氣象」、「透徹」、「興趣」等辭，則屢屢見之，倘滄浪誠提出「神」字以標空廓之境，則下文「詩評」、「考證」等篇既屢用「氣象」等辭，恐亦不得不用「神」字。當然，這也沒有必然之理，但郭氏割裂「入神」二字，實不見得有什麼根據。至錢鍾書談藝錄云：

> 按滄浪詩辨則曰詩之法有五，……詩之品有九，……詩之極致有一，曰入神，……惟李杜得之云云，可見神韻非詩品中之一品，而為各品之恰到好處。……必備五法然後可以列品，必列九品而後可以入神。[43]

錢氏之言，有精到處，比如說：「入神非詩品中之一品，而爲各品之恰到好處。」就對極了，可惜他仍然混「入神」爲「神韻」。本來，問題亦不在區區的名稱，但誤滄浪之「入神」爲漁洋之「神韻」，就有很多地方說不清，因爲滄浪以爲惟李杜可稱「入神」，漁洋却是以「神韻」許王韋一派的，錢氏謂「必列九品而後可以入神」，也還是對，但他在後面說：「滄浪以神韻許李杜」，觀念就混淆不清，所以有接着的幾句話：「漁洋號爲師法滄浪，乃僅知有王韋，撰唐賢三昧集，不取李杜，蓋盡失滄浪之意矣。」其實，滄浪與漁洋的宗旨並不一樣，是以不能強「入神」爲「神韻」，照滄浪的持論，應該主李杜，照漁洋的詩說，亦理宜宗王韋。漁洋附會滄浪，引致許多誤解，在他不知是有意無意，却想不到今日討論起來，要費這許多筆墨。

前面說過，「入神」二字不宜割裂，是怕割裂了容易比附漁洋之「神」字，生出諸如郭氏的誤解。其實即使割裂了，也不見得就有神韻派所標擧的遠神淡味的意思。我們且不論「神」的本義爲「天神引出萬物者也，從示、申」[44]，而只看歷來對神字的觀念，可以發見「神」有近於至高無上，不可思議之意，如孟子稱「聖而不可知之謂神」是也[45]。單就文學批評來說，如果以滄浪「拈出神字」，就是神韻，那末，在滄浪之前，拈出神字的正多呢，這裏也不打算詳說，但顯著的如魚豢魏略稱「植之華采，思若有神」[46]，杜詩亦有「讀書破萬卷，下筆如有神」之句，我們都不難體會神字的意思。至於「入神」二字，古詩就有「彈箏奮逸響，新聲妙入神」的話，又南史沈約傳云：「約撰四聲譜……窮其妙旨，自謂入神之作。」這是唐以前的例，要是仔細找尋，一定可以發見更多[47]。然若論其源出，則爲易繫辭下說的：「精義入神，以致用也。」正義曰：「言聖人用精粹微妙之義，入於神化。」又「知幾其神乎」下正義曰：「神道微妙，寂然不測。」可見入神只是達到神妙的境界，微妙之極，精之至也的意思。換句話說，就是「極致」。嚴羽以「詩之極致」爲「入神」，正是此意。但就「入神」的意義來說，則彈箏的極致也是入神；研究四聲運用的道理，能極其致亦可謂之入神，乃至百工技藝，到了最高境界，都可以目之爲「入神」的，是以莊子裏的庖丁解牛，匠石斲鼻，佝僂承蜩，同樣可以說是入神之學，然則何以一定要把滄浪的「入神」說成「神韻」呢？

由此觀之，「入神」二字，仍不可作爲滄浪的詩論，因爲如果說：「最好的詩應該是入神的。」那就等於說：「最好的詩應該是最好的。」而這句話全沒意思。要知滄浪之所以提出「入神」，是指學詩要得第一義，要得第一義，就要從「第一義」之詩入手，久之自能悟入，這是他的整套推理。因此，倘若他說到「詩之極致曰入神」以後，就沒有下文了，我們一點也不知道他論詩的見解，和標舉的是什麼。幸好他下面有一句：「唯李杜得之。」可見滄浪所取於李杜者，正是他論詩的準的。

滄浪所貴於李杜者何？我們仍得從他的詩話裏去推尋：

李杜二公，正不當優劣。太白有一二妙處，子美不能道。子美有一二妙處，太白不能道。

子美不能為太白之飄逸，太白不能為子美之沈鬱，太白夢遊天姥吟，遠離別等，子美不能道；子美北征，兵車行，垂老別等，太白不能作。論詩以李杜為準，挾天子以令諸侯也。

少陵詩法如孫吳，太白詩法如李廣，少陵如節制之師。

少陵詩，憲章漢魏，而取材於六朝，至其自得之妙，則前輩所謂集大成者也。

觀太白詩者，要識真太白處。太白天才豪逸語多卒然而成者，學者於每篇中，要識其安身立命處可也。

太白發句，謂之開門見山。

由上面的話，我們可以看出滄浪爲什麼以「入神」許李杜，從而窺探出滄浪所謂「入神」——詩的最高標準，應該是怎麼樣的詩。

第一，入神並沒有一定的風格或者境界。李杜同爲入神，然其妙處不同。大抵太白的妙處爲飄逸，子美的妙處在沈鬱。而他所學李杜諸篇如夢遊天姥吟，遠離別、北征、兵車行、垂老別等，亦無與於漁洋所謂禪悟神韻之境。滄浪說過詩之大概有二：「曰優遊不迫，曰沈着痛快。」而大要言之，李比較優遊，杜近於沈着，不過也難分得太顯明，總之，是「大概」而已。王湘綺謂漢初之詩，可分兩派，枚蘇寬和，李陵清勁㊽，寬和清勁，亦略同優遊不迫與沈着痛快。這兩派本無軒輊，可以各臻其妙的。但倘若誤入神爲神韻，就會生出很大的誤解，譬如郭紹虞說：

> 優遊不迫的詩，從容閑適，自然與所謂「羚羊掛角，無迹可求」者為近。而沈着痛快的詩，驅駕氣勢，當然與「羚羊掛角」的境界要遠一些。……以入神為詩之極致，而再以李杜為入神，那麼所指的似乎只是沈着痛快的詩而不是優遊不迫的詩。這大概因優遊不迫的詩，其入神較易，而沈着痛快的詩，其入神較難。㊾

觀念就全錯了。他誤解了「羚羊掛角的境界」，前面已討論過。至於什麼「較易」，什麼「較難」，亦是臆說。

第二，一種風格達到最高境界，便可稱爲入神，而不必兼備各種風格。如「子美不能爲太白之飄逸，太白不能爲子美之沈鬱」，而無害其爲入神的。當然，飄逸沈鬱之外，仍然可有別的風格，如前所舉九品是也。並且，就是飄逸沈鬱，亦非李杜所獨有，只是他們達最高成，故得許爲入神，所以，據滄浪自己說，論詩以李杜爲準，是「挾天子以令諸侯」的辦法。「諸侯」是什麼人呢？就是前面舉過的沈宗等二十餘人，王維、韋應物也算在內。

第三，滄浪純以藝術的態度論詩，並不顧及思想內容。沒有豐富的思想內容，算不算好詩，是一個問題。但他不認爲有某種內容的詩，就一定好。他舉杜甫的幾首詩：北征，兵車行，垂老別，都是很富社會性的寫實之作。詩中更有議論，似乎是滄浪認爲不該入詩的，但他批評過近代諸公「以議論爲詩」，是否就決不同意詩有議論呢？殊不然，他說過：「詩有詞理意興。」可見於「理」沒有偏廢的意思，只有「尙理而病於意興」，才是毛病。至於李白的夢遊天姥吟留別，以個人的想像爲主，一點不涉及社會問題。所以，詩的好壞，全在乎寫得怎樣，不能由思想內容去決定，忠君愛國的主題，寫得不好，也只算是壞詩吧了。我們看許多論詩的派別：都有所固執，漁洋喜歡與禪契合的詩，另外有些人却要求關乎民生疾苦，或者忠君愛國之作，似乎便不如滄浪圓通。且不論他的觀點好不好，總之，入神是指藝術上的最高成就，這當然要藉詞理意興表達的，而所謂「禪悟」、「神韻」無與焉。

第四，藝術上的成就，固然有賴於天才，所以「太白天才豪逸，語多率然而成者」，至詩辨上說的別才別趣，非關書也，非關理也，很容易令人誤解滄浪崇尙的是虛無的天才，不重視學問。不知滄浪標擧的，既不是一種風格，也沒有特定內容，則詩決非一個模型。太白以天才勝，但以學問勝，亦未嘗不可，所以說「少陵詩，憲章漢魏，而取材於六朝」，他的成就，仍是讀書窮理致之，滄浪在別才別趣以下說：「然非多讀書，多窮理，則不能極其至。」可見其旨趣。如果把杜詩「讀書破萬卷，下筆如有神」的「有神」作「入神」解，亦未嘗不可的，因爲入神並非飄忽不可知的神秘意境，應該靠學問幫助的。

此外，滄浪詩話論李杜，尙有一條，應該一談，他說：

李杜數公，如金鷄擘海，香象渡河。

這就是用禪家語以喻李杜詩了，㊿袁枚說：

嚴滄浪借禪喻詩，所謂羚羊掛角，香象渡河，有神韻可味，無迹象可尋，此說甚是，然不過詩中一格耳。阮亭奉為至論，鈍吟笑為謬談，皆非知詩者。詩不必首首如是，亦不可知此境界。51

可以代表一般的誤解。其實李杜之詩，怎見得有神韻可味，無迹象可尋呢？隨園既闢阮亭鈍吟之誤，自己却仍不免誤解，因爲之粗論如上。52

六　結　論

滄浪詩說，且不論其功罪，但於後世所引起議論之多，歷來詩話，恐怕鮮有其比。本篇提出的幾個問題，都是前人爭論的重點，這裏的意見，非敢如滄浪所謂「斷千百年公案」，只是把各家矛盾或者欠通的地方指出來，希望能夠切實窺探滄浪的本來面目。

大抵截然謂滄浪論詩有契於禪這個觀念，始於漁洋。先乎此的錢謙益，似乎還沒有這樣說，已見前論，而以後無論贊成或反對滄浪，都毫無懷疑的採取了漁洋的觀念了。所以這裏反覆辯證，未嘗不針對此點。

其實，要解決問題，便得從最基本的觀念入手。讀者應該綜合全書，理出一個概念。又要體會滄浪的作風和背景，庶幾不致斷章取義。譬如以禪喻詩，在當日是爲了叫人易於明白，今天却徒增困擾。且中國論文用語，最難體會，因爲同用一辭，各家觀念可能截然不同，讀者容易混淆不清，必當先求了解各家語言風格，及其所處的環境，然後或可窺其意耳。同一個「韻」字吧，文心體性篇謂：「安仁輕敏，故鋒發而韻流。」便有風味體調的意思，而聲律篇云：「同聲相應謂之韻……綴文難精，而作韻甚易。」這個「韻」字，便只能作聲韻的韻解。滄浪嘗謂學詩當先除五俗，其一便是「俗韻」，他以此與「俗句」、「俗字」等並列，可見其意只能屬於聲韻之韻，與陶詩「少無適俗韻」的韻字便兩樣，如果把他扯到漁洋的神韻說上去，就很不妥當。這還是顯而易見的，微妙之處，用滄浪的話說，更是非「熟參」不可，一個不小心，就會弄不清楚。當然，前輩值得我們佩服之處實多，但讀着談藝錄，正可得到一個好教訓，就是凡事當求其眞。我的意見，不管對不對，但這兒討論的態度，許是鍾書先生所贊成的吧。

滄浪所以引起後世紛議，還是由於不叫人了解，如果明白了他的宗旨，倒沒有什麼值得爭辯的，因爲都很平實，却也不見得怎樣特別高明。昔人論詩，自不免樹立門戶，標擧準的，譬如鍾嶸說：

宏斯三義（賦、比、興），酌而用之，幹之以風力，潤之以丹采，使味之者無極，聞之者動心，是詩之至也。[53]

所謂風力爲幹，潤以丹采，正是河嶽英靈集「文質半取」的意思[54]。觀詩品所標，能夠成爲一時代中心人物的，如曹植，陸機，大謝，都是體被文質的作者，準此而推，其宗旨當亦不難體會。大抵論文之作，最重要還是擧出具體作者爲依歸，倘只有空論，恐怕是無法說得明白的。

因此，詩的選本，往往是最具體的詩論。文心上篇詮論文體，每體必擧出作者作爲模範，而且有時好的壞的模範並列，使讀者知所取舍，此即鎔裁篇「擧正於中，則酌事以取類」之謂。其實滄浪也未嘗不用此法，他尊李杜，貶斥本朝諸公，若循此而觀，則他對詩有怎麼樣的要求，實在顯而易見。這裏且再綜合上文所論，分作幾點列下：

(一) 以禪喻詩，是借禪道以「喻」詩道，並不是以爲詩境應契於禪境。

(二) 滄浪並沒有明主李杜，實宗王孟的用心。

(三) 妙悟是指天分與識見，悟得者即滄浪所提出的學詩門徑。

(四) 唯李杜可稱入神。

(五) 入神無與於漁洋所謂神韻。

當然，時代對於作者或批評家的影響，是絕對肯定的。但有天分的作者，或者眞有識見的批評家，在接受傳統和適應時代之餘，也必有卓然自樹的地方，然後爲貴。在禪學大盛之世，下至市人妓女，都愛說禪家的話時，我不敢說滄浪論詩，絕不受禪家影響。至於影響有多少？是否他所標擧羚羊掛角諸語，完全是禪宗的境界呢？我只希望讀者從滄浪自己的話重新去體會，再作判斷，而先不要接受王漁洋等人的觀念。這未必容易辦到，但今天從事整理古典文學理論，我想，這還算是切實的方法。至於這兒的觀點倘若錯了，功夫白費了，於我，倒是不足惜的。

附註

❶ 見王士禎滄浪吟卷跋，陳乃乾校輯「重輯漁洋書跋」頁六一，中華書局一九五八年版。

❷ 大抵嚴羽以識見自許，於創作自知有所短謝。答吳景仙書云：「僕於作詩，不敢自負，至識則謂有一日之長。於古今體製，若辨蒼素，甚者望而知之。」（郭紹虞「滄浪詩話校釋」頁二三五附錄，人民文學出版社一九六二年版。）可見他自負的是識見，滄浪詩話正是平生精力之所萃。

❸ 牧齋有學集卷十五唐詩鼓吹序，四部叢刊本。

❹ 有學集卷十五唐詩英華序。

❺ 馮班有嚴氏糾謬，錢振鍠有謫星說詩，陳繼儒有偃曝談餘，趙執信有談龍錄，並多攻詆滄浪或漁洋之說，不具錄。

❻ 黃庭堅嘗云：「老杜作詩，退之作文，無一字無來歷。」又云：「古之能爲文章者，眞能陶冶萬物，雖取古人之陳言，入於翰墨，如靈丹一粒，點鐵成金也。」並見豫章集卷十九答洪駒父書。江西派之所標擧，於此可見一斑。

❼ 李之儀語見姑溪居士前集卷二十九與李去言書。

❽ 東坡有送參寥師詩云：「欲令詩語妙，無厭空且靜。靜故了羣動，空故納萬境。」雖未提出禪字，但所謂語妙，已近禪境。其題李之儀詩亦云：「暫借好詩消永夜，每逢佳處輒參禪。」故劉熙載嘗謂：「東坡詩善於空諸所有，又善於無中生有，機括實自禪悟中來。」（藝概卷二）

❾ 山谷既好與僧侶交往，又大讀佛經，故詩中不特多借用佛典，更有以詩印證禪境的，如答羅茂衡詩云：「羅侯相見無雜語，苦問溈山有無句？春草肥牛脫鼻繩，菰蒲野鳥還飛去！」那就是以詩說禪了。

❿ 如錢振鍠謂：「分界大乘小乘，一義二義，拘泥極矣。……羽乃分界時代，彼則第一義，此則第二義。……

此眞不可敎訓。」陳繼儒謂：「臨濟曹洞有何高下？而乃勦其門庭影響之語，抑勒詩法，眞可謂杜撰禪。」又錢謙益與馮班以滄浪分別小乘與聲聞、辟支爲非，皆以爲滄浪實不甚知禪。

⑪ 見後村大全集卷九十九：題何秀才詩禪方丈。

⑫ 見王士禎帶經堂詩話卷三引蠶尾續文。

⑬ 見師友詩傳續錄第五條。一九六三年中華版清詩話頁一五〇。

⑭ 陸機文賦中以琴道喻文者有「譬偏絃之獨張，呑清唱而靡應」；「象下管之偏疾，故雖應而不和」；「猶絃么而徽急，故雖和而不悲」；「寤防露與桑間，又雖悲而不雅」；「雖一唱而三歎，固旣雅而不艷」諸語。參閱饒宗頤「陸機文賦理論與音樂關係」一文，載京都大學中國文學報第十四册。

⑮ 見司空圖與李生論詩書。

⑯ 見黃宗羲南雷文定全集卷一。

⑰ 郭紹虞滄浪詩話校釋頁三二。

⑱ 如「向上一路」自是禪家語，見傳燈錄，但此亦是借用，不得謂從楚辭古詩等做來，遂可入於禪境。若王灼碧鷄漫志謂東坡「偶爾作歌，指出向上一路，新天下耳目，弄筆者始知自振」，固亦不能謂東坡提倡以禪悟作詞的，亦由此可見宋人本習用「向上一路」之類的禪家語。

⑲ 滄浪詩話有「詩體」一篇，似論體製。又「詩法」一篇，論造語用字諸端，似即所謂格力。至於氣象、興趣、音節，則滄浪於「詩評」一篇中往往用以爲言，可見五者相須，然後或篇。

⑳ 並見易繫詞上。

㉑ 見王弼周易略例明象。輔嗣解易，往往用老莊語，如此處得魚忘筌之論是也。

㉒ 沈曾植八代詩選跋語，見錢仲聯輯海日樓題跋卷一，中華書局一九六二年版。

㉓ 見師友詩傳錄第廿七條張實居蕭亭答語。中華版清詩話頁一四四。

㉔ 錢鍾書談藝錄頁一一七。

㉕ 案錢氏此誤，大抵本漁洋而來，帶經堂詩話卷二載分甘餘話引此已作「言詮」。
㉖ 見師友詩傳續錄第十八條，中華版清詩話頁一五二。
㉗ 文心雕龍論說篇。
㉘ 見任淵后山詩註目錄前題辭。
㉙ 見帶經堂詩話卷二引分甘餘話。
㉚ 錢謙益唐詩鼓吹序。
㉛ 王士禎滄浪吟卷跋，見重輯漁洋書跋頁六一。
㉜ 有識見，就是有所悟入。古之名家，各有其悟入之處，江西派所宗的黃山谷奉答謝公定與榮子邕論狄元規孫少述詩長歌有句云：「自往見謝公，論詩得濠梁。」任淵註：「得濠梁，言有所悟入也。」案淵爲南宋人，可見「悟入」亦爲此時常談。滄浪的悟入，是從漢魏盛唐，山谷的悟入亦自有其門徑，何獨執着於滄浪，以爲他是指禪悟呢？
㉝ 見樓鑰攻媿集卷七十，書張式子詩集後。
㉞ 見陵陽先生詩卷二。
㉟ 參滄浪詩話「先須熟讀楚辭，……久之自能悟入」一段，已見前引。
㊱ 案王應奎隨柳南讀筆卷三云：「夫妙悟非他，即儒家所謂左右逢源也，禪家所謂頭頭是道也。詩不到此，雖博極羣書，終非自得之境，其能有句皆活乎！其能無機不靈乎？」黃培芳香石詩話卷四云：「詩貴超悟，是詩教本然之理，非禪機也。孔子謂商賜可與言詩，取其悟也；孟子譏高叟之固，固正與悟相反也。」都說得比較通達。而郭紹虞滄浪詩話校釋引此云：「諸家之說，大都重在悟不重在禪，似非滄浪之意。」（頁十九）這樣強納悟於禪道，我以爲誤解滄浪的倒是他。
㊲ 見郭著中國文學批評史頁二四二。
㊳ 論語泰伯篇。

㊴ 許學夷詩源辯體卷十七。

㊵ 司空圖詩品二十四品中，有精神一品，大抵指妙造自然之境，故云：「生氣遠出，不著死灰。妙造自然，伊誰與裁。」

㊶ 袁枚續詩品有神悟一品云：「鳥啼花落，皆與神通。人不能悟，付之飄風。惟我詩人，衆妙扶智，但見性情，不著文字。宣尼偶過，童歌滄浪。聞之欣然，示我周行。」大抵即隨園文集卷二十八何南園詩序所云：「詩不成于人，而成于其人之天」之意，續詩品旨在寫作者之苦心，袁氏所謂神悟，實無標擧以作準的之意。

㊷ 載小說月報十九卷一號。

㊸ 見錢氏談藝錄頁四八。

㊹ 見許愼說文示部。

㊺ 見孟子盡心下。

㊻ 見三國志魏書十九陳思王植傳裴松之注引魏略。

㊼ 黃庭堅贈高子勉四首之一有句云：「事須鈎深入神。」則可見滄浪素所厭惡的江西派，亦未嘗不標擧「入神」。

㊽ 見王志卷下論漢唐詩家流派荅唐鳳廷問。

㊾ 郭著中國文學批評史頁二四七。

㊿ 案金鴆擘海，出華嚴經。香象渡河，出維摩經注釋及傳燈錄。下文引袁枚語，可見袁氏以爲「香象渡海」與「羚羊掛角」同義，並喻「無迹象可尋」，但要注意的是這兒用以喻李杜詩。

(51) 見隨園詩話卷八。

(52) James Liu 的 *The Art of Chinese Poetry*（Chicago, 1962），把滄浪的入神譯爲 entering the spirit，以爲入神是 to enter imaginatively into the life of things and embody their essence, their spirit, in one's poetry，這是單從入神二字引伸，沒有顧及滄浪全書之意。他把滄浪的以禪喻詩譯爲 to discuss poetry consistently in terms of Zen，本是很好的，但以

「入神」爲 a phrase first used by Yen Yu，就値得斟酌。而且不知是否受了郭氏的影響，他亦認爲滄浪提出神字，漁洋提出韻字，謂 spirit refers to the essence of things，即謂「神」指事物的精神，因此譯滄浪入神一段云：

The ultimate excellence of poetry lies in one thing: entering the spirit. If poetry can succeed in doing this, it will have reached the limit and cannot be surpassed.

却略去了「唯李杜爲得之」一句，我以爲重要的，其實倒在於此句。如果把「入神」解做進入事物的精神，倒像是文心物色篇「窺情風景之上，鑽貌草木之中」的意思了，似非滄浪原意。（劉氏諸語引自頁八一——八三。）

又J. D. Frodsham *An Anthology of Chinese Verse: Han Wei Chin and the Northern and Southern Dynasties*（Oxford, 1967）的 introduction 末段云：As Zen critic Yen Yu remarked long ago: "Poetry reaches the height of perfection only when it succeeds in entering the spirits: once it has achieved this, it has gone as far as it can and has become unsurpassable." I believe that most of the poems in this anthology still have the power to cross the gulf of the centuries and enter our spirits today. 以爲「入神」可解釋做進入今日我們讀者的精神，也是由於望文生義而引起的誤會。

㊸ 見鍾嶸詩品序。

㊹ 殷璠河嶽英靈集會首集論：「璠今所集，頗異諸家，既閑新聲，復曉古體，文質半取，風騷兩挾。」蓋亦有取平折中之義。

［原刊《崇基學報》，第十卷，第一、二期合刊（一九七一年十月），頁一一〇——一二三。］

「文與道」「情與性」

——理學家之文藝思想試論

黃繼持

一　前言

宋明理學，是一套成德之學，重點落在內聖之道上。與先秦儒家比較，義理往深邃精微的路走，故於道德哲學的闡發，幾無餘蘊；但未能充份開出外王之道來，所以對於客觀文化活動，所論多泛而不切，往往祇本道德理性予以裁判，而不能善論各項文化活動本身的特質與領域。也許在絕對的境界，上天之載，無聲無臭，文辭固是枝葉，是閑言語，縱堯舜事業，也不過一點浮雲過太虛。到此只是冥契。固然，有體應該有用，但從道德心性之本體，到文化活動之大用，此中關鍵如何，這問題宋明儒却比較忽略了。

文學藝術，並不是理學家用心所在。但事實上，他們不會不接觸到文學，所以亦間有本其哲學思想加以論述。但大體上，他們不甚能了解文藝的特性，而僅以道德駕臨文藝。漢儒多把詩與樂作爲政治教化的工具，宋儒多以文藝爲無用而加以忽視，兩者都不能開出一套健全的儒家式的美學思想。本來，歷代談詩論文，或曰言志，或主勸懲，或宗風雅，都與儒家思想有相當密切的關係。儒家哲學，就其本質而觀，未嘗不可以開出一套健全的文藝理論或美學思想。但作爲儒學復興的宋明理學，却不大能接得上這段精神。但理學旣是當時思想之主流，總不能沒有影響到一般文化活動，則理學家一些論點，也不能不於文學創作及批評上起些作用。此尤以在明代爲顯著。

事實上，宋明的文學發展，有其自身的因素，理學並沒有居於指導的地位。理學家談論文藝，也多只是泛泛的原則性的話。宋明的文人學士，本儒家思想以論文藝者，也很多不是理學中人，所以具有理學色彩的文藝觀或美學思想實在無幾。本文只圍繞一些基本觀念作初步的探索，並試圖疏通其涵義，以見哲學與文學之間、道德與藝術之間的某些關係。

二　文與道

程朱論道與文，頗有異於韓愈及北宋古文家之論道與文，乃至與宋初儒者如柳開孫復石介等亦有分別，甚且與周敦頤的觀點亦略有出入。程朱所究心的是道而不是文。其所謂道者，雖是儒家之道，但已加進了新的意義成份，非盡如韓愈及宋初儒者之所言。姑不論他們所說的道高下如何或與孔子之意是否相合，大體上，程朱的道說得相當深邃細緻，不只是道德文化的，而且帶有濃厚的形而上的意旨。不過，道之一詞的外延與內涵，却不大嚴格，理學家用起來，遠比心性理氣諸詞籠統。這大概因爲道字有其傳統的意義，在這上頭加入新的意義成份，兩者混殽不清。「道」旣如此，「文」亦同然。所以程朱論文與道之語，我們要明辨其意義層次何在，才能確當地了解其旨趣及其得失如何。

若謂程朱論道與文，提出了道德與藝術之關係的問題，那也不過大體地說。道德與藝術俱是須待界定的詞語，否則說甚麼「爲道德而藝術」、「爲藝術而藝術」、或「道德與藝術一而二二而一」等話，就因爲詞語的指謂不明而有玩弄字眼之嫌。不過要確當地界定藝術與道德的詞義，頗不容易。本文姑仍取現代通常的用法，即以道德求善，藝術求美；而暫不論美與善是否有先天的和諧統一，只取我們可以分別說道德與藝術、或道德條目與藝術作品（藝術作品包括文學作品），而見兩者在涵義及指謂上可各有所當。在現實界中，道德與藝術對峙乃至衝突，情形亦頗常見；則雖謂美與善就其本然或其終極而言乃爲和諧者，也不能否認在實然上或在歷程上，二者可以產生某種對立。這是道德哲學的問題，也是美學的問題，而宋明理學家之論道與文，也在一定程度上接觸到此問題。

以文章爲勸懲之具，漢代以來正統儒者大都持這種觀點。但文學作爲藝術創作而言，究非倫理教化所盡能牢籠。魏晉南北朝，伴隨着時風倫教之委頓，帶來了對藝術本身之省覺與技巧方面之刻意經營，則文與道（俱就廣義說）便於此出現了裂縫，寖假而至文以害道，即只落於巧藝以求情意之滿足。似乎沒有誰明說過道足以害文，但六朝的文士確大多把儒家思想撇開。劉勰想作綜合折衷，不過在當時實際影響不大。問題到了韓愈手中，他本文化統緒的意識，把道與文相提並論，實際表現在其古文創作上而起了相當大的影響。理學家不滿於韓愈，主要認爲韓愈得於道者淺而所說者粗。理學家所重的是理論問題，不一定有意於文學創作，乃至不屑於文學創作。他們就道與文提出的論點，實在關涉於哲學多於關涉文學本身。下面試逐層闡述其意義。

(一)文與道違

理學家常有貶文學乃至敵視文學的話。在這情形下，多以「文辭」連言，或曰「藝」。這些詞帶貶義，其所指涉，大抵即爲一般詩人文人的作品，即所謂世俗的文章。他們或認爲此等文章無補於道德教化，故貶之爲無用之贅言；或以此等文章只表現情意之肆蕩，故斥之爲淫言邪語；或就爲學之方，認爲學文根本妨碍學道，故謂作文害道、玩物喪志。這三種說法，實在都站在文學以外的立場來作衡量。那是基於社會文化的立場，或道德修養的立場，以檢察文學藝術，而把文藝的價值貶低，把文藝創作活動壓縮。這本來是一般道德家，不論古今中外，通常採取的態度。但我們還要細看理學家的論證是怎樣建立的。先引一些基本的材料：

周敦頤說：

> 聖人之道，入乎耳，存乎心，藴之為德行，行之為事業，彼以文辭而已者，陋矣。❶

程頤說：

> 向之云無多為文與詩者，非止為傷心氣也，直以不當輕作爾。聖人之言，不得已也。蓋有是言，則是理明，無是言，則天下之理有闕焉。如彼耒耜陶冶之器，一不制，則生人之道，有不足矣。聖人之言，雖欲已得乎！然其包涵盡天下之理，亦甚約也。後之人始執卷，則以文章為先；平生所為，動多於聖人。然有之無所補，無之靡所闕，

乃無用之贅言也。不止贅而已，既不得其要，則離真正失正，反害於道必矣。❷

又人問程頤作文害道否，答云：

害也。凡為文不專意則不工。若專意則志局於此，又安能與天地同其大也。書云玩物喪志，為文亦玩物也。呂與叔有詩云：「學如元凱方成僻，文似相如始類俳，獨立孔門無一事，只輸顏氏得心齋。」此詩甚好。古之學者，惟務養情性，其他則不學。今為文者，專務章句，悅人耳目；既務悅人，非俳優而何？❸

又或問詩可學否，程頤答云：

既學時，須是用功，方合詩人格。既用功，甚妨事，古人詩云：「吟成五箇字，用破一生心。」又謂：「可惜一生心，用在五字上。」此言甚當。❹

又嘗說：

某素不作詩，亦非是禁止不作，但不欲為此閑言語，且如今言能詩，無如杜甫。如云：「穿花蛺蝶深深見，點水蜻蜓欵欵飛。」如此閑言語，道出做甚。❺

上引數條，足以代表低貶文辭的極端看法。文辭非德行事業，非聖人之學，故與道不相關，故謂之閑言語，謂之贅言。志局於此即爲陋，陷溺於此即喪失成德之志，肆蕩則更流於淫邪。再仔細觀察，也許問題出在「志局」，「惟」務文辭，或以文章爲「先」，總言之，病在流俗之失。但本質上，文與道究竟是否必然相妨，或在那一情形之下相妨，那一情形之下可以不相妨，還要進一步考察。不過理學家的目的是道，而不是文。即此，已設定了兩者的主從關係，而學道之途徑自與學文之途徑不同。伊川有云：

> 學文之功，學得一事是一事，二事是二事，觸類至於百千，至於窮盡，亦只是學，不是德。有德者不如此。故此言可為知道者言，不可為學者言。❻

又云：

> 學者先學文鮮有能至道。至如博觀泛濫，亦自為害。❼

又云：

> 不求諸己而求諸外，以博聞強記、巧文麗辭為工，榮華其言，鮮有能至於道者，則今之學與顏子所好異矣。❽

理學家分別德性之知與聞見之知，兩者性質不同。「學文」是聞見經驗的事，故從這裡鮮能至道。朱子承接程子的意思，論文章無用，也有類似的話：

> 才要作文章，便是枝葉，害着學問，反兩失也。⑨
>
> 貫穿百氏及經史，乃所以辨驗是非，明白義理，豈特欲使文詞不陋而已。……今執筆以習，研鑽華采之文，務悅人者，外而已，可恥者矣。⑩
>
> 近世諸公作詩，費工夫，要何用。……今言詩不必作，且道恐分了為學工夫。然到極處，當自知作詩果無益。⑪

學道與學文是兩回事，而且從文至道之路走不通；但若自另一端開始，從道通下來能否成就文章（這文章當然是比一般文辭價值為高的文章）？打這裡問起，才能接觸到理學家論文的關鍵問題所在。

(二) 從道到文

從道到文，可以就兩方面說：一是就創作活動言，一是形而上地說。兩者未必截然分明，後者也許只是前者抽象化的建構，但大部份理學的詞語都有形上的涵義。今從前者說起。程伊川有這樣的話：或問古者學爲文否？他答道：

> 人見六經，便以為聖人亦作文，不知聖人只攄發胸中所蘊自成文耳。所謂有德者必有

言也。⑫

朱子有言曰：

> 夫古之聖賢，其文可謂盛矣。然初豈有意學為如是之文哉。有是實於中，則必有是文於外。……聖賢之心，既有是精明純粹之實，以旁礴充塞乎其內，則其著見於外者，亦必自然條理分明，光輝發越，而不可揜。⑬

所以發爲此論者，蓋於一般世俗之文以外，確有聖賢之文。兩者性質有何不同，這容易作答。至於後世人能否作得聖賢之文，如何才能作得聖賢之文，則是比較難答的問題。他們大致以「有德者必有言」（語出論語憲問篇）作答，似乎認爲從道到文是直接的下貫：「攄發胸中所蘊自成文」，「有是實於中，則必有是文於外」。從某一角度看，這些話是對的。但就實際經驗來說，有德者必有言，這個「必」字究竟能否說得定？換言之，道（或德）是否文（或言）的充足條件？程朱不甚能正視這個問題，但也未嘗不感到有某些疑難。如朱子釋通書文辭章云：

> 或疑有德者必有言，則不待藝而後其文可傳矣。周子此章似猶別以文辭為一事而用力焉。何也？曰：人之才德偏有長短，其或意中了了，而言不足以發之，則亦不能傳於遠矣。故孔子曰：辭達而已矣。程子亦言：西銘吾得其意，但無子厚筆力不能作耳。

> 正謂此也。然言或可少，而德不可無。有德而有言者常多，有德而不能言者常少。學者先務，亦勉於德而已矣。⑭

這已表示文辭筆力，也非經修習不爲功。從有德到有言，中才之人，其間仍須經過習文的歷程。但照道學家說，無論如何，仍當以勉德爲先務。朱子於此，一方面是迴避問題，一方面也顯示出他之爲道學家的立場，遇到兩難，必重申道德之爲主。他要堅守道之一本，而不能把道與文說爲二本；即是要把文收到道裡面，文從道流。這種說法，帶有濃厚的形上學意味，是扣緊朱子整個哲學系統而說的。落在文學創作活動上，則頗多窒礙。此下就其哲學涵義論之。

㈢ 文從道流

文從道流之說，乃哲學地確立道之一本。朱子批評韓愈歐陽修蘇軾之文學理論，即在此分際言之。關於韓愈學文而及於道，伊川已談到：

> 退之晚來為文所得處甚多。學本是修德，有德然後有言，退之却倒學了。因學文日求所未至，遂有所得。⑮

伊川雖謂韓愈倒轉來學，但對他尚有稱許之意。但到朱子則嚴加簡別：

> 才卿問韓文李漢序頭一句甚好。曰：公道好，某看來甚有病。陳曰：文者貫道之器。

> 且如六經是文，其中所説皆是這道理，如何有病？曰：不然。這文皆是從道中流出，豈有文反能貫道之理？……若以文貫道，却是把本為末，以末為本，可乎？其後作文者，皆是如此。[16]

以文貫道，意涵文是貫者，道是被貫者，即以文爲主體而道爲文之所及。故朱子謂其裂道與文，本末顛倒。朱子之論歐陽修云：

> （歐陽子）曰：「我所謂文，必與道具。」……則道之與文，吾不知其果為一耶為二耶？[17]

論蘇東坡云：

> 道者文之根本，文者道之枝葉。惟其根本乎道，所以發之於文皆道也。三代聖賢文章皆從此心寫出，文便是道。今東坡之言曰：吾所為文必與道俱。則是文自文而道自道，待作文時，旋去討個道來放入裏面，此是他大病處。……緣他都是因作文却漸漸說上道理來，不是先理會得道理了方作文，所以大本都差。[18]

此更裂道與文爲二者，作文時才把道拿來附在上面。

朱子之疵議韓愈蘇軾，除了理論之爭以外，當然還因對他們文章思想的不滿，如議韓愈：

今讀其書，則其出於諂諛戲豫放浪而無實者，自不為少。若夫所原之道，則亦徒能言其大體，而未見有探討服行之效，使其言之為文者，皆必由是以出也。……至於其徒之論，亦但以剽掠僭竊為文之病，大振頹風，教人自為為韓之功；則其師生之間，傳授之際，蓋未免裂道與文以為兩物，而於輕重緩急本末賓主之分，又未免於倒懸而遂置之也。⑲

至於駡蘇軾則更凌厲：

蘇氏之言，高者出入有無，而曲成義理；下者指陳利害，而切近人情。其智識才辯，謀為氣慨，又足以榮耀而張皇之，使聽者欣然而不知倦，非王氏（安石）之比也。然語道學則迷大本，論事實則尚權謀，衒浮華，忘本實，貴通達，賤名檢，此其害天理，亂人心，妨道術，敗風教，亦豈盡出王氏之下也哉！⑳

這已經是兩派思想的全面衝突了。

就理論意義說，朱子提出一本以反對二本，可以見出古文家與道學家各具立場，即古文家雖言道，但自覺或不自覺地承認文有一定程度的獨立性，在創作時甚且可能重文甚於重道，只求作好文章而未必把成德視作直接的目的。至於「文以載道」一語，首見於周敦頤的通書：

文所以載道也。輪轅飾而人弗庸，徒飾也；況虛車乎！文辭，藝也；道德，實也。篤

其實，而藝者書之，美則愛，愛則傳焉。㉑

嚴格說來，文以載道，實與韓愈之意爲近，仍不免裂道與文爲二。而朱子註通書仍順周子原文的語脈疏解，則大概因爲周子爲學沒有犯上古文家的流弊，所以也不必就字面挑剔。但細緻體察，此與朱子所持的究極意義並不相合。蓋一本之說，只透顯出道體的形上之境；落到實際上，如何表現，也遽難說。文以勸懲，文以載道，祇要文辭從屬於道德，道德爲目的，文辭爲工具，諸義都可爲朱子所首肯。不過文從道流，則是指出究極之境，先天地以道德統攝藝術。這正是純粹的道德哲學之必有的歸趣。

(四) 文道合一

文從道流，若認爲此是體性上之本然，則文原有與道相合之理；若認爲此是實踐上之應然，則作文之事須以道爲泉源，衡文之事當以道爲準則。「有此理便有此事」，這是朱學的通義。文道合一，這才合理，否則背理。實踐須按理行之，這也是朱學的通義。故朱子說：

道者文之根本，文者道之枝葉。惟其根本乎道，所以發之於文皆道也。三代聖賢文章皆從此心寫出，文便是道。㉒

他又說：

> 道外有物，固不足以為道；且文而無理，又安足以為文乎。[23]

道外無物，乃以道收攝一切自然事物與人生活動，把它們都上提於道而賦予道德意義。物在這裡是就其「理」說，而「道」爲「理」之總滙，故云道外無物。也可以按此語脈而說道外無文，文也是就其「理」說。若不合理，物不成物，文不成文，則也可以說道外無物道外無文。「有德者必有言」，「有是實於中，必有是文於外」，「主乎學問以明理，則自然發爲好文章」等等論調，正是就文從道流，文道合一的架構言之。我們上面提過，實際創作活動，不一定能如此處所說之「必有」或「自然發爲」，但他們正不是站在文學創作的立場講，而是站在學道的立場講。如朱子云：

> 古之聖賢所以教人，不過使之講明天下之義理，以開發其心之知識，然後力行固守，以終其身，而凡其見之言論，措之事業者，莫不由是以出；初非此外別有岐路，可施功力，以致文字之華靡，事業之恢宏也。[24]

又云：

> 蓋古之君子，其於天命民彝，君臣父子，大倫大法之所在，惓惓如此，是以大者既立，而後節槩之高，語言之妙，乃有可得而言者。[25]

這都是關於學道的話。落在文化上講，則如云：

歐陽子曰：三代而上，治出於一，而禮樂達於天下；三代而下，治出於二，而禮樂為虛名。此古今不易之至論也。然彼知政事禮樂之不可不出於一，而未知道德文章之尤不可出於二也。㉖

則文道合一，本道體而言；而關涉到政治文化，便確定其爲道德之一。

(五) 總論涵義

理學家之論文道合一，實質上是要把藝術附從於道德。文從道流，即是說美從善來，而不肯承認美與善可各爲獨立之領域。他們只作道德的與不道德的二分，而不大肯承認有非道德的情意或心智之活動領域。以此原則去裁斷一切文化活動，則萬事萬物皆從道流，豈獨文爲然；於是，藝術自無其獨立的究極的意義與價值，而應當從屬於道德之下，或爲德化的表現，或作勸懲的工具。但用作勸懲的工具，也會考慮到怎樣才能獲得最大的效果，於是不免要引出「言而無文，行而不遠」（左襄廿五年）這類的話，但又恐怕務文而忘實，又不能不張「辭達而已矣」（論語衛靈公）之旨。相反相成，孔子這兩句話正被理學家反覆申述。但這都是從實用的立場去考慮，並沒有多大純粹美學的意義。反而就藝術爲德化的表現而說，還可以部份透顯出美學的意境。此中理由，可以簡略地如此說：精神活動之最高境域本可綜攝善與美，善與美各自則未必誰統屬誰，而俱爲此最高境域之所顯發。此最高境域，究其實，當指主體性而言，但也不妨向外投射而成爲形上學的本體。理學家所說的道便是指最高本體，但他們只能充份注意到善的一面。不過假如眞能達到最高境域，美與善本可同時透出，相融相即；美與善先天的諧和當在此處講，而且這才是平等的諧和。理學家談道的「氣象」正從此處說。即使「上天之載，無聲無臭」，又何嘗沒有美的意趣。故言文道合一，若契會道體，也可以透出某種美學的意境。

但理學家所透出的美學意境，大體是一種淡素的靜境。例如他們所欣賞的孔門氣象，側重「夫子與點」及「顏子所樂」；至於他們自己如茂叔堯夫的生活情調，也正與此境契合。那顯示一種靜觀自得的心態，於此而依稀見道之氣象；堯夫的詩正表現這種淡素的意境，以寫其自樂之況。作爲詩來說，成功與否，却當別論。

朱子所欣賞的詩境仍是閒淡蕭散之境，仍是在靜觀中所體味的意趣，所以他重陶淵明孟浩然，更稱賞韋蘇州，謂其詩無聲色臭味，無一字做作，其氣象近道。但淡素之美是否即盡藝術之蘊？何以他們多偏於此境而不甚拓展？問題即轉到理學中性與情的觀念影響及於美學思想者何如。

三　情與性

理學的基本觀念，如道理心性情，都是落在道德哲學上說的，本來與美學思想無關。但當理學家們偶爾接觸到文藝的時候，自然往往本着這些觀念來引申討論。他們的美學思想，只是零星片段的；但他們的宗旨，大體上頗清楚，即認爲美自善來，藝術從屬於道德。道與文的討論中，這種趨勢顯而易見。至於以性與情論詩文，大體方向也如此。不過由於性與情的內涵比較豐富，他們的議論便比較能與一般文士的文學理論接得上，也較多觸及藝術的本質。

宋儒尊性抑情。其所謂性是就孟子性善論與中庸天命之謂性講。故程朱言性即理，性是道德性本身。所以他們之言「理性」，異於漢人之言「才性」，及六朝文士之言「情性」。至於情，大體承中庸禮運之意，指喜怒哀樂或喜怒哀懼愛惡欲講，這與「情感」「情意」「情欲」等現代詞語涵義大致相當。我們今天說，藝術基本上是情意的表現。古人也有類似的見解，楚辭言「發憤以抒情」（惜誦），毛詩序謂「情動於中而形於言」，又說「吟詠性情」。到陸機提出「緣情」之語，情與文藝的關係遂得到充份重視。六朝人往往「性情」或「情性」連言，重點實在落於情上，這是文藝論或美學的詞語。站在藝術的立場，情是足資品鑒的；但站在道德的立場，情則頗不可靠，情不能自正而待正，縱之濫之則流於邪惡。宋儒如程朱一系之苦參中和，是求其情發而皆中節，乃通過心的作用，以性主情，性之理主於情而使情有節，如是則情與性一，發而中節的情即是性之表現。不過，用現代語說，那已是道德化了的感情了。感情之道德化是應該的，但宋儒却往往斬截得太乾淨，只作道德與不道德的二分，不大肯給非道德的情意活動留一餘地，所以對文學藝術不能善解。

程朱一派用性情之詞語談文藝者不多。縱有，亦大都沿一般的用法，理學的特質不甚顯著。所以僅把朱子以前的邵雍的意見分析一下。邵雍雖未必是理學的正宗人物，而帶有些道家的氣味，但他性情之論與程朱出入不大，而且他喜歡吟詩，他表現的人生情調也可以顯示理學家可能達到的藝術境界。

(一) 邵康節論情與性

邵雍的詩集伊川擊壤集序有云：

> 懷其時則謂之志，感其物則謂之情；發其志則謂之言，揚其情則謂之聲；言成章則謂之詩，聲成文則謂之音。然後聞其詩，聽其音，則人之志情可知之矣。且情有七，其要有二。二謂身也時也。謂身則一身之休慼也，謂時則一時之否泰也。一身之休慼，則不過貧富貴賤而已；一時之否泰，則在夫興廢治亂者焉，是以仲尼刪詩，十去其九；諸侯千有餘，國風取十五；西周十有二王，雅取其六；蓋垂訓之道，善惡明著者存焉耳。
>
> 近世詩人，窮慼則職於怨憝，榮達則專於淫泆。身之休慼，發於喜怒；時之否泰，出於愛惡，殊不以天下大義而為言者。故其詩大率溺於情好也。㉗

情有七，即喜怒哀懼愛惡欲，感於物而動，意皆本禮記。從感之者言，分為身與時兩方面。身是個人貧富休慼，時是天下興廢治亂。若只牽於一己之窮慼榮達，而發為怨憝淫泆之情，則只是「情好」，正足以溺人。若能懷其時，以天下大義為言，則情通於「志」而得其正。「情志」是道德的，「情好」則未必合乎道德。溺人累人的情是情好之情；至於情志之情，則情而有性理主之。故情之善惡不在乎感物之動本身，而在乎何物感之及其動如何。康節云：

> 噫！情之溺人也甚于水。古者謂水能載舟，亦能覆舟，是覆載在水也，不在人也。載

則為利，覆則為害，是利害在人也，不在水也。㉘

性爲之主，情發而皆中節，則情而性；否則任情則動乎欲，牽於己私，於是乃溺人累人。康節又云：

以物觀物，性也；以我觀物，情也，性公而明，情偏而暗。㉙

任我則情，情則蔽，蔽則昏矣。因物則性，性則神，神則明矣。㉚

此處性情分言，以公私別之。一般人的情，往往是私情。故理學家或以性主情，自內疏導；至其矯枉過正者，則未免壓抑情感，外加箝制。就道德修養論，疏導方是正道；箝制不一定可行，亦非理學的本義。至於對文學藝術的關係言，後者根本否定了藝術創作的動力與基本素材。前者以性主情，則類比於文道合一之論，本道成文；落到文藝創作，亦不免理性重於感情，所觀照的美，亦只能是一種淡素的道的氣象。康節詩云：

行筆因調性，成詩為寫心。詩揚心造化，筆發性園林。㉛

此中畢竟沒有多少詩的材料。康節正欲以此超乎情累。他說：

觀物之樂，復有萬萬者焉，雖死生榮辱，轉戰于前，曾未入于胸中，則何異四時風花雪月一過乎眼也。誠為能以物觀物，而兩不相傷者焉。蓋其閒情累都忘去爾。所未忘者，獨有詩在焉，然而雖曰未忘，其實亦若忘之矣。何者，謂其所作異乎人之所作也。所作不限聲律，不沿愛惡，不立固必，不希名譽，如鑑之應形，如鐘之應聲，其或經道之餘，因閑觀時，因靜照物，因時起志，因物寓言，因志發詠，因言成詩，因詠成聲，因詩成音。是故哀而未嘗傷，樂而未嘗淫。雖曰吟詠情性，曾何累于性情哉？32

以觀物的工夫而達到不累於情的地步，則其詩之作，實本於性；感物而情「應」，所發的情亦是「性之情」，才能情而無累。但我們看來，也許這已是沒有感情，或感情淡化了，所以他的詩大都木然無味，其他宋代理學家的詩文也不例外。對情既有戒懼，故他們的美學思想多就道之氣象理之定法衍申而來，着重素淨雅淡的靜態美；此當然有足以欣賞之處，一部份宋詩亦表現這種意境。但有所憾者，這種意境往往與實際人生關係泛而不切，甚者以理窒情，壓抑生機，則宋學之影響於文藝者，或可矯文之淫濫，而不能開其新運。

(二) 陳白沙論情與性

心學一派論詩文多主文從心發。對於「情」也比較看得活轉，不單看其負面，而且能從情之發，以見眞幾，以見本心。本心是最高主體，是道德活動與情意活動的總發原。故道德與性情沒有先天的排拒，反而可以說是本心一機之二用。心學能夠直上直下，故遂能認取情的正面意義。從美學觀點來看，則此中藝術心靈較能開展，不復純由單一的道德心靈所統轄；而道德心靈與此有限度的藝術心靈亦在本心（最高主體）處得到和諧，故道德與藝術可不相衝突，各盡其務而收相成之效。

象山陽明沒有多少論文藝的話，我們只好用陳白沙的話代表這支思想的美學涵義；附論李卓吾的文藝觀，以見其流變及實際影響。

陳白沙的境界與情調，與邵康節有些相似，而比康節更自然，更具鳶飛魚躍之機，他的詩比康節的好得多了。他論詩曰：「詩之工，詩之衰也。」與朱子同調，而其所以衰，則認爲由於「矜奇炫能，迷失本眞」，而本眞就情之自然講，此則爲心學之義。其言云：

受樸於天，弗鑿以人；稟和於生，弗淫以習。故七情之發，發而為詩。雖匹夫匹婦，胸中自有全經，此風雅之淵源也。而詩家者流，矜奇炫能，迷失本真，乃至旬鍛月鍊，以求知於世，尚可謂之詩乎？[33]

又云：

詩之工，詩之衰也。言，心之聲也。形交乎物，動乎中，喜怒生焉。於是乎形之聲，或疾或徐，或茫或微，或為雲飛，或為川馳，聲之不一，情之變也。率吾情盎然出之，無適不可。有意乎人之贊毀，則子虛長楊，飾巧夸富，媚人耳目，若俳優然，非詩教也。[34]

這些話應該就上文所論的思想脈絡去了解，方不致誤解原意而以爲縱情。情之一詞既然歷來便與文學藝術關係密切，則白沙等人論情，雖按其心學系統講，總會對文藝產生積極的作用。白沙論詩云：

> 大抵論詩當論性情，論性情先論風韻，無風韻則無詩矣。今之言詩者異於是。篇章成即謂之詩，風韻不知，甚可笑也。性情好，風韻自好；性情不長，亦難強說。㉟

以風韻性情之詞為論詩準則，這已正式進入美學的領域，白沙的詩，也可能是理學家中成就最高的。

(三) 李卓吾的性情之論及其影響

王學一支衍為泰州學派。黃宗羲謂此派人物以自然快樂為主，而不免於情識混雜。自然快樂之境，與白沙近似；情識混雜，則為此派之病，謂其情不純，或肆蕩而橫決。李卓吾思想羼雜佛老而非純儒，其橫決亦頗甚，但與泰州一派的王學有一定的關聯。他的文藝觀，可說是把白沙的意見推進一步，即力主自然，於情尤極端重視。如云：

> 聲色之來，發於情性，由乎自然，是可以牽合矯強而致乎？故自然發於性情，則自然止乎禮義，非性情之外復有禮義也。惟矯強乃失之，故以自然之為美耳，又非於情性之外復有所謂自然而然也。故性格清澈者，音調自然宣暢；性格舒徐者，音調自然疏緩；曠達者自然浩蕩，雄邁者自然壯烈，沉鬱者自然悲酸，古怪者自然奇絕。有是格，

便有是調，皆情性自然之謂也。莫不有情，莫不有性，而可以一律求之哉！㊱

此論與白沙之論甚爲相近。湛甘泉亦曾謂白沙「自然之文章生於自然之心胸」。但李卓吾的風格，大體是文士型態，而不大是道學家的型態。論情多更坦然就常識立場，一般感情者言之。㊲其言「性情」多就「情」說，已離道學漸遠。李卓吾可以說是介乎道學與文學之間的一個才情之士。他就清澈舒徐等才性的型態，以見情之多樣化，同時肯定藝術風格美學境界之多樣化，故對於多種文學作品包括戲曲小說，皆能欣賞。他又有「童心說」，認爲

童心者，眞心也……天下之至文，未有不出於童心焉者也。㊳

其意亦與白沙謂「匹夫匹婦胸中自有全經」之旨近似，只是李卓吾說得更淺露。因以童心爲貴，故論文重其眞，重其發諸胸臆不容己，由是而肯定西廂水滸爲至文，批評琵琶記紅拂記幽閨記等傳奇，水滸三國等小說。晚明俗文學的發達與李卓吾等人之欣賞批評，可說互相影響。至於他影響到詩文理論及創作方面，顯著的如焦竑的文藝觀，與李卓吾之重才情主眞率之論極其相近。焦竑謂：

詩非他，人之性靈所寄也，苟其感不至則情不深，情不深則無以驚心動魄垂世而行遠。㊴

此即本卓吾之論而特標「性靈」一詞。公安派之受李卓吾影響，更彰彰明甚。即使如湯若士講性講情之辨，金聖嘆之批評才子書，洪昇作長生殿言「看臣忠子孝總由情至」，都可以歸入這一大派的文學思潮之內。這派思潮的開出，李卓吾當了很重要的角色。但這派思潮的展開，實在成了道學思想的反動，其肆蕩者流弊亦不淺，此當另文論之。

四 小結

理學家的文藝觀或美學思想的中心問題，是如何調節道德與藝術的關係，即道德與藝術如何求得和諧統一的問題，亦可說是性與情如何得到和諧統一的問題。本乎道以論文之失，在其忽視藝術自身獨特的領域。宋學言性理者，一般偏於本體而比較忽於發用，故其美學境界多只於恍惚道之氣象處體認。心學正面說情，給文藝帶來了新機；但到了末流，却也只是肆其才情，衝蕩橫決，理論也非健全。情與性之統一，情與志之結合，如何切實落到文藝創作而表現於文藝作品上，問題仍未能好好解決。後來王夫之承橫渠之學，重氣以言心性，善論歷史文化，而對文學亦頗有正解，其詩廣傳及詩話時具精義，足以有所補正宋明理學家論文藝之闕失，指出了健全的儒家的美學思想建構之方向。此當另文論之。

附註

❶ 周濂溪集卷六：通書，陋第三十四章。
❷ 伊川文集第五：答朱長文書。
❸ 河南程氏遺書第十八。
❹ 河南程氏遺書第十八。
❺ 河南程氏遺書第十八。
❻ 河南程氏遺書第二上。
❼ 河南程氏遺書第十八。
❽ 伊川文集第四：顏子所好何學論。
❾ 朱子語類卷一三九。
❿ 朱子語類卷一三九。
⓫ 朱子語類卷一四〇。
⓬ 河南程氏遺書第十八。
⓭ 朱文公文集卷七十：讀唐志。
⓮ 周濂溪集卷六：通書，文辭第二十八。
⓯ 河南程氏遺書第十八。
⓰ 朱子語類卷一三九。
⓱ 朱文公文集七十：讀唐志。
⓲ 朱子語類卷一三九。

⑲朱文公文集卷七十：讀唐志。
⑳朱文公文集卷三十：答汪尚書。
㉑周濂溪集卷六：通書、文辭第二十八。
㉒朱子語類卷一三九。
㉓朱文公文集卷三十：與汪尚書。
㉔朱文公文集卷六四：答鞏仲至。
㉕朱文公文集卷七六：向薌林文集後序。
㉖朱文公文集卷七十：讀唐志。
㉗伊川擊壤集序。
㉘伊川擊壤集序。
㉙皇極經世：觀物外篇。
㉚皇極經世：觀物外篇。
㉛伊川擊壤集十七：無苦吟。
㉜伊川擊壤集序。
㉝白沙子全集卷一：夕惕齋詩集後序。
㉞白沙子全集卷一：認眞子詩集序。
㉟白沙子全集卷三：與汪提學書。
㊱焚書卷三：讀律膚說。
㊲焚書卷三：雜說。
㊳焚書卷三：童心說。
㊴澹園集卷十五：雅娛閣集序。

〔原刊《崇基學報》，第七卷，第二期（一九六八年五月），頁一八七—一九六〕

「宋人主理」——明代復古派反宋詩的原因

陳國球

明初以來，尊唐抑宋的意見非常易見，如洪武（一三六八—一三九八）時人劉績《霏雪錄》說：

> 唐人詩一家自有一家聲調，高下疾徐，皆為律呂；吟而繹之，令人有聞韶忘味之意。宋人詩譬則村鼓島笛，雜亂無倫。

又說：

> 或問余唐、宋人詩之別，余答之曰：唐人詩純，宋人詩駁；唐人詩活，宋人詩滯；唐詩自在，宋詩費力；唐詩渾成，宋詩飣餖；唐詩縝密，宋詩漏逗；唐詩溫潤，宋詩枯燥；唐詩鏗鏘，宋詩散緩；唐人詩如貴介公子，舉止風流；宋人詩如三家村乍富人，盛服揖賓，辭容鄙俗。[1]

同時人葉子奇《談藪篇》說：

> 傳世之盛，漢以文，晉以字，唐以詩，宋以理學，元之可傳，獨北樂府耳。宋朝文不如漢，字不如晉，詩不如唐，獨理學之明，上接三代。

又說：

> 宋之詞勝於唐，詩則遠不及也。❷

據葉盛（一四二〇—一四七四）《水東日記》引明初黃容〈江雨軒詩序〉說：

> 近世有劉崧者，以一言斷絕宋代，曰：「宋絕無詩❸。」

劉績是當時在野隱居之士，葉子奇則曾以薦授巴陵主簿，劉崧更曾官拜禮部侍郎，攝吏部尚書；可見當時無論朝野都有類似的想法❹。這些論見與部分復古派的言論也有相近的地方，但一般來說，復古派批評宋詩更加不留餘地，往往反覆詳言，力斥其弊。其原因主要是他們認爲宋詩所代表的「主理」傾向完全背離詩的本質，因爲涉及到這些根本原理的問題，就不能不傾力批駁宋詩及依隨這種「主理」詩風的流派了。

一　從李夢陽〈缶音序〉說起

李夢陽集中收有〈缶音序〉一篇，是了解他的詩學主張的一篇重要文獻。《缶音》是他的弟子佘育之父佘存修的詩集❺，文章的末部解釋爲這本詩集寫序的原因，而前文則發揮他的詩學主張：

> 詩至唐，古調亡矣，然自有唐調可歌詠，高者猶足被管絃；宋人主理不主調，於是唐調亦亡。黃、陳師法杜甫，號大家；今其詞艱澀不香色流動，如入神廟坐土木骸，即冠服與人等，謂之人可乎？夫詩，比興錯雜，假物以神變者也；難言不測之妙，感觸突發，流動情思，故其氣柔厚，其聲悠揚，其言切而不迫，故歌之心暢而聞之者動也。宋人主理作理語，於是薄風雲月露一切剷去不為，又作詩話教人，人不復知詩矣。詩何嘗無理，若專作理語，何不作文而詩為邪？今人有作性氣詩，輒自賢於「穿花蛺蝶」、「點水蜻蜓」等句，此何異癡人前說夢也。即以理言，則所謂「深深」、「款款」者何物邪？《詩》云：「鳶飛戾天，魚躍于淵」，又何說也？❻

這段文字牽涉的問題不少，然中心論旨應是「宋人主理不主調」一句。「調」在明代詩論中是一個用得很濫的術語，但意義卻不很明確；有時指詩的音聲律度，有時指風格、風貌❼。上文說「唐調可歌詠」、「足被管絃」，似乎指音律的問題；但我們都知道，宋人不是不講求聲律，自杜甫以後的「吳體」、「拗格」等在宋人手裡只有更大的發揮；反之，在明人眼中宋人可能拗得過甚。所以「不主調」不等於「不講求聲律」，「調」可能已經代表一種價值判斷；聲律或再加上其他的語言運用技巧若能造達某種理想效果，才能算是「調」，但這種理想的「調」究竟具體內容是甚麼？下文沒有詳說，在此我們只能探討其背反的一面——「宋人主理」。

據李夢陽所講，「宋人主理」所以「作理語」，所以「薄風雲月露，一切剷去不為」，依此「風雲月露」就是「理」的對立面。卑視所謂「風雲月露」，早見於隋李諤的〈上隋高祖革文華書〉，文中說：

江左齊、梁，其弊彌甚，貴賤賢愚，唯務吟詠；遂復遺理存異，尋虛逐微，競一韻之奇，爭一字之巧；連篇累牘，不出月露之形；積案盈箱，唯是風雲之狀。⑧

李諤認為這種「遺理存異」的風氣有壞「風教」，所以主張「棄絕華綺」。他的說法和後來白居易〈與元九書〉的見解很相近，白居易指斥六朝尤其梁、陳間人，「率不過嘲風雪、弄花草而已」，「於時六義盡去矣。⑨」這些指摘都是建基於「理」、「六義」與「風雲月露」、「風雪花草」的對立，傾重前者而貶抑後者。

李夢陽批評的對象是宋詩，而宋人的有關言論中最著名的應是《六一詩話》的兩條：

國朝浮圖以詩名於世者九人，故時有集號《九僧詩》。今不復傳矣；余少時，聞人多稱之。……當時，有進士許洞者，善為詞章，俊逸之士也。因會諸詩僧分題，出一紙，約曰：「不得犯此一字」。其字乃「山」、「水」、「風」、「雲」、「竹」、「石」、「花」、「草」、「雪」、「霜」、「星」、「月」、「禽」、「鳥」之類，於是諸僧皆閣筆。

楊大年與錢、劉數公……雄文博學，筆力有餘，故無施而不可，非如前世號詩者，區區於風雲草木之類，為許洞所困者也。[10]

歐陽修認爲詩的本質別有所在，不限於「風雲草木」，再看他推重的梅堯臣，在《答韓子華韓持國韓玉汝見贈述詩》云：

> 邇來道頗喪，有作言皆空；煙雲寫形象，葩卉詠青紅；人事極諛諂，引古稱辨雄；經營為切偶，榮利因被蒙，遂使世上人，只曰一藝充。

《寄滁州歐陽永叔》又云：

> 不書兒女書〔事？〕，不作風月詩，唯存先王法，好醜無使疑。

《答裴送序意》又云：

> 我於詩言豈徒爾，因事激風成小篇，辭雖淺陋頗剋苦，未到《二雅》未忍捐。安取唐季二三子，區區物象磨窮年。[11]

可知他們論詩的重點在「道」、「先王法」，歐陽修教人寫詩也說：

> 其言在合理，但懼學不臻。[12]

這些講法，很能代表宋詩的精神，而又與李夢陽等復古詩論家的主張不同。李夢陽在〈缶音序〉中最直接正面攻擊的是號稱「師法杜甫」的黃庭堅、陳師道等江西派大家。黃、陳等人本就有：「寧拙毋巧，寧樸毋華，寧僻毋俗」的主張[13]，陳巖肖《庚溪詩話》指出：

> 本朝詩人與唐世相亢，其所得各不同，而俱自有妙處，不必相蹈襲也。至山谷之詩，清新奇峭，頗造前人未嘗道處，自為一家，此其妙也。至古體詩，不拘聲律，間有歇後語，亦清新奇峭之極也。然近時學其詩者，或未得其妙處，每有所作，必使聲韻拗捩，詞語艱澀，曰：「江西格」也。此何為哉？[14]

他認為宋詩如黃庭堅的作品造達與唐詩不同的風格，又說江西派末流卻「聲韻拗捩，詞語艱澀」，這個批評與〈缶音序〉的講法是相通的，只不過李夢陽認為黃庭堅等人的詩已經是「艱澀」的，而陳巖肖只批評學黃庭堅的人；就宋詩的主流傾向來說，二說大旨並無不同。這種江西派的作風肯定與寫「風雲月露」的詩處於不同的立場。李夢陽認為江西派詩就好像神廟中的「土木骸」，「不香色流動」，他在〈潛虯山人記〉說：

> 詩有七難，格古、調逸、氣舒、句渾、音圓、思沖、情以發之；七者備，而後詩昌也；然非色弗神，宋人遺茲矣，故曰無詩。[15]

謂宋詩無「色」，大概就是批評他們刻意剷去「風雲月露」。

歐陽修等人反對專寫「風雲月露」，本是針對宋初流行的晚唐體；李夢陽批評「薄風雲月露」的詩風，也不表示他推崇晚唐體⑮，只是他覺得刻意避開寄托物象的表達方法，實在違背了詩學的原則。在〈缶音序〉中李夢陽特別揭出他的詩學宗旨：

1.「比興錯雜，假物以神變」；

2.「難言不測之妙，感觸突發，流動情思」；

3.「其氣柔厚，其聲悠揚，其言切而不迫」；

4.「歌之心暢而聞之者動也」。

最後一點說成功的詩作應能引發讀者的美感經驗；而這樣的詩作在語言表現方面如「氣」、「聲」、「言」等應有一定的成就⑰；第2點是說物我相觸而使情思流動是一段不易明言的過程⑱，這裡提到的「情」，也是他的詩論重點之一，他認爲詩的創作一定牽涉到詩人的「情」，正如上引〈潛虬山人記〉的「情以發之」⑲。2、3、4三點已綜括作者、作品與讀者三點的有關情況，但最重要的綱領還是第1點，李夢陽指出詩的原理是「比興」、「假物」；論「比興」就「牽涉到作者情意與外界景物之間相互感發，相互融會的關係」⑳，於是屬於外界景物的「風雲月露」就不應被排斥，因爲要「假物以神變」才能成就一首理想的詩作。在他眼中宋人排斥物象的寫詩風氣根本不符合詩歌創作的原理，掌握不到詩的本質。

李夢陽又認爲宋人拒斥「風雲月露」是因爲他們「主理作理語」，此說很有可能由嚴羽的《滄浪詩話》而來；嚴羽說：

> 詩有詞理意興。南朝人尚詞而病於理；本朝人尚理而病於意興；唐人尚意興而理在其中；漢魏之詩，詞理意興，無跡可求。㉑

他也是先界定詩的原理，然後才作評論。他認爲宋詩「尚理」的特點也是不及唐詩、漢魏詩的主要原因。李夢陽的說法是宋人因爲「主理」「作理語」而忽視了「物象」語的重要性，這是宋詩的弊病，不過他沒有說「理」與詩的本質互不相容，只是不應專作「理語」而已；他說：「詩何嘗無理，若專作理語，何不作文而詩爲邪？」「作理語」是寫文章的方法。這和嚴羽的意見也相近：詩可以有「理在其中」，但「以文字爲詩，以才學爲詩，以議論爲詩」就違背了詩的原理了㉒。

宋代「主理作理語」最極端的例子就是理學派詩人了。《四庫全書總目・擊壤集提要》云：

> 案自班固作〈詠史〉詩始兆論宗，東方朔作〈誡子〉詩始涉理路；沿及北宋，鄙唐人之不知道，於是以論理為本，以修詞為末，而詩格於是乎大變。此集〔邵雍《擊壤集》〕其尤著者也。㉓

《詩問》卷四記載劉大勤問「宋詩多言理」時，王士禎答云：

> 昔人論詩曰：「不涉理路，不落言詮。」宋人惟程、邵、朱諸子為詩好說理，在詩家謂

之旁門。㉔

簡錦松《李何詩論研究》認爲〈缶音序〉中所謂「宋人主理」中「理」字的實指，「可能就是指宋儒所談的性理」，證據之一是下文接著批評「今人有作性氣詩，輒自賢於『穿花蛺蝶』、『點水蜻蜓』等句」，簡錦松的結論是：

> 夢陽認為宋詩主理，並不盡是指宋詩最為人所詬病的議理太多之病，而是認為宋詩性氣的味道太濃，好談理道，而忽略了詩本應追求情志和比興的任務。㉕

這個講法很值得我們注意，正如上文的分析，由歐陽修到黃庭堅所代表的宋詩傾向，確是李夢陽的批評對象，但對「性氣詩」的貶抑又分明與宋儒的「理」「道」有關，李夢陽以「主理作理語」爲線索，將兩者結合在一起討論，正好揭示出宋詩背後的文化精神——對人生、宇宙的知性反省，尋求「理」的掌握。一方面無論歐、黃等宋詩的典型，或者邵雍等的理學家詩，都是在同樣精神背景之下產生的，只不過在程度上有所區別；另方面歐、黃等宋詩大家與道學、理學亦有千絲萬縷的關係㉖。宋詩的傾向既違反了李夢陽心目中的詩歌原理，則今人（當代人）有依此傾向寫作的，當然要大力批判了。他所講的「今人」很可能是指陳獻章、莊昶等繼承邵雍詩風的一派，所謂「自賢於『穿花蛺蝶』、『點水蜻蜓』」，也可能實有所指，不過在文中沒有正面提出，有關的討論將在下文細表；這裡先就文中提及的現象作一分析。

《河南程氏遺書》卷十八記載程頤的話說：

某素不作詩，亦非是禁止不作，但不欲為此閑言語。且如今言能詩無如杜甫，如云：「穿花蛺蝶深深見，點水蜻蜓款款飛」，如此閑言語，道出做甚？某所以不常作詩。

他認爲杜甫《曲江》詩的「穿花蛺蝶」一類詩句是「閑言語」，不必作；他想作的是有實際用途的詩：

別欲作詩，略言教童子灑掃、應對、事長之節；今朝夕歌之，似當有助。

可以想象，如果照他的想法寫詩，必定會剷去「風雲月露」、「蛺蝶蜻蜓」的物象；說理的成分一定很高。不過他好像沒有寫下這些詩篇，文集中僅載詩三首，例如題作《遊嵩山詩》的七絕：

鞭羸百里遠來遊，巖谷陰雲暝不收。遮斷好山教不見，如何天意異人謀？㉗

將一首登覽詩寫得如議論文一樣，更要顧及「天意」、「人謀」；這種詩作與李夢陽推崇的盛唐詩相差實在太遠。李夢陽認爲抱著這個宗旨論詩，無異「癡人說夢」。他再就詩與理的關係作進一步分析，指出：難道「穿花蛺蝶」的「深深」、「點水蜻蜓」的「款款」不是物「理」的呈露嗎？他更舉出《大雅・旱麓》的兩句：「鳶飛戾天，魚躍於淵」來駁辯，這兩句詩在

《中庸》也被稱引[28]，因此成為後世理學家反覆討論的名句。孔穎達疏釋云：

其上則鳶鳥得飛至於天以遊翔，其下則魚皆跳躍於淵中而喜樂，是道被飛潛，萬物得所，化之明察故也。[29]

朱熹亦說：

鳶飛魚躍，道體隨處發見。

道理昭著，無乎不在。[30]

從物象的表現顯示「道」的廣被，可見這些詩句不但不是「閑言語」，而且可與「道」——理學的最高準則——相通；〈缶音序〉的這番理論，正好加強了前述「比興錯雜，假物以神變」的詩學宗旨的防衛能力，免受理學家的攻擊。

復古派的另一個領導人物是何景明，他的言論很多時似乎與李夢陽針鋒相對，但實際上其基礎理論是相差不遠的。李夢陽認為文章可以「作理語」而詩則不應「作理語」，提出了界定詩文之別的一個準則；何景明沒有特別去區分詩文，但也說過類似的話。《大復集・內篇》說：

夫詩之道尚情而有愛，文之道尚事而有理。是故召和感情者，詩之道也，慈惠出焉；經

德緯事者，文之道也，禮義出焉。㉛

何景明認爲詩的重心是感情，文的重心是事理；據此他也不會贊成「主理作理語」的詩風了。

此外他在批評李夢陽的詩時，其實也講出一些與李夢陽相類似的見解。李夢陽說宋詩無「色」，「薄風雲月露一切剷去不爲」，何景明則說：

> 近詩盛唐為尚，宋人似蒼老而實疏鹵，……空同之作，間入於宋，……江西以後之作，辭艱者意反近，意苦者辭反常，色色濬黯而中理披慢，讀之若搖鞞鐸耳。㉜

這裡不必討論何景明對李夢陽詩的批評是否準確，有沒有意氣之爭的成分；要注意的是他的批評基準。很明顯，他對「詞艱意苦」並不欣賞；詩中的思理，要求不要紛亂（這一點似乎與〈內篇〉說文尚「事」、「理」、詩尚「情」、「愛」冲突，但我們可以說，就算李夢陽也不反對詩中見「理」，他只反對太涉「理路」，以「理語」為詩的作風）；還有一點，就是對「色」的重視。重視「色」也就是重視詩中的「物象」語，所以他又說「聯類而比物」是詩的「不易之法」之一；〈內篇〉又說過詩是「體物而肆采，撰志而約情……比方屬類，變異陳矣」㉝。由此可見李夢陽主張的「比興錯雜，假物以神變」在何景明的詩論也佔有一個非常重要的地位，李、何二人對於「物象」在詩中所起的作用，都非常重視。

李夢陽和何景明都不滿宋詩，李夢陽在〈潛虯山人記〉說「宋無詩」，何景明在《雜言十首》之五也說：

> 秦無經，漢無騷，唐無賦，宋無詩。

兩人都尊尚早期的詩，但何景明的態度更爲激烈，例如〈漢魏詩集集序〉說：

> 唐詩工詞，宋詩談理，雖代有作者，而漢魏之風蔑如也。

〈海叟集序〉又說：

> 蓋詩雖盛稱於唐，其好古者自陳子昂後莫若李杜二家，然二家歌行近體誠有可法，而古作尚有離去者，猶未盡可法之也。

唐詩對他來說，還有不足之處，比起李夢陽的「詩至唐古調亡矣，然自有唐調可歌詠」，何景明對「古」的要求更切，同文中他甚至標舉三代的詩：

> 三代前不可一日無詩，故其治美而不可尚；三代以後言治者弗及詩，無異其靡有治也。然詩不傳其原有二：稱學為理者比之曲藝小道而不屑為，遂亡其辭；其為之者率牽于時好而莫知上達，遂亡其意；辭意併亡而斯道廢矣。[34]

在這裡何景明表現爲一個極端的理想主義者，歷史時空只簡單二分爲三代前與三代後；這與詩史的實際發展根本脫了節，因此我們不能將其中論點隨便套入具體的詩史時期，否則一定會陷入矛盾（例如下文就說詩盛於唐），我們只能就其立論基礎作分析。何景明認爲「意」與「辭」要並存。所謂「意」當是合乎「風人之義」的意[35]，「辭」就如前面所講，包括「聯類比物」、「體物肆采」的語言表達，主張放棄「辭」的是「稱學爲理者」；道學家以爲詩歌充斥著「閑言語」，這種觀點也就危害到詩的存在了。

概括而言，何景明和李夢陽一樣，論詩宗旨也主情，也重比興，對於能引發感興的物象當然會重視，因此要求詩中有「色」、有「采」，也因此對「主理作理語」的宋詩也就不滿意，認爲「宋無詩」。

二 排擊宋詩與性理派詩

有關「宋人主理」之說，在李、何以後的復古詩論中，亦常常可以見到，一般都強調唐宋之分，以宋詩的主「理」來顯示唐詩的優點。楊愼《升庵詩話》就曾以《詩經》爲基準量度唐宋詩的優劣：

> 唐人詩主情，去《三百篇》近；宋人詩主理，去《三百篇》卻遠矣。[36]

以「主情」、「主理」去界分唐、宋，與李、何的論調相同；楊愼的補充論點是，不單「作詩」是可以依此分劃，連「解詩」也可以「主情」、「主理」分[37]。言下之意，宋代無論是詩的創作，或者對詩篇以至經典的解釋（所謂解詩就是指對《詩經》的詮釋），都在「主理」的精神籠罩下，因此宋詩與宋儒解經也有同類的特色。

謝榛在區分唐、宋時，重點在於創作過程，《四溟詩話》說：

> 詩有辭前意、辭後意，唐人兼之，婉而有味，渾而無跡。宋人必先命意，涉於理路，殊無思致。㊳

謝榛其實也是在發揮「宋人主理」的概念。在他眼中宋人的知性精神表現在對「意」的重視；所謂「意」就是詩人對整個創作過程的駕御。他論詩重情景的遇合㊴，「情」之生並不如宋人所講的「意」可以由作者「先命」㊵，他認爲詩中就是有「意」，也是隨著寫詩過程中慢慢發展出來的：

> 宋人謂作詩貴先立意。李白斗酒百篇，豈先立許多意思而後措詞哉？蓋意隨筆生，不假布置。詩有不立意造句，以興為主，漫然成篇，此詩人之入化也。㊶

有創作經驗的人大抵都會同意，寫一首詩或者一篇文學作品與寫一篇議論文不同。議論文可以有很強的邏輯結構，作者運筆之先往往已有全盤架構於胸中；文學作品則可能一邊寫一邊發展，作品完成後很可能已經偏離作者的初意；有時作者根本就沒有初意，只是由某些思緒所引發。宋詩的特點是強調知性、理性；宋人希望將作詩的過程變一些明晰具體，人人都可以掌握的步驟㊷，「立意」的主張就是由此而來。在明人眼中這樣做法就如寫文章，不是寫詩的正確方法，謝榛評之爲「涉於理路」，也是這個緣故。他一定認爲「以意爲主」的詩很難趕得上「以興爲主」的唐詩那麼「婉然有味」了。

謝榛在另一處提到唐宋之別時，又以「議論」比諸宋詩：

> 若江湖遊宦羈旅，會晤舟中，其飛揚轗軻，老少悲歡，感時話舊，靡不慨然言情，近於議論，把握住則不失唐體，否則流於宋調。此寫情難於景也。

他認爲宋人即使在「言情」時，也會直言不隱，一瀉無餘，就好像滔滔的議論一樣。可惜文中沒有舉出詩例，只是以先存的概念，加上「宋調」的標籤。宋人詩中正式被謝榛點爲「流於議論，乃書生講章」的，是歐陽修的《明妃曲》。在指出用「虛字」多而又「兩句一意」的毛病時，他就舉出晚唐李建勳和歐陽修此詩來批評，說：

> 歐陽永叔亦有此病，《明妃曲》：「耳目所及尚如此，萬里馬能制夷狄。」夫「耳目」之「所及」者「尚」然「如此」，況「萬里」之外，「馬能制」其「夷狄」也哉！㊸

這種「講章」式的詩句與重緣情比興的明復古派當然格格不入，王世貞對《明妃曲》這兩句也批評說：

論學繩尺，公從何處削去「之」、「平」拾來？

對歐陽修的總體批評是：

永叔不識佛理，強闢佛；不識書，強評書；不識詩，自標譽能詩。[44]

可見歐陽修在他們心目中的地位。有關助語辭的使用，楊愼有這樣的看法：

王右丞詩：「暢以沙際鶴，兼之雲外山。」孟浩然云：「重以觀魚樂，因之鼓枻歌。」雖用助語辭，而無頭巾氣。宋人黃、陳輩效之，如「且然聊爾耳，得也自知之。」又如：「命也豈終否，時乎不暫留。」豈止學步邯鄲，效顰西子，乃是醜婦生瘡，雪上再霜也。[45]

他所講的「頭巾氣」其實就是所謂「書生講章」也是「主理」、「涉理路」的表現。

「宋人主理」的一個現象就是理學詩風的出現，明人對邵雍、朱熹等理學家詩人都不予好評。例如朱熹模仿陳子昂〈感遇〉詩作〈齋居感興二十首〉，在序中指明陳子昂詩「不精於理，而自託於仙佛之間以爲高也」，可知他認爲自己的詩會精於「理」，而且「切於日用之實」[46]。但楊愼批評這二十首詩說：

或語予曰：「朱文公〈感興〉詩比陳子昂〈感遇〉詩有理致。」予曰：「譬之青裙白髮之節婦，乃與靚妝袨服之宮娥爭妍取憐，埒材角妙，不惟取笑旁觀，亦且自失所守。要之不可同日而語也。」[47]

大概他認爲朱熹之作（理學家之言，以「節婦」爲象徵）與陳子昂之詩（詩人篇什，以「宮娥」爲象徵）根本不屬同一範疇；朱熹要保持理學家的身份，本來就不應寫詩來講「理」，和詩人比較高下。王世貞對楊愼此說非常贊同，說：

善乎用修言之也。[48]

又批評邵雍說：

若邵堯夫非不有會心處，而沓拖跐跋，種種可厭；譬之剝荔枝、薦江瑤，以佐蒲萄之酒，而餒魚敗肉、梟羹蛙炙，雜然而前進，將掩鼻扶喉，嘔噦之不暇，而暇辨其味乎。[49]

理道本是「荔枝」、「江瑤」、「葡萄酒」，但邵雍以之寫成詩，其表現手法就好比「餒魚敗肉，梟羹蛙炙」。復古派詩論一般都不會反對儒學，但他們都覺得詩是另外一個世界，寫詩的人不應刻意講「理」。

然而在明代卻也有好些詩人專門效法宋代的理學派詩，李夢陽〈缶音序〉就指出「今人有作性氣詩」，楊愼又就其中的著名代表如陳獻章等作出批評：

> 白沙之詩，五言冲淡，有陶靖節遺意，然賞者少；徒見其七言近體，效簡齋、康節之渣滓，至於「筋斗」、「樣子」、「打乖」、「個裡」，如禪家呵佛罵祖之語，殆是《傳燈錄》偈子，非詩也。若其古詩之美，何可掩哉？然謬解者，篇篇皆附於心學性理，則是癡人說夢矣。[50]

案陳獻章非常推崇邵雍詩，在〈批答張廷實詩箋〉曾說：

> 只看程明道、邵康節詩，真天生溫厚和平，一種好性情也。

又〈次韻廷實見示〉說：

> 〈擊壤〉之前未有詩，〈擊壤〉之後詩堪疑。

《隨筆》詩說：

> 子美詩之聖，堯夫又別傳，後來操翰者，二妙少能兼。[51]

楊愼批評他的七言近體仿效簡齋[52]、邵雍，充斥著「筋斗」、「打乖」一類字眼，而且讀來有如佛偈，意思是說這些作品淡無詩味，不是眞的詩——不符合他們的詩學宗旨。或者我們可以參看陳獻章〈夕惕齋詩集後序〉所說：

> 詩家者流，矜奇炫能，迷失本真，乃至旬鍛月鍊，以求知於世，尚可謂之詩乎？晉魏以降，古詩變為近體，作者莫盛於唐，然已恨其拘聲律、工對偶，窮年卒歲為江山草木、雲煙魚鳥粉飾文貌，蓋亦無補於世焉。[53]

他的講法和〈缶音序〉指摘的「剗去風雲月露」之說差不多，對於復古派來說，當然難以接受。但楊愼卻認爲，如果剔開這些「主理」的詩，部分近陶潛風格的五古，也值得欣賞[54]。同樣的態度又見於他對莊昶詩的批評：

> 莊定山早有詩名，詩集刻於生前，淺學者相與效其「太極圈兒大，先生帽子高」，以為奇絕。又有絕可笑者，如「贈我一壺陶靖節，還他兩首邵堯夫」，本不是佳語，有滑稽者改作〈外官答京官苞苴〉詩云：「贈我兩包陳福建，還他一疋好南京」，聞者捧腹。然定山晚年詩入細，有可並唐人者，……此數首若隱其姓名，觀者決不謂定山作也。[55]

楊愼認爲莊昶的詩也有好的，那就是「可並唐人」而又「語含興象」一類的詩[56]……與「主理作理語」不同的詩。可惜一般人只認識他的淺陋可笑的詩，例如〈遊茅山〉的「山教太極圈中闊，天放先生帽頂高」，〈與王汝昌魏仲瞻雨夜小酌〉的「贈我一杯陶靖節，答君幾首邵堯夫」等[57]擁護陳獻章和莊𣆶的明人中以楊廉最有代表性。朱彝尊《明詩綜》載：

> 詩話：月湖（楊廉）詩派本白沙、定山，其言曰：「近代之詩，大抵只守唐人矩矱，不敢違越一步，惟陳公甫、莊孔暘獨出新格。予好公甫詩，既選注之，好孔暘詩，又選注之。」其論絶句云：「於宋得濂、洛、關、閩之作，於元得劉靜修，於國朝得陳公甫、莊孔暘，因類成一帙，名曰《風雅源流》。」[58]

楊廉曾經說過：

> 子美「穿花蛺蝶深深見，點水蜻蜓款款飛」，視孔暘「溪邊鳥共天機語，擔上梅挑太極行」，尚隔幾塵；以是知工於辭而淺於理者之未足貴也。[59]

從楊廉的言論可見明人都以為陳獻章、莊𣆶的詩是有別於唐人而可上溯於宋代理學詩派的，他舉出莊泉〈與謝汝申飲北山周紀山堂石洞老師在焉〉詩的兩句：「溪邊鳥共天機語，擔上梅挑太極行」為代表作[60]，認為遠勝杜甫〈曲江〉的兩句。這個說法當是受程頤以杜甫詩為「閑言語」的影響，也可能是〈缶音序〉「輒自賢於『穿花蛺蝶』、『點水蜻蜓』等句」所針對的對象。較李夢陽稍後的安磐[61]，著有《頤山詩話》，其中對楊廉的批評也和李夢陽〈缶音序〉之說差不多：

「蛺蝶」之「穿花」，「蜻蜓」之「點水」，各具一太極，各自一天機，亦「鳶飛魚躍」之意也，奚必待說「天機」「太極」始謂之言理哉！且「穿」字更著「深深」字，「點」字更著「款款」字，微妙流轉，非餘子可到。就以理言，「擔挑太極」，全不成語也。62

這也是說詩可以有「理」，但不必作「理語」的意思；杜句是有「理」的詩句，而莊句則「不成語」，更談不上詩了。對於性氣詩，復古派中人甚至稱之爲「羼詩」，楊愼說：

今之作羼詩者……謂詩必用語錄之話，於是「無極」、「先天」、「行窩」、「弄丸」，疊出層見。又云：「須夾帶禪和子語。」於是「打乖」、「打睡」、「打坐」、「樣子」、「撇子」、「句子」，朗誦之有矜色，疾書之無怍顏，而詩也掃地矣。63

他認爲如果寫詩只顧搬弄那些「無極」、「先天」等術語，那就墮落到不得了。

王世貞在早年寫成的《明詩評》64，也對性氣詩人作了不少批評，例如評陳獻章云：

獻章襟度瀟灑，神情充預，發為詩歌，毋論工拙，頗自風雩間作瘦語，殊異本色，如禪家呵罵擊杖，非達磨正法，又類優人出諢，便極借扣，終乖大雅。65

他說陳獻章詩「殊異本色」、「非達磨正法」，當然是對陳氏師法邵雅的詩風不滿，這些宋代詩風，是違反復古派的論詩宗旨的。這一點在王世貞評莊昶詩時更清楚：

> 詩以緣物極興，非為詁義訓辭，昶與獻章俱號山林白眉，至乃「鳥點天機」，「梅挑太極」，如巫師降神，里老罵坐，兒女走聽，雅士掩耳。[66]

王世貞先標明他們主張的詩學原理，所謂「緣物極興」，是說詩的感興作用賴物象作爲引發的媒體，興是「外感於物」而「內動於情」[67]，復古派強調「興」，當然也會重視物象在詩中的作用。因此王世貞對於莊泉被人標擧爲遠勝杜詩的兩句詩就大張撻伐。這兩句本是詩中的頸聯，復古派詩論很講究這個位置的情景安排和佈置[68]，莊泉卻在物象語的「鳥」與「梅」之上強加上抽象的理學術語「天機」和「太極」，於「景」無所增益，又完全牽不上「情」，所以王世貞認爲是嚴重的敗筆，甚至說不是詩，只如「巫師降神，里老罵坐」，會吸引到一些無知淺薄之徒聆聽，懂得甚麼是詩的「雅士」就掩耳不欲聞。

被王世貞批評的另一個性氣詩人是王守仁。他早年曾與李夢陽同在郎署，刻意爲詞章；後來專意於「致良知」之學[69]，詩風就有所改變。王世貞說他：

> 詩初銳意作者，未經體裁，奇語間出，自解為多，雖謝專家之業，亦一羽翼之雋也。……暮年如武士削髮，縱談玄理，傖語錯出，君子譏之。[70]

指他憑早期詩作雖未能成大家，但可以是一時的「羽翼之雋」，到後期卻寫出一些說理的詩[71]，於是「雅士」、「君子」——復古詩論家——就不會歡迎了。

在《藝苑卮言》中王世貞也有指出這些理學派詩人並非全無佳作，他認為「七言最不易工」，但卻可舉出薛瑄[72]、莊昶、陳獻章和王守仁的精句警聯，說「何嘗不極其致」，對陳獻章和王守仁的詩又加以比較：

公甫少不甚攻詩，伯安少攻詩而未就，故公甫出之若無意者，伯安出之不免有意也。公甫微近自然，伯安時有警策。[73]

說「講學者」有「極致」的詩句，說陳詩「自然」、王詩「警策」，其著眼點都一樣，是以復古派詩論的基準去衡量，試圖找出正如楊慎所講的「可並唐人」之詩。事實上王世貞舉列的示例當中，就絕無他們批評的「縱談玄理」、「詁義訓辭」一類句子。

復古派這種有抑有揚的方法，更能顯示出他們的論詩宗旨；即使專門講學的理學家如果寫的詩合乎正確的法則，則仍然可取；反之，寫出不能「緣物極興」的理語，就不配稱作詩。

王世貞在《明詩評》中極力攻擊的，還有一般文學批評史譽為「唐宋派」的領袖王愼中和唐順之。二人都經歷過一段刻意詞章的階段；王世貞說王愼中：

初年詩格艷麗，雖寡天造，良極人工。

唐順之則一反李、何末流的剽竊雷同的風氣：

> 稍振之為初唐，卽其宏麗該整，咳唾金璧，誠廊廟之羽儀，文章之瑚璉。[74]

但後期二人的詩風大有改變，王世貞評王愼中說：

> 歸田以後，恃才信筆，極其粗野，一時後進靡識，翕然相師，遂成二豎之病，重起萬障之魔。

評唐順之說：

> 太史近亦濫觴，互相標榜，所謂有狐白之裘而反襲，飾嫫母以為西子者也。如道思，舊作本可二三；僕故抑之，使世人罔啜其糟，毋曰蜉蝣撼樹也。[75]

詩風轉變以後，所師法的就是「主理說理語」的邵雍等人，唐順之在給王愼中的信說：

> 三代以下之詩，未有如康節者。

〈與皇甫百泉郎中〉說自己：

其為詩也，率意信口，不調不格，大率似以寒山、《擊壤》為宗而欲摹效之。[76]

王世貞說「僕故抑之，使世人罔啜其糟」，表示他對這種傾向有所擔心，所以刻意壓抑這種詩風。至於他擔心的原因，在《明詩評·後敍》說得很清楚，他指王、唐二人：

黜意象，凋精神，廢風格。[77]

也就是說王、唐的詩排斥物象，不能引發感興，以致喪失詩的本質精神，更不能構成完整的風格；這樣的詩，只與復古派一力批判的「主理」的宋詩相通，與他們主張重情、重興象的宗旨不同。

三　宋詩的文學史地位

後期復古詩論對於宋詩的反對與前述諸家並無不同，但著眼點卻有分別。胡應麟曾經表示過對當時盛行的王學非常不滿[78]，然而《詩藪》之中並沒有嘗試批評明代的性理詩人。《續編》兩卷專論明代，但陳獻章、莊昶、王守仁等都不在評騭之列，王世貞所攻擊的王愼中和唐順之二人，只有後者被胡應麟稍一提及：

嘉靖初，為初唐者：唐應德、袁永之、屠文升、王汝化、任少海、陳約之、田叔禾等，

> 為中唐者：皇甫子安、華子潛、吳純叔、陳鳴野、施子羽、蔡子木等，俱有集行世。就中古詩冲淡，當首子潛；律體精華，必推應德。

將唐順之列爲學習初唐詩風的代表之一，說他「律體精華」，完全不提他的性理詩。再回顧胡應麟對宋詩的評論，也沒有特別針對當時理學家的詩，唯一觸及邵雍的是這一則：

> 禪家戒事理二障，余戲謂宋人詩，病政在此。蘇、黃好用事，而為事使；事障也。程、邵好談理，而為理縛，理障也。[79]

王世貞等要大肆批評的邵雍詩，胡應麟只隨意指出，以戲謔口吻稍加指點[80]。在許學夷的《詩源辯體》當中，情況更明顯：論宋不提邵雍、論明不及王愼中、唐順之。大概在胡、許的時代，性理詩風已被人遺忘，詩作本身也沒有值得注意的地方，所以就不予品評了。

然而對於宋詩，這些復古討論家仍是不假恕詞，例如胡應麟就從「緣情」的角度批評過宋詩：

> 近體至宋，性情泯矣。元之才不若宋之高，而稍復緣情，故元季諸子，即為昭代先鞭。[81]

李夢陽批評宋詩「其詞艱澀，不香色流動」，何景明評宋詩「似蒼老而實疏鹵」，《詩藪》都有徵引[82]，而他作的批評，更是就整個詩歌傳統的發展歷程配合詩的原理而立論，如說：

> 詩之觔骨，猶木之根幹也；肌肉，猶枝葉也；色澤神韻，猶花蕊也。觔骨立於中，肌肉榮於外，色澤神韻充溢其間，而後詩之美善備。猶木之根幹蒼然，枝葉蔚然，花蕊爛然，而後木之生意完。斯義也，盛唐諸子庶幾近之。宋人專用意而廢詞，若枯蘖槁梧，雖根幹屈盤，而絕無暢茂之象。元人專務華而離實，若落花墜蕊，雖紅紫嫣熳，而大都衰謝之風。[83]

「肌肉」指詩的詞采，「觔骨」指詩由立意而組成的架構；胡應麟說宋詩只重立意而失去詞采，雖然理路脈絡具在，但卻沒有神韻。所說本來也是李、何之論的發揮，不過以唐宋元三代對照比較，指出宋元各得一端，而唐詩最合詩的本質而已。

許學夷引用了胡應麟的話，但稍加補充說：

> 元瑞此論妙甚。但言宋人「用意」，當言宋人「尚格」為妥。宋人雖用意，而意不可言觔骨也。又元人律詩亦多出於中晚正派，今言「元人專務華而離實」云云，或未見諸家全集，姑以理勢斷之耳。俟諸公全集出，更為定論。[84]

於元詩，許學夷認為最好待諸家全集都流通以後，再作定評；於宋詩，他覺得應說「尚格」而非「用意」。其實胡應麟也說過宋詩「尚格」：

宋主格，元主調。宋多骨，元多肉。宋人蒼勁，元人柔靡。宋人粗疏，元人整密。宋人學杜，於唐遠，元人學杜，於唐近。[85]

可見「意」與「詞」本和「格」與「調」相對應，二者不偏廢，詩的「色澤神韻」才能彰現。這裡又是唐宋元並舉，而以唐詩爲基準。早在李東陽的《懷麓堂詩話》就說過：

宋詩深，卻去唐遠；元詩淺，去唐卻近。

但李東陽接著說：

顧元不可為法，所謂「取法乎中，僅得其下」耳。

大概因爲明初以來還有元詩餘風影響，所以要著意批評；他對宋詩的貶抑也很激烈，如說：

唐人不言詩法，詩法多出於宋，而宋人於詩無所得。所謂法者，不過一字一句對偶雕琢之工，而天真興致，則未可與道。其高者失之捕風捉影，而卑者坐于黏皮帶骨，至于江西詩派極矣。[86]

在胡應麟時，離明初詩壇較遠，反而覺得元詩比宋詩合乎「緣情」的宗旨；許學夷也說元詩

「多出於中晚正派」。他們正是從文學史的角度去看唐以後的不同發展。例如宋人學杜，在他們眼中卻愈遠離詩的正軌；胡應麟說：

宋人學杜得其骨，不得其肉；得其氣，不得其韻；得其意，不得其象，至聲與色並亡之矣。

二陳（陳後山、陳與義）五言古皆學杜，所得惟粗強耳。其沉鬱雄麗處，頓自絶塵。無已復參魯直，故尤相去遠。大抵宋諸君子以險瘦生澀為杜，此一代認題差處，所謂七聖皆迷也。(87)

許學夷先引述另一則胡應麟的話，然後再徵引「一代認題差處」之言：

胡元瑞云：「宋黃陳首倡杜學，然黃律詩徒得杜聲調之偏者，至古選歌行，絶與杜不類，晦澀枯槁，刻意為奇而不能奇，而一代尊之無上。」又云：「宋諸子以險瘦生澀為杜，此一代認題差處。」予欲改「險瘦」二字為「艱深」，更為妥帖。

他自己批評黃庭堅說：

唐王建、杜牧、陸龜蒙、皮日休雖多怪惡，然止七言律一體，聖俞（梅堯臣）、魯直（黃庭堅）則諸體皆然，乃是千古詩道之厄。魯直詩云：「隨人作詩終後人」，又云：

「文直切忌隨人後」，蓋其本意乃爾，宜其衆醜畢集也。

又說：

宋人首稱蘇黃，黃諸體恣意怪僻，遂為變中之變。元美謂其「愈巧愈拙，愈新愈陳，愈近愈遠」，又云：「魯直不足小乘，直是外道，已墮傍生趣中。」是也。然黃竟為江西詩派之祖，流毒終於宋世。88

從兩人評論時選用「一代認題」、「千古詩道」等字眼，顯示出他們是從詩史的角度批評宋詩。胡應麟更認爲宋詩和元詩的作用，是明詩創作的前車之鑑，如在「宋人學杜於唐遠，元人學杜於唐近」之下，他接著說：

國朝下襲元風，上監宋轍，故虞（集）、楊（載）、范（梈）、趙（孟頫），體法時參；歐、蘇、黃、陳、軌躅永絕。

大曆而後，學者溺於時趨，罔知反正。宋元諸子亦有志復古，而不能者，其說有二：一則氣運未開，一則鑒戒未備。蘇黃矯晚唐而為杜，得其變而不得其正，故生澀崚嶒而乖大雅。楊范矯宋而為唐，舍其格而逐其詞，故綺縟閨閫而遠丈夫。國初因仍元習，李何一振，此道中興。蓋以人事則鑒戒大備，以天道則氣運方隆。89

胡應麟認爲詩的歷史發展，經過宋代的乖離，元代稍能恢復，到明代就再次踏回正軌了。

許學夷的歷史意識則表現在以「變」觀「變」，認爲宋代變離正道之後，就不應從唐詩的角度看宋詩：

> 宋主變，不主正；古詩歌行，滑稽議論，是其所長，其變幻無窮，凌跨一代，正在於此。或欲以論唐詩者論宋，正猶求「中庸」之言於釋老，未可與語釋老也。

於是連反復古的公安派的意見，也可以吸收：

> 元美、元瑞論詩，於正者雖有所得，於變者則不能知。袁中郎於正者雖不能知，於變者實有所得。中郎云：「至李杜而詩道始大；韓、柳、元、白、歐，詩之聖也；蘇，詩之神也。」以李、杜、柳與四家並言，固不識正變之體；以韓、白、歐為聖，蘇為神，則得變體之實矣。

究之，他仍然是秉持著復古派的宗旨，將「正」、「變」分門，又如說：

> 予嘗謂：三教之理，判若河漢；世之儒者，惑於二教，不敢遽毀先聖，乃欲合而通之，其罪甚於毀儒；當如三家比居，其垣牆門戶，界限分明，庶無混媟之虞。袁中郎謂：「詩至李杜始大，韓、柳、元、白、歐，詩之聖也；蘇，詩之神也。」此合而通之，且

欲以變為中矣。又或心知韓、白、歐、蘇之美，恐妨於李杜，而不敢言，此又不能分別門戶也。苟能於諸家門戶判然分別，則謂韓白諸子為聖可也，神亦可也。[90]

將門戶界限分清，則既可於實踐的層面之上尊師「正宗」的盛唐，也可在認識的層面之上了解「大變」的宋詩了。

四　宋人「主理」與明復古派反「主理」的原因

明復古詩論家以「宋人主理」來概括宋詩及其寫作風氣，雖然是從本身所立的宗旨出發，但確也能掌握宋詩的主要特徵。「理」字可說代表宋代文化的精神面貌；宋代是一個自覺反省，以知性爲主導的時代，「理」在宋人世界觀的重要性就如朱熹所講：

> 形而上者指理而言，形而下者指事物而言，事事物物皆有其理；事物可見而理難知，即事即物，便要見得此理。[91]

理學家固然以探究性理爲要務，詩論家也以是否「合理」責求詩歌，例如歐陽修指摘張繼〈楓橋夜泊〉之有「夜半鐘」爲「理有不通」，就挑起一番激烈的討論；值得注意的是論辯者都以是否合理爲基礎[92]，同類性質的批評在宋代詩話中更屢見不鮮[93]。黃庭堅說：「但當以理爲主，理得而辭順，文章自然出群拔萃」[94]，范溫說：「然文章論當理與不當理耳」[95]；都出於同一基礎。甚至「以文爲詩」的特色也是這理性精神下的產物[96]。再進一步而言，宋代大詩家大都與理學有所關連，不少被列入《宋元學案》之中；例如其中〈廬陵學案〉就因歐陽修的儒學成就和影響而立[97]；黃庭堅也被派入〈范呂諸儒學案〉之內[98]；江西派中人大部分都出於呂希哲和楊時之門[99]。既然有此淵源，他們的主張與理學有精神相通之處就絕不出奇。錢鍾書更指出，詩人如黃庭堅、賀鑄、陸游、辛棄疾、劉克莊、吳錫疇、吳龍翰、陳杰、陳起、宋自適、毛珝、羅與之、周密，甚至朱淑眞，都做過「講義語錄之押韻者」一類詩篇[100]。劉克莊序〈竹溪詩〉的講法可說是宋詩主流傾向的總結：

> 迨本朝則文人多，詩人少。三百年間，雖人各有集，集各有詩，詩各自為體，或尚理致，或負財力，或逞辯博，少者千言，多至萬首，要皆經義策論之有韻者爾，非詩也。[101]

總合而言，「宋人主理」的「理」字，包融雖廣，其背後實在有一共同的精神。

從另一個角度來看，「宋人主理」又與晚唐詩有極大關連；晚唐詩可說是宋詩主流的對立面。宋初詩壇本是唐末五代的延續，由南唐入宋的詩人徐鉉、李昉等都是晚唐詩風的推廣者，如二人參與編修的《文苑英華》就收入大量鄭谷、張喬等晚唐詩人的作品。根據《六一詩話》的記載，鄭谷詩更是童蒙所習，廣泛流傳的作品，周朴的完整詩集還可以見到：上文提到宋初的九僧，也以晚唐詩爲尙[102]。到了歐陽修、梅堯臣等人要別樹新幟，就會以反對晚唐詩爲邁向新路的起點。至於江西詩派的尙拙尙樸，分明又與晚唐詩大相徑庭[103]。當然宋人並沒有宣佈與唐詩脫離關係，例如杜甫就是蘇、黃以來極受尊崇的唐代詩人。不過細考之會發覺這與我國傳統文學運動以復古爲革新的程式並無不同，宋人學習唐詩人中規模最大、路數最廣的杜甫，只因爲杜詩開拓了不少可供宋人發展的途徑[104]。黃庭堅說：

> 學老杜詩，所謂「刻鵠不成尚類鶩」也；學晚唐人詩，所謂「作法於涼，其弊猶貪，作法於貪，弊將若何[105]」？

可見江西詩派學杜，也是與晚唐詩風的對立。又由此觀之，以反江西詩風（最具宋詩特色的詩派）爲號召的四靈、江湖詩派一下子又走上晚唐之途，就並非意外之事了。正如葉適〈徐斯遠文集序〉所講：

> 慶曆、嘉祐以來，天下以杜甫為師，始黜唐人之學，而江西宗派章焉。……近歲學者已復稍趨於唐而有獲焉。

江西派學杜（本是唐大家）就變成與唐人不同；四靈等意圖改變這種主流風氣，於是走到這派的對立面，回到「風雲草木」的物色世界；葉適〈徐道暉墓志銘〉說：

> 故善為是〔詩〕者，取成于心，寄妍于物，融會一法，涵受萬象，……此唐人之精也。……後復言唐詩者自君始，不亦詞人墨卿之一快也！

他在〈王木叔詩序〉又說：

木叔不喜唐詩，謂其格卑而氣弱，近歲唐詩方盛行，聞者皆以為疑。夫爭妍鬥巧，極外物之變態，唐人所長也；反求於內，不足以定其志之所止，唐人所短也。⑩

結合兩段說話來看，四靈詩派心中的唐詩特徵是「涵受萬象」、「極外物之變態」；而「反求於內，定志之所止」則是知性精神主導下的理想詩境。宋詩主流爲追求後者而輕視了前者；四靈抓緊了「物象」但卻囿於一隅，以晚唐代表整個唐代，境界就未免偏狹了⑩。

宋詩的風格以偏離晚唐詩爲出發點，處處與晚唐詩相背；而明復古派的論詩起點則是反宋詩，屢屢以宋詩爲殷鑑。因此〈缶音序〉中提出的意見就好像要維護晚唐詩，其實這只是個開端。復古派認爲晚唐詩重視物象的創作方法不是弊病，不要物象才是宋詩的失敗原因。但他們並非僅僅停留於晚唐的格局；反之，他們提倡盛唐的詩風，包括宋人尊尙的杜詩。當然，在吸收宋人的經驗之後，復古派對學杜甫的態度是相當謹愼的，而且於理論上特別繁密⑩，他們要學習盛唐，與宋人學習杜甫的態度是不同的，方法步驟也有分別。明復古詩論漸漸發展出一套完整的詩歌演變的觀念；甚麼對象値得師法模仿，應該學習他們的那些方面，都放置入詩史發展的脈絡中（put into context）去掌握和分析；因此說，明代復古詩論家的歷史（詩史）感較諸前代來說，是濃烈得多。

除了以上從邏輯發展的角度作解釋外，我們還可以從當時詩壇的實際環境去了解復古派批評「主理」詩風的原因。一般人認爲復古派只是臺閣體的反動，其實不能說完全準確，臺閣體與復古派並非處於絕對對立的地位，復古派於臺閣詩風旣有變革，也有繼承；反而在臺閣以外的陳獻章和莊昶提出不少與復古詩論的宗旨完全相反的主張。在明人眼中，「陳莊體」也是「主理」的宋人詩風的替身，如《明詩綜》引邵弘齋講述明初到李、何時期的詩壇說：

> 國初詩是元，如楊鐵崖、解大紳；成化間是宋，如陳白沙、莊定山；至弘德來，駸駸乎盛唐矣，如何大復、李空同。109

復古派提倡盛唐詩風，其迫切任務也當是排擊「宋詩」了。李、何稍後的楊慎，在分析晚唐詩風與性理詩風之別時，就顯示出復古詩論家的心態：

> 大曆而下，如許渾輩，皆空吟不學，……此等空空，知萬卷為何物哉！然猶是形月露而狀風雲，詠山水而寫花木。今之作贋詩者異此，謂詩必用語錄之話，……又云：「須臾帶禪和子語。」……而詩也掃地矣。110

晚唐詩雖非上乘，但宋詩（性理詩），更是外道。對他們來說，宋詩最墮落的特徵都在當時出現的性理詩風氣中見到，於是復古派不得不起而攻擊。

李何倡導復古以後，性理詩風並未從此堙滅，反而附隨復古詩的末流習氣，多剽竊雷同，為人詬病，於是詩壇上又興起各樣的流派；王世貞〈明詩評後敍〉有很詳細的敍述：

> 弘正間李何起而振之，天下彬彬然知嚮風云，而其下者，至或好為剽竊傅會，冀文其拙；

一二少年，耳觀無當於心，翩翩然曰：「士當自起名，奈何影響他人為也！」則又咁獵齊梁之下，具而誇於人曰：「吾乃得其精矣。」彼為少陵氏者何？吳人黃氏、皇甫氏者流，若倚門之妓，施鉛粉，強盼笑，而其志矜國色猶然哉；一者公甫、孔暘，本無所解，為道理語，度其才氣不足勝人，遁而自眩夫「太極」、「陰陽」、「無言」已，且東之聲韻，豈不寃耶？一者應德、道思，歸田之後，駕誣陶韋，必諧自然目到之語，黜意象，凋精神，廢風格；而其徒洪朝選、萬士和酷嗜其殘蝕，左右而播之；於乎！何舛也！一者關中王維禎，悉反諸作，推尊少陵氏，間出章什，朝野重之，以其為道彌邇，為禍愈重；何者？以宛轉應接為少陵氏之旨，以棘澀粗重為少陵氏之語，至於神格無聞，四聲未協，天下相率而瞶聽之，謂為真傳而暬行之，可不辨乎？⑪

面對繽紛雜出的潮流，李攀龍與王世貞等又起而再倡復古之調⑫。在上文王世貞對各種流派強烈批評，但若結合《明詩評》卷內的評論，可知他還是最不滿近乎宋詩的傾向。例如他評「刻意六朝」的黃省曾只說：「原非珍品，坐索高價」；評皇甫涍更說他有「得意處」，只是「七言衰弱」；評王維楨稍爲強烈一些，可能覺得他學杜甫的方法不對（這也是復古派對宋詩不滿的原因之一），但也說「惜哉！⑬」此外對王慎中、唐順之早年的初唐詩風，也不深責；但對性理詩人如陳獻章、莊㫤的攻擊便很嚴厲，對時代更近的王、唐「歸田後」詩，更猛烈抨擊；王世貞更解釋說，因爲他看到「一時後進靡識，翕然相師」，「其徒……左右而播之」，所以「僕固抑之，使世人罔啜其糟」；因爲這種詩風離復古派的宗旨最遠，而當時相率仿效的人又不在少數，所以王世貞等便覺得排斥這種「不良風氣」的需要異常逼切了。一直到復古運動的第二階段穩定下來，復古思潮再成主流，王世貞等雖然反宋詩如故，卻也不再苛評當世的性理詩，例如王世貞《讀書後》評陳獻章說：

> 陳公甫先生詩不入法，文不入體，又皆不入題，而其妙處有超乎法與體與題之外者；予少年學為古文辭，殊不能相契，晚節始自會心，偶然讀之，或倦而躍然以醒，不飲而陶然以甘，不自知其所以然也。[114]

《藝苑卮言》中所說的「講學者動以詞藻爲雕搜之技，工文者則舉拙語爲談笑之資，若枘鑿不相入」一類持平的話[115]，大概也是較後期的見解。復古派後進如胡應麟，雖也不滿宋詩，但對嘉靖初年興起的各派，只輕描淡寫，而且絕口不提性理詩派，如說：

> 自北地宗師老杜，信陽和之，海岱名流，馳赴雲合，而諸公質力，高下強弱不齊，或強才以就格，或困格而附才。故弘正自二三名世外，五七言律往往剽襲陳言，規模變調，粗疏澀拗，殊寡成章。嘉靖諸子見謂不情，改創初唐，斐然溢目，而矜持太甚，雕繢滿前，氣象既殊，風神咸乏。既復自相厭棄，變而大曆，又變而元和，風會所趨，建安開寶之調，不絕如線。王李再興，擴而大之，一時諸子，天才競爽，近體之工，欲無前古，盛矣。[116]

從中根本看不出李攀龍、王世貞等與唐順之等人尖銳對立的情況。上文已經提過，胡應麟即使論及唐順之，也只是說他詩學初唐，說他「律體精華」，完全不似王世貞所講「黜意象，凋精神，廢風格」。許學夷又完全沒有說過半點批評性理詩的話。在他們眼中，明代性理詩好像沒有存在過一樣。也可能因著這個緣故，後人只知明代復古派在理論上反對宋詩，而忽略了反宋詩的理論在當世詩壇上是實有所指的。

附註

❶ 劉績《霏雪錄》（曹溶輯《學海類編》本，台北：文海出版社，一九六四影印），頁八下—九上。

❷ 葉子奇《草木子》（《四庫全書》本），卷四，頁二下。

❸ 葉盛《水東日記》（《四庫全書》本），卷二六，頁八上。

❹ 有關三人的事蹟及其他明初論者對唐宋詩的看法可參龔顯宗《明初詩文論研究》（台北：華正書局，一九八五）；齊治平《唐宋詩之爭概述》（長沙：岳麓書社，一九八四）頁三六—四一。

❺ 李夢陽〈潛虬山人記〉曾記載佘育跟他學詩的事，並說：「夫山人名育，字養浩，號鄰菊居士，其父存修者，亦詩人也，有《缶音》刻行矣。」《空同集》（《四庫全書》本），卷四十八，頁一一上—一三下。

❻ 同上，卷五二，頁五上—六上。

❼ 例如上引劉績所講的「唐人聲調」，大概是指吟誦起來音節順暢之意，李東陽論詩亦常講「調」，如說：「今之歌詩者，其聲調有輕重、清濁、長短、高下、緩急之異，聽之者不問而知其為吳、為越也。漢以上古詩弗論，所謂律者，非獨字數之同，而凡聲之平仄，亦無不同也。然其為調之為唐、為宋、為元者，亦較然明甚。……而其為調則有巧存焉，苟非心領神會，自有所得，雖日提耳而教之無益也。」「調」指「聲調」是沒有問題了，但卻不是指平仄聲律的安排，又要「心領神會」才可掌握，這種訴諸心靈感受的說法，很容易會提升到抽象的風味、風格的層次，如他評劉辰翁詩時說：「及觀其所自作，則堆疊飣餖，殊乏興調。」「興調」則似是「興味」、「風調」了。見李東陽《懷麓堂詩話》（《歷代詩話續編》本），頁一三七九、一三七五。又如屬於後期的詩論家胡應麟其「調」字用法也很廣泛，如說：「作排律先熟讀宋、駱、沈、杜諸篇，倣其布格措詞，則體裁平整，句調精嚴。」明顯是指聲律的措置；又說：「錢、劉諸子排律，雖時見天趣；然或句格偏枯，或音調孱弱。」「孱弱」所指就較含混了；再如評劉長卿〈獻淮寧軍節度使李相公〉：「獨結語絕得王維、李頎風調，起語亦自大體。」「風調」連用，大概是指風格風味了；至如評杜甫五律的「不盡唐調而兼得唐調」，評

李商隱〈武侯廟古柏〉詩「入崑調」，其「調」字的意義就不太明朗了。分見胡應麟《詩藪》(上海：上海古籍出版社，一九七九)，頁七六、七八、八五、七〇、六五。

⑧ 載魏徵、令孤德棻《隋書》(北京：中華書局，一九七三)，卷六六，頁一五四四。

⑨ 白居易著，顧學頡校點《白居易集》(北京：中華書局，一九七九)，頁九五九—九六六。

⑩ 歐陽修《六一詩話》(與《白石詩話》、《滹南詩話》合刊，北京：人民文學出版社，一九八三)，頁八、十三。

⑪ 梅堯臣著，朱東潤編年校注《梅堯臣集編年校注》(上海：上海古籍出版社，一九八〇)，頁三三六、三三〇、三〇〇。

⑫ 歐陽修《歐陽文忠公集》(《四部叢刊》本)，卷四，頁二上，〈酬學詩僧帷晤〉。

⑬ 載陳師道《後山詩話》(《歷代詩話》本，頁三一一。又如黃庭堅〈與王觀復書〉說：「所寄詩多佳句，猶恨雕琢功多耳。」他在〈題意可詩後〉中評述庾信詩也說過類似《後山詩話》的話，但又認為陶淵明的境界更高：「寧律不諧，不使句弱；用字不工，不使語俗；此庾開府之所長也，然有意於為詩也。至於淵明，則所謂不煩繩削而自合者。雖然，巧於斧斤者，多疑其拙，窘於檢括者，輒病其放。」總的傾向是反對華巧，因此而予人拙、僻的印象，也在所不惜。見《豫章黃先生文集》(《四部叢刊》本)，卷二六，頁一一下—一二上。

⑭ 《庚溪詩話》(《歷代詩話續編》本)，頁一八二。

⑮ 《空同集》，卷四十八，頁一二下；又謝榛《四溟詩話》(《歷代詩話續編》本)記載：「黃司務問詩法於李空同，因指場圃中菽豆而言曰：『顏色而已。』此即陸機所謂『詩緣情而綺靡』是也。」(頁一一七四)

⑯ 本文第四節對此再有交代。

⑰ 參閱前引〈潛虬山人記〉的「詩有七難」說。

⑱ 視「課虛無以責有，叩寂寞而求音」這段文學創作的「鑿空」階段為一種難言的神秘經驗，是自《文賦》以來文論家大都有同感的。參閱張少康《中國古代文學創作論》(北京：北京大學出版社，一九八三)，頁五一五

二。

⑲ 李夢陽詩論中提到「情」之重要性的地方非常多，如〈張生詩序〉說：「夫詩發之情乎！」〈梅月先生詩序〉說：「情者，動乎遇者也。……故遇者，物也；動者，情也。情動則會心，會則契神，契則音所謂隨寓而發者也。……故遇者因乎情，詩者形乎遇。」〈鳴春集序〉說：「故聖以時動，物以情徵，竅遇則聲，情遇則吟，吟以和宣，宣以亂暢，暢而永之，而詩生焉。故詩者，吟之章而情之自鳴者也。」〈刻戴大理詩序〉說：「人之吟則視所集爲多寡巧拙，然均之情也，情感於遭，故其言人人殊，因言以布章，因章以察用；故先王之政不詩廢也。」見《空同集》，卷五一，頁五下，頁六下—七下，頁一一下—一二上；卷五二，頁九上。

⑳ 參蔡英俊《比興、物色與情景交融》（台北：大安出版社，一九八六），第二章，尤其頁一三七。

㉑ 嚴羽著，郭紹虞校釋《滄浪詩話校釋》（北京：人民文學出版社，一九八三），頁一四八。

㉒ 同上，頁一二六。

㉓ 《四庫全書總目》（武英殿本），〈擊壤集提要〉，卷一五三，頁二八下。

㉔ 王士禎等著，周維德箋注《詩問四種》（濟南：齊魯書社，一九八五），頁八四。按嚴羽說：「所謂不涉理路，不落言筌者，上也。」見《滄浪詩話校釋》，頁二八。

㉕ 簡錦松《李何詩論研究》，頁一四三、一四四。

㉖ 參閱本文第四節。

㉗ 見程顥，程頤《二程集》（北京：中華書局，一九八一），頁二三九、二一一、五九〇。

㉘ 見孔穎達《禮記正義》（阮元刊《十三經注疏》本，台北：藝文印書館，一九六五），卷五二，頁七下。

㉙ 孔穎達《毛詩正義》（《十三經注疏》本），卷十六之三，頁九上下。

㉚ 見朱熹著，黎靖德編《朱子語類》（北京：中華書局，一九八六），頁一五三四、一三三五。二程對此的討論又見《二程集》，頁五九、六一。明理學家亦常論及這兩句詩，如陳獻章《示湛雨》說：「天命流行，眞機活潑，水到渠成，鳶飛魚躍。」《白沙集》（《四庫全書》本），卷八，頁六九下；莊昶《鳶飛魚躍亭晚坐和光

嶽》說：「自知魚躍鳶飛妙，都在雲閒水淡中。」《定山集》（《四庫全書》本），卷四，頁十九上下，王守仁《次欒子仁韻送別四首》之一說：「悟到鳶飛魚躍處，工夫原不在陳編。」《王陽明全集》（台北：正中書局，一九七〇台四版），第二冊，頁一七七。

㉛ 《大復集》（《四庫全書》本），卷三一，頁六下—七上。

㉜ 〈與李空同論詩書〉，同上，卷三二，頁十九上—二三上。本篇是李、何論詩爭辯的重要文獻之一。二人論爭往還的書信應有四封。第一封先由李致何，已佚；第二封是何景明這篇答辯；第三封和第四封都是由李致何的〈駁何氏論文書〉和〈再與何氏書〉。

㉝ 同上，卷三一，頁十九下。

㉞ 同上，卷三八，頁一五下—一六上；卷三四，頁一下、三下、一一上。

㉟ 參〈明月篇序〉，同上，卷一四，頁一四下—一五上。

㊱ 《升庵詩話》（《歷代詩話續編》本），頁七九九。

㊲ 楊愼說：「匪惟作詩也，其解詩亦然。且舉唐人閨情詩云：『裊裊庭前柳，青青陌上桑。提籠忘採葉，昨夜夢漁陽。』即〈卷耳〉詩首章之意也。又曰：『鶯啼綠樹深，燕語雕梁晚。不省出門行，沙場知近遠。』又曰：『漁陽千里道，近於中門限。中門踰有時，漁陽常在眼。』又云：『夢裡分明見關塞，不知何路向金微。』又云：『妾夢不離江水上，人傳郎在鳳凰山。』即〈卷耳〉詩後章之意也。若如今詩傳解爲託言，而不以爲寄望之詞，則〈卷耳〉之詩，乃不若唐人作閨情詩之正矣。若知其爲思望之詞，則詩之寄興深，而唐人淺矣。若使詩人九原可作，必蒙印可此說耳。」（同上）按「今詩傳」大概指朱熹《詩集傳》，其中解釋〈卷耳〉一詩就用「託言」一語；如釋第一章說：「后妃以君子不在而思念之故，賦此詩託言方采卷耳未滿頃筐而適念其君子，故不能復采而寘之大道之旁也。」釋第二章說：「此又託言欲登此崔嵬之山以望所懷之人，而往從之則馬罷病而不能進，於是且酌金罍之酒，而欲其不至於長以爲念也。」見《詩集傳》（台北：藝文印書館，一九六七再版），卷一，頁七上、七下。

㊳ 《四溟詩話》，頁一一四九。又「涉理路」一說，參注(二四)。

㊴ 參閱 Siu-kit Wong, "A Reading of the *Ssu-ming shih-hua*," *Tamkang Review*, Vol. 2, no. 2/vol. 3, no. 1 (1971/1972), pp. 237-249.

㊵ 劉攽說：「詩以意爲主，文詞次之，或意深義高，雖文詞平易，自是奇作。」見《中山詩話》（《歷代詩話》本），頁二八五；王直方說：「山谷論詩文……每作一篇先立大意，長篇須曲折三致意乃成章耳。」范溫說：「山谷言文章必謹布置，如……（例句略）此一篇立意也；……則意舉而文備。」又說：「詩有一篇命意，有句中命意。」見《王直方詩話》（郭紹虞輯《宋詩話輯佚》本，北京：中華書局，一九八〇），頁四；《潛溪詩眼》（《宋詩話輯佚》本），頁三二三—三二四、三二五；又《詩人玉屑》有「命意」一目，收錄諸家之說，如《碧溪詩話》：「昔人論文字，以意爲主。」〈室中語〉：「凡作詩須命終篇之意，切勿以先得一句一聯，因而成章，如此則意不多屬。」「作詩必先命意，意正則思生，然後擇韻而用，如驅奴隸；此乃以韻承意，故首尾有序。」見魏慶之《詩人玉屑》（上海：上海古籍出版社，一九七八），頁一二四、一二七。

㊶ 《四溟詩話》，頁一一四九、一一五二。

㊷ 參呂正惠〈南宋詩論與江西詩派〉，《第一屆中國文學批評研討會》論文（一九八七年六月）。

㊸ 《四溟詩話》，頁一一七六，一一九七。

㊹ 《藝苑卮言》（《歷代詩話續編》本），頁一〇一八。

㊺ 《升庵詩話》，頁六七九。

㊻ 《朱子大全》（《四部備要》本），卷四，頁六下。

㊼ 《升庵詩話》，頁八六四。

㊽ 《藝苑卮言》，頁一〇二〇。按方回《七十翁吟五言古體十首》之七也說過：「晦菴〈感興〉詩，本非得意作；近人輒效尤，以詩言理學。」見《桐江續集》（《四庫全書》本），卷二二，頁八下。

㊾ 《讀書後》（《四庫全書》本），《書陳白沙集後》，卷四，頁十四下—十五上。

㊿《升庵詩話》，頁七七九。

(51)《陳白沙集》，卷四，頁四七上；卷六，頁五二上；卷五，頁三九上。

(52)按「簡齋」本指陳與義，但他的風格與邵雍不同，我懷疑「簡齋」可能是「康齋」（即吳與弼）之誤；錢謙益《列朝詩集小傳》記載：「與弼，字子傳，崇仁人。……公潛心理學，欲盡削詞章箋注之煩，而爲詩則沾沾自喜，以爲能事，識者哂之。詩集七卷，不下千首。白沙之學，得之於康齋，以其詩觀之，則不啻智過於師也。」（頁二六五）又饒宗頤〈陳白沙在明、代詩史的地位〉說：「白沙師事康齋，……康齋間喜吟詠，有詩集七卷，不下千首，……其詩題如〈讀中庸〉、〈變化氣質消磨習俗〉，學究氣甚重。有〈誦晦庵詩次韻〉，頗學朱子之風俗，〈懶吟〉又近邵雍。」《東方雜誌》，復刊第一卷，第二期（一九六七年八月），頁三一。

(53)《陳白沙集》，卷一，頁十四上。

(54)陳獻章五言詩明顯有學陶淵明的地方，甚至有〈和陶六首〉之作，見同上，卷五，頁十四上下。

(55)《升庵詩話》，頁八〇八。

(56)《四庫全書總目提要》評《莊定山集》時舉出一些詩句，評說：「未嘗不語含興象。」（卷一七一，頁四下）但《四庫全書》本《定山集》的書前提要就改成「亦頗有詩意」，其意義相差不遠。

(57)《定山集》，卷四，頁二四下、二四上。

(58)《明詩綜》，卷二五，頁二一下。

(59)引自安磐《頤山詩話》（《四庫全書》本），卷十三下—十四上。

(60)《定山集》，卷四，三七上。

(61)李夢陽是弘治六年（一四九三）進士；安磐是弘治十八年（一五〇五）進士。

(62)《頤山詩話》，頁十四上。

(63)《升庵詩話》，頁八一二—八一三。

(64)其中對嚴嵩（害死他父親的人）詩也有評介，對謝榛詩的評價亦較《藝苑卮言》高，可知是早期著作。以下引文以《紀錄彙編》本爲據。

65 《明詩評》，卷三，頁三二上下。

66 同上，卷三，頁三五上下。

67 題爲賈島著的《二南密旨》（《學海類編》本）說：「興者，情也，謂外感於物，內動於情；情不可遏故曰興。」（頁一下）《藝苑卮言》引李仲蒙說：「叙物以言情謂之賦，情物盡也。索物以托情謂之比，情附物也。觸物以起情謂之興，物動情也。」（頁九五四）這都是論詩者經常稱引的話。

68 例如謝榛說：「律詩雖宜顏色，兩聯貴乎一濃一淡。若兩聯濃，前後四句淡，則可；若前後四句濃，中間兩聯淡，則不可。亦有八句皆濃者，唐四傑有之；八句皆淡者，孟浩然、韋應物有之；非筆力純粹，必有偏枯之病。」見《四溟詩話》，頁一一五九。胡應麟說：「作詩不過情、景二端。如五言律體，前起後結，中四句，二言景，二言情，此通例也。……老杜諸篇，雖中聯言景不少，大率以情間之。故習杜者，句語或有枯燥之嫌，而體裁絕無靡冗之病。此初學入門第一義，不可不知。若老手大筆，則情景混融，錯綜惟意，又不可專泥此論。」見《詩藪》，頁六三—六四。

69 參李夢陽〈朝正倡和詩跋〉，《空同集》，卷五九，頁十八下—十九下；及錢謙益《列朝詩集小傳》（上海：上海古籍出版社，一九八三），頁二六九。

70 《明詩評》，卷四，頁四四下。

71 例如他的〈示諸生三首〉之一：「爾身各各自天眞，不問求人更問人；但致良知成德業，謾從故紙費精神；乾坤是易原非畫，心性何形得有塵；莫道先生學禪語，此言端的爲君陳。」就是王貞所指摘的一類詩。見《王陽明全書》，第二冊，頁二〇七。

72 錢謙益說薛瑄：「公正學大儒，不事著述，一掃訓詁語錄之習。顧自喜爲詩，所至觀風覽古，多所題詠。《河汾詩集》多至千餘篇，而今體諸詩尤夥。」見《列朝詩集小傳》，頁一八六。

73 分見《藝苑卮言》，頁一〇五〇—一〇五一。

74 《明詩評》，卷三，頁三五下；卷一，頁十四下。然而唐順之在〈與皇甫百泉郎中〉說：「追思向日請教於兄，詩必唐、文必秦與漢云云者，則已茫然如隔世事，亦自不省其爲何語矣。」《唐荊川集》（《四部叢刊》本），卷六，頁十七上；又李開先〈荊川唐都御史傳〉說他早年「素愛崆峒詩文，篇篇成誦，且一一倣效之。及遇王遵巖，告以正法妙意，何必雄豪亢硬也？唐子已有將變之機，聞此如決江河，沛然莫之能御也。」見《李開先集》，頁六二二。大概唐順之早年本師法李夢陽，但在王世貞眼中其詩風的表現卻近乎初唐，這已是異乎李、何的了。另一個類似的例子是黃省曾，他學詩法於李夢陽，但王世貞卻說他「詩刻意六朝諸家」，參《明詩評》，卷四，頁四一上。

75 同上，卷三，頁三五下－三六上。

76 《唐荊川集》，卷七，頁十四上；卷六，頁十七上。

77 《明詩評》，頁五一上。後來顧起綸婉轉地點出唐順之的詩：「晚年率意，偶落宋套。」見《國雅品》（《歷代詩話續編》本），頁一一一二。

78 胡應麟在一篇答問「文章學問之途」的策論中說：「奈何近日冒士之名者，畏惡其能而且自揣其弗能，至乃欲以虛名高之。遠宗主靜之禪機，近述良知之觖說，以詞章爲雕飾，以文字爲浮華。《詩》、《書》名物，問之茫然，曰：《六經》皆注脚也；秦漢君臣，詰之莫對，曰：諸史皆陳編也。其意若甚玄而可喜，其言若甚簡而易循，其自處若高于子貢。……近世之高談性命以自文，而中無所有者，士之贗也，才之蠹也。」《少室山房類稿》（《續金華叢書》本），卷一〇〇，頁三下、五上。

79 《詩藪》，頁三六三、三九。

80 唯一比較正面地批評道學詩風的是論元代理學家劉因的近體詩，說「至律絕，種種頭巾，殊可厭也。」見同上，頁二四一。因爲劉因常用近體詩來論學，如集中的《講〈學而〉首章》、《講〈八佾〉首章》、《講「周而不比」章》、《講「人之生也直」章》、《講「求仁得仁」章》等都是。見劉因《靜修先生文集》（《四部叢刊》本），卷一二，頁三下－四下。另外胡應麟集中有〈讀王道思集〉一則，但只評王慎中的古文，而不及其詩，見《少室山房類稿》，卷一〇五，頁七上。

81 《詩藪》，頁二〇六。

82 見同上，頁二一四。

83 同上，頁二〇六。

84 許學夷《詩源辯體》(北京：人民文學出版社，一九八七)，頁三七六。

85 《詩藪》，頁四〇。

86 均見《懷麓堂詩話》，頁一三七一；若將第二則文字與李夢陽〈缶音序〉並觀，就可見二者頗有相同之處，如說：1.宋詩不及唐詩；2.宋詩失興致；3.宋人教人作詩（「詩法」、「詩話」）而詩壞；4.江西詩派最不可取。兩者同樣有不能自圓之處——作詩話、論詩法的，不限於宋人，明人也常作詩話，暢談詩法。

87 《詩藪》，頁六十、二一〇。

88 《詩源辯體》，三八六、三八五、三八二。第三則所引王世貞的話見於《藝苑卮言》，頁一〇一八。

89 《詩藪》，頁三八、二〇六。

90 《詩源辯體》，頁三七七、三八一、二四九。

91 《朱子語類》，頁一九三五。

92 歐陽修之說見《六一詩話》，頁一一；宋人的討論部分見胡仔《苕溪漁隱叢話》(香港：中華書局，一九七六)，《前集》，頁一五五—一五六。又胡應麟評論這些爭議時說：「又張繼『夜半鐘聲到客船』，談者紛紛，皆爲昔人愚弄。詩流借景立言，惟在聲律之調，興象之合；區區事實，彼豈暇計？無論夜半是非，即鐘聲聞否，未可知也。」《詩藪》，頁一九五。可見復古派如胡應麟等所採取的立場與宋人完全不同。

93 參見魏慶之《詩人玉屑》，頁二四〇—二四三。

94 〈與王觀復書三首〉之一，見《豫章黃先生文集》，卷十九，頁十八上下。

95 范溫《潛溪詩眼》，頁三二六。

(96) 上文論及李夢陽和何景明的強調詩文之別，謝榛的標榜「以興爲主」（相對於「以意爲主」），正是明復古派爲了針對宋人「以文爲詩」傾向而提出的正面主張。有關宋詩的理性精神及其造達的風貌，參龔鵬程〈知性的反省——宋詩的基本風貌〉，載蔡英俊編《意象的流變》（《中國文化新論》〈文學篇二〉，台北：聯經出版公司，一九八二），頁二六一—三一六。

(97) 見黃宗羲撰，全祖望補《宋元學案》（台北：世界書局，一九八三年四版），卷四，頁一〇一—一二四。

(98) 《宋元學案》，卷十九，頁四六三。

(99) 參馬積高〈江西詩派與理學〉，《文學遺產》，一九八七年第二期（四月），頁六六—七二；龔鵬程《江西詩社宗派研究》（台北：文史哲出版社，一九八四），頁二八三—二九一。

(100) 錢鍾書《宋詩選註》（北京：人民文學出版社，一九七九），頁一六九—一七〇。

(101) 《後村先生大全集》（《四部叢刊》本），卷九四，頁十四上。

(102) 參趙昌平〈從鄭谷及其周圍詩人看唐末至宋初詩風動向〉，《文學遺產》，一九八七年第三期（六月），頁三三—四二，以及《六一詩話》，頁七—九。

(103) 分見前文頁第一節及⑬引論。

(104) 例如江西派的宗師黃庭堅固然宗尙杜甫，朱弁說他「獨用崑體工夫而造老杜渾成之地」，但王若虛卻不同意此說，認爲黃庭堅遠不及杜甫，張載更與呂本中辯論黃庭堅是否「得子美之髓」，分見《風月堂詩話》（陳繼儒輯《寶顏堂秘笈》本，一九二二年石印），卷下，頁三下；《滹南詩話》（《歷代詩話續編》本），頁五二四，五二三；《歲寒堂詩話》（《歷代詩話續編》本），頁四六三。又參龔鵬程〈知性的反省〉，頁二八五—二八六。觀點和立場不同，就有不同的結論，由此反映出宋人所謂學杜，只是杜詩一部分特點的發揚。至於復古派對宋人學杜的看法，已見第二節討論。

(105) 黃庭堅《山谷刀筆》（上海：大達圖書供應社，一九三六）頁三五。

(106) 葉適《水心文集》（四部叢刊》本），卷一二，頁一〇上下；卷一七，頁五上；卷一二，頁十五下。

107 劉克莊在序林子顯詩時形容這個期間的詩說：「近世理學興而詩律壞，惟永嘉四靈復爲言，苦吟過於郊、島，篇幅少而警策多。」見《後村先生大全集》，卷九八，頁十四下。又所引葉適之說，提到的「唐人」其實只是晚唐的代稱。

108 以胡應麟論五律爲例，他就聲明：「近體先習杜陵，則未得其廣大雄深，先失之粗疏險拗，所謂從門非寶也。」又指出正確的程序應是：「學五言律，毋習王楊以前，毋窺元白以後。先取沈、宋、陳、杜、蘇、李諸集，朝夕臨摹，則風骨高華，句法宏贍，音節雄亮，比偶精嚴。次及盛唐王、岑、孟、李，永之以風神，暢之以才氣，和之以眞澹，錯之以清新。然後歸宿杜陵，究竟絕軌，極深研幾，窮神知化，五言律法盡矣。」均見《詩藪》，頁五八—五九。胡應麟爲每種詩體都設計一套學習的程序，詳情請參陳國球《胡應麟詩論研究》（香港：華風書局，一九八六），頁一〇七—一一七。

109 《明詩綜》，卷二九，頁二上。謝榛又引述栗太行之言說：「國朝宣德以前是元，弘治以前是宋，正德、嘉靖間寖寖有古義。」《四溟詩話》，頁一二一一。

110 《升庵詩話》，頁八一二—八一三。楊愼又曾引唐錡的話說：「山林則陳白沙、莊定山稱白眉，識者以爲傍門。」（頁七七三）

111 《明詩評》，頁五〇下—五一上。

112 王世貞在〈徙倚軒稿序〉中就曾追述李何到李王間復古古詩風的起伏。見王世貞《弇州山人續稿》（台北：文海出版社，一九七〇影印明刊本）卷四一，頁一三下。

113 分見《明詩評》，卷四，頁四一上；卷二，頁十八下、二〇下。

114 《讀書後》，卷四，頁十四下。

115 《藝苑卮言》，頁一〇五〇。

116 《詩藪》，頁三五一。

〔原文於一九八七年十二月香港大學六十周年紀念儒學國際會議中發表〕

王世貞悔作卮言說辨

顏婉雲

一　前　言

王世貞生於明嘉靖五年（一五二六），卒於萬曆十八年（一五九〇），字元美，自號鳳洲，又號弇州山人，一號天弢居士，蘇州府太倉州人，在弘治至萬曆年間主持文壇的前後七子中，是著作最豐富的一家。王世貞芸芸著作中，有關詩文評論方面的，以藝苑卮言（以下簡稱卮言）爲最重要。關於它，歷來論者都有個一致的說法，就是：王氏晚年悔作卮言。實際上，這看似「定論」的說法是錯誤的。

二　王世貞悔作卮言說的起源流傳

最早指出王世貞在晚年表示悔作卮言的，是明末清初的錢謙益（一五八二—一六六四）。他在列朝詩集中說：

> 迄今五十年，弇州四部之集盛行海內，毀譽翕集，彈射四起，輕薄為文者，無不以王、李為口實，而元美晚年之定論，則未有能推明之者也。元美之才，實高於于鱗，其神明意氣，皆足以絕世。少年盛氣，為于鱗輩撈籠推輓，門戶既立，聲價復重，譬之登峻阪，

騎危牆，雖欲自下，勢不能也。迨乎晚年，閱世日深，讀書漸細，虛氣銷歇，浮華解駁，於是乎渙然汗下，蘧然夢覺，而自悔其不可以復改矣。論樂府，則亟稱李西涯爲天地間一種文字，而深譏模倣斷爛之失矣。論詩，則深服陳公甫。論文，則極推宋金華。而贊歸太僕之畫像，且曰：「余豈異趨，久而自傷矣。」其論藝苑巵言則曰：「作巵言時，年未四十，與于鱗輩是古非今，此長彼短，未爲定論，行世已久，不能復秘，惟有隨事改正，勿誤後人。」元美之虛心克己，不自掩護如是。今之君子，未嘗盡讀弇州之書，徒奉巵言爲金科玉條，之死不變，其亦陋而可笑矣。元美病亟，劉子威往視之，見其手子瞻集不置……昔者王伯安作朱子晚年定論，余竊取其義以論元美，庶幾元美之精神，不至抑沒於後世。❶

王元美書西涯古樂府後云：「余嚮者於李賓之先生擬古樂府，病其太涉議論，過爾剪抑，以爲十不得一。自今觀之，奇旨創造，名語疊出，縱未可被之管絃，自是天地間一種文字。若使字字求諧於房中鐃吹之調，取其字句斷爛者而模倣之，以爲樂府如是，則豈非西子之顰，邯鄲之步哉！余作藝苑巵言時，年未四十，方與于鱗輩是古非今，此長彼短，未爲定論，至於戲學世說，比擬形似，既不切當，又傷儇薄，行世已久，不能復祕，姑隨事改正，勿令多誤後人而已。」嘉、隆之際，握持文柄，躋北地而擠長沙者，元美爲之職志。至謂長沙之啓何、李，猶陳涉之啓漢高。及其晚年，氣漸平，志漸實，舊學銷亡，霜降冰落，自悔其少壯之誤，而悼其不能改作也。於論西涯樂府，三致意焉。今之譚藝者，尊奉弇州巵言以爲金科玉條，引繩批格，恐失尺寸；豈知元美固晚而自悔，以其言爲土苴唾餘乎？ 平津刻舟之人，知劍去已久，未有不爽然自失者也。微元美之言，將使誰正之哉❷！

自錢謙益提出「弇州悔作卮言說」後，附和的人，多不勝數。周亮工（一六一二—一六七二）在書影（又稱因樹屋書影）卷一，論及「古文人初持其一偏之說，與人鑿鑿不相下；殆識益高，心益下，未有不翻然自悔者」一現象時，依錢謙益的「定論」引王世貞爲晚年自悔的例子❸。朱彝尊（一六二九—一七〇九）的明詩綜也錄了錢氏提出「元美晚年之定論」的大段議論❹。欽定四庫全書中王氏所著讀書後的提要亦有追隨書影論定弇州悔作的說話❺。陳田（一八四九—一九二一）輯明詩紀事，在評介王氏的生平著作時，仍引錄錢氏列朝詩集有關「弇州定論」的文字❻。

三　王世貞悔作卮言說辨

分析起來，錢謙益及附和其說的論者建立「王世貞悔作卮言說」的主要根據有兩點，下面，讓我們逐一詳細討論。

第一，以王世貞自言悔作的一段話：「余作藝苑卮言時……（中略）……勿令多誤後人而已」作爲主要根據。

據錢氏所言，這段話見於讀書後書西涯古樂府後一文內。臺灣及日本著名圖書館所藏下列書籍都收有這一篇文章：

弇州山人讀書後　長洲許恭訂，王士騄校正，陳繼儒訂。明萬曆間刊本。卷四頁二十五。（國立中央圖書館藏本、日本內閣文庫藏本）

讀書後　清味棻廬活字印本。卷四頁十六。（京都大學文學部圖書館藏本）

弇州讀書後　梁溪顧朝泰昇階校。清乾隆壬午（一七六二年）天隨堂刊本。卷四頁十一前。（中央研究院歷史語言研究所圖書館藏本）

弇州山人讀書後　清文淵閣欽定四庫全書本。卷四頁十四。（國立故宮博物院圖書館藏本）

王弇州讀書後　余泰垣梓。岡田宗則藏書。鈔本。卷四頁二十五。（京都大學附屬圖書館藏本）

王弇讀書後　余泰垣梓。岡田宗則藏書。鈔本。卷四頁二十五。（京都大學附屬圖書館藏本）

王郭兩先生崇論（王弇州崇論七卷合郭青螺崇論八卷）秀水李衷純玄白輯。明天啓甲子（一六二四年）刊本。卷五頁五。（中央研究院歷史語言研究所圖書館藏本）

查檢這些書的結果顯示錢說絕不可靠。因爲，在上列讀書後各版本中，書西涯古樂府後一文均起自「吾鄉者妄謂樂府發自性情」而終於「以爲樂府在是，毋亦西子之顰，邯鄲之步而已」，全都沒有記錄錢氏所引王世貞自言悔作的那段文字；只在李衷純輯王氏讀書後大部而成的王弇州崇論所收該文，「邯鄲之步而已」下，見有數行與錢氏所引者頗爲相似：（兹將兩段文字作一比較——遇文詞同者不重寫，異者並舉，〔〕號內者為錢氏引文。）

余作藝苑巵言，年未四十，方與于鱗輩是古非今，此長彼短，以故未為定論〔未為定論〕，至於戲學世說，比擬形肖〔比擬形似〕，既不甚切〔既不切當〕，而傷猥〔又傷猥薄〕，第行世已久〔行世已久〕，不能復秘，姑隨事改正，勿令誤人而已〔勿令多誤後人而已〕。

王世貞自言悔作的說話，不曾錄於最善本的萬曆間刊讀書後，也不見錄於其他讀書後刊本，而但見錄於非純粹以校正訂定讀書後的文章爲務，只「欲自諸家著述中，纂大小論之尤者作渡世津梁[7]」，抱着極主觀的態度輯成的王弇州崇論中，其眞實性是値得懷疑的。況且，同是將「余作藝苑巵言時………」語放在王氏書西涯古樂府後題下，錢謙益與李衷純所錄該段文字竟有六處不同的地方，更使人覺得「自言悔作」這段文字不可信。既然錢氏提出弇州悔作巵言說，是以這樣一段眞實性方面有問題的說話作主要根據，其不可靠，自不待言了。

第二，根據王世貞晚年對（甲）蘇軾（一〇三六—一一〇一），（乙）陳獻章（一四二八—一五〇〇），（丙）李東陽（一四四七—一五一六），（丁）歸有光（一五〇六—一五七一）諸家的推許言詞作爲輔證。

（甲） 錢謙益認爲王世貞初不喜蘇軾的詩文，晚年自悔「手子瞻集不置」便是「自悔」之證。這看法是不正確的。王氏在巵言卷一，開始用自己的說話評論詩文之前，按「語關係」，「語賦」，「語詩」，「語文」，「總論」等綱目，引錄了他深信「其於藝文，思過半矣」的名家警語[8]，就中，「語文」項下僅引七家，蘇軾佔了一席位[9]，王氏對他不可謂不推崇。至於蘇詩，蘇詞，王氏雖然不當是「正宗」來學習，却未至「不喜」的地步，巵言說：

> 詩自正宗之外………於元豐得一人焉，曰：蘇子瞻。[10]
>
> 懶倦欲睡時，誦子瞻小文及小詞，亦覺神王。[11]

王氏在後期的著作如弇州山人續稿（以下簡稱續稿），讀書後對蘇軾的評語是：

> 善乎，蘇子瞻先生之自名其文如萬斛之泉，取之不竭，唯行乎其所當行，止乎其所不得

不止。斯言也……蘇先生蓋倪得之而猶未盡者也。⑫

蘇公才甚高，蓄甚博，而出之甚達，而又甚易……毋論蘇公文，卽其詩最號為雅變雜揉者，雖不能為吾式，而亦足為吾用。⑬

才有餘而不能制其橫，氣有餘而不能汰其濁；角韻則險而不求妥，鬥事則逞而不避粗。所謂武庫中器，利鈍森然，誠有以切中其弊者。然當其所合作，亦自有斐然而不可掩……臭腐復為神奇，則在善觀蘇詩者。⑭

拿卮言所見跟上引評語比較，我們不難發覺，王氏早期跟晚期對蘇軾的觀感基本一致：自始至終，他給蘇氏的評語都是「毁譽參半」的。這樣看來，「手子瞻集不置」根本就不是因爲王氏晚悔從前見解的關係。何況，王氏曾說：「懶倦欲睡時，誦子瞻小文及小詞，亦覺神王」，看蘇文，未嘗不會是由於他當時老病懶倦；又說過：「蘇公……感赴節義，聰明之所溢，散而爲風調才技，於余心有當焉⑮」，讀蘇文，很有可能是因爲他素來佩服蘇氏的人格才智。

（乙）　錢謙益在陳簡討獻章小傳道：「王元美書白沙集後云：『公甫詩不入法，文不入體，又皆不入題，而其妙處有超出於法與體及題之外者。余少學古，殊不相契，晚節始自會心，偶然讀之，或倦而躍然以醒，不飲而陶然以醉，不知其所以然也。』弇州晚年進學，悔其少作，故能醉心於白沙若是⑯」，以王氏對陳氏的伏膺，證他的「弇州定論」。這裏要討論的關鍵問題是，晚年王氏對陳氏的詩文的看法，是否與「少作」所記的相反。從上引書白沙集後，我們知道王氏稱讚陳獻章的詩文的地方，是「其妙處有超出法與體及題之外者」，亦即是說，稱讚他寫作雖不依循繩墨（如法、體、題等）只是順其自然，作品仍有一定的「妙處」。這看法查實跟巵言所記相同：

詩……陳公甫如學禪家，偶得一自然語，謂為游戲三昧。⑰

文……陳公甫如坐禪僧，聖諦一語，東塗西抹，亦自動人。⑱

王氏晚年以「自然」爲陳獻章詩文可取之處，早年亦如是，錢氏說他要到「晚年進學」才欣賞陳氏，實無道理。

（丙）錢謙益從書西涯古樂府後一文引用兩證據來支持他的「弇州定論」：一是所謂王世貞「自言悔作」的「余作藝苑巵言時……」等語；一是王氏對李東陽的樂府有新評價：「亟稱李西涯爲天地間一種文字」，對他「三致意焉」。前者不可靠，討論見前文，不再贅述了。這裏檢討一下後者。若加分析，在書西涯古樂府後王世貞所表現的態度，只是「消極」的「接納」，並不像錢說「三致意焉」那麼積極推崇；王氏評論時所用的語氣可爲明證：文中「縱未可……自是天地間一種文字」一語，語氣的轉接，全類王氏評定作風怪異的李賀（七九〇—八一六）時所用的「不可無一，不可有二」的口吻⑲，無論如何也說不上是積極的「三致意」。錢氏又說王世貞「亟稱李西涯爲天地間一種文字」，意似指王氏把西涯樂府看成古今罕有，備極讚賞。若綜觀此句的上下文，我們定然察覺，王氏從無此意。事實是，王氏有感於當時詩人爲求樂府合格調便胡亂地「取其字句斷爛者而模倣之」的惡習流行，所以，對縱有「未可被之管絃」的毛病，但具「奇旨創造，名語疊出」的優點的西涯樂府，從痛詆的態度改變爲「接納」的態度。

（丁）錢謙益謂王世貞因遲暮自悔，對歸有光的評論一反從前，這說法亦毫無根據；比較下引王氏在巵言有關歸氏的說話，續稿的歸太僕像贊及讀書後的書歸熙甫文集後便可知：

文……歸熙甫如秋潦在地，有時汪洋，不則一瀉而已。⑳

先生於古文辭……當其所得意，沛如也，不事雕飾而自有風味，超然當名家矣。㉑

熙甫……故是近代名手，若論議書疏之類，滔滔横流不竭，而發源則泓渟朗著……他序記熙甫亦甚快，所不足者，起伏與結構也。㉒

這三段寫於不同時期的文字所示的意見很接近。論優點，三者所稱的相同：巵言稱「汪洋」，像贊稱「沛如也」，讀書後稱「滔滔横流不竭」。至於缺點，巵言所指的亦與讀書後相符：「滔滔横流不竭」的文章有「起伏與結構」欠講究的不足之處，其結果不免是「一瀉而已」。從上面（甲）、（乙）、（丙）、（丁）的討論，我們應該清楚認識到，對於錢氏引以爲輔證的四家，王氏晚年改變的只是評論態度，並非實在的評價；他絕對沒有否定從前的文學見解，表示悔作巵言。

其實，王世貞晚年，詩文觀不改，却把評論態度改了，這做法有其遠因近因可尋，我們不可不知道。「遠因」可從下面的引文窺見：

顏之推云：「文章之體，標擧興會，發引性靈，使人矜伐，故忽於持操，果於進取。今世文士，此患彌切，一事愜當，一句清巧，神厲九霄，志凌千載，自吟自賞，不覺更有傍人。………」吾生平無進取念，少年時神厲志凌之病，亦或有之，今老矣，追思往事，可為捫舌。[23]

這段話見於卮言卷八，表示王世貞當時已發覺少年時有「神厲志凌」的毛病，因此，在後於卮言的作品中，凡遇少年氣盛時，因一二瑕疵便痛詆排斥的作家，評論時態度都改得較爲溫和——雖仍不放過批評其缺點，但却肯嘗試發掘及承認其優點。

至於「近因」，是王氏在萬曆八年（一五八〇），五十五歲時拜曇陽子（一五五八—一五八〇原名王燾貞）爲師[24]。王氏嘗記夢曇陽子自述其「道」的說話：

吾道無他奇，澹然而已。嚮語若固靈根，去嗜好，薄滋味，寡言語，久而行之，即不得，毋厭倦；稍有得，毋遽沾沾喜，自以為得，則終弗得也。[25]

王氏晚年篤信「澹然寡語」之道，評論詩文之際，態度自然變得平和委婉，與少年時的霸氣迥別了。

四　結　語

第一，王世貞從來沒有「自言悔作」，第二，他晚年改變的，是評論態度而非詩文觀，因此，在續稿中，他盛讚胡應麟（一五五一—一六〇二）的詩藪的言詞，比比皆是：

詩藪少遲當爲草序。足下不朽大業已就，天下萬世，知有胡元瑞矣。㉖

足下於詩……昔人所謂上下三千年，縱橫一萬里，前無古人，後無繼者、殆非虛也……今遂得以巵言爲詩藪前驅，豈非至幸極快！㉗

僕故有藝苑巵言，是四十前未定之書……得足下詩藪，則古今談𢙈家盡廢矣。㉘

給「奉世貞巵言爲律令而敷衍其說」的詩藪的評價這樣高㉙，正進一步說明，王氏晚年非但沒有悔作巵言的意思，還把巵言視爲一生得意之作。換言之，錢謙益提出，後世論者一直盲從至今的「弇州悔作巵言說」，不是「定論」，只是無根之談。

附註

❶ 王尚書世貞小傳。列朝詩集頁四三六至四三七。(中華書局一九五九年九月新一版)。
❷ 李少師東陽小傳。同上頁二四六至二四七。
❸ 書影頁十五至十六。(上海中華書局一九六二年五月版)。
❹ 明詩綜卷四十六頁六前。(臺灣世界書局影印本,一九七二年二月初版)。
❺ 四庫全書總目頁三四六八。(藝文印書館一九七四年十月四版)。
❻ 明詩紀事頁一五五二至一五五三。(臺灣中華書局影印本,一九七一年七月一版)。
❼ 王郭兩先生崇論序頁二後。
❽ 巵言卷一,即弇州山人四部稿(以下簡稱四部稿)卷一百四十四,頁三前至十二前。(明萬曆五年〔一五七七〕吳郡王氏世經堂刊本)
❾ 同上頁十前至十一前。
❿ 同上卷四,即四部稿卷一百四十七,頁二十一後至二十二前。
⓫ 同上頁二十前。
⓬ 陶懋中鏡心堂草序。弇州山人續稿(以下簡稱續稿)卷四十五頁十七後至十八前。(明崇禎間刊本)。
⓭ 蘇長公外紀序。同上卷四十二頁十三前至十四後。
⓮ 書蘇詩後。讀書後卷四頁一。(清文淵閣欽定四庫全書本)。
⓯ 蘇長公外紀。續稿卷四十二頁十四前。
⓰ 列朝詩集頁二六五。
⓱ 巵言卷六,即四部稿卷一百四十九,頁十六前。
⓲ 同上卷五,即四部稿卷一百四十八,頁十九後。

⑲ 同上卷四頁十後。

⑳ 同上卷五頁二十一前。

㉑ 續稿卷一百五十頁十二前。

㉒ 讀書後卷四頁十八。

㉓ 巵言卷八，即四部稿卷一百五十一頁二十一後至二十二前。

㉔ 錢大昕（一七二八—一八〇四）弇州山人年譜嘗載王氏拜師事：「神宗萬曆……八年庚辰。五十五歲。四月始謁曇陽子訪道、自稱弟子。」（該書頁十一後）（潛研堂全書、清光緒十年（一八八四）仲春長沙龍氏家塾重刊本）。

㉕ 曇陽大師傳。續稿卷七十八頁三十一前。

㉖ 答胡元瑞。同上卷二百六十頁十四前。

㉗ 同上。同上頁十二後。

㉘ 同上。同上頁十前。

㉙ 此語可見於四庫全書總目詩藪提要（該書頁四一三二上）、又可見於明史胡應麟傳（該書頁七三八二，北京中華書局一九七四年四月初版）。

（原刊京都《中國文學報》，第三十三册（一九八一年十月）頁八三—九〇）

本色的探求與應用——胡應麟的詩體論

陳國球

一　「體」與「本色」

(一)「體」的意義

在中國的文學批評典籍之中，用「體」字來討論文學的，最早可能是曹丕的《典論》〈論文〉：

> 夫文本同而末異，蓋奏議宜雅，書論宜理，銘誄尚實，詩賦欲麗。此四科不同，故能之者偏也；唯通才能備其體。❶

以後一直到王國維《人間詞話》的「文體通行既久，染指遂多，自成習套。❷」「體」、「文體」、「詩體」……等的出現，更屢見不鮮。「體」字的實在意義是甚麼？有人認爲「體」字等於西方文論所講的「style」，即上引《典論‧論文》的「雅」、「理」、「實」、「麗」；或者《文心雕龍‧體性》的「典雅」、「遠奧」、「精約」、「顯附」、「繁縟」、「壯麗」、「新奇」、「輕靡」等❸。不過這個說法似乎不能完全適用於解釋其他文論中的「體」字，例如蕭統〈文選序〉中所說：

自炎漢中葉，厥途漸異：退傅〔韋孟〕有《在鄒》之作，降將〔李陵〕著《河梁》之篇；四言五言，區以別矣。又少則三字，多則九言，各體互興，分鑣並驅。❹

這裏的「體」字，是指詩的各體，但不能說是詩的各種「style」。

晉朝摯虞在《文章流別論》說：

古詩率以四言為體，而時有一句二句雜在四言之間。❺

這裏的「體」字應該是指古詩在形式上的一種類別——四言體。

又如劉勰《文心雕龍・哀弔》說：

建安哀辭，惟偉長〔徐幹〕差善，《行女》一篇，時有惻怛。及潘岳繼作，實鍾其美。觀其慮贍辭變，情洞悲苦，敘事如傳，結言摹詩，促節四言，鮮有緩句；故能義直而文婉，體舊而趣新。❻

其中的「體」字，分明是指「哀辭」這種依題材而分的一種類別。

再如嚴羽《滄浪詩話》的〈詩體〉一部，就包括有「歌行雜體」、「建安體」、「香奩體」等不同層次的「體❼」實在難以"style"一詞統括。

其實「體」本來指身體，許愼在《說文解字》說：

體，總十二屬也。

段玉裁注云：

十二屬，許未詳言。今以人體及許書覈之：首之屬有三，曰頂、曰面、曰頤；身之屬三，曰肩、曰脊、曰𡱂；手之屬三，曰厷、曰臂、曰手；足之屬三，曰股、曰脛、曰足。❽

「體」指身體各部分的總稱；不過又可以解作身體的部分，例如《論語・微子》就有「四體不勤，五穀不分」之說❾，「四體」指人的四肢。若加引申，用部分的意思時可指一大類以下的細項；用總稱的意思時則指某些單項的總合❿。這樣的一個詞就很適宜於用作分類的術語。我認爲如果將「體」字視作區分文學的一個量詞，而不賦予任何特定的意義或性質，則可以解釋以上引用資料以及其他文論大部分「體」字的用法；例如《滄浪詩話》中的各體，亦不外是以形式、時代、作者、特殊來源、特殊技巧等標準而作的分類工作⓫。《文心雕龍》的「典雅」、「遠奧」……等八體，是依風格的分類；而元祝堯編的《古賦辯體》的「兩漢體」、「唐體」、「宋體」是依時期本色的分類⓬；明宋緒編的《元詩體要》的「四言體」、「五言古體」、「七言古體」等當然是依形式的分類，另外「香奩體」、「無題體」、「詠物體」則是依題材的分類了⓭。

與「體」字同類的字眼，還有「類」字和「品」字。例如元方回《瀛奎律髓》有依題材分類的「登覽類」、「朝省類」、「懷古類」等⓮；又楊有仁編的《升菴先生文集》中有依體裁分類的「賦類」、「序類」、「記類」、「論類」等[15]；又如「品」字在鍾嶸《詩品》中是用作成績等級——「上品」、「中品」、「下品」——的分類的[16]；在司空圖《詩品》之中，則是「雄渾」、「冲淡」、「纖穠」等二十四種依風格而作的分類[17]。

以上只是隨手掇拾的例子，可以見到無論分「體」、分「類」、分「品」，都不外是將文學項下的詩、賦等體裁，再劃分爲若干小項；至於劃分時所採用的標準卻無規限，只是隨運用者所好而定，或者追隨的人多了，慢慢會形成習套，例如「品」字就罕有用作體裁形式的分類。

因此，「體」和"style"似乎不應視作同義詞；實際上，西方文學理論的術語當中，"genre"一詞才是與「體」相應的字眼。Francois Jost 在 *Introduction to Comparative Literature*, Part 4, "Genres and Forms" 的導言中說：

> 若採廣義，則任何一組作品，只要都具有某種類同特徵，可以構成一項文體（genre）。[18]

Paul Hernadi 在 *Beyond Genre* 這一本書中，更指出批評家如 Charles E. Whitemore, Irwin Ehrenpreis, Eliseo Vivas, Claudio Guillén 等人都曾經作過這樣的提議或暗示：

> 當我們界定某一文體概念時，不外是說：我們在一些作品中發現了某些類同點。[19]

可見"genre"在廣義而言，可指依據任何共通點而區分的類別，其意義與我國文論的「體」字一樣。不過正如Allan Rodway在"Generic Criticism：The Approach through Type，Mode and Kind"一文所說，因爲題材內容的變化較多，相對來說，體裁形式就比較穩定，所以用後者來做分類根據就比前者有效[20]。一般論者討論「genre」時都接受小說（fiction）、戲劇（drama）、詩歌（poetry）的三分法；或者進一步細分，例如小說可分長篇小說（novel）、短篇小說（short story），甚至史詩（epic）亦可包括在內[21]。

現在我們談到「文體」、「體裁」、「文學體裁」時，都是指詩、詞、戲曲、小說……等以形式技巧作分野的文學類別；這與西方文論的"genre"一詞的狹義亦相類似。至於西方的"style"或者《文心雕龍》所列舉的典雅，遠奧……等各「體」，現代亦多以「風格」一詞統稱[22]。這個分工，只是將傳統的「體」字所代表的觀念，細分爲「文體」和「風格」等項目，看來並不會引起混淆[23]。

至於胡應麟在《詩藪》中所用到的「體」字，其中與分類有關的，亦包括很多層次，例如論時代的「漢體」（如內／二／二八〔上海古籍出版社一九七九年王國安點校本，內編卷二，頁二八，下同此例〕）、「唐體」（如內／二／三六）；論題材的「四時之體」（內／三／四三）；論風格的「體氣典奧」（內／一／一七）、「兩公之體」（指李白的「逸宕」和杜甫的「沈鬱」，內／三／五〇）、「玉川〔盧仝〕拙體」（內／三／五六）等。不過本章只採用現代的「體裁」觀念，以詩的各種體裁爲討論對象，因爲《詩藪》中有關詩的體裁部份無論就篇幅與重要性來說，都是極重要的環節，甚至可以說，要了解胡應麟的詩論就不能忽視他的詩體論。

(二)每體必具「本色」

胡應麟在《詩藪》中多次提醒初學作詩的人要注意每種詩體的「本色」，例如：

> 文章自有體裁，凡為某體，務須尋其本色，庶幾當行。(內／一／二一)

> 照鄰(盧照鄰)〈古意〉，賓王(駱賓王)〈帝京〉，詞藻富者故當易至，然須尋其本色乃佳。(內／三／四九)

> 惟歌行則晚唐、宋、元時亦有之，故徑路叢雜尤甚。學者務須尋其本色，卽千言鉅什，亦不使有一字離去，乃為善耳。(內／三／五〇)

「本色」究竟是甚麼？本書第二章已經作過一些詮釋，現在就其本義及應用再作一點探討。照字面看來，「本色」就是指本來的色彩[24]。早在《文心雕龍・定勢》已經用「本來的色彩」來比喻每一種文學體裁的基本特徵：

> 章表奏議，則準的乎典雅；賦頌歌詩，則羽儀乎清麗；符檄書移，則楷式於明斷；史論序注，則師範於覈要；箴銘碑誄，則體制於弘深；連珠七辭，則從事於巧豔，此循體而成勢，隨變而立功者也。雖復契會相參，節文互變，譬五色之錦，各以本采為地矣。[25]

末兩句的「色」字與「采」字是互文，「本采」即是本色；意思是：「好比五色的錦綉，還得各自用本色作底子。㉖」在這裏「本采」還只是比喻之詞，以錦綉的底色比喻章表應有典雅的本色，賦頌歌詩應有清麗的本色，符檄書移應有明斷的本色……。雖然每篇都是新創的、獨立的，但既然是採用某一種體裁，則這篇作品必定具有這種體裁的基本特徵，遵從這體裁的規範系統。

後來到了宋、金的詩話之中，「本色」一詞就不再是比喻詞了，例如題爲陳師道撰的《後山詩話》就說過：

> 退之（韓愈）以文為詩，子瞻（蘇軾）以詩為詞，如教坊雷大使之舞，雖極天下之工，要非本色。今代詞手，惟秦七（秦觀）、黃九（黃庭堅）爾，唐諸人不迨也。㉗

指韓愈於詩、蘇軾於詞都不能符合所選體裁的要求，而這是值得疵議的，而後來范晞文在《對牀夜語》記了劉克莊對韓愈詩的類似看法：

> 唐文人皆能詩，柳（宗元）尤高，韓尚非本色。㉘

而王若虛則在《滹南詩話》對《後山詩話》所提的意見下半部加以駁辯：

> 陳後山云：「子瞻以詩為詞，雖工，非本色。今代詞手，唯秦七、黃九耳。」予謂：後

山以子瞻詞如詩，似矣。而以山谷為得體，復不可曉。晁無咎（補之）云：「東坡詞小，不諧律呂，蓋橫放傑出，曲子中縛不住者。」其評山谷（黃庭堅）則曰：「詞固高妙，然不是當行家語，乃著腔子唱和詩耳。」此言得之。㉙

再如嚴羽《滄浪詩話》所說的：

惟悟乃為當行，乃為本色。韓退之〈琴操〉極其高古，正是本色。㉚

以上所提到的「本色」，都是指各種文學體裁的原本特色。一直到明代，詩論家多數都沿襲這個用法，例如李東陽的《麓堂詩話》就說過：

六朝、宋、元詩，就其佳者，亦各有興致；但非本色，只是禪家所謂「小乘」，道家所謂「尸解」耳。㉛

他認爲六朝詩，宋詩和元詩都偏離詩的正道，所以不符合詩的本色。又如徐師曾《文體明辨》曾說：

詞貴感人，要當以婉約為正，否則雖極精工，終乖本色，非有識之所取也。㉜

他說如果不以婉約這本色寫詞，則雖精工亦不可取。又如王世懋在《藝圃擷餘》也這樣評晚唐的七絕：

> 晚唐快心露骨，便非本色。議論高處，逗宋詩之徑；聲調卑處，開大石之門。[33]

他認爲晚唐七絕，多涉議論而又「聲調卑」，已經遠離原本的基本特徵。

但同在明代，却有人對「本色」作另一種解釋。例如唐順之在〈與洪方洲書〉說：

> 近來覺得詩文一事，只是直寫胸臆。如諺語所謂開口見喉嚨者，使後人讀之，如真見其面目，瑜瑕俱不容掩，所謂本色，此為上乘文字。[34]

又袁宏道在〈叙小修詩〉中介紹袁中道的詩文說：

> 大都獨抒性靈，不拘格套，非從自己胸臆流出，不肯下筆。……其間有佳處，亦有疵處。佳處自不必言，卽疵處亦多本色獨造語。[35]

依此，詩文之「本色」指不加雕琢經營，直接抒發心胸的情思。這樣理解本色一詞，可能與戲曲批評有關。因爲戲曲是民間藝術，所以其基本特徵（本色）亦應是通俗、直露（不加雕琢）。[36]。後來一些曲論直接以「本色」二字代替了通俗、直露等特徵[37]，但這就將本色的意義大大局限了。到了唐順之、袁宏道的筆下，就更加以能夠無所窒礙的直接反映作者內心性情爲「本色」，似乎與原義距離更遠了。

《詩藪》中「本色」一詞就保存了原來「基本特徵」之義。而「本色」的這個意義，也正是文學分「體」的重要因素。因爲「體」之所以成立，可以從兩方面去理解：

1. 對外而言，此體與別體的性質實不相同；
2. 對內而言，此體之中各個別作品先有共通之處，才能統稱一體㊳。

這些共通之處就即上文的「基本特徵」，統稱之就是「本色」。觀此可知「本色」的應用範圍可以伸展到任何方式的分類的「體」論。例如依時期而論的「唐體」（內／二／三六）自有「唐人本色」（內／二／三五）；又如體裁有「近體」（內／一／一）就可以說有「絕句本色」（內／六／一二），或者評論七律的「本色」（內／五／八二）；甚至某一詩家的衆多作品有統一的特色，亦可成體，如「兩公之體」（內／三／五〇）、「玉川拙體」（內／三／五六），有其本色，如「杜陵本色」（內／二／三一）㊴。不過，如果要建立一個詩論系統，以個人分體是絕難完整的㊵，所以胡應麟的重心亦不在此。他以時期及體裁兩個範疇爲座標的兩軸，去建立他的詩論系統，從而認識詩的傳統和存在模式（mode of existence ㊶）。認識的程序就是尋其本色；在時期方面是找出每一段時期的規範系統以見其基本特徵㊷；在體裁方面，要做的工作也同是一樣——規範系統的探求。

體裁之異本來只是形式的分野，例如五言律詩必爲五字一句，八句四十字，並需依照一定的平仄格式，中二聯要對仗等。但這只是一體的表象，要進一步的探究就要分辨這種體裁究竟適宜表達那樣的思想感情，應注意那些技巧才能最適當的應用這種體裁，這種體裁通常可以達到甚麼樣的風格等等。所謂「規範系統」就要包括這許多層次[43]。因此，要研究「詩體」一方面要對一篇作品加以細微的分析和品嚐，從多個角度或層次作考慮，去尋出其中的規範[44]。另一方面要將衆多作品的規範互相比較，根據共同的或相異的特徵而歸入或分別其體類[45]。當然，這些特徵就是胡應麟所說的「本色」。

二　詩體的研究

(一) 詩體的溯源

胡應麟認爲每一種詩體都有其本色，「凡爲某體，務須尋其本色」。（內／一／二一）然而，這本色是如何來的呢？

處理這個問題可以有兩種態度，其一是認爲文體是先驗的（a priori）存在，每種體裁都先天性的存有一些永恒的準則，所以其中的本色也是自然而然的存在，等待作家和讀者去發現的；這個主張在十八世紀的西方最爲流行[46]，而中國文論中亦有類似的主張，例如李夢陽在〈答周子書〉說過：

> 文必有法式，……古人用之非自作之，實天生之也；今人法式古人，非法古人也，實物之自則也。[47]

雖然他談的是「法式」，但這些「法式」也就是形成本色的規範準則。用「天生之」來描述，也即是認爲文體是先驗的。

另一種態度是主張文體是經由衆多作家的不斷嘗試開闢，經歷一段相當的時間才慢慢固定下來的；換句話說，文體是後驗的（a posteriori），要尋其本色就需要先研究詩體的形成過程。

比較起來，後者的態度是正確的；這可從「體」的存在模式說起。一篇單獨的詩作不能算是一種詩體；一定要等待相當數量的作品出現後，一體才能成立。體也不是這些作品的總稱，而是代表這些作品相互的關係——大家都同遵一個規範系統，因而有共同的基本特徵（「本色」）。所以 Uri Margolin 在解釋"genre"一詞時說，這是一項理論的結撰（theoretical *construct*），而不是一件實存的物體[48]；因爲作品之成體，是有賴後來的人（批評家或者是從事此體創作的追隨者）有意識地將之歸類的。Claudio Guillén 在"On the Uses of Literary Genre"一文就指出，文體觀念是：

> 對文學作品的後驗的省察的結果——即是說，是一回顧，是評家嘗試分類和排列他的材料而得的成果。[49]

我國文學經歷了一段長時間的發展，而文體論到曹丕的《典論·論文》才開始，正如《四庫提要》論述「詩文評」時說：

> 文章莫盛於兩漢，渾渾灝灝，文成法立，無格律之可拘。建安、黃初，體裁漸備，故論

文之說出焉。[50]

從這些事實看來，視文體為後驗的應該符合其本質。

因此 René Wellek 在 "Genre Theory, the Lyric and *Erlebnis*" 一文就主張：要正確描述詩體就應從詩的種種殊相及其歷史發展中尋覓出每種詩體的不同習套及傳統[51]。在中國的文論方面，摯虞的《文章流別志論》可能是運用這種方法的先驅，可惜本書已經遺佚[52]。繼承這種方法而又能成功運用的，應該是《文心雕龍》；其上篇論述各種文體，〈序志〉篇解釋其中方法說：

> 若乃論文敘筆，則囿別區分，原始以表末，釋名以彰義，選文以定篇，敷理以舉統。[53]

所謂「原始以表末」就是Wellek 提供的方法，而這也是《文心雕龍》文體論中最重要的步驟。通過這個步驟，才能顯出每體名稱的眞正意義（釋名以彰義），才能知道每體的代表作家和作品誰屬（選文以定篇），才能知道每體實在有甚麼作用和目的（敷理以舉統）[54]。

胡應麟亦採用了這個方法去研究各種詩體的體裁。《詩藪》內編六卷，分別是：

卷一：古體上·雜言

卷二：古體中·五言

卷三：古體下·七言

卷四：近體上·五言

卷五：近體中・七言

卷六：近體下・絕句

在各卷中，他將每一論述的詩體的源流發展，尤其是由起源到成熟的階段，都細緻詳盡的勾畫出來。我們試以七律爲例，看看胡應麟如何將七律成體的過程展示。

首先他「遍閱六朝（的詩歌）」，爲七律尋出根源：

楊用修（愼）取梁簡文、隋王劼（應作「王績」55）、溫子昇、陳後主四章為七言律祖，而中皆雜五言，體殊不合。余遍閱六朝，得庚子山（信）「促柱調絃」、陳子良「我家吳會」二首，雖音節未甚諧，體實七言律也，而楊不及收。（原注：四詩載楊〈千里面談〉。又隋煬〈江都樂〉前一首尤近，楊亦未收。）（內／五／八十一）

楊愼所舉引，現在可以從《升庵詩話》中檢到56。其中簡文帝的〈春情〉、陳後主的〈聽箏〉，王績的〈北山〉三首，最末兩句都是五言，溫子昇的〈擣衣〉第五、六句也是五言，所以胡應麟就說「體殊不合」，另外再舉出庾信的〈烏夜啼〉、陳子良的〈於塞北春日思歸〉和隋煬帝的〈江都宮樂歌〉三首，作爲七言律詩的源頭。這幾首詩在字數、句數及對偶各方面，已大致符合七律的體式，只是平仄尚未完全諧叶。至此，七律的肧模已經成形了。

到唐代，七律才告正式成立；卷中有一條就概述唐代七言律詩的變化：

唐七言律自杜審言、沈佺期首創工密，至崔顥、李白時出古意，一變也。高、岑、王、李，風格大備，又一變也。杜陵雄深浩蕩，超忽縱橫，又一變也。錢、劉稍為流暢，降而中唐，又一變也。大曆十才子，中唐體備，又一變也。樂天才具泛瀾，夢得骨力豪勁，在中、晚間自為一格，又一變也。張籍、王建略去葩藻，求取情實，漸入晚唐，又一變也。李商隱、杜牧之填塞故實，皮日休、陸龜蒙馳騖新奇，又一變也。許渾，劉滄角獵俳偶，時作拗體，又一變也。至吳融、韓渥香匳脂粉，杜荀鶴、李山甫委巷叢談，否道斯極，唐亦以亡矣。（內／五／八十五）

這是一段全面的檢討，在抑揚之間，已可以見到胡應麟對七律發展的意見。這些論斷，當然是分析比較後的看法。個別的討論及補充的意見在卷中絕不罕見，例如初唐的沈、宋，就有這樣的補充：

七言律濫觴沈、宋。其時遠襲六朝，近沿四傑，故體裁明密，聲調高華，而神情興會，縟而未暢。「盧家少婦」，體格丰神，良稱獨步，惜頷頗偏枯，結非本色。（內／五／八十二）

初唐律體之妙者：杜審言〈大餔應制〉，沈雲卿（佺期）〈古意〉、〈興慶池〉、〈南莊〉，李嶠〈太平山亭〉，蘇頲〈安樂新宅〉、〈望春臺〉、〈紫薇省〉，皆高華秀贍，第起結多不甚合耳。（內／五／八十五）

這是說，初唐的七言律詩還未完熟，「起」或「結」都有不合本色的地方。

前面說「崔顥、李白，時出古意」是指他們的作品亦不盡合律，所以卷中評崔顥的名作〈黃鶴樓〉爲「歌行短章耳」，「體裁未密」；（內／五／八二、九五）又說李白「不喜俳偶」，（內／五／八二）其〈登金陵鳳凰臺〉只有頭兩句被列爲「唐七律起語之妙」的例子之一。（內／五／八六）此外崔顥的〈行經華陰〉和李白的〈送賀監歸四明應制〉就得到「皆可競爽」的評語，（內／五／八五）意思是：這兩首七律總算及得上水準。

到王、李、高、岑，七律的發展又踏上了一步，所謂「世稱正鵠」了。（內／五／八三）不過仍有不足的地方，例如高適和岑參的優劣點是：

高、岑明淨整齊，所乏者遠韻。（內／五／九十三）

嘉州（岑）詞勝意，句格壯麗而神韻未揚；常侍（高）意勝詞，情致纏綿而筋骨不逮。（內／五／八十三）

王、李又較勝一籌，然而瑕疵仍在：

王、李精華秀朗，時覺小疵。（內／五／九十三）

王、李二家和平而不累氣，深厚而不傷格，濃麗而不乏情，幾於色相俱空，風雅備極。然制作不多，未足以盡其變。（內／五／八十三）

「正鵠」是說已經找到正確的目標，七律本色已經漸漸穩定；只可惜他們制作不夠多，所以從中見到的七律本色的範圍不大，便有所局限，於技巧、境界等各方面都有待進一步的開拓。杜甫的出現就使這個過程走上圓熟的階段：

> 步高、岑之格調，含王、李之風神，加以工部之雄深變幻，七言能事極矣。（內／五／九十三）

> 近體盛唐至矣，充實輝光，種種備美，所少者曰大、曰化耳。故能事必老杜而後極。杜公諸作，真所謂正中有變，大而能化者。（內／五／九〇）

杜甫使七律的境界擴闊，把七律的發展帶到最高峯。不過胡應麟還提到一點，就是杜甫亦有一些「濫觴宋人」的作品，（內／五／八七）而以後七律之偏離本色的正途亦根源於這些變體的七律：

> （杜七律）百七十首中，利鈍雜陳，正變互出，後來沾溉者無窮，詿誤者亦不少。（內／五／九十三）

至此，七律的起源、發展，而至成熟的整個過程，就完整的展示出來。因此學者就要小心分辨了，這一點在本章第三節再作交代。

在內編其餘各卷之中，都可以見到胡應麟做了類似的工作。例如對五律的描述也有舉出在齊、梁、陳、隋階段具唐律雛形的詩篇或詩句；（內／四／六〇－六二）又有對唐代五律的發展作鳥瞰式的素描；（內／四／五八）然後在全卷各處再作細析。又例如卷六對七絕起源的處理就更加細密。七絕與五絕同在一卷討論，因爲二者相類相異的地方很多，需要隨時比較對照。首先胡應麟指出一般以爲絕句是截取律詩四句而成的說法是錯誤的；（內／六／一〇五）另外就高棅在《唐詩品彙》的溯源工作加以修訂，再將作品列出討論，證明七絕起於梁朝，（內／六／一〇六－一〇八）然後再有唐代七絕的個別討論。

經過溯源的工作，使每一種詩體的形成過程顯露，看到其中形式、表達方法、意境等各方面的特性由試驗到穩定的歷程，這樣學者要了解詩體的內涵，把握其本色，就容易得多了。

當然胡應麟不是唯一從事這樣工作的批評家，正如前面所說，早於摯虞、劉勰時，已有運用這種方法去研究各種文學體裁；單就詩歌的各體來說，胡應麟就曾經引述過同在明朝的高棅和楊愼的研究。但胡應麟和他們相較，則更爲全面而深入，他是刻意的對各種詩體作出全盤研究的。對於後世的詩體研究，他的影響非常巨大。要說明這點，可以清代仇兆鰲的《杜詩詳註》爲例。在這本書之中，每逢討論一種詩體時，都會引錄各家詩話有關體制的文字；其中所引就以胡應麟《詩藪》最多最詳，單以首二卷計算，已有十次之多[57]。甚至今人研究詩體，亦多採用他的說法。再以七律的研究爲例，黃兆顯〈唐代杜甫以前的七律詩〉一文，引錄《詩藪》的文字最多，基本上是依照《詩藪》的說法加以引證補充的[58]。另外葉嘉瑩〈論杜甫七律之演進及其承先啓之成就〉一文，及羅錦堂〈唐詩溯源〉中有關七律部分的論說，雖然未說明研究的根據，但就所舉出的例證和論點看來，大致上和胡應麟提出的架構一樣。例如羅文舉出梁簡文帝〈春情曲〉、陳後主〈聽箏〉、隋王無功〈北山〉、後魏溫子昇〈搗衣〉，北周庾信〈烏夜啼〉、隋煬帝〈江都宮樂歌〉等篇去說明七律的起源，都是在胡應麟的論述範圍之內[59]；葉文進一步從沈、宋論到王維、高適、岑參、李白、崔顥、李頎，而至杜甫，基本上的步程與《詩藪》是相同的[60]。當然，後出轉精，現代學者的論述，比起胡應麟之說又深入而透徹得多了。不過，從這些事實也可以見到胡應麟在詩體研究方面的成績和貢獻了。

(二) 本色的探求

在胡應麟的詩論中，一體的本色，是根據這詩體的發展成熟階段而歸納出來的；近體詩如律、絕等，到唐代才正式成立，毫無疑問其本色應該從唐代的代表作家作品中尋出。至於古體詩的情況又如何呢？我們可以先看胡應麟對五言古詩的描述。

胡應麟認為五言古詩的發展是這樣的：

> 五言盛於漢，暢於魏，衰於晉、宋，亡於齊、梁。漢，品之神也；魏，品之妙也；晉、宋，品之能也；齊、梁、陳、隋，品之雜也。（內／二／二十二）

這裏沒有提及唐的五言古詩，但說「亡於齊」、說齊至隋的古詩是「品之雜」，就好像為「唐無五言古詩」下一注脚。

「唐無五言古詩」之說，見於李攀龍的〈選唐詩序〉：

> 唐無五言古詩而有其古詩，陳子昂以其古詩為古詩，弗取也。[61]

這句話曾引起極大反響[62]，不過並非李攀龍的創說。李夢陽〈缶音序〉就已經說：

詩至唐，古調亡矣。然自有唐調可歌詠。[63]

鈴木虎雄《中國詩論史》說李夢陽此說是指五言古詩：

夢陽的意思是說唐的五言古詩可以唐調歌詠，而沒有他理想中的五言古詩的調[64]。

何景明在〈海叟集序〉也說：

蓋詩雖盛稱於唐，其好古者自陳子昂後，莫若李杜二家，然二家歌行近體，誠有可法，而古作尚有離去者，猶未盡可法之也。故景明學歌行近體，有取于二家，旁及唐初盛唐諸人，而古作必從漢魏求之。[65]

胡應麟亦有引述何景明的弟子樊鵬的〈初唐詩敍〉，說明李攀龍之前已有此論：

樊少南〈初唐詩敍〉云：「詩自刪後，漢、魏為近。漢、魏後，六朝滋盛，然風斯靡矣。至唐初，無古詩而律詩興；律詩興，古詩不得不廢。精梓匠則粗輪輿，巧陶冶則拙函矢，何況達玄機、神變化者哉！」觀此，則李于鱗前，唐古已有斯論。（外／四／一九四）

由此可見「唐無古詩」之說是當時復古詩論者的共同主張。

然而唐代的五言古詩不在少數，就《全唐詩》所載，已有五千首以上[66]。面對這些作品，李攀龍就說唐「有其古詩」，意思是唐代這些五言古詩達不上正統五言古詩的水準，只能說是自成一體。胡應麟爲這一點作進一步的引申，他說：

> 世多謂唐無五言古。篤而論之，才非魏、晋之下，而調雜梁、陳之際，截長絜短，蓋宋、齊之政耳。（內／二／三十七）

又舉出唐代的代表作品，批評說：

> 皆六朝之妙詣，兩漢之餘波也。（內／二／三十八）

據他的觀察，唐代的五古只達到宋、齊間五古的水平，與六朝詩比較，尚算不錯，但却攀不上漢詩的水準。另一方面，他發覺到有些作家寫的五古，並不採用兩漢六朝以來五言古詩的規範系統，就稱之爲「唐體」。岑參是其中的一個例子，胡應麟將他的古詩與高適比較：

> 嘉州清新奇逸，大是俊才，質力造詣，皆出高（適）上。然高黯淡之內，古意猶存；岑英華之中，唐體大著。（內／二／三十六）

柳宗元的情況也相近，胡應麟又將之與韋應物比較：

> 韋左司大是六朝餘韻，宋人目為流麗者得之。儀曹（柳宗元）清峭有餘，閑婉全乏，自是唐人古體。大蘇（軾）謂勝韋，非也。（內／二／三十六）

岑參和柳宗元的作品是「唐體」、「唐人古體」；而高適詩則尚有「古意」，韋應物詩是「六朝餘韻」。他認爲「古意」甚或「六朝餘韻」都比「唐體」爲好，可見他是主張以「古」爲五古的正宗本色的，漢朝的古詩最爲古雅質樸，是古詩的最高峯時期；後世寫五言古詩也就要採用漢詩的規範。六朝詩雖已稍作偏離，但仍去「古」不遠；唐五古則一是水準不及，一是自成新體，並未好好的掌握詩體的本色，所以成就不高。

從胡應麟附和「唐無古詩而有其古詩」之說，可知他主張五古以漢代爲成熟期，而五古本色應從漢代作品研究歸納得出。七言古詩（歌行[67]）雖然同屬古體，但胡應麟的處理方法却有所不同。他把七言歌行的發展過程分劃成兩個階段：

1. 以漢代歌行爲基準，以「古」爲本色的階段；
2. 以唐代歌行爲基準，以「錯綜闔闢」，用語「峭峻」爲本色的階段。

關於漢代的七言歌行，卷中並沒有作出概括的探討，只有個別作品的分析，數量也不多；例如漢高祖的〈大風歌〉（〈三侯〉）、漢武帝的〈秋風辭〉、漢昭帝的〈黃鵠歌〉、漢靈帝的〈招商歌〉、李陵的〈別歌〉、（內／三／四二）張衡的〈四愁詩〉等，都曾被討論過；其中尤以〈四愁詩〉的評價最高：

> 平子〈四愁〉，優柔婉麗，百代情語，獨暢此篇。其章法實本風人，句法率由騷體，但結構天然，絕無痕迹，所以為工。（內／三／四十三）

這裏所用的批評術語，如「結構天然」、「絕無痕迹」等，與五古正宗的要求一樣，可見這也是「古」的傳統。

及至評論魏、晉的歌行時，更是以「古」爲標準；例如評曹操的〈度關山〉（四言為主）、〈對酒〉（雜有少數七言句）爲「古質莽蒼」；評曹丕〈燕歌行二首〉爲「開千古妙境」；評陳琳〈飲馬長城窟行〉（雜有七言句）「格調頗古」；評繆襲〈魏鼓吹曲〉（改編自漢的《鐃歌》）爲「得西京體」；評左延年〈秦女休行〉（五言為主）爲「有東漢風」等。（內／三／四三）

又如評晉代的〈白紵舞歌詩〉（七言）及〈休洗紅〉（雜有七言）爲「古意猶存」、「調甚高古」；評〈樂辭〉末二句爲「絕似漢人語」。（內／三／四三—四四）

這些以「古」爲尚的評論，與胡應麟對五言古詩的評論態度是一樣的：要求有「古質」，以漢代作品爲基準。換句話說，他將二者都視作古詩，只是五言古詩的每句字數通是五言，歌行體的句法就比較參差，可以同樣標準衡量。

第二個階段是以唐爲基準的階段。胡應麟先追溯其起源：

齊、梁、陳、隋〔之〕……七言古，唐歌行之未成者，王〔勃〕、盧〔照鄰〕出而歌行咸中矩度矣。（內／三／四十七）

他認爲六朝後半期的七言古詩已經開始脫離「古質」的影響，成爲唐代歌行的先驅；到了初唐四傑時，再繼承這個趨勢，推進了唐體歌行的發展。以下引錄的文字，更是就「唐體」的觀點來描述歌行的發展至成熟的過程：

唐七言歌行，垂拱四子，詞極藻艷，然未脫梁、陳也。張〔九齡〕、李〔嶠〕、沈、宋，稍汰浮華，漸趨平實，唐體肇矣，然而未暢也。高、岑、王、李，音節鮮明，情致委折，濃纖修短，得衷合度，暢乎，然而未大也。太白、少陵，大而化矣，能事畢矣。（內／三／五〇）

這種始於四傑，完成於李、杜的歌行與具備「古質」的漢體歌行，是完全不同的；這一點從他評論李、杜歌行時更可清楚見到：

李、杜一振古今，七言幾於盡廢。然東、西京古質典刑，邈不可觀矣。（內／三／四十二）[68]

李、杜歌行，擴漢、魏而大之，而古質不及。（內／三／四十五）

但就這兩個本色不同的傳統來說，胡應麟似乎偏向於以唐體爲歌行的代表，例如他討論歌行的本色時說：

> 闔闢縱橫，變幻超忽，疾雷震霆，淒風急雨，歌也；位置森嚴，筋脈聯絡，走月流雲，輕車熟路，行也。太白多近歌，少陵多近行。（內／三／四十八）

> 古詩窘於格調，近體束於聲律，惟歌行大小短長，錯綜闔闢，素無定體，故極能發人才思。（內／三／五十五）

根本沒有提過「古質典刑」的漢體本色。在一條綜論古今歌行的文字之上，胡應麟的態度就更明顯易見：

> 歌行兆自〈大風〉、〈垓下〉、〈四愁〉、〈燕歌〉而後，六代寥寥。至唐大暢，王、楊四子，婉轉流麗；李、杜二家，逸宕縱橫。獻吉專攻子美，仲默兼取盧、王，並自有旨。（內／三／四十九）

李夢陽學杜甫，何景明學四傑，胡應麟說他們「並自有旨」，並沒有責怪他們不復古師漢，可見他是接受唐體的「婉轉流麗」及「闔闢縱橫」爲歌行的本色的。

到現在我們或會提出一個問題：同是古體，爲甚麼五言古詩要堅持以漢代五古爲基準，而七言歌行則採納後來的唐體爲基準呢？

胡應麟並沒有正面答覆過這個問題，不過根據他的一貫主張和評論的態度，他的不同主張大概是基於以下幾個因素：

1. 漢代五言詩留存有相當份量的詩作，而詩體的發展已很完熟，從中可歸納出「古質」這項本色。唐代五言詩失却了這種淳樸的風格，而水準又遠不及漢詩。

2. 漢代，甚至魏、六代的七言詩份量不多，而風格上不脫「古質」的影響，顯不出獨特的本色。

3. 唐代七言歌行的份量較多，而且逐步發展成熟，發揮了其他詩體所不能用的技巧，開闢了其他詩體所缺乏的境界，（參閱上引的「古詩窘於格調，近體束於聲律」一條）形成獨特的本色。

4. 基於詩體各有本色，各有職份的信念，「古質」的本色就由五言古詩去保持；歌行體就以「流麗」、「錯綜變化」爲本色了。

三　詩體論的應用

(一)　據本色以辨體

以上交代了胡應麟研究詩體的方法。不過，《詩藪》的一個特色就是不止於作理論的研究，於應用方面尤其重視。正如 Paul Hernadi 所說：

文體研究本身不應被視作終極目標；它應該被視為一項程序，通過這程序可以更進一步了解個別的文學作品，甚至整體的文學。[69]

胡應麟的詩體研究也有其應用價值，例如根據詩體各有本色這個理論，他就有效的應用到辨體方面去，作了不少的實際批評，這就是Hernadi所說的對個別作品的進一步理解；再者，他又根據各種文學體裁應各有本色的觀念，將詩與其他文體的界限劃清，這就有助於對詩的整體的認識了。以下我們就討論一下胡應麟這些辨體的工作。

1. 詩體與其他文體的分別：

詩有各種體裁，各具不同本色，已見本章第二節的討論；但既然統屬於「詩」之名下爲一大類，當然此類中亦必有其共同的特徵而成爲詩之本色。這一點傳統的詩論家也有注意到，嚴羽《滄浪詩話・詩辨》的一段話就很著名，他說：

夫詩有別材，非關書也；詩有別趣，非關理也。然非多讀書，多窮理，則不能極其至。所謂不涉理路，不落言筌者，上也。詩者，吟詠情性也。[70]

嚴羽指出詩自有本色，他的着眼點是詩與文的分別，故說：

近代諸公乃作奇特解會，遂以文字為詩，以才學為詩，以議論為詩。夫豈不工，終非古人之詩也。[71]

這種言論到明代還很流行，例如李夢陽〈缶音序〉所說的「若專作理語，何不作文而詩爲耶[72]？」屠隆在〈文論〉也說：「夫以詩議論，即奚不爲文而爲詩哉[73]？」他們的論點都是認爲詩與文各有職分，不容混淆。

胡應麟在《詩藪》中也特別提到詩與文的分別：

詩與文體迥不類：文尚典實，詩貴清空；詩主風神，文先理道。（外／一／一二五）

詩與文既屬不同體裁，本色亦當有分別；不過也有近文體的詩：

詩與文判不相入，樂府乃時近之。〈安世歌〉多用實字，如「慈」、「孝」、「肅」、「雍」之類，語之近文者也；〈鼓吹曲〉多用虛字，如「者」、「哉」、「而」、「以」之類，句之近文者也。〈相和〉諸曲：〈雁門〉、〈折楊柳〉等篇，則純是文詞，去詩反遠矣。（內／一／一五）

〈雁門太守行〉通篇皆贊詞，〈折楊柳〉通篇皆戒詞，名雖樂府，實寡風韻。魏武多有此體，如〈度關山〉、〈對酒行〉，皆不必法也。（內／一／一五）

部份樂府詩攙用了屬於文體規範的作法，若果運用不當，文的成份過多，那就是失敗的詩作了。

除了詩與文的分別外，胡應麟還很注意詩與詞、曲的異同。詞、曲與詩的界限沒有那麼明顯，而他最反對詩墮入詞曲的規範，喪失詩體的本色，所以，一旦碰到這類詩作，他就不假恕詞了。

首先我們可以看看他怎樣批評李後主的詩：

> 其詩今存者四首，附〈鼓吹〉末[74]，與晚唐七言律不類，大概是其詞耳。凡詞人以所長入詩者，其七言律，非平韻〈玉樓春〉，卽襯字〈鷓鴣天〉也。（雜／四／二九一—九十二）

〈玉樓春〉五十六字，前後片各三仄韻，都是七言句。〈鷓鴣天〉五十五字，前後片各三平韻；除過片第一、二句是三言外，其餘都是七言句。若以〈鷓鴣天〉的平仄格式與仄起首句入韻的七言律比較，則只有三言兩句不同，其餘各句都一樣。〈玉樓春〉本屬仄韻格，若將其中平仄互換，仍不能算作七律，因爲犯了失黏之病[75]。不過胡應麟此說，只是借詞譜中大略相近的形式，來說明李後主的作品實不副名，徒具七言律詩的形式，而只有詞的意境。就胡應麟所見的四首看來，其中「晚雨秋陰酒乍醒，感時心緒杳難平；黃花冷落不成艷，紅葉颼飀競鼓聲」（〈九月十日偶書〉），「莫更留連好歸去，露華淒冷蓼花愁」（〈秋鶯〉），「且維輕舸更遲遲，別酒重傾惜解攜」（〈送鄧王二十弟牧宣城〉）等句，確也近乎詞的婉約感傷，而沒有律體的偉麗宏大的風格。

另一個被胡應麟批評爲混入詞體規範的例子是溫庭筠的七言歌行：

庭筠之流，更事綺繪，漸入詩餘，古意盡矣。（內／三／五〇）

這裏所說的「古意」實在是指詩意，詩的意境；「詩餘」當然就是詞。詩與詞除了形式不同外，其他規範系統亦應有別。例如於風格上，詞以婉約為主，而辭藻通常較為綺艷華美；正如周策縱〈論詞體的通名與個性〉一文所說：

詞這一體製大多偏重婉約艷麗或富於想像的抒情。[76]

溫庭筠的樂府歌行也確是「浮艷輕靡」，「刻意追求的是形式的華美，描摹的是醉酒歌舞的奢靡生活，充滿了珠光寶氣、脂粉香澤[77]。」隨手拈出的例子如：

春野行

草淺淺，春如剪。花壓李娘愁，飢蠶欲成繭。東城少年氣堂堂，金丸驚起雙鴛鴦。含羞更問衞公子，月到枕前春夢長？

惜春詞

百舌問花花不語，低回似恨橫塘雨。蠭爭粉蕊蝶分香，不似垂楊惜金縷。願君留得長妖韶，莫逐東風還蕩搖。秦女含嚬向煙月，愁紅帶露空迢迢。[78]

都可作爲「漸入詩餘」的明證。

爲了保存詩的純粹，胡應麟非常反對「綺繪」的風氣。因爲一旦逾度，就會流入詞體。他在批評傳爲隋朝王冑的詩句[79]時說：

> 「庭草無人隨意綠」，大似唐末五代人詞，非七言體也。（外／二／一五六）

當也是以是否婉約綺靡爲立論根據的[80]。

執着類似的標準，他批評元末楊維楨的《香奩八咏》過份綺艷，脫離詩體的規範：

> 廉夫（楊維楨）《香奩八咏》……皆精工刻骨，古今綺辭之極。然自是曲子語約束入詩耳。（外／六／二四三）

詞和曲當然也有異同，但胡應麟只留意到這兩種體裁的共同趨向——綺艷。王驥德《曲律》也說：

> 詞曲不尚雄勁險峻，只一味嫵媚閑艷，便稱合作。[81]

但詩作若近綺艷，就會受到胡應麟的責備。

詞、曲的另一個特點就是格律比較嚴苛；鄭騫在〈詞曲的特質〉一文指出：

詞曲句法的長短，則要配合樂譜，看起似較通篇五或七言為有彈性，實在並非伸縮自如。作詩只調平仄，填詞製曲還要細分四聲。詞及南曲，每個調子中都有若干字的四聲是固定的，該用平聲或上或去或入，不能移易，名篇佳作，莫不如此。北曲雖只有平上去三聲，其分配組織之嚴格，也是一樣。四聲或三聲之外，字的陰陽清濁，也有相當精細的考究。以上種種，組成詞曲本身相同而與詩相異的特點。[82]

在胡應麟的心目中，詩歌的人工雕琢程度愈高，其價值就愈低：

> 詩至於律，已屬俳優，況小詞艷曲乎！宋人不能越唐而漢，而以詞自名，宋所以弗振也。元人不能越宋而唐，而以曲自喜，元所以弗永也。（內／二／二十三）

他對詞和曲既先抱存這種觀念，難怪他要嚴防以詞曲的規範入詩了。[83]

2. 各種詩體間的分別：

詩體各具本色可說是胡應麟詩論的重點；如果不依照詩體的規範系統寫作，就會受到他的批評。

例如杜甫和李白就分別被指摘爲「以律爲絕」和「以絕爲律」：

> 杜之律，李之絕，皆天授神詣。然杜以律為絕，如「窗含西嶺千秋雪，門泊東吳萬里船」

等句，本七言律壯語，而以為絶句，則斷錦裂繒類也。李以絶為律，如「十月吳山曉，梅花落敬亭」等句，本五言絶妙境，而以為律詩則駢拇枝指類也。（內／六／一二一）

杜甫原詩是〈絶句四首〉之三：

兩箇黃鸝鳴翠柳，一行白鷺上青天。窗含西嶺千秋雪，門泊東吳萬里船。[84]

全詩四句，一句一景。仇兆鰲注：「三章，咏溪前諸景。此皆指現前所見，而近遠兼擧。」[85]這樣平鋪四景，結構就不夠嚴密，各自成一個單位，而欠缺前後的關連。楊愼《升庵詩話》批評這首詩說：

絶句四句皆對，杜工部「兩個黃鸝」一首是也，然不相連屬，即是律中四句也。[86]

雖然「絶句最貴含蓄」，（內／六／一一七）但仍需要有貫串整首詩的意；一句一意就「不相連屬」。這四句詩楊愼和胡應麟都認爲只能算作七律的材料，不能算是完整的絶詩。

再者，胡應麟主張七言律詩必須「氣象雄蓋宇宙」、（內／五／九三）「最宜偉麗」；（內／五／九八）而杜甫這一首詩中的「窗含西嶺千秋雪，門泊東吳萬里船」二句，時空的伸展深廣綿遠，正是「七律壯語」。再結合前兩句來看，則一言細景，一言闊景，也符合胡應麟時常稱引的律詩三昧——「疊景者意必二，闊大者半必細[87]」。所以連極力推崇杜甫的蕭滌非，也說這首詩「工整壯麗像律詩[88]」。既然這四句詩近乎律詩的本色，卻又以絕句的體裁出之，就不能說「得體」，故此胡應麟評之爲「斷綿裂繪」，也不算太過苛嚴了[89]。

再說李白的「以絕爲律」。原詩如下：

觀胡人吹笛

胡人吹玉笛，一半是秦聲。十月吳山曉，〈梅花〉落敬亭。愁聞〈出塞〉曲，淚滿逐臣纓。卻望長安道，空懷戀主情。[90]

第一、二句點出主題，聲明笛聲就是本詩的中心。胡應麟所舉出的是頷聯；在這兩句中，笛聲與眼前景物融合成渾然的境界，而沒有作者主觀的情緒或知性的邏輯的介入，物象是自然而直接的呈露。但到了頸聯就開始有作者的介入，及至尾聯甚且取代了笛聲的地位。胡應麟的意思是前四句意思已經完足，以下四句是另一層意思。

絕句的本色是「語半於近體，而意味深長過之」，「意當含蓄」。（內／六／一〇五、一一一）我們可參看李白和高適兩首主題相類的絕詩：

青溪半夜聞笛

羌笛〈梅花引〉，吳溪隴水情。寒山秋浦月，腸斷玉關聲。[91]

塞上聽吹笛

雪淨胡沙牧馬還，月明羌笛戍樓間。借問〈梅花〉何處落？風吹一夜滿關山。[92]

兩首詩也都是在首二句點明主題，而以笛聲的延宕飄揚收束；餘音裊裊，溢於詩外。回看〈觀胡人吹笛〉一詩，如果只截取前四句，當亦可達致相近的效果，符合絕句的本色。然而後面還有「愁聞」、「却望」四句，這在胡應麟看來，就變成蛇足，變成「駢拇枝指」了。

另一個值得參看的批評實例就是對沈佺期〈古意呈補闕喬知之〉及崔顥〈黃鶴樓〉兩首著名的七律所作的分析。先引錄二首原文如下：

古意呈補闕喬知之

沈佺期

盧家少婦鬱金堂，海燕雙棲玳瑁梁。九月寒砧催木葉，十年征戍憶遼陽。白狼河北音書斷，丹鳳城南秋夜長。誰謂含愁獨不見，更教明月照流黃。[93]

黃鶴樓

崔顥

昔人已乘黃鶴去，至今空餘黃鶴樓。黃鶴一去不復返，白雲千載空悠悠。晴川歷歷漢陽樹，芳草萋萋鸚鵡洲。日暮鄉關何處是？煙波江上使人愁。[94]

兩首詩都有人譽爲第一[95]，胡應麟的判斷就是以「本色」爲衡度標準：

七言律濫觴沈、宋。其時遠襲六朝，近沿四傑，故體裁明密，聲調高華，而神情興會，縟而未暢。「盧家少婦」，體格丰神，良稱獨步，惜頷頗偏枯，結非本色。崔顥〈黃鶴〉，歌行短章耳。太白生平不喜俳偶，崔詩適與契合。嚴氏因之，世遂附和，又不若近推沈作為得也。（內／五／八十二）

他認爲在初唐時，律體初成，沈佺期之作已可算是其中的傑出者（「獨步」），但還不甚完美，因爲頷聯「偏枯」。「偏枯」就是「對不屬」[96]，即對偶不夠工整。這兩句以「寒砧」對「征戍」、「木葉」對「遼陽」都很勉強，比不上頸聯的工麗了；這又違反了「銖兩悉配」的要求[97]。再者，結句亦有不合本色之弊。雖然他沒有進一步的解釋，但據王世貞的評說，這兩句是「齊、梁樂府語[98]」，胡應麟所下的判語也可能是根據同樣的理由。

他又認爲崔顥的〈黃鶴樓〉不能算作律詩，只是歌行而已。他這個說法也是有根據的，因爲這首詩有許多地方都不合律詩的規格。元朝方回的《瀛奎律髓》說：

此詩前四句不拘對偶，氣勢雄大。[99]

清朝劉獻廷《廣陽雜記》也有這樣的記載：

愼庵〔錢德承〕摘崔考功〔顥〕〈黃鶴樓〉詩之五、六云：「六之『鸚鵡洲』乃現成語；『漢陽樹』則扭捏成對耳。且『芳草萋萋』，亦屬現成，而『晴川歷歷』，則何所本？且『歷歷漢陽樹』，截以成句，而『萋萋鸚鵡洲』，成何文理？古樂府云：『天上何所有？歷歷種白楡。[100]』是『歷歷』字貫下樹字，而『萋萋』則連上『芳草』字矣。律本二對，今上四句皆不對矣，而五、六又草率如此，太白擱筆，而千古更無異辭，實不解也。若云：『只取氣格耳』，旣云『律』矣，何乃『只取氣格』耶？」愼庵此言，細入毛髮，吾恐考功、青蓮復起於九京，亦無以對吾愼庵矣！[101]

由此可見這首詩本就不合七言律詩的本色，只能稱爲七言歌行，因爲歌行才不講對仗。若以之爲七律的第一，就更加不對了。胡應麟又分析說：嚴羽讚賞這首詩只是根據李白的推許[102]，李白推許這首詩皆因自己不喜歡俳偶聲律[103]；如果比較沈、崔二詩，則沈詩還可勝一籌。他心目中的第一七律是杜甫的〈登高〉詩，因爲此詩「句句皆律，字字皆律[104]」，反之沈、崔二詩，都各有缺點。

《詩藪》中應用同樣的方法以作評論的例子，亦頗不乏。例如根據「絕句最貴含蓄」去批評李白的〈獨坐敬亭山〉及錢起的〈暮春歸故山草堂〉二詩太過顯露，不符絕句本色[105]；又評孟浩然的〈宿建德江〉和暢諸的〈登鸛鵲樓〉都不是五絕，只是未完成的律詩而已[106]；晉朝帛道猷的〈陵峯採藥觸興爲詩〉若刪去數句，則可爲五絕[107]；杜甫〈官池春雁〉亦不符絕句本色[108]；名爲四言詩而實不符本色的還有曹植的〈矯志詩〉、邯鄲淳的〈答贈詩〉、薛瑩的〈獻詩〉、晉樂府〈獨漉篇〉等等[109]。這些據本色以辨體的批評，顯示出胡應麟詩體論的嚴謹，能夠深入探討各詩體的特點和功用。

(二) 爲初學擬定學詩課程

胡應麟詩論的一個重要目標是指導初學，這從他在行文時常提到「初學」、「學者」等詞，又經常以他們的立場作討論的出發點[110]，就可以見到。對於初學作詩的人來說，認識詩體，了解其本色，明瞭其規範系統，可以說是基本的入門功夫；要得到這方面的知識，單憑理論講解也是不夠的，必須舉出一些範例爲證，正如 Uri Margolin 所講：

> 公認的文體模範其實就是習套的系統（即本書所說的「規範系統」），這對作家尤其是初學者來說，是非常有用的。[111]

因爲這些文體模範一定是最能發揮文體的特性的作品，初學者由揣摩研習這些成功作品入手，當然勝於自己漫無準的的探索。胡應麟在討論詩體的各卷中，就爲初學擬列一些課程綱要，包括應該學習的典範以及學習的步驟。這些綱要並非隨意舉出，而是以他的詩體論作爲理論根據的。以上就將這些課程綱要逐一討論，然後再作歸納。

1. 五古

學習五古的課程大綱是：

五言古，先熟讀《國風》、《離騷》，源流洞徹，乃盡取兩漢雜詩，陳王（曹植）全集，及子桓（曹丕）、公幹（劉楨）、仲宣（王粲）佳者，枕藉諷詠，功深日遠，神動機流，一旦吮毫，天真自露。骨格既定，然後沿迴阮（籍）、左（思），以窮其趣；顔頡陸（機）、謝（靈運），以采其華；旁及陶（潛）、韋（應物），以濬其思；博考李（白）、杜（甫），以極其變。超乘而上，可以掩迹千秋；循轍而趨，無忝名家一代。（內／二／二十五）

《國風》和《離騷》是中國各種詩體的源頭，胡應麟就說過《詩經》「文義蔚然，爲萬世法」，（內／一／三）而《離騷》「文詞鉅麗，體製閎深，興寄超遠，百代而下，才人學士，追之莫逮，取之不窮。」（內／一／四）歷來論詩者都教人先讀這些詩作[112]，胡應麟也不例外。但二者均非五言的典範，《詩經》主要是四言體，而《離騷》最多只能算作「歌行之祖」[113]，所以眞正的課程核心還是漢、魏的五言詩。其中又以兩漢的詩和曹植的詩是要全讀的，尤其是兩漢詩：

今欲為其體，非苦思力索所辦，當盡取漢人一代之詩，玩習凝會，風氣性情，纖悉具領。（內／二／二十五）

曹植的詩也要全讀，因爲：

> 東、西京後，惟斯人得其具體。（內／二／三〇）

加上曹丕、劉楨、王粲等較好的作品，就是初學朝夕誦讀的典範。到基礎穩固，「骨格既定」之後，才涉獵晉以下的五言詩，向多方面採擷吸收，以求「窮其趣」、「采其華」、「澹其思」、「極其變」。經過這樣的訓練，就可以成為名家甚至大家了。

2. 七古

胡應麟認為七言歌行變化較多，所以學習時更要循序漸進：

> 凡詩諸體皆有繩墨，惟歌行出自《離騷》、樂府，故極散漫縱橫。初學當擇易下手者。（內／三／四十八）

所謂易下手的就是「脈絡分明，句調婉暢」的篇章，胡應麟又將這一類篇章列出，包括：李白的〈擣衣曲〉、〈百囀歌〉，杜甫的〈洗兵馬〉、〈哀江頭〉，高適的〈燕歌行〉、岑參的〈白雪歌〉、〈別獨孤漸〉，李頎的〈緩歌行〉、〈送陳章甫〉、〈聽董大彈胡笳〉，王維的〈老將行〉、〈桃源行〉，崔顥的〈代閨人〉、〈行路難〉、〈渭城少年〉等。（內／三／四八）到基礎鞏固了，掌握到七言歌行的門徑之後，就可以進一步學習李、杜的大篇了：

> 既自成家，然後博取李、杜大篇，合變出奇，窮高極遠。（內／三／四十八）

這些「大篇」大抵是指李白的〈蜀道難〉、〈遠別離〉、〈夢遊天姥吟留別〉、〈魯郡堯祠送竇明府薄華還西京〉等作，以及杜甫的〈觀公孫大娘弟子舞劍器行〉、〈渼陂行〉、〈丹青引〉、〈麗人行〉等作，因爲胡應麟曾經特別褒揚這幾篇歌行的「變幻錯綜」、「沈深橫絕」。（內／三／四九）

明顯地，胡應麟認爲唐代歌行是學習課程的核心，經過這番學習，已經由「成家」而至「合變出奇，窮高極遠」了。不過他也提到，如果要進一步深造，可以再向源頭上溯：

> 又上之兩漢樂府，落李、杜之紛華，而一歸古質。又上之楚人《離騷》，鎔樂府之氣習，而直接商、周。（內／三／四十八）

學兩漢樂府是爲了領會其古質，最終目標是「直接商、周」，這是復古的理想，不必是七言歌行一定需要的。

另一方面，胡應麟在列舉可師法的名家時，往往標明篇目，因爲大家之作，也有稍差勁的，例如李白的部份作品就是：

> 李之〈烏棲曲〉、〈楊叛兒〉等，雖甚足情致，終是斤兩稍輕，咏歎不足。（內／三／四十九）

由是之故，上面所列出的課程綱要之中，都將大家可學的篇名列明，就不足爲怪了。

3. 五律

胡應麟認爲學習五言律的途徑是這樣的：

學五言律，毋習王（勃）、楊（炯）以前，毋窺元（稹）、白（居易）以後。先取沈、宋、陳、杜、蘇（頲）、李（嶠）諸集，朝夕臨摹，則風骨高華，句法宏贍，音節雄亮，比偶精嚴。次及盛唐王、岑、孟、李（白），永之以風神，暢之以才氣，和之以眞澹，錯之以清新。然後歸宿杜陵，究竟絶軌，極深研幾，窮神知化，五言律法盡矣。（內／四／五十八－五十九）

因爲律體到沈、宋才確立，到盛唐方臻成熟，所以初學的基本典範便應在此範圍之內。沈、宋以前如王、楊、盧、駱等四傑，以及中唐元、白以後的作品，並不適宜學習。雖然胡應麟也曾爲初學列擧一些齊、梁、陳、隋的近乎律詩的句子，但目的只是讓他們知道源流之所自而已[114]。

再就劃定的範圍來說，學習的先後次序也很重要。先要從標準的初唐五律學起，建立好規模，以免陷入小家的窠臼：

初唐五言律，杜審言〈早春遊望〉、〈秋宴臨津〉、〈登襄陽城〉、〈詠終南山〉，陳子昂〈次樂鄉〉，沈佺期〈宿七盤〉，宋之問〈扈從登封〉，李嶠〈侍宴甘露殿〉，蘇

頲〈驪山應制〉，孫逖〈宿雲門寺〉，皆氣象冠裳，句格鴻麗。初學必從此入門，庶不落小家窠臼。（內／四／六十六）

盛唐的王、岑、孟、李是進一步修習的對象[115]；杜甫的律詩成就絕高，但要最後才可以學習，因爲：

盛唐一味秀麗雄渾。杜則精粗、鉅細、巧拙、新陳、險易、淺深、濃淡、肥瘦，靡不畢具，參其格調，實與盛唐大別。其能會萃前人在此，濫觴後世亦在此。且言理近經，敘事兼史，尤詩家絕覩。其集不可不讀，亦殊不易讀。（內／四／七〇）近體先習杜陵，則未得其廣大雄深，先失之粗疏險拗，所謂從門非寶也。（內／四／五十九）[116]

胡應麟又指出一條清淡的路，以備才質近者學習。但從此入手，最多只能成「名家」，不得爲「大家」[117]：

已上諸家（張說、張九齡、孟浩然、常建、王維、王昌齡、韋應物），皆五言清淡之宗。才質近者，習以為法，不失名家。（內／四／六十九）[118]

再者，胡應麟還提供一些明代的典範作家，以供初學師法：

國朝仲默、明卿，亦是五言津筏，初學下手，所當並置座右。（內／四／五十九）

可知他認爲明代的五言律也是合乎正規本色也。

4. 七律

杜甫把七言律詩的發展推到最極峯的境地，所謂「能事必老杜而後極」，（內／五／九〇）當然是學習的最佳典範：

七言律，唐以老杜為主，參之李頎之神，王維之秀，岑參之麗；明則仲默之和暢，于鱗之高華，明卿之沈雄，元美之博大，兼收時出，法盡此矣。（內／五／八十三－八十四）

高、岑明淨整齊，所乏遠韻；王、李（頎）精華秀朗，時覺小疵。學者步高、岑之格調，含王、李之風神，加以工部之雄深變幻，七言能事極矣。（內／五／九十三）

盛唐的高、岑、王、李雖然「明淨整齊」、「精華秀朗」，但仍有所不逮，故此仍當以杜甫爲學習的主要對象。不過杜甫的七律也不是全無毛病的，不應全盤師法，所以胡應麟就不憚煩瑣，爲初學指陳杜詩的瑕疵：

杜〈題桃樹〉等篇，往往不可解，然人多知之，不足誤後生。惟中有太板者，如「思家步月清宵立，憶弟看雲白日眠」（〈恨別〉）之類，有太凡者，「朝罷香煙攜滿袖，詩

> 成珠玉在揮毫」（〈奉和賈至舍人早朝大明宮〉）之類，若以其易而學之，為患斯大，不得不拈出也。（內／五／八十九）

除了「太板」、「太凡」外，胡應麟還指出杜甫七律有「太拙」、「太粗」、「太易」、「太險」等的詩篇[119]，所以學杜詩一定要小心善學。宋人亦主學杜，但他們所取法的途徑就錯了：

> 七言拗體諸作，所謂變也。宋以後諸人競相師襲者是，然化境殊不在此。（內／五／九〇）[120]

宋人學杜，只學到他的「變體」，所以愈來愈偏差。然而究竟怎樣學才對呢？胡應麟就爲初學者指明路向：

> 老杜七言律全篇可法者：〈紫宸殿退朝〉、〈九日〉、〈登高〉、〈送韓十四〉、〈香積寺〉、〈玉臺觀〉、〈登樓〉、〈閣夜〉、〈崔氏莊〉、〈秋興八篇〉，氣象雄蓋宇宙，法律細入毫芒，自是千秋鼻祖。（內／五／九十三）

這樣一篇一章的點明，就不會錯學了。此外明代嘉靖時的七言律詩亦有高成就[121]，因爲李攀龍、王世貞等學杜得其法：

> 國朝學杜，若袁景文（凱）、鄭繼之（善夫）、熊士選（卓），其表表者。要之所得聲音相貌耳，又皆變調。惟李觀察（攀龍[122]）得其風神，王太常（世貞）得其骨幹，汪司馬得其氣格，吳參之（國倫）得其體裁。李之高華、王之沈實，汪之整健，吳之雄深，皆杜正脈法門，學者所當服習也。（內／五／一〇三）

由此可知杜甫是七律正宗，而明代學杜甫者亦可供學習模仿。

5. 五　絶

胡應麟爲初學所列的五絶學習課程是這樣的：

> 五言絶，須熟讀漢、魏及六朝樂府，源委分明，逕路諳熟，然後取盛唐名家李（白）、王（維）、崔（顥）、孟（浩然）諸作，陶以風神，發以興象。真積力久，出語自超。錢、劉以下，句漸工，語漸切，格漸下，氣漸悲，便當著眼，不得草草。（內／六／一一四）

五言絶句本是近體詩，叫人讀漢、魏、六朝樂府也不外是做溯源的工夫罷了；其實，主要的學習對象仍是盛唐大家，而盛唐之中，又以李白、王維二人爲主，杜甫因爲不是當行作家，所以不能列入：

> 五言絕二途：摩詰之幽玄，太白之超逸。子美於絕句無所解，不必法也。（內／六／一〇九）

錢起和劉長卿被視作中唐詩人。這時的五絕雖日漸工切，但格調卑下，氣象衰颯，所以胡應麟提醒學者要著眼留意，不要盲目學習；意思是只要能辨識其高下，知所選擇，則這些詩歌亦可涉獵，因爲中唐也有韋應物、令狐楚等成功作家：

> 中唐五言絕，蘇州（韋應物）最古，可繼王、孟。〈寄丘員外〉、〈閶門〉、〈聞雁〉等作，皆悠然。次則令狐楚樂府，大有盛唐風格。（內／六／一二〇－一二一）

這些有盛唐風格的中唐詩家、詩作，當然是可以參考的。

6. 七絕

學習七言絕句的步驟是：

> 七言絕以太白、江寧（王昌齡）為主，參以王維之俊雅，岑參之濃麗，高適之渾雄，韓翃之高華，李益之神秀，益以弘、正之骨力，嘉、隆之氣韻，集長舍短，足為大家。上自元和，下迄成化，初學姑置可也。（原注：晚唐絕句易入人，甚於宋、元之詩，故尤當戒。）（內／六／一一五）

李白、王昌齡的七絕是歷來詩論家所高譽稱賞的；故此胡應麟亦將二者列爲學習的主要對象：

> 成都（楊愼）以江陵爲擅場，太白爲偏美[123]。歷下（李攀龍）謂太白唐三百年一人[124]。瑯琊（王世懋）謂李尤自然，故出王上[125]。弇州（王世貞）謂俱是神品，爭勝毫釐[126]。數語咸自有旨。學者熟習二公之詩，細酌四家之論，豁然有見，則七言絕如發蒙矣。（內／六／一一六）

所謂「咸自有旨」是指各家詩論在褒揚貶抑之間，必有其標準。能夠體會分析其論點所在，就對李、王七絕有更深刻的認識，這樣對學習他們的七絕當然大有幫助。就胡應麟來說，對李、王二家的評價是一樣高的。

盛唐諸家中，杜甫再一次被排斥於課程之外：

> 五七言（絕句）俱無所解者，少陵。（內／六／一一六）

韓翃、李益本屬中唐，但仍可學習；至於晚唐則是初學所應戒的。不過因爲晚唐七絕頗爲流行，有以爲甚且高於盛唐，所以他提醒初學要小心：

> 五言絕，晚唐殊少作者，然不甚逗漏。七言絕，則李（商隱）、許（渾）、杜（牧）、

趙（嘏）、崔（魯）、鄭（谷）、溫（庭筠）、韋（莊），皆極力此道。然純駁相揉，所當細參。（內／六／一二〇）

「細參」是仔細參詳，憑自己的識力去判斷。胡應麟認爲有辨識能力的人，就能夠看出晚唐七絕的弊端來：

晚唐絕「東風不與周郎便，銅雀春深鎖二喬」（杜牧〈赤壁〉），「可憐夜半虛前席，不問蒼生問鬼神」（李商隱〈賈生〉），皆宋人議論之祖。間有極工者，亦氣韻衰颯，天壤開、寶。然書情則愴惻而易動人，用事則巧切而工悅俗；世希大雅，或以為過盛唐，具眼觀之，不待其辭畢矣。（內／六／一二二）[127]

胡應麟又將明弘治、正德間及嘉靖、隆慶間的七絕列爲學習對象，大抵他認爲這兩段時期都是遵奉盛唐，比較接近本色。但就《詩藪》實際的具體評論之中，又似乎以後七子主持的嘉、隆時期爲重心；而以李、何爲首的弘、正時期，作品就稍爲弱一點了：

仲默不甚工絕句，獻吉兼師李、杜及盛唐諸家，雖才力絕大而調頗純駁。惟于鱗一以太白、龍標為主，故其風神高邁，直接盛唐。（內／六／一一〇）[128]

除了李攀龍外，王世貞的七絕也受稱譽：

（王世貞）五七言絕句，本青蓮、右丞（王維）、少伯（王昌齡），而多自出結構，奇逸瀟洒，種種絕塵。（續／二／三五三）

如果初學者能依着大綱所列去研習前人的作品，「集長舍短」，就可以成爲七言絕句體的大家了。

7. 小結

據以上所開列的各個課程綱要，我們可以得出幾點結論：

1.胡應麟主張學詩先要「定骨格」，即打穩基礎，所以最先學習的，應是符合本色的正宗作家和作品。不過按照各種詩體的不同情況，有時先學最正宗最重要的作品，例如五言古詩便是；有時却從脈絡分明，結構簡單的篇章學起，因爲這些篇章通常較易依循，例如七言歌行、五言律詩都是。

2.有些詩人雖爲某一體裁的大家，但却不宜初學者倉猝模仿效法，例如杜甫的五言律詩，成就雖高，但因爲太多太雜，沒有一定的基礎而搶先學習，可能會不得法而至步入歧途。

3.從各大綱看來，主要的學習對象都是屬於漢代或唐代的，間中亦有提出幾個明代作家（主要是主張復古的李、何、王、李等）供初學師法，這亦與胡應麟以漢、唐、明爲盛世的詩史觀配合。

4.非正宗的作品也不是絕對棄置不觀。例如五言律詩有清淡一派，如果性質相近，循此方向學習，或可成名家。另外有些作品在「骨格既定」之後涉獵，或可進一步使自己的作品風格多樣化，例如學五古的旁及陶潛、韋應物就是；又或者通過多觀察、多體味，就可以明辨其不當之處，以免受俗世的喜好所誤導，例如學七絕也要知道晚唐七絕的弊處。從這一點也可以見到胡應麟雖然保守，但却不閉塞；他的理論是：只要基礎穩、有識力，則任何作品都可參看，都是有用的資源。

總括而言，胡應麟爲初學開列各種詩體的學習課程，並不是一套陳腐的空言；反之，是相當明確具體而切合實際的。更重要的是，這些課程與他的詩論原則是互相契合而成一整體的。

附註

❶ 載《文選》（北京：中華書局，一九七七影印胡克家刻本），卷五二，頁七下。

❷ 王國維著，徐調孚校注《校注人間詞話》（香港：中華書局，一九六一），頁三七。

❸ 這主要是徐復觀的主張，他又認爲西方的"genre"一詞，中文應作「文類」，參閱他的〈文心雕龍的文體論〉，載徐復觀《中國文學論集》（台北：學生書局，一九七四增補二版），頁一－八三。他的另外三篇文章也可以參看：〈文心雕龍淺論之四——文體的構成與實現〉，載《中國文學論集》，頁四〇七－四一三；〈王夢鷗先生（劉勰論文的觀點試測）一文的商討〉，載徐復觀《中國文學論集續篇》（台北：學生書局，一九八一），頁一六五－一八四；〈文體觀念的復活——再答虞君質教授〉，載徐復觀《論戰與譯述》（台北：志文出版社，一九八二），頁一一三－一三〇。近年港、台間的學術著譯，很多都接受徐復觀的說法：用「文體」一詞來表示西方的"style"的觀念；用「文類」或者「文學類型」翻譯"genre"一詞。例如Wellek and Warren, *Theory of Literature*, Chapter 14, "Style and Stylistics", Chapter 17, "Literary Genres"在王夢鷗、許國衡譯《文學論》（台北：志文出版社，一九七六）中，前者譯作「文體與文體論」，後者作「文學的類型」；梁伯傑譯《文學理論》（台北：大林出版社，出版年份缺）也作「文體與文體學」，以及「文學類型」。又何欣譯Graham Hough, *Style and Stylistics* (New York: Routledge and Kegan Paul Ltd., 1969)一書爲《文體與文體論》（台北：成文出版社，一九七九）。李達三《比較文學常用語彙》，載李達三《比較文學研究之新方向》（台北：聯經出版社，一九七八），頁三六八，亦將"Stylization"及"Stylize"譯作「文體化」。陳清僑譯Andrew H. Plaks, "Full-length Hsiao-shuo and the Western Novel: A Generic Reappraisal", *New Asia Academic Bulletin*, Vol. 1 (1978), pp. 163-176，作〈中西長篇小說文類之重探〉，載鄭樹森、周英雄、袁鶴翔編《中西比較文學論集》（台北：時報文化出版公司，一九八〇），頁一七一－一九六。李有成〈王文興與西方文類〉，《中外

文學》，第十卷，第十一期（一九八二年四月），頁一七六——一九三，討論的也是"genre"的觀念。可見此說的盛行。

❹《文選》，卷首，頁二上。

❺載郭紹虞主編《中國歷代文論選》（上海：上海古籍出版社，一九七九——八一），第一册。頁一九一。

❻劉勰著，王利器校箋《文心雕龍校證》（上海：上海古籍出版社，一九八〇），頁八九。

❼嚴羽著、郭紹虞校釋《滄浪詩話校釋》（北京：人民文學出版社，一九六一），頁四四——九九。

❽許愼著，段玉裁注《說文解字注》（台北：蘭臺書局，一九七四影印），四篇下，頁十七下。

❾楊伯峻譯註《論語譯註》（北京：中華書局，一九五八），頁二〇二。

❿漢字往往一字多意甚至兼具相反兩義而能融會於一，關於這方面的論述可參錢鍾書《管錐篇》（北京：中華書局，一九七九），頁一——八，四四四——四四九。

⓫參閱張健《滄浪詩話研究》（台北：台灣大學，一九六六），頁六一——八八。

⓬祝堯編《古賦辯體》（《四庫全書》本）。

⓭宋緒編《元詩體要》（《四庫全書》本）。

⓮方回編《瀛奎律髓》（《四庫全書》本）。

⓯楊愼著，楊有仁編《升菴先生文集》（明萬曆二九年「一六〇一」王藩臣校刊本）。

⓰鍾嶸著，陳慶浩編《鍾嶸詩品集校》（香港：東亞出版中心，一九七八），〈導論〉，頁一五——三三。

⓱《詩品集解》，頁三——四四。

⓲"But in practice any group of works with similar charac teristics of any kind may constitute a genre in the broadest acceptation of the word." Francois Jost, *Introduction to Comparative Literature* (Indianapolis and New York: Pegasus, 1974), pp. 130-131.

⑲ "Indeed, Charles E. Whitmore (1924), Irwin Ehrenpreis (1945), Eliseo Vivas (1968), Claudio Guillén (1970), and other critics have suggested or implied that the framing or endorsing of a genre concept *need not* mean more than this: we have discerned some similarity between certain works." Paul Hernadi, *Beyond Genre: New Direction in Literary Classification* (Ithaca and London: Cornell University Press, 1972), Chapter One, "The Genres of Genre Criticism", p. 4.

⑳ "It has gradually become evident, too, that the grammar of form is more stable, and therefore more useful for classification, than the lexis of content." Allan Rodway, "Generic Criticism: The Approach through Type, Mode and Kind", in Malcolm Bradbury and David Palmer, ed., *Contemporary Criticism* (London: Edward Arnold Ltd., 1970), p. 87.

㉑ 參閱 *Theory of Literature*, pp. 227, 229 and 307, note 8.

㉒ 現在略舉一些文學批評論著爲例:「文體」(即"genre")和「風格」(即"style")兩詞都有採用的包括:郭紹虞《中國文學批評史》(上海:商務印書館,一九三四—四七),頁六三—六五,七五—七六;蔣伯潛《文體論纂要》(台北:正中書局,一九五九重印),頁一—一二,二〇一—二一八;敏澤《中國文學理論批評史》(北京:人民文學出版社,一九八一),頁一七九,二〇三—二〇六;周勛初《中國文學批評小史》(武漢:長江文藝出版社,一九八一),頁六四—六七,六二—六四;沈謙《文心雕龍之文學理論與批評》(台北:華正書局,一九八一),頁六四—八二,八二—一〇八。只用「文體」的有:方孝岳《中國文學批評》,收入劉麟生主編《中國文學八論》(香港:南國出版社,出版年份缺),頁三九—四四;朱東潤《中國文學批評史大綱》,頁三二—三四;張仁青《魏晉南北朝文學思想史》(台北:文史哲出版社,一九七八),頁六一三—六一九及七二六—七三〇。

㉓ 當然，將"genre"譯作「文類」亦可，但不及「文體」一詞明確和通行；再者，將"style"譯作「文體」就更易起混淆了。

㉔ 「本色」另外還有「本行」一義，例如唐代曾有「釐革伎術官制」的詔令：「量才受職，自有條流；常秩清班，非無差等。比來諸色伎術，因榮得官；及其升遷，改從餘任，遂使器用紕繆，職務乖違，不合《禮經》，事須改轍。自今本色出身，解天文者，進轉官不得過太史令；音樂者，不得過太樂、鼓吹署令……。」見宋敏求編《唐大詔令集》（北京：商務印書館，一九五九），頁五〇五。又《新唐書》有這樣的記載：「有劉習者，以藥術進，詔置鹽官；（柳）仲郢以爲醫有本色官，若委錢穀，名分不正。」見歐陽修、宋祁《新唐書》（北京：中華書局，一九七五），卷一六三，頁五〇二四。另外《東京夢華錄》亦有提到「本色」一詞，指從事各行業的人衣裝各有特色：「其士農工商諸行百戶衣裝，各有本色，不敢越外，謂如香鋪裹香人，即頂帽披背；質庫掌事，即着皂衫角帶不頂帽之類。街市行人，便認得是何色目。」孟元老《東京夢華錄》（上海：古典文學出版社，一九五六），卷五，頁二九，「民俗」條。

㉕ 《文心雕龍校證》，頁二〇一。另外〈通變〉篇更直接用「本色」一詞：「夫青生於藍，絳生於蒨，雖踰本色，不能復化。……故練青濯絳，必歸藍蒨，矯訛翻淺，還宗《經》誥。」見仝書，頁一九八。然而這裏的「本色」只是經書的比喻，目的教人「宗經」，而「本采」一詞，取義比較貼近，故正文以此爲證。

㉖ 這是周振甫的語譯；見劉勰著，周振甫譯註《文心雕龍選譯》（北京：中華書局，一九八〇），頁一六二。

㉗ 陳師道《後山詩話》（《歷代詩話》本），頁三〇九。

㉘ 范晞文《對牀夜語》（《續歷代詩話》本），卷二，頁一下。

㉙ 王若虛《滹南詩話》（《續歷代詩話》本），卷二，頁三下。

㉚ 《滄浪詩話校釋》，頁一〇，一七二。

㉛ 李東陽《懷麓堂詩話》（《續歷代詩話》本），頁十一上。

㉜ 徐師曾著，羅根澤校點《文體明辨序說》（與《文章辨體序說》合刊；香港：太平書局，一九六五），頁一六

五。

㉝《藝圃擷餘》(《歷代詩話》本),頁七七九。

㉞唐順之《唐荆川文集》(《四部叢刊》本),卷七,頁十三下。

㉟袁宏道著,錢伯城箋校《袁宏道集箋校》(上海:上海古籍出版社,一九八一),卷四,頁一八七。

㊱萬云駿說:「總之,曲能容俗,曲尚顯露,曲貴尖新,曲帶戲謔,這四個方面,構成了元曲的本色。」見萬云駿〈甚麽是元曲的本色〉,《古代文學理論研究》,第三輯(一九八一年二月),頁二七八。

㊲例如明代的王驥德就說過:「曲之始,止本色一家,觀元劇及《琵琶》、《拜元》二記可見。自《香囊記》以儒門手脚爲之,遂濫觴有文詞家一體。……大抵純用本色,易覺寂寥;純用文詞,復傷琱鏤。」這樣「本色」二字就含有特定的意義了。見王驥德《曲律》,收入中國戲曲研究院編《中國古典戲曲論著集成》(北京:中國戲劇出版社,一九五九),第四册,卷二,頁一二一—一二二。

㊳Handy and Westbrook 就這樣介紹 "genre critic" 的能力:"Thus one of the strengths of the Genre Critic is his ability to make distinctions and connections." 所謂 "distinctions" 是指與別體相異的地方;"connections" 是指本體各個別作品的共通處。見 William J. Handy and Max Westbrook, *Twentieth Century Criticism: The Major Statements* (New York: The Fress Press, 1974), Part 2, "Genre Criticism: Introduction", p. 114.

㊴《詩藪》只有三處「本色」是以人爲論的:「『落月屋樑』,頗類常建、(王)昌齡,亦非杜陵本色。」(內/二/三一)「晉樂辭『今日牛羊上丘隴,當時近前面發紅』,絕似漢人語,但前四句不類。至『愛惜加窮袴,防閑託守宮』,則全是唐律矣。少陵『愼莫近前丞相嗔』,出此。後二句楊用修以爲此老本色,何也。」(內/三/四四)「項王(羽)不喜讀書,而《垓下》一歌,語絕悲壯。『虞兮』自是本色。屈子(原)孤吟澤畔,尚託寄美人公子,羽模寫實情實事,何用爲嫌。宋人以道理言詩,故往往謬戾如此。」(內/三/四二)我們要注意這裏所講的「本色」,不外是同屬一人的衆多作品的共同特徵;即使論項羽的《垓下歌》也只是駁辯宋

人的「以道理言詩」，以項羽尚記虞姬，是「模寫實情實事」，觀點仍從作品出發。這與唐順之等以作者爲論，將「本色」固定爲不加雕琢經營，直接從肺腑中流出的特色，有根本立場的不同。

㊵ 因爲歷代詩人太多，無論怎樣詳細羅列，也不能說完備。例如《滄浪詩話・詩體》的以人分體，就被馮班譏評爲：「漏略疎淺之甚，標星宿而遺羲娥。」見馮班〈滄浪詩話糾謬〉，收入朱道序編《詩話叢刊》（台北：弘道公司，一九七一），頁六六三。

㊶ 參閱Wellek and Warren, *Theory of Literature*, Chapter 12, "The Mode of Existence of a Literary Work of Art", pp. 142-157.

㊷ 參閱本書「《胡應麟詩論研究》」第二、三章，尤其第二章第三節，頁三六－四一。

㊸ 例如本書第二章第三節就舉出胡應麟所體認的「本色」包括了「修辭用語習套」、「聲調」、「風格氣象」等層次。又Wellek and Warren亦舉出Roman Ingarden 分析規範系統的各層次："sound" "units of meaning" "world" "viewpoint" "metaphysical qualities" 見 *Theory of Literature*, pp. 151-152.

㊹ 這方面的主張，也可參考Wellek and Warren的說法："Thus, the real poem must be conceived as a structure of norms.... The norms we have in mind are implicit norms which have to be extracted from every individual experience of a work of art and together make up the genuine work of art as a whole." *Theory of Literature*, pp. 150-151.

㊺ 這也是Wellek and Warren 的主張："It is true that if we compare works of art among themselves, similarities or differences between these norms will be ascertained, and from the similarities themselves it ought to be possible to proceed to a classification of works of art according to the type of norms they embody. We may finally arrive at theories of genres and ultimately at theories of literature in general."

Theory of Literature, p. 151.

㊻ 例如 Elias Schwartz 就曾指出十八世紀時西方對文體的看法是這樣的："Genres are a priori, eternal forms from which strict 'laws' may be derived." Elias Schwartz, "The Problem of Literary Genres", *Criticism*, Vol. 13, No. 2 (Spring,1971), pp. 113-114.

㊼ 《空同集》(《四庫全書》本)，卷六二，頁一五上。

㊽ "We should realize first of all that the term 'genre' refers to a theoretical *construct*, concept, or model, and not to any real linguistic or aesthetic object." Uri Margolin, "Historical Literary Genre: The Concept and Its Uses" *Comparative Literature Studies*, Vol. 10, No. 1 (March, 1973), p. 51.

㊾ "It [the idea of a genre] can be the result of an a posteriori contemplation of literary works-i. e., an after- thought, a product of the critic's attempt to classify and order his materials." Claudio Guillen, *Literature as System: Essays Toward the Theory of Literary History* (Princeton: Princeton University Press, 1971), Essay 4, "On the Uses of Literary Genre", p. 123.

㊿ 《四庫全書總目》(武英殿刊本)，卷一九五，頁一上，〈詩文評類提要〉。

(51) "It seems much more profitable to turn to a study of the variety of poetry and to the history and thus the descri- ption of genres which can be grasped in their concrete conventions and traditions." Rene Wellek, "Genre Theory, the Lyric and *Erlebnis*" in René Wellek, *Discriminations: Further Concepts of Criticism* (New Haven and London: Yale University Press, 1970), p. 252.

(52) 幾乎每本文學批評史都有提到摯虞此書，其中尤以方孝岳之書最能顯揚《文章流別志論》在文學批評史上的眞正價値，見方孝岳《中國文學批評》，頁四，三九—四〇。

53 《文心雕龍校證》，頁二九五。

54 關於《文心雕龍》的「文體論」，可以參閱王更生《文心雕龍研究》（台北：文史哲出版社，一九七六），第九章，〈文心雕龍文體論〉，頁二六三—二八六；沈謙《文心雕龍之文學理論與批評》，第三章，第二節，〈文學體裁〉，頁六三—八二。

55 《全唐詩》有專卷收錄「無世次爵里可考」的詩人的作品，其中包括王勣詩三首，下注云：「俱互見王績集」，可能隋末入唐的王績曾被譌作王勣；見彭敏求等編《全唐詩》（北京：中華書局，一九六〇），卷七六九，頁八七二八。王績，字無功，有《東皐子集》五卷，《全唐詩》編爲一卷，即卷三七，頁四七七—四八七。羅錦堂〈唐詩溯源〉先舉隋王無功〈北山〉爲七律醞釀時期的例證，後又說七律流傳到唐，魏徵、虞世南、王績、陳子昂諸家，作風崇尙樸素；似乎誤以王無功、王績爲兩個人；見羅錦堂〈唐詩溯源〉，《大陸雜誌》，第十一卷，第九期（一九五五年十一月），頁十四、十五。

56 楊愼《升庵詩話》，卷一，頁八上下。

57 杜甫著，仇兆鰲注《杜詩詳註》（北京：中華書局，一九七九），頁一—一六四。

58 黃兆顯〈唐代杜甫以前的七律詩〉，載黃兆顯《中國古典文藝論叢》（香港：蘭芳草堂，一九七〇），頁六七—一〇一。

59 〈唐詩溯源〉，頁十四—十五。

60 葉嘉瑩〈論杜甫七律之演進及其承先啓後之成就〉，載葉嘉瑩《迦陵談詩》（台北：三民書局，一九七〇），頁五六—一二八。

61 李攀龍《滄溟先生集》（台北：偉文圖書公司，一九七六影印），卷十八，頁一上。

62 例如袁宏道在給丘長孺的信就說：「唐自有詩，不必《選體》也。」見《袁宏道集箋校》，卷六，頁二八四。錢謙益批評李攀龍說：「彼以昭明（蕭統）所譔爲古詩，而唐無古詩也，則胡不曰：『魏有其古詩而無漢古詩』，『晉有其古詩而無漢、魏之古詩』乎？……論古則判唐、《選》爲鴻溝，言今則別中、盛如河漢，謬種流傳，俗學沈錮，昧者視舟壑之密移，愚人求津劍于已逝，此可爲歎息者也！」見錢謙益《列朝詩集小傳》，丁集上，頁四二九。葉燮亦說：「盛唐諸詩人，惟能不爲建安之古詩，吾乃謂唐有古詩。若必摹漢、魏之聲調字句，此漢、魏有詩，而唐無古詩矣。」見葉燮著，霍松林校注《原詩》（與《一瓢詩話》、《說詩晬語》合刊），內篇上，頁八。

63 《空同集》，卷五二，頁五上。

64 鈴木虎雄著，洪順隆譯《中國詩論史》（台北：商務印書館，一九七二），頁一二〇。

65 《大復集》（《四庫全書》本），卷三四，頁三下。

66 施子愉曾經統計《全唐詩》中存詩一卷或以上的詩人作品，其中五言古詩共有五四六六首。見施子愉〈唐代科舉制度與五言詩的關係〉，《東方雜誌》，第四〇卷，第八號（一九四四），頁三九。若再加上存詩不足一卷的詩人的作品，數量就更多。

67 胡應麟在內編卷三的開卷部份就討論「七言古詩」與「歌行」的關係，指出歌行之名的起源，又說明歌行本不限於七言，但唐以後則以雜有長短句的七言詩爲歌行。（內／三／四一）本卷所論主要是七言歌行，但在論漢、魏時，又兼及不是七言的歌行。

68 這是套用蘇軾〈書黃子思詩集後〉的說法：「蘇、李之天成，曹、劉之自得，陶、謝之超然，蓋亦至矣。而李太白、杜子美以英瑋絕世之姿，凌跨百代，古今詩人盡廢；然魏、晉以來，高風絕塵，亦少衰矣。」見蘇軾《蘇東坡集》（《萬有文庫》本），第八冊，頁二三。

69 "The study of genres must not become an end in itself but rather serve as a means towards the fuller understanding of individual works and of literature as a whole." Paul Hernadi, *Beyond Genre*, p. 7.

70 《滄浪詩話校釋》，頁二三一二四。

71 仝上，頁二四。

72 《空同集》，卷五二，頁五下。

73 屠隆《由拳集》（台北：偉文圖書公司，一九七七），卷二三，頁四下—五上。

74 《全唐詩》，卷八，頁七一—七四，收錄李後主詩共十八首。胡應麟所見是元好問編的《唐詩鼓吹》所收四首：〈九月十日偶書〉、〈秋鶯〉、〈病起題山舍壁〉、〈送鄧王二十弟牧宣城〉；見元好問編，郝天挺注，廖文炳解《唐詩鼓吹評註》（上海：文明書局，一九一九），卷一〇，頁十八下—二〇上。

75 依龍榆生之說，〈鷓鴣天〉的平仄格式是（「一」代表平，「｜」代表仄，「+」代表可平可仄，下同）：

+｜一+｜一(韻)+一+｜｜一一(韻)+一+｜一一｜(句)+｜一一+｜一(韻)

一｜｜(句)｜一一(韻)+一+｜｜一一(韻)+一+｜一一｜(句)+｜一一+｜一(韻)

〈玉樓春〉的平仄格式是：

+一+｜一一｜(韻)+｜+一一｜｜(韻)+一+｜｜一一(句)+｜+一一｜｜(韻)

+一+｜一一｜(韻)+｜+一一｜｜(韻)+一+｜｜一一(句)+｜+一一｜｜(韻)

見龍榆生《唐宋詞格律》（上海：上海古籍出版社，一九七八），頁二九、八〇。又用同類譜式，七言律仄起首句入韻的平仄格式是：

+｜一一｜｜一(韻)+一+｜｜一一(韻)+一+｜一一｜(句)+｜一一｜｜一(韻)+｜+一一｜｜

(句)+一+｜｜一一(韻)+一+｜一一｜(句)+｜一一｜｜一(韻)

其實，更接近七律的詞調是〈瑞鷓鴣〉；萬樹在介紹此調時說：「按此調另有馮延巳一首，仄仄平平起，前結、後起二聯對偶，與七律正同。」見萬樹《詞律》（香港：中華書局，一九七八），卷八，頁七下。

75 周策縱〈論詞體的通名與個性〉，載瘂弦、梅新主編《詩學》（台北：巨人出版社，一九七六），第一輯，頁一九〇。論詞一般都分「婉約」和「豪放」兩派，然而「婉約派」才被視為正宗；據鄭騫〈詞曲的特質〉一文所說，詞史上的名家屬婉約派的與屬豪放派的，約為五與一之比；見鄭騫《景午叢編》（台北：中華書局，一九七二），上編，頁五八－六五。

77 見王國安《溫飛卿詩集箋注．前言》，載溫庭筠著，曾益等箋注《溫飛卿詩集箋注》（上海：上海古籍出版社，一九八〇），頁二。這與宋胡寅在〈題酒邊詞〉評《花間集》及柳永作品滿是「綺羅香澤之態」、「綢繆宛轉之度」，用語大同小異。載《中國歷代文論選》，第二冊，頁三六〇。

78 《溫飛卿詩集箋注》，卷二，頁四三－四四，四七－四八。

79 唐劉餗曾記載有關王胄此詩句之事：「煬帝為〈燕歌行〉，文士皆和；著作郎王胄獨不下帝。帝每銜之，胄竟坐此見害；而誦其警句曰：『庭草無人隨意綠，復能作此語耶？』」見劉餗著，程毅中校點《隋唐嘉話》（與《朝野僉載》合刊，北京：中華書局，一九七九），頁二－三。但《全隋詩》收錄的王胄詩作中，卻不見此句詩，又隋煬帝詩作中亦無〈燕歌行〉，見丁福保編《全漢三國晉南北朝詩》（北京：中華書局，一九五九），頁一六八八－一六九二，一六一七－一六二九。

80 這裏將隋代詩作比附詞體，看似突兀，其實胡應麟是主張詞體源起六朝的，他在〈莊嶽委談〉這樣說：「世所盛行宋、元詞曲，咸以昉於唐末，然實陳、隋始之。蓋齊、梁月露之體，矜華角麗，固已兆端；至陳、隋二主，並富才情，俱湎聲色，所為長短歌行，率宋人詞中語也；煬（隋煬帝）之〈春江〉、〈玉樹〉等篇尤近；至〈望江南〉諸闋，唐、宋、元人沿襲至今。詞曲濫觴，實始斯際。自文皇以鴻裁碩藻，撥六朝餘習而力反之；子昂、太白，相望並興；逮少陵氏作，出經入史，剗絕淫靡，有唐三百年之詩，遂屹然羽翼商、周，驅駕漢、魏。藉令非數君子砥柱其間，則《花間》、《草堂》將踵接武德、開元之世，詎宋、元後顯哉？蓋六朝、五代，一也。障其瀾而上，則詩盛而為唐；襲其流而下，則詞盛而為宋。余因是知陳、李、少陵，厥功於藝苑甚偉；而歐陽（修）、王（安石）、蘇、黃、秦（觀）諸君子，弗能弗為三嘆而致惜也。」見《少室山房筆叢》，卷四一，頁五五三。又劉永濟討論詞的起源時，曾引錄主張詞源於六朝的各家文字，包括：朱弁《曲洧舊聞》、楊慎〈詞曲序〉、沈雄《古今詞話》、王世貞《藝苑卮言》、徐世溥〈悅安軒詩餘序〉、毛奇齡《西河詞話》、徐釚〈詞苑叢談凡例〉等；見劉永濟《詞論》（上海：上海古籍出版社，一九八一），頁七－九。可見擁護此說的人不在少數。

81 《曲律》，卷四，頁一七九。

82 《景午叢編》，上編，頁五八—五九。

83 本書第六章〈餘論〉亦有討論胡應麟鄙視戲曲小說的部份，參頁一六八—一七〇。

84 《杜詩詳註》，卷一三，頁一一四三。

85 仝上。

86 《升庵詩話》，卷十一，頁三上。

87 這本是李夢陽的主張，本書第五章會有較詳細的討論，參閱頁一三一—一三三。

88 蕭滌非《杜甫研究》（濟南：山東人民出版社，一九五六），上卷，頁一二七。

89 杜甫詩被譽爲：「盡得古今之體勢，而兼文人之所獨專。」見元稹《唐檢校工部員外郎杜君墓係銘並序》，載元稹《元氏長慶集》（《四部叢刊》本），頁三下。因此，胡應麟的評議就招來不少批駁，例如曾緘就說他「極詆毀之能事」；張夢機說他「對杜甫七絕攻訐最多，詆訶最力」；（出處詳後）很多人都針對胡應麟的意見，而爲杜甫七絕辯護。有的說杜甫亦有近乎李白、王昌齡的正體七絕，例如仇兆鰲注《贈花卿》說：「此詩風華流麗，頓挫抑揚，雖太白、少伯〔王昌齡〕，無以過之。」注《江南逢李龜年》引黃生說：「此詩……見風韻於行間，寓感慨於字裏，即使龍標、供奉〔李白〕操筆，亦無以過。乃知公於此體，非不能爲正聲，直不屑耳。有目公七言絕爲別調者，亦可持此解嘲矣。」見《杜詩詳註》，卷一〇，頁八四七；卷二三，頁二〇六一。裘重〈杜甫的絕詩〉一文亦取此意，載中華書局編《杜甫研究論文集》（北京：中華書局，一九六二—六三），第二輯，頁二七四—二七五。不過杜甫這類作品只佔他的絕句的極少數；就大體而言，杜甫七絕仍只能說是「別調」。另外蕭滌非說杜甫七絕之別於正體，是因爲「他決不肯犧牲內容來遷就形式，寧可突破成規來保全內容。」見《杜甫研究》，上卷，頁一二七。可是從另一角度看來，內容之於形式有衝突，正因爲杜甫選體不當。其他論者多數用「棄同求異」（曾緘語）的方法，去說明杜詩之異是「想擴展詩句的功能」（馬茂元語），如曾緘〈讀杜詩七言絕句散記〉，《文學遺產增刊》，第十三輯（一九六三年九月），頁十七－二二；熊柏畦〈試論杜甫的絕句〉，《文學遺產增刊》，第十三輯，頁三三－四二；馬茂元〈談杜甫七言絕句的特色〉，載《杜甫研究論文集》，第二輯，頁二五九－二七三；夏承燾〈論杜甫入蜀以後的絕句〉，載《杜甫研究論文集》，第三輯，頁一四五－一五一；張夢機〈杜甫變體七絕的特色〉，載張夢機《思齋說詩》（台北：華正書局，一九七七再版），頁九六－一一五。也有從另一方向去探索，說杜甫絕句最能符合絕句初現時的特色，近似齊、梁時的小詩，如傅懋勉〈從絕句的起源說到杜工部的絕句〉，載周康燮主編《論寫作舊詩》（香港：崇文書局，一九七二），頁六八－七四。這兩種說法互相矛盾，但都同樣肯定了杜甫所寫的絕句與盛唐大家不同。胡應麟的評論就是由這一點出發；他的看法是：唐代時各種詩體已齊備，要描寫那種題材，表達某種感情，就要選用最適當的詩體，否則就會混淆了詩體的規範系統。絕句之體到李、王時最爲成熟，所以就以他們的作品爲本色的根據，去批評衡量。這種意見有他的一套理論體系作支持，不能說他在胡謅或肆意的詆毀攻訐。

[90] 李白著，瞿蛻園、朱金城校注《李白集校注》（上海：上海古籍出版社，一九八〇），卷二五，頁一四五四－五五。

[91] 仝上，卷二三，頁一三四五。

[92] 《全唐詩》收有高適〈和王七玉門關聽吹笛〉一詩，文字略有不同，詩後注：「一作〈塞上聽吹笛〉」，而後所錄即本文所據。選用此版本是爲了對照比較的方便。見《全唐詩》，卷二一四，頁二二四三。

[93] 《全唐詩》，卷九六，頁一〇四三。

[94] 《全唐詩》所錄此詩文字與大部份通行本都稍有不同，故不採用；此處據沈德潛《唐詩別裁集》（上海：上海古籍出版社，一九七九），卷一三，頁四三三。

[95] 例如嚴羽說：「唐人七言律詩，當以崔灝〔顥〕〈黃鶴樓〉爲第一。」見《滄浪詩話校釋》，頁一八一。楊慎說：「宋嚴滄浪取崔顥〈黃鶴樓〉詩爲唐人七言律第一；近日何仲默、薛君采〔蕙〕取沈佺期『盧家少婦鬱金

堂』一首爲第一。二詩未易優劣。或以問予，予曰：『崔詩賦體多，沈詩比興多；以畫家法論之：沈詩披麻皴，崔詩大斧劈皴也。』」見《升庵詩話》，卷一〇，頁五下。下引胡應麟語：「近推沈作」，當是指何景明和薛蕙的說法。

96 胡應麟曾說：「七言律對不屬則偏枯，太屬則板弱。」（內／五／八三）

97 胡應麟曾引王世貞之說：「七言律如凌雲臺材木，必銖兩悉配乃可。」（內／五／一〇一）又參《藝苑卮言》，卷一，頁八下。

98 《藝苑卮言》（《續歷代詩話》本），卷四，頁四下。

99 《瀛奎律髓》，卷一，頁一二上。

100 這是漢代相和歌辭中的《隴西行》首二句，見《全漢三國晉南北朝詩》，頁七〇。

101 劉獻廷著，汪北平、夏志和標點《廣陽雜記》（北京：中華書局，一九五七），卷二，頁九二。

102 宋計有功在談及崔顥此詩時說：「世傳太白云：『眼前有景道不得，崔顥題詩在上頭。』遂作《鳳凰台》詩以較勝負，恐不然。」見計有功《唐詩紀事》（香港：中華書局，一九七二），卷二一，頁三一一。此事又載元辛文房《唐才子傳》（東京：汲古書院，一九七二影印），卷一，頁一三上。李白嘆服《黃鶴樓》詩之說，流傳甚廣，而且愈衍愈繁，參閱楊愼的記載，見《升庵詩話》，卷一一，頁一上。胡應麟所指就是此事。

103 李白之「不喜俳偶」，在他自己的詩篇也有透露，如《古風》第一首說：「自從建安來，綺麗不足珍。」第三十五首說：「一曲斐然子，雕蟲喪天眞。」見《李白集校注》，卷二，頁九一、一五六。又孟棨記錄唐詩人時事，其中載有李白的論詩意見：「〔李白〕論詩云：『梁、陳以來，艷薄斯極，沈休文〔約〕又尚以聲律。將復古道，非我而誰與？』故陳、李二集，律詩殊少。嘗言：『興寄深微，五言不如四言，七言又其靡也，況使束於聲調俳優哉？』」見孟棨《本事詩》，收入《續歷代詩話》，頁七下。

104 「《黃鶴樓》、『鬱金堂』，皆順流直下，故世共推之。然二作興會適超，而體裁未密，丰神故美，而結撰非艱。若『風急天高』〔《登高》〕，則一篇之中句句皆律，一句之中字字皆律，而實一意貫串，一氣呵成。驟讀之，首尾若未嘗有對者；細繹之，則錙銖鈞兩，毫髮不差，而建瓴走坂之勢，如百川東注於尾閭之窟。至用句用字，又皆古今人必不敢道，決不能道者。眞曠代之作也！然非初學士所當究心，亦匪淺識所能共賞。此篇結句似微弱者，第前六句旣極飛揚震動，復作峭快，恐未合張馳之宜；或轉入別調，反更爲全首之累。只如此軟冷收之。而無限悲涼之意，溢於言外，似未爲不稱也。」（內／五／九五－九六）

(105) 「絕句最貴含蓄。青蓮『相看兩不厭，惟有敬亭山』（《獨坐敬亭山》），亦太分曉。錢起『始憐幽竹山窗下，不改青陰待我歸』（《暮春歸故山草堂》），面目尤覺可憎。宋人以爲高作，何也？」（內／六／一一七）

(106) 「『野曠天低樹，江清月近人』（《宿建德江》），神韻無倫。『天勢圍平野，河流入斷山』（《登鸛鵲樓》）」，雄渾絕出。然皆未成律，非絕體也。」（內／六／一一一）按《登鸛鵲樓》：「迥臨飛鳥上，高出世塵間，天勢圍平野，河流入斷山。」在很多選集中，都題爲暢當之作，如《唐詩紀事》，卷十九，頁四一四；《全唐詩》，卷二八七，頁三二八五；《唐詩別裁集》，卷一九，頁六二〇－六二一；高步瀛《唐宋詩舉要》（香港：中華書局，一九七三），卷八，頁七七四；劉永濟《唐人絕句精華》（北京：人民文學出版社，一九八一），頁一一五。不過，經現代學者的考證，此詩作者應爲暢諸。參吳企明〈〈登鸛鵲樓〉詩爲暢諸作〉，《中華文史論叢》，一九七九年，第二輯（四月），頁四七〇；黃進德〈暢諸與暢當〉，《文學遺產》，一九八一年，第一期（三月），頁八七－九〇；富壽蓀《唐詩別裁集．校記》，載《唐詩別裁集》，頁六四九－六五〇。又據敦煌殘卷，此詩原是五律：「城樓多峻極，列酌恣登攀。迥林飛鳥上，高榭代人間。天勢圍平野，河流入斷山。今年菊花事，併是送君還。」見王重民〈補全唐詩〉，《中華文史論叢》，第三輯（一九六三年五月），頁三三一。胡應麟說這是未成律詩，在此可得佐證。至於孟浩然的〈宿建德江〉一詩，劉辰翁曾評說：「好！未足之句，此下亦難得好語。」轉引自游信利《孟浩然集箋注》（台北：嘉新水泥公司文化基金會，一九六八），頁二七九；胡應麟之說可能本此。

(107) 「帛道猷『連峯數千里，修林帶平津。……茅茨隱不見，雞鳴知有人。……』，（〈陵峯採藥觸興爲詩〉）可謂五言絕神品，而中錯他語；孟浩然『移舟泊煙渚，日暮客愁新。野曠天低樹，江清月近人。』可謂五言律

神品，而不覩全篇，皆大可恨事。然帛詩刪之即妙，孟詩續之則難。（原註：孟詩今作絕句，非體也。）」（內／六／一一六）

108 「杜題雁『翅在雲天終不遠，力微矰繳絕須防』（〈官池春雁二首〉之二），原非絕句本色。」（內／六／一二一）

109 「臨淄（曹植）〈矯志〉，大類銘箴。邯鄲（淳）〈答贈〉，無殊簡牘。薛瑩〈獻主〉，章疏之體。晉人〈獨漉〉，樂府遺風。皆非四言本色，甚矣合作之難也。」（內／一／九）

110 這一類字眼和提法，在本章以下的引文中非常易見。

111 "Accepted genre models, which are actually systems of conventions, are useful to the writer, and especially the beginning one." Uri Magolin, "Historical Literary Genre", p. 58.

112 例如《彥周詩話》記載蘇軾教人作詩說：「熟讀〈毛詩〉、〈國風〉與〈離騷〉，曲折盡在是矣。」見許顗《彥周詩話》，收入《歷代詩話》，頁三八六。又呂本中又說：「大概學詩，須以《三百篇》、《楚辭》及漢、魏間人詩爲主，方見古人妙處。」見呂本中《童蒙詩訓》，收入郭紹虞輯《宋詩話輯佚》（北京：中華書局，一九八〇），頁五九三。

113 胡應麟說：「《騷》實歌行之祖。」（內／一／四）

114 「齊、梁、陳、隋句，有絕是唐律者，彙集於後，俾初學知近體所從來。」（內／四／六〇）

115 不過，胡應麟又提醒初學在學習沈佺期、宋之問、李白、王維等的五律時要小心，因爲他們的詩在中二聯多只言景：「惟沈、宋、李、王諸子，格調莊嚴，氣象閎麗，最爲可法。第中四句大率言景，不善學者，湊砌堆疊，多無足觀。」（內／四／六三）

116 胡應麟又指出杜甫的詠物詩如詠月、雨、雪、夜等「皆精深奇邃，前無古人，後無來者。然格則瘦勁太過，意則寄寓太深。」其他詠鳥獸花木等作「多雜議論，尤不易法。」（內／四／七二）不過他也有教初學注意杜甫在中二聯的安排：「老杜諸篇，雖中聯言景不少，大率以情間之。故習杜者，句語或有枯燥之嫌，而體裁絕無靡冗之病。」（內／四／六三—六四）

⑪⑦ 胡應麟曾對「大家」、「名家」這兩個術語，作過一番詮釋：「偏精獨詣，名家也；具範兼鎔，大家也。」（外／四／一八四）「清新、秀逸、冲遠、和平、流麗、精工、莊嚴、奇峭，名家所擅，大家之所兼也。浩瀚、汪洋、錯綜、變幻、渾雄、豪宕、閎廓、沈深，大家所長，名家之所短也。」（外／四／一八四—一八五）

⑪⑧ 當然，其中王維的五律並非純乎清淡，胡應麟已經說明：「右丞五言，工麗閒澹，自有二派，殊不相蒙。」部份作品「綺麗精工，沈、宋合調者也」；另外有些作品則「幽閒古澹，儲〔光羲〕、孟同聲者也。」（內／四／六九）

⑪⑨ 「杜七言律，通篇太拙者，『聞道雲安麴米春』〔〈撥悶〉〕之類；太粗者，『堂前撲棗任西鄰』〔〈又呈吳郎〉〕之類；太易者，『清江一曲抱村流』，〔〈江村〉〕之類；太險者，『城尖徑仄旌旆愁』〔〈白帝城最高樓〉〕之類。杜則可，學杜則不可。」（內／五／九二）這裏說只有杜甫才能如此，學杜卻不可，似乎難以服人心口，如果說「初學不可」則比較合情理。

⑫⓪ 胡應麟又說過：「老杜七言拗體，亦當時意興所到，盛唐諸公絕少。黃〔庭堅〕、陳〔師道〕偏欲法此；而不得其頓挫闔闢之妙，遂令輕薄子弟以學杜爲大戒。」（內／五／九三）「老杜好句中叠用字，……頗令人厭。唐人絕少述者，而宋世黃、陳競相祖襲。」（內／五／一〇四）

⑫① 「七言律開元之後，便到嘉靖。雖圭角巉巖；鋩穎峭厲，視唐人性情風致，尙自不侔；而碩大高華，精深奇逸，人驅上駟，家掘連城，名篇傑作，布滿區寓。古今七言律之盛，極於此矣。」（內／五／一〇三）

⑫② 「觀察」很多時是指李夢陽（曾任江西提學副使），如「觀察開創草昧，舍人〔何景明〕繼之。」（續／一／三四五）但亦有指高叔嗣（曾任湖廣按察使），如「偏工獨造，亡先觀察；具體中行，當屬考功〔薛蕙〕。」（續／一／三四七）這裏應是指李攀龍（曾任陝西提學副使、河南按察使），因爲印證上面所列大綱，再參考《詩藪》的其他論述，就可知胡應麟對李攀龍的七律評價較高：「于鱗七言律絕，高華傑起，一代宗風。」

（續／二／三五二）「〔七律〕國朝惟仲默、于鱗、明卿、元美妙得其法，皆取材盛唐，極變老杜。」（續／二／三五七）「獻吉〔李夢陽〕學杜，趨步形骸，登善之模〈蘭亭〉也。于鱗擬古，割裂飣餖，懷仁之集《聖教》也。必如獻吉歌行，于鱗七言律，斯爲雙鵰並運，各極摩天之勢。」（續／二／三六〇─三六一）

123 楊愼之說，見〈唐絕增奇序〉，文字稍有不同：「擅場則王江寧，驂乘則李彰明〔白〕，偏至則劉中山〔禹錫〕，遺響則杜樊川〔牧〕。」見《升庵先生文集》，卷二，頁二二上。《詩藪》同卷亦有引述這段，而作「偏至則李彰明」。（內／六／一〇八）

124 「（太白）五七言絕句，實唐三百年一人，蓋以不用意得之，即太白亦不自知其所至。」李攀龍〈選唐詩序〉，載《滄溟先生集》，卷十八，頁一上。

125 「盛唐惟青蓮、龍標二家詣極，李更自然，故居王上。」王世懋《藝圃擷餘》，收入《歷代詩話》，頁七七九。

126 「余謂七言絕句，王江陵與太白爭勝毫釐，俱是神品。」《藝苑巵言》，卷四，頁二下。

127 又參閱胡應麟這些說法：「五七言律，晚唐尙有一聯半首可入盛唐。至絕句，則晚唐人愈工愈遠，視盛唐不啻異代。非苦心自得，難領斯言。」（內／六／一〇九）「七言絕……盛唐頗難領略，晚唐最易波流。能知盛唐諸作之超，又能知晚唐諸作之陋，可與言矣。」（內／六／一一四）此外他還列舉了許多例句，說明晚唐七絕是卑陋不足觀的。（內／六／一〇九─一一〇）

128 胡應麟又說：「〔唐〕七言絕，如太白、龍標，皆千秋絕技。……〔明〕于鱗之七言絕，可謂異代同工。」

〔原文第一、二節刊《東方文化》，第二十一卷，第二期（一九八五年），頁一五六─一六八；第三節〈一〉刊《古代文學理論研究》，第十一輯（一九八六年八月），頁二四〇─二五一；全文見陳國球《胡應麟詩論研究》（香港：華風書局，一九八六年），頁七十八─一一七；二一七─二三二。〕

泰州學派對文學思想之影響

黃繼持

一 引論——史跡

黃梨洲明儒學案，於姚江學案之後，分列浙中王門、江右王門、南中王門、楚中王門、北方王門、粵閩王門，明白標出爲王學流派；然泰州學案則別立而不標出王門字樣，其意顯以泰州王艮雖爲陽明弟子，然其學非陽明宗旨之純。梨洲之言曰：「陽明先生之學，有泰州龍溪而風行天下，亦因泰州龍溪而漸失其傳」❶。龍溪（王畿）列浙中王門，梨洲謂其得「江右爲之救正，故不至十分決裂」❷，仍可歸於王學；「泰州（王艮心齋）之後，其人多能以赤手搏龍蛇，傳至顏山農何心隱一派，遂復非名教之所能羈絡矣。」❸蓋以其羼雜禪學，甚且橫決恣縱，蔑棄名教，非儒學之宗本。所謂「漸失其傳」者，即漸失王學之眞也。案黃梨洲爲明末大儒劉戢山之弟子，戢山主愼獨，力矯王學末流空疏浮蕩之病，梨洲之貶泰州，蓋有以也。

然泰州之學在當日確能開闢新路徑，深入民間，風行天下。其人頗有「掀翻天地」❹之慨，不爲正統名教所囿，於思想界有所建樹。其於道德心性之學，或粗疏不純，但能踐其所信，氣魄承當，風範足取。其論社會倫理政治思想，每能解除宋代以來道學家之拘禁，就日用倫常切實而言，與民衆之意願相通。於文藝方面雖無多所論列，然其對晚明之文藝思潮，有間接催生作用。故泰州學派表現爲思想之解放，影响及於多方面。近世人有稱泰州學派爲左派王學者，正以其衝缺藩籬解放思想之功。近世人又特別稱揚李卓吾（贄），以其表現此種解放或反叛精神最爲突出。明儒學案中不列李卓吾，或因其最爲橫決，或因其論心性之語不多。然卓吾之與泰州學派中人之師承關係，固不可掩，而卓吾思想之影响於晚明社會倫理及文學思潮，甚爲顯著，則雖不列卓吾於泰州學案，泰州學派思想固通過卓吾而波及一般文化觀念也。

本文不擬詳論泰州學派之思想，只就晚明文學思潮，拈出數點，追溯其與泰州學派之關係。文學與道學本殊科異蘊，宋明儒一般亦多鄙薄文藝。然宋明儒者之論文與道，性與情，亦未嘗不對文學思想有所關涉。而道德境界與藝術境界之同異分合，亦往往從宋明儒者之言論行事中透出一二；泰州學派中人本有游俠縱橫文士之氣習，議論更對文藝思想直接有所啓發。蓋哲學觀念與文學觀念，未始無相互映發之處；間或移花接木，非其本株，然移借轉植，固有新變蕃興之功也。故本文擬就思想之內在脈絡，考其傳承轉接，會通其義蘊而闡述之。至於此中人物師友往來之跡，則先予以敍述，以見其實際之影响。

明代中葉以後文學之新局面，乃由公安派之三袁所開出。袁宏道（中郎）與其兄宗道，弟中道，並有文名，公安人，故稱爲公安派。袁氏兄弟與李卓吾甚有交往。袁中道於卓吾遇害後作李溫陵傳，敍其生平甚詳，以同情態度，爲其學申辯。中有云：

> 其意大抵在於黜虛文，求實用；舍皮毛，見神骨；去浮理，揣人情。卽矯枉之過，不無偏有重輕，而舍其批駁謔笑之語，細心讀之，其破的中竅之處，大有補於世道人心。而人遂以為得罪於名教，比之毀聖叛道，則已過矣。⑤

此可見其傾倒而有會於卓吾之學，敢冒俗儒之攻訐而代爲申辯。中道又作中郎先生行狀，敍卓吾對中郎之影響者有云：

> 先生（中郎）既見龍湖（卓吾），始知一向掇拾陳言，株守俗見，死於古人語下，一段精光不得披露。至是浩浩焉如鴻毛之遇順風，巨魚之縱大壑，能為心師，不師於心；能轉古人，不為古轉。發為言語，一一從胸襟流出，蓋天蓋地，如象截急流，雷開蟄戶，浸浸乎其未有涯也。❻

於此可見中郎之受李贄啓發影響，實甚鉅大。柞林紀譚❼記三袁兄弟於萬曆十八年與李贄會見，時中郎廿三歲，卓吾六十四歲。卓吾到公安，醉游市上，止於野廟，中郎與兄弟行訪，談話相得。次年，中郎至麻城再訪卓吾，卓吾贈宏道詩云：「誦君玉屑句，執鞭亦欣慕，早得從君言，不當有老苦。❽」其後卓吾與三袁常有過往，曾對袁氏兄弟有如是批評：「伯也（宗道）穩實；仲也（宏道）英特，皆天下名士也。」❾可見其對袁氏之器重。中郎亦有詩云：

> 我從觀裏拜青牛，忽憶龍湖老比丘；李贄便為今李耳，西陵還似古西周。（余凡兩度阻雨冲霄觀，俱爲訪龍湖師，戲題壁上。）❿

雖以釋道中人視卓吾，但可見備極傾倒，且稱之爲師，想見三袁思想之受其影響。袁小修（中道）日記述及：

夏道甫處見李龍湖批評西廂、伯喈，極其細密。真讀書人。余等粗浮，只合斂衽下拜耳。⑪

此是卓吾對袁氏文藝觀之直接影響。故公安派之能開啓晚明文學新運，李贄影響啓發，不無助力也。

袁宏道與焦竑亦有來往，袁爲晚輩而稱弟子，於其學亦尊崇備至。宏道尺牘有致焦弱侯座主二通，有云：

宏竊謂師少而讀書，卽發二酉未盡之藏；壯而成名，卽博人間不易得之名；老而居山，復結世出世大聰慧之侶。種種殊勝之事，萃諸一身。⑫

案焦氏與李卓吾交遊甚密，論學極爲相得。焦氏爲耿定向門人，心學宗羅近溪。明儒學案列於泰州學案中，有曰：「先生師事耿天臺羅近溪，而又篤信卓吾之學，以爲未必是聖人，可肩一狂字，坐聖人第二席。⑬」焦氏又喜以佛語解經，以爲學苟有得於心性，不必劃分儒釋。其思想蓋有折衷調和色彩。

袁宏道與湯顯祖亦有交誼。湯若士尺牘有答袁中郎詮部，中云：

時把中郎錦帆，案頭明月珠子，的皪江靡。此時小修鴻征雁行，回憶三珠樹，曷盡忉切⑭。

又有書寄袁小修，有感於交遊委化，加以寬慰，云：

知兄意氣橫絶，無損常時，而中郎有子而才，稍用為慰。⑮

此可見湯顯祖與袁氏兄弟交誼之切。案湯氏曾從羅近溪學，雖所得或不甚深，於其師頗爲敬重。自稱：

予童子時，從明德（近溪）夫子遊，或穆然而咨嗟，或熏然而與言，或歌詩，或鼓琴。予天機泠如也。⑯

其後又爲近溪先生詩集作序，有云：

吾遊夫子之世矣。所至若元和之條昶，流風穆羽，若樂之出於虛而滿於自然也，已而瑟然明以清。夫子歸而弟子不得聞於斯音也。⑰

所言雖略嫌浮泛，然正以聖賢境界論其師，而不以詩人論之，故其序結以誦其詩以知其人，正合近谿身份。湯氏又甚敬李卓吾，在南京時有書答管東溟云：

> 得奉陵祠，多暇豫，如明德先生者，時在吾心眼中矣。見以可上人（紫柏禪師）之雄，聽李百泉（卓吾）之傑，尋其吐屬，如獲美劍。⑱

卓吾卒後，湯氏有詩嘆卓老：

> 自是精靈愛出家，鉢頭何必向京華，如教笑舞臨刀杖，爛醉諸天雨雜花。⑲

此書此詩，從藝術境界點染卓吾神采，頗見慧思。湯顯祖固與泰州學派思想，有一定之關係也。

李贄、焦竑、湯顯祖皆從學於羅近溪。近溪，名汝芳，泰州王艮之三傳弟子。蓋王艮（心齋）傳徐樾（波石），樾傳顏山農（鈞），山農傳耿定向（天臺）何心隱（梁汝元）羅汝芳。浙中王門重鎭王龍溪（畿）晚年與近溪並立講席於江左右，從學甚衆，並稱爲二溪。

李贄又嘗受業於王東崖（襞），東崖爲心齋之子，又從龍溪學。李贄云：

> 心齋之子東崖公，贄之師。東崖之學，實出自庭訓。然心齋先生在日，親遣之事龍溪於越東。……東崖幼時，親見陽明。⑳

李贄又有羅近溪先生告文，有云：「雖不曾親受業於先生之門」，然

於南都得見王先生（龍溪）者再，羅先生者一。及入滇，復於龍里得再見羅先生焉。然此丁丑以前事也。自後無歲不談二先生，無日不讀二先生之書，無口不談二先生之腹。㉑

蓋李卓吾萃會二溪之學，又能自出機杼，敢於創新，所論雖佚出正統儒學之外，然於思想界衝創刺激之力，實有足多者。今只論其文藝思想。

(一) 童心說之涵義及其淵源

李卓吾著有童心說，開文藝批評之新局面，於當日文壇之尊古賤近，摹擬矯飾之習，無異當頭棒喝：

天下之至文，未有不出于童心焉者也。苟童心常存，則道理不行，聞見不立，無時不文，無人不文，無一樣創制體格文字而非文者。詩何必古選，文何必先秦。降而為六朝，變而為近體，又變而為傳奇，變而為院本，為雜劇，為西廂曲，為水滸傳，為今之舉子業。皆古今至文，不可得而時勢先後論也。故吾因見有感於童心者之自文也，更說甚麼六經，更說甚麼語孟乎？㉒

此於當日不啻石破天驚之論，貶六經語孟之獨尊，揚俗體文學之地位，重文學之變，而以「出于童心」者爲至文。

夫童心者真心也。……夫童心者，絶假純真，最初一念之本心也。若失卻童心，便失卻真心；失卻真心，便失卻真人。人而非真，全不復有初矣。童子者，人之初也；童心者，心之初也。……古之聖人，曷嘗不讀書哉！然縱不讀書，童心固自在也；縱多讀書，亦以護此童心而使之勿失焉耳，非若學者反以多讀書識義理而反障之也。……童心既障，於是發而為言語，則言語不由衷；見而為政事，則政事無根柢；著而為文辭，則文辭不能達。非內含以章美也，非篤實生輝光也，欲求一句有德之言，卒不可得。所以者何？以童心既障，而以從外入者聞見道理為之心也。㉓

以童心爲眞心，而眞心爲眞文所由出；若失其眞而自外摹擬，讀書聞見，皆不足貴，以其爲塗飾而不由已也。此論之精神，前人已有發之者；然卓吾處於擬古風氣至盛之世，在「文必秦漢，詩必盛唐」流風之中，力矯時弊，遂以儒學之童心論爲基礎，申述文必自內而出之理。童心即本心、初心，有眞心斯有眞人，有眞人斯有眞文。眞假對揚，其斥時風之陋者，實不容情也。

夫既以聞見道理為心矣，則所言者皆聞見道理之言，非童心自出之言也。言雖工，於我何與，豈非以假人言假言，而事假事文假文乎？蓋其人旣假，則無所不假矣。由是而以假言與假人言，則假人喜，以假事與假人道，則假人喜；以假文與假人談，則假人喜。無所不假，則無所不喜。滿場是假，矮人何辯也？然則雖有天下之至文，其湮滅于假人而不盡見於後世者，又豈少哉？㉔

此直斥人之假而一切皆假。天下至文，非假人所能知；假人所喜者皆假文。此直以當世摹擬之文爲假，而西廂水滸出自眞心者爲至文。故童心說之提出，在中國文學批評史上，實有超卓之建樹。

「童心」之說，其所自出，溯其原，固可推至孟子所說：「大人者不失其赤子之心」，或老子所說：「含德之厚，比於赤子。」而李卓吾承泰州學派師說，則爲其直接之所自來。陽明之學，乃就「赤子依然混沌心」㉕處，指點本性之良知良能。羅近溪遂多以赤子爲喻。此固發揮陽明之意，但有其獨特風姿。其言甚多，摘錄一二以見大概：

問：「晦庵先生謂：由良知而充之，以至無所不知；由良能充之，以至無所不能；方是大人不失赤子之心，此意如何？」

師曰：「若有不知，豈得謂之良知；若有不能，豈得謂之良能。故自赤子卽已無所不知，無所不能也。」

於是坐中諸友，競求赤子無所不知，無所不能，而竟莫得其實。乃命靜生誦詩，偶及「萬紫千紅總是春」之句，師因憮然嘆曰：「諸君知紅紫之皆春，則知赤子之皆知能矣。

蓋天之春見於花草之間，而人之性見於視聽之際。今試抱赤子而弄之，人從左呼則目卽盼左，人從右呼則目卽盼右。其耳蓋無時而不聽，其目蓋無處而不盼，其聽其盼，蓋無時無處而不展轉，則豈非無時無處而無所不知能哉。」

諸友咸躍然起曰：「先生其識得春風面者矣，何俄頃之際，而使萬紫千紅之皆春也。」㉖

此是就生機之活潑，靈敏無滯礙處，以指點良知良能之自始即在。嚴格言之，一般生機之活潑，固未卽是良知之靈覺，故泰州學派之主張，不免貽黃梨洲以「作用見性」之譏。「作用」固不卽是性，然捨「作用」，則性亦無從見，惟禪者儒者所見之性則有別也。近溪此說，意境甚美，其以萬紫千紅爲喩，更見泰州學派灑落自在之藝術境界。

近谿亦有謂赤子之心卽仁體而落實言之，故以視聽之靈爲喩，非徒禪宗之爲純然無體之「作用」也。其言曰：

孟子云：「大人者，不失其赤子之心。」夫赤子之不慮不學，與孔子之不思不勉，渾是一個。吾人由赤子而生長，則其時已久在孔子地位過來，今日偶自忘之。豈惟赤子然哉？孔子宗旨，只是求仁。其言則曰：「仁者人也。」彼自異於孔子，或亦自忘其為人也耶？省之省之。㉗

直截說出，徹上徹下，最高境界之不思不勉，赤子渾樸之不慮不學，有一貫之道在。赤子之心，護持勿失，爲進德之本也。

夫赤子感應之靈，正是眞情之所在，人道之所出。道者，人之道，赤子啞啼，感切依依，於此處明判儒釋。故赤子之心，儒者言之，非如釋道之所謂潔淨無知，而指道德純然之本體，推之而成學成德，蓋即孟子所言惻隱之心也。近溪之語曰：

> 道之為道，不從天降，亦不從地出。切近易見，則赤子下胎之初，啞啼一聲是也。聽著此一聲啞啼，何等迫切；想着此一聲啞啼，多少意味。其時骨肉之情，依依戀戀，亮髮也似分離不開，頃刻也似安歇不過，真是繼之者善，成之者性，而直見乎天地之心；亦真是推之四海皆準，垂之萬世無朝夕。若舍此不去著力，理會其學，便叫做遠人以為道。縱是甚樣聰明，甚樣博洽，甚樣精透，卻總是無源之水，無根之木，用力雖勤，而推充不去；不止推充不去，即心身亦受用不來。㉘

所謂推充，即本孟子充擴其四端之意，益見赤子之心為道德性體，非一般「作用見性」。近溪又曰：

> 惻怛慈愛之真，盎然溢於一腔；誠感神應之妙，沛然達諸四海。吾夫子學至時，果是大人赤子，念念之無二體；聖德天心，生生純是一機。㉙

以此道德感應眞幾為體，道不遠人，赤子啞啼之眞感眞情，性情即是天則。失此眞幾，無此實感，喪此仁體，牽以物欲，便向沉淪之途，於此為假為殃。近溪之言曰：

禮記謂：「人生而靜，天之性也。」孟子曰：「大人者不失其赤子之心者也。」夫赤子之心，純然而無雜，渾然而無為；形質雖有天人之分，本體實無彼此之異。故生人之初，如赤子時，與天甚是相近。奈何生而靜後，卻感物而動，動則欲已隨之；少為欲閒，則天不能不變而為人；久為欲引，則人不能不化而為物；甚而為欲所迷且蔽焉，則物不能不終而為鬼魅妖孽矣。到此等田地，其喜怒哀樂，豈徒失天之則，亦且拂人之性，豈惟拂人之性，亦且造物之殃。[30]

又云：

吾人與天原初是一體，天則與我的性情原初亦相貫。通驗之赤子乍生之時，一念知覺未萌，然愛好骨肉，熙熙恬恬，無有感而不應，無有知而不妙，是何等景象，何等快活：奈何後因耳目口體之欲，隨年而長，隨地而增；一段性情，初焉偏向自私，已與父母兄弟相違；自少及壯，則天翻地覆，不近人情者十人而九矣。[31]

蓋以赤子之心既有障蔽，即爲眞心之失。眞心之失，由於耳目口體之欲。此是儒學通義，泰州學派因特就赤子眞心之順適呈現以立宗旨。黃梨洲論羅近溪云：「先生之學，以赤子良心不學不慮爲的，以天地萬物同體徹形忘物我爲大。此理生生不息，不須把持，不須接續，當下渾淪順適。」[32]此意初不自近溪發之，陽明本涵此意，心齋東崖之說「樂學」，亦即此境。錄東崖之語：

斯道流布，何物非真，眼前卽是，何必等待。略著些意，便是障礙。㉝

不障即是眞，障礙便是假。李卓吾童心說之言眞假之辨，蓋從此義理脈絡推衍也。卓吾論童心之失，有云：

童心胡然而遽失也，蓋方其始也，有聞見從耳目而入，而以為主于其內，而童心失。其長也，有道理從聞見而入，而以為主于其內，而童心失。其久也，道理聞見日以益多，則所知所覺日以益廣，於是焉又知美名之可好也，而務以揚之，而童心失；知不美之名可醜也，而務欲以掩之，而童心失。㉞

析論細微，然其大要，有似東崖語錄一段：

人之性，天命是已。視聽言動，初無一毫計度，而自無不知不能者，是曰天聰明；於茲不能自得，自昧其日用流行之真，是謂不智而不巧，則其學不過出於念慮臆度，展轉相尋之私而已矣。豈天命之謂乎！將議論講說之間，規矩戒嚴之際，工焉而心日勞，勤焉而動日拙，忍欲希名而誇好善，持念藏穢而謂〝〞，據此為學，百慮交錮，血氣靡寧。㉟

可見卓吾童心之說，實自泰州東崖近溪傳承而來，卓吾運以眞心，闡述之以論文學，摧廓時弊，厥功甚偉。此即道德心性之學影響及於文藝思想之一實例。

然問題在於：眞心固是文藝之一項重要因素，單論眞心，又是否足以盡文藝創作之原？眞心之推廣，可以成立道德；眞心之推廣，又是否可以充份成就文學藝術？此卓吾所不及備論。固然，論眞心之生化萬物，或可作宇宙論式之述說。李卓吾談論佛經時，有類似說法。解經文曰：

> 豈知吾之色身洎外而山河，遍而大地，並所見之太虛空等，皆是吾妙明真心中一點物相耳。是皆心相自然，誰能空之耶？心相既總是真心中所現物，真心豈果在色身之內耶？夫諸相總是吾真心中一點物，卽浮漚總是大海中一點泡也。使大海可以空却一點泡，則真心亦可以空卻一點相矣，何自迷乎！比類而觀，則晦昧為空之迷惑，可破也已。且真心既已包却色身，洎一切山河虛空大地諸有為相矣，則以相為心，以心為在色身之內，其迷惑又可破也。[36]

此處所說，雖落於狂禪玩弄，然若以心生萬物，固可以有如此說法。佛說三界唯心，萬法唯識，是就此而展開其宇宙論之規模。卓吾此處特標眞心，是其學之本色。然此論佛教境界斯可矣；論儒學境界之繼善成性，若以之比附，終嫌玩弄。若以此論文學，謂文由眞心所生，作爲與假對揚則可；作爲充足條件，而不論生活素材藝術手法等，實有所不足。卓吾之意，似亦未有以此爲充足條件；而強調此爲必須條件，斯其能針對時弊，加以痛砭，而開啓文運之生機也。

(二) 情與性理

湯顯祖作牡丹亭，題詞中尊情以抑理，其言曰：

> 天下女子有情，寧有如杜麗娘者乎！夢其人卽病，病卽彌連，至手畫形容，傳於世而後死。死三年矣，復能溟莫中求得其所夢者而生。如麗娘者，乃可謂之有情人耳。情不知所起，一往而深。生者可以死，死可以生。生而不可與死，死而不可復生者，皆非情之至也。夢中之情，何必非真？天下豈少夢中之人耶！……嗟夫！人世之事，非人世所可盡。自非通人，恆以理相格耳。第云理之所必無，安知情之所必有耶！㊲

案顯祖此說，不論就儒學或禪學立場，均爲正統思想之突破，而表示其爲文人之立場。故湯顯祖雖曾師事羅近溪，思想比其師又有所縱恣，更爲接近李卓吾。顯祖嘗謂童子時從明德夫子（近溪）遊，「後乃畔去，爲激發推蕩歌舞誦數自娛。㊳」而不保其「冷如之天機」。紫柏禪師嘗致書顯祖云：「夫近者性也，遠者情也，昧性而恣情，謂之輕道。㊴」紫柏另文又云：「大概立言者根於理，不根於情。……聖人知理之與情若此，故不以情通天下，而以理通之也。㊵」其語爲禪學正宗，亦當爲儒者所首肯，而顯祖則明與此對異。顯祖有書寄紫柏云：

> 情有者理必無，理有者情必無。真是一刀兩斷語。使我奉教以來，神氣頓王。諦視久之，

并理亦無，世界身器，且奈之何。……

白太傅蘇長公終是為情使耳。㊶

此雖就紫柏語氣，情與理對揚，以理為貴；然即順禪宗旨意，理亦可空，不執着於理之必有，而為情留一活轉之地步。謂白居易蘇東坡終為情使，顯祖境界正在此中，尊情於理法之上。顯祖另文有云：

世有有情之天下，有有法之天下。唐人受陳隋風流，君臣遊幸，率以才情自勝，則可以共浴華清，從階升，娭廣寒。令（李）白也生今之世，滔蕩零落，尚不能得一中縣而治。彼誠遇有情之天下也。今天下大致滅才情而尊吏法。㊷

情與法對立，此處所言之法為吏法，推而廣之，亦可包括世間正統倫理法則。顯祖加以衡決，遂以情為其憑藉，固知情與正統派所言之理之法之性，有所對立。顯祖又嘗以戲謔口吻言之：

弟之愛宜伶學二夢，道學也。性無善無惡，情有之。因情成夢，因夢成戲。戲有極善極惡，總說伶無與。伶因錢學夢耳，弟以為似道。㊸

凡此皆可視為湯顯祖後期思想之發展，不復為正統心性之學所覊絡。情與法、情與理、情與性對學，而貶法尊情，理與性則予以消解而獨見情之使，則顯祖之以情爲至上，在當日實駭人耳目也。然道學思想之從宋儒之嚴辨性情，寖至明末之有論「即情見性」者，顯祖亦爲其所師承之泰州學派所推宕。顯祖雖不免「過躭綺語」，其所謂情，實以兒女戀情爲主，但與泰州學派中人如李卓吾者之論，仍有相通之處也。

宋儒尊性抑情，其所謂性乃就是孟子性善論中庸「天命之謂性」講。故程朱言「性即理」，性是道德性本身，有異於漢人之言「才性」或六朝文人之言「情性」。宋儒言情，大體承中庸及禮運樂記之意，指喜怒哀樂或喜怒哀懼愛惡欲之情，類似今人之所謂情感、情意、情欲，此中無道德之定則。就文學藝術之立場，情乃爲主要因素之一，故毛詩序亦謂「情動於中而形於言」，又曰「吟詠性情」。至陸機提出「緣情」之語，情與文藝之關係遂得受充份重視。六朝人往往「性情」或「情性」連言，重點實落於「情」上。站於藝術立場，情是足資品鑒者；但站於道德立場，情則頗不可靠，蓋情不能自正而待正，縱之濫之則流於邪惡。宋儒如程朱一系之苦參中和，是求其情發而皆中節，乃通過心之作用，以性主情，性之理主於情而使情有節，如是則情與性一，發而皆中節之情即是性之表現。此即是感情之道德化。但宋儒每斬截得太乾淨，只作道德與不道德二分，不大肯予文學藝術之情意活動留一餘地。陸王一系則略見活轉，每能從情之發，以見眞幾，以見本心，當下自然，即情見性。宋明儒之喜吟詠者如邵康郎陳白沙，二人之論固有共同處，亦有別異處。康節云：「行筆因調性，成詩爲寫心，詩揚心造化，筆發性園林。」[44]以性爲主而超乎情累以觀物：「觀物之樂，復有萬萬者焉，雖死生榮辱，轉戰於前，曾未入於胸中，則何異四時風花雪月一過乎眼也。誠爲能以物觀物，而兩不相傷者焉。蓋其間情累都忘去爾。」「是故哀而未嘗傷，樂而未嘗淫。雖曰吟詠情性，曾何累于性情哉！」㊺然此只能以靜態觀物，表現素淨雅淡之境，於文藝於實際人生泛而不切。陳白沙則能從動態言之，其語曰：「受樸於天，弗鑿以人；禀和以生，弗淫以習。故七情之發，發而爲詩，雖匹夫匹婦，胸中自有全經，此風雅之淵源也。」㊻白沙雖力戒詩文之矜奇炫能、飾巧夸富，但能認取眞情爲詩文之所自。李卓吾之童心說，與白沙言匹夫匹婦胸中自有全經，大旨近似也。

論文學自不能不論性情，或以性情連言或性與情分立，情畢竟爲文學藝術最重要之因素。湯顯祖之論，固有所激而言之。李卓吾有雜說、讀律膚說二文，即就一般才情以論詩文戲曲，謂眞文發乎情之所不能已，此超乎一般所謂道德意識也。雜說云：

且夫世之真能文者，比其初皆非有意於為文也。其胸中有如許無狀可怪之事，其喉間有如許欲吐而不敢吐之物，其口頭又時時有許多欲語而莫可所以告語之處，蓄極積久，勢不能遏。一旦見景生情，觸目興嘆；奪他人之酒杯，澆自己之壘塊；訴心中之不平，感數奇於千載。㊼

胸中眞情實感之流露，以成世間之至文。此說已是文士才情之激蕩，非理學家之謂以性節情者所能囿。然卓吾亦覺察到性情與禮義之關係，以自然之發，會通二者。讀律膚說云：

蓋聲色之來，發於情性，由乎自然，是可以牽合矯強而致乎？故自然發於情性，則自然止乎禮義，非情性之外復有禮義可止也。惟矯強乃失之，故以自然之為美耳，又非於情性之外復有所謂自然而然也。故性格清澈者音調自然宣暢，性格舒徐者音調自然疏緩，曠達者自然浩蕩，雄邁者自然壯烈，沉鬱者自然悲酸，古怪者自然奇絕。有是格，便有是調，皆情性自然之謂也。莫不有情，莫不有性，而可以一律求之哉！㊽

非情性之外復有禮義，以情性聲色與禮義，非截然隔絕互不相容之二物。落在日常生活人倫物理之間，可見此兩者本融貫而爲一，關鍵在乎心覺有無，溺物與否；若自然而發乎情，情亦非盡須貶抑者，此中儘有方便法門，即情而見天則。卓吾云：

間或見一二同參從入無門，不免生菩提心，就此百姓日用處提撕一番。如好貨，如好色，如勤學，如進取，如多積金寶，如多買田宅為子孫謀，博求風水為兒孫福廕，凡世間一切治生產業等事，皆其所共好而共習，共知而共言者，是真邇言也。於此果能反而求之，頓得此心，頓見一切賢聖佛祖大機大用，識得本來面目，則無始曠劫未明大事，當下了畢。此余之實證實得處也，而皆自於好察邇言得之。㊾

就百姓常情，好貨好色等處提撕，反而求之，頓得此心，當勝於冥然絕物；關鍵在乎能否即此而上提，抑或在此計度陷溺。卓吾曰：

穿衣吃飯，卽是人倫物理；除卻穿衣吃飯，無倫物矣。……於倫物上加明察，則可以達本而識真源；否則只在倫物上計較忖度，終無自得之日矣。㊿

此說落實而無弊，既非禪宗「飢來吃飯困來眠」之純任自然而無是非，亦非徒狂情之恣縱，意氣之橫決。世人病泰州學派中人橫決肆蕩，甚且謂其「坐在利欲膠漆盆中」51，蓋有所誤解。其人行事或有所不貼伏處，但其學脈所在，仍守儒者本旨。即以何心隱言，其論意氣云：

意與氣，人孰無之，顧所落有大小耳。……聖賢之意必誠，誠必誠其明明德於天下之誠也。誠其明明德於天下，而意與道凝矣。聖賢之氣必養，養必養其塞乎天地間之養也。養其塞乎天地之間，而氣與道配矣。52

此雖重意氣，而意氣上提，則與道義配。道義亦遂非空無所歸，而有實際之發用。何心隱又論欲曰：

欲貨色，欲也；欲聚和，欲也。……昔公劉雖欲貨，然欲與百姓同欲，以篤前烈，以育欲也。太王雖欲色，亦欲與百姓同欲，以基王績，以育欲也。育欲在是，又奚欲哉？仲尼欲明明德於天下，欲治國，欲齊家，欲修身，欲正心，欲誠意，欲致知在格物，七十從其所欲，而不踰乎天下之矩，以育欲也。育欲在是，又奚欲哉？汝元亦奚欲哉？惟欲相率、相輔、相維、相育欲於聚和，以老老焉，又奚欲哉？53

又有寡欲一文曰：

性而味，性而色，性而聲，性而安佚，性也。乘乎其欲者也，而命則為之御焉。是故君子性而性乎命者，乘乎其欲之御於命也，性乃大而不曠也。凡欲所欲而若有所發，發以中也，自不偏乎欲於欲之多也，非寡欲乎？寡欲，以盡性也。……凡欲所欲而若有所節，節而和也，自不戾乎欲於欲之多也，非寡欲乎？寡欲，以至命也。[54]

何心隱之論，針對當日假道學之僞情矯飾，本在指出意氣情欲之爲人生之實情，不能視而不見或虛飾強絕；然須會通於天下之情，性命之當。意氣情欲遂成爲道德實踐之所憑藉，於是具體之生命情意遂得以順暢而德化。此意李卓吾亦大體相同。泰州學派之言情重情，仍就儒學本旨而加以申述；惟矯時弊之枉，所言或似過正；何心隱李卓吾之行事，亦因受迫而有所激，世遂以狂目之。然其狂非猖狂之狂，實乃狂者進取之狂。湯顯祖之言情抑法，亦有其深刻之道德意義在，非盡綺語無聊也。

李卓吾湯顯祖之至友焦竑，於性情亦有通達之論。重情之發，知其不可以無；而順應以和，則有情而不累。其說雖有道家禪宗之姿態，亦可會歸儒家之理而言之。焦氏筆乘卷一：

孟子曰：「盡其心者，知其性也；知其性，則知天矣。」天即清淨本然之性耳，人患不能復性，性不復則心不盡。不盡者，喜怒哀樂未忘之謂也。由喜怒哀樂變心為情，情為主宰，故心不盡。若能於喜怒哀樂之中，隨順皆應；使雖有喜怒哀樂，而其根皆亡；情根內亡，應之以性，則發必中節，而和理出焉。如是，則有喜非喜，有怒非怒，有哀樂非哀樂，是為盡心復性，心盡性純，不謂之天不可得已。[55]

情根雖內亡，而不礙喜怒哀樂之外發，則有情而心盡性純，心性亦不懸空而即見其發用於日常之際。焦氏筆乘續卷一：

> 意者，七情之根。情之鏡，性之離也。故欲滌情歸性，必先伐其意，意亡而必固我皆無所傳，此聖人洗心退藏於密之學也。曰：聖人無意則奚以應世？曰：聖人應世非意也，智也。意與智奚辨乎？曰：於意而離意，意卽智矣；以智而爲智，智亦意矣。染淨非他，得喪在我，如反覆手間耳。[56]

此雖曰滌情伐意，然不絕情絕意，以情意本不可絕，於意而離意，在其發用處淨而不染，所謂洗心退藏，就淨境而言，非蹈空絕物也。焦氏筆乘續卷二云：

> 易曰：聖人以此洗心，退藏於密；吉凶與民同患。神以知來，智以藏往。心者，七情之根。有喜有怒有哀樂，非心體也。滌情歸性，謂之洗心，心不離情，精純自注，謂之退藏於密，在我如此，則涉世而未嘗涉世，謂之吉凶與民同患。內無我，外無物，則其始無始。故曰：神以知來，其終無終。故曰：智以藏往。[57]

涉世而未嘗涉世，心不離情。喜怒哀樂隨順皆應，於意離意；此即日用不離情意，而不爲情意所障。即情以見性，見性不離情。湯顯祖之境界，固不及此；卓吾一般文藝之論，亦多純就文士之才情以揮灑。然失之於道學，得之於文藝，此中消息，固不必有所致憾也。錄李卓吾本才情而論文藝之語二則，以見其大概。李卓吾論司馬遷曰：

> 夫所謂作者，謂其興於有感而志不容已，或情有所激而詞不可緩之謂也。若必其是非盡合於聖人，則聖人既已有是非矣，尚何待於吾也。夫按聖人以為是非，則其所言者，乃聖人之言也，非吾心之言也。言不出於吾心，詞非由於不可遏，則無味矣。有言者不必有德，又何貴於言也。此遷之史所以為繼麟經而作，後有作者，終不可追也已。[58]

此以情之所激，而言出吾心，則是非在焉，情之發，理即寓於其中矣。卓吾論蘇東坡云：

> 李生曰：子瞻自謂嬉笑怒罵皆可書而誦，信然否？夫嬉笑怒罵，既是文章，則風流戲謔，總成嘉話矣。然則吹篪舞劍，皆我畫笥，雀噪蛙鳴，全部鼓吹。坡公得之，是以大妙。奇正相生，如環無端，顛倒豪傑，莫如端倪，不亦宜歟。然無坡公之心而效其嚬，無坡公之人而學其步，而自謂曰：「我能嬉笑怒罵也，我能風流戲謔也。」又奚可？古今風流，宋有子瞻，唐有太白，晉有東山，本無幾也。必如三子，始可稱人龍，始可稱國士，始可稱萬夫之雄，用之則為虎，措國家於磐石，不用則為祥麟為威鳳，天下後世，但有悲傷感歎悔不與之同時者耳。孰謂風流容易耶？[59]

此已就純粹文人意態而論，嘻笑怒罵，爲情之發，然此當視乎其人之眞，假人不能效嚬學步也。明代中葉，思想界文藝界之重論才情性情，可視爲道學思想之突破。王學言心，對程朱之學言，已是一重解放；泰州學派中人，黃梨洲謂「其人多能以赤手搏龍蛇」[60]，正爲生機活潑之表現。此中如王心齋東崖之說樂，何心隱之論意氣論欲，皆從道德形上意境落實至日用倫常，故李卓吾湯顯祖之論情，正沿此一線索有所發揮，以開文學評論文學創作一新途徑。

三 性靈說之涵義及其淵源

公安三袁倡性靈之說，其要旨可見於袁中郎敘小修詩及袁小修花雪賦引。中郎之言曰：

> 大都獨抒性靈，不拘格套，非從自己胸臆流出，不肯下筆。有時情與境會，頃刻千言，如水東注，令人奪魂。其間有佳處，亦有疵處，佳處自不必言，卽疵處亦多本色獨造語。然予極喜其疵處，而所謂佳者，尚不能不以粉飾蹈襲爲恨，以爲未能盡脫近代文人氣習故也。[61]

小修之言曰：

> 湘中周伯孔，詩文抒自性靈，清新有致，近以花雪賦示予。予嘆曰：湘水澄碧，赤岸若霞，石子皆樗蒲，此騷才所從出也。其中孕靈育秀，宜有慧人生焉，其人皆能不守故常而獨出心機者。[62]

論文重其從胸中流出，重本色獨造，不守故常，獨出心機，反對粉飾蹈襲，此與李卓吾童心說之反對假人假文者相通。袁小修淡成集序又重「直攄胸臆」，「以眞人而爲眞文[63]」，皆可見李卓吾之直接影響。因之三袁論文，與卓吾相映發者甚多。而重情之論，亦與湯顯祖合，如中郎敘小修詩云：

大概情至之語，自能感人，是謂真詩可傳也。而或者猶以太露病之，曾不知情境隨變，字逐情生。但恐不達，何露之有。[64]

中郎陶孝若枕中囈引云：

夫迫而呼者不擇聲，非不擇也，鬱與口相觸，卒然而聲，有加於擇者也。古之為風者，多出於勞人思婦，夫非勞人思婦，為藻於學士大夫。鬱不至而文勝焉，故吐之者不誠，聽之者不躍也。

余同門友陶孝若，工為詩，病中信口腕，率成律度。夫鬱莫甚於病者，其忽然而鳴，如瓶中之焦聲，水與火暴相激也。忽而展轉詰曲，如灌木之縈風，悲來吟往，不知其所受也。要以情真而語直，故勞人思婦，有時愈于學士大夫，而呻吟之所得，往往快于平時。夫非病之能為文，而病之情足以文；亦非病之情皆文，而病之文不假飾也。是故通人貴之。[65]

此即通於卓吾雜說所謂胸中之蓄積，一發即爲至文。旣情至而發，則其文必眞。眞情之達於文，遂不爲世間成規所囿。惟文之眞者始能傳世，此乃質之至也。中郎行素園存稿引云：

物之傳者必以質，文之不傳，非曰不工，質不至也。……行世者必真，悦俗者必媚；真久必見，媚久必厭，自然之理也。66

此皆與卓吾之說通。袁中郎叙曾太史集云：

其為詩異甘苦，其直寫性情則一；其為文異雅朴，其不為浮詞濫語則一，此余與退如之氣類也。67

直寫性情，不爲浮詞濫語，皆尙其眞也。

袁氏因之亦重文章之變，以性情法律相替以見文風之推衍。袁小修花雪賦引云：

天下無百年不變之文章，有作始自有末流，有末流還有作始，其變也皆若有氣行乎其間，創為變者與受變者皆不及知。是故性情之發，無所不吐，其勢必互異而趨俚，趨于俚又將變矣，作者始不得不以法律救性情之窮。法律之持，無所不束，其勢必互同而趨浮，趨于浮又將變矣，作者始不得以性情救法律之窮。夫昔之繁蕪，有持法律者救之；今之剽竊，又將有主性情者救之矣。此必變之勢也。68

故三袁重視當代勞人思婦、閭閻孺子之文，以其任性而發，眞而非假。對民間通俗文學重視，當受李卓吾影響。中郎敘小修詩云：

> 吾謂今之詩文不傳矣。其萬一傳者，或今閭閻婦人孺子所唱擘破玉打草竿之類，猶是無聞無識眞人所作，故多眞聲，不效顰於漢魏，不學步於盛唐，任性而發，尚能通於人之喜怒哀樂嗜好情慾，是可喜也。[69]

聞見足以窒礙性靈，中郎此說蓋與近溪論赤子之心，卓吾論童心之重自然天機者，一脈相承。自然之天機，中郎名之曰「趣」，此當是藝術境界，與赤子之心之重道德境界者，不盡相符。言「趣」，即就其眞率之表現而鑑賞之，而不必體證仁德眞幾天命之不容已。此爲道學思想轉至文學思想之關鍵。三袁固爲純粹之文人也。袁中郎敘陳正甫會心集云：

> 夫趣得之自然者深，得之學問者淺。當其為童子也不知有趣，然無往而非趣也。面無端容，目無定睛，口喃喃而欲語，足跳躍而不定，人生之至樂，真無踰於此時者。孟子所謂不失赤子，老子所謂能嬰兒，蓋指此也。趣之正等正覺最上乘也。
>
> 山林之人，無拘無縛，得自在度日，故雖不求趣而趣近之。
>
> 愚不肖之近趣也，以無品也，品愈卑故所求愈下，或為酒肉，或為聲伎，率心而行，無所忌憚，自以為絕望於世，故舉世非笑之不顧也，此又一趣也。

迨夫年漸長，官漸高，品漸大，有身如桎，有心如棘，毛孔骨節，俱爲聞見知識所縛，入理愈深，然其去趣愈遠矣。⑦⓪

此痛論聞見知識之縛，與卓吾語之淩厲相若，而中郎多就美學欣賞角度言之。中郎於眞情中體會「趣」，而趣者非情之泛濫。中郎云：

世人所難得者唯趣，趣如山上之色，水中之味，花中之光，女中之態，雖善說者不能下一語，唯會心者知之。⑦①

則其「趣」之意境，趨向淡素一路，與泰州學派中人之「掀翻天地」之姿態有異，與李卓吾湯顯祖之「跳叫際眊」者有殊。故中郎欣賞邵康節之詩。中郎西京稿序云：

夫詩以趣為主，致多則理詘，此亦一反。然余嘗讀堯夫詩，語近趣遙，力敵斜川。⑦②

語近，謂不矯飾，得自然之致；趣遙，當就其淡素之境言。故中郎性靈說之歸趨，主詩文淡而適，遂與司空圖嚴羽之論相通；惟中郎借明代道學之語以論文，畢竟重眞情而免於膚廓之弊。袁中郎叙咼氏家繩集云：

蘇子瞻酷嗜陶令詩，貴其淡而適也。凡物釀之得甘，炙之得苦，唯淡也不可造；不可造，是文之真性靈也。濃者不復薄，甘者不復辛，唯淡也無不可造；無不可造，是文之真變態也。風值水而漪生，日薄山而嵐出，雖有顧吳，不能設色也，淡之至也。元亮以之。㊸

以淡爲文之眞性靈眞變態。中郎行素園存稿引又曰：

博學而詳說，吾已大其蓄矣，然猶未能會諸心也。久而胸中渙焉，若有所釋焉，如醉之忽醒，而漲水之思決也。雖然，試諸手猶若掣也，一變而去辭，再變而去理，三變而吾為文之意忽盡，如水之極於澹，而芭蕉之極於空，機境偶觸，文忽生焉，風高響作，月動影隨，天下翕然而文之而古之，人不自以為文也，曰是質之至焉者矣。㊹

以澹、以空爲喻，而言文之自然發諸心胸，以此爲質之至。無意而發，脫盡虛飾，爲文章之最高境界。袁氏即以「性靈」一詞說之。

故性靈之說，三袁提出，實受其師友之影響；三袁乃以純文人心態加以發揮。其義蘊以歸於淡素之靜境而略異於泰州學派中人，然其淵源所自，固有不可掩者也。

「性靈」一詞，亦見於焦竑之雅娛閣集序，其言曰：

詩非他，人之性靈所寄也，苟其感不至則情不深，情不深則無以驚心動魄垂世而行遠。㊺

焦氏又有與友人論文書，主張

脫棄陳骸，自標靈采，實者虛之，死者活之，臭腐者神奇之。[76]

此言性靈、靈采，當即與公安三袁同調，且皆以之論詩文。而性之靈明，其意蓋爲泰州學派之通義。焦氏三袁以性靈二字連用，以之論文，遂比一般之用性情一詞，較有新意。泰州學派中人論靈明，當然乃就道德感應眞幾言之。三袁則以美學主體取代道德主體，構成文學思想上之性靈說。今且與泰州學派之論比觀之。

東崖語錄云：

性之靈明曰良知，良知自能應感，自能約心思，而酬酢萬變，知之為知之，不知為不知，一毫不勞勉強扭捏，而用智者自多事也。[77]

此以良知之感應言性之靈明，即就陽明之學加以發揮。陽明傳習錄上，語錄一則已透此意：

問知如何是心之本體。先生曰：知是理之靈處，就其主宰處說，便謂之心；就其稟賦處說，便謂之性。孩提之童，無不知愛其親，無不知敬其兄，只是這個靈能不為私欲遮隔，充拓得盡，便完完是他本體，便與天地合德。自聖人以下，不能無蔽，故須格物以致其知。[78]

此言知是理之靈處，即以良知爲理之發用；良知在人，自能酬酢萬變。就道德實踐論之，是當下之靈覺；若以宇宙論之意境言之，人心即是宇宙間一團靈氣。羅近溪即有此說：

> 人生天地間，原是一團靈氣。萬感萬應，而莫究根源；渾渾淪淪，而初無名色。只一心字亦是強立。後人不省，緣此起個念頭，就會生做見識，因識露個光景，便謂吾心實有如是本體，實有如是朗照，實有如是澄湛，實有如是自在寬舒。不知此段光景，原從妄起，必隨妄滅。及來應事接物，還是用著天然靈妙渾淪的心。[79]

近溪打歸日用間自在寬舒之態，以見此天然靈妙之心無所不在，即用見體，此亦承王東崖之自然灑落之趣。東崖語錄云：

> 良知之靈，本然之體也，純粹至精，雜纖毫意見不得。若立意要在天地間出頭，做件好事，亦是為此心之障。意思悠遠，襟懷灑落，興趣深長，非有得於養心之學，未能或然。道本無言，因言而生解，執解以為道，轉轉分明，翻成迷念。[80]

於是一切自然人事皆見美趣：

> 鳥啼花落，山峙川流，飢食渴飲，夏葛冬裘。至道無餘蘊矣。充拓得開，則天地變化草

木蕃，充拓不去，則天地閉賢人隱。81於此便是自然快樂。故王心齋有樂學歌，東崖承之而重申陽明所言「樂是心之本體」。陽明傳習錄中答陸原靜書有云：

樂是心之本體，雖不同於七情之樂，而亦不外於七情之樂。雖則聖賢別有真樂，而亦常人之所同有。但常人有之而不自知，反自求許多憂苦，自加迷棄。雖在憂苦迷棄之中，而此樂又未嘗不存。但一念開明，反身而誠，則即此而在矣。82

羅近溪亦就赤子而見生意活潑之爲樂。近溪語錄云：

問孔顏樂處。羅子曰：所謂樂者，竊意只是個快活也。豈快活之外，復有所謂樂哉？生意活潑，了無滯礙，即是聖賢之所謂樂，即是聖賢之所謂仁。蓋此仁字，其本源根柢於天地之大德，其脈絡分明於品彙之心元。故赤子初生，孩而弄之，則欣笑不休；乳而育之，則歡愛無盡。蓋人之出世，本由造物之生機。故人之為生，自有天然之樂趣。故曰：仁者人也。此則明白開示學者以心體之真，亦指引學者以入道之要。後世不省仁是人之胚胎，人是仁之萌蘖。生化渾融，純一無二，故只思於孔顏樂處竭力追尋。顧却忘於自己身中討求著落。誠知仁本不遠，方識樂不假尋。83

此語會通赤子之心、生機仁體，以言快活，以言孔顏樂處，可謂體用不遺，着語無漏，最能表現泰州學派之精神。

要約言之，泰州學派言「性之靈明」，就道德心之感應說；公安派言「性靈」，就眞心所表現之眞趣說；二者各有其着重點，並非全等。然影響之跡，相似法流，固不可掩；觀念演化，固可移步換形，本同末異。則公安派之文學理論，所承受於泰州學派思想者，固彰然可察也。

附註

❶ 明儒學案卷三十二：泰洲學案序錄。

❷ 同❶。

❸ 同❶。

❹ 同❶。

❺ 袁小修文集卷八：李溫陵傳。

❻ 袁小修文集：中郎先生行狀。

❼ 袁中郎作柞林紀譚，載入李溫陵外紀卷二。

❽ 見公安縣志袁宏道傳。

❾ 同❽。

❿ 袁中郎全集（有不爲齋叢書本）卷四。

⓫ 袁小修日記卷六。

⓬ 袁中郎全集卷一。

⓭ 明儒學案卷三十五：泰州學案四。

⓮ 湯顯祖集（中華書局本）：詩文集卷四十六。

⓯ 湯顯祖集：詩文集卷四十七。

⓰ 湯顯祖集：詩文集卷三十：太平山房集選序。

⓱ 湯顯祖集：詩文集卷三十二：明德羅先生詩集序。

⓲ 湯顯祖集：詩文集卷四十四。

⓳ 湯顯祖集：詩文集卷十五。

⑳ 續焚書（中華書局本）卷三：讀史彙、儲瓘。
㉑ 焚書（中華書局本）卷三：羅近谿先生告文。
㉒ 焚書卷三：童心說。
㉓ 同㉒。
㉔ 同㉒。
㉕ 王陽明全書（正中書局本）詩錄卷三：天泉樓夜坐和蘿石韻。
㉖ 盱壇直詮卷下。
㉗ 盱壇直詮卷下。
㉘ 盱壇直詮卷上。
㉙ 盱壇直詮卷上。
㉚ 盱壇直詮卷下。
㉛ 盱壇直詮卷下。
㉜ 明儒學案卷三十四：泰州學案三。
㉝ 明儒學案卷三十二：泰州學案一。
㉞ 同㉒。
㉟ 同㉝。
㊱ 焚書卷四：解經文。
㊲ 湯顯祖集：詩文集卷三十三：牡丹亭記題詞。
㊳ 湯顯祖集：詩文集卷三十：太平山房集選序。
㊴ 紫柏老人集卷二十三：與湯義仍。
㊵ 紫柏老人集卷二十一：皮孟鹿門子問答。

㊶ 湯顯祖集：詩文集卷四十五：寄達觀。
㊷ 湯顯祖集：詩文集卷三十四：青蓮閣記。
㊸ 湯顯祖集：詩文集卷四十七：復甘義麓。
㊹ 伊川擊壤集十七：無苦吟。
㊺ 伊川擊壤集序。
㊻ 白沙子全集卷一：夕惕齋詩集後序。
㊼ 焚書卷三：雜說。
㊽ 焚書卷三：讀律膚說。
㊾ 焚書卷一：答鄧明府。
㊿ 焚書卷一：答鄧石陽。
51 明儒學案卷三十一：泰州學案一。
52 何心隱集（中華書局本）卷三：答戰國諸公孔門師弟之與之别在落意氣與不落意氣。
53 何心隱集卷三：聚和老老文。
54 何心隱集卷二：寡欲。
55 焦氏筆乘卷一。
56 焦氏筆乘續卷一。
57 焦氏筆乘續卷二。
58 藏書卷四十，儒臣傳、史學儒臣、司馬遷。
59 藏書卷三十九，儒臣傳、詞學儒臣、蘇軾。
60 同53。
61 袁中郎全集卷三：叙小修詩。

(62) 袁小修文集：花雪賦引。

(63) 袁小修文集：淡成集序。

(64) 同(61)。

(65) 袁中郎全集卷三：陶孝若枕中囈引。

(66) 袁中郎全集卷三：行素園存稿引。

(67) 《袁中郎全集》卷三：〈敍曾太史集〉。

(68) 同(62)。

(69) 同(61)。

(70) 袁中郎全集卷三：敘陳正甫會心集。

(71) 同(70)。

(72) 袁中郎全集卷三：西京稿序。

(73) 袁中郎全集卷三：敘咼氏家繩集。

(74) 同(65)。

(75) 澹園集：雅娛閣集序。

(76) 澹園集：與友人論文書。

(77) 明儒學案卷三十二：泰州學案一，東崖語錄。

(78) 王陽明全書：傳習錄上。

(79) 盱壇直詮卷上。

(80) 同(77)。

(81) 同(77)。

(82) 王陽明全書：傳習錄中。

83 明儒學案卷三十四：泰州學案三、近溪語錄。

〔原刊《東方文化》，第十一卷，第一期（一九七三年一月），頁一四三—一五九）

袁中郎之文學理論

林章新

一　中郎文學理論背景

明世詩文，衡諸往代，輒有遜色，而操觚之士，獨好談詩，譏評得失，宏獎風氣，故文學理論特豐。萬曆公安三袁，惡文苑之殘穢，黜時論之狂謬，掃嘉隆之錮弊，開晚明之新局，陸士衡所謂「謝朝花之已披，啓夕秀于未振」者，中郎之功尤不可沒。今評說中郎之文學理論，請先述其背景。

㈠　復古派——

明代詩文之不振，論者恆以「不學」罪之，黃宗羲云：「三百年人士之精神，專注于場屋之業，割其餘以爲古文，其不能盡如前代之盛者，無足怪也。」（明文案序）攷明世文人之盛，實不減于唐宋，中葉以後，去梨洲之戒，專詩文之業者，亦作者遞興。然而明詩明文，終無當于古之作者，竊以復古之風有以致之。

明人摹古之風，本不始于七子，明初高棅著唐詩品彙，分唐詩爲初盛中晚四期，務使學者「觀詩以求其人，因人以知其時。」而「入門立志，取正于斯。」（唐詩品彙序）已開推尊盛唐，標舉李杜之風。高啓譽為明初詩人之冠，而其詩「擬漢魏似漢魏，擬六朝似六朝，擬唐似唐，擬宋似宋。」❶摹古之風可知。

永宣以後，海內又安，文辭和雅，而三楊（奇、榮、溥。）登閣，久操文政，大都詞氣安閒，冲融演迤，不尚麗藻，不矜奇詞，稱臺閣體。末流所趨，嘽緩冗沓，氣體靡弱。成弘之間，茶陵崛起，出入宋元，溯流唐代，漸掃台閣庸膚之習。而李夢陽、何景明諸子繼起，結社談詩，侈言復古，文宗秦漢，詩宗盛唐，談藝之士翕然宗之，稱前七子。嘉靖之世，李攀龍、王世貞諸子復出，奉以為宗，發皇彰義，標榜聲氣，稱後七子。明人復古之風，于斯為極矣。

前七子者，北地李夢陽、信陽何景明、吳縣徐禎卿、武功康海、歷城邊貢、鄠縣王九思、儀封王廷相是也。後七子者，歷城李攀龍、太倉王世貞、臨清謝榛、順德梁有譽、興化宗臣、長興徐中行、興國吳國倫是也。前七子之李何與後七子之王李，才力最高，地望最顯，而持論亦烈。明史李夢陽傳云：「天下推李何王李為四大家，無不爭效其體。」今略舉四家之說：

李夢陽，字獻吉，慶陽人，弘治進士，官至江西提學副使，有空同集。明史本傳云：「夢陽才思雄鷙，卓然以復古自命。弘治時宰相李東陽主文柄，天下翕然宗之。夢陽獨譏其萎弱，倡言文必秦漢，詩必盛唐，非是者弗道。」夢陽再與何氏書云：「夫文與字一也，今人臨摹古帖，不嫌太似，反曰能書，何獨至于文而敢自立一門戶耶。」❷

何景明，字仲默，信陽人，弘治壬戌進士，官至陝西提學副使，有大復山人集。明史本傳云：「景明之才，本遜夢陽，而其詩秀逸穩稱，視夢陽反為過之……具持論謂詩弱于陶，謝力振之，古詩之法亡于謝。文靡于隋，韓力振之，古文之法亡于韓。」景明與李空同論詩書云：「詩以盛唐為高，宋人似蒼老而實疏鹵，元人似秀峻而實淺俗。」❸

李攀龍，字于鱗，歷城人。嘉靖甲辰進士，官至河南按察使，有滄溟集。明史本傳云：「其持論謂文自西京，詩自天寶而下，俱無足觀，于本朝獨推重李夢陽諸子，翕然和之，非是則詆為宋學。」于鱗送王元美序云：「視古修詞，寧失諸理。」❹

王世貞，字元美，太倉人，嘉靖丁未進士，官至刑部尚書。有弇州山人正續四部稿。明史本傳云：「世貞始與李攀龍狎，主文盟……其持論文必西漢，詩必盛唐，大曆以後書勿讀，而藻色太甚，晚年攻者漸起。」世貞藝苑卮言卷三云：「西京之文實，東京之文弱，猶未離實也。六朝之文浮，離實矣。唐之文庸，猶未離浮也。宋之文陋，離浮矣，愈下矣。元無文。」❺

前七子興于成弘，後七子起于嘉靖，相隔數十年，譌學踵承，先後相望，俱以七子之名標榜，追配建安。而其持論，則以文學愈古愈高，愈近愈卑，文則秦漢至善，詩則盛唐最勝，故準以為楷模，凡有述作，呑剝撏撦，吽牙齟齒，似而亂眞者，堪稱大家。士子莫不奉為神明，謹守勿失，為一時之風習，歷久不衰，王李之聲勢尤壯。錢謙益云：（于鱗）操海內文章之柄垂二十年，其徒之推服者，以謂上追虞姒，下薄唐宋；有識者非之，叛者四起，而循聲贊誦者，迄今百年，尚未衰止。（列朝詩集小傳丁集上）艾千子亦云：「後生小子，不必讀書，不必作文，但架上有前後四部稿，每遇應酬，頃刻裁割，便可成篇。驟讀之，無不鮮華濃麗，絢燦奪目，細按之，一腐套耳。」❻詩國文苑，正始淪亡，榛蕪塞路，于斯可見矣。

(二) 唐宋派——

唐宋派興於弘正之際，于時王李未顯，而何李之後，務爲大聲壯語，模唐倣漢。王愼中、唐順之、茅鹿門起而非之，歸震川稍後出，與王李同時，倡言排擊王李甚力，斥世貞爲庸妄巨子，謂其詆諆先正，流毒天下。

王愼中，字道思，晉江人，嘉靖丙戌進士，官至河南參政，有玩芳堂摘稿，遵巖家居集。明史本傳：「愼中爲文，初主秦漢，謂東京下無可取。已悟歐曾作文之法，乃盡焚舊作，一意師效，尤得力于曾鞏。順之初不服，久之亦變而從之。」愼中云：「學馬遷莫如歐，學班固莫如曾。」

唐順之，字應德，一字義修，武進人，嘉靖己丑進士，官至僉都御史。有荊川先生集。錢謙益列朝詩集小傳云：「正嘉之間，爲詩者踵何李之後塵，剽竊雲擾，應德與陳約之輩，一變爲初唐，于時稱其莊嚴宏麗，咳唾金璧。歸田以後，意取辭達……爲文始尊秦漢，頗倣空同，已而聞王道思之論，灑然大悟，盡改其少作。」（丁集上）順之董中峯侍郎文集序云：「漢以前之文，未嘗無法，而未嘗有法，法寓于無法之中。故其爲文也，密而不可窺。唐與近代之文，不能無法，而毫釐不失乎法，以有法爲法，故其爲法也，嚴而不可犯。……有人焉，見乎漢以前之文疑于無法，而以爲果無法也，于是率然而出之，決裂以爲體，餖飣以爲詞，盡去自古以來開闔首尾經緯錯綜之法，而別爲一種臃腫佶澀浮蕩之文，其氣離而不屬，其聲離而不節，其語澀，以爲秦漢之文如是也……」❼

茅坤字順甫，歸安人，嘉靖戊戌進士，官至河南副使，有白華樓藏稿、續稿、吟稿、玉芝山房稿等。明史本傳云：

> 坤善古文，最心折唐順之，順之喜唐宋諸大家文，所著文編，唐宋人自韓柳歐三蘇曾王八家外無所取，故坤選八家文鈔，其書盛行海內，鄉里小生無不知茅鹿門者。

歸有光字熙甫，崑山人，嘉靖乙丑進士，官至南太僕寺丞，有歸震川先生集、別集等。明史本傳云：「有光爲古文，原本經術，爲太史公書，得其神理。時王世貞主盟文壇，有光力相觝排，目爲庸妄巨子，世貞大憾。其後亦心折有光，爲之贊曰：千載有公，繼韓歐陽，余豈異趨，久而自傷。其推重如此。」有光項思堯文集序曰：「蓋今世之所謂文者難之矣，未始爲古人之學，而茍爲一二妄庸人，爭附和之，以詆誹前人。……文章至于宋元諸名家，其力足以追數千載之上，而與之頡頏，而世直以蚍蜉撼之，可悲也。」

唐宋派諸子洞徹復古之弊，知乎文章之事，與其步驟古代，不若取法近代，蓋古代之文限隔人代，法寓于無法之中而難知，近代之文時勢相接，語言詞彙，聲音氣習，其法可窺；取徑于茲，勢則易從，功則易致。又古人爲文，先積學而窮理，心有眞識，則眞書所懷，信手寫出，文成法立，不背古人之法，而爲自我之言。觀乎鹿門文鈔之選，學文之梯航，臨文之資斧；而震川之文，文從字順，豐神淡遠，經緯錯綜之法，得歐公之神。而王李之文，臃腫浮蕩，聲氣不屬，貌襲而神遺。文學理論之優劣，斯其驗矣。

雖然，于時文苑，復古之風未息，果何由哉？蓋七子覇氣，縱橫馳驟，刼持一世，聲華意氣，籠蓋海內，而唐宋之說，專文而不論詩，且鋒刃未銳，不足挫之，去秦漢之窠臼，立唐宋之範圍，孟子所謂「五十步笑百步」，終難相勝。特公安中郎之論出，如神鷹掣韝而擘九霄，如天馬脫轡而馳萬里，天下之人，舍王李而從之矣。明史袁宏道傳云：「先是王李之學盛行，袁氏兄弟獨心非之，宗道在館中，與同館黃輝力排其說，于唐好白樂天，于宋好蘇軾，名其齋曰白蘇。至宏道益矯以清新輕俊，學者多舍王李而從之。」錢謙益列朝詩集小傳亦云：「中郎之論出，王李之雲霧一掃，天下之文人才士，始知疏瀹心靈，搜剔慧性，以蕩滌摹擬塗飾之病，其功偉矣。」（丁集中）

二 中郎文學理論淵源

中郎之文學理論，掃「復古」之穴，矯「唐宋」之失。中郎自云：「弟雖綿薄，至于掃時詩之陋習，爲末世之先驅，辨歐韓之極寃，搗鈍賊之巢穴，自我而前，未見有先發者。」（答李元善書）所謂「掃時詩之陋習，辨歐韓之極寃。」爲中郎理論之根株，暫按不論。而其所謂「先驅先發」之說，容先述之，以作淵源論。

中郎之文學理論，得其先師馮琦、李贄，啓發殊多，又中郎私淑文長，與陶望齡同好文長詩文，于世競趨秦漢盛唐之際，中郎獨推重文長，評點其書，梓行其巢，蓋得于文長非鮮。今試分述諸家之說：

(一) 馮琦——

馮琦字用韞，臨朐人，萬曆丁丑進士，改庶吉士，授編修，歷侍講諭德庶子，進少詹事，掌翰林院事，遷社部侍郎，改吏部，拜禮部尚書，贈太子少保，有宗伯集。

尙書早達，究心列聖典謨，講求有用之學，王錫爵文肅文草稱其詩「以情眞爲宗，次傳聲調，長篇感激沈壯類老杜，五七言律和雅會心，絕不如近時名家，以浮音亢節自喜。」❽所謂「以情眞爲宗」，去「浮音亢節」，已有獨立于「復古」「唐宋」二說之外。中郎萬曆戊子學鄉試，成進士，即受知于尙書。公安縣志云：「戊子舉于鄉，主試者爲馮卓庵太史，見其後場出入周秦間，急拔之。」故有座師弟子之誼。中郎尺牘奉尙書者四通，或稱「馮琢庵師」，或稱「馮侍郎座主」，殷殷致意，克盡侍立趨侯之禮。尤重尙書論詩論文之見。中郎尺牘云：

至于詩文，間一把筆，慨摹擬之流毒，悲時論之險狹，思一易其弦轍，而才力單弱，倡微和寡，當今非吾師，誰可就正者。近日黃中允輝，顧編修天峻、李撿討騰芳，亦時時商證此事，譬諸將傾之棟，非一二細木所能支，得師一主張，時論自定。（馮侍郎座主）

又云：

數日前于黃中允處，見師論詩手牘，讀之躍然。格外之論，非大宗匠，誰能先發，末季陋習，當從此一變矣。宏近日始讀李唐及趙宋諸大家詩文，為元白蘇歐，與李杜班馬，真是雁行，坡公尤不可及。宏謬謂前無作者，而學語之士，及以詩不唐文不漢病之，何異責南威之脂粉，而唾西施之不能效顰乎。宏胸中有懷，不敢不吐，自以為世道隘矣，舍師不言，更有誰可言者。（馮琢庵師）

前書冀尚書振臂一呼，革摹擬之風，以定時論，後書稱美晚唐趙宋詩文，斥復古之淺識，惟尚書許之。尚書「格外之論」，尤爲中郎推服，則知中郎理論，得尚書者實多。

今攷尚書「格外之論」，於于宗伯集序言之至詳：

夫詩以抒情，文以貌事，古人立言，終不能外人情事理，而他為異。而後之作者，往往求之情與事之外……詩以抒情，情達而詩工，文以貌事，事悉而文暢。古人之言，盡于此矣。而後之作者，高唱矜步以為雄，多言繁稱以為博，取古人之陳言，比而櫛之，以為古調古法，調不合則強情以就之，法不合則飾事以符之。夫句比字櫛，終不可為調為法，卽調與法亦終不可為古人，然則徒失今人之情與事耳……竊以為調欲遠，情欲近，法在古人，事在今日。必不得已，寧不得其調與法，而無失其情與事。故里巷歌謠，協之皆可以為詩，几席談說，次之皆可以為文，何者，其情與事近也。⑨

馮公以詩文之佳者，在達今情，貌今事，故求眞詩于情與事之中，而非格調之外，此即「格外之論」。摹古之徒，外情事而求格調，襲古以爲古，其去古人遠矣。

又尚書之在館閣，與東阿于愼行、蒙陰公鼐善，三公並有文名德望，氣類相通，頗爲後進希風。于愼行，字可遠，更字無垢，東阿人，隆慶戊辰進士，選庶吉士授編修，官至禮部尚書，入直東閣。有穀城山房集。公鼐字孝與，蒙陰人，萬曆辛丑進士，官至禮部侍郎，有問次齋集。錢謙益列朝詩集小傳云：「隆萬之間，東阿于文宣公博通端雅，表儀詞坦，臨朐于文宣爲年家子，繼入史館，聲實相望。臨朐早世，未及爰立。歿後五年，而東阿始大拜，一登政事堂，未遑秉筆，奄忽不起。人之云亡，君子于二公，有深恫焉。于有穀城集、馮有北海集，並行于世。」（丁集中馮尚書琦）又云：「孝與家世詞館，與臨朐馮文敏同學。」（丁集中公侍郎鼐）既云「聲實相望」、「並行于世」，又曰「同學」，三公交情可知。中郎得立尚書之門，亦得與聞二公之說。

于公當王李氣盛之時，凡所論著，皆箴歷下之膏肓，對症發藥。錢牧齋記其論古樂府之言曰：

唐人不為古樂府，是知古樂府也，辭聲相雜，既無從辨，音節未會，又難于歌，故不為爾。然而不效其體，而時假其名，以達所欲出，斯摹古而託焉者乎。近世一二名家，至乃逐句形模，以追遺響，則唐人所吐棄矣。……夫唐人能為而不為，今人能為遂為之，予奈何不能為而為也。（列朝詩集小傳丁集中于閣學愼行）

又東阿序馮琢庵宗伯集云：

近世名家輩出，非先秦西京，口不得談，筆不得下，至土苴趙宋之言，自為卑淺，而眉山氏之家法，亦若曰姑舍是云，鄙人少而操縵，亦謂為然，久而思之，不也……故不能為秦漢者，而後能為秦漢，此則不可朽爾，何者，文以神化者，不會之以神，而合之以體；不合之以體，而摹之以辭，則物之形質也。方輿方圯，不朽何之。⑩

公鼐持論相若，朱彝尊靜志居詩話載其言曰：

風雅之後有樂府，如唐詩之後有詞曲；聲聽之變有所必趨，情辭之遷有所必至；古樂府之不可復久矣；後人之不能漢魏，猶漢魏之不風雅，勢使然也。近乃有擬古樂府者，遂顓以擬名，其詩但取漢魏所傳之詞，句撫而字合之，中間陶陰之誤，夏五之脫，遂所不較，或假借以附益，或因之而增損，跼蹐床屋之下，探胠滕篋之間，乃藝林之根蝨，學人之路阱矣。

二公論詩文之變，由詩騷而漢魏，自唐詩而詞曲，時勢使然，不得不新，卑今逐古，摹擬傷眞，此二公之通論也。

夫以師弟之親交，友朋之聚會，聲氣相通，持論相若，故三公之說，必與聞于中郎，而爲中郎文學理論之先聲。郭紹虞謂「時代未遠，未必受其影响。」⓫非探本之論也。

(二) 李　贄——

李卓吾，本名贄，字宏甫，號卓吾老子。晉江人，領鄉薦，不再上公車，授教官，歷南京刑部主事，出爲姚安太守。踰年入鷄足山閱藏不出，遂致仕。卓吾風骨稜稜，中爊外冷，參求理乘，迥絕理路，論詩論文，惟主創造，不襲前人。中郎兄弟曾師事之。卓吾贈中郎詩云：「誦君玉屑句，執鞭亦欣慕；早得從君言，不當有老苦。」又云：「世道由來未可孤，百年端的是吾徒。」⓬李氏焚書續焚書有贈中郎詩九章，中郎尺牘致龍湖書四通，贈詩亦不少。可見師弟之情殷切。中郎之好讀李氏書，曾云：「床頭有藏書一部，愁可破顏，病可以健脾，昏可以醒眼。」（與李宏甫）中郎尺牘之中亦時與李老細論詩文，故中郎文學理論，得諸李老固亦不少。袁少修妙高山法寺碑述其事云：「先生既見龍湖，始知一向掇拾陳言，株守俗見，死古人語下，一段精光，不得披露，自是始浩浩焉，如鴻毛之遇順風，巨魚之縱大壑，能爲心師，不師于心，能轉古人，不爲古轉，發爲語言，一一從胸襟流出，蓋天蓋地，象截急流，雷開蟄戶，浸浸乎其未有涯也。」

卓君論詩論文之語，見于雜說及童心說二篇。童心說云：

夫童心者，絕假純真，最初一念之本心也。若失却童心，便失却真心，失却真心，便失却真人，人而非真，全不復有初矣……童心既障，於是發而為言語，則言語不由衷，見而為政事，財政事無根柢，著而為文辭，則文辭不能達……天下之至文，未有不出于童心焉者也。苟童心常存，則道理不行，聞見不立，無時不文，無人不文，無一樣創制體格而非文者。詩何必古選，文何必先秦，降而為六朝，變而為近體，又變而為傳奇，變而為院本，為雜劇，為西廂曲，為水滸傳，為今之擧子業，皆古今至文，不可得而時勢先後論也。⑬

雜說云：

拜月西廂，化工也，琵琶畫工也……且夫世之真能文者，比其初皆非有意于為文也，其胸中有如許無狀可怪之事，其喉間有如許欲吐而不敢吐之物，其口頭又時時有許多欲語而莫可所以告語之處，蓄積既久，勢不能遏，一旦見景生情，觸目興嘆，奪他人之酒杯，澆自己之壘塊，訴心中之不平，感數奇于千載。⑭

卓吾以「至文出于童心」，絕假純真，發于胸中喉間；蓄之既久，勢不可遏，一旦見景生情，乃成文章，故非摹擬可及。又歷代文學，各有勝處，詩不必古選，文不必先秦，六朝、近體、傳奇、院本、雜劇、小說，皆創制體格，不必以時勢不同而損其眞價。

㈢ 徐 渭——

徐渭字文長，山陰人，爲諸生十餘年，胡宗憲少保督師淛江，招致幕府，筦書記。以文章奇謀見稱，少保下請室，文長懼及，發狂自剄，不死，行爲怪異，卒年七十三。文長讀書好深思，論學時標新解。嘉靖時，王李倡七子社，謝榛以布衣被擯，渭憤其以軒冕壓布韋，誓不入二人黨。詩文譏訐王李，持論迥絕時流。文長歿後，王李之熖益熾，文長詩文，遂無問焉者。後三十年，中郎遊越中，得其殘帙，與陶周望相與激賞，乃刻其集行世，曰徐文長全集。

文長論詩文之作不多，答許口北云：

公之選詩，可謂一歸于正……試取所選者讀之，果能如冷水澆背，陡然一驚，便是興觀群怨之品。如其不然，便不是矣。然有一種，直展橫鋪，麤而似豪，質而似雅，可動俗眼，如頑塊大臠，入嘉筵則斥，在屠手則取者，不可不愼之也。

與季友云：

韓愈孟郊盧仝李賀詩，近頗閱之。乃知李杜之外，復有如此奇種，眼界始稍寬濶。不知近日學王孟人，何故技倆如此狹小，在他面前說李杜不得，何況此家耶？殊可怪嘆。菽粟雖常嗜，不信有却龍肝鳳髓都不理耶？

葉子肅詩序云：

人有學爲鳥言者，其音則鳥也，其性則人也。鳥有學爲人言者，其音則人也，而性則鳥也。此可與定人與鳥之衡哉。今之爲詩者，何以異于是；不出于己之所自得，而徒竊于人之所常言，曰某篇是某體，某篇則否；某句似某人，某句則否。此雖極工，逼肖而已，不免于鳥之爲人言矣。

細按文長詩論，亦攻剽剝之非，譬如鳥爲人言，人爲鳥聲，皆非其眞性。七子務爲庸膚圓熟，文長乃標新奇警拔，所謂「冷水澆背，陡然一驚。」如韓孟盧李之詩，李杜外之奇種也，世乃競趨李杜而不之顧，是可惜也。文長蓋欲以中唐之詩，救王李之險狹。

上述三家，俱攻復古之學，而尙自抒胸臆，其說實啓中郎之文學理論，故述之以爲淵源。近人錢鍾書談藝錄云：「公安詩派之隱開于楊循吉，而此無人道及也。」夫君謙之論詩，「惟求直吐胸懷，實敍景象。」⑮固近中郎之調。大抵王李氣盛之時，豪傑之士，特立獨行，不拘牽，不苟同，持義卓卓者正多，如王敬美、李維楨諸子，持論已近公安，即弇洲晚年，亦自悔其「是古非今」之失，臨歿猶手子瞻集不已（錢謙益列朝詩集小傳丁集上王尚書世貞）。第諸家既未獲交于中郎，而中郎集中，亦乏推重之言，即持論闇合，亦猶東西聖人，心同理同而已，于此不附諸淵源論之。

三　中郎文學理論

袁中郎之文學理論，振葉尋根，觀瀾索源，其所謂「掃時詩之陋習，搗鈍賊之巢穴」者，吾于三端見之，一曰通變論，二曰尚質論，三曰韻趣論。

(一)　通變論——

易曰：「窮則變，變則通。」詩文亦然，不有變易，鮮能會通。變易之源，繫乎時序，因于情勢。雪詩閣集序云：

> 文之不能不古而今也，時使之也。……夫古有古之時，今有今之時，襲古人語言之迹，而冒以為古，是處嚴冬而襲夏之葛者也。騷之不襲雅也，雅之體窮于怨，不騷不足以寄也。

敍小修詩云：

唯夫代有升降，而法不相沿，各極其變，各窮其趣，所以可貴，原不可以優劣論也。

此文變之繫乎時序也。與江進之書云：

古不可優，後不可劣。若使今日執筆，機軸尤為不同。何也？事人物態，有時而更，鄉語方言，有時而易；事今日之事，則亦今日之文而已矣。

與丘長孺書云：

夫詩之氣，一代減一代，古也厚，今也薄；詩之奇之妙之工，之無所不極，一代盛一代。故古有不盡之情，今無不寫之景；然則古何必高，今何必卑哉。

此文變之因于情勢者也。原夫時勢不同，天地之運會，人世之景物，新新不停，生生相續，文章以達意述事，不緣時勢而變，何可盡今人之情，述今人之事乎。故文章宜有優劣，無判古今，若以古文為高，今文為卑，貴古賤今，通人不取焉。袁伯修亦云：「今人讀古書不即通曉，輒謂古文奇奧，今人下筆不宜平易。夫時有古今，語言亦有古今，今人所詫為奇字奧句，安知非古之街談巷語耶！」（論文上）意者古人為文，亦貴時勢，此公安論詩文，矜激乎一致者也。

夫貴古賤今之論，漢之王充、晉之葛洪，已著論非之。七子標舉秦漢盛唐，竟亦昧此，非愚即陋。中郎通變之說，亦見于文心雕龍。劉彥和曰：「文律運周，日新其業；變則可久，通則不乏。」（通變）又曰：「文變染乎世情，興廢繫乎時序。」（時序），而跡其所論，欲疏通古今，自夏商以迄齊梁，詩文之變，古厚今薄，通變所謂「黃唐淳而質，虞夏質而辨，商周麗而雅，楚漢侈而艷，魏晉淺而綺，宋初訛而新。從質及訛，彌近彌淡，何則，競今疏古，風末氣衰也。」定勢所謂「新學之銳，逐奇失正，勢流不反，則文體遂弊。」而扶正文體之法，欲以古人之質，救今人之淡。一曰矯訛翻淺，還宗經誥（通變）。二曰善于適變，雖舊彌新（物色）。是其通變之術，反求諸六經，是復古說之倫也。

唐韓昌黎，以末世文章，道喪文弊，倡爲古文，世固以復古目之。不知李唐之世，釋教大行，昌黎以道統自命，思以三代兩漢之儒道，易當世之釋道，故曰：「非三代兩漢之書不敢觀，非聖人之志不敢存。」（答李翊書）然其論文，則曰：

當其取于心而注于手也，惟陳言之務去。（答李翊書）

或問為文宜何師……必謹曰，師其意不師其辭。（答劉正夫書）

惟古于辭必己出，降而不能乃剽賊。（南陽樊紹述墓志銘）

昌黎所謂「陳言務去」、「辭必己出」，蓋亦新變之說也。昌黎詩文，創格特多，兀奡排空，畦徑獨殊，顧非復古可以同論。

若明七子所論，文自西京，詩自天寶以下，愈後愈不足觀，虐今榮古，抑近而揚遠。彥和之復古，擬議而成變化，七子之復古，句摭字拾，數行尋墨。故中郎極力呵斥。中郎又云：

「蓋詩文至近代而卑極矣，文則必欲準于秦漢，詩則必欲準于盛唐，剿襲模擬，影响步趨。見人有一語不相肖者，則共指爲野狐外道。曾不知文準秦漢矣，秦漢人曷嘗字字學六經歟；詩準盛唐矣，盛唐人曷嘗字字學漢魏歟，秦漢而學六經，豈復有秦漢之文，盛唐而學漢魏，豈復有盛唐之詩。」（敍小修詩）

至于通變之術，中郎論之亦詳。世之講公安文學者，恒以公安不講求「法」而罪之，如紀文達公云：「七子猶根于學問，三袁則惟恃聰明，學七子者不過贗古，學三袁者乃至矜其小慧，破律而壞度，名爲救七子之弊，而弊又甚焉。」[16]郭紹虞亦云：「法是格調派喊出的口號，心是公安派宣傳的旗幟，其分野在是。」[17]實則公安亦重「法」，特其所謂「法」，乃詩文新變代雄之「法」，而非七子撏撦古人之「法」。中郎云：

> 故善畫者，師物不師人，善學者師心不師道，善為詩者，師森羅萬象，不師先輩，法李唐者，豈謂其機格與字句哉，法其不為漢不為魏，不為六朝之心而已，是真法者也。（敍竹林集）

「師其不爲漢不爲魏不爲六朝之心」者，師其變古創新之法也，中郎以「心」爲「法」。中郎又云：

> 夫法因于敝而成于過者也。矯六朝駢麗飣餖之習者，以流麗勝，飣餖者固流麗之因也，然其過在于輕纖。盛唐諸人，以闊大矯之，已闊矣，又因闊而生莽。故續盛唐者，以情

實矯之。已實矣，又因實而生俚。是故續中唐者以奇僻矯之。然則其境必狹而僻，則務為不根以相勝。故詩文之道，至晚唐而益小。有宋歐蘇輩出，大變晚習，於物無所不收，于法無所不有，于情無所不暢，于境無所不取；滔滔莽莽，有若江湖。今之人，徒見宋之不唐法，而不知宋因唐而有法者也；如淡非濃，而濃實因于淡。然其敝至以文為詩，流而為理學，流而為歌訣，流而為偈誦，詩之敝，又有不可勝言者矣。（雪濤閣集序）

答陶石簣云：

夫詩文之道，至晚唐而益小，歐蘇矯之，不得不為巨濤大海，其不為漢唐人，蓋有能之而不為者。

近人論學，取佛家之說，謂思潮之變，有生、住、異、滅四期，新陳相變，一若有機體焉⑱。詩文亦然，李唐之詩，略分四期，始盛中晚，前後相續，亦猶有機體之生住異滅次焉。各期以勝而生，以敝而衰。初唐勝以流麗，而敝于輕纖，盛唐勝以壯闊，而敝于莽蕩，中唐勝以情實，而敝于俚俗，晚唐勝以奇僻，而敝于狹隘。有宋繼之，大變晚習，採古人之勝，爲今人之雄，能爲漢而不爲漢，出于唐而異于唐，故詩文之道，「因于敝而成于過」。沿其敝而振之，詩文遂有生機。夫以七子之專法盛唐，封己自是，棄目前之境，摭腐濫之詞，襲古人之貌，窒胸臆之言，詩道之敝，未有甚于此時者矣。文長推挹韓孟盧李，中郎倡言晚唐趙宋，其意一也，蓋欲發其生機而已。此中郎通變之法也。

考卓吾所謂「詩何必古選，文何必先秦」，東阿所謂「不能爲秦漢而後能爲秦漢」，孝與所謂「聲聽之變有所必趨，情辭之遷有所必至」，尚書所謂「寧不得其調與法，而無失其情與事」，諸公所論，固爲中郎通變論之所本，然而中郎準的而發，詞旨明暢，氣勢浩蕩，是摑掌見痕，鞭皮出血之論也。故使復古之徒，陡然一驚，頓失故步。

(二) 尚質論——

公安之文學理論，本非空疏，論者以其盡去古人畦徑，遂以空疏病之。今擧中郎尚質之說以辨之。

中郎尚質論，其義有二：一曰積學蓄理，二曰眞人眞聲。

1. 積學蓄理說——此說見于中郎敍四子稿及行素園存稿引二文。敍四子稿云：

> 余謂文之不正，在于士不知學。聖賢之學，惟心與性。今試問諸擧業者，何謂心，何謂性，為中國人語海外事，茫然莫知所對矣，焉知學。于是聖賢之立言本旨，晦而不章，影猜响覓，有如射覆，深者勝之以險，麗者勝之以表，詭者張之以貧。義本淺也，而艱深其詞，如僉夫小人，匿其心而欺人者也，故曰險也。詞本蕪也，而雕繪其字，如紈袴子弟，目不識丁，徒以衣飾相矜，故曰表也。理本荒也，而剽竊二氏之皮膚，如貧而担石之人，指富家之囷，以誇示鄉里也，故曰貧也。三者皆由于不知學，智窮能索，又不得不出于此。為主司者既不能詳別其真偽，故此輩亦往往有倖中者。後生學子，相與尤而效之，而文體不可復整矣。故士當敎之知聖學耳，知學則知文矣。

本篇雖論時文，亦通于詩文之道。明代以時藝取士，時文之作，代古人立言，發六經之大義，士之有志科名者，無不童而習之。體制格調，雖規範于八股，然自正嘉以後，作者以古文爲時文，融鑄經史，曲盡題義。隆萬以後，兼擅機法，靈變巧密，與詩文通⑲。中郎善爲時藝，初稱其奇于塾師，復見知于尙書，所作時文，機變靈巧，雄俊勁健，善用周秦古文。（公安縣志）而其持論，輒于時藝以悟詩文之理。中郎曰：「夫詩與舉子業，異調同機者也。」（郝公談詩序）大約時藝與詩文同機者三：一貴趨時，不襲前人之迹。時文敍曰：「舉業之用，在乎得雋，不時則不雋，不窮新而極變，則不時。是故雖三令五督，而文之趨不可止也，時爲文也。才江之僻也，長吉之幽也，錦瑟之蕩也，于卯之麗也，非獨其才然也。體不更則目不艷，雖李杜復生，其道不得不出于此也。時爲之也。」二貴靈變，而思理清晰，自伸其才，自達其志。與友論時文曰：「獨博士家言，猶有可取，其體無沿襲，其辭必極才之所至，其調年變而月不同，手眼各出，機軸亦異。二百年來，上之所以取士，與士之伸其獨往者，僅有此文。而卑今之士，反以爲文不類古，至擯斥之，不見齒于詞林。嗟夫，彼不知有時也，安知有文。」三貴積學蓄理，如敍四子稿所論「文之不正，在于士不知學。」中郎以爲文章之弊有三，與時文同之。一曰義淺而艱深其詞，二曰詞蕪而雕繪其字，三曰理荒而剽竊前人。七子之文是矣。成斯之弊，由于士不知學，去斯三弊，積學蓄理，中郎所謂「知學則知文矣。」中郎又云：

> 物之傳者必以質，文之不傳，非曰不工，質不至也。樹之不實，非無花葉也；人之不澤，非無髮膚也。文章亦爾。行世者必真，悅俗者必媚，媚久必厭，自然之理也。（行素園存稿引）

夫所謂「行世」之眞，眞知實學也；積學而蓄理，所知必博，所見必眞，質至之文，充實光輝，終久必傳。袁伯修所說，尤可輔翼中郎此論。伯修論文下云：

文章亦然，有一派學問，則釀出一種意見，有一種意見則創出一般言語，無意見則虛浮，虛浮則雷同矣。……滄溟贈王序謂：視古修詞，寧失諸理。夫孔子所云辭達者，正達此理耳，無理則所達為何物乎？鳳洲藝苑巵言不可具駁，其贈李序曰：六經固理數已盡，不復措語矣。滄溟強賴古人無理，而鳳洲則不許今人有理，何說乎……然其病源，則不在模擬，而在無識。若使胸中的有所見，苞塞于中，將墨不暇研，筆不停揮，兔起鶻落，猶恐或逸，況有閑力暇晷，引用古人詞句乎。故學者誠能從學生理，從理生文，雖驅之使模，不可得矣。

伯修論文，以學問意見爲盟主，藻繪修辭爲輔佐。其言「從學生理，從理生文」，即中郎「知學知文」之意，彥和所謂「積學以儲寶，酌理以富才」，亦斯義耳。

若論爲文之步驟，中郎曰：

古之為文者，刋華而求質，敝精神而為之，惟恐真之不極也。博學而詳說，吾已大其蓄矣，猶恐未能會諸心也。久而胸中渙然，若有所釋焉，如醉之忽醒，而漲水之思決也。雖然猶若掣也，一變而去辭，再變而去理，三變而吾為文之意忽盡，如水之極于淡，芭蕉之極于空，機境偶觸，文忽生焉。風高响作，月動影隨，天下翕然而文之，而古之，人不自以為文也，曰是質之至焉者矣。大都入之愈深，則其言愈質，則其傳愈遠。夫質猶面也，以為不華而飾之朱粉，妍者必減，媸者必增也。噫，今之文不傳矣。嘉隆以來，所為名工哲匠者，余皆誦其詩，讀其書，而未有深好也，古者如贋，才者如莽，奇者如吃，模擬之所至，亦各自以為極，而求之質無有也。（行素園存稿引）

復古之作，取前人之詞義，翻來覆去，堆垛成篇，若抹去其中陳句古語，遂不免于曳白矣。中郎所論迥別。所貴積學蓄理，爲文章之初階耳，既已「博學詳說，已大其蓄」，取諸心而注于手也，猶若有所掣焉。蓄之經時，情理旁通，渙然于心，搦管伸紙，文思泉湧，情瞳曨而彌鮮，物昭晰而互進，機境偶觸，文忽生矣。其爲文也，凡經三變，一去古人之辭，二去古人之理，三去苦思營構之心，則其文渾然無跡，出于自然，而精光燿目，毫楮生輝。此中郎「刊華求質」之文也。公安論文，何空疏之有哉。

2. 眞人眞聲說——

書云：「詩言志，歌永言。」吟咏性情，詩之職志。爲文造情，言與志反，質之無有，文豈足徵。爲情造文，彥和所稱，中郎之眞人眞聲說似之。敍小修詩云：

今閭閻婦人孺子，所唱擘破玉、打草竿之類，猶是無聞無識，真人所作，故多真聲。不效颦于漢魏，不學步于盛唐，任性而發，尚能通于人之喜怒哀樂嗜好情慾。

答李子髯詩云：「當代無文字，閭巷有眞詩；却沽一壺酒，携君聽竹枝。」復古之作，無性情，乏意見，逐文之製，浮而無質，中郎鄙之曰僞。故有「眞人」、「眞聲」、「眞詩」之說。以爲詩文之質。民間歌謠，如竹枝詩、擘破玉、打草竿、掛鍼兒、楊柳絲之屬，詞雖粗率，質木無文，中郎多所稱美，取其眞也。而小說戲曲，亦擧與詩文並稱。與龔惟長云：

> 箧中藏萬卷書，書皆珍異，宅畔置一館，館中約真正同心友十餘人，人中約一識見極高如司馬遷羅貫中關漢卿者為主，分曹部署，各成一書，遠文唐宋酸儒之陋，近完一代未竟之篇，三快活也。

與董思白云：

> 金瓶梅從何得來，伏枕略觀，雲霞滿紙，勝于枚生七發遠矣。

夫小說戲曲，古來學士多所貶抑，難與風雅之林，中郎以瓶梅優于七發，關羅與子長同列，是非曲直，姑置勿論，然其推尊時勢之製，與絕假純眞之作，實眞人眞聲之說使然也。

至于詩文，中郎標擧性靈爲說。有性靈則詩文皆眞。大抵七子以「文必秦漢，詩必盛唐」爲號，公安特揭「獨抒性靈，不拘格套」之旨，思以漢幟易趙幟。七子所求，惟周彝漢鼎，公安所冀，在眞人眞聲，此復古與性靈之所由分。中郎云：

大都獨抒性靈，不拘格套，非從自己胸臆流出，不肯下筆，有時情與境會，頃刻千言，如水東注，令人奪魄。其間有佳處，亦有疵處，佳處自不必言，卽疵處亦多本色獨造語。（敍小修詩）

余與退如所同者真而已，其為詩異甘苦，其直寫性情則一，其為文異雅朴，其不為浮詞濫語則一，此余與退如之氣類也。（敍曾太史集）

文章新奇，無定格式，只要發人所不能發，句法、字法、調法，一一從自己胸中流出，此真新奇也。（答李元善書）

古之為風者，多出于勞人思婦，夫非勞人思婦，為藻于學士大夫，鬱不至而文勝焉，故吐之者不誠，聽之者不躍也。余同門友陶孝若工為詩，病中信口信腕，率成律度。（陶孝若枕中囈引）

中郎本卓吾「至文出于童心」之說，發而爲眞人眞聲之論，詩文重性靈則眞，尙摹古則僞。「眞寫性情」、「無定格式」，「信口信腕，率成率度」、「句法字法調法，一一從自己胸中流出」數語，爲中郎眞人眞聲說之要義。公安任眞，以性靈自持，七子務實，以古人爲歸；以古人爲歸，故句摭字拾，拘牽繩墨；以性靈自持，故疏瀹心靈，搜之愈出。陸士衡所謂「課虛無以責有，叩寂寞而求音，函綿邈于尺素，吐滂沛乎寸心，言恢之而彌廣，思按之而愈深。」（文賦）若非性靈，其何以致之哉。鍾嶸曰：「至乎吟咏性情，亦何貴于用事，思君如流水，旣是即目；高台多悲風，亦惟所見；清晨登隴首，羌無故實；明月照積雪，詎出經史；觀古今勝語，多非補假，皆由直尋。」（詩品序）則性靈之說，其源遠矣。

㈢ 韻趣論——

詩者性靈之風標，神明之律呂，以韻趣爲上。若流而爲理學，流而爲佛偈，此詩道之敝也。何謂韻？何謂趣？中郎云：「山有色，嵐是也，水有文，波是也，道有致，韻是也。山無嵐則枯，水無波則腐，學道無韻，則老學究而已。」（壽存齋張公七十序）又云：「世人所難得者唯趣，趣如山上之色，水中之味，花中之光，女中之態，雖善說者不能下一語，唯會心者知之。」（敍陳正甫會心集）故韻者情韻也，趣者興趣也。在詩文言之，淵明東坡之詩，善長子厚之記，言有盡而意無窮，抽以象外，得其環中，深于韻趣者也。若夫康節之詩，證道之語，參禪之偈而已。故中郎非之曰：「夫詩以趣爲主，致多則理拙，此亦一反。然余嘗談堯夫詩，路近趣遙，力敵斜川，而紫陽去廬山，以不見三疊新泉爲恨，千里乞繪，以快一觀。此其韻未可與深衣古摺道也。」（西京稿序），韻趣之說，從可知矣。

夫韻趣之來，非關書本，無涉學問，惟得諸自然。劉彥和所謂「山林皐壤，實文思之奧府。」（文心物色）是故嘯傲湖山，寄興寥廓，韻趣悠然而生，若心境塵俗，萬慮盈胸，身在江湖，心存魏闕，韻趣失矣。中郎云：

> 今之人慕趣之名，求趣之似，于是有辨說書畫，涉獵古董以為清，寄意玄虛，脫跡塵紛以為遠，又其下則有為蘇州之燒香煮茶者，此等皆趣之皮毛，何關神情。夫趣得之自然者深，得之學問者淺……夫年漸長，官漸高，品漸大，有身如桎，有心如棘，毛孔骨節，俱為聞見知識所縛，入理愈深然其去趣愈遠矣。（敍陳正甫會心集）

所論近似嚴羽「別才別趣」之說，滄浪云：

夫詩有別才，非關書也，詩有別趣，非關理也。然非多讀書多窮理，則不能極其至，所謂不涉理路，不落言筌者也。盛唐諸公，惟在興趣，羚羊掛角，無迹可求，故其妙處，透徹玲瓏，不可湊泊，如空中之音，相中之色，水中之月，鏡中之象，言有盡而意無窮。（滄浪詩話）

滄浪以禪喻詩，惟主妙悟，然其推尊盛唐，謂熟讀諸家，參悟其法，自可得其興趣。而中郎則謂要得韻趣，宜不師古人，而以自然爲師，「得之自然者深，得之學問者淺」、「人理愈深，去趣愈遠」。故其序劉元定詩稿，亦以自然景物爲詩骨詩料：「明窗靜吟，花開獨飮，是謂詩料；寤寐山水，流連烟月，是謂詩骨。」此中郎之異于滄浪者也。

由韻趣說，中郎又有本色貴淡之論。本色也者，以人爲詩，不以詩爲詩，直寫性靈，不求似古人，是爲本色。敍小修詩所謂「其間有佳處，亦有疵處，佳處自不必言，即疵處亦多本色獨造語。」故本色由獨造而致，非粉飾蹈襲而來。然而本色以淡爲貴，淡則韻趣生，溪刻雕琢，如响榻書畫，勾畫描摹，而韻致非矣。中郎云：

蘇子瞻嗜陶令詩，貴其淡而適也。凡物釀之得甘，炙之得苦，唯淡也不可造，不可造，是文之真性靈也。濃者不復薄，甘者不復辛，唯淡也無不可造，無不可造，是文之真變態也。風值水而漪生，日薄山而嵐出，雖有顧吳，不能設色也。淡之至也。元亮以之，東野長江，欲以人力取淡，刻露之極，遂成寒瘦。香山之率也，玉局之放也，一累于理，一累于學，故皆望岫焉而卻，其才非不至也，非淡之本色也。（敍咼氏家繩集）

吟咏詩文，先求襟期灑然，以人爲詩，不累于學，不累于理，則淡然本色語，如風行水上，自然成文，日薄峯巒，嵐氣上生，是詩之韻趣也，故本色貴淡，貴其韻而趣也。

夫文章貴本色之說，荆川即已發之，論者或揆諸公安，引爲同調⑳，此未深考者也。夫荆川當李何喑嗚斥咤之時，獨特異議，務反七子，矛戟所指既同，故調類公安。即中郎于唐宋派諸子，如荆川震川，亦言推重。其敍姜陸二公同適稿云：「故余往在吳，濟南一派，極其呵斥，而所賞識，皆吳中前輩詩篇，後生不甚推重者……有爲王李所擯斥，而識見議論，卓有可觀，一時文人，望之不見其崖際者，武進唐荆川是也。文詞雖不甚奧古，然自闢戶牖，亦能言所欲言者，崑山歸震川是也。」又中郎嗜唐宋諸家文集，與李龍湖書云：「近日最得意事，無如批點韓柳歐蘇四家文集，歐公文之佳無論。」其批點韓柳歐蘇四家文集，雖已散佚㉑，未可究其論議，何如歸唐諸公，然其深重唐宋之文，或爲歸唐所啓。至若文章本色之說，則與荆川所論，歸趣各殊。荆川答茅鹿門知縣書云：

只就文章家論之，雖其繩墨布置，奇正轉折，自有專門師法。至于其中一段精神命脈骨髓，則非洗滌心源，獨立物表，具古今隻眼者，不足以與此。今有兩人，其一人心地超然，所謂具千古隻眼人也，卽使未嘗操紙筆呻吟學為文章，但直據胸臆，信手寫出，如寫家書，雖或疏鹵，然絕無烟火酸餡習氣，便是宇宙間一樣絕好文章。其一人猶然塵中人也，雖然顯顯學為文章，其于所謂繩墨布置則盡是矣，然翻來覆去，不過是這幾句婆子舌頭語，索其所謂真精神與千古不可磨滅之見，絕無有也。則文雖工，而不免為下格，此文章本色也……且夫兩漢而下之文之不如古者，豈其所謂繩墨轉折之精之不盡如哉。秦漢以前，儒家有儒家之本色，就如老莊家，有老莊家本色，縱橫家有縱橫家本色，名家、墨家、陰陽家皆有本色。雖其為術也駁，而莫不皆有一段千古不可磨滅之見。是以老莊家必不肯勦儒家之說，縱橫家必不肯借墨家之談，各自有其本色而鳴之而為言。其所言者其本色也，是以精光注焉而其言遂不泯于世。唐宋而下，文人莫不語性命，談治道，滿紙炫然，一切自託于儒家，然非其涵養畜聚之素，非真有一段千古不可磨滅之見，而影响勦說，蓋頭竊尾，就如貧人借富人之衣，莊農作大賈之飾，極力裝做，醜態盡露，是以精光枵然，而其言遂不久湮廢。

究荊川所謂「本色」，實即「眞精神與千古不可磨滅之見」（卽「道」），如儒家、道家、墨家，諸子百家，莫不各有其「道」，故諸子文章，各具本色。道存而本色亦具，道喪而本色亦泯，此先秦與近代文章之所由分也。故唐宋人論文，恒謂「文以載道」，荊川鹿門本色之說，實不外是。荊川特重南豐之文，康節之詩[22]，以其「道」存而本色具也。鹿門云：「文特以道相盛衰，時無所論也。」[23]又云：「世之文章家，當于六籍中求其吾心者之至而深于其道，然後從而發之爲文。」[24]「文以載道」之意尤顯。故唐茅「文章本色」之論，正與唐宋「文以載道」之說，調異而實同。至于中郎所論本色，以人爲詩，並古人之「辭」與「道」而空之，而歸于淡，究非前人所能牢籠。此則郭書之誤強其同，而學者不可不察也。

附註

❶ 四庫全書總目提要高青丘詩集提要。
❷ 見中國文學史引錄，北京中國科學院文學研究所編。
❸ 同❷。
❹ 同❷。
❺ 同❷。
❻ 見周亮工因樹屋書影卷六引錄。
❼ 見葉楚傖中國文學批評論文集引錄。
❽ 陳田明詩紀事庚籖卷十二。
❾ 郭紹虞中國文學批評史引錄。
❿ 同❾。
⓫ 同❾；郭紹虞云：「即使說公安三袁和他們的時代並不太遠，未必受他們的影響，那麼這種論調，至少也可說是公安派的羽翼。」
⓬ 公安縣志袁中郎傳，又見於李贄焚書「九月至極樂寺聞中郎且至因喜而賦」一首。
⓭ 李贄焚書。
⓮ 同⓭。
⓯ 錢謙益列朝詩集小傳乙集「楊循吉儀部」。
⓰ 四庫全書總目提要集部別集類存目五，袁中郎集提要。
⓱ 同⓫。
⓲ 梁啓超清代學術概論。

⑲ 方苞欽定四書文凡例論嘉正以後，作者以古文爲時文。（見宋佩韋明文學史引錄。）

⑳ 郭紹虞中國文學批評史：「此種論調簡直同於李卓吾的口吻了，簡直成爲公安派的主張了。」

㉑ 袁中道遊居柹錄。

㉒ 唐順之與王遵巖參政書，見中國科學院編中國文學史引錄。

㉓ 同㉒。

㉔ 同㉒。

〔原文為林章新《論袁中郎文學》第三節，載《能仁學報》第二期（一九八四年十二月），頁一七四—二九二。〕

清代詩說論要

劉若愚

一九五七年愚參加在西德慕尼黑舉行之國際東方學會時曾宣讀關於清代詩評短文，在該會紀錄發表，惟以時間所限，殊未盡意。後又於拙中國詩學（The Art of Chinese Poetry）中討論有關問題。此書現已付梓，將在英美出版，但以其為西方一般讀者立言，故所論多從略。茲再作較詳之評論，徵引亦稍繁，以為補充。——作者附識。

中國傳統之詩評每散見於詩話、序文、以及筆記、尺牘之中，咳珠唾玉之言有餘而開宗明義之作不足。縱有專著，亦多側重詩人之品評次第，或詩句之摘瑜指瑕，或詩法之枝節推敲，而少闡發明確之概念與系統之理論。即詩之一字，嚴格而言僅指一種詩歌，欲求一概括詩、騷、樂府、詞、曲之字竟不可得（韻文未必皆是詩）。可見中國文學思想中初無一廣泛抽象之「詩」之概念，若西方所謂詩之包括抒情詩、敍事詩、戲劇詩等然。雖然，吾人倘以此遽謂中國歷代說詩者於詩之本質並無觀念，自屬不可。然則其對詩之觀念究竟爲何？竊以爲倘提出「詩爲何物」與「如何作詩」二大問題而試於前人遺書中求其解答，則不難獲致其基本詩觀。歷代說詩之較具系統者，當推清代諸家，矧其說各有淵源，吾人研究清代詩說不啻研究歷代詩說不同流別之大成也。爰取清代論詩者數家，依其對詩之基本觀念析爲四派：曰「道學主義」，曰「個人主義」（或「抒情主義」），曰「技巧主義」（或「形式主義」），曰「妙悟主義」。於各派首辨其宗旨，繼探其淵源，再評其得失。終則綜各家之長，並略參管見，以求折中之論焉。

一 道學主義

道學主義之論詩者，可以沈歸愚爲代表。其對「詩爲何物」之答案，倘吾人以現代名詞出之，則爲：「詩乃宣揚道德、批評政治之工具。」此點乃沈氏一再明言者。說詩晬語開卷即云：

詩之為道，可以理性情，善倫物，感鬼神，設教邦國，應付諸侯，用如此其重也。

重訂唐詩別裁序亦云：

詩教之尊，可以和性情，厚人倫，匡政治，感神明。

此歸愚論詩之基本觀點也。析言之，詩之主要作用有二：一爲影響個人道德，一爲反映政治得失。其所以能影響個人道德者，以其能陶冶性情而促之傾向中正和平之理想，又能感動人心而使之去惡就善故也。至於詩之政治作用，在反映民心，諷諫政府。道學主義者沿襲漢書古有采風官之說，故主以詩評譏政治得失，以爲爲治者鑑。歸愚之基本詩觀既如是，故其衡量詩之準則，亦以其道德與政治價值爲本：

詩必原本性情，關乎人倫日用及古今成敗興壞之故者，方為可存。（清詩別裁凡例）

是以道學家心目中之詩之最終理想，不在至美之文字音律，或絕妙之風格韻味，或超凡之情景境界，而在「雅正」與「溫柔敦厚」。凡悖乎「好色而不淫，怨誹而不亂」以及「樂而不淫，哀而不傷」之旨者，皆所不取。此亦歸愚申之再三者。唐詩別裁序云：

大約去淫濫以歸雅正，于古人所云微而婉，和而莊者，庶幾一合焉，此微意所存也。

古詩源例言亦自稱「擇其尤雅者」。清詩別裁凡例又云：

詩之為道，不外孔子教小子教伯魚數言，而其立言一歸於溫柔敦厚。

凡上所引，足證道學家如沈氏之詩評乃以倫理及政治價值爲準則而非以藝術價值爲準則者也。至於「如何作詩」之問題，歸愚之答案可由下文見之：

先審宗指，繼論體裁，繼論音節，繼論神韻，而一歸於中正和平。（重訂唐詩別裁序）

易言之，首重思想內容，次重形式格律，而以風神韻味爲末事。既重思想，不得不重作者之人格；既重形式，不得不重學問與摹倣。故歸愚又云：

有第一等襟抱，第一等學識，斯有第一等真詩。（說詩晬語）

又云：

以詩入詩，最是凡境。經史諸子，一經徵引，都入詠歌，方別於潢潦無源之學。（同上）

又云：

詩不學古，謂之野體。（同上）

又云：

詩以聲為用者也，其微妙在抑揚抗墜之間。（同上）

其重視學問與格律如是。雖然，歸愚並非主張一意仿古，亦步亦趨者。觀其言云：

詩不可無法，亂雜而無章者非詩也。然所謂法者，行所不得不行，止所不得不止，而起伏照應，承接轉換，自神明變化于其中。若泥定此處應如何，彼處應如何，則死法矣。（唐詩別裁凡例，並見說詩晬語。）

又於「詩不學古，謂之野體」之後繼云：

然泥古而不能通變，猶學書者但臨摹分寸不失，而己之神理不存也。

可知其固非一意以摹仿古人爲能事者，與本篇下文所謂技巧主義者究有不同也。

歸愚之論作詩法，舍思想、學問、格律外，尚有一要點，即倡比興，重含蓄，而反對過分流露之抒情。說詩晬語有云：

事難顯陳，理難言罄，每託物連類以形之。鬱情欲舒，天機隨觸，每借物引懷以抒之。比興互陳，反覆唱嘆，而中藏之懽愉慘戚，隱躍欲傳，其言淺，其情深也。倘質直敷陳，絕無蘊蓄，以無情之語而欲動人之情，難矣。

此言之發，蓋因其主於溫柔敦厚之故；欲溫柔敦厚自不得不力求含蓄而避免大聲疾呼也。可見道學家之詩法，亦莫不由其對詩之道德觀念而生。實則詩經、楚辭，何嘗盡作含蘊之語？此點袁子才於復歸愚論詩書中已駁之矣。

沈歸愚論詩之要旨，大致如右。茲略述其源。夫歸愚之論詩，語多老生常談，鮮有創見。其主旨大半源於論語及毛詩序。孔子論詩之載於論語者，雖係指三百篇而言，然吾人據之以推測其對一般詩之觀念，當無大誤。孔子之論詩，不專主一義，實籠括抒情、載道、實用、修辭各方面。所謂「可以興」、「可以怨」，詩之用於抒情者也。所謂「可以觀」與「多識於鳥獸草木之名」，詩之用於格物者也。所謂「可以羣」及「邇之事父，遠之事君」，詩之用於人倫者也。所謂「使於四方，不能專對，雖多，亦奚以爲」，詩之用於政事者也。所謂「不學詩，無以言」，詩之用於修辭者也。故孔子之詩說實爲後世道學、抒情、技巧等各種主義之泉源，初非固執一義者。道學家如沈歸愚者，雖謂「詩之爲道，不外孔子教小子教伯魚數言」（見前引），實則其論詩僅得孔子詩說之一端也。

至於沈氏論詩之出於毛詩序者，尤爲明顯。詩序云：

> 正得失，動天地，感鬼神，莫近於詩。先王以是經夫婦，成孝敬，厚人倫，美教化，移風俗。

此沈氏「善倫物，感鬼神」等語之所本也。其實詩序亦非專主以詩宣揚道德匡扶政治而不顧其抒情之功用者。方其未作上引諸語之先，首云：

> 詩者，志之所之也。在心為志，發言為詩。情動於中而形於言；言之不足，故嗟嘆之；嗟嘆之不足，故永歌之；永歌之不足，不知手之舞之足之蹈之也。

可見儒家之詩觀，本兼重抒情與載道，二者不必互相牴牾。後人或各執一端以啓紛爭，或強求調和以爲疏通，皆失孔門說詩之本意矣。道學派與抒情派對「詩言志」之不同解釋，於下節論之。至於勉求調和者，可以文心雕龍爲例。明詩篇首云：

> 大舜云：詩言志，歌永言。聖謨所析，義已明矣。是以在心為志，發言為詩。舒文載

實，其在玆乎。

此以抒情爲詩之本質者也。繼云：

> 詩者，持也，持人情性。三百之蔽，義歸無邪，持之為訓，有符焉爾。

此言似乎轉而注重詩之道德功用。然甫作是言，忽又云：

> 人稟七情，應物斯感，感物吟志，莫非自然。

則又返於抒情之立場矣。縱覽彥和全書，其心似傾向於抒情之旨，然不敢廢載道之說，故欲求折中而不果。觀其情采篇云：

> 昔詩人什篇，為情而造文；辭人賦頌，為文而造情。何以明其然？蓋風雅之興，志思蓄憤，而吟詠情性，以諷其上，此為情而造文也。諸子之徒，心非鬱陶，苟馳夸飾，鬻聲釣世，此為文而造情也。故為情者要約而寫真，為文者淫麗而煩濫。

其主抒情之意甚顯，而終不能忘懷載道，故於「吟詠情性」之下，加「以諷其上」一語。夫「吟詠情性」乃自我表見，何以即能有諷諫之效？文心雕龍乃中國文學批評史上空前絕後之巨作，而有若此自相矛盾之處，皆由其強欲調和抒情與載道二說之所致也。此種矛盾於後世詩人亦可見之。如工部自稱以「致君堯舜上，再使風俗淳」爲己志，太白亦謂「我志在刪述，垂輝映千春。」而樂天嘆其詩之有關風化者少（與元九書）。反觀樂天之詩，所謂「諷喩詩」不過一百五十首，而「閑適」、「感傷」、「雜律」數倍之。可見歷代詩人多口頭奉諷諫爲圭臬而實際大半以詩爲抒情之媒介。若歸愚之論詩，雖執一端，然可免自相矛盾之譏，此其稍勝前人處也。

道學主義者論詩之失，主要在誤以作詩之動機與效果爲詩之本質。設有人焉，欲揚風化，匡政治，而執筆爲詩。其用心固善，其詩未必便佳。蓋無論其思想如何高超，人格如何偉大，苟無文字天才，必不能成詩人。古來聖賢多有不能詩者，亦不必作詩。反之，詩人之無行者如李義山、溫飛卿、柳耆卿之流，其詩詞佳處正不可掩。故賢者未必即能詩，能詩者亦未必即是賢人。欲以道德標準衡詩之優劣，烏乎可！尤有進者，無論作詩之動機爲何，方其運思下筆之際，其所作所爲，既非道德行爲，亦非政治或社會行爲，而係個人運用思想感情之創作行爲，或云藝術行爲。當其詩既成之後，可能產生道德或政治之效果，然此效果之爲善爲惡，亦不能藉以評定其詩之優劣。吾人可以道德或政治立場反對某詩甚至燬棄之，然不能以此等理由斷定其爲劣詩。以道德立場評詩，猶以畫題論畫之優劣。吳道子之佛像固佳，唐伯虎之美人亦妙，倘謂凡繪神佛者皆是佳作，凡繪倡伎者皆是劣品，寧非笑談？道學主義者拘於道德標準，不免因噎廢食。如沈歸愚纂古詩源時，自述：

晋人子夜歌，齊梁人讀曲等歌，俚語俱趣，拙語俱巧，自是詩中別調。然雅音既遠，鄭衛雜興，君子弗尚也。愚於唐詩選本中，不收西崑、香奩諸體，亦是此意。

此爲道德標準而犧牲文學價值之明證也。又如白樂天謂梁陳作者，「不過嘲風雪、弄花草而已」，而病其無所諷（與元九書）。沈歸愚則以是語責唐詩曰：

至有唐而聲律日工，託興漸失，徒視為嘲風雪、弄花草、遊歷燕衎之具，而詩教遠矣。（說詩晬語）

此皆誤以道德標準繩墨文學之例也。英國哲學家柯靈武德 R. G. Collingwood 於其藝術原理一書中云：凡表達情感者始爲「藝術」；凡激動情感以冀引起某種行爲者，謂之「魔術」。吾國道學主義者以道德政治作用爲詩之本質，殆即以魔術爲藝術者乎？雖然，鄙意並非以爲道德及政治價值標準無關重要，僅謂吾人不能據之以評論藝術價值。評詩者之職責在判斷詩之藝術價值，至於其道德或政治價值，讀者當可自爲論定，此非文學批評分內之事也。倘評詩者必以道德政治價值爲準繩，則文學將變爲宗教或政治之奴隸，其流弊不難想見。

二　個人主義

個人主義亦可謂之抒情主義，其對詩之基本觀念爲：詩乃自我之表見，亦即個人性情之抒發。此派之論詩者，可以金聖嘆及袁子才爲代表。聖嘆云：

詩非異物，只是人人心頭舌尖所萬不獲已必欲說出之一句說話耳。儒者則又特以生平爛讀之萬卷，因而與之裁之成章，潤之成文者也。夫詩之有章有文也，此固儒者之所矜為獨能也；若其原本，不過只是人人心頭舌尖萬不獲已而必欲說出之一句說話，則固非儒者之所得矜為獨能也。（與家文昌書，見沈啓元編近代散文抄）

此極端之抒情論也。隨園之言略同：

詩者，人之性情也。近取諸身而足矣。其言動心，其色奪目，其味適口，其音悅耳，便是佳詩。（隨園詩話補遺卷一）

又云：

余常謂詩人者不失其赤子之心者也。（隨園詩話卷三）

金、袁俱主性情，而二人不盡同。聖嘆純以情感爲詩之本質，而隨園兼及美感，此由其所謂「其色奪目，其味適口，其音悅耳」諸語見之。是以聖嘆但主性情，而子才兼論性靈。性靈者，謂與生俱來之敏感，固非人人得而有之者。易言之，聖嘆以天下人人共有之情感爲詩之本質，以爲有情感即可爲詩人。子才則以爲徒有情感未必即是詩人，欲作詩人兼須有一段性格中天生之聰慧，此性靈之要旨也。關於性靈之義，顧遠薌於隨園詩說的研究一書中言之頗詳，惟其立論偏激，對清代其他論詩諸家乃大肆詆毀，而以性情說爲天經地義。又其論隨園詩說之淵源亦與鄙見不盡同，俟於下文議之。

金、袁既以性情或性靈爲詩之本質，其對「如何作詩」之答案亦不難想見。大抵二人俱主張順從情感之自然流露而反對摹仿古人及泥守格律。聖嘆與友人論詩曰：

> 詩如何可限字句！詩者，人之心頭忽然之一聲耳。不問婦人孺子，晨朝夜半，莫不有之。今有新生之孩，其目未之能眴也，其拳未之能舒也，而手支足屈，口中啞然，弟熟視之，此固詩也。天下未有不動于心而其口有聲者也；天下未有已動於心而其口無聲者也。動於心聲於口謂之詩。故子夏曰：在心為志，發言為詩。故志之為字，從之從心，謂心之所之也。詩之為字，從言從之，謂言之所之也。心之所之，謂之志焉；言之所之，斯有詩焉。故詩者未有多于口中一聲之外者也。唐之人撰律，而勒令天下之人必就其五言八句，或七言八句。若果篇必八句，句必五言七言，斯豈又得稱詩乎哉。弟固知唐律詩乃斷斷不出天下人人口中之一聲。弟何以知之，弟與之分解而後知之。（與許青嶼書，見近代散文抄）

隨園亦云：

> 有性情便有格律，格律不在性情之外。三百篇半是勞人思婦率意言情之事，誰為之格，誰為之律，而今之談格調者能出其範圍否？（隨園詩話補遺卷一）

子才非惟反對格律，兼反對和韻及用典。隨園詩話云：

余作詩雅不喜疊韻、和韻，及用古人韻，以為詩寫性情……何得以一二韻約束之。（卷一）

又云：

余每作咏物詩，必將此題之書籍無所不搜，及詩之成也，仍不用一典，常言人有典而不用猶之有權勢而不逞也。（卷一）

故隨園譏漁洋曰：

阮亭主修飾不主性情，觀其到一處必有詩，詩中必用典，可以想見其喜怒哀樂之不真矣。（卷三）

此評當否，俟於下文論漁洋時議之。茲再引隨園詩話一段以見子才之重視詩人情感之眞摯：

最愛周櫟園（按即周亮工）之論詩曰：詩以言我之情也，故我欲為則為之，我不欲為則不為，原未有人勉強之督責之而使之必為詩也。（卷三）

聖嘆亦以誠摯爲作詩之要法：

> 作詩須說其心中之所誠然者，須說其心中之所同者。說心中之所誠然，故能應筆滴淚；說心中之所同然，故能使讀我詩者應聲滴淚也。今如作中四句詩，此為心中之所誠然者乎，此為心中所同然者乎。若唐律詩亦只作得中之四句，則何故今日讀之猶能應聲滴淚乎。（答沈匡來書，見近代散文抄）

總之，個人主義者以性情爲詩之本質，以自然流露爲作詩之方法，而不重思想、學問、及格律。

此派詩說，遠祧羣經，近祖公安。何以謂之「遠祧羣經」？虞書：「詩言志，歌永言。」樂記：「故歌之爲言也，長言之也。長言之不足，故嗟歎之；嗟歎之不足，故不知手之舞之足之蹈之也。」詩序又據此而作「詩者，志之所之也」等語，已見前節所引。（按詩序此段出處見錢賓四先生讀文選一文，載新亞學報第三卷第二期。）論語亦有「可以興」「可以怨」之語。凡此皆抒情主義之遠祖也。夫「詩言志」之說，道學主義者亦承之，惟其解釋與抒情主義者不同。「志者，心之所之也」，固爲二派所共認，而其對「心」之觀念先自不同。道學主義者所謂「心」，乃「正心誠意」之心，猶今人所謂「意念」或「思想」，故「心之所之」乃「意志」，「志願」，甚至「道德理想」之義。抒情主義者所謂「心」，乃「推心置腹」之心，猶今人所謂「感情」，故「心之所之」，乃「感情」或「欲望」之義。二者對「志」之認識既不同若是，其對「詩言志」之解釋亦因之而異。道學主義者將「詩言志」解作「詩乃作者道德理想之表見」，而抒情主義者解之爲「詩乃作者心懷情緒之表見」。平心而論，後者似近原義。蓋詩序於「詩者，志之所之也」之下，明明道出「情動於中而形於言」，足見「詩言志」乃指抒情而非指道德志願之表見也。道學與抒情二派之不同，亦可於其對詩與性情之關係之觀點見之。道學派注重詩對讀者性情之影響，故屢言「理性情」或「和性情」爲詩之作用。抒情派注重詩對作者性情之流露，而不問其性情是否一定合乎道德理想。此二派又一異點也。

至於何以謂之「近祖公安」，竊以爲抒情主義之詩說襲自明季公安三袁者甚多。或曰「隨園性靈之說出自楊誠齋」。此說倡自日人鈴木虎雄，國人如顧遠薌等從之，幾成不易之論。實則隨園雖嘗引誠齋「格調是空架子，有腔口易描；風趣專寫性靈，非天才不辦」之語而自謂深愛其言，此可能爲一時偶合，未可以此論定隨園詩說出自誠齋也。反之，隨園詩說之出於三袁者，其徵比比皆是。即顧氏亦承認隨園受中郎之影響。其實影響隨園者不只中郎，伯修與小修亦與焉。且其影響所及亦不只隨園，聖嘆亦與焉。茲舉三袁論詩之有關性情及性靈者數段，以見其對金、袁之影響。

伯修論文云：

> 口舌代心者也，文章又代口舌者也，展轉隔礙，雖寫得暢顯，已恐不如口舌矣，況能如心之所存乎。（白蘇齋類集卷二十）

此即聖嘆「詩非異物，只是人人心頭舌尖所萬不獲已必欲說出之一句說話」以及「詩者未有多于口中一聲之外者也」諸語之意。中郎云：

吾謂今之詩文不傳矣，其萬一傳者，或今閭閻婦人孺子所唱擘破玉、打草竿之類，猶是無聞無識，真人所作，故多真聲。不效顰於漢魏，不學步於盛唐，任性而發，尚能通于人之喜怒哀樂嗜好情欲，是可喜也。（錦帆集卷二）

此亦與聖嘆所謂「婦人孺子，晨朝夜半，莫不有之」，以及子才所謂「詩人者不失其赤子之心」之意同。三袁之反摹古亦與聖嘆、子才如出一轍。伯修云：

今之圓領方袍，所以學古人之綴葉蔽皮也。今之五味煎熬，所以學古人之茹毛飲血也。何也？古人之意，期于飽口腹，蔽形體。今人之意，亦期于飽口腹，蔽形體，未嘗異也。彼摘古字句入己著作者，是無異綴皮葉于衣袂之中，投毛血于殽核之內也。（同前引）

中郎亦云：

夫古有古之時，今有今之時，襲古人語言之迹，而冒以為古，是處嚴冬而襲夏之葛者也。（瓶花齋集卷六）

尤要者，中郎序小修之詩，贊之云：

大都獨抒性靈，不拘格套，非從自己胸臆流出，不肯下筆，有時與與境會，頃刻千言，如水東注，令人奪魂。（同前引）

此數語不啻爲隨園性靈之說註脚。小修亦稱：

今之攻中郎者，學其發抒性靈，而力塞後來俚易之習。（珂雪齋集卷九）

可見隨園性靈之說，公安三袁已先倡之矣。小修又云：

天下無百年不變之文章。有作始自有末流，有末流還有作始。其變也皆若有氣行乎其間，創爲變者與受變者皆不及知。是故性情之發，無所不吐，其勢必互異而趨俚，趨于俚又將變矣，作者始不得不以法律救性情之窮。法律之持，無所不束，其勢必互同而趨浮，趨于浮又將變矣，作者始不得不以性情救法律之窮。夫昔之繁蕪，有持法律者救之，今之剽竊，又將有主性情者救之矣。此必變之勢也。（同前，卷八）

此則匪惟倡性情，兼道出所以倡性情之故。三袁倡性情以排斥前後七子之徒之泥古，隨園倡性情以排斥歸愚所主之格調與道學，其時不同，其理一也。

抒情主義者之論詩，雖宗旨與道學主義大相逕庭，而其根本之錯誤相似，即將詩之動機與詩之本質混爲一談也。夫性情者，可引起作詩之動機，供給作詩之資料，然性情本身固非詩也。故謂性情爲詩料則可，謂之爲詩則不可。此猶謂天地山川皆可入畫則可，如謂天地山川即畫也，則丹青復何用？抒情可爲作詩之動機，然欲成詩，則尙須文字音韻之美，設思想像之妙，否則凡以語言發洩情感者皆謂之詩，則村婦詈人，小兒爭吵，亦將謂之詩乎？聖嘆所云小兒啞然一聲即是詩，其意殆謂此中伏有詩機，若眞以爲此即是詩，則文字復何用？即隨園所尙之性靈，以爲詩之本性，猶嫌不足，蓋天性中縱有靈敏之感覺，倘未識之無，試問能成詩人否？必其靈性與文字技巧會合始能爲詩。此倡性情者所未見及者也。

抑又有進者：性情人人皆有，然是否各人之性情，以至一己之七情六欲，均有以詩表見之價値？此一問題似亦非抒情主義者所注意及者。詩人固不可無眞性情，然其作詩之前，應對其己身之性情加以批判，有價値者以詩出之，如係浮泛膚淺之情，則此詩大可不作也。抒情主義者但重情之眞而不論其深厚，故難免流於濫。反觀道學主義者之愼取嚴求，務去泛濫，未嘗不有其理也。

再者，抒情主義之詩觀，雖得詩之一部眞諦，而其範圍未免太隘。抒情固爲詩之主要功用之一，然詩不必一定抒情。敍事、說理、體物之詩，未嘗不是詩也。故僅以性情爲詩之對象，則作者之思想以及對外物之反應均不能包括於詩之園囿以內矣。

至於此派對如何作詩之答案，亦未免失之偏。一味泥古，專重格律固非善法，然全憑情感之奔流而置格律於不顧亦非良謀。子才謂「有性情即有格律」，此言實難令人首肯。凡怒髮衝冠之壯士，嗚咽泣訴之嫠婦，何嘗不有性情，然倘謂此等人下筆爲詩則格律自至，其誰信之？故性情乃詩之材料，格律乃詩之形式，一內一外，未可偏廢，忽此略彼，皆失之矣。

三　技巧主義

技巧主義者流，亦可稱之爲形式主義者。其對詩之概念爲：詩乃一種文字形式，其祕訣全在技巧。此派論詩者可以趙秋谷及翁覃溪爲代表。秋谷以爲王漁洋於古詩作法有獨得之處而祕不肯傳，遂憤而自作聲調譜二卷，又作談龍錄以詆漁洋。於此已可見秋谷心目中先自有詩之祕不外乎技巧之成見，蓋詩之祕訣如在乎性靈或妙悟，則漁洋安得以之自祕，而秋谷亦何必求之於漁洋也！且詩之祕果可意會而不可言傳，則漁洋縱欲授之秋谷又安可得！足見秋谷以爲詩不過文字技巧問題耳，能得聲調之法，即可爲詩家矣，此其聲調譜之所由作也。又觀其談龍錄卷首自敍此書之緣起云：

> 昉思曰：詩如龍然，首尾爪角鱗鬣，一不具，非龍也。司冠（按指漁洋）哂之曰：詩如神龍，見其首不見其尾。或雲中露一爪一鱗而已，安得全體。是雕塑繪畫者耳。余曰：神龍者，屈伸變化，固無定體。恍惚望見者，第指其一鱗一爪，而龍之首尾完好固宛然在也。若拘於所見，以為龍具在是，雕繪者反有辭矣。（附飴山詩集）

此段嘲漁洋神韻之說，以爲此只詩之一鱗一爪，而詩之全體，則在其通篇文字結構，故一字不可放鬆也。其以文字形式爲詩之本質之意顯然。趙氏又云：

> 詩固自有其禮義也。今夫喜者不可為泣涕，悲者不可為歡笑，此禮義也。富貴者不可語寒陋，貧賤者不可語侈大，推而廣之，無非禮義也。其細焉者，文字必相從順，意興必相附屬，亦禮義也。（同上）

其所謂詩之禮義，實即格律之別名。可見其以形式格律爲詩之要訣，而置性情及妙悟於不顧也。

其後翁方綱倡肌理之說，其意與秋谷彷彿。翁氏於肌理一辭，再三加重。神韻論上篇云：

今人誤執神韻，似涉空言，是以鄙人之見，欲以肌理之說實之。其實肌理卽神韻也。（復初齋文集卷八）

其下篇又云：

知於肌理求之，則刻刻惟規矩彀率之弗若是懼，又奚必其言神韻哉！（同上）

覃溪所謂肌理，卽文字結構之義。觀其詩法論云：

文成而法立。法之立也，有立乎其先，立乎其中者，此法之正本探原也。有立乎其節目，立乎其肌理界縫者，此法之窮形盡變也。（同上）

可見肌理者，謂作者運用文字技巧以求通篇之結構緊嚴也。

趙、翁二氏對詩之基本觀念旣如是，其對「如何作詩」之解答，不問可知。其重格律，輕性靈，反神韻，已見前引諸言。茲再引覃溪詩法論一段，以見其對規律之極端重視：

法之立本者，不自我始之，則先河後海，或原或委，必求諸古人也。夫惟法之盡變者，大而始終條理，細而一字之虛實單雙，一音之低昂尺黍，其前後接筍乘承轉換開合正變，必求諸古人也。乃知其悉準諸繩墨規矩，悉校諸六律五聲，而我不得絲毫以己意與焉。

> ……應有者盡有之，應無者盡無之，夫然後可以謂之詩。（同前）

此可謂形式主義之極端，據此則作詩之道惟在兢兢業業摹仿古人，循規蹈矩，而興到神來之筆，抒情見性之作不取焉。

此派論詩之旨，遠溯孔子「不學詩，無以言」一語，近承宋明注重仿古之諸家。孔子論詩之不拘一義，前已言之，故技巧主義者之偏重一端，去孔子本旨遠矣。專事摹仿，以格律技巧爲詩之要者，大約倡自宋人。宋詩分門別戶，各以摹仿一家爲能事，如西崑派之仿義山，晚唐派之仿浪仙，香山派之宗樂天，昌黎派之宗退之，此人所習知者也。又如山谷之論詩云：

> 詩意無窮，人才有限，以有限之才追無窮之意，雖淵明、少陵不能盡也。然不易其意而造其語，謂之換骨法。規模其意而形容之，謂之奪胎法。（見釋惠洪冷齋夜話）

此則公然以摹仿代創作，純以技巧爲詩者。謂之清代技巧主義之先河，不亦宜乎？覃溪「肌理」一辭，或即出於山谷之「換骨」、「奪胎」，亦未可知，蓋既換其骨，奪其胎，將何以實之？此非肌理而何？

至於明代之倡摹擬古人者，蓋有前後七子之流。姑以李夢陽爲例，以見其說之一斑：

> 古之工如倕如班，堂非不殊，戶非同也，至其為方也，圓也，弗能舍規矩。何也？夫規矩者，法也。僕之尺尺而寸寸之者，固法。假令僕竊古之意，盜古之形，剪裁古辭以為

文，謂之影子誠可。若以我之情，述今之事，尺寸古法，罔襲其辭，猶班圓倕之圓，倕方班之方，而倕之木非班之木也。此奚不可也。（空同集卷六十一）

此爲仿古者之有力辯詞，意謂師古者但師其法而不剽竊其辭，而法者固自然之律則，師古猶遵從自然法則也。此言頗可自圓其說，惟至翁覃溪變本加厲而作詩法論，謂一字一音不可不悉從古人，則過矣。

技巧主義者之論詩，既不重思想，亦不重性情，而徒於文字技巧中求其眞諦，可謂舍本逐末。甚至欲於肌理中求神韻，謂肌理即神韻，其免於緣木求魚之譏者幾希。夫格律也者，肌理也者，詩外之形也。專講外形，不問內容，猶人之徒具衣冠而神氣無存也。

再者，詩乃藝術之一種，凡藝術皆有創造性。所謂創造，謂無中生有也。天下本無詩，無畫，無曲，而藝術家憑空創造之，此藝術異於百工技藝者也。凡百工者，取天然之原料而賦之以他種形態；詩人則不然。或曰：子不嘗言性情乃詩料乎？曰：吾所謂詩料，乃指作詩之動機，非謂其同於百工之原料也。曰：其不同安在？對曰：以木造舟，舟成而木去。以情賦詩，詩成而情固仍在也。天下多一舟則少一木，天下多一詩則未嘗少一性情也。或又曰：然則文字聲音豈非詩之原料乎？曰：亦非也。一木不可以造二舟，一字可用於無盡之詩篇，並非一經採用，他人即不得用之於他詩也。文字、聲律、色彩，人人可以之入詩、入曲、入畫，非但取之不盡，用之不竭，且可創出新形式，新結構。此藝術之創造所以異於工藝之製造也。技巧主義者未明此理，追求技巧，一若作詩者以文造詩如以木造舟者，不知苟無性情、思想、妙悟，則技巧雖高，終難成詩人。譬之繪事，苟無想像、情感，雖盡習渲染皴點之技，傳模移寫之法，必不能成畫家也。雖然，倘天資已具，技巧亦不可全不講求。形式主義者之失，不在研求技巧，而在唯以技巧爲詩之要旨而忽視其他也。

四 妙悟主義

妙悟主義者，可以王船山、王漁洋、王靜安爲代表。三王論詩喜用之名詞雖各異，然其對詩之基本觀念大致相同。此觀念爲何？即詩者，所以體味人生，默察萬物，而非僅言情之用。故三王或言「情景」，或言「神韻」，或言「境界」，皆兼重內心與外物者也。

船山之論詩，每以情景並論。其言曰：

> 情景名爲二而實不可離。神於詩者妙合無垠，巧者則有情中景景中情。（夕堂永日緒論，即薑齋詩話卷一，見王船山遺書）

又曰：

> 情景雖有在心在物之分，而景生情，情生景。（詩繹，即薑齋詩話卷二，見王船山遺書）

此情景相生相合之論也。情景合則境界生，故靜安之境界說實出於船山，此點俟下文詳之。船山不僅主情景相融，復主體物入神。夕堂永日緒論又云：

含情而能達，會景而生心，體物而得神，則自有靈通之句，參化工之妙。

易言之，詩人須以己之情，體物之神，然後可爲詩。此與專主性情者不同之處也。

漁洋之論詩，則於「神」之外又加一「韻」字。夫神韻者，或以爲一事，其實神自神，韻自韻，未可混淆，神來自外物，韻出自內心。何以見之？帶經堂詩話有「入神」一類，其所舉之例，如王籍之「蟬噪林逾靜，鳥鳴山更幽。」孟浩然之「微雲淡河漢，疏雨滴梧桐。」馬戴之「猿啼洞庭樹，人在木蘭舟。」及李太白之「牛渚西江月，青天無片雲」諸句，皆寫景之作，故知漁洋所謂入神，即滄浪所云「詩之極致有一，曰入神。詩而入神，至矣盡矣，蔑以復加矣。」與夫船山所云「體物而得神」之義。是以「神韻」之「神」，謂潛心察物而攝其神理入詩，既非「神奇莫測」之義，亦非指作者之神思飛越。翁覃溪舉杜工部「讀書破萬卷，下筆如有神」之句爲漁洋「神韻」註脚，誤矣。至其以爲格調即神韻，肌理即神韻，更屬牽強可笑。「神」字義既若是，「韻」字義何如？漁洋詩話引白石詩說云：

一家之言自有一家風味，如樂之二十四調，各有韻聲，乃是歸宿處。模仿者語雖似之，韻則亡矣。

由此可知漁洋所謂韻乃各人獨有之風味；既爲各人獨有，其出於內心明矣。漁洋又云：

詩以言志。古之作者如陶靖節、謝康樂、王右丞、杜工部、韋蘇州之屬，其詩具在。嘗

試以平生出處攷之，莫不各肖其為人。（鷥尾文卷一，見帶經堂集）

可見其未嘗不重視詩人之個性。隨園譏漁洋「主修飾不主性情」，其實漁洋非不主性情，不過兼主體物耳。再者，性情全係天生，有如河水之夾泥帶沙；風韻半由功夫，雖出自性情，尚須披沙揀金，日久始成。漁洋倡神韻，故一則重體物得神，一則重鍊性成韻，非棄性情於不顧也。子才以爲其主修飾，未爲公允之論也。

至於靜安之論詩，雖見於人間詞話，其所論往往不限於詞，且詞亦爲廣義之詩之一種，本文所謂詩固不僅指五、七言古、律而已，故吾人不必拘於體裁之別而廢靜安之詩論也。靜安之論詩，以「境界」爲主旨。此辭雖非創自觀堂，然前人未有如其所用之恆，亦未有如觀堂之爲之界說者。其界說云：

境非獨謂景物也，喜怒哀樂亦人心中之一境界。故能寫真景物真感情者，謂之有境界，否則謂之無境界。（人間詞話卷上）

觀乎此，乃知靜安之「境界」，實即兼船山所云情景而言之者也。境界不外乎情景，故靜安以能否言情寫景爲評詩之準則：

大家之作，其言情也必沁人心脾，其寫景也必豁人耳目，其辭脫口而出，無矯揉妝束之態，以其所見者真，所知者深也。詩詞皆然。持此以衡古今之作者，可無大誤矣。（同

上）

靜安又云：

詩人對宇宙人生，須入乎其內，又須出乎其外。入乎其內，故能寫之；出乎其外，故能觀之。入乎其內，故有生氣；出乎其外，故有高致。（同上）

既欲深入人生，不可不有性情；既欲觀察宇宙，不可不審物理。所謂「寫之」，即抒情也；所謂「觀之」，即體物也。又靜安所謂「生氣」，無異乎「神」，所謂「高致」，又頗似「韻」。故靜安雖頗以拈出「境界」二字自喜而謂其勝於「神韻」，實則其所論不脫神韻之範圍也。

綜上所言，三王論詩之要旨，在兼重詩人對性情之表見與對外界之反應。此二者謂之「情景」亦可，謂之「神韻」亦可，謂之「境界」亦可，要之不外內心與外物之寫照，此三氏共有之詩觀也。

若夫作詩之法，三王俱主妙悟而不主學問與技巧。妙悟者，非惟指對詩法之心領神會，並指對宇宙人生之體驗覺悟。此船山所以稱「含情而能達，會景而生心，體物而得神，則自有靈通之句，參化之妙」也。又繼稱：「若但於句求巧，則性情先爲外蕩，生意索然矣。」（同前引）此其反對過事琢磨推敲之故也。

漁洋之倡妙悟，較船山尤甚。漁洋詩話云：

越處女與勾踐論劍術曰：妾非受於人也，而忽自有之。司馬相如答盛覽曰：賦家之心，得之於內，不可得而傳。雲門禪師曰：汝輩不記己語，反記吾語，異日稗販我耶。數語皆詩家三昧。（重見帶經堂詩話）

其意殆謂詩之道可以意會而不可以言傳，有悟性者自能領略其法，無悟性者雖苦學無益也。詩道既憑妙悟，故作詩者應俟靈機之觸發而不可強爲之，此漁洋所謂「佇興」也。帶經堂詩話有「佇興」一類，並云：

王士源序孟浩然詩云，每有製作，佇興而就。（按原文爲「每爲詩，佇興而作」）。余平生服膺此言，故未嘗爲人強作，亦不耐爲和韻詩也。（原載漁洋詩話）

興之未至，不可強爲，興之所至，則可不計其言之是否寫實。漁洋詩話云：

香爐峯在東林寺東南，下卽白樂天草堂故址。峯不甚高，而江文通從冠軍建平王登香爐峯詩云：日落長沙渚，層陰萬里生。長沙去廬山二千餘里，香爐何緣見之。孟浩然下贛石詩：暝帆何處泊，遙指落星灣。落星在南康府，去贛亦千餘里，順流乘風卽非一日可達。古人詩只取興會超妙，不似後人章句但作記里鼓也。

池北偶談亦爲王右丞畫雪中芭蕉辯，謂「古人詩畫只取興會神到，若刻舟緣木求之，失其指矣。」此皆阮亭重興會不重寫實之例也。

雖然，漁洋之論詩未全廢學，但以妙悟爲較學力尤要耳。此可以下文證之：

夫詩之道有根柢焉，有興會焉。二者率不可得兼。鏡中之象，水中之月，相中之色，羚羊掛角，無跡可求，此興會也。本之風雅，以導其源；泝之楚騷、漢魏樂府詩，以達其流；博之九經、三史、諸子，以窮其變，此根柢也。根柢原於學問，興會發於性情。於斯二者兼之，又斡以風骨，潤以丹青，諧以金石，故能銜華佩實，大放厥詞，自名一家。（帶經堂詩話）

此段之意，兼重學問與悟性。唯又云：

洪昉思問詩法於施愚山，先述余夙昔言詩大指。愚山曰：子師言詩，如華嚴樓閣彈指卽現，又如仙人五城十二樓縹緲俱在天際。余卽不然，譬作室者，瓴甓木石，一一須就平地築起。洪曰：此禪宗頓漸二義也。（漁洋詩話，重見帶經堂詩話）

此則明明以頓悟自居，而其言外之意，以爲頓悟勝於漸修，亦卽妙悟超於學問也。

王靜安未嘗細言妙悟，然偶亦及之。如其贊辛稼軒木蘭花慢送月詞，謂其「想像與科學家密合，可謂神悟」（人間詞話卷上）是也。

此派評詩，以空靈爲上，不落斧鑿痕爲高。故反對用事堆砌，泥守格律，以及徒事修飾。

漁洋屢述司空表聖「不著一字，盡得風流」，及嚴儀卿「羚羊掛角，無跡可求」，「如空中之音，相中之色，水中之月，鏡中之象」諸語，以爲作詩之至高理想。又稱「作詩用事以不露痕跡爲高」（池北偶談）。靜安亦主持「不隔」之說，以爲用典故及代字過多則寫景言情俱隔矣。人間詞話有云：

詞忌用代替字。美成解語花之桂華流瓦，境界極妙，惜以桂華二字代月耳。夢窗以下，則用代字更多，其所以然者，非意不足，則語不妙也。蓋意足則不暇代，語妙則不必代。（卷上）

又云：

以長恨歌之壯采，而所隸之事，只小玉雙成四字，才有餘也。梅村歌行，則非隸事不辦。白吳優劣，卽於此見。不獨作詩爲然，塡詞家亦不可不知也。（卷上）

又云：

社會上之習慣，殺許多之善人，文學上之習慣，殺許多之天才。（卷下）

其重悟性、反格律、堆砌之意至顯，無庸費辭。

妙悟主義者之論詩，受禪宗影響甚深，而其說之襲自滄浪者尤多。以禪論詩，雖非作俑於滄浪，而其影響後世之巨，則無過滄浪者。船山所謂「體物得神」與漁洋所謂「入神」之出於滄浪「詩之極致有一，曰入神」一語，又漁洋果述滄浪「羚羊掛角，無跡可求」及「水月鏡花」諸語，均已見前。茲再擧滄浪之言數則以見其對清代妙悟主義之影響。妙悟一義，倡自滄浪，其言曰：

大抵禪道惟在妙悟，詩道亦在妙悟。且孟襄陽學力下韓退之遠甚，而其詩獨出退之之上者，一味妙悟而已。惟妙悟乃為當行，乃為本色。（滄浪詩話卷一）

又曰：

夫詩有別材，非關書也；詩有別趣，非關理也。（同上）

然滄浪之意並非謂詩人可以不讀書，故繼云：

然非多讀書，多窮理，則不能極其至。

此即漁洋重妙悟而不廢學問之意。然滄浪終以妙悟爲上乘，而駁斥以學問及摹擬爲詩者。一則曰：

所謂不涉理路，不落言筌者上也。

再則曰：

近代諸公乃作奇特解會，遂以文字為詩，以才學為詩，以議論為詩，夫豈不工，終非古人之詩也。蓋於一唱三歎之音有所歉焉。且其作多務使事，不問興致，用字必有來歷，押韻必有出處，讀書反覆終篇，不知著到何在。

其尙空靈，反技巧，與三王無異。又漁洋佇興之說，亦即滄浪：「盛唐諸人，惟在興趣」之義。故謂滄浪爲此派之始祖，未爲過也。

此外漁洋之以禪說詩者，尙有前述頓漸二義，及香祖筆記所云：「捨筏登岸，禪家以爲悟境，詩家以爲化境；詩禪一致，等無差別」等語。又靜安論詩之「境界」一辭，本亦佛家語，譯自梵文 Visaya 。凡此皆妙悟主義者論詩之受佛家影響者也。

漁洋詩說，尙有源自司空表聖者，亦已見前。其實「不著一字，盡得風流」，本表聖二十四品之一，初未嘗奉爲詩道不二法門。漁洋獨取此言，未免有斷章取義之嫌。再者，漁洋受姜白石之影響亦復不淺。除前述韻字之義出自白石外，又嘗贊許白石詩有四種高妙之語。白石之原文爲：

詩有四種高妙，一曰理高妙，二曰意高妙，三曰想高妙，四曰言然高妙。礙而實通曰理

高妙；出事意外曰意高妙；寫出幽微如清潭見底曰想高妙；非奇非怪，剝落文采，知其妙而不知其所以妙曰自然高妙。（詩說）

其意殆以自然高妙爲詩之上品而超乎立意不凡與設想新奇之上，而所謂「知其妙而不知其所以妙」者，豈非即漁洋所謂「捨筏登岸」之「化境」乎？漁洋又嘗引白石之論用事曰：

僻事實用，熟事虛用，學有餘而約以用之，善用事者也。

此亦與漁洋「用事以不露痕跡爲高」之意略同。妙悟主義之淵源，大體如是。至於孔子「可以觀」一語，雖亦似指觀物而言，然與妙悟主義者體物入神之意不同，故未敢勉強附會以爲此派之萌芽也。

此派之詩觀，兼及物我，以詩爲外物滲透詩人獨有之領悟而顯出之形象，同時亦爲詩人性情經過一番提煉後而形諸文字之表見。以其反映外物，故不全爲個性拘束；以其表見性情，故又能有獨特之韻味。此種詩觀，勝於以詩爲宣揚教化之工具，或發洩個人情感之媒介，或玩弄文字之技巧者多矣。其對如何作詩之答案，則重妙悟，重興趣，而不廢學力。所謂「妙悟」，猶今言「直覺」；所謂「興趣」，猶今言「靈感」。所謂「無迹可求」，亦猶西方批評家所謂「掩藏藝術之藝術」（Art that conceals art.）故作詩一方面須有悟性，一方面須有技巧，然必不落痕迹而予人以自然之印象。此論調亦較諸或專事摹仿，或全憑感情者爲優。

然則此派之詩論無懈可擊乎？亦非也。其失何在？此派論詩，每予人以神祕之感，故難免流於空泛。詩之妙處與作詩之道雖有難言者，然不必故作玄虛以自高也。次者，此派雖兼重外物與內心，其對詩境範圍之觀念，似仍嫌過隘。無論其言情景，言神韻，言境界，其觀念所及多爲一高不可及之域，至多不過自然之景物與作者之心境而已。其實宇宙萬物與人間百事莫非詩境，若僅以清高超凡之境入詩，則若老杜三吏、三別之詩將何由作？故境界之觀念宜擴而大之以容納各種不同之人生經驗，請於下節詳之。

綜論

右論各家，道學主義者以諷諫說教爲詩，個人主義者以抒情見性爲詩，技巧主義者以舞文弄墨爲詩，妙悟主義者以閱世悟生爲詩，其基本詩觀之不同若此。至於作詩之法，或重學問，或重自然，或重摹仿，或重靈感。然四派並非毫無互通之處，不過各有偏重耳。大抵道學主義者與技巧主義者相似：道學主義者亦重形式，尚仿古，但究以道德爲前提，非若技巧主義者之一意注重形式格律。技巧主義者偶亦提及道學：如趙秋谷云：「詩人貴知學，尤貴知道。」（談龍錄）個人主義者與妙悟主義者相似，二者均重性情，反人工。所不同者，一專主抒情，一兼主體物；前者全憑自然，後者不廢學力也。

四派雖各有所偏，亦各有所得，未可全廢。倘取其長，去其短，以此之得，濟彼之失，則庶幾可達一較爲完備之詩說矣。愚雖不敏，願綜各家之長，參以私見，以試成此詩說焉。

吾人首須討論「境界」之範圍。以情景相合爲境界，其範圍太隘，既已言之矣，茲擬爲之重下界說如下：境界者，乃宇宙人生內外二面之融和。所謂內面，不僅指情感，凡作者之思想、記憶、感覺、幻想，均屬之。所謂外面，不僅指自然景物，即人事，亦屬之。故上自天地山川，下至鳥獸草木；上自政治戰爭，下至飲食起居；上自哲學思考，下至感官知覺；莫非可以構成詩境之分子。易言之，詩既爲作者全體意識之表見，又爲其身外環境之反映。凡詩之眞者必各有其境界，或大或小，或遠或近，或高或卑，然必有之。苟無境界，非眞詩也。吾人讀詩之際，乃如身臨其境，目有所視，心有所感，而於想像中體驗某種生存狀態，而此種生存狀態或爲吾人實際生活中未曾經歷者也。

又有進者，詩非僅描寫各種不同之境界，實探索各種境界者。何以謂之探索？夫詩之作也，非以過去之經驗置入死板之紀錄，而係以過去一段生活經驗與目前構思運筆之創作經驗融和爲一之活躍過程。詩人以某種經驗爲作詩之動機，此動機或爲思想，或爲感情，或爲事實，然無論其動機如何，方其執筆凝思，尋求適當之字句、聲音、形象之時，始供動機之經驗遂化爲一新創之物，此物即詩也。吾人讀此詩時，乃一反其程序：首誦其字句，聞其聲音，視其形象，於是重歷其經驗，而此詩之境界遂復活於讀者之想像中矣。故詩之本質，唯存於作者與讀者之心目中。天下苟無人讀詩，則載詩之籍册縱汗牛充棟，謂詩已亡可也。

由上所言，可知詩不但爲對人生各種境界之探索，亦爲對語言文字之探索。無論其所探索之境界爲何，詩人之直接職責在尋求適合之文字以形容之。此即當代英國詩人艾理亞特（T. S. Eliot）所謂「與文字與意義搏鬬」（wrestle with words and meanings）之意。詩既爲雙重之探索，詩人之天職亦爲雙重：一則在以新方式形容人所共有之境界，一則在求得適當之方式以表見新境界。古今中外，人同此心之情，乃共同之境界。惟各人對此種境界經歷之方式與深淺不同，故須以不同之文字形式出之。至於一國、一族、甚至某一時代與社會文化環境以及個人所特有之思想或感情方式，則構成新境界，亦須以文字形式出之。故詩人不惟須作未經人道之語以表見新境界，又須將業經千百人道過之境以另一方式表見之。例如離愁自古有之，而李後主獨以「剪不斷、理還亂」六字形容之，此以新方式表達人所共有之境界者也。至若新境界，可以「一場愁夢酒醒時，斜陽卻照深深院」爲例。此種無可奈何之心境，乃高度文化社會之產物，太古淳樸之世未嘗有，故古人詩無此境界，而晏同叔首以適當之文字表此新境界者也。

詩人不斷探索文字之可能性，於是各種詩體因之而生。詩體之遞變，爲適應此內在之要求。故顧亭林云：

> 詩文之所以代變，有不得不變者。一代之文，沿襲已久，不容人人皆道此語。今且千數百年矣，猶取古人之陳言，一一而摹倣之，以是為詩，可乎。（日知錄，萬有文庫本冊七）

王靜安亦云：

> 四言敝而有五言，五言敝而有七言，古詩敝而有律絕，律絕敝而有詞。蓋文體通行既久，染指遂多，自成習套。豪傑之士，亦難於其中自出新意，故遁而作他體，以自解脫，一切文體所以始盛終衰者，皆由於此。（人間詞話卷上）

詩體遞變之時，詩人對文字之應用亦愈見微妙。漢魏以前之詩，語多平易；唐宋以後之詩，日趨繁縟，蓋欲避免重複古人，不得不求艱澀或縟麗。後世詩人之每好用典故及象徵，其故亦在此。詩風由平易趨向繁縟，乃詩人探索文字之必然結果，此倡復古者未之察者也。

吾人據詩爲雙重探索之義，乃可獲致實際評詩之準則。凡讀一詩，首當問其是否自有一境界，若然，是何種境界；再當問其是否於文字之應用上闢一新領域。爲答此第一問題，須再問：此詩是否將人生內外二面化而爲一？其所寫之景物與情緒是否一致？其所描繪之細節是否構成一貫之景象，抑堆砌而成？所謂七寶樓台，拆碎下來，不成片段？此諸問題，凡略有靈性且讀詩有恆者，不難自作解答。至於詩中之境界如何，靜安云：「境界有大小，不以是而分優劣」，誠是。雖然，當評論一詩，尤其評論一詩人全部作品之時，不可不問其是否引吾人入新境界，抑只令吾人重歷已知之境界。竊以爲大詩人與其他詩人之不同，在前者引吾人入新境界，達更高之思想領域，更深之感情階層，更闊之視域範圍；而後者則僅使吾人對以往之經驗加以對證。前者每令人驚奇甚至驚動，然後令人接受其眞實性；後者則使人有「於我心有戚戚焉」之感。吾人對前者之反應，每先爲「果如是乎」之疑問，然略經躊躇，必終達「想必如是」之結論。對後者之反應，則多爲「此正吾所欲言者」。故大詩人之作品能令吾人見向所未見，或已見而未如是之明者；能令吾人覺向所未覺，或已覺而未如是之深者。吾人未身經安史之亂，而杜工部令吾人恍如置身刼後長安。吾人皆曾經離愁之苦，然惟李後主使吾人覺其如剪不斷理還亂之一團絲。可見大詩人能令吾人或體會新境界，或以新方式體驗已經歷之境界。故云，大詩人非惟表見人生之現實，抑且擴展現實之領域。

同時，大詩人之作既有新境界，自不得不創新文字形式，新詞藻，新音律，新文法，新意象，新聯想。杜工部之所以爲古今第一大詩人者，不但以其表見之各種人生境界最廣，亦以其將文字之領域開闢最多。若王右丞、李太白等，境界高而不廣；白香山、陸放翁等，境界廣而不高；李義山、黃山谷等，則對闢文字新境界有功而於人生境界之表見有限，故終不能與子美等量齊觀也。人生境界與文字境界孰要，乃個人趣味問題，無從武斷。惟可得而言者，即人生經驗有限而有文字天才者，猶不失爲二流詩人；人生經驗深厚而無文字天才者，欲爲詩人難矣。

總之，上述之詩說，略可折衷四派之意見。蓋詩既爲人生之探索，自包括抒情與體物，即政治道德思想亦可屬之。又爲文字之探索，故形式技巧亦爲其所關，但非其全旨耳。至於如何作詩，基於探索之義，自當時求創作，不應泥守舊格。然詩人愈浸沉於前人作品之中，愈能體會文字應用之妙，故學力有助於探索，但無論如何，終須有才。究其竟，詩才乃不可捉摸，可欲而不可求者。謂之性靈亦可，謂之妙悟亦可，謂之興趣亦可，其本性固不可解釋，歸之天意而已。

〔原刊香港大學中文系編《香港大學五十周年紀念論文集》（香港：香港大學中文系，一九六六），頁三二一—三四二。〕

王夫之詩論中的情與景

黃兆傑

一

王夫之(一六一九－一六九二)作爲一個文學評論家，生前幾乎不爲人們所知，他的詩歌文藝理論並未享有盛名，後來也沒有產生多大的影响。但是可以證實，他的評論是獨具一格的：表述明晰而準確，批評標準一致，特別是對於作品的寓意和意圖非常敏感。這些特點即使對於一些著名的評論家來說，也是難能可貴的。根據這些特點，按照我們當代承認的標準，王夫之也有資格躋身於重要的文學評論家之列。本文的中心論題是考察王夫之詩論中反復出現的「情」與「景」的運用，以便通過這種考察引導人們認識王夫之關於詩的本性、詩的誕生、以及關於讀詩和注詩的作用的基本思想。同時，本文將簡要地論述一下王夫之的文藝評論與他的哲學思想的關係。

二

當詩人讓他的思緒與他自身以外的世界結合在一起時，就產生了詩歌。這種中國詩歌評論中熟知的看法，可以一直追溯到〈詩序〉、〈文賦〉、《文心雕龍》和《詩品》。詩人的思緒經常用「心」、「志」、「意」、「情」來表示，或簡言之用「我」來指代；「世界」則經常用「物」來代表，不過陸機、劉勰和鍾嶸都明確指出，在「物」中間，自然風景是特別能刺激思維進入詩的境界的。隨後，中國詩評家很快就開始談論「情」與「景」了。他們談的「情」與「景」指的是一定場合中的感觸與景色，常指情感上的體驗和視覺上的體驗。

據我所知，在中國詩歌評論中，最早確認「情與景」的提法是在唐代王昌齡的《詩格》中。宋代以來，所有談論詩歌的文學家，實際上都在某種形式下採用了這種「二分法」（dichotomy）。明代詩評家也習慣於沿用「情與景」這種簡便的說法。早期關於情與景有兩種意見：(1)一些評論家，特別是那些注重技巧的評論家，認爲詩歌的這兩個因素，或者說兩個組成部分是詩歌的形式結構的前提，要求若干詩句用來抒情，若干詩句用來寫景；(2)大部分評論家都認爲，把情與景融爲一個整體更爲可取。我認爲把兩者綜合起來才是正確的。

這裡我想提出，是在哪些方面王夫之超過了他以前的詩評家。雖然，如同比他早一些的詩評家一樣，王夫之也提出了情與景應當相融的論點，但是，據我所知，當時還沒有一個其他的評論家，對情與景這兩個詞是否眞正指的具體的「情」與「景」提出過疑問，而王夫之指出，「情」與「景」只不過是兩個用於參考和討論的名詞。與一般看法相反，他並沒有錯誤地把「情」和「景」當作現實的存在。一旦我們把一個抽象的概念與一個眞實的客體或一種原因混淆在一起，就會出現一種「具體化」的謬誤。王夫之在情與景的論述中另一個突出的、值得重視的方面是，他在令人欽佩的一類「作品」（原文爲法文 œuvre）中，證明了他選擇論述的內容使得一些別的評論家還沒有定見的論點具有了條理性、清晰性和深刻性。

仔細查閱王夫之的評論作品中那些出現了「情」與「景」兩個詞的段落，人們就會發現，存在着他用因襲的、過分簡單的方式應用「情」與「景」兩個詞的情況，也就是用這兩個詞代表兩個不相關聯的、可分開下定義的實際的領域。在《姜齋詩話》卷二第十七則中，他引用若干描寫自然景色的詩句說：「皆景也，何者爲情？若四句俱情，而無景語者，尤不可勝數。其得謂之非法乎？」同樣，情與景的天然的、鮮明的差別在《姜齋詩話》卷二第二十四則中也是顯而易見的：「不能作景語，又何能作情語邪？古人絕唱句多景語，……」王夫之接着又引數例解釋說：「以寫景之心理言情，則身心中獨喻之微，輕安拈出。」這裡沒有任何迹象表明他意識到了這兩個詞語義表達上的不完善。

這兩個詞的同種用法別的地方時有所見。他對陶潛的一首詩評論道：「寫景淨，言情深，乃不負爲幽人之作。」（《古詩評選》卷四）在另外一段中他又寫道：「狀言狀事易，自狀其情難……」（《明詩評選》卷一）。但是，情景分離之說並不代表王夫之的特點。

如果我們回過頭來看我上面引述的《姜齋詩話》（卷二），我們可以看到王夫之繼續這樣寫道：「夫景以情合，情以景生，初不相離，唯意所適。截分兩橛，則情不足興，而景非其景。」

讓我簡單地再舉幾例。有一處他說：「分疆情景，則眞感無存，情懈感亡，無言詩矣。」（《古詩評選》卷四潘岳）評帛道猷的一首詩時他說：「賓主歷然，情景合一。升庵（楊愼，明代）欲截去後四句，非也。」（《古詩評選》卷四）謝靈運有一首詩得到了這樣的評論：「情景相入，涯際不分。振往古，盡來今，唯康樂能之。」（《古詩評選》卷五）李白也同樣得到了他的贊揚（李白與謝靈運都是王夫之最喜愛的詩人）：「一色。三四本情語而命正麗，此謂雙行。雙行若古今文筆之絕技也。」（《唐詩評選》卷二）另一位唐代詩人岑參的一首詩得到了如下的評語：「景中生情，情中含景；故曰景者情之景，情者景之情也。」高達夫（唐代詩人高適）則不然，如出山家村筵席，一葷一素。……」（《唐詩評選》卷四）在《明詩評選》中，王夫之反覆表達了同樣的思想，對於張宇初（《明詩評選》卷四）、沈明臣（卷五）和梅鼎祚（卷五）的詩的評論基本上是同一個調子。

在所有這種關於情與景的關係的討論中，一般人信奉的情景交融的論點經常反覆地、固執地提出來，這種提法很容易使人覺得，內在的感情同處於這種心情中的外部世界一定要融合在一起，詩人指望在某首詩中表達的情感（怒哀喜樂等），通常必須由與情感有關的自然物體和景色的描繪去增強。王夫之反覆告誡我們，並不是非如此不可。在評論《詩經・采薇》一詩中形象化的細節的運用時，他指出：「以樂景寫哀，以哀景寫樂，一倍增其哀樂。」（《姜齋詩話》卷一第四則）我認爲這是一個値得尊重的意見。在《詩廣傳》中討論同一首詩時，王夫之作了大量的論述：「善用其情者，不斂天物之榮凋以益己之悲愉而已矣。夫物何其定哉？當吾之悲，有迎吾以悲者焉；當吾之愉，有迎吾以愉者焉；淺人以其褊衷而捷於相取也。當吾之悲，有未嘗不可愉者焉；當吾之愉，有未嘗不可悲者焉，目營之一方者之所不見也。故吾以知不窮於情者之言矣：其悲也，不失物之可愉者焉，雖然，不失悲也；其愉也，不失物之可悲者焉，雖然，不失愉也。導天下於廣心，而不奔注於一情之發。是以其思不困，其言不窮，而天下之人心和平矣。」（卷三）

這一段的意思是很清楚的：在「心」與「物」的交流中，不應該容許「心」對「物」舞弄權術，曲解「物」，使「物」屈從於「心」本身的意志；甚至應當保證「心」與「物」暢通無阻地交流。

王夫之在另一處評論中走得更遠，甚至提出，在作品中唯獨「景」是不得不加以注意的

（「情」必然會隨之體現出來）：

「游覽詩固有適然未有情者，俗筆必勢入以情。無病呻吟令江山短氣，寫景至處但令與心目不睽離，則無窮之情正從此而生。一虛一實一景一情之說生，而詩遂爲阱、爲梏、爲行屍。噫，可畏也哉！」（《古詩評選》卷五）

爲了避免純粹地、狹隘地抒發個人情懷（從而避免總體上的較長段落的不眞實感），王夫之告誡詩人們，要適當地重視對物的外表眞實形態的描寫。

到此，我們已經在一些王夫之的著作中看到，他能夠從各種不同的角度處理情與景的關係。正是在這些方面，我發現王夫之是一個有特色的詩評家。我們應該這樣來看待他。也許，我不應該在王夫之的正面評價方面作過多的要求，如果我這樣做，這個發現可能會被說成是對王夫之在各個不同的契機達到的洞察力的溢美之辭。他在《姜齋詩話》卷一第十六則中還論述道：「情景雖有在心在物之分，而景生情，情生景，……互藏其宅。」接着他引用杜甫〈登岳陽樓〉中的四句詩：「吳楚東南坼，乾坤日夜浮。親朋無一字，老病有孤舟。」說明後兩句（情）是怎樣依據前兩句（景）進行抒發的，並且反詰道：「天與物其能爲爾闔分乎？」（天指「天情」，在同一段前面也用了；物指「物理」。）問題這樣提出來，並不是說這是一個哲學問題，而是因爲王夫之的見解直到現在仍被一般人所接受的錯誤觀念掩蓋了。他們認爲「情」與「景」是分離的，正如「實際上」是分開說明的詞條一樣；但是他超出於這種水平之上，他用一句簡短的話語再一次解釋了這個問題的性質。他說：「情景名爲二，而實不可離。」（《姜齋詩話》卷二第十四則）這段話接着是：「神於詩者，妙合無垠。巧者則有情中景，景中情。」王夫之在這段重要的論述中是要指出，無論對於別人還是對於我們自己，都必須把我們所體驗、所理解的存在物，與賴以表達我們對它的體驗和理解的形式加以區別。幾個世紀以來，詩評家們一直在談論，情與景應該怎樣互相交融，怎樣互相影响，這裡王夫之告訴我們，情與景從來是「實不可離」的；事實上情與景是不可分開存在、分開辨認的詞語，這就是說，在詩人的意識把兩者化爲一體以前，山、水、花、木並不構成「景」（「景色」或者「視覺的體驗」）。這並不是說，我們不可以（或不應當）用這些簡單的術語來寫評論文章，但是，它們僅僅是我們約定俗成地用來交流思想的用語。

三

如果我們把王夫之對於情與景的評論作爲出發點，那麼，第一個要提出的問題就是：王夫之所指的不同於「詩歌」（a poem）的詩（poetry）的概念是什麼，我之所以說「不同於詩歌的詩」，是因爲鑒於我們討論的意圖，我們不得不只在提及書面上的文字的組合時稱之爲「詩歌」；另一方面，王夫之一貫提醒我們，詩不等於「言」，也不能把詩誤認爲就是它產生之後體現的激情。「『詩言志（思想、感覺、情感），歌永言』。非志即爲詩、言即爲歌也。」（《唐詩評選》卷一孟浩然）在《姜齋詩話》中，王夫之告訴我們：「無字處皆其意」（卷二第四十二則），正如我們所說的意在「行間」。他還說，「字外含遠神，以使人思」（同上第四十三則）。這就道出了王夫之的一個觀點：惶惶於個別的「詩句」是枉費心機的。「一篇之中以一句爲警，陋習也。」（《古詩評選》卷一薛道衡）這與他對陶潛的一首詩的意見是一致的：「音響感人，不以文句求也。」（同上卷二）

每一首好的詩歌中的詩意，與詩歌本身的活力、曲折變化和必然的協調性構成一個有機的整體。王夫之關於曹操的《秋胡行》的長段評論是發人深思的：

「當其始唱，不謀其中；言之已中，不知所畢；已畢之余，波瀾合一。然後知始以此始，中以此中。此古人天文斐蔚夭嬌引申之妙。蓋意伏象外，隨所至而與俱流，雖令尋行墨者不測其緒。」（同上卷一）

這一段評述強調了諸如協調性、內在的變化、內在的活力，也許還有詩歌的特有的邏輯性等這麼一些特性。王夫之的其他一些評論都是以這些特性作爲背景的。下面這些話就是講協調性的：「無端無委，如全匹成熟錦首末一色……」（同上卷五），以及「明明兩截，幸其不作折合五六，一似景語故也……」（《唐詩評選》卷三王維）。不光是一首詩的協調性應當重視，對於一組詩的協調性，從理論上說，也不應當任意損害。從杜甫所作的著名的「秋興」八首中隨意節選，同樣是破壞了它們的協調性（因爲它們「自成一章」）；而且，可能是王夫之忘記了他自己有時候也是那樣隨意節選的，他甚至把一些詩集的編者稱之爲「賊」（同上卷四），這樣說未免太過分了。

至於上面提出的詩的其他特性，王夫之經常應用一些獨特的隱喩，如「絡」、「脈」、「行云，來說明詩的寫作，這種例子幾乎俯拾皆是。下面是《古詩評選》中的幾句：「詩固自有絡脈，但不從文句得耳。意內初終雖流動而不捨者，即絡也。」（卷一魏后甄氏）「通首淨甚，一結尤淨。如片雲在空，疑行疑止。」（卷四王粲）同書另一處，也憑想象召喚出了這種「片雲」：「此種詩直不可以思路求佳。二十字如一片雲，因日成彩光，不在內，亦不在外。既無輪廓，亦無絲理。可以生無窮之情，而情了無寄……」（卷三王儉）。謝靈運的一首詩也使王夫之想起「轉成一片，如滿月含光，都無輪廓」（卷五）。詩的畫面應該光亮清晰，這一點對於理解王夫之的詩論也是必要的。

四

以上我們已經看到了王夫之詩論的某些方面。一首詩是怎樣誕生的呢?回答基本上很簡單。總的來說,詩人應當明確他在詩的構思中發揮的有限的、然而是必不可少的作用。他不主張一個勁地去想象、去追求形式,而是鼓勵詩人服從事實上有各種因素起作用的整個過程。王夫之多次談到人的努力(「人力」)與上天的賜予(「天授」)的問題,很清楚地說明了,最高級的詩總是屬於「天授」範疇的。其實,這兩種說法雖不同,所指的意思一樣。我把「天」理解爲人以外的全部世界,看作整個可想象的宇宙,雖然它的作用有時使人迷惑不解。至於「神」字的應用,不僅詩評方面歷史上有先例,而且畫評上也有這種說法,完全沒有任何的宗教涵義。王夫之本人在《詩廣傳》中給我們提供了一個脚注:「天地之生莫貴於人矣,人之生也莫貴於神矣。神者何也?天之所致美者也。……致美於百物而爲精,致美於人而爲神。」(卷五)當然,這只不過是王夫之應用「神」這個詞表達的許多感觸之一,但是這段文字充分表明,當他談到詩中的「神」的時候,除了用這個帶有古老意味的詞把他的贊美之情記錄下來以外,別無其他用意。這一點在《張子正蒙注》(卷一)中似乎進一步得到了證實,那裡的「神」相當明確地表示爲「深不可測的東西」。

因爲王夫之認爲一首詩的形成與詩人有意識的設計沒有多大關係,所以,很自然地,在他的作詩法中沒有討論技巧規則的餘地。人們可能覺得非常奇怪,王夫之竟在很多場合多次責備《詩式》的作者和尚皎然。《詩式》(雖然我覺得它在神秘地追求更高明的見解)基本上是一部講述作詩的技巧規則的書。皎然成了所有篤信作詩應當講究技巧的詩人的替罪羊。王夫之告訴我們，存在着一種內在的「法」，它主宰着詩的行爲，但是那個「法」，即一般所指的規律或法則，可以與作詩法沒有什麼關係，歸根結底，它只是一種人的感情與宇宙萬物進行交流的方式。王夫之說：「無法無脈，不復成文字。特世所謂『成弘法脈』者，而俾成條貫也。」（〈夕堂永日緒論〉外編）後來他在同一著作中又詳述了這個論題：「一篇載一意，一意則自成一氣，首尾順成，謂之成章；詩、賦、雜文、經義有合轍者，此也。以此鑒古今人文字，醇疵自見。有皎然《詩式》而後無詩，有《八大家文鈔》而後無文。立此法者，自謂善誘童蒙，不知引童蒙入荆棘，正在於此。」

在更明確地談到作詩法時王夫之說：「詩有眞脈理、眞局法……立法自斂者局亂、脈亂，都不自知……」（《明詩評選》卷四）。「談藝者，舌頭說格、說法、說開闔、說情景，都是得甚惡夢……」（同上卷五蔡羽）。我們若再看看《姜齋詩話》，就會發現不但有很多討論法的地方（如卷二第十七至二十則），而且還有很多地方討論到，一個詩人總是讓他自己與某一個「門庭」學派連在一起是不明智的（卷二第三十四、四十一則）。王夫之從事作詩的技巧的探討，重點是要強調各自的眞實情感，是要強調詩是情感與事物結合的「產物」這麼一個事實。

但是，詩人有詩人的使命。他的任務首先就是要「取景」，以「拾得」那些詩的材料。「詩歌之妙原在取景遣韵，不在刻意也。」（《古詩評選》卷一）談到李白的〈子夜吳歌〉時，他說：「前四是天壤間生成好句，被太白拾得。」（《唐詩評選》卷二）這種悠然自得的感覺一般應當伴隨着寫作的全過程，這一點在評邵寶的〈盂城即事〉時說得很明確：

「此詩之佳，在順筆成致，不應疆畛，乃通篇如一語。以領聯作腹聯、以腹聯作領聯，俱無不可。就中非無次第，但在觸目生心時，不關法律，雅俗人辨，正於此分。不知此者，旦暮自縛死耳。」（《明詩評選》卷六）

在另一處關於李白和杜甫的詩的評論中，王夫之有點隱晦地提出了同樣的看法：

「李杜則內極才情，外周物理，……或雕或率、或麗或清、或放或縱兼該，馳騁唯意所適，而神氣隨御以行，如未央、建章，千門萬戶，玲瓏軒豁，無所窒礙：此謂大家。」（〈夕堂永日緒論〉外編）

「無所窒礙」是「毫無障礙地通過」的意思，在這段評論中我們要注意這種生動的寫照。在談到人的內心活動的狀態、特別是接觸到物的時候，王夫之不止一次地應用了這個詞語。在詩人自身與宇宙（「天カ」）之間，有一股滔滔不絕的激流，即有一種完美的聯係，竟能沖毀分離的個體。歸根結底，這種流動、這種聯係是可能的，它應當處於事物的整體構思之中，正如王夫之在《詩廣傳》中給我們解釋的：

「情者陰陽之幾也，物者天地之產也。陰陽之幾動於心，天地之產脣於外。故外有其物，內有其情矣；內有其情，外必有其物矣。……絜天下之物，與吾情相當者不乏矣。……」（卷一）

看來，這些就是詩人所要做的：「拾得」客觀景物，得心應手地將他對於宇宙萬物的意識記錄下來。

五

王夫之對於讀詩和評詩的作用的見解與他整個關於詩的思想是完全一致的。在王夫之看來，每一首詩（也像每一個活生生的人一樣），總是給人一連串千變萬化的印象，沒有一首詩只包含單個不變的「意義」。但是，從詩人本身和寫詩的特殊場合出發去接受一首詩的時候（如以〈小序〉和《鄭箋》為代表的舊派《詩經》評論中），不論鑒賞是否正確，都不能着重認識詩的本性，只能使詩的意義降低到狹窄的、個人的和偶有所得的水平上去。

郭紹虞在他對王夫之詩論的概述中十分恰當地選出了王夫之對孔子名言「詩可以興，可以觀，可以群，可以怨」的論述，以表明王夫之心目中有讀者（和誦讀）參與詩的活動的一席地位。但是郭提出的對於王夫之的解釋，似乎是對王夫之的論點的某種形式的誤解。郭不但把儒家和點評家對立起來，而且把經學家和文學家對立起來，這不但失之粗率，而且離題了。雖然王夫之一談到讀詩的時候，往往抱怨「經生」割裂、損害原作，但是他的讀者可以是任何人。看來王夫之一心關注的是詩的本意，而且，值得注意的是，他把興、觀、群、怨四個字連貫起來講話了。如果說王夫之從孔子的文章中援引的這句話就是郭要引起我們注意的東西，那麼，郭並沒有指出，關鍵的詞語就是這個在王夫之詩論中頻頻出現的詞「可以」（有時作「可」）。王夫之明顯地希望對這個確鑿不移的詞發表他自己的意見，但是解釋它顯然是不容易的。他這樣說道：

「『可以』云者，隨所『以』而皆『可』也。於所興而可觀，其興也深；於所觀而可興，其觀也審。以其群者而怨，怨愈不忘；以其怨者而群，群乃益摯。出于四情之外，以生起四情；游於四情之中，情無所窒。作者用一致之思，讀者各以其情而自得。……人情之遊也無涯，而各以其情遇，斯所貴於有詩。」（《姜齋詩話》卷一第二則）

我認爲在對《論語》此段的評論中，王夫之對孔子原文的含義沒有表示出任何深切的注意。很明顯，對孔子來說，起作用的詞語是「興、觀、群、怨」；而在王夫之看來，「可以」是一個最有作用的詞語，而且，人們覺得，「興、觀、群、怨」的意義擴展開來是無限的。但是，如果說孔子被說得過偏了，則在王夫之思想體系上，總是成爲一家之言的。

我想從《姜齋詩話》第二卷中另舉一例（第一則）說明我這個觀點：「興、觀、群、怨，詩盡於是矣。經生家析〈鹿鳴〉、〈嘉魚〉爲群，〈柏舟〉、〈小弁〉爲怨，小人一往之喜怨耳，何足以言詩？『可以』云者，隨所『以』而皆『可』也。《詩三百篇》而下，唯《十九首》能然。李杜亦彷彿遇之，然其能俾人隨觸而皆可，亦不數數也。」

「興、觀、群、怨」這些慣用語，在王夫之論詩的其他著作中也很容易發現。好像王夫之決心要改變孔子的意思一樣，他毫不例外地把重點放在「可以」二字上面。即使是在沒有援引孔子的話的地方，「可」或「可以」也是非常頻繁地出現的。下面是一條關於《古詩十九首》之一的評注：「終始咏牛女耳，可賦、可比、可事、可理、可情，此以爲十九首。」（《古詩評選》卷四）《明詩評選》也一樣提供了大量例證，說明王夫之經常運用「可」或「可以」，而並不與孔子的名言相關聯。同時他指出，坦率地提出各種可能性，這應該是受歡迎的。在《楚辭通釋》的〈序例〉中，王夫之以一種我們可能難於接受的形式表明了這麼一種意見：既然寫那首詩的詩人已經與我們無爭了，我們也就可以不去考證產生詩的背景，而只按照我們的想法去理解就行了。

六

現在我們來詩論一下上面談到的王夫之的文學批評中涉及的哲學問題，特別是他對於情與景這兩個詞的運用的哲學含義。王夫之反對像早期的評論那樣（其實晚些時候也是一樣），經常把情與景看作絕然對立的東西，我們讀了大量他的文學評論以後，對這一點就再不感到驚奇了。他這種立場植根於他的宇宙觀，而且幾乎成了他的一種思維習慣。他認為，宇宙之中沒有眞正的對立物，也就是說，沒有任何東西不是自身包含着它的對立面的因素。在《周易外傳》中他論述道：「天下有截然分析而必相對待之物乎？求之於天地，無有此也；求之於萬物，無有此也；反而求之於心，抑未諗其必然也。……天尊於上，而天入地中，無深不察；地卑於下，而地升天際，無高不徹，其界不可得而剖也。」這種對於事物的錯綜複雜的聯係的意識啓發我們認識到：無論我們給事物冠以什麼名稱，都只是試探性的和相對性的。也使我們進一步明確了我們在王夫之對於情景「二分法」的分析中得到的認識。

王夫之認為宇宙是無始無終、無生無死的，它只有變化，這種變化就是運動。他所講的生存或存在的概念在於運動的方式之中，或者說，是在生機勃勃的流動狀態之中。王夫之這個早清時代哲學上的唯物主義者認為，詩歌是由於宇宙萬物的某些部分與另一些部分的交融，也就是由於人的意識對於「物」的刺激的反應而產生的；並且，當詩歌在誦讀中、在讀者的腦海中激起波瀾的時候，它就只不過是物的永恒過程的延續罷了。

七

我並沒有約束自己對王夫之的成就作出總的評價，但是我想發表幾點意見，說明為什麼要對文學評論家王夫之進行深入研究。

首先，王夫之是一個典型的、有多方面成就的中國評論家，而且是出類拔萃的一位，他比袁枚和沈德潛這些著名人物還要略勝一籌。在王夫之研究的那些基本方面，某些中國詩評家也許能以某種形式與他平分秋色，但沒幾個能像他那樣剖析得明白清晰，更沒有人像他那樣將這些論點應用得有聲有色，貫徹始終。他的詩論是高度中國式的，大量的詩評記錄了他對許多寓意隱晦、語言含蓄、印象朦朧的詩篇作出的最貼切的評價。但是，如果說對於大多數從事人們稱之為頭頭是道的評論的批評家來說，他們的評論往往是讓人家預先作出來、讓人家塞進他們的頭腦中的，王夫之則比較自覺地以他的見解來掌握評論的方式和尺度，因此他的評論事實上很少晦澀難懂的東西，或者說純粹是他個人的意見。

第二，他以極大的智慧和熱忱令人信服地確認，詩來源於生活，不在於咬文嚼字，這方面沒有什麼說教的箴言，也沒有什麼簡明的準則供我們採納。王夫之是通過理解詩的內容來揭示詩的寓意的。他又告誡詩人，不要過分地突出自己。他曾經責備杜甫，說他的作品涉及個人哀怨的主題過多（《詩廣傳》卷一）。他說，詩不是「史」，也不是「論」，但它有助於把天理和人情世事打成一片，建立天人合一的關係。詩正在透過萬事萬物，從人在天地中應有的位置正確地觀察人、看待人。

〔原載 A. Rickett ed, Chinese Approaches to Literature from Confucius to Liang Chi-chao（Princeton :Princeton Univ. Press, 1978）本集收為陳荃禮的摘譯，由原作者提供；譯文刊《明清詩文研究叢刊》，第二輯（一九八二年二月），頁二三五—二四六。〕

沈德潛「格調說」的來源及理論

李銳清

引言

沈德潛字確士，號歸愚，蘇州長洲人。康熙十二年（一六七三）出生。跟葉燮（一六二七—一七〇三）學詩，很早便有詩名。但是科場屢屢失意，連考十九次都落選，直到六十九歲時才考試及第。後來得到乾隆皇帝（弘曆，一七一一—一七九九）的寵愛，一躍而成爲宮廷詩人，任職於禮部。乾隆三十四年（一七六九）去世，享年九十七歲，追謚文慤。他論詩主張溫柔敦厚，提倡格調說，成爲清代中葉的詩壇宗師。

一 格調說與神韻說之關係

沈德潛的少年時期，正值王士禛（一六三四—一七一一）的神韻說流行，很受世人歡迎。沈德潛自幼即喜歡讀唐詩，對於王漁洋所提倡的神韻說，推重唐詩，感到興趣。袁枚（一七一六—一七九七）說他「最尊阮亭」❶。沈德潛在〈小山薑詩序〉裏自己也說：

年三十餘，兩致書於新城先生，先生亦前後裁書作答。方思並世而生，何難走千五百里，外侍几杖於夫于亭間，以償生平之願。而先生遽成古人矣。❷……

因爲得不到親近王漁洋的機會，所以他感到有點遺憾。自從王漁洋死後，很多人起來攻擊他的學說。沈德潛在〈小山薑詩序〉中引用田同之（一六六七—？）語說：

> 小山薑嘗謂余曰：前三四十年，無朝野內外，言詩者必以新城、德州（田雯，一六三五—一七○四）為歸。今猥薄後生，置德州不議，而思集矢新城以快口吻；甚有著為論說以排之者。而排之者卽曩日手摹心追之人。是世道人心之憂也。………

他對於那些生前敬奉漁洋，而死後卻加以攻擊他的人大爲不滿。他又在《清詩別裁集》「王漁洋」條下批評那些人說：

> ………宇內尊為詩壇圭臬，突過黃初（二二○—二二六）。終其身無異辭，身後多毛擧其失，互相彈射。而趙秋谷宮贊（執信，一六六二—一七四四）著《談龍錄》以詆諆之，恐未足以服漁洋心也。………老杜之悲壯、沈鬱，每在亂頭粗服中也，………獨不曰懽娛難工，愁苦易好。安能使處太平之盛者，強作無病呻吟乎？愚未嘗隨衆譽，亦非敢隨衆毀也。

顯然爲漁洋辯護。

沈德潛曾經評點過王漁洋的《漁洋山人精華錄箋註》，每加稱讚王漁洋。如他在卷五評

〈沔縣謁諸葛忠武侯祠〉說：

神完氣足，起結有力。盛唐中亦推上乘，那得不傳。❹

評〈渭橋懷古〉亦說：

從祖龍說到唐家，而以興亡幾回見作收，法律最佳。❺

評〈屏風山謁陸宣公墓〉說：

盛唐氣格❻。

評〈晚登夔府東城樓望八陣圖〉：

調高力大，味厚氣雄。不似嘉（靖，一五二二—一五六六）、隆（慶，一五六七—一五七二）間人，只辨得唐人面目。❼

又評〈題趙承旨畫羊〉說：

格律嚴，措詞雅。南渡一聯，近人那能措手？集中盡如此種，直欲低頭下拜矣。四面八方說來，起承旨無處生活。能以溫文之筆，無一點怒張習氣，故佳。❽

其中所用「調高力大」，「溫文之筆，無一點怒張習氣」、「法律最佳」、「神完氣足」等語，都與他所提倡的格調說有關連的。

至於二人相契的緣故，當由於他們都愛好唐詩和推崇明代七子。

王漁洋曾經選有《唐賢三昧集》，認為集中的詩可以達到神韻的境界；而沈德潛在〈唐詩別裁集序〉中也說過這樣的話：

德潛於束髮後，即喜鈔唐人詩集。時競尚宋元，適相笑也。迄今幾三十年，風氣駸上，學者知唐為正軌矣。❾

他又在〈凡例〉中說：

詩至有唐，菁華極盛，體製大備。

他認為由唐詩入手，可以「上標其原」（詩教之原）。推崇唐詩是他的一貫宗旨。所以他在編選《清詩別裁集》時，也是本着這個宗旨選詩的：

唐詩蘊蓄，宋詩發露；蘊蓄則韻流言外，發露則意盡言中。愚未嘗貶斥宋詩，而趣向舊在唐詩，故所選風調音節，俱近唐賢，從所尚也⑩。

尊奉明代七子，也是沈德潛和王漁洋相通的地方。雖然七子的作風有時流於模仿，有類抄襲，但王漁洋還是讚揚他們的作品；而且更爲徐禎卿（一四七九—一五一一）、邊貢（一四七六—一五三二）等人編有詩選，留存於世。沈德潛也看到七子等人的毛病，但他只輕略帶過，不及他譏評宋元詩時的激烈：

宋詩近腐，元詩近纖，明詩其復古也。……洪武（一三六八—一三九八）之初，劉伯溫（基，一三一一—一三七五）之高格，並以高季迪（啓，一三三六—一三七四）、袁景文（凱，？）諸人，各逞才情，連鑣並軫；然猶存元紀之餘風，未極隆時之正軌。永樂（一四〇〇—一四二四）以還，體崇臺閣，骪骳不振。弘（治，一四八八—一五〇八）正（德，一五〇六—一五二一）之間，獻吉（李夢陽，一四七三—一五三〇）、仲默（何景陽，一四八三—一五二一），力追雅音；庭實（邊貢）、昌穀（徐禎卿）左右驂靳，古風未墜。餘如楊用修（慎，一四八八—一五五九）之才華、薛君采（蕙，一四八九—一五四一）之雅正、高子業（叔嗣，一五〇一—一五三七）之沖淡，俱稱斐然。于鱗（李攀龍，一五一四—一五七〇）、元美（王世貞，一五二六—一五九〇），益以茂秦（謝榛，一四九五—一五七五），接踵曩哲；雖其間規格有餘，未能變化，識者咎其尠自得之趣焉。然取其菁英，彬彬乎大雅之章也。自是而後，正聲漸遠，繁響競作。

……⑪他稱讚七子「力追雅音」、「古風未墜」、「彬彬乎大雅之章」，這是他愛尙七子的地方。他有時也很偏袒七子，認爲七子領導詩壇，標榜復古，原不爲過；而過分模仿的弊端是後學者的事，與七子關係不大。他在〈王東漵柳南詩草序〉說：

> 夫詩道之壞，在性情境地之不問，而務期乎苟同。前明中葉，李獻吉、何大復以復古倡率天下，天下靡然從風，家北地而戶信陽。於是土苴文繡，詢謌當時。咎學李、何者并李、何而咎之。⑫

但因爲後來模仿的人陳陳相因，才失去自然之趣吧了。所以他認爲這個過失不在七子。至於錢謙益（一五八二——一六六四）「藏其所長，錄其所短，以資排擊」（《說詩晬語》語）他感到很不滿，爲七子辯護說：

> 李獻吉雄渾悲壯，鼓盪飛揚；何仲默秀朗俊逸，迴翔馳驟。同是憲章少陵，而所造各異，駸駸乎一代之盛矣。錢牧齋信口掎摭，謂其搴擬剽賊，同於嬰兒學語。至謂讀書種子，從此斷絕。此為門戶起見，後人勿矮人看場可也。兩人學少陵，實有過於求肖處。錄其所長，指其所短，庶足服北地、信陽之心。⑬

雖然他爲七子辯護，但他對七子的漆杜膠瑟，過分模仿的做法，還是有所批評的：

> 樂府寧朴毋巧，寧疎毋鍊。張籍（七六七—八三〇）〈短歌行〉云：「菖蒲花開月常滿。」傷於巧也。無名氏〈木蘭詩〉云：「朔氣傳金柝，寒光照鐵衣。」後人疑為韋元甫假託；傷於鍊也。古樂府聲律，唐人已失；試看李太白所擬，篇幅之短長，音節之高下，無一與古人合者，然自是樂府神理，非古詩也。明李于麟句摹字倣，并其不可句讀者追從之，那得不受人譏彈？⑭

「句模字倣，并其不可句讀者追從之」那能不生毛病？所以他認爲要補救七子的缺點，主要在於追溯詩歌的源流，〈古詩源序〉說：

> 有明之初，承宋元遺習，自李獻吉以唐詩振，天下靡然從風。前後七子，互相羽翼，彬彬稱盛。然其敝也，株守太過，冠裳土偶，學者咎之，由守乎唐而不能上窮其源。⑮

溯源的目的在窮本知變，由陳隋等朝代一路上溯到《詩經》的風雅。（見下文）

王漁洋、沈德潛雖然都提倡唐詩，但對杜甫詩的看法，二人各有不同。王漁洋不喜歡杜甫詩，所以《唐賢三昧集》並沒有選錄杜甫的作品；但沈德潛卻極重杜甫，這主要是杜甫的忠君愛國的思想，可以繼承《詩經》三百篇的大旨的緣故。沈德潛評論漁洋詩也往往以杜甫作爲標準的。如評〈雨趨留壩詩〉說：

造句奇險，杜少陵一體。⑯

評〈鳳嶺詩〉：

以下俱學少陵，集中以蜀道為第一。⑰

評〈瀼西謁少陵先生祠〉五首說：

弟妹一聯竟用杜句，豈少時誦習後，遂不覺流出耶？⑱

評〈戴嵩牛圖〉說：

推開發端，少陵嫡派。⑲

這點是王漁洋、沈德潛二人不同的地方。

至於王漁洋詩的短處，沈德潛不是沒有看到，他在《清詩別裁集》批評說：

或謂漁洋獺祭之工太多，性靈反為書卷所掩；故爾雅有餘，而莽蒼之氣，遒折之力，往往往不及古人。⑳

他也看到王漁洋常常用典故的毛病。又王漁洋作品中多用地名，錢鍾書（一九一〇—）引張維屏（一七八〇—一八五九）《聽松廬詩話讀漁洋集題語》說：「一代正宗兼典雅，開編惟覺地名多㉑。」而沈德潛評王漁洋之《登高山絕頂望峨眉三江作歌》時也說：

> 終南、太白以下，地名太多，此亦一病。㉒

他認為漁洋的神韻詩只不過是詩中一格，《說詩晬語》說：

> 司空表聖（圖，八三七—九〇八）云：「不著一字，盡得風流。」，「采采流水，蓬蓬遠春。」嚴滄浪云：「羚羊挂角，無跡可求。」蘇東坡（一〇三七—一一〇一）云：「空山無人，水流花開。」王阮亭本此數語定《唐賢三昧集》。木玄虛云：「浮天無岸。」杜少陵云：「鯨魚碧海。」韓昌黎（七六八—八二四）云：「巨刃摩天。」惜無人本此定詩。㉓

他在這裏把詩劃分為雄渾和淡雅兩派，而認為王漁洋的神韻詩只不過是詩中的一種風格，屬於淡雅派而已。所以他在編選《唐詩別裁集》時加入了雄渾一派的詩風。〈重訂唐詩別裁集序〉說：

新城王阮亭尚書選《唐賢三昧集》，取司空表聖「不著一字，盡得風流。」嚴滄浪「羚羊挂角，無迹可求」之意，蓋味在鹽酸外也。而於杜少陵所云「鯨魚碧海」，韓昌黎所云「巨刃摩天」者，或未之及。余因取杜、韓語意，定《唐詩別裁》，而新城所取，亦兼及焉。

而他所以要加入雄渾的詩，就是要與神韻派區別開來。這是格調派詩論的特色。

二　格調說的來源及理論

(一)　格律、格調與格調派

最早稱沈德潛爲格調派的人是袁枚。《隨園詩話》：

楊誠齋（萬里，一一二七—一二〇六）曰：「從來天分低拙之人，好談格調，而不解風趣。何也？格調是空架子，有腔口易描；風趣專寫性靈，非天才不辦。」余深愛其言。須知有性情，便有格律；格律不在性情外。《三百篇》半是勞人、思婦率意言情之事；誰為之格？誰為之律？而今之談格調者，能出其範圍否？[24]

分明是影射沈德潛的。他又在〈答沈大宗伯論詩書〉說：

……嘗謂詩有工拙，而無古今。……然格律莫備於古；學者、宗師自有淵源。至於性情、遭際，人人有我在焉。不可貌古人而襲之，畏古人而拘之也。㉕

這裏有時稱「格律」，有時卻叫「格調」。無論稱「格律」、「格調」，所指的都是沈德潛的論詩意見。雖然沈德潛並沒有自己標榜爲格調派或格律派，但在他的論詩的文章裏，常常用到「高格」、「氣逸調高」、「意格」、「神氣」、「調高氣雄」等等字眼㉖，這些都是格調派評詩常見的詞彙。至於用格律、格調二詞來論詩的有〈屏風山謁陸宣公墓〉的「盛唐風格㉗」，《題趙承旨畫羊》的「格律嚴㉘」。但這裏講的「風格」、「格律」都是一般的說法，與他提倡的「格調說」並沒有關連。唯一有關連的是〈清詩別裁集凡例〉中提到的「閨閣詩……均可維名教倫常之大，而風格之高，又其餘事也」的「風格之高」。所以沈德潛雖然沒有標榜自己是「格調派」，但由他所用的詞彙來看，可以得知他是個格調派。

在文學作品中最早用上「格調」一詞的有唐韋莊（八三六—九一〇）的〈送李秀才詩〉：「人言格調勝元度，我愛篇章敵浪仙」、秦韜玉的〈貧女詩〉：「誰愛風流高格調，共憐時世儉梳粧。」至於用「格律」二字的有白居易詩：「每被老之偷格律，若教苦李伏歌行」（〈編集拙詩成一十五卷因題卷末戲贈元九李二十〉）等處，但都與詩派無干。直至明代前後七子出現，才誕生了格調派（或稱「格律派」）。雖然沒有人提出過「格律」、「格調」兩個說法那一個正確，但在唐代，老早有人提到過「格律」、「格」、「調」的問題了。青木正兒（一八八七—一九六四）的《清代文學評論史》說日本釋空海（七七四—八三五）的《文鏡祕府論》

卷四〈文意論〉上記有唐人論詩的說法：

> 凡作詩體，意是格，聲是律；意高則格高，聲辨則律清；格律全，然後始有調。㉙

這裏所說的「格」，屬於內容意思方面。用意、見解的高低影響到「格」的高低。「律」屬於聲的部分，詩的平仄、用韻，關乎到聲音的響亮暗啞，這會影響到律的清濁。由內容見解的高低，加上聲音的響啞情形，決定了這首詩的風格；這一種風格就叫做「調」。以上是原文大意。由於調是單音詞，後人加上「格」字做成複音詞，叫做「格調」，重點在說「調」；同樣，在「律」字上加上「聲」字或「格」字，便變成「聲律」和「格律」的複音詞了，重點也只在「律」字上。所以，當我們稱「格律」的時候，偏重點是在聲律的清濁響啞方面㉚；至於稱「格調」時，則連內容、聲律一併考慮。「格調派」就是指主張作品內容思想的高遠、闊大，而又聲調響亮的人。

關於詩歌的思想內容問題，《說詩晬語》曾提到過：

> 有第一等襟抱，第一等學識，斯有第一等真詩。如太空之中，不着一點；如星宿之海，萬源湧出；如土膏既厚，春雷一動，萬物發生。㉛

所謂「第一等襟抱」，就是指作品的內容表現，立意要高。由立意高而推尊詩教，提倡詩的社會政治功能和忠君愛國的思想。所以他要追溯《詩三百》的要旨，提出「溫柔敦厚」的說法；

他又推崇杜甫詩作裏面的忠君愛國思想，而鄙棄王次回（？—一六四二）、袁枚等人所愛寫愛讀的豔情詩，這是他的詩論根據所在。

他的「格調說」既以詩教的「溫柔敦厚」說爲根本，自然與明代七子等人模仿盛唐的格調說有所分別。明七子等人所提倡的「格調」其實只在「律」的方面，盡量去模仿唐人的風格、聲律；至於作品的內容，也就不大會像沈德潛那樣強調詩教的社會、政治功能和道德意識那方面的問題了㉜。他們的理論重點在「律」而不在「格」。（當然並不是完全不講格。）所以明七子的一派，應該叫做「格律派」，就更爲恰當了。「格律派」側重點既在「律」，所以他們模仿古人要做到樣貌酷肖古人，於是招致錢牧齋等人譏諷他們是「摹擬剽賊」，「同於嬰兒學語」了。沈德潛也知道七子的毛病，所以他說李何等人學少陵，「實有過於求肖處。」（《說詩晬語》卷下語）沈德潛的「格調說」着重的是思想內容方面，亦即是「格」（「律」也是沈德潛所講究的，如上面所引，他批評王漁洋的詩講到的格律、法律的問題，和他在三朝詩別裁集的評詩說話中，就可以見到了。）因爲他著重詩歌的社會功能，所以他的詩論才確實可以當得起「格調派」的稱謂。鈴木虎雄氏（一八七八—一九六三）在《中國詩論史》㉝中將沈德潛稱爲「溫和的格調派」，以示與明代的「格調派」有所分別。如果他看到明代七子等人只在「律」這方面模仿唐人的話，他大概也不會爲沈德潛的「格調派」別立名目了。

(二) 窮源說

上文說到明代「格律派」的過失，在於太過拘泥唐人的詩法，所以犯了模擬的弊病，以致被譏諷爲「剽賊」、「牙牙如嬰兒學語」。但到底明七子的毛病根源在那裏呢？沈德潛批評七子說：

> 有明之初承宋元遺習，自李獻吉以唐詩振，天下靡然從風。前後七子，互相羽翼，彬彬稱盛。然其敝也，株守太過，冠裳土偶，學者咎之，由守乎唐而不能上窮其源[34]。

他指出七子的毛病在於拘守唐人的法律，而不知道「窮其源」。這裏提出「窮源」的說法。他說唐詩只不過是流，並不是詩的本源；詩的源在唐以前。〈古詩源序〉又說：

> 詩至有唐為極盛，然詩之盛非詩之源也。今夫觀水者至觀海止矣。然由海而溯之，近於海為九河，其上為浲水、為孟津，又其上由積石，以至崑崙之源。《記》曰：「祭川者，先河後海。」重其源也。唐以前之詩，崑崙以降之水也；漢京、魏氏，去風雅未遠，無異辭矣。卽齊、梁之綺縟，陳、隋之輕豔，風標品格，未必不遜於唐，然緣此遂謂非唐詩所由出，將四海之水，非孟津以下所由注，有是理哉？……茲復溯隋、陳而上，極乎黃、軒，凡《三百篇》，楚《騷》而外，自郊廟樂章、訖童謠、里諺，無不備采，書成，得一十四卷，不敢謂已盡古詩；而古詩之雅者，略盡於此，凡為學詩者導之源也。

他又以黃鵠的高飛，比喻詩人的開展眼界，然後才可以找到詩的「源流」：

> 黃鵠一舉，是山川之紆曲；再舉見天地之方圓，惟所處者高，故所見者遠也。詩道何獨

不然？置身高處，豁開正眼，於源流升降之故，瞭然胸中，斯無隨波逐流之弊。若拘守卑論，以為詩道在斯，無逾我說，猶鷦鷯斥鷃巢於枳棘，即以枳棘為山川，並即以枳棘為天地，其亦可嗤也。㉟

所謂「窮其源」在於窮本知變，上溯陳、隋、六朝，兩漢以至於《詩經》的《風》、《雅》，而止於詩教。所以他編有《古詩源》，〈序〉說：

使覽者窮本知變，以漸窺風雅之遺意，猶觀海者緣逆河上之，以溯崑崙之源，於詩教未必無少助也夫！

目的在使學詩的人知道詩的源流所在。

在沈德潛之前，他的老師葉燮（一六二七—一七〇三）也曾提過源流的說法。在《原詩》中，到處可以找到「源流」二字。如〈內篇〉上：

詩有源必有流，有本必達末；又有因流而溯源，循末以返本，……既不能知詩之源流、本末、正變、盛衰互為循環，並不能辨古今作者之心思、才力、深淺、高下、長短；孰為沿為革？孰為創為因？孰為流弊而衰？孰為救衰而盛？㊱

又：

> 時有變而詩因之，時變而失正，詩變而仍不失其正，故有盛無衰，詩之源也。……有正有變，其正變係乎詩，謂體格、聲調、命意、措辭、新故、升降之不同，此以詩言時，詩遞變而時隨之，故有漢、魏、六朝、唐、宋、元、明之互為盛衰，惟變以救正之衰，故遞衰遞盛，詩之流也。從其源而論，……從其流而論，……歷考漢、魏以來之詩，循其源流升降，不得謂正為源而長盛，變為流而始衰。[37]……

又：

> 大凡人無才則心思不出，無膽則筆墨畏縮，無識則不能取捨，無力則不能自成一家。而且謂古人可罔，世人可欺，稱格稱律，推求字句，動以法度緊嚴，扳駁銖兩。內既無具，援一古人為門戶，藉以壓倒衆口。究之何嘗見古人之真面目，而辨其詩之源流、本末、正變、盛衰之相因哉？[38]

這與沈德潛的「窮源說」很相近。他的「窮源說」可能由葉燮處變來。但葉燮講源流，往往連同本末、正變、盛衰一起講，從而講出詩歌演變的歷史過程；他認爲「源」是「詩變而不失其正」，「流」是「詩遞變而時隨之，……惟變以救衰。」雖然沈德潛也提到「正變盛衰」等說話（見〈重訂唐詩別裁集序〉），但他更強調的是「學詩者沿流討源」、「尋究其指歸」，所以在這點上，他的「窮源說」可以說是由葉燮處來的，但他卻賦予這一詞以另一種新的解說，因而與葉氏的論源流有點不同。而沈德潛的「窮源說」卻追溯到《詩經》，從而達到詩教的「旨歸」。

(三) 詩教說

學詩到底有甚麼目的和起甚麼功能呢？沈德潛在〈施覺菴考功詩序〉中說：

> 詩之為道也，以微言通諷諭，大要援此譬彼，優游婉順，無放情竭論；而人裵徊自得於意言之餘。三百以來，代有升降，旨歸則一也。[39]

他說學詩、作詩必定有目的，而詩的目的在追求正。他又在〈曹劍亭詩序〉說：

> 夫詩三百篇為韵語之祖，而韓子云「詩正而葩」，則知正其詩之旨也。葩其韵之流也，未有捨正而可言葩者。[40]

「正其詩之旨」即是求詩的正途，而詩的正途在「無戾於溫柔敦厚之旨」（同上〈序〉），他的議論就是要追求詩的目的——溫柔敦厚。

他在《清詩別裁集・凡例》中說：

> 詩之為道，不外孔子教小子教伯魚數言，而其立言，一歸於溫柔敦厚，無古今一也。

又〈重訂唐詩別裁集序〉也說：

詩教之尊，可以和性情、厚人倫、匡政治、感神明。……而一歸於中正和平。

這完全是《禮記·經解》和〈毛詩序〉說法的翻版。這裏頭含有很濃厚的道德意識。所以在詩歌風格上，他喜歡那些平和中正的作品，如評論施覺菴詩說：

施覺菴先生生平無他嗜好，獨喜工詩。而請急以後，從事益專。謝絕品流，因心師古，自風騷、漢京，下迄三唐，靡弗窺覽。而其所成就，超然獨有所得。今體會其詞：和順以發情，微婉以諷事，比興以定則；其體淵淵，其風泠泠，味之澹澹，而炙之溫溫。讀者不自覺靜其志氣，而調其性情也。是可謂詩人之旨也已。㊶

所謂「淵淵」、「泠泠」、「澹澹」、「溫溫」、「靜其志氣而調其性情」，這正是中正和平的詩。他又論馬嶰谷的詩說：

憶舊懷人，傷離悲逝，纏綿委摯，唱歎情深，由敦厚於友朋者至也。㊷

這可說是厚人倫的代表了。至於詩的內容方面，他喜歡那些「匡政治，感神明」的詩作。在古今詩人中，他最愛杜甫。他在〈桐城張公藥齋詩集序〉中說：

> 抑思古今之稱詩者，必以少陵為歸。而少陵之所以勝人，每在綱常倫理之重。故每飯不忘君父之外，凡弟妹之分張，家人之懸隔；念驥子於鳥道，懷朋舊於江東，簡帙中三致意焉。公發為有韻之語，其篤於五倫，不異少陵，宜乎！和平溫厚，無意求工而不能不工也。[43]

他說杜甫篤於五倫，和平溫厚，所以他的詩也就「不能不工」了。他又說：

> 詠物，小小體也；而老杜詠房兵曹胡馬則云：「所向無空濶，真堪託死生。」德性之調良，俱為傳出。（同上）

他是以杜甫來作爲論詩的標準的。所以他評論王漁洋的詩時，也往往引杜甫來作比喻。（見第一節。）

他編選唐、明、清三朝詩別裁集[44]。都是依據「溫柔敦厚」的「中正」、「和平」宗旨來編選的[45]。他在《唐詩別裁集》的〈序〉中說：

> 備一代之詩，取其宏博；而學詩者沿流討源，則必尋究其旨歸。何者？人之作詩，將求詩教之本原也。唐人之詩，有優柔、平中、順成、和動之音；亦有志微、噍殺、流僻、

> 邪散之響。由志微、噍殺、流僻、邪散而欲止溯乎詩教之本原，猶南轅而之幽薊，北轅而之閩粤，不可得也。即或從事於聲之正者矣，而仍泛泛焉，嘈嘈叢雜之紛逐，猶笙鏞琴瑟與秦箏羌笛之類，並奏競陳，而謂《韶》、《英》之可聞，亦不得也。然則分別去取，使後人心目有所準則而不惑者，唯編詩者責矣。

他是以衞道者的身分自居的。而《明詩別裁集》、《清詩別裁集》的選詩也大略和本集相近。他認爲明詩的優點在於模仿盛唐，在於復古，「其凌宋躒元，而上追前古也。」（〈明詩別裁集序〉）至於編選明詩的標準，則爲「祈合乎溫柔敦厚之旨」、「當於美刺」（仝上〈序〉）。他選取清詩，與選唐詩的興趣相近，「風調音節，俱近唐賢。」（〈清詩別裁集·凡例〉）

由於崇尚中正、和平，他不喜歡卑靡纖弱的風格。對於宋元詩，他在〈明詩別裁集序〉中鄙薄地說：「宋詩近腐，元詩近纖。」「腐」和「纖」的作品都是與中正和平的風格相去很遠的，所以爲他所蔑視。又〈清詩別裁集·凡例〉中又說：「唐詩蘊蓄，宋詩發露；蘊蓄則韻流言外，發露則意盡言中。」「意盡言中」的作品就沒有詩味。所以他都不喜愛，因此並沒有爲宋元詩編別裁集。

由於道德的觀念，對於有乖詩教的作品，他認爲都應該要刪除。他在〈唐詩別裁集序〉和《清詩別裁集·凡例》中都有這裏說法。〈唐詩別裁集序〉：

> 時賢之競尚華辭者，復取前人所編穠纖浮艷之習，揚起餘燼，以易斯人之耳目，此又與於岐趨之甚。而詩教之衰，未必不自編詩者遺之也。夫編詩者之責，能去鄭存雅，……

> 大約去淫濫以歸雅正[46]；於古人所云「微而婉，和而莊」者，庶幾一合焉。此微意所存也。

又《清詩別裁集·凡例》說：

> 詩必原本性情，關乎人倫日用及古今成敗興壞之故者，方為可存，所謂其言有物也。若一無關係，徒辨浮華；又或叫號撞搪以出之，非風人之指矣。尤有甚者，動作溫柔鄉語，如王次回《疑雨集》之類，最足害人心術，一概不存。

他認爲這些詩對人心有不良的影響。這也是和他的道德觀相關連的。所以在唐代他沒有選錄任華、盧仝（七七五－八三五）的粗野詩，和凝（八九八－九五五）的香奩詩，在清代沒有選王次回的豔情詩。於是引致和袁枚打了一場筆墨官司。

用溫柔敦厚來解詩，最早見於《禮記·經解》，這是儒家對《詩經》的看法。以後的人每見此詞，都會聯想到是說《詩經》的。自《禮記》以後，也沒有甚麼人用過這句話來解釋其他詩。但這種「返本歸元」的說詩方式，並不是由沈德潛開始的。明清之間用「溫柔敦厚」來說詩，最早的人是錢謙益和吳梅村。以後有葉燮、朱彝尊（一六二九－一七〇九）、王士禎、馮班（一六〇二－一六七一）、趙執信等人[47]。其中對沈德潛有直接影響的，大概是他的老師葉燮吧！《原詩》中有幾處提到「溫柔敦厚」的說話，如〈內篇上〉：

《三百篇》一變而為蘇、李，再變而為建安、黃初。建安、黃初之詩，大約敦厚而渾樸，中正而達情。㊽

又同卷：

或曰：「溫柔敦厚，詩教也，漢魏去古未遠，此意猶存，後此者不及也。」不知溫柔敦厚，其意也，所以為體也，措之於用則不同；辭者，其文也，所以為用也，返之於體則不異。漢、魏之辭，有漢、魏之溫柔敦厚，唐、宋、元之辭，有唐、宋、元之溫柔敦厚。㊾

下面又說：

且溫柔敦厚之旨，亦在作者神而明之；如必執而泥之，則〈巷伯〉「投畀」之章，亦難合於斯言矣。

以上幾條葉燮提到詩教「溫柔敦厚」的段落裏，與沈德潛說法最近的要算是第一條了。他提到「中正」、「達性」，這就是沈德潛時常強調的詩教內容了。可見出沈德潛的「溫柔敦厚」論是受葉燮影響的。至於沈德潛講的詩教，就是最初詩教出現時的原始意義，——要有社會的道德意識，這是詩的功能作用；但葉燮卻在體用上講溫柔敦厚，認爲每個時期的詩都有「溫柔敦厚」，這變成文學的表現問題。甚至連沈德潛最鄙薄的宋、元詩，葉燮認爲都有「溫柔敦厚」，這一點是沈德潛與葉燮對「溫柔敦厚」一詞看法不同的地方。

對於明代格律派的看法，沈德潛和葉燮也有不同的意見。葉燮不喜歡明代的格律派，認爲他們只是攀援古人，根本沒有自己的主見。《原詩》說：

> 昔李攀龍襲漢、魏古詩樂府，易一二字便居為己作；今有用陸、范及元詩句，或顛倒一二字，或全竊其面目，以盛誇於世，儼主騷壇，傲睨今古；豈惟風雅道衰，抑可窺其術智矣。大凡人無才則心思不出，無膽則筆墨畏縮，無識則不能取捨，無力則不能自成一家。而且謂古人可罔，世人可欺，稱格稱律，推求字句，動以法度緊嚴，扳駁銖兩。內既無具，援一古人為門戶，藉以壓倒衆口。究之何嘗見古人之真面目，而辨其詩之源流、本末、正變、盛衰之相因哉？[50]

他說「格律派」因爲無才、膽、識、力，所以只能攀附古人，依託古人，這怎能寫出好詩呢？他又說：

> 有明末造，諸稱詩者，專以依傍臨摹為事，不能得古人之興會神理，句剽字竊，依樣葫蘆，如小兒學語，徒有喔咿，聲音雖似，都無成說，令人噦而却走耳。[51]

他認爲七子的詩，只是「小兒學語」，並沒有其眞正的價値。所以他說，寧願在詩壇的一角落裏，不與他人爭雄，自謀發展，也不要拾人牙慧，居人之後：

……故寧甘作偏裨，自領一隊，如皮、陸諸人是也。乃才不及健兒，假他人餘焰，妄自僭王稱霸，實則一士偶耳。[52]

這些都是他反對明代格律派的意見。文章最後還說：

……更有竊其腐餘，高自論說，互相祖述，此真詩運之厄。[53]……

這幾句恐怕可以用來指斥沈德潛。

(四) 才、法與學

格調派既要追溯源流，並以詩教爲創作之本，自然要向古典學習，這裏包括學的問題。在掌握了古典以後，如何在創作中表現出來呢？這包括法的問題。前人的作品，自然有它的法律所在，但才情的不同，時間的遷移，都會產生不同的法律。沈德潛明白這個道理，所以他不反對學習古人，但又不主張爲古人所拘限。他在《說詩晬語》卷上論法說：

詩貴性情，亦須論法。亂雜而無章，非詩也。然所謂法者，行所不得不行，止所不得不止，而起伏照應，承接轉換，自神明變化於其中；若泥定此處應如何，彼處應如何，如

> 磧沙僧解《三體唐詩》之類。不以意運法，轉以意從法，則死法矣，試看天地間水流雲在，月到風來，何處著得死法[54]？

在這裏，他提到死法、活法的問題，要人神而明之，不可爲法所束縛。明代七子的詩，由於「過於求肖處[55]」、「臨摹已甚，尺寸不離[56]」，這也就是拘於法的緣故。《說詩晬語》中談到法的地方可不少。

至於才與學的問題，「才」固然重要，但才是先天的，不可學；只有「學」才算後天的事情，所以他強調「學」的重要性。〈李玉洲太史詩序〉說：

> 古來論詩家，主趣者有嚴滄浪，主法者有方虛谷（回，一二二七—一三七〇），主氣者有楊伯謙（巍，一五一四—一六〇五），主格者有高廷禮（棅，一三五〇—一四二三）。而近代朱竹垞則主乎學。之五者均不可廢也。然不得才以運之，恐趣非天趣，法非活法，氣非浩氣，格非高格，卽學亦徒具其汗漫叢雜而無所歸。蓋詩之為道，人與天兼焉。而趣、而法、而氣、而格、而學，從乎人者也；而才則本乎天者也。人可強，而天不可強，故從來以詩鳴者，隨其所長，俱可自見。而詩人中之稱才人者，古今來只數餘[57]人相望於天地之間。[58]

他認爲古往今來才人只有幾個，其他的都不是才人，所以要以後天的學去補先天的不足。他在〈與陳恥菴書〉說：

歐陽子曰：「善醫者，不攻其疾而務養其氣。氣實則病去，不易之論也。詩道之實其氣，在根柢於學。以唐人言之，少陵之詩，穿穴經史；太白之詩，浸淫《莊》、《騷》；昌黎之詩，原本漢賦。推此而上，若顏、謝、阮、陶、曹、劉諸人，蔑弗盡然。蓋能根柢於學，則本原醇厚，而因出之以性情之和平，將卓爾樹立成一家言，吾不受風氣之轉移而可轉移乎風氣，此實其氣之說也。[59]

他這裏所講的「氣」，就是指「根柢於學」。又當時的人有受《滄浪詩話》「詩有別材，非關書也」說法的影響，以爲詩人無須靠「學」，亦可成家。他在《說詩晬語》中討論到這個問題說：

嚴儀卿有「詩有別才，非關學也」之說，謂神明妙悟，不專學問，非教人廢學也。誤用其說者，固有原伯魯之譏。[60]

他認爲嚴羽的說法，並非教人廢學。

又有些人認爲要講究學問，所以在詩中堆砌典故，沈德潛對於這一派人也有評論：

作詩謂可廢學，持嚴儀卿「詩有別才」之說而誤用之者也。而反其說者又謂，詩之為道，全在徵實，於是融洽貫串之弗講，而勦獵僻書，纂組繁縟，以夸奧博；若人挾類書一部，即可以詩人自詡者。究之駁雜之離，錮其靈明，愈徵實而愈無所得。夫天下之物，以實為質，以虛為用。學，其實也；才，其虛也。以實運實則滯，以虛運實則靈。[61]

他認爲恃才、恃學都不可靠，唯有以才學相輔，才可以達到上乘的境界。

結論

儘管沈德潛的論詩用語有很多地方由老師葉燮處來，但在很大的程度上與老師的說法不同。最大的分別在於對明代「格律派」的看法，沈德潛對格律派是寄予好感的。但是他的「格調說」在明代的「格律說」之上另加上一層道德意義，這是「格調說」和「格律說」分歧的地方。他論詩主張「窮源」，要尋求出詩的根源所在，所以他編選有《古詩源》；而詩的根源在於詩教，所以他主張詩要有「溫柔敦厚」、「中正渾樸」的性情，要求詩歌有道德的規範。因爲講格調，他喜好唐詩，編選有《唐詩別裁集》和與唐詩興趣相近的明清詩集。因爲詩歌講求政治、社會的功能，他推崇杜甫的憂懷忠憤的作品；他認爲和凝、王次回等人的豔情「害人心術」，所以加以排斥；從而建立了清代的雍容典雅，講求道德秩序的詩派。

附註

❶〈再與沈大宗伯書〉，見《小倉山房文集》卷十七，頁六。在《隨園三十種》中，清刊本。
❷《歸愚文鈔》卷七。見《沈歸愚詩文全集》。乾隆間教忠堂刊本。
❸《清詩別裁集》卷四，頁一，總頁六一。沈德潛輯，北京中華書局據乾隆二五年（一七六〇）教忠堂重訂本影印。一九七五。
❹《評點漁洋山人精華錄箋註》，卷五，頁三十。沈德潛評點，上海文瑞樓刊本。
❺同上，頁九。
❻同上，卷六，頁九。
❼同上，頁一一。
❽同上，卷十二，頁八。
❾《唐詩別裁集》，沈德潛輯。北京中華書局據乾隆四年（一七三九）教忠堂重訂本影印，一九七五。
❿《清詩別裁集．凡例》。
⓫《明詩別裁集．序》，《明詩別裁集》，沈德潛輯。北京中華書局據乾隆四年（一七三九）刊本影印，一九七三。
⓬《歸愚文鈔》卷十二，頁一。
⓭《說詩晬語》卷下，見《清詩話》頁五四七。《清詩話》，丁福保輯，上海中華書局排印本，一九六三。
⓮同上，頁五二九～五三〇。
⓯《古詩源》，沈德潛輯。光緒十七年（一八九一）夏，湖南思賢書局重刊。
⓰《評點漁洋山人精華錄箋註》卷五，頁二三。
⓱同上，頁二二。

⑱ 同上，卷六，頁十二。

⑲ 同上，頁四一。

⑳ 同③。

㉑ 《談藝錄》頁三五四。《談藝錄》，錢鍾書撰，香港龍門書局翻印本。

㉒ 同④。

㉓ 同⑬，卷下，頁五五七。

㉔ 卷一，頁二。《隨園詩話》、《補遺》，袁枚撰。北京人民文學出版社，一九六○。

㉕ 同⑪。

㉖ 《明詩別裁集·序》：「劉伯溫之高格。」《說詩晬語》卷下：「謝茂秦……氣逸調高。」（頁五四八）《朱念祖詩·序》：「主格之高也。」（《歸愚文鈔餘集》卷二，頁一，見《沈德潛詩文全集》）評王漁洋〈汚縣謁諸葛忠武祠〉：「神完氣足。」《晚登夔府東城樓望八陣圖》：「調高力大，味厚氣雄。」（見前文）。

㉗ 同⑥。

㉘ 同⑧。

㉙ 《青木正兒全集》一，頁四八八。《青木正兒全集》，日本春秋社，昭和四四年（一九二九）。又臺灣開明書店有中譯本，民國五十八年。

㉚ 「格律」也是漢語詩學上常用的名詞。但這裏所說的「格律」與詩學上所講的「平仄」、「押韻」、「對仗」等的解釋稍有不同；它是通過聽覺感受到的形象意義；是基於「平仄」、「對仗」、「押韻」等的基本創作形式綜合而來的向上一層的感覺。寫詩的方法也可以叫做詩的「格律」，王力著有《漢語詩律學》，就是講作詩方法的；裏面提到「平仄」、「叶韻」、「對仗」等方式。而文學批評上的「格律」與作詩法上的「格律」不同，它是以作詩法的「格律」——即是「平仄」、「叶韻」、「對仗」等作爲基礎，通過聲音的諧協、形式的勻稱，和鮮明的感覺，綜合而得出的具體印象，這個印象可以顯現作者的精神境界和風格。它是源於詩法的

「格律」而又高於詩法的「格律」的。

㉛ 同⑬，頁五二四。

㉜ 李夢陽〈與徐禎卿書〉：「夫詩，宣志而道和者也。」〈再與何氏書〉：「文猶不能爲，而矧能道之爲。」（《空同集》）雖然提到「宣志」、「能道」，但這是行文時稍一提及而已，並沒有加以發揮。又其他七子的詩論中也不見有同樣的說法。《空同集》，李夢陽撰，明萬曆刊本。

㉝ 《支那詩論史》，鈴木虎雄撰，日本東京弘文堂，昭和二十七年（一九五二）。又臺灣商務印書館有中譯本，民國六十二年。

㉞ 《古詩源・序》。

㉟ 同❷，《餘集》卷二，頁一，《張無夜詩・序》。

㊱ 《原詩》頁五六五，《清詩話》本。

㊲ 同上，頁五六九。

㊳ 同上，頁五七一。

㊴ 同❷，卷十一，頁一。

㊵ 同上，《餘集》卷三，頁一。

㊶ 同㊴。

㊷ 同上，《餘集》卷二，頁一。

㊸ 同❷，卷八，頁二。

㊹ 《明、清詩別裁集》各有兩種版本，取捨詳略不同。《清詩別裁集》之改版經過，詳見福本雅一《沈德潛と國朝別裁集》，見日本〈帝塚山學院短期大學研究年報〉十九號，一九七一。

㊺ 「別裁」二字出於杜甫〈戲爲六絕句〉中的「別裁僞體親風雅」一句。沈德潛用「別裁」二字爲選集之名，可見出他的用意是要排除他認爲是僞體的詩篇而編出一本接近「風雅」，而又有益人心的選集的。這也是他的道

德意識的表現。

㊻ 語出陳子龍《明詩選・序》。

㊼ 參考船津富彥〈清初詩話にあらわれた「溫柔敦厚詩教也」について〉。見《中國詩話の研究》。東京八雲書房，昭和五二年（一九七七）。

㊽ 同㊱，頁五六六。

㊾ 同上，頁五六八。

㊿ 同上，頁五七一。

(51) 同上頁。

(52) 同上頁。

(53) 同上頁。

(54) 同⑬，頁五二四。

(55) 同上，卷下，頁五四七。

(56) 同上，頁五四八。

(57) 餘字衍。

(58) 同②，《續集》卷八。

(59) 同②，卷九。

(60) 卷下，頁五五〇。

(61) 同②，卷十二《汪茶圃詩・序》。

〔原刊《中國文化研究所學報》，第十六卷（一九八五），頁一六一—一七七。〕

桐城派文論

周啓賡

一 引 言

吾國之文化，以其發祥於特殊自然環境之中，且地處東半球之東，遠隔印度、巴比侖、埃及諸古國，形成自我之單獨發展，是以特然獨立，與世不同。整個歷史所表現，厥爲崇高之人文道德精神。吾國既本於此種精神而立國，吾國之一切即本於此種精神而發展。文學乃文化之一部分，故吾國之文學亦特然而獨立。古聖先賢之爲學，但言其道而已，所蘄於文者，達其意足矣！傳其道至矣！故吾國之文學，無不發乎人道而止乎人道。此吾國文學之特性，非近代歐西之所謂文學也。蓋以近代西方文學之觀點，繩之以純藝術之標準，則吾國幾無文學之可言。然而苟依吾人之標準，歐西之敝，亦久矣。昔六朝之文章，亟盡華麗之能事，庶幾可謂「純文學」矣！然而徒事文詞之藻麗，於世何益？此所以爲後世詬病者也。文貴載道，其理至明，而道有歧有正，文有達有不達。要之；道以濟世爲正，文以載道爲達。是故韓子繼魏、晉、齊、梁、陳、隋之後，倡爲復古文學。其意何其深！其識何其遠！後世之爲學者，宗而法之，遂爲吾國文學之主流。復以上承聖道而傳諸後世，乃被尊之爲文學之「正統」。

吾國文學既有其特殊性，又有其一貫之傳統，吾人對吾國之文學，固當瞭解此傳統，尤應對此特性具敬仰愛慕之心，然後；方能繼承而圖其發展，不宜有偏激之成見，而諉過於古人。

蓋今日之敝也，今人之過，救敝扶衰，亦今人之責。若必革故而創新，此之所謂「新」，豈憑空而生者耶！「新文學」固然亟需發展，「舊文學」却不可打倒，新文學本源於舊文學，舊文學之創作理論，新文學亦當用爲準則，即如舊文學主張「雅潔」，豈新文學可尚「繁蕪」乎！故開新必須復古，此不僅吾國爲然，即歐洲之「文藝復興」何獨不然！吾師錢賓四先生於其國史大綱引論中曰：

今人率言革新，然革新固當知舊。不識病象何施刀藥？僅為一種憑空抽象之理想，蠻幹強為，求其實現，鹵莽滅裂，於現狀有破壞無改進。凡對於已往歷史抱一種革命性的蔑視者，此皆一切真正進步之勁敵也。惟藉過去，乃可認識現在，亦惟對現在有真實之認識，乃能對現在有真實之改進。

棄故無從創新，然泥於故亦無能創新，故復古而不滯於古者，斯可創新矣。

桐城文派即爲欲振衰頹而復古之文派。吾國文學，於魏晉六朝時期，萎靡不振，唐初，「古詩運動」興起，在其影響之下，遂有中唐之「古文運動」。至韓文公，古文運動乃有大成，卓然大家。宋代歐、曾、王、蘇等師法之，遂有所謂「唐宋八大家」（明茅坤選唐宋八家文鈔，後人因稱為唐宋八大家。）惟其所師，各得文公之一體，抑各有所偏重。寖至元明則偏於道，而其道又有所變，非文公之所謂道矣！雖然，並非其時無文，蓋道盛則文揜故也。文之傳並未中斷，元有郝經、戴表元、吳澄、姚燧、虞集諸家。初明有宋濂、劉基、王禕、方孝孺諸家。中明有李夢陽、何景明、徐禎卿、邊貢、王廷相、康海、王九思等倡言復古，稱爲「七子」。

李夢陽曰：「文必秦漢，詩必盛唐。」繼則有李攀龍、王世貞、謝榛、梁有譽、徐中行、吳國倫、宗臣等承七子之學，稱後七子。李攀龍曰：「文不讀西京以下，詩不讀中唐人集。」前後七子中，以李夢陽、何景明、李攀龍、王世貞四人最著，因稱爲中明復古四家。其主張無非欲用雄健峻峭之風格，以振起痿痺，然所得於詩者多，得於文者少，且僅就文章之形式着眼，終必失於其中，聱牙戟口，流爲「僞體」。因又有王愼中、唐順之，及公安三袁，起而反對之，稱爲「反復古」派。愼中、順之有鑑於專習秦漢之失，乃轉學歐曾，而爲「唐宋」文派。由「文從字順」以矯時弊，故易收其效，屹然爲明中葉之文家。至於三袁之學，主張不拘於法，當言所欲言，庶幾言不爲法所拘束，可謂「革命」性之論也。然苟如其所言，則吾人何以學爲！只靠聰明智慧，必難有所成，故四庫提要謂之「欲救七子之弊，而弊又甚焉。」

綜觀元明之文風，雖非盛甚，亦不衰萎。迨歸有光震川先生起而獨排衆論，遂爲有明一代文章之正宗，開桐城文派之先路。清初方苞（望溪）承其風氣，首以古文義法號召天下。劉大櫆（海峯）復闡之以神氣音節，姚姬傳（惜抱）則收其長，修其美，桐城文派遂大放光明。時人以方、劉、姚諸先生均桐城人，因以桐城名之。

桐城文派自姚惜抱以後，天下翕然歸之，自後治古文者，殆無不師法桐城，支脈流傳，範圍益廣，因有陽湖、湖南、江西、廣西諸支系，文風之盛，可謂空前矣！

桐城文派，遠宗六經，近承唐宋，可謂吾國文學之「正統」。惟近人因好惡之不同，所趨異趣，而毀譽參半。毀之者或挾私見，不中其弊；譽之者或隨聲附和，亦多不得其要。故多失於客觀，未可允爲持平之論。本文試圖以客觀立場，綜述桐城文派之緣起、發展，及其影響，並由桐城諸子之文論，予桐城文章以重新之評價，再從桐城諸子之論文，以見諸家之主張。其論雖各有不同，要皆不離其宗，此所以成爲一派之故也。諸子前後師承以及彼此之間，亦頗有抑揚褒貶之處，褒揚者，即所以師法之處，貶抑者；亦正爲此一文派之相互補充，不可以詆毀觀之也。此正爲批評桐城文家之得失，若論其文派，自當綜合大體觀之，凡以一子之非而病一派之文者，皆以偏概全之論也。

茲編取材，僅就論文之與桐城文派，有直接或間接關係者，析其要義，斟酌取捨。然以學識所限，固不免掛一漏萬，但稍得梗概，以取正於有道云爾。

二 桐城文派之得名

文學初無所謂派，自六朝文壞，韓柳振起頹風，以周秦兩漢之文爲天下師，影響所及，遂有歐、曾、蘇、王等諸子，習而傳焉。明茅坤（鹿門）集諸子之文，爲唐宋八家文鈔，後世因稱「唐宋八大家」，鄭小谷（獻甫）書茅鹿門八家文鈔後云：

> 道；無所謂統也。道有統，其始於明人所輯宋五子書乎？文；無所謂派也。文有派，其始於明人所選唐宋八家文乎？然皆門戶之私也，非公理之公也。……自韓子有軻之死不得其傳一語，而道之統立。自韓子有起八代之衰一贊，而文之派別。（補學軒文集卷二）

可見道之有統，文之有派，蓋後人尊而加之者。韓文公夙志匡時濟世，固未嘗着意於立道「統」創文「派」也。迨明之中葉，文學復古之風大盛，前後七子主張，「文必秦漢，詩必盛唐。」

天下翕然從之，文體一變，因號爲「秦漢派」。王愼中、唐順之復主張文宗唐宋，屹然爲中明大宗，因號爲「唐宋派」。繼而有「公安派」，至清則有「桐城派」。凡此文派之立，皆並時學者之推服而名之者。諸子因其獨特之文風，不期然而自成一派，固非因欲創一派而爲文也。

桐城文派之得名，旣由並時及後世學者所推尊，則必有尊之之故。蓋清代之文論，乃以古文爲中心，古文又復以桐城爲中心。古文家之先於桐城者，皆可謂爲「桐城派」之先驅。其同時或稍後者，亦皆爲「桐城派」之流裔。呂璜（月滄）於答毛生甫書有云：

> 師承在近日，惟桐城為正。由之而光益爛焉！（呂月滄文集卷二）

陸祁孫七家文鈔序曰：

> 歷金元明之久，廑得震川。……我朝自望溪方氏別裁諸僞體，一傳為劉海峯，再傳為姚惜抱。桐城一大縣耳，而有三君子接踵輝映其間，可謂盛矣！（見古人論文大義續編）

桐城文風於時之盛，蓋可想見。桐城文章即以其「盛」而行於世，世之學者亦因其盛而有以尊之。故其得名，並非偶然。

論者謂桐城文派之得名，出自程晉芳（魚門），周永年（書昌）諸人之戲言。曾文正公歐陽生文集序云：

> 乾隆之末，桐城姚姬傳先生鼐，善為古文辭。慕效其鄉先輩方望溪侍郎之所為，而受法於劉君大櫆，及其世父編修君範。三子既通儒碩望，姚先生治術益精。歷城周永年書昌為之語曰：天下之文章其在桐城乎！由是學者多歸嚮桐城，號桐城派，猶前世所稱江西詩派者也。（曾文正公文集卷一）

觀此，則桐城派之得名，乃緣歷城周永年之讚語也。其後李詳於論桐城派一文中又云：

> 乾隆中，程魚門（晉芳）與姚姬傳先生相習，謂天下文章其在桐城乎？此乃一時興到之言，姬傳先生猶不敢承。（載國粹學報四十九期）

文末並注曰：「曾文正謂周書昌非是。」是則桐城派之得名，廑爲程魚門一人之戲言矣！然姚姬傳海峯先生八十壽序有云：

> 曩者，鼐在京師，歙程吏部，歷城周編修，語曰：為文章者，有所法而後能，有所變而後大。維盛清治，邁逾前古千百，獨士能為古文者未廣，昔有方侍郎，今有劉先生。天下文章，其出於桐城乎！（惜抱軒文集卷八）

實則「桐城派」之得名，程、周二人俱與有關焉。姚姬傳以二人之贊語入於文，因爲一般人所知，故亦遂成定論，復經方東樹（植之）加以宣揚，三祖之位既定，桐城文派之名乃立。其於書惜抱先生墓誌後一文中，盛稱方深於學，劉優於才，而姚尤以識稱。謂方文靜重博厚，象地之德；劉文風雲變態，象天之德；姚文淨潔精微，象人之德。又曰：

> 夫以唐宋到今，數百年之遠，其間以古文名者，何止數十百人，而區區獨舉八家，已為隘矣！而於八家後又獨舉桐城三人焉，非惟取世譏笑惡怒，抑真似鄰於陋且妄者。然而有可信而不惑者，則所謂衆著於天下之公論也。（儀衞軒文集卷五）

於焉桐城三祖之名立，桐城文派乃亦成矣。

桐城文派之得名，雖由於程、周二人之贊言，及方氏之宣揚，然桐城之成爲一派，自在人心，三子者，引水注渠者也。宗派之名既立，天下之習爲古文者，得有所宗法，其所長也。不學無識者之攀援附合，不求眞知甚解，是其弊也。故夫師桐城者，或因之而自高，小桐城者，或因之而斥貶。是二者，或庸或妄，皆有所不當。故吳敏樹、王先謙、李詳諸人，頗不以宗派爲然。吳敏樹於與筱岑論文派書中有曰：

> ……然弟於桐城宗派之論，則往時所欲與功甫極辨而不果者。今安得不為我兄道之。文章藝術之有流派，此風氣大略之云爾，其間實不必皆相師效，或甚有不同，而往往自無能之人，假是名以私立門戶，震動流俗，反為世所詬厲，而以病其所宗主之人。（柈湖文集卷六）

王先謙於續古文辭類纂自序中謂：

> 宗派之說，起於鄉曲競名者之私，播於流俗之口，而淺學者據以自便，有所作，弗協於軌，迺謂吾文派別耳。

吳、王之論雖不盡然，要可見宗派之一蔽也。雖然，習古文者蘄其正與至而已，本無所謂宗派。夫求師習者有所宗法，以及文風之普及興盛，此宗派之功也。然習古文者止於古文，囿於一派之論而不敢逾，則宗派之過矣！

三　桐城古文義法及其文論

桐城文學，所以爲並時及後世所推尊而師法者，乃在其於文論有一貫而較完善之主張，此種主張，即所謂「桐城古文義法」是也。桐城古文義法，乃桐城文論所獨到之處。古聖先賢，其文之至者，要皆合於義法，雖未明言，而義法固在其中矣！蓋桐城諸子，乃就古人之文之至者，究其所至之理，歸納之而爲法則，稱爲義法。故「義法」云者，雖爲桐城文家之所主張，實非桐城文家之所創造，乃有所據而言者也。桐城文章之所以蔚成一派，耑在於有此中心之鵠的，一般論者，廑見諸子文章之風格，因覺方姚異趣，而諸子之論文，亦每出於師說之外，此泥於其迹，故不免窒礙難通。苟就其文論之思想而言，固屬一系，縱然造詣不同，風格異趣，而「無不若出於一師之所傳」，其可彊分乎哉！

古文義法，始由桐城初祖方望溪所主張，其後劉海峯爲之推闡，姚惜抱爲之補充，至曾文正則廓而大之。蓋所謂「義法」，頗近於昔人「文道合一」之說，文道合一之論，歷來陳陳相因，雖不免言多而「俗」，要乃爲古文之根本。桐城既遵循正統，其論自亦由此而發，夫文與道之本身，何嘗庸俗？第論者之泥於庸俗而已矣。觀桐城之古文義法，頗超乎庸俗之外，尤不限於文道合一而已也。故不宜以庸俗之膚論視之也。茲將桐城首要諸子義法之說，及其論文之觀點與見解，分述於後。

(一) 歸有光

桐城文章，自歸有光（震川）啓之，震川乃明末之古文大家，其時方前後七子倡言復古最盛之際，主張「文不讀西京以下，詩不讀中唐人集。」然其復古，摹其形而遺其神，堆砌字句而已，震川患之，其於與沈敬甫書云：

> 僕文何能為古人，但今世相尚以琢句為工，自謂欲追秦漢，然不過剽竊齊梁之咸，而海內宗之，翕然成風，可為悼歎耳。（震川別集卷七）

震川之致力於古文，蓋在欲匡時救弊，其於與沈次谷先生詩序亦云：

> 今世乃惟追章琢句，模擬剽竊，淫哇浮艷之為工，而不知其所為敝。（震川全集卷二）

震川力斥浮艷剽竊之風，主張爲文當本乎古聖之道，遺辭則應樸實無華，其於示徐生書云：

> 夫聖人之道，其迹載於六經，其本具于吾心，本以主之，迹以徵之……是故學以徵諸迹也，迹之著，莫六經若也，六經之言，何其簡而易也。（震川全集卷七）

心存乎道，意發乎心，辭達乎意，此正文以載道之謂也。六經之文無不載道，猶且簡易，故行文不宜故事舖張。載道之文「雅」，無華之辭「潔」，此所以桐城文論之力主雅潔故也。曾文正公書歸震川文集後有云：

> 當時頗崇茁軋之習，假齊梁之雕琢號為力追秦漢者，往往而有，熙甫一切棄去，不事塗飾而選言有序，不刻畫而足以昭物情，與古作者合符而後來者取則焉，不可謂不智已。人能宏道，無如命何，藉熙甫早置身高明之地，聞見廣而情志濶，得師友以輔翼，所詣固不竟此哉。（曾文正公文集卷一）

開風氣之先者，固未能一朝而得其備，此所以震川之所詣竟此故也。因未能一朝而得其備，故震川之文論，尚無所謂義法之說，爲文但求其是，遣辭則蘄其達，如是而已。嘗曰：「文章者天地之元氣，得之者其氣直與天地同流。」（項思堯文集序）於雍里先生文集序亦云：

> 文者，道之所形也，道形而為文，其言適與道稱，謂之曰：其旨遠，其辭文，曲而中，肆而隱。是雖累千萬言，皆非所謂出乎形，而多方駢枝於五臟之情者也。（震川文

集卷二）

是以震川之文，無所拘束，故能自然神妙，而達其至情。其深處，往往感人於五內之中，此與望溪文截然不同處也，張鱸江（士元）震川文鈔序云：

讀之使人喜者忽以悲，悲者忽以喜，不自知其手舞足蹈而不得已也。

王錫爵明太僕寺丞歸公墓誌銘亦云：

先生所為抒寫懷抱之文，溫潤典麗，如清廟之瑟，一唱三歎，無意於感人，而歡愉慘惻之思，溢于言語之外。（震川別集附錄）

震川之師古，蓋師其神氣法度，不局於文辭形貌，呂月滄古文緒論云：

戚鶴泉謂：古文不可有古文氣。其說非也，前明多誤於此，故自震川而外，鮮有成就者。（初月樓文集附）

欲得古人之神氣，必於古人之文，熟讀而微會之，林紓於春覺齋論文有云：

章實齋著文史通義，可云解得文中甘苦矣，然亦患主張太過，且往往自亂其例。其譏歸震川用五色筆評史記也，甚其辭曰：若者為全篇結構，若者為逐段精彩，若者為意度波瀾，若者為精神氣魄，以例分類，便於拳服揣摩，號為古文秘傳。云云，意實不以為可。愚則謂震川之評史記，用聯圈處，其妙尚易見（即原本丹硃筆），若每句用三角形加於其旁者（原本黃筆），始為震川之用心處，亦為史記文法之宜研究處。且其連用三角形者，或提醒文之命脈，或點清文之筋節。至於單句之上用單三角形者，尤震川獨得之秘訣。（春覺齋論文述旨一）

從而可見震川讀史記之功夫與方法，如此則何患於無得於古人！震川文之得於子長者特多，此之故也。

讀古人書，亦有一定之途徑，當由近而漸於遠，故震川之學，乃自歐曾入，推而昌黎、而史漢、而周秦。若夫捨近而務遠，則易蔽於義而害於辭，其不流於剽竊雕琢者鮮矣！方望溪書歸震川文集後云：

昔吾友王崑繩目震川文為膚庸，而張彝歎則曰：是直破八家之樊，而據司馬氏之奧矣！二君皆知言者，蓋各有見而特未盡也。震川之文，鄉曲應酬者十六七，而又徇請者之意，襲常綴瑣，雖欲大遠於俗言，其道無由，其發於親舊及人微而語無忌者，蓋多近古之文，至事關天屬其尤善者，不俟修飾而情辭並得，使覽者惻然有隱，其氣韻蓋得之子長，故能取法於歐曾而少更其形貌耳。（望溪文集卷五）

故爲古文者，首當師古人之神理，神理者，即所謂「道」也，昌黎謂其所志於古者，不唯文辭之好，尤好其道也。文者，道之形，道不可見而見之於文。次則師古人之氣韻，氣韻者，道之音響，道不可聞而聞之於氣韻。此爲文之本也，得其本則文之形貌自可變換自如矣。

震川雖未嘗提出具體之文論，而其文大多能不悖乎古，故文之至者，均能暗合於義法，而純言義法者，轉未必能爲至文。猶之人之習泳於陸，姿勢正矣！然入於水則溺何也？非不明其理，蓋不善其行故也。故爲文之道，非知之難，爲之實難。後之諸子有鑑及此，因多不拘於望溪之義法，惟習震川之情韻，取海峯之奇氣，而學望溪之雅潔者，非無因也。

(二) 方苞

所謂桐城古文之義法，自方望溪氏啓之。望溪對文章之不重義法者，輒加貶斥。望溪既言義法，然則何謂義法？義法二字究作何解？後人有分立而作單詞解之者，亦有連綴而作駢詞解之者。併而解之，則「義法」乃學古文之途徑，爲文之方式。分而解之，則「義」爲宗旨，乃行所當行。「法」即方法，求如何行其所當行。不僅謀道與文之融合，尤求文與辭之協調也。

「義法」二字，首見于史記十二諸侯年表序，序曰：

> 孔子治春秋，約其文辭，去其煩重，以制義法。

方望溪于又書貨殖列傳後亦云：

春秋之制義法，自太史公發之，而後之深於文者亦具焉。義，卽易之所謂言有物也；法，卽易之所謂言有序也。義以為經而法緯之，然後為成體之文。（望溪文集卷二）

義爲有物，語其內容。法爲有序，語其形式。二者具，乃足爲文。書畢命曰：「辭尚體要」。要卽所謂「義」，體卽所謂「法」。詩經小雅正月篇曰：「有倫有脊」。脊卽「義」也，倫卽「法」也。陳澧（蘭甫）于復黃芑香書中，對倫脊之釋至詳，曰：

前在南園，足下問作文法，今得來書，問之益切。至夫作文之法，前人言之者多矣！僕不必贅言，惟昔時讀小雅有倫有脊之語，嘗告山舍學者，此卽作文之法。今舉以告足下可乎？倫者，今日老生常談所謂層次也。脊者，所謂主意也。夫人必其心有意而後其口有言，有言而其手書之於紙上則為文。無意則無言，更安得有文哉！有意矣而或不止有一意，則必有所主，猶人身不止一骨，而脊骨為之主，此所謂有脊也。意不止一意而言之何者當先何者當後，則必有倫次，卽止有一意，而一言不能盡意，則其淺深本末，又必有倫次而後此一意可明也。（東塾集卷四）

禮記表記亦曰：「情欲信，辭欲巧。」信卽義也，巧卽法也。論者每以桐城義法而病桐城文論，惟文之有義法，自古已然，今若曰古之能文者不善義法可乎？第以未作具體而有系統之論述而已。義法本卽望溪之文學觀點，此文學觀點乃自歸納古義而來。道與文之關係，至此尤爲密切。去經或緯，自不能爲帛，除義或法，亦何足成文！義之於法，猶精神之與肢體，肢體因精神而立，精神因肢體而顯，二而一不可或離，必相依而爲命。文學至此，乃有一新之境界。

戴存莊望溪文集序曰：

蓋先生服習程朱，其得於道者備，韓歐因文見道，其入於文者精。入於文者精，道不必深，而已華妙，而不可測。得於道者備，文若為其所束，轉未能恣肆變化。然而文學精深之域，惟先生掉臂游行，周漢唐宋諸家義法，亦先生出而後揭如星月。而其文之謹嚴樸質，高渾凝固，又足以戢學者之客氣，而湔其浮言。以故百數十年來，奉而守者，各隨其才學高下淺深，皆能蘄乎古，不捩於正，背而馳者，則雖高才廣學，亦虛憍浮夸，半為躍冶之金而已。（方望溪文集戴存莊序）

諸家固已有義法於前，望溪乃昭明之於後。

義法不僅爲望溪之文學觀點，亦即其人生觀點，蓋以「義」之所生，必賴於身心之修養。故義即「浩然正氣」，不悖於理。其門人王兆符望溪文集序曰：

先君子與吾師及西溟姜先生同客京師，論行身祈嚮，西溟先生曰：吾輩生元明以後，孰是如千里平壤，拔起萬仞高峯者乎？先君子曰：經緯如諸葛武侯、李伯紀、王伯安；功業如郭汾陽、李西平、于忠肅；文章如蒙莊、司馬子長，庶幾似之。吾師曰：此天之所為，非人所能自任也。學行繼程朱之後，文章介韓歐之間。（方望溪文集王兆符序）。

望溪之爲學與做人，於茲可見。其承文學之正統，故重於立身祈嚮，發而爲文，是即義法。其於答申謙居書亦云：

> 僕聞諸父兄，藝術莫難於古文，自周以來，各自名家者僅十數人，則其艱可知矣。苟無其材，雖務學不可強而能也。苟無其學，雖有材不能驟而達也。有其材、有其學，而非其人，猶不能以有立焉。蓋古文之傳，與詩賦異道，魏晉以後，姦僉污邪之人，而詩賦為衆所稱者有矣！以彼瞑瞞於聲色之中，而曲得其情狀，亦所謂誠而形者也。故言之工而為流俗所不棄。若古文則本經術，而依于事務之理，非中有所得，不可以為僞。故劉歆承父之學，議禮稽經而外，未聞姦僉污邪之人，而古文為世所傳述者。韓子有言，行之乎仁義之途，游之乎詩書之源。茲乃所以能約六經之旨以成文，而非前後文士所可比並也。（望溪文集卷六）

學與材兼具，若非其人，猶不能有以立焉。故望溪之所謂義法，未許祇局於文而論之也。

望溪之法，尤爲活法，蓋法固有其常，亦有所變，故左氏、韓子之義法，顯然可尋，太史公之法，則於龐雜紛繁之中寓焉，必於神明變化中求之。故法雖有常，而不可拘泥，是即所謂「活法」也。就議論文言之，理即義，辭即法，辭所以明理，其法尙可有常，若於記敘文言之，則剪裁去取，虛實詳略，各有權度，是即法之變也。其于書五代史安重誨傳後云：

> 記事之文，惟左傳史記，各有義法。一篇之中，脈相灌輸不可增損，然其前後相應，或

隱或顯，或偏或全，變化隨宜，不主一道。五代史安重誨傳，總揭數義于前，而次第分疏于後，中間又凡舉四事，後乃詳書之。此書疏論策體記事之文，古無是也。史記伯夷孟荀屈原傳，議論與敘事相間，蓋四君子之傳，以道德節義，而事迹則無可列者，若據事直書，則不能排纂成篇，其精神心術所運，足以興起乎百世者，轉隱而不著，故于伯夷傳歎天道之難知，于孟荀傳見仁義之充塞，于屈傳感忠賢之蔽壅，而陰以寓己之悲憤。其他本紀世家列傳，有事迹可編者，未嘗有是也。重誨傳乃雜以論斷語。夫法之變，蓋其義有不得不然者。歐公最為得史記法，然猶未詳其義，而漫傚焉，後之人又可不察而仍其誤耶。（望溪文集卷二）

故所謂「活法」，須洞明乎義，始能暗合于法，法從義生，因隨義變。此種論點，非惟高於七子，亦歸、茅之所未嘗發。

文之合於義者「雅」，合於法者「潔」。故淺觀義法，即雅潔之謂也。沈蓮芳書方望溪先生傳後，稱引望溪語云：

南宋元明以來，古文義法不講久矣！吳越間遺老尤放恣，或雜小說，或沿翰墨舊體，無雅潔者。（見中國文學史講義）

故欲文之雅潔，必須合於義法。既曰雅潔始合於義法，然則行文當如何始能雅潔？因又曰：

古文中不可入語錄中語，魏晉六朝人藻麗俳語，漢賦中板重字法，詩歌中雋語，南北史佻巧語。

以上所列，足以害文之雅潔，因舉而禁之。呂月滄答毛生甫書曰：

……若語錄氣，不宜以入文，則說與來示同，而望溪方氏，亦已先之矣。（月滄文集卷二）

呂氏又於古文緒論云：

古文之體忌小說、忌語錄、忌詩話、忌時文、忌尺牘，此五者不去，非古文也。（初月樓文集附古文緒論）

雅潔乃源自秦漢，然非明人「秦漢派」之詰屈聱牙可比。文既雅潔，自必謹嚴，反之亦然。望溪於書歸震川文集後，評震川之文曰：

孔子於艮五爻辭釋之曰：言有序。家人之象系之曰：言有物。凡文之愈久而傳，未有越此者也。震川之文於所謂有序者，蓋庶幾矣，而有物者，則寡焉。又其辭號雅潔，仍有近俚而傷於繁者。（望溪文集卷五）

對震川之文，尚且不滿，遑論其他！故雅潔之文，除刊除俚語、俳語、雋語、佻巧語、二氏語而外，尤須剔淨蕪辭。望溪於與程若韓書有云：

> 夫文未有繁而能工者，如煎金錫，麤礦去，然後黑濁之氣竭而光潤生。史記漢書長篇，乃事體之本大，非按節而分寸之不遺也。（望溪文集卷六）

故爲文，須謹嚴簡鍊，此正韓文公之所長，是以望溪此義，又源自唐宋，而又非「唐宋派」之起伏開闔可比。

桐城義法之至嚴者，無過於望溪。以故其文拘於理法，而不達於情韻。王慶麟書望溪集後曰：

> 氏不家於文者也，究知天人之故，剖析性命之微，積理厚，故言有物，積氣厚，故言有序，不務爲汪洋怪奇，恢廓形貌，凡無益於人心，無關於學術者，屏不見於文，其見於文者，必有所不得已，空曲交會之處，必有名理騰躍而出，令人慨然有周孔之思，而其事關倫理，感動心脾，使覽者慚懼迭作不敢萌邪心。予取其文所以治心，心正而後道可見，豈徒躭玩其文筆而已哉！（見古人論文大義續編）

其爲文在於有物、在於有序，而又必合於義法，故非關於人心學術者，不苟作。因而其文無震川之情韻，無海峯之奇氣。吳南屏論望溪之文謂：「厚於理，深於法，而或未工於言。」張廉卿亦曰：「望溪精與謹細，而未能自然神妙。」望溪之謹細，可自其論表誌之文見之。其於答喬介夫書云：

> 蒙諭為賢尊侍講公作表誌或家傳，以鄙意裁之，第可記開海口始末，而以侍講公奏對車邏河事，及四不可之議附焉，傳誌非所宜也。蓋諸體之文各有義法，表誌尺幅甚狹，而詳載本議，則擁腫而不中繩墨，若約略剪截，俾情事不詳，則後之人無所取鑑。（望溪文集卷六）

其後海峯、惜抱等之於望溪，師弟流傳而已，其文論雖不離所宗，要非直承望溪之義法而來。至於爲文，海峯多直師退之，惜抱則與震川爲近。

(三) 劉大櫆

海峯繼望溪而傳惜抱，爲方姚間之連繫，故有「桐城派」之目之稱號。方其初遊京師，以所爲文謁望溪，望溪大驚服，力爲揄揚，由是著名。望溪著於道，海峯長於文，著於道，則廻旋唐宋。長於文，則出入諸子。至惜抱乃兼收其長，桐城文因以大盛。後之論者，每稱方姚而擯海峯，頗爲偏淺之見。吾師黃華表先生嘗曰：

> 前代曹子桓蘇子由論文，以氣為主，先生則以為氣隨神轉，而神又為氣之主。又謂文章

最重節奏，神氣不可見，於音節見之。厥後姚惜抱之所謂神理氣味，格律聲色，及因聲求氣之說，皆由先生此說啓之。先生又謂文貴奇、貴高、貴大、貴遠、貴簡、貴疏、貴變、貴瘦、貴華、貴參差、貴去陳言、貴品藻。綜合前人之所以論文者。其後吳仲倫、張廉卿輩論文，大抵均據之。則謂先生開桐城論文之祖，亦未為不可也。（中國文學史講義下）

望溪論文曰義法，海峯則更具體而言神氣，因神氣而言音節，不復曰義法矣！吳殿麟海峯先生古文序云：

先生文章得之天授，年二十九學成遊京師。靈皋善擇取義理於經，其所得於文章者，義法而已，先生乃並其神氣音節盡得之。雄奇恣睢，驅役百氏，其氣之肆，波瀾之濶大，音調之鏗鏘，皆靈皋所不逮。（見古人論文大義續編）

海峯以重於文，故謂義理乃文之資，非文之能事。因化義法而爲神氣音節，於論文偶記中有云：

作文本以明義理適世用，而明義理適世用，必有待於文人之能事。（劉海峯文集卷一）

望溪之曰義法，述其當然而未盡其所以然。至海峯則昭明其旨，以補其所不足。

作文固爲明義理而適世用，此亦文以載道之謂也。然非天下之文盡可載道，要必有待於文人之能事。而文人之能事，則在於神氣音節。蓋義理有常，得之者未必能文，文之者亦未必能達，求所以達，即文人之能事。文章因義理而立，義理因文章而顯，義理不顯，無用於世，文章不達，無以明理。故根本在於義理，能事在於文章。其於論文偶記中又云：

行文之道，神為主，氣輔之。曹子桓、蘇子由論文以氣為主是矣。然氣隨神轉，神渾則氣灝，神遠則氣逸，神偉則氣高，神變則氣奇，神深則氣靜。故神為氣之主。至專以理為主，則未盡其妙。（劉海峯文集卷一）

「妙」即文人之能事，同理而殊文，自以能盡其妙者爲至，而妙之表現，即在於神氣音節。論者有以海峯之重於文而怪之者，然海峯雖重於文，未嘗擯義理於文之外，其曰：「至專以理爲主，則未盡其妙。」亦可見其所謂能事，乃在理正之後。專主於義理而輕文者，自未能以盡其妙，是其所論，未見其不當也。

海峯之文論，莫詳於論文偶記一篇，其曰：「行文之道，神爲主，氣輔之。」又曰：「氣隨神轉」又曰：「神者氣之主，氣者神之用。」是則文法之高妙處，即在於神，此亦即「古人文字最不可攀處」，故能得古人高妙之處，則得古人之神矣！欲得古人之神，則須微會古人之意，故又曰：

古人文章可告人者，惟法耳，然不得其神而徒守其法。則死法而已，要在自家於讀時微會之。（劉海峯文集卷一）

然則如之何可以微會其神？因又曰「氣」，而氣又須從「勢」以見之。故曰：「論氣不論勢，不備」，亦即韓文公所謂氣盛言宜之謂也。後人耑就言宜而論法，自失其神。夫氣盛則勢壯，而言之短長，聲之高下，無不相宜，是即古人文法高妙之處，得古人之神，而其爲文，則與古人之神合矣。

海峯所謂神氣、所謂文法高妙處，皆須自熟讀、涵泳、微會而得，故仍屬抽象，令人無所把握，無從入手，因又自神氣降而言字句音節。其曰：

> 音節者，神氣之跡也。字句者，音節之矩也。神氣不可見，於音節見之。音節無可準，於字句準之。（劉海峯文集卷一）

字句音節，文之至顯者也，而望溪之所不曾言，廑曰「雅潔」而已。海峯乃就字句以求音節，就音節而求神氣。就神氣而求文章之「妙」。故音節之高下，字句之短長，皆必求其宜，以期進窺古人文法之高妙處，此誠海峯文論之特點。呂月滄古文緒論曰：

> 劉海峯文最講音節，有絶好之篇，其摹諸子而有痕迹者，非上乘也。（初月樓文集附）

既然神氣寓於音節，於是行文則須講求聲韻，因曰：

一字之中，或用平聲，或用仄聲，同一平字仄字，或用陰平、陽平、上聲、去聲、入聲，則音節迥異……合而讀之，音節見矣，歌而詠之，神氣出矣。（劉海峯文集卷一）

聲韻之運用，以見音節之「抑揚高下」，神氣於是而隱現流轉焉。

字句雖聲韻鏗鏘，然猶不可流俗近俚，蓋流俗近俚。則氣必浮而不奇，氣不奇，則神亦難以至乎奇境矣。故又曰：

字句之奇，不足為奇，氣奇則真奇矣！神奇者，古來亦不多見……然字句亦不可不奇，自是文家能事。（劉海峯文集卷一）

既曰奇，然則如之何始能至於奇？故又曰：

文者變之謂也，一集之中篇篇變，一篇之中段段變，一段之中句句變，神變、氣變、境變、音變、節變、句變、字變……（劉海峯文集卷一）

文章多變，自然光景長新，唯新則能奇。而蘄文之變者，又必禁用陳言，故又曰：

文貴去陳言，昌黎論文，以去陳言為第一要義。……今人行文，反以用古人成語，自謂有出處，自矜為典雅，不知其為襲也，剽賊也。（劉海峯文集卷一）

文本明理而達情者也，然理與情，每不能「賦」而至之，常須曲通旁徵，「興」而啓之，「比」而見之。因又曰：

> 理不可以直指也，故卽物以明理。情不可以顯言也，故卽事以寓情。卽物以明理，莊子之文也。卽事以寓情，史記之文也。（劉海峯文集卷一）

故文雖有法，貴於活用。作文固不能蓄意而立其神、而養其氣。蓋音節高下，字句短長，學可以至。渾浩雄奇，跌宕頓拙，才可以至。唯神氣則誠如望溪所謂「有其才有其學而非其人，猶不能有以立焉。」海峯亦曰：

> 凡行文，字句短長、抑揚高下，無一定之律而有一定之妙。可以意會，不可以言傳，學者求神氣而得之音節，求音節而得之字句，思過半矣。（劉海峯文集卷一）

因神氣而求音節，因音節而求字句，此行文之本也。因字句以見音節，因音節以見神氣，此行文之妙也，而文人之能事備焉。

於音節字句中以求作文之法，故不必泥於「起伏照應」，亦不致流於「剽竊摹擬」。此桐城文論所以成功之處。其後姚惜抱之所謂神、理、氣、味、格、律、聲、色，以及因聲求氣之說，皆海峯啓之也。惜抱嘗曰：「文章之精妙，不出字句聲色之間，舍此便無可窺尋矣。」

(四) 姚鼐

惜抱之文論，承於海峯而尤能有所發明，因以進乎超脫境界。化義法而爲「道藝」，充神氣而言「天人」，推究文所能至之「境界」，不復斤斤於作文之法矣。此所以出於方劉而勝方劉者也。呂月滄古文緒論有曰：

> 姚惜抱享年之高，略如海峯，而好學不倦，遠出海峯之上，故當代罕有倫比。揀擇之功，雖上繼望溪，而迂迴蕩漾，餘味曲包，又望溪之所無也。（初月樓文集附）

望溪之言法，雖曰活法，然活法亦尙有法也。作文至高妙之境，若仍將神就法，固不免於泥滯矣。故惜抱以爲法者，學之始事也。吳仲倫七家文鈔後序云：

> 惜抱先生……誨之曰：子之論文，主於法是矣，然此學者之始事也，其終也，幾且不知有法，而未始戾乎法。（初月樓文集卷五）

蓋作文，猶習書然，其始也，點、捺、勾、劃各有其法，雖合其法，未必爲善書者，眞善書者，誠如右軍之言曰「落筆自通玄」，固不復言法矣。落筆自通玄，即惜抱之所謂「天人」也。故達乎天人合一之境，始爲文之至，惜抱敦拙堂詩集序云：

言而成節，合乎天地自然之節，則言貴矣。其貴也，有全乎天者焉，有因人而造乎天者焉。

> 夫文者藝也，道與藝合，天與人一，則為文之至。（惜抱軒全集卷四）

文章本藝也，其至高之境必合乎天道，與天爲一。其至善之境必與道合。故曰「詩文美者，命意必善。」蓋「天」者才分，非學所能至，「人」者學力，非才所能達，故必「天人合一」，始能爲至文，必「道與藝合」，始能爲善文。惜抱與陳碩士尺牘有曰：

> 學文之法無他，多讀多為，以侍其一日之成就，非可以人力速之也。士苟非有天啓，必不能盡其神妙，然苟人輟其力，則天亦何自而啓之哉。（惜抱軒尺牘卷五）

可見爲文之法，天與人缺一不能至。昔之爲文者衆矣，能至之者，百不一見，蓋此故也。作文能至「天與人一」、「道與藝合」之境，則作文之方法，文章之標準云云，無須講求矣。故惜抱之論，誠乃超於義法之法也。惟其超於義法，故能得義法之全。望溪曰：「古文之傳，與詩賦異道」，惜抱則曰：「詩之與文，固是一理」。惜抱之論，非唯合於文，亦且合於詩，是即所謂「道藝」。故雖不曰義法，而自與義法相合。

惜抱之所謂道，猶之乎「義」，所謂藝，猶之乎「法」，道者乃屬天分，藝者則出於修養，故本天人合一而推闡道與藝合之理，於是行文之際，則重在意與氣之相協，因曰「意與氣相御而爲辭」。

海峯之於「氣」曰奇，惜抱之於「氣」則曰陰陽剛柔。「意」則近乎「理」，即海峯之所謂文之資。惜抱以為義理、考據、辭章，皆文之資也。因主張義理、考據、辭章三者合一，陰陽剛柔並濟，如此則文至矣。其於陰陽剛柔之論，見於其復魯絜非書：

> ……鼐聞天地之道，陰陽剛柔而已。文者天地之精英，而陰陽剛柔之發也……得於陽與剛之美者，則其文如霆、如電、如長風之出谷、如崇山峻崖、如決大川，如奔騏驥其光也如杲日、如火、如金鏐鐵，其於人也，如馮高視遠、如君而朝萬衆，如鼓萬勇士而戰之。其得於陰與柔之美者，則其文如升初日、如清風、如雲、如霞、如烟、如幽林曲澗、如淪、如漾、如珠玉之輝、如鴻鵠之鳴而入廖廓，其於人也，漻乎其如歎、邈乎其如有思、暖乎其如喜愀乎其如悲。觀其文，諷其音，則為文者之性情形狀，舉以殊焉。且夫陰陽剛柔，其本二端，造物者糅而氣有多寡進絀，則品次億萬，以至於不可窮，萬物生焉，故曰一陰一陽之謂道。夫文之多變亦若是已。糅而偏勝可也，偏勝之極，一有一絕無，與夫剛不足為剛，柔不足為柔者，皆不可以言文。（惜抱軒全集卷六）

得於陽剛陰柔之氣，其文各盡其美，然不能無偏勝，二氣相勝，其變無窮，文之品亦以無窮。至曾文正公，則推廣惜抱之論，而為四為八，陰陽之論於是備焉。

惜抱之論義理、考據、辭章，謂三者並重，不可偏廢，其於述庵文鈔序曰：

> 鼐嘗論學問之事有三端焉，曰義理也、考證也、文章也，是三者苟善用之，則足以相濟，

苟不善用之，則或至於相害。今夫博學強識而善言德行者，固文之貴也，寡聞而淺識者，固文之陋也。然而世有言義理之過者，其辭蕪雜俚近，如語錄而不文，為考證之過者，至繁碎繳繞而語不可了。當以為文之至美而反以為病者何哉？其故由於自喜之太過，而智昧於所當擇也，夫天之生才，雖美不能無偏，故以能兼長者為貴，而兼之中，又有害焉，豈非能盡其天之所與之量，而不以才自蔽者之難得與！（惜抱軒全集卷四）

人每因其所好，而擯其所惡，是自喜之太過，而智昧於所當擇矣。蓋能兼其長者，乃爲至善。其時漢學方盛，士皆以考據爲功，旣輕義理，復卑辭章。惜抱憂其偏，乃責其全，因有怪惜抱之輕於考證者，然惜抱固嘗曰：「以考證累其文，則是弊耳，以考證助文之境，正有佳處，夫何病哉！」（與陳碩士書）觀乎此，何得謂惜抱欲廢考據也。且夫所謂兼長者，何意也！其於復汪進士輝祖書曰：

夫古人之文，豈第文焉而已！明道義維風俗以昭世者，君子之志，而辭足以盡其志者，君子之文也。（惜抱文集卷六）

此尤可見惜抱之重於義理。惜抱之意，蓋欲合眞、善、美而一之，嘗曰：「凡執其所能而吡其所不爲者，皆陋也，必兼收之乃足爲善。」（復秦小峴書）其志在「祛末士一偏之弊，爲羣才大成之宗。」此正「道與藝合」，「天與人一」之義也。

惜抱之於義法，自然而已，並無成見。論者每以爲法者才之害，惜抱頗不以爲然。就才與法之關係言，善運之者，相濟而不相妨，其於與張阮林書中曰：

> 文章之能事，運其法者才也。古人文有一定之法，有無定之法。有定者，所以為嚴整也，無定者，所以為縱橫變化也。二者相濟而不相妨，故善用法者，非以窘吾才，乃所以達吾才也。非思之深功之至者，不能見古人縱橫變化中所以為嚴整之理。思深功至而見之矣，而操筆而使吾手與吾所見之相副，尚非一日之事也。（惜抱軒尺牘卷三）

才高者之爲文，往往縱橫變化，不可方物。然此實善運法之故也，才因法，庶不致偏頗，出入於法而自然，則尤見才之高與奇矣。故曰「功深聽其自至可也。」故所謂義法云者，入門之徑而已。至於超然自得，非可言喻，存乎一心之領會耳。是則義法乃爲文當然之理，並非充足之條件，亦即義法而外，猶有不可缺者，即「天人」、「道藝」是矣。故其論出於望溪，海峯而超越之。其於與陳碩士書有云：

> 望溪所得，在本朝諸賢為最深，而較之古人則淺，其閱太史公書，似精神不能包括其大處、遠處、疏淡處、及華麗非常處，止以義法論文，則得其一端而已。（惜抱軒尺牘卷五）

此可見惜抱之所見所得，較望溪尤爲高深，尤爲遠大，故其文論，實能合於義法而超於義法。法有定有無定，故文之格亦有「常」、有「變」，文章之事，貴開新境，然不知舊，焉知新？故當先習於古，出入古人之法，然後有所自得，自得而後正變自如，如是則不爲法所繫，而自開新境矣。守正而不知變，則流於陋，除正而務奇，則不免於妄。故開新必先復古，復古即所以習於古。古人可讀之文至多，終其生而不可窮，隨意取捨，必有所偏失。此志乎文者之所以困惑者也。惜抱因就其經驗，憑其心得，上自秦漢，下至當代，集諸家之善者，輯爲「古文辭類纂」一書，總七百篇七十五卷（依李承淵校本，康刻爲七十四卷）。用以昭示後學，而爲有志於文者之蹊徑也。

惜抱所纂，於經則不錄，於史則僅取太史公文數篇，又鑑於昔昭明文選之體製，龐雜紛錯，因將所錄，歸分爲十三類，其於古文辭類纂序目云：

……夫文無所謂古今也，惟其當而已，得其當，則六經至於今日，其爲道也一，知其所以當，則千古雖遠，而於今取法如衣食之不可釋，不知其所以當，而敝棄於時，則存一家之言，以資來者，容有俟焉。于是以所聞習者，編次論說爲古文辭類纂，其類十三，曰論辨類、序跋類、奏議類、書說類、贈序類、詔令類、傳狀類、碑誌類、雜記類、箴銘類、頌贊類、辭賦類、哀祭類，一類內而為用不同者，別之為上下編云。………

凡文之體類十三，而所以為文者八，曰神理氣味，格律聲色。神理氣味，文之精也，格律聲色，文之粗也。然苟舍其粗，則精者亦胡以寓焉？學者之于文，必始而遇其粗者，中而遇其精者，終于御其精者，而遺其粗者。

吾國總集，除昭明文選外，明有茅鹿門之唐宋八家文鈔，清初有方望溪之古文約選（清果親王名義，實出于方氏），然非不及於今，則不達於古，或分類不明，無以見一類文章之諸種不同風格，故皆不宜於用以爲學。惜抱所選，因文章之體，別爲十三類，一類內而其用不同者，又別之爲上下編。其於古文辭類纂序目中云：「余撰次古文辭，不載史傳，以不可勝錄也」，故不錄經史，論者遂以爲一以尊經，一以多不勝錄。然既尊之，則益當錄之，至於多不勝錄，惟其本爲選錄無需全收，何害於多？愚以爲不錄經史，除不勝錄外，或有二端：一以經史之文，非初學所宜。一以經史乃文之至者，應全覽而不可偏讀故也。

惜抱所選錄，因其類而見其文之法，寓文法於類別之中，學者明其風格，見其作用，知所從入，以收事半功倍之效，其後曾文正公加錄經史，推廣其範圍，名爲經史百家雜鈔，頗具思想啓發之功，亦即姚曾之不同處也。

(五) 曾國藩

以神氣論文，自海峯啓之，惜抱承海峯之神氣，闡以陰陽剛柔之說，迨曾文正公，更就陰陽剛柔之說推而廣之，其于聖哲畫像記中有曰：

> 西漢文章如相如子雲之雄偉，此天地遒逕之氣，得于陽與剛之美者也，此天地之義氣也。劉向匡衡之淵懿，此天地溫厚之氣，得于陰與柔之美者也，此天地之仁氣也。（曾文正公文集卷二）

此即惜抱「天人合一」之論，陰陽者天道也，人得之于天，發而爲仁義，出而爲言語，著而爲文章，於是焉大氣流行，充塞天地，神乎不可捉摸，是爲文章至高之境。其於求闕齋日記中云：

吾嘗取姚惜抱先生之說，文章之道，分陰柔之美，陽剛之美。大抵陽剛者，氣勢浩瀚，陰柔者，韻味深美。浩瀚者噴薄而出之，深美者吐吞而出之。（曾文正公全集求闕齋日記卷下）

又曰：

嘗慕古文境之美者，約爲八言，陽剛之美者曰：雄、直、怪、麗，陰柔之美者曰：茹、遠、潔、適。（同上）

就氣勢相濟而論，雖云相濟，然不能無偏，有達於陰陽剛柔之美者，亦有近於陰陽剛柔之美者，因別爲太陰、太陽、少陰、少陽。是爲文章之陰陽四象，文章之得於陽與剛之美者，曰雄、直、怪、麗，得於陰與柔之美者，曰茹、遠、潔、適。曾文正公復各以十六字贊之曰：

雄：劃然軒昂、盡棄故常、跌宕頓挫、捫之有芒。

直：黃河千里、其體仍直、山勢若龍、轉換無迹。

怪：奇趣横生、人駭鬼眩、易玄山經、張韓互見。

麗：青春大澤、萬卉初葩、詩騷之韻、班揚之華。

茹：衆議輻湊、吞多吐少、幽獨咀含、不求共曉。

遠：九天俯視、下界聚蚊、寤寢周孔、落落寡羣。

潔：力掃陳言、類字盡芟、慎爾毀譽、神人共監。

適：心境兩閒、無營無待、柳記歐跋、得大自在。

（曾文正公全集求闕齋日記卷下）

文章之美，盡在其中矣！以上所言，皆文章之境界，蓋曾文正公之論文，不拘於義法，苟止於義法，則未能達於至高之境，然若不由義法，則竝淺近之境亦不可至，故不拘於法，而非不由於法，其於與陳右銘太守書有云：

竊以為自唐以後，善學歐公者，莫如王介甫氏，而近世知言君子，惟桐城方氏所得尤多，因就數家之作而考其風旨，私立禁約，以為有必不可犯者而後其法嚴，其道始尊，大抵剽竊陳言，句摹字擬，是為戒律之首。（曾文正公全集書札卷三十二）

蓋昔人文章之美者，固有其道，學之者由其道，猶恐不能至焉，況背其道者哉！然由古人之道，習古人之文，不肖則無所成，肖則亦古人而已，是僞體也。故必去陳言，戒剽竊，是爲戒律之首。又曰：

稱人之善，依於庸德，不宜褒揚溢量，動稱奇行異徵，鄰于小說誕妄者之所為。貶人之惡，又加愼焉，一篇之內，端緒不宜繁多，譬如萬山旁薄，必有主峰，龍袞九章，但挈一領，否則首尾衡決，陳義蕪雜，茲足戒也。識度曾不異人，乃競為僻字澀句，以駭庸衆，斲自然之元氣，斯又文士之所同蔽。戒律之所必嚴，以茲數者持守勿失，然後下筆造次，皆有法度。………（曾文正公全集書札卷三十二）

去陳言戒剽竊，然不可爲僻字澀句，一篇之中，端緒不宜繁多，繁多則傷雅潔，其所謂戒律，除於辭而外，更及於品，除於文而外，尤及於德。正文辭於品德，則所發無不關乎世教矣！昔之爲文，曰明道、曰載道，至此則傳道矣！曾文正與劉孟容書嘗曰：

故國藩竊謂，今日欲明先王之道，不得不以精研文字為要務，周濂溪氏稱文以載道，而以虛車譏俗儒，夫虛車誠不可，無車又可以行遠乎？孔孟歿而道至今存者，賴有此行遠之車也。………故凡僕之鄙陋，苟於道有所見，不特見之，必實體行之，不特身行之，必求以文字傳之後世。（曾文正公全集書札卷一）

文章有所法而後成，有所變而後大，桐城文章至曾文正時，頗能有所變而出於師法之外。其於湖南文徵序曰：

竊聞古之文，初無所謂法也，易書詩儀禮春秋諸經，其體勢聲色，曾無一字相襲，卽周秦諸子，亦各自成體，持此衡彼，畫然若金玉與卉木之不同，是烏有所謂法者，後人本不能文，強取古人所造而摹擬之，於是有合有離，而法不法名焉，若其不俟摹擬，人心各具自然之文，約有二端：曰理，曰情，二者人人之所固有，就吾所知之理，而筆諸書，而傳諸世，稱吾愛惡悲愉之情，而綴辭以達之，若剖肺肝而陳簡策，斯皆自然之文，性情敦厚者，類能為之，而淺深工拙，則相去十百千萬，而未始有極，自羣經而外，百家著述，率有偏勝，以理勝者，多闡幽造極之語，而其弊，或激宕失中，以情勝者，多悱惻感人之言，而其弊，常豐縟而寡實。……（曾文正公詩文集卷一）

故桐城文派，其文論至此亦愈大，蓋文章之法，已盡於海峯惜抱，曾氏論文，因多就思想而言，不復着意於文辭之章法。因重思想，故覺惜抱古文辭類纂之所選，仍嫌不足，乃更增經、史、諸子百家之文，輯爲經史百家雜鈔一書，總六百七十篇，二十六卷，別爲四門十一類，與姚選大同而小異，其於經史百家雜鈔題語中曰：

姚姬傳氏之纂古文辭，分為十三類，余稍更易為十一類，曰論著、曰詞賦、曰序跋、曰詔令、曰奏議、曰書牘、曰哀祭、曰傳誌、曰雜記，九者余與姚氏同焉者也。曰贈序，姚氏所有而余無焉者也。曰敍記、曰典志，余所有而姚氏無焉者也。曰頌贊、曰箴銘、姚氏所有余以附入傳誌之下編。論次微有異同，大體不甚相遠……余今所論次，采輯史傳稍多，命之曰經史百家雜鈔云。

曾選所異於姚選者，亦即其論文主張，不同於惜抱之處。蓋六經皆文也，易經、春秋、禮記，乃論著之文，尚書、左傳，乃叙記之文，周禮、儀禮，則是典志之文，予書昔被斥爲異端，然說理之文如莊韓者，其可廢乎！故曾文正公就其善者選而錄之。

曾選雖僅十一類，然包容較姚選爲廣，曾氏將傳狀、碑誌併而爲傳誌，並以頌贊箴銘附之，以經史增爲叙記、典志兩類，刪贈序一類，蓋曾氏以爲文章不當有贈序一體故刪除之不錄。然惜抱所選，於贈序特多，以爲此體之文，最能發抒識見，曾氏自爲贈序文，亦頗不鮮，可見卒不可廢也。

曾氏所選，間有庾潘馬等之文，徐菊人嘗曰：「公生平倡議以漢賦之體入之古文。」此曾文正之博大處，蓋詩賦等，本文之一體，其可廢乎！此故桐城文章，至曾文正而大也。

(六) 張裕釗、吳汝綸

傳曾氏之學者，以武昌張裕釗（廉卿）、桐城吳汝綸（摯甫）二人最著，二子同爲晚清古文大家，其文論亦一本曾文正公。張廉卿於答吳摯甫書云：

> 古之論文者曰：文以意爲主，而辭欲能副其意，氣欲能舉其辭。……欲學古人之文，其始在因聲以求氣，得其氣，則意與辭往往因之而並顯，而法不外是矣！（濂亭文集卷四）

曰爲文之法，不外因聲以求氣，氣舉其辭，辭達其意，將海峯及曾文正公之論，簡而括之，其論爲文之法，詳於其論文語，其曰：

凡文字無論剛柔，須玩其神有餘於筆墨之外處，精悍（如純鉤百鍊寶光湛然出入劘載當者立碎），**創意**（言人所未嘗言），**造言**（琢彫復樸陳言務去），**謀篇**（層見疊出不使一覽而盡而自首至尾義緒一線），**運筆**（接筆轉筆最要人不測須轉換變化不窮須勁折出入生殺老健簡明）（見古人論文大義續編）

作文必先有意，意則貴新意，貴于人所未嘗曰，是所謂自得也，故曰創意。得其意則思以運其辭，辭則貴去陳言，故曰造言。言立則求所以成篇，自始至終，須一氣連貫，至於轉折變化，曲直出入，則運筆之妙也。此純言作文之法也，其法在於神氣之後而求以表達神氣者。故又曰：「眞氣從誠意來，沈思以樸筆出之，故易曰修辭立其誠。」惟誠則能眞，惟眞則氣盛，氣盛則言宜也。又曰：「文字精簡，自然老健，傷繁便弱，傷誕便矜。」精簡者，雅潔之謂也，繁則氣洩，氣洩則弱矣。若務文字之新奇，則怪誕而失於狂妄矣。文字之奇，當自運筆之妙，不當單從字句見之，故曰：「凡文字用順筆便平，用逆筆便奇。」張氏論文之法雖皆歸納前賢，未見新意，然簡而易明，其所長也。

吳摯甫論文，大要同於張氏，二人時相商量文事，每有所得，必互告之以爲快，或意有不協，近則面論，遠則書辯，必正之而後安。

摯甫論文亦以氣爲主，氣之高下可見其才，才之薄厚可見其學。故才由學養，氣因才生，其與楊伯衡論方劉二集書云：

前座上論文，僉推海峰而左袒望溪才弱之說，某竊心疑焉而未敢有所枝梧，歸挑燈重展

方劉二集，伏而讀之。竊意足下之盛推海峰者，才耳，弟海峰信以才鳴矣，望溪亦何嘗無才也。夫文章以氣為主，才由氣見者也，而要必由其學之淺深，以覘其才之厚薄。……今之所謂才，非古之所謂才也，好馳騁之為才。今之所謂氣，非古之所謂氣也，能縱橫之為氣。以其能縱橫好馳騁者，求之古人所為醇厚之文，無當也。即求之古人所為閎肆者，亦無當也。（吳摯甫文集第四）

古人之才氣，在於閎肆、醇厚，今人之才氣，但求馳騁、縱橫。但求馳騁縱橫，所爲文必失於眞誠、雅正，而流於浮泛空言。此最爲古文之忌也。其於孔叙仲文有云：

往年汝綸侍文正公時，公數數為余稱述姚氏之說，且曰：今天下動稱姚氏，顧真知姚氏法者不多，背而馳者皆是也。（吳摯甫文集第二）

學者雖稱姚氏而爲古文，然多未能得其法，故得於才氣者，馳騁縱橫，以爲至矣。故雖習乎古，而實悖乎古。古人文之至者，未有泛言其理而不由其道者。其於答王晉卿書云：

往歲與武昌張廉卿商論中庸，連日夜不倦，以為古人著書，未有無所為而漫言理道者。（吳摯甫文集第一）

此所以古人文章醇厚閎肆，今則但馳騁縱橫而已，況即馳騁縱橫而猶不得至者也。

摯甫之爲學，誠能融義理、考據、辭章而一之。其所爲考覈之文數十篇，頗能決疑定論，尤能發古人之微旨。吾師曾克耑（履川）先生詩義會通序云：

蓋往者，太夫子摯甫先生，嘗汎掃衆說以說書易，千古疑滯賴以發露，而以詩說口授吾師北江先生。（頌橘廬文存卷一）

於桐城吳氏國學秘笈序亦云：

自姚姬傳氏古文辭類纂出而文體正、文律嚴，自曾湘鄉經史百家雜鈔出而文源明、文委顯，………桐城吳摯父先生以姬傳鄉里後進，從湘鄉遊，本其說以文說經，成易說尚書故二書，擧漢學之繁瑣、宋學之空虛，悉掃盪而無餘，究其訛謬，正其句讀，辨其字句，疏其義蘊，揆以事理，一以文說之。不惟經通，史籍百家亦無不可說矣。（頌橘廬文存卷一）

從而可見摯甫之爲學，不耑在文章之本身，而進於文以致用之境。摯甫生當同治年間，其時歐西勢力逐漸侵入，抱關守闕，不足以禦外侮，欲求經世致用，必須取西學之長以補己之短。遂勸學子兼受西學，其於與冀州紳士書云：

前奉上一函，請勸誘冀屬後生來受西學，許久未得復示。（吳摯甫全集尺牘第二）

欲得西學之眞義，則譯事至要，蓋明其意者，未必達於辭，譯述固亦文學事也。於天演論序云：

……是故漢氏多撰箸之編，唐宋多集錄之文，……近世所傳西人書，率皆一幹而衆枝，有合於漢氏之撰箸，又惜吾國之譯言者，大氐弇陋不文，不足傳載其義。夫撰箸之與集錄，其體雖變，其要於文之能工一而已。今議者謂西人之學多吾所未聞，欲瀹民智，莫善於譯書。吾則以謂今西書之流入吾國，適當吾文學靡敝之時，士大夫相矜尚以為學者，時文耳、公牘耳、說部耳，舍此三者，幾無所為書，而是三者，固不足與文學之事。今西書雖多新學顧吾之士以其時文、公牘、說部之詞譯而傳之，有識者方鄙夷而不之顧，民智之瀹何由？此無他，文不足焉故也。（吳摯甫全集文集第三）

譯述既爲增新知瀹民智，則不宜草率而爲，所爲文辭，固亦應合於「義法」。以使讀者從而深獲原書之本義。

摯甫既主張接受西學，而當時譯述之風漸盛，又適當吾國文學靡敝之時，想見後日西學漸盛，眞爲古文者益稀矣！吳氏又轉爲國學之後繼而憂，因諄諄謂西學漸盛之後，他書俱可不讀，而「古文辭類纂」一書決不可廢。其於答姚慕庭書中有云：

曾文正公一生佩服惜抱先生，於其自作之文，尚有趣向乖異之處，獨於此書則五體投地，屢見於書札日記及家書中。中國斯文未喪必自此書，以自漢至今名人傑作盡在其中，不

唯好文者寶畜是編，雖始學之士亦當治此業，後日西學盛行，六經不必盡讀，此書決不能廢。（吳摯甫全集尺牘第二）

又於答嚴幾道書亦曰：

古文辭類纂一書，二千年高文略具于此，以為六經後之第一書。此後必應改習西學，中國浩如煙海之書，行當廢去，獨留此書可令周孔遺文綿延不絶（吳摯甫全集尺牘第二）

摯甫特具卓見，其當日所言，今日已約略見之。吾讀其書至此，每有感於中而不能已，想見其爲人，仿如長者臨去，於心猶不能釋，諄諄相囑，然眞能遵而守之者幾人！

四　總　論

方東樹曾謂：唐以前無專爲古文之學者，宋以前無專揭古文爲名者。所謂古文，乃對當時之時文而言，其原起自唐之韓柳、宋之歐曾。元、明以後，代有學人。迨至有清，桐城文派起，集古人爲文之法，歸納而發明之，集文論之大成。方姚以前，未有對古人作具體而有系統之論述者，此桐城文派之所以成功處也。尤貴者，諸子之師法非僅傳承師說而已，承其長而修其短，是者是之，非者非之，補闕拾遺，發揚光大。試自諸子對其前輩之批評，可見此意，如方望溪書歸震川文集後曰：

震川之文，於所謂有序者，蓋庶幾矣，而有物者則寡焉。又其辭號雅潔，仍有近俚而傷於繁者。（望溪文集卷五）

張廉卿論文語曰：

震川自然神妙，而未能精與謹細者也。

歸文妙遠不測，然轉有質而近俚者。

（見古人論文大義續編）

吳仲倫與陸祈孫書二曰：

文自南豐新安而後，必以震川為最，雖其集中牽率應酬之作，存者過多，不能無失，然就其佳者而論之，氣韻實近子長。（初月樓文集卷二）

吳南屏與筱岑論文派書曰：

歸氏之文，高者在神境，而稍病虛，聲幾欲下。（柈湖文集卷六）

呂月滄古文緒論曰：

方望溪直接震川矣，然謹嚴而少妙遠之趣，如人家房屋，門廳院落廂廚，無一不備，但不見書齋別業，若園亭池沼，尤不可得也。（初月樓文集附）

張廉卿論文語曰：

望溪精與謹細，而未能自然神妙者也。

望溪規模絶大，而未能妙遠不測，風韵絶少，然文體自正。望溪以前，皆不識質而俚四字，自不能不推為巨手。

望溪修辭極雅潔，無一俚語俚字，然其行文，不敢用一華贍非常字，此其文體之正，而才不及古人也。（見古人論文大義續編）

吳南屏與筱岑論文派書曰：

望溪厚於理深於法，而或未工於言。（枠湖文集卷六）

曾文正復吳南屏書曰：

姚氏深造自得，詞旨淵雅，如莊子章義等篇，義精詞優，夐絶塵表，其不饜人意者，惜少雄直之氣，驅邁之勢。（曾文正公全集書札卷二十七）

張廉卿論文語曰：

蓋惜抱名為闢漢學，而未得宋儒之精密，故有序之言雖多，有物之言則少。（見古人論文大義續編）

諸家之評，可謂中允，諸如此等評論，不勝枚舉，故桐城文論，集諸子而言，非一家之論也。昔六朝文，駢麗嫣華，而義理不著，蓋辭章雖工，技藝之美也，得其一而失其餘。寖至宋明，耑言義理，不重實學，不求致用，固不遑以言辭章矣。有清之世，自顧亭林始，尚學以致用之說，尤能力行之。至于閻百詩、胡朏明，雖重考據，猶不失於爲用，迨至惠定宇、戴東原，則純以考據而爲學，戴氏嘗曰：「事於文章者，等而末者也。」主張文之至乎否也，視乎聖道之得失，欲得聖道，則必工考據而長義理。然則辭之不達，於聖道何！桐城文論，合義理、考據、辭章而並重，庶不致有所偏失。故桐城文論，可謂正而且備，然即因其備，故習之者力不能逮，致其論徒成空言，試觀桐城諸大師，無能得其備而不失者。

文以載道，貴乎爲用，昔昌黎之爲文，無不關乎世教，其所謂道，非「文心」之所謂道也。桐城文章，求文以載道之功，發爲文論，其論可謂善而且備，然言多而行少，行而至者尤鮮，遂貽人以空談之譏。

桐城文論，謹嚴而雅正，當時之經學家，對桐城雅潔之論，頗不以爲然。論者有以桐城之病，病在雅潔者，以爲文章求辭達而已，達則可簡，未達弗可簡也。且夫蕪雜者文之病也，而脫落獨非病乎？故文蘄其達，雅潔與否，非所重也。然文章固當以簡而且達者爲貴，桐城文論於雅潔之先，已求其所以達，然後知達之必須雅潔，固未欲不達而簡也。可一句道之者，奚二三句爲之？雖同歸於達，然簡潔之勝於繁蕪，自不待言，雅潔非病，蓋可見矣。

作文之囿於義法，則易謹嚴而不易閎肆，宜小而難大，此故陽湖惲敬（子居）主張不局於義法，而濟以灝然之氣勢，蓬勃遠矚，於是而有整文，而有大文。其論固是，然究其實，雖不由義法，而終歸合於義法。而論主爲整文，爲大文，則當爲後學之良諫。

復古者本在於開新，然習古而滯於古，已有失復古之義，而況爲古文者不及古人，窮畢生之力而爲古文，猶力所不逮，更遑論開新矣。

桐城文章，既求博，又求精，既欲合乎古，又欲適於今，凡此，又必合於義法，包擧之廣，要求之高，而規轍至爲嚴仄，嗚呼！何其難也，至有畢生而不得至者。惲子居嘗曰：「文人之見，日勝一日，其力日遜焉，是亦可歎者也。」今日桐城文章之衰，殆亦難之故歟！

〔原刊《新亞書院學術年刊》，第十四期（一九七二年九月）頁二〇七—二三七。〕

王國維的詞學批評

蔣英豪

王國維有關詞學批評的著述，主要有人間詞甲稿序（託名樊志厚，作於一九○六年）、人間詞乙稿序（亦託名樊志厚，作於一九○七年）、唐五代二十一家詞輯跋（一九○八）、人間詞話（一九一○）、清眞先生遺事（一九一○）等，其中以人間詞話系統較分明，亦最重要。本節所論，即以人間詞話爲主，並參以其他各文❶。

一　境界

論人間詞話不能不提到境界。境界其實就是人間詞話的核心。

境界一辭當然不是王國維首創的，佛家的翻譯名義集早有此名；在詞學評論中用到境界一辭，亦非始於王氏，劉公勇七頌堂詞繹已經用過❷。但這並不足以貶低王國維「境界說」在近代中國文學評論上的特出地位，因爲境界一辭在王氏的詞學批評中有特定的涵義，乃前人所不曾道，「有我之境」、「無我之境」、「優美」、「宏壯」、「理想」、「寫實」等討論，尤爲傳統中國文論所少見。

境界說在王國維的文學理論中亦非突然出現；順着年序檢看他有關文學批評的著述，便可以看到境界說發展的痕跡。

王氏在一九○六年寫成文學小言十七則，刊於教育世界雜誌；其中所論，有許多就是人間詞話的底本，但不曾用到「境界」一辭。如第四則即與境界說頗有關係：

文學中有二原質焉，曰景，曰情。前者以描寫自然及人生之事實為主，後者則吾人對此種事實之精神的態度也。故前者客觀的，後者主觀的也。前者知識的，後者感情的也。……要之，文學者，不外知識與感情交代之結果而已。苟無銳敏之知識與深邃之感情，不足與於文學之事。❸

這裏所論的情與景，在中國傳統文論中屢見不鮮。王夫之云：

不能作景語，又何能作情語耶？古人絕唱句多景語……而情寓其中矣。以寫景之心理言情，則身心中獨喻之微，輕安拈出。❹

李漁云：

填詞義理無窮，……總其大綱，則不出情景二字。景書所睹，情發所欲言，情自中生，景由外得。❺

又云：

詞雖不出情景二字，然二字亦分主客，情為主，景是客。說景卽是說情。非借物遣懷，卽將人喻物。❻

「說景即是說情」，王國維在寫文學小言時還道不出。人間詞話卷下：「昔人論詩詞，有景語情語之別，不知一切景語皆情語也。」這則詞話其實十分重要，是王國維的文學理論由情景而意境，由意境而境界的關鍵。人間詞乙稿序（一九〇七年作）中，已經不用「情」、「景」的字眼，而以「意境」代之。在意境說中，情和景已不是那麼截然可分。人間詞乙稿序：

文學之事，其內足以攄己，而外足以感人者，意與境二者而已。上焉者意與境渾，其次或以境勝，或以意勝，苟缺其一，不足以言文學。原夫文學之所以有意境者，以其能觀也。出於觀我者，意餘於境，出於觀物者，境多於意。然非物無以見我，而觀我之時，又自有我在。故二者常互相錯綜，能有所偏重，而不能有所偏廢也。

到了人間詞話的境界說，更完全泯去了情景的界線：

境非獨謂景物也，喜怒哀樂，亦人心中之一境界。故能寫真景物真感情者，謂之有境界，否則謂之無境界。

這裏把喜怒哀樂歸入境中，人間詞乙稿序的意與境至此已渾然爲一。

無論「情景」也好，「境界」也好，「意境」也好，在王國維的文學理論中，「直觀」是極其重要的。直觀之說，毫無疑問是取諸西洋哲學。西洋哲學自康德以下，都以直觀爲美術之核心；王國維既曾醉心康德叔本華等人的哲學，在這方面深受影響是極其自然的事。王國維一九〇四年作叔本華之哲學及其教育學說，已提到直觀爲美學之核心：

美之知識，全為直觀之知識，而無概念雜乎其間。

文學小言論情景的一則中，直觀佔極重要的地位：

……必吾人之胸中洞然無物，而後其觀物也深，其體物也切。……激烈之感情亦得為直觀之對象，文學之材料。……

人間詞乙稿序亦云：

原夫文學之所以有意境者，以其能觀也。

這個「觀」當然是直觀之觀。

既知直觀爲王國維文學批評的核心，則下面這一則詞話便不難解釋：

自然中之物互相關係，互相限制，然其寫之於文學及美術中也，必遺其關係限制之處。

因爲美感經驗就是直觀經驗，直觀的知識是對個別事物的知識，知覺與概念的知識則是對於諸個別事物中的關係的知識。在美感經驗中，心所以接物者只是直觀，而不是知覺和概念，物所呈現於心者，是它的形相本身，而不是與它有關的事項，如實質、成因、效用、價值等等意義❼。文學欣賞是如此，文學創作也是如此。正因爲文藝欣賞只集中在形相本身，所以便不會引起利害之念；在創作時如果心懷利害之念或其他目的，而不能做到無所爲而爲的直觀，這樣的文學作品，在王國維看來，是毫無價值的。這種觀點從文學小言以至人間詞話都沒有改變。在直觀的時候，我們全副精神都放在直觀的對象上，物與我（景與情）的區別便在不知不覺中泯去；所以無論是「有我之境」的「物皆著我之色彩」或「無我之境」的「不知何者爲我何者爲物」，都是由於直觀，結果都是物我之相融相忘。

境界的另一決定因素是眞，即上面所引詞話的「能寫眞景物眞感情謂之有境界，否則謂之無境界」。「眞」其實與「直觀」有莫大的關係。能夠直觀，不受任何利害因素干擾，所觀自然就眞。但直觀、見眞景物眞感情、寫眞景物眞感情並非人人都能優而爲之。王國維在叔本華與尼采一文引叔氏之言曰：

一切俗子因其知力為意志所束縛，故但適於一身之目的，由此目的出，於是有俗濫之畫，冷淡之詩，阿世媚俗之哲學。

故紅樓夢評論云：

……然此物（美之對象）既與吾人有利害之關係，而吾人強離其關係而觀之，自非天才，豈易及此！於是天才者出，以其所觀於自然人生中者，現之於美術中。

在叔本華看來，天才的頭腦比常人客觀、純粹而明晰，所以能夠洞悉眼前的世界，看到一般人看不到的⑨。能夠見眞景物眞感情的只有天才，也只有他們能寫眞景物眞感情。中智以下之人，只能在讀天才無關利害的作品時才能使自己也超然於利害之外⑨。

王國維又以爲文學作品只要能「眞」，即使內容淫鄙，也可以有境界。在這點上，王氏特別重視作者感情的純摯。在文學小言中，王氏提出詩人應要「感自己之感，言自己之言」，在屈子文學之精神中，又提出作品要以純摯之感情爲本。人間詞話舉古詩爲例，如「昔爲倡家女，今爲蕩子婦；蕩子行不歸，空牀難獨守」，「何不策高足，先據要路津；無爲守窮賤，轗軻長苦辛」，內容極其淫鄙，但卻是人之常情，由於作者感情眞摯，能以這種人之常情爲直觀之對象，寫出來便是有境界的作品。如果感情不純摯，所作便難免有儇薄之語，浮游之辭，這就無與於境界⑪。一句話：有純摯的感情才能直觀，直觀才能寫眞景物眞感情，寫眞景物眞感情的才是有境界。

二　隔與不隔

要寫眞景物眞感情，固然要以直觀爲基礎，但也牽涉到表現技巧。人間詞話中討論到表現技巧的，以有關「隔」與「不隔」的幾則詞話爲主。論隔與不隔而不以直觀之說爲基礎，也是不可能的。人間詞話云：

> 大家之作，其言情也必沁人心脾，其寫景也必豁人耳目，其辭脫口而出，無矯揉妝束之態，以其所見者真，所知者深也。詩詞皆然。持此以衡古今之作者，可無大誤矣。

寫物能得其神理，述事如在目前，都是不隔。王氏這種論調，仍然是取諸叔本華。叔本華在論風格一文說過：

> 凡是具有明確思想或認識的人，都用直接方式把它們表達出來，因此總是表現出明確清楚的觀念；他的作品不冗長乏味，不含混，不模糊。尋常作家，在寫作時只是一知半解，只好拼湊陳腔濫調。⑫

在論作家一文中又說：

> 作家有兩種：一種是為表達自己的思想而寫作，他們寫作前心中先有某種觀念或體驗，以為值得表達，因此才動筆。另一種人為金錢而寫作，他們的觀念和思想含糊不清，游移不定；他們喜歡朦朧，因為只有如此才能表現自己不曾經歷過的東西。他們的作品絕不明確。⑬

換句話說，天才在直觀時，對個別事物的認識極其透徹，然後再用直接的方法把直觀所得明晰地表達出來，這才是「不隔」的作品。但天才的作品，也不是篇篇不隔、句句不隔、字字不隔，這一點王氏在古雅之在美學上之位置有清楚的說明，說詳本章第四節。詞話中也曾舉出歐陽永叔的少年游詠春草為例，以見出其中隔與不隔互見⑭。

「隔」的現象，在王國維看來，主要有兩種。第一種是完全不帶感情色彩。情與景雖然在境界說內泯去了界線，但情可以獨立，景卻不能獨立。單獨表現景而不帶任何感情色彩，此種景並不是「不知何者為我何者為物」的渾合體，而只單獨是物；讀的人也只能感覺此物。這種情形，最顯著可見於姜白石的詞中。人間詞話論白石詞：

古今詞人格調之高無如白石，惜不於意境上用力，故覺無言外之味，絃外之響，終不能與於第一流之作者也。

又云：

白石有格而無情

曰「不於意境上用力」，曰「無情」，都是指他的詞缺乏感情，結果是「無言外之味、絃外之響」，初見極能駭人耳目，但卻不耐細味。景物缺乏感情，便變得毫無生氣，彷如陰界之物，與人相遠。詞話中所舉白石若干寫景的句子，都有這種情形：

白石寫景之作，如二十四橋仍在，波心蕩，冷月無聲；數峯清苦，商略黃昏雨；高樹晚蟬，說西風消息。雖格韻高絕，然如霧裏看花，終隔一層。

白石其他寫景的句子，如「嫣然搖動，冷香飛上詩句」（念奴嬌），「但怪得竹外疏花，香冷入瑤席」（暗香）等，依王國維的標準，都是隔的例子。

隔的第二種現象是隸事、用代字。詞話中極反對用代字，以爲用代字表示了「意不足」或「語不妙」，「蓋意足則不暇代，語妙則不必代。⑮」隸事則是「才不足」的表現，乃借事以掩其短⑯。

王國維深惡夢窗以下諸家詞，主要也是針對這兩種現象。

三　造境與寫境

認識了境界說的本質，「造境」與「寫境」之說是不難解釋的。詞話：

有造境，有寫境，此理想與寫實二派之所由分。然二者頗難分別，因大詩人所造之境必合乎自然，所寫之境亦必鄰於理想故也。

又云：

自然中之物互相關係，互相限制，然其寫之於文學及美術中也，必遺其關係限制之處，故雖寫實家亦理想家也。又雖如何虛構之境，其材料必求之於自然，而其構造亦必從自然之法律，故雖理想家亦寫實家也。

這兩則詞話其實是泯去了造境與寫境之間、理想與寫實之間的界限。這種論調，仍然是從叔本華哲學中來。王國維在紅樓夢評論中曾引叔本華意志及表象之世界之語云：

……或有以美術家為模仿自然者，然彼苟無美之預想存於經驗之前，則安從取自然中完全之物而模仿之，又以之與不完全者相區別哉！……此美之預想乃自先天中所知者，即理想的也，比其現於美術也，則為實際的。何則？此與後天中所與之自然物相合故也。

叔氏在論文學的一些形式一文中又曾說：

無中不能生有是藝術的金科玉律。卓越的畫家在繪畫一幅歷史畫時，須要活生生的模特兒，並加以理想化。小說家亦然。在刻畫小說中人物的性格時，他以現實中相識的人為輪廓，又加以理想化，以合己須。[17]

這兩段說話都不是討論詩歌，但卻可以通於詩歌而爲造境寫境說的張本。

前面說過，在境界中情與景的界線是不復存在的。造境寫境之說其實與此有關。造境與寫境之泯去界線也與此有關。理想與寫實本是近代文藝運動上兩種相反對的主義。寫實主義偏重模仿自然，要在實際生活中尋材料，用客觀方法表現出來。它最忌諱參雜主觀的情感和想像。理想主義以爲藝術和自然是相對的，它是人爲的、創造的，雖拿自然做材料，卻須憑主觀的感情和想像加以選擇、配合；藝術要把自然加以理想化，不能像照相那樣呆板[18]。王國維的說法，其實近於理想主義。造境和寫境是他的術語，從這個「境」字我們已可以很清楚看到他的意向。詩人寫景，雖以景爲直觀之對象，卻不能擺脫情感的因素，故稱「寫境」，所謂「鄰於理想」亦以此。詩人在抒情時，雖以感情爲直觀之對象，然亦往往借外界景物以寄託此感情，使此感情更形象化。這就是「造境」。此借自外界之景物，雖只是爲寄託感情而設，但也不能悖乎自然之法則，所謂「合乎自然」以此。

四　有我之境與無我之境

「有我之境」和「無我之境」既然都在境界說範圍之內，自然也可以用「直觀」去解釋。人間詞話：

> 有有我之境，有無我之境。「淚眼問花花不語，亂紅飛過秋千去」。「可堪孤館閉春寒，杜鵑聲裏斜陽暮」。有我之境也。「采菊東籬下，悠然見南山。」「寒波澹澹起，白鳥悠悠下。」無我之境也。有我之境，以我觀物，故物皆著我之色彩。無我之境，以物觀物，故不知何者為我，何者為物。古人為詞，寫有我之境者為多，然未始不能寫無我之

境。此在豪傑之士能自樹立耳。

又云：

無我之境，人惟於靜中得之；有我之境，於由動之靜時得之。故一優美，一宏壯也。

要解答何謂有我之境，何謂無我之境，最好先從「優美」、「宏壯」着手。王國維在叔本華之哲學及其教育學說及紅樓夢評論中都提到優美與宏壯（或曰壯美）。紅樓夢評論：

美之為物有二種：一曰優美，一曰壯美。苟一物焉，與吾人無利害之關係，而吾人之觀之也，不觀其關係而但觀其物，或吾人之心中無絲毫生活之欲存，而其觀物也，不視為與我有關係之物，而但視為外物，則今之所觀者，非昔之所觀者也。此時吾心寧靜之狀態，名之曰優美之情，而謂此物曰優美。若此物大不利於吾人，而吾人生活之意志為之破裂，因之意志遁去，而知力得為獨立之作用，以深觀其物。吾人謂此物曰壯美，而謂其感情曰壯美之情。

無我之境的「惟於靜中得之」和有我之境的「於由動之靜時得之」於此都可以得到解釋。所謂「於靜中得之」，是指直觀的對象與人全無利害關係，直觀時心靈處於寧靜的狀態。所謂「於由動之靜時得之」，是指直觀之對象與人有利害關係，而且大不利於人，這當然會牽動起人的意志（生活之欲）。但這大不利於人的直觀的對象，又非人力所能駕御，在無可奈何之餘，只好捨棄此意志，心靈因得從動態（生活之欲的鬥爭）回到靜態（捨棄意志後之寧靜心境），而直觀此物。「有我之境」之所以「有我」，是因爲曾經牽動過意志；「無我之境」之所以「無我」，是因爲完全不曾牽動過意志。讀「淚眼問花花不語」與「可堪孤館閉春寒」，那份無可奈何之情是可以感覺得到的，所以這是「由動之靜」的有我之境，作者的色彩是很顯著的。讀「采菊東籬下」與「寒波澹澹起」，只會叫人感到閑適與寧靜，所以這是「靜中得之」的無我之境，作者與物相會無間。

五　品評詞人

王國維論詞，尊五代北宋而賤南宋，主要原因，是五代北宋詞有境界，南宋詞有境界者絕少。照王國維的看法，五代北宋詞之興盛，是因爲當時詩已成爲羔雁之具，文學家寫之於詩者不若寫之於詞者之眞。南宋以後，詞又變爲羔雁之具[19]。王氏論五代南北宋詞人，批評的標準就是境界。

人間詞甲稿序舉王國維所喜詞人，五代有李後主、馮正中，北宋有永叔、子瞻、少游、美成，南宋唯稼軒、白石，最惡夢窗、玉田。人間詞乙稿序舉古人詞之有意境者，則有永叔、少游、太白、後主、正中、美成、稼軒、納蘭容若等人。夢窗、玉田則無意境可言。人間詞話中品評詞人，亦與這兩篇序相去不遠。

先談王國維心目中第一流的詞人。王氏論李後主詞，以爲：

詞人者，不失其赤子之心者也。故生於深宮之中，長於婦人之手，是後主為人君所短處，亦卽為詞人所長處。

詞人不失其赤子之心云云，其實是套用叔本華的「天才者不失其赤子之心者也●」。能夠保持赤子之心，不沾滯於是非得失，才能直觀。後主生於深宮，正是保持赤子之心的大好環境，使他能恣其直觀，寫成有境界的作品。另一則詞話：

主觀之詩人不必多閱世，閱世愈淺則性情愈真，李後主是也。

正與此同意。至於「人君所短處」與「詞人所長處」云云，詞話中他則亦有相關的說法：

「君王枉把平陳業，換得雷塘數畝田。」政治家之言也。「長陵亦是閒邱隴，異日誰知與仲多。」詩人之言也。政治家之眼，域於一人一事，詩人之眼，則通古今而觀之。詞人觀物，須用詩人之眼，不可用政治家之眼。

正因爲政治家的要求與詩人的要求如此相反，後主爲人君所短處也就是他爲詞人所長處。這則詞話所說的政治家域於一人一事，詩人則通古今而觀之，王國維在另一則詞話中也以此論李後主：

尼采謂：「一切文學，余愛以血書者。」後主之詞，真所謂以血書者也。宋道君皇帝燕山亭詞亦略似之。然道君不過自道身世之戚，後主則儼有釋迦基督擔荷人類罪惡之意，其大小固不同矣。

所謂釋迦基督擔荷人類罪惡，其實只是形容詩人的「通古今而觀之」，亦即叔本華所云：「天才看到的不是個別的事物，而是事物的普遍性[21]。」後主傾其心血，道其身世之戚；他所寫的這種感情不單是他自己的，也是千千萬萬人的，即是不域於一人之情，而能通世人之情而觀之。王國維以爲後主之偉大即在於此。

王國維視納蘭容若爲宋以後唯一能有境界之詞人。詞話：

納蘭容若以自然之眼觀物，以自然之舌言情，此由初入中原，未染漢人風氣，故能真切如此，北宋以來，一人而已。

這些評論其實還是在境界說的範圍，與評論李後主很相似。所謂自然，其實就是赤子之心。詞話評論稼軒詞之佳處，也是「有性情，有境界」。王氏於所喜諸家，雖不直言其有境界，但如論永叔少游之「有品格[22]」，東坡之「胸襟」[23]，仍是就境界說立論。

至於王氏所惡諸家詞，如夢窗、玉田、草窗等，一言以蔽之，就是無境界。詞話：

蘇辛詞中之狂，白石猶不失爲狷，若夢窗、梅溪、玉田、草窗、西麓輩，面目不同，同歸於鄉愿而已。

狂者進取，有眞性情；狷者有所不爲，亦非作僞；夢窗諸人的作品，由於性情不眞，自然是無境界的僞文學了。詞話卷下：

梅溪、夢窗、玉田、西麓諸家，詞雖不同，然同失之膚淺，雖時代使然，亦其才分有限也。

此則詞話與前則大致相同，但卻從「才」立論。詞話論東坡章質夫水龍吟詠楊花詞優劣，以爲東坡所作和韵而似元唱，「才之不可強也如是」，也是從「才」着眼。只有天才才能不沾滯於利害得失，才能直觀，才能寫出一空倚傍，有境界的作品。

在王國維的詞學評論中，姜白石與周美成的地位頗特殊。他們既不能與於馮正中、李後主、歐陽永叔、納蘭容若等人之列，但也不與夢窗、玉田等人合流。在人間詞甲稿序中，白石美成都是王國維所喜的詞人[24]，人間詞乙稿序且稱美成詞爲有意境[25]。在人間詞話中，白石美成各有所缺。在清眞先生遺事中，王國維極力稱美美成[26]，但與人間詞話的論調並無矛盾，因爲他只是擧美成値得稱美的地方而予以稱美，至於人間詞話中所擧出美成的缺點，則隱而不談。比較起來，王國維對美成的評價要比對白石爲高。

在王國維看來，白石與美成有相同的地方：他們都不是天才，但他們創作的動機，也不沾滯於利害得失；他們的詞，得之於學養者較得之於天分者爲多。王氏論白石詞，特別強調一個

「格」字[27]，所謂格，就是由學養而致的雅。清眞先生遺事論美成詞，以爲精工博大，方之唐詩人，於老杜爲近[28]，亦是從學養立論。詞話中有一則是同時提到白石美成的。

> 詩人對宇宙人生，須入乎其內，又須出乎其外。入乎其內，故能寫之。出乎其外，故能觀之。入乎其內，故有生氣。出乎其外，故有高致。美成能入而不出，白石以降，於此二事皆未夢見。

前面說過，只有天才才能直觀。照王國維的看法，白石美成都不能與於此。美成勝過白石的地方，是美成雖不能出，但還能入。詞話：

> 美成深遠之致不及歐秦，唯言情體物，窮極工巧，故不失為第一流之作者。

正是純由學養，能入不能出之意。白石既不能出復不能入的原因，王氏認爲在「不於意境上用力」。詞話：

> 古今詞人格調之高，無如白石，惜不於意境上用力，故覺無言外之味，絃外之響，終不能與於第一流之作者也。

清眞先生遺事中，又分境界爲詩人之境與常人之境。「詩人之境界，惟詩人能感之而能寫未盡脫古人蹊逕」，其意都是指美成之詞得於天分者少而得於學養者多。先生（美成）之詞，屬於第二種爲多。」這與同文所云「先生（美成）於詩文無所不工，然尚歡離合覊旅行役之感，常人皆能感之，而惟詩人能寫之，故其入於人者至深而行於世也尤廣。之，故讀其詩者亦高舉遠慕，有遺世之意。而亦有得有不得，且得之者亦各有深淺焉。若夫悲

六 詞話取資於前人處

人間詞話比較其他詩話詞話優勝的地方，是王國維本身有一套完整的美學思想。人間詞話雖以傳統詩話詞話形式寫出，但卻系統井然，脈絡貫通。詞話中有許多精闢的見解，固然是由於他天分過人，有以致之；但西方美學的影響，使他視野擴寬，洞悉力加深，也是決定性的因素。王國維並不因此就與傳統的文學批評絕緣。事實上，詞話中有好些意見都是取資於前人。

詞話論馮正中，以爲其詞「雖不失五代風格，而堂廡特大，開北宋一代風氣」，這種論調，前人早已有之。劉熙載云：「馮延巳詞，晏同叔得其後，歐陽永叔得其深[29]。」馮煦亦以爲正中下啓歐晏[30]，可知前人已有定論，王氏之論，實取資於此。王氏以爲「蘇辛詞中之狂」，「幼安詞之佳處，在有性情有境界」，亦同於劉熙載所云「蘇辛皆至情至性人」[31]。

詞話對白石詞的評論，上文討論過相當多。周濟介存齋論詞雜著云：「白石詞如明七子詩，看是高格響調，不耐人沉思[32]。」就與王氏說極相似[33]。

詞話以爲永叔「人生自是有情癡」數句「於豪放中有沉著之致，所以尤高」，靈感實來自馮煦。六十一家詞選例言論永叔詞云：「疏雋開子瞻，深婉開少游。」豪放沉著云云，實自此出。

詞話嘗詆美成之詞云：「詞之雅鄭在神不在貌，永叔少游雖作艷語，終有品格，方之美成，便有淑女與倡伎之別。」實宗劉熙載之論。藝概卷四云：「少游詞得花間尊前遺韻，卻能自出清新。」又云：「周美成稱詞或稱其無美不備，余謂論詞莫先於品，美成詞信富艷精工，只是當不得個貞字，是以士大夫不肯學之，學之則不知終日意縈何處矣。」

七　詞話之可商議處

詞話也有不少可以斟酌的地方，鍾棻園師在棻園說詞中就曾經舉出好幾條。如譏評東坡之鍾愛少游踏莎行「郴江幸自繞郴山，爲誰流下瀟湘去」二句爲皮相之談，而無見於此二句溫柔敦厚之旨及東坡愛此二句之背景㉞。又如論美成詞，以美成「創調之才多，創意之才少」爲可惜，而不知情至理至則意亦至，意而言創，將失貞是忌㉟。饒固庵教授人間詞話平議以王氏伸北宋而詘南宋爲無見於文學演化必然之勢㊱；又以爲「詞貴輕婉，哀而不傷，其表現哀感頑艷，以淚而不以血」，非王氏「後主詞以血書」之說㊲，俱能見王氏所未及見。此外，王氏過份拘執境界之說，而不能公正地批評吳文英等詞人，亦殊可惜。

王國維的文學理論，天才論的味道很濃。這種論調，植根於叔本華哲學，但頗有商榷餘地。文學上的天才，未必都是天才，他們的成就，泰半由於後天的培養。老子云：「聖人學不學，復衆人之所過㊳」，只要對自然界的萬事萬物細心觀察，留神體會，自能道出萬事萬物之眞，見人所未見，言人所未言。循此以進，中才之人，亦可以爲上才。王氏非天才莫能與於文學之論，其實有誤後學。

王國維論文學，又亟亟以政治文學爲兩端。此與宋以後道學家分聖賢文學爲兩端，以文章爲異端害道者同病[39]。其實要成爲第一流的政治家或道德家，所需要的修養與要成爲第一流的文學家並無二致，他們一定要做到老子所謂「觀復」的功夫[40]，要對萬事萬物見眞知深。由觀復可以入聖，也可以達到文學最高境界；這種至人之境，無所用而不宜。陶淵明詩所以獨出衆流，其實也只是以至人之境爲之。王國維之說，顯然有所蔽。

八　餘　論

以上主要是討論王國維的境界說和他對一些詞人的評論。還有一些問題，上面不曾討論到，卻是談人間詞話不能不提到的，就在這裏討論。

首先是「名句」的問題。人間詞話云：

詞以境界為上，有境界則自成高格，自有名句，五代北宋之詞所以獨絕者在此。

詞話卷下云：

北宋之詞有句，南宋以後便無句，如玉田草窗之詞，謂一日作百首也得。

又云：

唐五代之詞，有句而無篇。南宋名家之詞，有篇而無句，有篇有句，唯李後主降宋後之作及永叔、子瞻、少游、美成、稼軒數人而已。

可見對「名句」的重視。所謂名句，其實就是有境界的句子。前面提及王國維在古雅之在美學上之位置中有一種論調：即使是大詩人的作品，也不可能每一篇、每一章、每一句都有境界，都不隔；這些無境界、隔的地方，便用「古雅」塡補起來。在論隔與不隔時，也曾經舉出永叔的少年游詠春草爲例，以見大家之作，一篇中亦是隔與不隔互見。這是因爲天才之作，純由直觀，直觀所得，並不一定能塡滿全篇；但只是這些有限的由直觀得來的句子，已足使全篇不朽。拙於謀篇，反而是次要的問題了。沒有境界而但求謀篇，在王氏看來，只能着力於砌字壘句而歸於淺薄。

其次是「氣象」。所謂氣象，是指在作品中強烈地表現出來的作者的情緒和個性。如「太白純以氣象勝。『西風殘照，漢家陵闕』，寥寥八字，遂關千古登臨之口。」「『風雨如晦，雞鳴不已。』……『可堪孤館閉春寒，杜鵑聲裏斜陽暮。』氣象皆相似。」「（李後主詞）『自是人生長恨水長東』，『流水落花春去也，天上人間』，金荃浣花，能有此氣象耶？」「幼安詞之佳處，在有性情有境界，即以氣象論，亦有『橫素波，干青雲』之概。」都是。正由於從詞中可以明顯地見出作者的情緒和個性，上面的句子，也就於「有我之境」爲近，有宏壯之美。

還有上下卷的問題。王國維在一九一〇年寫定的詞話共有六十四則，原刊於國粹學報四十七、四十九及五十各期，一般通行本列爲人間詞話卷上。卷下的四十餘則詞話，乃趙萬里所輯，刊於小說月報，可能是王氏所刪棄的。事實上，單是卷上的六十四則，已經可以自成系統。卷下的四十餘則，可以爲讀卷上之助，但爲論稍粗淺，未若卷上之渾圓。就以「境界說」來說，卷下有幾則詞話還是用「情」、「景」等字眼，如前面引用過的「一切景語皆情語」，又如「詞家多以景寓情，其專作情語而絕妙者……」，可看作情景由分立而發展到境界說裏情景融滙無間的橋樑，有助於我們了解境界說的本質；但既然有了境界說，這兩則詞話自然可刪去不要。

附註

【編按：註文中《全集》即《王觀堂先生全集》（台北：文華出版公司，一九六八），《年譜》即王德毅《王國維年譜》（台北：中國學術著作獎助委員會，一九六八年）。】

❶ 據姚名達王靜安先生年表，王國維一九〇九年「著人間詞話，至翌年秋始旣稿」。見全集（一六），七一〇九頁。

按：人間詞話卷上末署「宣統庚戌（一九一〇）九月脫稿於京師定武城南寓廬」。見全集（一三），五九四三頁。

據趙萬里王靜安先生著述目錄，人間詞話「曾刊入國粹學報第四七、四九及五〇期」。見全集（一六），七一七五頁。

王德毅王觀堂先生著述考「人間詞話二卷」條下云：「此書初未分卷，曾以其一部份發表於國粹學報四七期至五〇期。……迨先生逝世後，弟子趙萬里又將其未刊之一部份底稿，名爲人間詞話未刊稿及其他，發表於一九卷三號之小說月報上。羅氏編印忠慤遺書時，將是書分作兩卷，以曾發表於國粹學報者爲上卷，小說月報者爲下卷。」見王，年譜，四三五頁。

❷ 饒宗頤：「人間詞話平議（上）」。人生，第一一五期，一二頁。

❸ 全集（五），一八四二頁。

❹ 見薑齋詩話卷下。

❺ 見閑情偶記。

❻ 見窺詞管見。

❼ 朱光潛：文藝心理學，六至七頁。

❽ 人間詞話：「有我之境，以我觀物，故物皆著我之色彩。無我之境，以物觀物，故不知何者爲我，何者爲物。」

見全集（一三），五九二七頁。

⑨ 原見叔本華：意志及表象之世界。此用陳曉南譯：叔本華論文集，一一五頁。

⑩ 王國維：「紅樓夢評論」。全集（五），一六三四頁。

⑪ 全集（一三），五九四二至五九四三頁。

⑫ A. Schopenhauer, "The Art of Literature: On Style", *Essays From the Parerga and Paralipomena*, tr. T. Bailey Saunders, p. 19.
此據劉大悲譯：叔本華選集，一七二頁改譯。

⑬ A. Schopenhauer, "The Art of Literature: On Authorship", *Essays from the Parerga and Paralipomena*, tr. T. Bailey Saunders, p. 5.
此據劉大悲譯：叔本華選集，一六六頁改譯。

⑭ 人間詞話：「即以一人一詞論，如歐陽公少年游春草上半闋云：『闌干十二獨凭春，晴碧遠連雲，二月三月，千里萬里，行色苦愁人。』語語都在目前，便是不隔。至云：『謝家池上，江淹浦畔』，則隔矣。」見全集（一三），五九三六頁。

⑮ 用代字的例子如周美成解語花「桂華流瓦」，以桂華二字代月。

⑯ 隸事的例子如歐陽公少年游「謝家池上，江淹浦畔。」人間詞話：「以長恨歌之壯采，而所隸之事，只小玉雙成四字，才有餘也。梅村歌行則非隸事不辦。白吳優劣，於此即見。」

⑰ A. Schopenhauer, "The Art of Literature: On Some Forms of Literature", *Essays from the Parerga and Paralipomena*, tr. T. Bailey Saunders, p. 50.

⑱ 朱光潛：文藝心理學，二五至二六頁。

⑲ 王國維：人間詞話。全集（一三），五九四六頁。

⑳ 原見叔本華：意志及表象之世界，英譯本第三冊，六一至六三頁。此見王國維：「叔本華與尼采」，全集（五），

一六七六頁引。

㉑ 原見叔本華：意志及表象之世界，此用陳曉南譯：叔本華論文集，一三二頁。

㉒ 人間詞話：「詞之雅鄭，在神不在貌。永叔少游雖作艷語，終有品格，方之美成，便有淑女與倡伎之別。」全集（一三），五九三四頁。

㉓ 人間詞話：「東坡之詞曠，稼軒之詞豪，無二人之胸襟而學其詞，猶東施之效捧心也。」全集（一三），五九三八頁。

㉔ 「君之於詞，……北宋喜永叔、子瞻、少游、美成，南宋除稼軒白石外，所嗜者蓋鮮矣。」全集（四），一五〇五頁。

㉕ 「美成晚出，始以辭采擅長，然終不失爲北宋之詞者，有意境也。」全集（四），一五〇七頁。

㉖ 「清眞先生遺事尙論三」。全集（九），三六八五至三六八六頁。

㉗ 如：

「白石暗香疏影，格調雖高，然無一語道着。」

「白石寫景之作，如『二十四橋仍在，波心蕩，冷月無聲。』……雖格韻高絕，然如霧裏看花，終隔一層。」

「古今詞人格調之高無如白石，惜不於意境上用力。」

「南宋詞人，白石有格而無情。」

倶見人間詞話卷上。

㉘ 全集（九），三六八四至三六八五頁。

㉙ 劉熙載：藝概，卷四，一頁下。

㉚ 成肇麐：唐五代詞選，馮煦敘，一頁。

㉛ 劉熙載：藝概，卷四，三頁上。

㉜ 周濟：介存齋論詞雜著，四頁下。

㉝ 饒固庵教授謂「王氏頗識白石詞，蓋受周止庵說影響」，即指此而言。見「人間詞話平議（上）」。人生，第一一五期，一三頁。

㉞ 鍾蘂園師：蘂園說詞，七二頁。

㉟ 鍾蘂園師：蘂園說詞，八〇頁。

㊱ 饒宗頤：「人間詞話平議（下）」。人生，第一一六期，一一頁。

㊲ 饒宗頤：「人間詞話平議（上）」。人生，第一一五期，一二頁。

㊳ 見老子第六四章。

㊴ 二程全書卷一八：「今之學者有三弊：一溺於文章，二牽於訓詁，三惑於異端；茍無此三者，則將何歸！必趨於道矣。」

㊵ 老子第一六章：「致虛極，守靜篤，萬物並作，吾以觀復。」

〔原文見蔣英豪《王國維文學及文學批評》（香港：華國學會，一九七四），第三章，第二節，《詞學批評》，頁一〇〇—一二四。〕

校後記

本書的導言在一九八八年底寫成，以後陸續碰到不少可以補充的資料。原擬在書後附錄一個詳盡的編年書目，並補入所見遺漏及八八年到出版前香港學者有關論著篇目。但過去一年因爲出外進修，在港的資料搜集工作不得不停頓下來，甚至本書各篇的編校，亦因輾轉郵傳而有所延誤。爲免過份拖慢出版的作業，只好改變原來的構想，先把書目抽起；將來重新整理後再另行發表求正。

又本書所收各篇論文，或因原作者的行文風格、治學方法，或者原刊物的個別規限，以致篇題句逗，橫直編排等體式差異極大；現在集合成書，必需加以整輯，另於篇後附列原刊出處，以便讀者檢索追查原樣。在編整的過程中，學生書局編輯部不憚煩瑣，熱心支持和幫忙，助教梁萬如先生出力亦多。至於其中疏謬，則仍當由我負責。

一九九〇年十月十九日

臺灣學生書局出版

文學批評叢刊

①文心雕龍綜論	中國古典文學研究會主編
②政府遷臺以來文學研究理論及方法之探索	李正治主編
③明代文學批評研究	簡錦松著
④香港地區中國文學批評研究	陳國球編
⑤詩史本色與妙悟	龔鵬程著

國立中央圖書館出版品預行編目資料

香港地區中國文學批評研究／陳國球編 -- 初版 -- 臺北市：臺灣學生，民 80

30,687 面；21 公分 --（文學批評叢刊；4）

ISBN 957-15-0227-8（精裝）. -- ISBN 957-15-0228-6（平裝）

1.中國文學 - 歷史與批評

829.07 80001140

香港地區中國文學批評研究（全一冊）

編者：陳國球
出版者：臺灣學生書局
發行人：丁文治
發行所：臺灣學生書局
台北市和平東路一段一九八號
郵政劃撥帳號〇〇〇二四六六八號
電話：三六三四一五六
FAX：三六三六三三四
本書局登記證字號：行政院新聞局局版臺業字第一一〇〇號
印刷所：淵明印刷廠
地址：永和市成功路一段43巷五號
電話：九二八七一四五
香港總經銷：藝文圖書公司
地址：九龍偉業街九十九號連順大廈五字樓及七字樓
電話：七九五九五九五
定價 精裝新臺幣六〇〇元 平裝新臺幣五五〇元

中華民國八十年五月初版

82908

ISBN 957-15-0227-8（精裝）
ISBN 957-15-0228-6（平裝）